L'héritage des Robeson

DU MÊME AUTEUR AUX ÉDITIONS MIRA

Le refuge irlandais
Mémoires de Louisiane
Le testament des Gerritsen

EMILIE RICHARDS

L'héritage des Robeson

Roman

MIRA

Titre original :
BEAUTIFUL LIES
publié par MIRA®

Traduction de l'américain par DANIÈLE LARUELLE

Mira® est une marque déposée par le groupe Harlequin

Photo de couverture
Paysage australien : © ED COLLACOTT / GETTY IMAGES

83/85 boulevard Vincent Auriol 75646 PARIS CEDEX 13.
ISBN 2-280-85528-3 — ISSN 1765-7792

« L'histoire d'Australie est presque toujours pittoresque ; elle est, d'ailleurs, si particulière, si étrange qu'en elle réside ce que le pays a de plus nouveau à offrir… On croirait lire les plus beaux des mensonges et non pas de l'histoire. »

Mark Twain, *Following the Equator*, 1897

« Les gouttes liquides des larmes que vous avez versées
Vous reviendront muées en Perles d'Orient. »

HOMÈRE, *L'odyssée*

A Leslie Wainger
qui aime l'Australie autant que moi.

1.

San Francisco — époque actuelle

— Hé, la petite dame, attention aux requins !

Cette simple phrase, prononcée par un maître nageur à l'adresse d'une surfeuse trop téméraire, ou par un P.-D.G. au seuil de la retraite à son futur successeur, aurait semblé de bon conseil à Liana Robeson, et elle ne s'en serait pas émue. Mais là, lancés sur un trottoir de San Francisco, alors qu'elle sombrait dans une crise de terreur — la pire depuis des mois —, ces mots inquiétants eurent sur elle l'effet d'une sirène d'alarme.

Elle était entourée de requins. Cernée. Elle les sentait qui tournaient autour d'elle, terriblement menaçants.

— Faites attention, hein ? Surtout, n'oubliez pas !

D'une pichenette, Liana écarta le petit dauphin en plastique que le SDF continuait d'agiter sous son nez.

— Non… Non, je n'oublierai pas…

L'homme se rapprocha d'elle, et éleva la voix pour couvrir le bruit du tramway qui passait :

— Dites voir, ça va, au moins ? Vous êtes toute pâle.

— Je… Je…

Les mots refusaient de franchir ses lèvres. Non, ça n'allait pas, pas du tout. Comment une femme d'affaires de trente-huit ans pouvait-elle être incapable de faire cent mètres seule ? Elle avait peur des espaces ouverts, peur de tout ce qui n'était pas familier. Les forces invisibles qu'elle ne contrôlait pas la terrifiaient.

Quelques heures plus tôt, elle avait mis son fils dans un 737 afin qu'il aille rejoindre son père. A présent, elle en payait le prix.

Le SDF la considérait avec sollicitude, mais il attendit que le tramway se soit éloigné pour reprendre la parole.

— Je ne voulais pas vous effrayer. Flipper est un gentil dauphin : il ne vous fera pas de mal.

Liana ferma les yeux de toutes ses forces pour ne plus voir les timides rayons du soleil qui tentaient de percer les brumes de cet après-midi maussade. L'espace d'un instant, elle retrouva son monde à elle tandis que l'humidité ambiante glissait sur sa peau.

Le froid, le martèlement précipité de son cœur, le picotement de milliers d'aiguilles au bout de ses doigts… elle connaissait tout cela ; elle savait à quoi s'attendre.

— Vous avez mangé, ma petite dame ?

Liana rouvrit les yeux. L'homme était toujours là. Elle était vêtue de soie et de lin ; lui, d'un T-shirt vieux d'au moins cinq ans. Il tenait sous le bras une pile de journaux publiés par un groupe de sans-abri. Elle demandait toujours à son chauffeur de lui en acheter un, mais ne le lisait jamais.

Dans un effort pour se ressaisir, elle désigna la pile du doigt.

— Je vais vous en prendre un.

— Excellent. Flipper vous remercie.

Par son intermédiaire, la main du dauphin se mit à feuilleter la pile de journaux, en quête d'un exemplaire présentable.

Avec un temps de retard, Liana se demanda si elle avait de l'argent sur elle. Ce matin, elle avait accompagné Matthew à l'aéroport, puis elle avait participé à deux réunions afin de représenter Pacific International Growth and Development, la grande firme de développement immobilier de la Baie dont elle était vice-présidente. Ensuite, elle avait chipoté devant un plateau de fruits de mer au Tarantino, en compagnie de magnats de l'immobilier venus de quatre continents. Comme toujours, on la conduisait d'un lieu à un autre sans qu'elle se soucie du prix de la course ou des problèmes de stationnement.

Après le déjeuner, elle avait commis l'erreur d'abandonner la limousine pour parcourir à pied les quelque deux cents mètres qui la séparaient de l'immeuble Robeson. C'était un test qu'elle s'était imposé, pour lutter contre sa peur, car elle craignait de se réveiller un matin, et de s'apercevoir qu'elle était incapable de quitter sa chambre.

Elle ouvrit son sac et n'y trouva qu'un billet de un dollar froissé. Officiellement, cela suffisait, mais la gentillesse était chose si rare que l'homme méritait mieux que cela.

— Prenez, dit-elle en lui tendant le billet.

Elle ne s'étonna pas de voir que sa propre main tremblait.

— Et cela aussi, ajouta-t-elle en détachant du revers de sa veste une broche qui datait de sa jeunesse, cette époque bénie où elle croyait encore qu'il était bon de se fier à son cœur.

Les perles étaient petites mais parfaites ; elles représentaient un brin de muguet ciselé dans de l'or à quatorze carats. Le seul homme qu'elle eût jamais aimé avait ciselé les perles, et elle, elle avait créé le bijou.

Après avoir ôté la broche, elle prit le temps d'en assurer le fermoir, puis elle la tendit à l'homme qui la dévisageait d'un air stupéfait.

— Je... Je ne peux pas accepter, bredouilla-t-il, confus.

— Mais si, mais si, allons.

Elle lui prit la main, posa la broche au creux de sa paume et replia ses doigts sales dessus.

— Portez-la chez un bon bijoutier.

Il contemplait le bijou avec fascination tandis qu'elle se retournait et s'éloignait. L'expression sidérée de l'inconnu lui permit de gagner la porte du bâtiment, de traverser le hall de marbre noir et blanc jusqu'aux grilles de cuivre de l'ascenseur. Une fois seule dans la cabine, elle tira le levier d'arrêt d'urgence et ferma les yeux.

Elle savait bien qu'il n'y avait rien de surprenant à ce que la panique s'empare d'elle, aujourd'hui, et la ronge à ce point. C'était le mois de juin. L'époque pendant laquelle son fils adoré appartenait corps et âme à son père, Cullen Llewellyn. En ce moment même, si tout s'était bien passé pendant le vol, Matthew devait être à LaGuardia, enveloppé dans l'étreinte chaleureuse de Cullen.

Depuis des semaines, Matthew ne pensait plus qu'à revoir son père. Ils devaient partir camper dans les White Mountains, sur la côte du Maine, où Cullen avait loué un bateau et une cabane de pêcheur. Cullen, qui avait été élevé au lait de kangourou et à la viande de buffle dans la brousse australienne, et qui était une sorte de compromis entre Mad Max et Crocodile Dundee, allait certainement tout mettre en œuvre pour transformer leur fils en un homme pur et dur.

A quatorze ans, Matthew avait le physique de l'emploi, mais il gardait une sensibilité d'enfant. Les épaules larges et le cœur tendre, tel était son portrait. Jamais il n'avait laissé entendre à Liana qu'il lui préférait son père. Pourtant, chaque mois de juin, quand elle le voyait monter à bord de l'avion qui l'emmenait vers Cullen, elle n'était pas certaine qu'il lui reviendrait, et cela malgré la solide garantie que lui fournissait le droit de garde.

Comment ne pas douter lorsqu'il s'agissait de Cullen ? Un siècle plus tôt, un ancêtre de Cullen avait failli détruire la famille Robeson. Dix ans plus tôt, Cullen avait failli la détruire, elle.

Liana s'appuya à la cloison et se couvrit les yeux de ses paumes. Elle se répéta qu'elle était à l'abri dans ce bâtiment qu'elle considérait comme un second foyer. Matthew était parti, certes, mais il reviendrait.

Elle n'avait rien à craindre.

Peu à peu, l'univers familier opéra sa magie réconfortante. La logique perçait sous le tumulte de ses noires pensées nées de l'excès d'adrénaline. Le temps de redémarrer l'ascenseur et d'atteindre les bureaux, au dernier étage, elle s'était ressaisie. Lorsque les portes s'ouvrirent, elle regardait devant elle et, le dos droit, elle traversa le hall d'une démarche assurée.

— Bonjour, mademoiselle Robeson.

D'un hochement de tête, elle saluait le personnel tout en longeant les murs blancs agrémentés d'aquarelles. Le cadre était apaisant, mais pas l'atmosphère. Le plus grand décorateur d'intérieur de la ville n'avait pas réussi à masquer la tension qui imprégnait l'air en permanence. Le monde de l'immobilier était un coupe-gorge, et ici plus qu'ailleurs.

— Liana ?

Frank Fong, le directeur du marketing, lui emboîta le pas, sans se soucier de son regard sévère.

— Ton ex a appelé. Deux fois.

Liana ne ralentit pas l'allure pour autant. Elle salua au passage son demi-frère, Graham Wesley, P.-D.G. de Pacific International, qui conversait avec un employé devant son bureau. Il lui rendit son salut, mais, voyant son air sombre, il s'en tint là. Dans la pièce attenante à son bureau, Carol, sa secrétaire, une jeune femme effacée qui se vexait facilement, n'osa pas même croiser son regard.

Ce n'est qu'après avoir pénétré dans son domaine et refermé la porte derrière eux que Liana se décida à faire face à Frank.

— Ton ex avait l'air furieux, dit-il. Carol me l'a passé. Elle en tremblait de peur.

— Frank, ce n'est qu'un jeu de divorcés. Cullen appelle pour dire que Matthew est arrivé, et il se lance aussitôt dans une tirade de récriminations. Il se plaint des vêtements que j'ai mis dans les bagages, de mon choix pour le vol de retour…

— J'ai eu comme l'impression que c'était plus sérieux qu'une histoire de blue-jeans.

— Cullen n'est pas capable de contenir ses sentiments, rétorqua Liana d'un ton pincé. Quand nous étions mariés, c'était très bien au lit, mais, le reste de la journée, il n'était plus qu'une loque.

— Dans ce cas, très chère, tu as peut-être eu tort de divorcer aussi vite. Cullen possède au moins un atout qui manque à bien des hommes.

Liana se cala contre le rebord de son bureau. Frank souriait. A regret, elle l'imita. En dépit d'une lointaine parenté, Frank et Liana ne se ressemblaient guère. Avec ses soixante-dix kilos de muscles et son sourire facile, Frank avait le charme des rues de Chinatown où il avait grandi. Sérieuse, tendue, nerveuse, Liana avait un physique anguleux et dépassait à peine un mètre cinquante. Mais la forme de ses yeux sombres et le teint mat de sa peau indiquaient que, comme celles de Frank, ses racines plongeaient dans la terre fertile d'Extrême-Orient.

Elle consulta sa montre — une Cartier qui était encore moins dans son style que la broche dont elle venait de se séparer.

— Cullen t'a dit si Matthew était arrivé à l'heure ? Apparemment, il y avait des orages sur les Rockies, et il devait changer de vol à Denver.

— Non. Il tenait à te parler personnellement.

Liana réprima son irritation.

— Eh bien, il attendra. Je pars avec Graham dans dix minutes pour une interview.

Frank se détourna.

— Je l'ai prévenu que tu avais un rendez-vous et que tu ne serais sans doute pas disponible dans l'immédiat.

— Et alors ?

— Foutue saloperie de rendez-vous ! déclara Frank en imitant l'accent australien de Cullen.

Parvenu à la porte, il lui fit de nouveau face et ajouta :

— Ce n'est peut-être pas bien malin de faire la guerre à ton ex. Et s'il voulait discuter avec toi de sujets importants ?

Liana songea à toutes les discussions qu'elle avait eues avec Cullen, du temps de leur mariage et pendant les dix ans qui avaient suivi le divorce. Il y avait tout un siècle à discuter, tout un siècle de meurtres et de trahisons entre leurs deux familles. Cullen et elle appartenaient à ces couples d'amants maudits, et pourtant, malgré les intrigues du passé, ils avaient cru pouvoir se forger un avenir.

Lourde erreur.

Frank s'impatientait.

— Liana ?

— Si Cullen rappelle et que je suis encore là, dis à Carol de me le passer. Sinon, qu'il m'appelle ce soir à la maison. Entre-temps, vois si Carol peut parler à Matthew. Elle parviendra peut-être à savoir si le vol s'est bien passé.

Liana poussa un profond soupir, dès que la porte se fut refermée. Mais ce répit dura peu de temps : quelques secondes plus tard, on cognait doucement contre le battant, et Graham entrait.

— Je viens de croiser Frank qui sortait d'ici. Je ne te dérange pas, au moins ?

— Je me préparais à présenter PIG comme ce qui se fait de mieux à San Francisco depuis qu'on a inventé l'eau chaude.

Il grimaça.

— On se passerait d'un tel sigle.

— Je te le concède. Mais, cochon pour cochon, on reste des arnaqueurs d'envergure internationale.

— Je vois. Je devrais peut-être me rendre seul à cet entretien.

Liana lui fit signe d'avancer. L'entente entre elle et son demi-frère n'avait rien de cordial. Son père, Thomas, y avait veillé. Pourtant, ils se comprenaient, Graham et elle. Ensemble, ils avaient subi ses invectives, ses colères, ses mesquineries et ses intrigues. En permanence montés l'un contre l'autre, ils avaient survécu et fini par se vouer une sorte de respect mutuel. A quarante ans, le blond Graham luttait bravement contre un embonpoint poupin et ne ressemblait en rien à Liana. Cependant, en dépit des mille et une différences qui les séparaient, ils étaient unis par le lien douloureux qui les rattachait à l'homme méprisable qui les avait élevés tous deux.

Graham referma la porte et s'appuya contre le battant.

— Jonas a appelé, tout à l'heure.

Jonas Grant tenait la rubrique financière du *San Francisco Chronicle.* Liana haussa les épaules.

— Je lui ai envoyé des dossiers complets sur tous les projets auxquels nous travaillons actuellement — du moins sur ceux que nous entendons faire connaître à la presse. Il désire autre chose ?

— Il veut que tu apportes la perle.

Liana demeura quelques instants sans voix. Il ne pouvait s'agir que d'une seule perle. La Perle de Grand Prix. La perle qui n'avait cessé de passer de ses ancêtres à ceux de Cullen depuis le jour où on l'avait tirée de l'océan Indien. La perle qui figurait en évidence sur le prestigieux logo de la PIG.

— Tu plaisantes ! dit-elle enfin.

— Pas du tout. Il prétend que la perle est une bonne accroche pour son article, une image marquante. Ils veulent une photo.

Liana réfléchit à la requête de Jonas Grant. De nouveau, la panique montait en elle, prête à la subjuguer. Elle contourna sa table de travail pour aller contempler la ville qui s'étendait jusqu'à la baie.

— Je n'aime pas beaucoup la trimballer, Graham.

Elle se garda bien d'en fournir les raisons. Malgré sa rare beauté et sa perfection, la Perle de Grand Prix à l'histoire houleuse n'avait jamais porté chance à personne, et Liana ne souhaitait pas y toucher aujourd'hui, alors que Matthew venait de partir pour la côte Est.

Elle se retourna vers Graham.

— Ce n'est pas le genre d'objet que l'on promène dans son sac avec son mouchoir et son rouge à lèvres.

Graham hocha la tête d'un air compréhensif.

— Dans ce cas, ne l'apporte pas.

Malgré son apparent détachement, il se délectait de sa réticence qui, elle le savait, lui fournirait une preuve supplémentaire de son manque de dévouement à la firme.

— Il faudra prendre des mesures de sécurité. Demande à Frank de s'en occuper.

— Si tu ne veux pas y toucher, je peux la prendre à ta place. Ce n'est jamais qu'une perle.

— La question n'est pas là. Je tiens à ce que nous fassions le nécessaire pour la protéger.

Graham quitta le bureau, et la porte se referma sur lui. Liana attendit quelques secondes, puis elle alla la verrouiller, s'affaissa contre le battant et regarda la gravure de Georgia O'Keefe accrochée à droite de son bureau.

Pour la première fois depuis son retour, la pièce était silencieuse. On n'entendait plus que le murmure lointain de la circulation. Mais, même si la porte était fermée à clé, Liana n'était pas seule dans la pièce. Le bureau avait été celui de son père et, malgré tous leurs efforts, les décorateurs n'avaient pas réussi à en chasser le fantôme de Thomas Robeson. Pire encore : à l'intérieur du mur se trouvait la preuve tangible que certaines choses perdurent pour l'éternité.

— Ce n'est jamais qu'une perle, répéta-t-elle avec amertume. Sans plus y réfléchir, elle s'avança jusqu'à la gravure et la décrocha. Elle était fixée sur un panneau amovible par quatre petites vis. La jeune femme prit un tournevis dans le tiroir du bureau et les ôta. Le coffre-fort apparut alors, avec ses ferrures de laiton et son imposante serrure.

Graham et Frank savaient que la perle était là, comme, d'ailleurs, tous les autres membres de la direction. La fausse cloison ne trompait personne, mais le coffre offrait une protection sûre contre les malfaiteurs. Son père avait choisi ce qui se faisait de mieux dans ce domaine.

— Quel chien tu étais, Thomas Robeson ! murmura-t-elle entre ses dents.

Elle tendit une main moite vers le cadran. Parfois, elle parvenait presque à oublier que la perle était enfouie au cœur de la pièce et son éclat lunaire étouffé par le velours de l'obscurité. Lorsqu'elle se souvenait de sa présence, elle se disait que, dans son abri de fonte et d'acier, cachée sous le bois de séquoia et les charmants coquelicots de O'Keefe, la perle n'avait plus le pouvoir de lui nuire.

Mais il y avait des jours où elle sentait peser sur elle le regard de la perle. Derrière la cloison, la perle l'observait, spéculait et riait..

Elle grimaça.

« Va raconter ça à un psy, Liana ! » Le cadran était froid sous sa main que la sueur rendait glissante. Elle essuya sa paume contre sa jupe, tendit de nouveau la main vers le cadran qui lui parut se réchauffer à mesure qu'elle composait la longue série de chiffres qui ouvrirait le coffre. Seules, trois personnes avaient eu connaissance de la combinaison : son père, elle, et l'homme qui avait configuré le cadran.

Elle recula d'un pas avant d'appuyer sur la dernière touche, puis se prépara à tirer la perle de sa cachette. Au même moment, l'Interphone grésilla, et la voix de Carol se fit entendre par le haut-parleur.

— Mademoiselle Robeson ? M. Llewellyn sur la un.

Liana sentit les battements de son cœur s'accélérer.

Elle était prise entre Charybde et Scylla. Entre la perle et l'homme qui avait le pouvoir de la faire souffrir encore davantage.

— Mademoiselle Robeson ? Vous êtes là ?

Elle fit tourner le cadran pour le positionner sur le dernier chiffre, puis elle ouvrit le coffre et lui tourna le dos afin d'aller répondre.

— Carol ? Est-ce qu'il vous a dit si Matthew allait bien ?

— Non. Désolée. Et il a l'air furieux.

Liana s'appuya contre le rebord du bureau. A l'évidence, elle devait prendre l'appel. Elle n'avait pas le choix.

— Je vous remercie, Carol.

Elle prit le combiné. Son doigt hésita encore un instant au-dessus du voyant rouge qui clignotait, puis elle enfonça rageusement la touche.

— Cullen, ne te lance pas dans une scène, s'il te plaît. Dis-moi d'abord si le voyage de Matthew s'est bien passé.

Silence. Là-bas, à l'aéroport de LaGuardia, les haut-parleurs diffusaient une annonce. La ligne grésillait. Elle s'impatienta.

— Nom d'un chien, Cullen, le moment est mal choisi pour jouer au plus malin !

Une voix familière au fort accent australien lui répondit enfin :

— Si le voyage s'est bien passé, hein ? Tu te fiches de moi ou quoi ? De quel voyage veux-tu parler ?

On frappa doucement à la porte, et la voix de Graham se fit entendre dans le couloir.

— Liana ? Tu es prête ? Il est temps d'y aller.

De sa main libre, Liana se couvrit l'oreille.

— Qu'est-ce que tu me chantes, Cullen ? Je ne comprends rien. Je t'ai posé une question banale. Je veux savoir si Matthew est arrivé à l'heure, s'il n'a pas eu trop de turbulences. Ecoute, s'il est avec toi, passe-le-moi : je suis pressée. Pour le reste, nous en discuterons plus tard, d'accord.

— Arrivé à l'heure ? Mais il n'est pas arrivé du tout ! Tu le sais pertinemment puisque tu ne l'as pas mis dans ce foutu avion.

Liana crut que son cœur allait cesser de battre.

— Je ne te suis pas. Explique.

— Matthew n'était pas dans l'avion. Il n'y a jamais mis les pieds. J'aimerais savoir où est passé mon fils. Alors, ou tu m'expliques, ou je prends le premier vol pour San Francisco et je viens t'arracher la vérité.

Dehors, Graham s'impatientait.

— Liana, tu viens ? Nous allons être en retard.

Liana pressa de nouveau sa paume contre son oreille pour ne plus l'entendre.

— Tu as dû te tromper, Cullen. Je te jure qu'il est là-bas, en train de t'attendre. Je t'ai envoyé tous les renseignements. Tu as dit à Matthew que tu les avais, bon sang !

— Je ne me suis pas trompé, et il n'était pas dans l'avion. Depuis une heure, j'ai vu arriver tous les vols en provenance de Denver et deux vols directs de San Francisco. Matthew n'était sur aucun d'eux.

— Enfin, je ne comprends pas : je l'ai accompagné à l'aéroport, je l'ai vu monter à bord. J'ai assisté au décollage.

Nouveau silence. Total, cette fois. La ligne ne grésillait plus. Enfin, Cullen reprit la parole.

— Dans ce cas, Liana, notre fils a disparu quelque part entre San Francisco et New York.

La jeune femme se sentit pâlir. Le combiné lui échappa. La voix de Cullen lui parvenait de loin, affaiblie, incongrue… Dehors, Graham frappait, l'appelait de nouveau.

Lentement, elle se tourna pour regarder le coffre-fort ouvert, comme si la Perle de Grand Prix — la monstrueuse perle parfaite qui, depuis un siècle, semblait régir le sort de sa famille et de celle de Cullen — avait quitté son écrin de velours pour kidnapper son fils.

Une idée ridicule, née de la superstition…

Soudain, elle prit conscience que le coffre était vide.

Comme cet enfant qui comptait pour elle plus que tout au monde, la Perle de Grand Prix avait disparu.

PREMIÈRE PARTIE

« Par le fond ton père repose ;
Ses os sont devenus coraux ;
Voici les perles qui furent ses yeux… »

William Shakespeare
La Tempête, Acte I

2.

Broome, Australie — 1900

L'Australie se nourrissait de l'âme des hommes, la réduisait en une fine poussière rouge qui balayait les plaines nues et s'infiltrait dans l'eau stagnante des bras morts. C'était une terre de promesses qui ne seraient jamais tenues, une terre au ciel encombré de constellations étranges, aux saisons si douloureusement éprouvantes que l'homme y regrettait bientôt l'enfer qu'il venait de quitter. Mais tout cela importait peu. Pour le meilleur ou pour le pire, l'Australie était, à présent, le pays d'Archer Llewellyn. En 1898, à Cuba, au plus fort de la bataille, il avait tué un officier du 1er Régiment de cavalerie volontaire.

Jamais il ne pourrait rentrer chez lui.

— Je m'occupe de lui, Tom.

Tandis que l'homme volait par-dessus la table bancale, Archer se baissa, puis il le cueillit juste au bon moment, et l'envoya mordre la poussière d'un coup de poing. L'attaquant — un géant qui empestait l'huître pourrie — tenta de se relever. Archer renversa la table, et l'homme s'étala par terre, immobile, les yeux écarquillés, apparemment surpris de son échec.

— Merci ! lança Tom Robeson à son ami.

Son bref sourire explosa sous le coup d'un poing étranger. Tom se défendait en combat régulier sur un ring de boxe, mais il n'anticipait jamais les coups en traître.

— Baisse donc la tête, bon sang !

Archer attrapa l'agresseur de Tom, le neutralisa d'une clé et lui assena une série de coups de boule. L'espace d'un instant, il vit des étoiles beaucoup plus familières que celles du ciel australien qui le narguait depuis deux ans. Puis les étoiles disparurent, et l'étranger qu'il tenait dans l'étau de sa prise cessa de se débattre pour retomber, inerte, sur le sol.

Archer s'éloigna des deux fauteurs de troubles terrassés.

— Il y a encore quelqu'un qui veut se battre, par ici ? Il y a quelqu'un dans ce trou pourri qui veut que je lui règle son compte ?

Les quelques hommes restés en dehors de la bagarre se détournèrent comme s'il ne s'était rien passé de particulier.

— Ça va ? demanda Archer à son ami.

— Regarde plutôt nos deux petits camarades, répondit Tom en riant.

Archer reporta son attention sur leurs agresseurs défaits. Le plus petit aidait le géant à se relever. Ils gagnèrent ensuite la porte en chancelant sans un coup d'œil aux deux Américains.

— Ils survivront, déclara Archer avec une grimace. Et ce n'est pas aujourd'hui qu'ils cesseront de se battre.

Tom massait sa mâchoire endolorie.

— Tu m'as sauvé la mise. Une fois de plus.

Archer l'inspecta pour s'assurer qu'il n'avait pas trop de mal.

— Tu n'apprendras donc jamais, hein ? Tu t'imagines que les autres se battent à la loyale ? Avec ce genre de raisonnement, tu ne feras pas de vieux os !

— Apparemment, je suis tranquille tant que tu restes dans les parages.

Tom lui tendit la main. Une main d'aristocrate, longue, élégante mais forte et calleuse, malgré les apparences. Une main qui ne craignait ni les rudes travaux ni la sueur, et qui se tendait spontanément pour venir en aide à un ami.

Archer grimaça de nouveau et serra brièvement la main de Tom dans sa grosse patte.

— Bon, ça va bien. On continue.

Tom eut un sourire bon enfant malgré ses lèvres enflées.

— D'accord, mais on fait quoi ? On continue à se battre, à boire, ou à chercher le moyen de faire fortune ?

Archer s'était déjà lassé de la bagarre. Son fond de gin s'était répandu sur le plancher disjoint. Restait la dernière hypothèse : planifier un avenir qui semblait plus sombre de jour en jour.

— Pose-toi, je t'en offre un autre. Pour m'avoir tiré d'affaire ! lança Tom en s'éloignant.

Archer redressa une chaise renversée, et s'y installa tout en regardant son ami se frayer un chemin jusqu'au bar. La pension qui leur servait de logis temporaire méritait à peine ce titre. Elle se limitait à une série de chambres à la literie crasseuse, situées derrière le comptoir, d'où l'on ne voyait que les cabinets. Le bar était constitué de plaques de tôle ondulée maintenues en place par des troncs d'arbres tordus. Ni vitre ni rideau n'agrémentait les ouvertures faisant office de fenêtres. En guise de porte, et pour décourager les mouches, on avait suspendu du fil à pêche lesté de bouchons entre deux tôles.

Il existait à Broome des hôtels respectables où les maîtres perliers, en costume blanc et chapeau de soleil, racontaient l'histoire des perles qu'ils avaient conquises, où les acheteurs européens venaient étancher leur soif et fureter en quête du joyau. Hélas, Tom et Archer n'avaient pas les moyens de s'offrir ce luxe et, d'ailleurs, même les modestes pensions seraient bientôt trop chères pour eux.

Tom progressait vers le bar de sa démarche élégante. On aurait dit un roi considérant d'un œil compatissant la triste condition de ses sujets les plus humbles. Sans être particulièrement grand, il se tenait droit, la tête haute, comme s'il recherchait l'air que respiraient les dieux. Il avait les traits fins, le teint pâle, les cheveux noirs ; il souriait calmement à chacun, et plus chaleureusement à ceux qui lui étaient proches. Archer ne lui ressemblait guère. Trapu, nerveux, il avait hérité les cheveux cendrés et les taches de rousseur de sa mère irlandaise ainsi que le regard bleu perçant de son père gallois. Lui qui, d'habitude, était aussi gai que son ami, il avait aujourd'hui le front barré d'un pli soucieux.

Une chaise grinça près de lui, et une voix grave et forte retentit soudain.

— D'où venez-vous, l'étranger ?

Archer se retourna pour voir le nouveau venu qui avait tiré une chaise à côté de la sienne. D'un regard, il le jaugea.

— Qui s'en soucie ?

— John Garth. Le capitaine John Garth.

L'homme était plus âgé et aussi plus propre que les autres clients. Grand, le visage buriné, il arborait une moustache gominée et portait l'uniforme blanc des maîtres perliers. Sa vareuse, négligemment ouverte au col, laissait voir un maillot de corps impeccable.

— Appelez-moi John, dit-il à Archer.

Archer serra la main qu'il lui tendait.

— Archer Llewellyn. Je viens d'Amérique.

John se cala confortablement sur son siège.

— Nous ne voyons pas beaucoup d'Américains à Broome. Si vous êtes ici en vacances, vous n'avez pas choisi le meilleur hôtel. Les clients vous chercheront des noises, et le patron vous rendra malade. Le temps de finir sa pipe matinale, le cuisinier ne sent même plus la viande avariée.

— Dans ce cas, que faites-vous ici ?

— Vous venez d'étendre mon ouvreur de coquilles et mon maître d'équipage. Je les ai vus se traîner dehors, alors, je suis entré, histoire de me renseigner.

— Qui vous dit que c'était moi ?

John sourit.

— A en juger par la mine des clients, aucun d'eux n'en serait capable.

— Votre ouvreur de coquilles a insulté mon ami.

— Vous défendez toujours vos amis de cette façon ?

Archer eut un haussement d'épaules.

— En cas de besoin, oui.

— La loyauté est une qualité remarquable. Sans loyauté, ce serait l'anarchie, en ville comme en mer. Quand on engage un équipage, c'est la loyauté que l'on recherche.

— Je présume que vous êtes loyal envers vos hommes et que vous êtes venu finir ce que j'ai commencé.

John haussa les sourcils.

— Vous voulez de la loyauté ? Je vais vous montrer.

De sa poche, il tira un sachet de toile fermé par un cordon coulissant.

— Regardez.

Archer ouvrit le sachet avec curiosité. Au fond luisaient trois perles, petites mais parfaites.

— On pourrait tuer pour des perles comme celles-ci, déclara Archer d'une voix traînante.

John tendit la main. Archer lui rendit le sachet, et l'autre le rangea dans sa poche.

— Je dirais que vous venez de Géorgie. Ou bien des Caroline.

— Du Texas.

— Et votre ami ?

— De Californie.

— Et qu'est-ce qui vous amène ici ?

Archer pensait aux perles. Il aurait tant aimé les faire rouler dans sa paume, les effleurer amoureusement. Au large de Broome, on trouvait la plus belle nacre au monde, une nacre très demandée pour la fabrication des boutons. Certains faisaient fortune, rien qu'avec la nacre.

Mais les huîtres qui sécrétaient la nacre produisaient parfois des perles comme celles-ci, des perles parmi les plus fines tirées de l'océan. Hélas, depuis trois jours qu'ils étaient arrivés en ville, Archer n'en avait pas touché une seule.

Tom revint, muni de deux chopes d'une propreté douteuse qu'il posa sur la table. Puis il tendit la main au capitaine, et s'assit.

— Si vous voulez vous battre, vous aussi, laissez-nous au moins le temps de finir notre verre.

John héla le patron. Celui-ci remplit une nouvelle chope et la leur apporta. John la leva bien haut.

— Aux compagnons !

Les hommes burent en silence. La bière était aigre, presque éventée. Enfin, le capitaine posa sa chope.

— Je demandais à M. Llewellyn ce qui vous amenait ici.

Tom répondit sans hésiter. Archer et lui avaient depuis longtemps mis au point une histoire plausible.

— Nous nous sommes battus avec Roosevelt, à Cuba. Après quoi, nous avons décidé de voir du pays. Nous avons tenté notre chance, dans vos gisements d'or, entre autres, mais la chance ne nous a pas encore souri.

— A Broome, il arrive qu'elle sourie à certains.

John ponctua sa remarque d'un haussement d'épaules. Archer repoussa sa chope vide.

— J'ai vu de pauvres diables estropiés qui ne m'ont pas paru bien chanceux. Assis dehors dans le quartier chinois, ils attendaient que le soleil ou les mouches les achèvent.

— Les plongeurs ? dit John d'un ton empreint de regret. Hélas, la pêche aux perles a ses dangers et ses trésors. Certains de nos hommes meurent, d'autres restent handicapés à vie. D'autres trouvent assez de nacre et de perles pour rentrer chez eux et y vivre comme des sultans. Les musulmans sont convaincus que leur destin est écrit d'avance. Les Japonais portent des amulettes de papier sous leur scaphandre pour se protéger. Quant à moi, j'estime que l'homme doit apprendre à rester prudent. Mais la récompense vaut bien qu'on prenne quelques risques.

Archer réfléchit à tous les risques qu'ils avaient pris, Tom et lui, depuis qu'ils s'étaient enrôlés dans l'armée américaine. Au risque qu'il avait pris, lui, le jour où il avait roué un homme de coups pour sauver la vie de son ami. Depuis des années, depuis qu'il s'était enfui pour échapper à la cour martiale et à l'exécution, Tom et lui avaient été matelots sur un rhumier des Caraïbes ; ils avaient récolté la gomme des Kauris géants en Nouvelle-Zélande, surveillé les clôtures sur des centaines de kilomètres à New South Wales et écumé les Kimberley, en quête d'or.

D'un bout à l'autre du voyage, il n'y avait guère eu de récompense. Le travail était rude, sale, dégradant. Archer Llewellyn méritait mieux de la vie. Beaucoup mieux. Pourtant, depuis toujours, le meilleur le fuyait.

De son ongle, il gratta la crasse collée sur sa chope.

— Broome n'est pas un lieu pour des Blancs. Tom et moi, nous sommes des marins expérimentés, seulement, si nous ne trouvons pas d'argent pour acheter un bateau, nous n'aurons jamais d'emploi. La ville est envahie par les yeux bridés et les indigènes qui sont prêts à faire le même travail que nous au tiers du salaire.

— Dois-je comprendre que vous ne supportez pas la compagnie des Asiatiques et des aborigènes ? demanda le capitaine.

— Moi ?

Archer se fendit d'un sourire.

— Je supporterais le diable en personne s'il y avait de l'argent à gagner. Je constatais seulement que ces pauvres bougres qui vivent à dix dans une chambre ou qui dorment sur la plage n'ont pas les mêmes besoins que moi. Je suis plus exigeant.

— Et, cependant, vous prétendez que la chance vous a abandonné.

— C'est le propre de la chance, déclara Tom. Elle vient quand on ne l'attend plus.

Archer baissa la voix.

— A propos de ces perles…

— Ah oui, les perles !

John marqua une pause, et se mit à jouer avec sa moustache.

— Certains hommes feraient n'importe quoi pour de l'argent : ils vendraient même leur mère. Ces perles que je vous ai montrées proviennent de mon bateau, l'*Odyssey*, mais je ne les ai vues qu'aujourd'hui. Cambridge Pete, le salopard que vous avez étendu, les a trouvées dans des coquilles qu'il a ouvertes. Il les a cachées, puis il les a vendues, hier, en arrivant au port. Le type auquel il les a vendues est connu pour acheter de la fauche…

— De la fauche ? répéta Tom.

— Des perles volées, sorties en fraude des bateaux par des membres de l'équipage. Parfois par les plongeurs. Par le premier qui en a l'occasion. Cette fois-ci, Cambridge Pete a creusé une corde pour y cacher les perles jusqu'à ce qu'il puisse les apporter à terre. Celui qui les a achetées m'a tout raconté, et il m'a revendu les perles ce matin même. Nous avons un petit arrangement, lui et moi.

— Vous êtes sûr qu'il ne mentait pas ?

— Pete ignorait que je serais au port. Il a manqué de prudence. J'ai retrouvé la corde en question à l'endroit où il couche, creusée comme un roseau. Pete n'a pas eu l'intelligence de la jeter par-dessus bord.

— De sorte qu'il vous manque un ou deux membres d'équipage.

Le capitaine acquiesça d'un signe de tête.

— Inutile d'ajouter que Pete et son camarade ne vivront pas assez vieux pour voir le coucher du soleil s'ils n'embarquent pas sur le vapeur de Perth dans la journée. Bien sûr, ils partiront sans rien en poche. Nous avons eu une petite discussion en privé.

Archer ne s'en étonna pas. Broome était de ces villes frontières où les prisons sont pleines à craquer, une ville où s'échouaient par centaines les rebuts humains d'une douzaine de nations insulaires, où l'on administrait soi-même la justice sans être assermenté.

John se pencha en avant.

— J'ai besoin d'un nouvel ouvreur de coquilles, et il me faut un Blanc pour ce travail. On ne peut, hélas, pas confier une telle responsabilité à des gens de couleur.

Tom grimaça.

— On ne peut pas dire que le fait d'engager un Blanc soit une garantie. Cambridge Pete est blanc sous la couche de crasse, si je ne m'abuse.

— Mon ami a grandi avec des serviteurs chinois, expliqua Archer. Il a un faible pour les gens à peau jaune avec une natte dans le dos.

— Ne vous y trompez pas, reprit John. Je respecte tout homme qui fait honnêtement son travail, mais, pour cet emploi, il me faut un Blanc. Mes coquillers me font leur rapport directement, et ils ont une part dans mes profits. Il est essentiel que nous nous comprenions parfaitement.

Il marqua une pause, puis ajouta :

— Est-ce que nous nous comprenons parfaitement ?

Archer se cala contre le dossier de sa chaise.

— Il était question de deux hommes. Un maître d'équipage aussi..

— Absolument. Il y a deux places vacantes sur mon bateau. Et vous êtes deux. Vous dites être marins. Je sais que vous vous faites respecter. Vous m'avez montré que vous saviez faire preuve de loyauté…

— Et nous sommes blancs, compléta Tom.

— J'ai toujours été joueur. Mon instinct me trompe rarement. La saison touche à sa fin. Vous apprendrez ce qui est indispensable. Vous pouvez vous partager les tâches, si vous le souhaitez. L'*Odyssey* est rentré au port parce que le maître d'équipage estimait qu'il avait besoin de réparations et de refaire le plein de vivres, mais il sera prêt à repartir dès demain. Serez-vous des nôtres ?

John Garth possédait deux lougres qui pêchaient indépendamment, et il commandait le plus gros. Il avait commencé dans la pêche aux perles, deux ans plus tôt, et avait augmenté sa flotte d'un bateau pour la saison en cours. S'il continuait à trouver de bonnes coquilles nacrières, il pourrait bientôt acheter une goélette qui lui permettrait de ravitailler ses lougres en pleine mer. Ainsi, il allongerait le temps de pêche en évitant les retours au port. Les maîtres perliers qui disposaient de flottes importantes avaient un contrôle total sur leurs équipages et jouissaient de revenus enviables.

Cependant, le plus modeste des lougres doté d'un équipage réduit pouvait apporter la fortune si un plongeur remontait le coquillage miraculeux.

— *Pinctada maxima*, dit Tom en savourant les mots.

Pinctada maxima était le nom de l'huître qui vivait dans les eaux côtières d'Australie-Occidentale, celle qui produisait les perles les plus fines au monde, celle qui allait fournir aux deux Américains le gîte et le couvert.

— Tu aurais imaginé que tu gagnerais ta vie à ouvrir des coquilles ?

Archer sourit. Avec trois sous en poche, il se montrait toujours d'humeur plus légère.

— Non, et je n'imaginais pas non plus que je finirais un jour dans un coin aussi peu catholique. Regarde-moi ça.

Située dans le quartier chinois de Broome, Dampier Terrace ressemblait à un petit morceau de Singapour transporté sur le continent australien. L'endroit grouillait de monde, et la rue était si étroite que l'on ne pouvait y marcher à plus de trois de front. Bordée d'échoppes blanchies à la chaux, de maisons faites de poutres et de tôle galvanisée accolées les unes aux autres, elle exhibait des rangées de balcons branlants auxquels s'accrochaient des chapelets de linge mis à sécher. L'air humide y était enfumé par les feux de cuisson, alourdi par l'odeur des baguettes d'encens.

Tom jeta un coup d'œil le long de la ruelle poussiéreuse.

— Qu'est-ce que je suis censé voir, au juste ?

— A ton avis, qu'est-ce qu'ils fabriquent là-bas ? Nom d'un chien, je ne m'habituerai jamais à voir des hommes en robe !

Un peu plus loin dans la ruelle qui se perdait en serpentant dans le dédale du quartier, une demi-douzaine d'hommes en sarong de couleurs vives s'étaient rassemblés en cercle. A en juger par leur concentration, ils s'adonnaient au jeu ou se livraient à quelque rituel religieux.

Tom ressentit un pincement de nostalgie. Les odeurs familières lui rappelaient son enfance à San Francisco, les excursions à Chinatown avec Ah Wu, la cuisinière de la famille qui l'y emmenait à l'insu de sa mère trop occupée pour veiller sur lui. Ah Wu guidait ses pas et son regard fasciné à travers les ruelles bordées d'échoppes avec leurs lanternes de papier et leurs soies multicolores, entre les charrettes à bras où s'entassaient des fruits et des légumes exotiques qui n'apparaîtraient pas à la table des Robeson. Là, à l'autre bout du monde, le passé lui revenait avec tant de force qu'il sentait presque peser sur son épaule la main ferme de Ah Wu.

— Tu imagines ce quartier à la saison creuse ?

Tom tenta de s'en faire une idée. A Broome, une majorité d'hommes gagnaient leur vie sur les bateaux perliers, de sorte qu'ils étaient en mer d'avril à fin octobre. La saison de pêche terminée, ils regagneraient le quartier chinois et les campements en bordure de plage. Broome aurait alors un tout autre aspect.

Archer eut une expression de dégoût.

— Au retour des équipages, les typhons arriveront. Et aussi la canicule. Ça pue déjà suffisamment. Je n'ose pas imaginer ce que ce sera d'ici un mois ou deux !

Tom appréciait la vitalité haute en couleur de ce quartier chinois, mais il ne s'offusquait pas des opinions de son ami. Il savait que, malgré une certaine intolérance, Archer était foncièrement juste et droit. Plein de contradictions, de nature impulsive, il demeurait capable de calculer les risques en toutes circonstances, et se tirait au mieux des pires situations. Et s'il veillait d'abord à son propre intérêt, il n'hésitait pas à se mettre en danger pour aider un ami.

Tom le savait d'expérience.

Il posa la main sur l'épaule d'Archer, comme Ah Wu le faisait avec lui, au temps de son enfance, et le guida à travers la ruelle.

— Ne laisse pas passer ce que Broome peut offrir de bon.

— Comme, par exemple, dénicher des perles qui ne m'appartiendront pas ? demanda Archer en crachant par terre.

— C'est l'occasion d'apprendre le métier. Nous verrons comment ils s'y prennent et, avec un peu de chance, nous aurons notre propre lougre pour la saison prochaine. Il me reste des fonds en Californie.

— Pas assez pour acheter un lougre.

— Mais assez pour nous mettre le pied à l'étrier. En attendant, saisissons l'occasion qui s'offre à nous. C'est ce qu'a fait Garth. Il y a un commencement à tout, ne l'oublie pas.

Archer voyait plus grand et ne renonçait pas à ses rêves ambitieux, mais il n'était pas homme à ruminer sur les aléas de la vie.

— Pour le moment, je me contenterais de manger un morceau, déclara-t-il.

John Garth leur avait donné à chacun une avance sur la somme qu'ils toucheraient au terme de la saison. Ils avaient déjà transporté leurs maigres possessions au Roebuck Bay Hotel, plus convenable que le bouge où le capitaine les avait rencontrés. Restait à trouver une laverie qui leur rendrait leurs vêtements propres le lendemain matin. Ensuite, ils rentreraient à l'hôtel pour se remplir la panse d'un repas copieux à bas prix. John les avait prévenus qu'une fois à bord de l'*Odyssey*, ils n'auraient rien d'autre au menu que du poisson et du riz.

Une cinquantaine de mètres plus loin, Tom avisa une enseigne.

— Là, regarde : une laverie, dit-il en la montrant du doigt. Chez Sing Chung.

Le quartier chinois — que certains appelaient Japtown — abritait une douzaine de communautés asiatiques avec leurs clubs et leurs commerces, mais, ici comme ailleurs, les Chinois avaient colonisé le marché de la blanchisserie ; ils lavaient et repassaient les uniformes et autres effets des maîtres perliers qui ne pouvaient pas s'offrir le luxe d'expédier leur linge à Singapour.

— Tu crois que ces pauvres diables travaillent toute la nuit ? Ils n'ont donc pas besoin de sommeil comme toi et moi ? demanda Archer.

— Ils sont comme tout le monde. Ils font ce qu'ils peuvent quand ça se présente, histoire de joindre les deux bouts.

— Je ne tiendrais pas par cette chaleur au-dessus d'une marmite d'eau bouillante.

— Tu tiendrais, toi aussi, si c'était le seul moyen de nourrir ta femme et tes enfants.

Archer eut un sourire de conquérant.

— Je compte épouser une femme capable de m'entretenir.

— Je doute que ce soit à Broome que tu la trouves.

— Je ne resterai pas dans ce trou plus longtemps que nécessaire. Dès que j'aurai fait fortune — et cela ne tardera pas —, je partirai pour Victoria, j'achèterai un morceau de terrain, et j'élèverai du bétail. Tu peux compter là-dessus. Et quand je me retirerai, je laisserai un véritable royaume à mes fils.

Tom connaissait les ambitions de son ami, et aussi leurs origines. Archer était le fils unique d'un couple d'immigrants qui s'étaient rendus au Texas dans l'espoir de réaliser leurs rêves. Son père était mort dans une geôle de l'Etat avec, pour seul salaire de ses peines, une condamnation à des années de prison qu'il ne méritait pas. Sans ressources et malade, sa mère avait dû placer leur enfant dans un orphelinat. Archer avait passé le reste de sa jeunesse dans le ranch du maire local, à trimer sans jamais recevoir de salaire.

— Allez, vieux, dit Tom. On se débarrasse du linge et, après ça, on mange, histoire que tu aies des forces pour construire ton royaume.

Archer riait quand ils entrèrent dans la boutique.

La pièce était sombre, exiguë, la chaleur presque insoutenable. La lessive bouillait sans doute derrière le rideau qui servait de cloison, augmentant de quelque dix degrés la température ambiante. Le seul éclairage provenait de la porte, derrière eux. Lorsque ses yeux se furent habitués à la pénombre, Tom aperçut une mince silhouette derrière une table basse. La silhouette se précisa à mesure que sa vision s'ajustait. C'était une femme, une jeune femme au délicat visage en forme de cœur dont les yeux demeuraient modestement baissés.

Pressé de regagner l'hôtel, Archer s'avança et jeta son ballot sur la table.

— Il faut que ce soit prêt pour demain matin. Tôt. C'est possible ?

Tom le rejoignit. La jeune femme n'avait encore rien dit.

— Elle ne parle peut-être pas anglais, murmura-t-il.

— Je parle parfaitement anglais, déclara la jeune femme sans lever les yeux sur eux.

Elle avait une voix musicale et un léger accent, mais sa diction était claire. Archer s'impatienta.

— Alors, vous acceptez, ou pas ? Si c'est oui, pas de salades. Il faut que ce soit prêt à l'heure.

— Ecoute, vieux, je m'en occupe. Rentre à l'hôtel et commande à dîner pour nous deux : je te rejoins dans cinq minutes.

— Les laveries ne manquent pas dans le quartier, marmonna Archer en regagnant la porte.

Tom attendit que son ami soit sorti pour expliquer :

— Ne faites pas attention : il a faim. Il a hâte de manger.

— Et vous ? Vous n'êtes pas pressé ?

Tom avait tout son temps. Depuis son arrivée en Australie, il n'avait pas eu l'occasion de voir beaucoup de jolies femmes. Bien sûr, il devait y en avoir, mais elles ne vivaient pas dans les fermes australiennes ni aux alentours des gisements aurifères ni même à Broome, majoritairement peuplée d'hommes.

Cette jeune femme aux longs cheveux noirs, au teint d'ivoire et aux cils duveteux égalait en beauté les plus belles qu'il eût jamais vues, et ce malgré la sueur qui perlait à son front et tachait ses vêtements.

Tom posa son ballot sur la table, près de celui d'Archer.

— Si nous vous demandons de faire le travail dans un délai aussi court, c'est parce qu'on vient de nous engager à bord d'un lougre qui part demain, et c'est notre seule chance d'avoir des vêtements propres. Remarquez, ils ne le resteront pas bien longtemps.

Il sourit dans l'espoir qu'elle lèverait les yeux sur lui. Son vœu fut exaucé, et il s'étonna de la candeur de son regard.

— Je les laverai ce soir même.

— C'est très gentil à vous.

Malgré la chaleur étouffante, il aurait voulu rester là, à la contempler. Elle lui rappelait les jolies Chinoises qu'il avait aperçues dans son enfance. Les épouses des marchands avec leurs tenues brodées et leurs coiffures élaborées des jours de fête ; les jeunes servantes, en tunique et pantalon sombres. Comme elles, la jeune femme qui se tenait devant lui était vêtue d'une tunique de coton noir à col montant orné d'un mince rang de broderie, mais la pâleur de son teint et la longue natte soyeuse qui disparaissait derrière son épaule accentuaient encore sa beauté.

Elle ne semblait pas plus pressée que lui. Peut-être appréciait-elle cette pause dans un travail qui devait être éreintant.

— Vous n'êtes pas d'ici ? lui demanda-t-elle.

Il sourit, ravi de constater qu'elle relançait la conversation.

— Non, je viens de Californie. Et vous ? Vous vivez ici depuis toujours ?

— Non. Je suis venue de Chine il y a dix ans.

— La Californie me manque. Vous regrettez la Chine ?

— J'y retourne bientôt pour épouser un homme de mon village.

Tom en éprouva une déception aussi vive qu'absurde.

— Heureux homme, dit-il.

Puis, la voyant rougir, il comprit qu'il avait franchi un peu vite le fossé culturel qui les séparait.

— Excusez-moi, dit-il.

— Ce n'est rien. Je suppose que ce sont les habitudes, en Californie, répondit-elle en dénouant le ballot d'Archer.

Comme il avait déjà un pied en terrain interdit, Tom prit la liberté d'avancer un peu plus.

— Non. En Californie, je vous aurais demandé si vous teniez vraiment à retourner en Chine pour trouver un mari plutôt que rester ici et m'épouser, moi.

Cette fois, elle devint rouge pivoine. Mais, en même temps, elle souriait.

— Mon père ne veut pas que je parle avec les hommes. A présent, je comprends pourquoi.

— Où est donc votre père ?

— Il dort. Il est malade.

— Je le regrette. J'espère qu'il sera vite rétabli.

Elle examina les vêtements d'Archer, les étala devant elle et énonça un prix.

— Cela devrait convenir à mon ami, déclara Tom.

— Ce sera le même prix pour vous.

— Pour moi ? Mais vous n'avez même pas ouvert mon ballot pour compter les vêtements. Il y en a peut-être davantage.

— Le même prix. Peut-être moins.

A l'évidence, elle ne voulait pas étaler son linge sous ses yeux. Touché par tant de délicatesse, il lui sourit.

— Vous désirez que je vous paie maintenant ?

Elle leva les yeux sur lui, de beaux yeux sombres dans lesquels il discerna une grande intelligence.

— Vous me donnerez l'argent demain, quand vous reviendrez.

— A vous ? Ou bien à votre père ?

Elle fit un signe de tête signifiant qu'elle n'en savait rien.

— Serez-vous encore ici après la saison de pêche, ou serez-vous déjà en Chine ?

— Si mon père est malade, je resterai pour le soigner.

— J'imagine que vous serez déçue si vous devez retarder votre mariage.

Comme il s'y était attendu, elle ne répondit pas.

— Pardonnez-moi, reprit-il. Je dis des choses que je ne devrais pas dire.

— L'homme que je dois épouser est vieux. Il a déjà deux femmes.

Tom se sentit profondément révolté à l'idée qu'un vieillard épouse cette jeune fille à peine sortie de l'adolescence. Il allait probablement la traiter comme une esclave… Tom ne comprenait pas les coutumes chinoises et, à ses yeux, cette jeune personne méritait mieux que le sort qui l'attendait là-bas.

— Allez-vous-en, maintenant, s'il vous plaît. Vous reviendrez demain.

Avant qu'il ait eu le temps de répondre, elle rassembla les vêtements et disparut derrière le rideau aux teintes défraîchies qui masquait l'arrière-boutique.

Tom resta là un bon moment, à regarder le rideau danser, puis s'immobiliser. Ce fut la chaleur qui le décida, finalement, à partir.

3.

Archer commanda à dîner pour deux, puis il trouva une table en coin qui lui permettait de s'installer dos au mur. Certes, le Roebuck n'avait rien de luxueux, mais il représentait une amélioration appréciable par rapport au bar-pension où ils avaient rencontré John Garth.

L'endroit était essentiellement fréquenté par des hommes dans son genre, vêtus, comme lui, de pantalons kaki et de vestes de toile enduite poussiéreuses. Quelques messieurs en blanc bavardaient çà et là avec des collègues autour d'un verre. Personne n'avait prêté attention à lui lorsqu'il était entré, mais on le connaissait déjà, sans doute. Dans une ville comme celle-ci, un étranger ne passait pas inaperçu.

De sa position stratégique, il voyait jusque dans la salle de billard où les gens se pressaient, et il dominait la salle de restaurant où seules quelques rares tables étaient occupées. Tandis qu'il tuait le temps en attendant son repas, un homme d'âge moyen, vêtu d'un costume blanc immaculé et impeccablement coupé, entra, accompagné d'une femme au visage en lame de couteau, moulée dans une robe noire. Ils n'étaient pas encore installés à table que, déjà, deux employés de l'hôtel s'empressaient autour d'eux. Un spectacle incongru dans une ville frontière où courtoisie et déférence ne faisaient pas partie des mœurs locales.

— Des hôtes de marque, à ce que je vois, dit Archer en levant les yeux sur le patron qui lui apportait ses couverts ainsi qu'un verre de whisky. Qui est ce type ?

— Lui ? Ça pourrait être vous un de ces jours, si vous trouvez une perle ou deux dignes de la couronne d'Angleterre, ou bien d'un maharadjah.

— L'un de vos maîtres perliers, c'est ça ?

— Ouais. Le dessus du panier. Sebastian Somerset et sa dame. Il fait couper ses chemises à Singapour, rouler ses cigarettes en Egypte, et il ne boit que du champagne français.

Le patron pansu et ruisselant de sueur passa un bref coup de torchon sur la table, puis ajouta :

— Vous voulez que je vous dise ? Eh bien, même pour toutes les perles du monde, je ne vivrais pas avec cette harpie.

Archer imaginait sans peine que cette femme avait l'âme plus empesée encore que sa robe. Somerset, un homme aux cheveux noirs qui se tenait droit comme un arbre, semblait tout aussi inflexible que son épouse. Il avait les traits fins et réguliers, mais son visage était fermé et son expression hostile.

— Alors, comme ça, Somerset a réussi ?

— Le capitaine Somerset possède une flotte de seize lougres, et au moins deux navires ravitailleurs, ainsi qu'un grand campement le long de Pikuwa Creek. Il sort régulièrement des perles grosses comme des œufs d'émeu.

Archer éclata de rire.

— Et suffisamment de nacre pour paver les rues du paradis ?

Le patron passa un nouveau coup de torchon sur la table.

— Il est riche, c'est sûr. L'homme le plus riche de la ville. D'ici à Perth, tous les célibataires rêvent d'épouser sa fille.

— Est-ce que la fille ressemble à sa mère ?

— Viola ? Elle est plutôt jolie, autant que je puisse en juger. Mais elle a une langue de vipère. Son venin a déjà empoisonné la plupart des hommes de la ville.

— Elle a besoin d'être matée, on dirait.

— Seul un homme riche y parviendra.

Sur ces mots, le patron retourna derrière son bar et, au même moment, Tom poussa la porte de la salle.

— Le linge sera prêt demain matin, annonça-t-il en tirant une chaise.

— Tant mieux. Parce que j'ai l'intention de faire une petite promenade avant d'embarquer.

— Une promenade ? répéta Tom, perplexe.

— Ouais. Apparemment, il y a un quartier de Broome que nous n'avons pas vu.

— Ah oui ? Lequel ?

Archer croisa les bras sur sa poitrine.

— Celui où habite ma future épouse.

Viola Somerset détestait la ville de Broome. Comme toute l'Australie, d'ailleurs. Quand elle était enfant, sa mère lui avait promis de l'envoyer en Angleterre parfaire son éducation, mais, par la suite, son père s'y était opposé. Il la trouvait trop têtue, déterminée à n'en faire qu'à sa tête, et il craignait de ne jamais la revoir s'il l'autorisait à quitter l'Australie. Or, une telle fugue lui aurait ôté toute influence sur les générations à venir.

Elle eut beau supplier, rien n'y fit. A quatorze ans, dans l'espoir de le voir céder, elle avait brusquement cessé de s'alimenter. Mais, comme Sebastian n'avait absolument pas paru s'en émouvoir, elle avait mis fin à son jeûne au bout d'une semaine.

A quinze ans, elle avait renoncé à ses rêves d'Angleterre et s'était mise en campagne pour que son père l'envoie dans une école pour jeunes filles de Perth, arguant qu'il lui fallait acquérir les manières qui convenaient à son rang pour devenir l'épouse de l'homme qui succéderait à Sebastian.

De son côté, ce dernier prétendait qu'aucune école ne saurait faire une dame d'une gamine retorse et menteuse.

Il faut avouer que Sebastian Somerset était aussi têtu que sa fille et, si Viola le méprisait au même titre que la ville et le pays tout entier, elle admirait, néanmoins, sa ténacité. Défiant la plus élémentaire sagesse, il s'était établi en Australie-Occidentale pour y bâtir son empire, petit à petit, une cargaison de nacre après l'autre, jusqu'à devenir l'homme riche qu'il était. A une époque où Broome n'était pas une ville pour les femmes blanches, il s'y était installé avec son épouse et sa fille qui n'était encore qu'un bébé, de sorte qu'il avait été le premier à jouir de son succès quand d'autres avaient timidement entrepris de l'imiter…

Lorsque son père, enfin amadoué, accepta qu'elle passe sa seizième année chez des cousins qui possédaient un grand élevage de moutons dans le sud du pays, elle le remercia en fille soumise, et se promit que, sitôt débarquée à Adélaïde, elle vendrait le collier de perles qu'elle apportait en cadeau à sa tante et prendrait le premier bateau en partance pour un autre continent.

Elle n'en fit rien, bien sûr. Sa cousine, Martha, l'attendait à son arrivée, et il s'avéra bien vite qu'elles étaient coulées dans le même moule. Les deux jeunes filles passèrent les mois suivants dans le tourbillon de la vie sociale des grands propriétaires du Sud, allant au bal en ville, aux courses à la campagne, galopant sur des pur-sang à travers les prairies, dansant et flirtant au cours de fêtes qui duraient toute la semaine. Martha lui apprit à relever ses boucles blondes en un haut chignon, à porter des robes du soir décolletées, mais Viola n'eut besoin de personne pour lui enseigner l'art de rendre les hommes fous.

A son retour à Broome, contrainte et forcée, Viola avait acquis la certitude qu'elle commanderait à son destin en agitant ses boucles et en battant des cils. Sebastian s'imaginait avoir déjà décidé de son avenir, mais elle trouverait un homme riche et quitterait les perles, la nacre et Broome pour toujours.

Ce soir-là, plusieurs mois après son retour, tandis qu'elle commençait à désespérer de rencontrer cet oiseau rare, elle accueillit ses parents qui descendaient de leur cabriolet devant la villa familiale.

— Le dîner a été agréable ? demanda-t-elle à sa mère avec un sourire crispé.

Jane Somerset renifla avec hauteur.

— Il n'y avait personne d'important à l'hôtel.

— Dommage, dit Viola en lui offrant son bras pour l'aider à gravir l'escalier du perron.

Bridée dans un corset étroitement serré afin de cacher son embonpoint, Jane haletait en montant les marches jusqu'à la véranda couverte d'un treillis.

— Le rôti était comme de la semelle. Le cuisinier devait avoir l'esprit ailleurs.

Sebastian ôta son chapeau et, ignorant sa femme, il s'adressa à sa fille :

— Viola, je n'aime pas beaucoup le décolleté de ta robe.

Cette remarque suffit à mettre la jeune fille en rage.

— Ah non ? répliqua-t-elle. Tu le préférerais plus profond, peut-être ?

— Je préférerais que tu parles à ton père avec le respect qui convient.

Elle rejeta ses boucles en arrière avec humeur.

— Et moi, je préférerais que tu cesses de me critiquer pour des détails sans importance. Je ne vois jamais personne, de toute façon, alors peu importe la manière dont je m'habille.

— Tu oublies le jeune Freddy Colson. Il vient assez souvent pour que cela t'intéresse, j'imagine.

Sebastian imaginait mal. Viola ne s'intéressait en rien à ce Freddy Colson en qui son père voyait un mari potentiel. C'était un jeune homme frêle, dévoué corps et âme aux affaires des Somerset. Freddy connaissait le prix de chaque planche de lougre, de chaque sac de riz porté à bord, de chaque panier de nacre tiré de l'océan. D'après Viola, seul l'argent l'intéressait. Même dans son sommeil, il ne rêvait pas d'elle ni d'aucune autre femme.

— Freddy serait ravi s'il pouvait t'épouser, répliqua-t-elle sèchement. Il est beaucoup plus attaché à toi qu'à moi.

Sebastian tritura nerveusement sa moustache.

— Ma fille, tu tiens vraiment à me mettre en colère ?

— Je tiens surtout à ce que tu saches que je n'épouserai pas Freddy Colson, même s'il est tout dévoué à Somerset & Co.

Elle installa sa mère essoufflée dans un fauteuil, et reprit :

— Si j'épouse un homme d'ici, ce sera un homme qui souhaite quitter la ville.

— En ce cas, je te déshériterai.

— Ce qui sera pour moi une bénédiction.

Sur ces mots, elle tourna les talons, furieuse contre sa mère qui gardait le silence, furieuse contre elle-même pour s'être emportée, et plus furieuse encore contre son père qui s'ingéniait à lui gâcher la vie. Abandonnant ses parents sous la véranda, elle se réfugia dans sa chambre.

Le lit était étroit et dur, mais quand même plus confortable que tous ceux dans lesquels Archer avait dormi depuis plusieurs semaines. La literie était propre et la fenêtre couverte d'une gaze légère qui tenait les moustiques à l'écart tout en laissant entrer la fraîcheur nocturne. L'estomac lesté de bon ragoût de mouton, la tête lourde d'un excès de whisky, il s'était endormi comme une bûche, mais, un peu avant l'aube, quelque chose était venu troubler son repos, et il était à présent tendu, sur le qui-vive.

Il n'entendit d'abord rien d'anormal. Des chiens aboyaient au loin, les chiens errants de la ville qui se disputaient le moindre déchet. Un gong retentit dans quelque temple païen du quartier chinois tout proche. Des bruits de vaisselle lui parvenaient de l'hôtel : on préparait la salle pour le petit déjeuner. Rien de tout cela n'aurait dû l'arracher au sommeil.

— Non, Linc… je ne veux pas me battre… pas avec toi… Ne fais pas l'imbécile, marmonna Tom en s'agitant dans son lit.

Archer comprit alors ce qui l'avait réveillé. Depuis la fin de la guerre cubaine, Tom souffrait de cauchemars si violents qu'il fallait parfois le tenir fermement pour sa propre sécurité. Même lorsqu'Archer le réveillait, il mettait un moment à reprendre ses esprits.

En entendant son discours décousu, Archer comprit qu'il était en proie à son rêve récurrent. Il attendit, hésitant à agir. Après s'être agité pendant quelques minutes, il allait peut-être se calmer…

— On n'est pas là… pour se battre entre nous…

Il marmonna encore des paroles indistinctes, puis se tut.

Même dans son sommeil, Tom, qui était la droiture incarnée, ne dénaturait pas les faits. Les engagés du 1er Régiment volontaire de cavalerie, que le monde connaissait sous le nom de Rough Riders, n'étaient pas venus à Cuba pour s'entretuer. C'était un bizarre mélange de cow-boys endurcis et d'aristocrates idéalistes qui possédaient à la fois les muscles et la cervelle nécessaires à une unité de l'armée. Toutes classes sociales confondues, ils étaient venus se battre contre un ennemi commun, les Espagnols, qui avait saboté le Maine et réduit les Cubains en esclavage.

Archer ne s'était pas engagé par idéalisme. Il se souciait comme d'une guigne des habitants à peau sombre d'une île trop lointaine pour constituer une menace. Lorsque Teddy Roosevelt avait lancé son appel, Archer s'était porté volontaire dans le seul but de fuir ses ennuis. Un éleveur de sa connaissance n'avait pas apprécié de se voir dépouillé, au cours d'une partie de poker, d'un bas de laine amassé à la sueur de son front. Il était même fermement convaincu qu'Archer avait triché, et menaçait d'en apporter la preuve. Se sachant coupable, Archer avait accepté un billet gratuit pour Cuba. L'armée lui évitait d'être pendu, et lui offrait même la possibilité de s'en tirer en gardant la tête haute.

Naturellement, Tom n'avait pas rejoint les Rough Riders pour échapper à ses ennuis ni même pour voir du pays. Il souffrait pour les autres, comme si c'était lui qui mourait de faim et de soif. Athlète accompli, tireur d'élite et excellent cavalier, Tom était aussi l'unique héritier d'une immense fortune. Son père était un magnat des chemins de fer de San Francisco et il savait qu'un jour ou l'autre, il ferait un héritage non négligeable. Sans s'interroger sur les conséquences, il s'était engagé dans les troupes de Roosevelt et n'était pas revenu sur cette décision quand son père avait menacé de léguer ses richesses à de lointains parents.

Affectés à l'unité K, Tom et Archer vivaient chacun leur vie, recherchant la compagnie de leurs semblables jusqu'à ce qu'un soir, à la terrasse d'une brasserie de San Antonio, le sergent de l'unité K, qui répondait au nom de Linc Webster, s'en prenne à Tom.

Ce Linc était belliqueux et brutal, mais comme il buvait plus que de raison, il était, la plupart du temps, hors d'état de nuire. Ce soir-là, il n'était sans doute pas assez mûr, et il avait pris de travers une remarque innocente de Tom. Sans réfléchir, Archer, qui avait le goût de la bagarre, s'était interposé entre la brute et l'aristocrate, écartant Tom d'une bourrade et parant le coup de poing du sergent avec tant de force que ce dernier s'était étalé par terre sous les rires des témoins.

Ce fut à la suite de ce geste généreux que Tom et Archer se lièrent d'amitié. Mais, à partir de ce jour-là, Linc n'eut de cesse qu'il ne se fût vengé de Tom. A San Antonio et, plus tard, à Tampa, Tom fut chargé des corvées les plus sales. Au moment d'assigner une monture à chacun, Tom se vit attribuer une rosse aux genoux cagneux qu'il fut fort aise de laisser derrière lui lorsqu'il s'avéra que les Rough Riders partiraient à la conquête de Cuba à pied.

Les brimades de Linc se faisaient chaque jour plus sournoises. Dans la mesure du possible, Tom les ignorait, ce qui aggravait encore la rancœur du sergent. Lorsque Tom découvrit que tous les boutons de sa chemise d'uniforme avaient été arrachés, il les recousut sans broncher. Lorsqu'il trouva son chapeau rempli de crottin de cheval, il le vida et le nettoya sans protester. Non pas qu'il fût incapable de se mettre en colère. Mais il estimait n'avoir rien à gagner en se fâchant, et il espérait venir à bout de la haine par la patience et la raison.

Archer, quant à lui, ne croyait guère à ces vertus, et restait convaincu que Tom faisait fausse route.

La tension entre le sergent et le soldat parut se dissoudre lorsque les Rough Riders débarquèrent à Daiquiri, sur la côte sud de Cuba. Comme si Linc avait trouvé un nouvel exutoire pour sa rage. Durant leur première bataille à Las Guasimas, Linc, Tom et Archer combattirent les soldats espagnols cachés dans la jungle et s'en tirèrent sans une égratignure quand huit de leurs camarades y laissèrent leur vie. Mais, une semaine plus tard, lorsqu'ils arrivèrent à proximité de Santiago, après des jours de marche éprouvante, sous une chaleur torride ponctuée par des pluies torrentielles, tout le monde était à cran, et Linc plus que les autres.

A la veille de l'attaque de San Juan Hill, Tom découvrit que Linc ne l'avait pas oublié. Les hommes avaient marché tout le jour dans des conditions pénibles, s'enfonçant dans la boue jusqu'à mi-jambe, taillant à la machette une jungle infestée de tarentules et de crabes terrestres aux pinces géantes. Certains avaient succombé à la fièvre ; tous étaient épuisés, démoralisés. Le soir venu, lorsque la colonne s'arrêta, ils posèrent leur paquetage, déroulèrent leur couverture et s'y laissèrent tomber. Comme il était interdit de parler ou de fumer, chacun ferma les yeux dans l'espoir de s'endormir.

Tom sombrait doucement dans le sommeil lorsqu'il entendit la voix de Linc tout près de son oreille.

— Tu ne survivras pas à la journée de demain, Robeson. J'y veillerai personnellement. Tu peux compter sur moi.

Tom ouvrit les yeux, et aperçut le visage grimaçant du sergent à quelques centimètres du sien. Puis, plus rien. Dans sa grande fatigue, il se demanda si les menaces qu'il avait cru entendre n'étaient pas l'expression de ses propres terreurs. Il doutait de survivre un jour de plus à cet enfer, avec ou sans bataille, et il s'endormit, exténué, convaincu qu'il avait rêvé.

Dès 4 heures du matin, ils étaient de nouveau à pied d'œuvre. Tandis qu'ils marchaient côte à côte, Tom raconta son rêve de la nuit à Archer. De l'avis de ce dernier, la visite nocturne de Linc et ses menaces étaient probablement réelles, mais il devait se soucier de sa propre sécurité. Il conseilla donc à Tom de rester le plus possible à l'écart du sergent.

L'attaque de Santiago devait s'effectuer en fourchette. Les Rough Riders prendraient par l'ouest, traverseraient San Juan Creek et se dirigeraient vers les hauteurs de San Juan puissamment défendues. La colline de San Juan était flanquée sur sa droite d'une autre colline plus petite. En attendant leurs ordres, les Rough Riders se terraient sur les berges de la rivière ou bien s'avançaient en rampant à travers les hautes herbes.

Archer et Tom s'étaient mis à couvert près de la rive pour échapper au feu nourri des Espagnols qui fauchait bon nombre de leurs compagnons. Les blessés gémissaient à fendre l'âme. Les cris et les jurons emplissaient l'air.

— Je vais aller voir ce qui se passe d'un peu plus près, dit Archer.

Et il se dirigea vers un creux de la berge. Il en avait assez d'attendre l'heure de la charge. Il lui fallait de l'action. Il atteignit le creux sans encombre, s'y tapit à l'abri des regards ennemis, puis se retourna pour voir ce que faisait son ami.

Il aperçut alors Lincoln Webster qui rampait furtivement vers Tom. Sans même réfléchir, Archer épaula et, au moment précis où Linc levait son arme en direction de Tom, il tira.

En dehors de Tom, qui était effaré, personne n'aurait dû connaître la vérité. Le sergent aurait dû rester aux yeux de tous une victime de plus des mausers espagnols. A ceci près qu'en abaissant son fusil, Archer surprit le regard d'un journaliste new-yorkais caché un peu plus loin, dans une autre anfractuosité de la berge. A son air horrifié, il était clair qu'il avait assisté à la fin de la scène.

L'homme se leva, pâle, hésitant, craignant, de toute évidence, qu'Archer le supprime pour l'empêcher de parler. Tandis qu'il s'élançait de derrière son rocher pour courir vers une meilleure cachette, une balle espagnole l'envoya à terre.

L'histoire aurait pu s'arrêter là.

Cependant, après que les clairons eurent sonné la défaite espagnole, après les défilés victorieux au son des fanfares militaires, Archer finit par découvrir que le journaliste n'était pas mort. Il avait été gravement blessé à la tête, et souffrait aussi de malaria. On l'avait ramené aux Etats-Unis par bateau, et personne ne savait ce qu'il était advenu de lui.

Jusqu'à ce que le *Miami* ramène les Rough Riders vainqueurs à Long Island, Archer vécut dans l'angoisse quotidienne de se voir mettre aux arrêts. Enfin, par un jour de septembre, lorsque le 1er Régiment volontaire de cavalerie fut dissous, il comprit qu'il ne pouvait pas rester plus longtemps aux Etats-Unis. Ce matin-là, il avait appris que le journaliste se rétablissait lentement dans une maison de repos d'Albany. Peut-être qu'un jour, il se souviendrait de ce qu'il avait vu ?

Le soir même, Archer annonça à Tom qu'il quittait définitivement le pays. Tom protesta, convaincu que, même si la vérité éclatait au grand jour, son ami ne serait pas inquiété. Mais Archer se savait condamné à coup sûr si l'armée faisait une enquête. Le journaliste avait derrière lui un support puissant : un quotidien qui vivait de scandales. Et quoi de plus scandaleux qu'un Rough Rider en abattant un autre ? Archer n'était, quant à lui, qu'un cow-boy devenu soldat. S'il mentait, personne ne le croirait. S'il avouait, il devrait faire face au peloton d'exécution.

— Dans ce cas, je viens avec toi, déclara Tom. Ma famille ne nous aidera pas, mais j'ai de l'argent de côté. Si nous unissons nos forces, nous trouverons bien le moyen de nous bâtir une vie quelque part. Même si je ne reste pas, je peux te donner un coup de main pour démarrer.

Archer accepta de bon cœur…

A présent, il regardait Tom s'agiter sur son lit étroit de l'hôtel Roebuck, à Broome ; il l'écoutait marmonner dans son cauchemar. En lui sauvant la vie, Archer, qui n'avait jamais été le héros de personne, était devenu celui de Tom, ce dont il s'accommodait d'autant mieux que son compagnon lui proposait de partager avec lui ses économies.

Pourtant, depuis des années qu'ils cherchaient fortune ensemble, Tom demeurait un mystère pour lui. Les persécutions de Linc ne lui avaient rien appris. Il croyait toujours à la bonté foncière des hommes ; il trouvait des excuses aux vices de ceux qu'il rencontrait et cherchait des vertus salvatrices là où un autre aurait renoncé. Mais le plus grand des mystères, le plus incompréhensible, c'était l'amour sans réserve qu'il vouait à Archer. Archer que personne n'avait jamais aimé depuis sa plus tendre enfance, et qui n'en revenait pas.

Il était extrêmement impulsif, et agissait sans réfléchir. C'était la véritable raison pour laquelle il avait sauvé Tom. Le meurtre de Linc n'avait pas été sans conséquences pour lui, et cependant, il ne regrettait pas d'avoir tué le sergent. Depuis qu'ils avaient fui leur pays, il s'était habitué à l'indéfectible amitié de Tom, et il n'imaginait pas pouvoir se passer de lui…

Soudain, Tom s'assit sur son lit, les yeux écarquillés. Mais il ne voyait rien : il semblait regarder à l'intérieur de lui-même. Enfin, il soupira, cessa de marmonner et retomba sur l'oreiller. Quelques instants plus tard, il dormait paisiblement.

Dans le calme revenu, Archer cessa de songer au passé pour réfléchir à ce qui l'attendait.

Il aimait l'aventure, mais il était las de courir le monde, de vivre d'expédients et des économies de Tom qui s'amenuisaient. Il n'avait rien fait de sa vie, et l'attrait de l'inconnu était en train de tourner à la malédiction. Comme son père, il voulait construire une dynastie. Il voulait des terres et des troupeaux à perte de vue. Même s'il avait pu regagner sans crainte le Texas de son enfance, il avait peu de chance d'y acquérir suffisamment de bonne terre pour bâtir un empire.

Ici, en Australie, il y avait des terres à des prix abordables. Arides, peut-être, mais en grande quantité. Il lui fallait juste de quoi acheter ou louer du terrain. Il bâtirait le reste à la sueur de son front…

La solution, c'était de trouver une épouse chez les riches. Et il lui fallait une perle pour que Viola Somerset ou l'une de ses semblables s'intéresse à lui.

Archer se leva, chercha à tâtons ses vêtements, les passa à la hâte et sortit sans un bruit. Dehors, l'air matinal demeurait lourd, inerte. Un faible rai de lumière se levait à l'horizon. La veille au soir, il avait demandé au patron dans quel quartier de la ville vivaient les riches, et l'homme lui avait indiqué une rue qui s'éloignait du centre.

Trop occupé à chercher du travail, Archer n'avait guère prêté attention à la géographie de la ville. A présent, tandis qu'il marchait sur la route de terre battue en écartant les moustiques d'une main nonchalante, il se rendait compte que Broome ne se réduisait pas au seul quartier chinois, à la jetée où s'amarraient les lougres et aux campements rudimentaires en bordure des plages.

Il passa le long de villas bordées de vastes vérandas fermées par des volets ou des moustiquaires. A mesure qu'il progressait et que le soleil déployait l'or de ses rayons, les villas devenaient plus grandes, plus cossues. Archer comprit qu'il venait de découvrir le repaire des maîtres perliers.

Il avait passé assez de temps en mer pour savoir qu'il n'avait pas une âme de marin. Pourtant, l'espace d'un instant, il goûta le charme particulier de cette ville côtière croulant sous les bougainvilliers, avec ses cieux remplis de sternes et de mouettes.

Il s'arrêta, et regarda autour de lui en s'interrogeant. Où se trouvait la maison de Sebastian Somerset ? Si cet homme était le plus riche des maîtres perliers de Broome, sa demeure se devait d'être la plus belle. Mais rien de ce qu'Archer avait vu jusque-là n'était digne d'un homme aussi influent. Archer reprenait son ascension quand il aperçut, devant lui, un garçon à la peau brune vêtu d'une tenue occidentale soigneusement repassée — sans doute un boy se rendant au travail. Broome était de ces villes où le plus modeste capitaine pouvait s'offrir une armée de serviteurs.

Archer pressa le pas et rattrapa le garçon.

— Hé ! Tu peux me dire où se trouve la maison de Sebastian Somerset ?

Le gamin, interloqué, haussa les épaules, paumes tournées vers le ciel. Peut-être n'avait-il pas compris. On parlait ici une bonne douzaine de langues dont la plus universelle était un curieux sabir anglais. Archer s'y essaya :

— Maison de M. Somerset. Grand boss de la perle. Toi connaître ?

Le garçon resta muet, mais il ne bougea pas.

Archer fouilla dans sa poche à la recherche d'une pièce, puis, au lieu de la tendre au garçon, il la lança en l'air et la rattrapa plusieurs fois. Après quoi, il répéta sa question dans le même langage.

Du doigt, le garçon montra le haut de la rue.

— Trois maisons. Grosse barrière.

Archer hésita à rempocher sa pièce, puis il sourit et la laissa tomber dans la poussière. Tandis que le gamin se précipitait pour la ramasser, il reprit son chemin.

S'il avait tout bonnement continué de marcher, il aurait repéré lui-même la maison de Somerset : elle ressemblait à un château, comparée à ses voisines. Cependant, elle demeurait conforme à la tradition locale et ne déparait pas le paysage. Les vérandas treillissées qui l'entouraient croulaient sous une profusion de plantes grimpantes. Elle était légèrement surélevée, avec un toit de métal vert en pointe et une allée qui menait à la porte principale. Archer s'imagina que, du haut de son repaire, le maître perlier voyait ses bateaux prendre la mer. Le parc était superbe, avec ses palmiers, ses jeunes baobabs aux troncs bulbeux, ses buissons de rosiers, et le grand acacia dont les fleurs tombaient en cascade au-dessus de la sobre grille métallique.

La jeune fille de la maison avait-elle toujours vécu ici, ou son père l'avait-il envoyée en pension pour qu'elle apprenne les bonnes manières ? Aimait-elle cette ville à l'air âcre et salin, aux panoramas exotiques et à la population barbare ? Refuserait-elle obstinément de la quitter ?

Comme s'il l'avait appelée de ses vœux, une jeune femme apparut comme par enchantement sous la véranda. A travers le rideau de gaze, il la voyait s'avancer en silence, gracieuse, aérienne. Elle souleva le panneau tendu de voile et resta immobile à contempler le jardin.

Archer retint son souffle, craignant d'être découvert. L'espace d'un instant, il s'était demandé si ce n'était pas l'épouse de Sebastian Somerset, mais cette femme était jeune, mince, avec une natte blonde retombant sur son épaule, des courbes harmonieuses sous le fin tissu blanc de son déshabillé. Il ne distinguait pas clairement son visage, mais il en devinait les traits réguliers et l'impertinence. Elle s'adossa contre un pilier de la véranda et croisa les bras.

Le soleil montait. Le ciel s'éclaircissait de minute en minute. Comme tout le reste de cette ville païenne, les oiseaux manquaient de discrétion. L'un d'eux venait de se poser sur l'acacia dans un chatoiement de couleurs, et piaillait, à présent, avec insistance.

Alertée par ce bruit, la jeune femme se retourna et aperçut Archer. Elle se pencha en avant, et ses cheveux se répandirent par-dessus la balustrade. Quittant l'ombre de l'arbre, Archer s'avança, la main levée en guise de salut. La jeune femme alla jusqu'au perron mais ne descendit pas.

— Je vous connais ?

Elle parlait à voix basse, et pourtant, malgré la distance considérable qui les séparait, Archer l'entendit sans peine.

— Pas encore, dit-il avec un sourire conquérant.

— Et pourquoi cela devrait-il changer ?

— Parce que je suis l'homme que vous épouserez.

Elle ne se formalisa pas de son audace ; elle n'en fut même pas troublée.

— Vraiment ? Vous croyez ?

— Je le sais. Je l'ai décidé.

— Et pourquoi cela ?

Dans les moments les plus dangereux, l'intuition d'Archer devenait particulièrement aiguë. Tom devait la vie à son sixième sens. A présent, il sentait que Viola Somerset était une femme redoutable. Pas une vierge effarouchée qui exigeait une dévotion dont nul homme n'était capable mais une manipulatrice prête à ruser pour satisfaire ses désirs. Hélas, il ignorait tout de ce qu'elle désirait.

— Vous m'épouserez parce que nous sommes coulés dans le même moule, dit-il enfin. Je vous veux parce que vous me donnerez du plaisir au lit, des fils sains et un beau-père riche. Vous me voulez parce qu'en échange, je comblerai vos vœux les plus chers.

— A savoir ?

— Désolé, princesse, mais je n'en sais encore rien.

— Alors, qui vous dit que vous pourrez me combler ?

— Faute d'y parvenir, je me tuerai à essayer.

Elle éclata d'un rire cristallin.

— Je veux quitter Broome et ne jamais y revenir. Pouvez-vous réaliser ce vœu ?

— Absolument. Je vous arracherai à cette ville dès que possible.

— Je veux un mari qui possède des terres. Je veux être la maîtresse d'un domaine, pas celle d'un homme. Vous possédez des terres ?

— Je ne possède pas grand-chose, pour le moment, mais cela va changer, et vite.

— Vraiment ?

Son ton se fit plus froid.

— Revenez quand ce sera fait.

Elle releva le menton et, dans une envolée de tissus vaporeux, elle se dirigea vers la maison.

— Princesse ?

Elle tourna la tête et posa sur lui un regard glacial.

— Je m'appelle Archer Llewellyn. Vous pouvez broder le trousseau pendant que je suis en mer.

— Je m'appelle Viola Somerset. Vous pouvez rêver de moi jusqu'à ce que vous reposiez au fond de l'eau.

Il riait lorsqu'elle referma le panneau de la véranda derrière elle.

4.

— Baleine, grand méchant. Vous, pas encore connaître pêche aux perles.

Bernard, un colosse venu du Timor hollandais, retourna prendre la barre pour éloigner le lougre du jet d'eau qui éclaboussait les vagues devant eux. Tom resta là, à contempler la mer et la flottille de leurs concurrents.

L'embarcation gémit tandis qu'avec l'aide de deux hommes d'équipage, Bernard changeait de cap. Bientôt, l'*Odyssey* prenait le vent et voguait vers les zones perlières. Au loin, le panache de l'indifférente baleine s'estompait contre l'horizon.

Archer vint se planter près de Tom, les bras croisés sur la poitrine, dans l'attitude d'un sultan ordonnant une exécution.

— Tu as déjà vu pareille équipe de sauvages et d'assassins ?

Constitué d'un cocktail de nationalités qui s'étendait du Japon jusqu'à la Malaisie, l'équipage savait ce qu'on attendait de lui. Chacun travaillait en silence aux tâches qui lui incombaient. Point de temps perdu en vaines paroles. Tom appréciait cette efficacité tranquille et voyait la diversité même du groupe comme une occasion de découverte.

— Ces sauvages et ces assassins tiennent notre avenir entre leurs mains, répondit-il à voix basse. Il est peut-être préférable de s'entendre avec eux, non ?

Ignorant la remarque, Archer poursuivit sur sa lancée :

— Et ce Bernard, il ne me dit rien qui vaille. Hier, il s'est disputé avec Ahmed. Je l'ai vu le soulever d'une main à plus de un mètre du sol. Il l'aurait jeté par-dessus bord comme un fétu. Crois-moi, ce gars-là nous fera la peau dans notre sommeil s'il arrive à mettre l'équipage dans sa poche. Remarque, comme ils parlent à peine anglais, je les vois mal organiser une mutinerie.

De l'avis de Tom, les hommes du bord communiquaient très bien dans le curieux sabir qui servait de langue commune. Assez, en tout cas, pour fomenter des crimes de toute sorte, à cela près que ce n'était pas leur but dans l'existence.

— Tu as dormi, la nuit dernière ?

— Pas fermé l'œil, grommela Archer.

Ce qui n'avait rien de surprenant. Durant le jour, le lougre était vivable sinon confortable, mais, à la nuit tombée, il devenait le terrain de jeu de milliers de cafards qui dînaient dans la cale des restes de chair d'huître, et venaient grignoter les pieds de l'équipage. Depuis qu'ils étaient à bord, les nuits grouillaient du bruit de ces bestioles qui brassaient de leurs ailes un air lourd empestant le curry, le moisi et le poisson avarié. Jusqu'ici, Tom et Archer avaient dormi dans la soute, sur des planches posées à même les outres d'eau fraîche. Le reste de l'équipage campait sur le pont, abrité par une bâche.

— Tu sais, Archer, Juan nous avait prévenus. Ça ne va pas s'arranger. Moi, ce soir, je vais mettre ma couverture dehors, avec les autres. Il y a de la place pour toi si tu as envie de dormir.

— Quoi ? Dormir avec ces coupe-jarrets alors que Juan dort dans la cabine ?

Juan Fernandez était le plongeur de l'*Odyssey*, ce qui faisait de lui le personnage le plus important de tout le bateau. Originaire de Manille, il n'était peut-être pas le meilleur plongeur de Broome, mais il ramenait à chaque saison un tonnage respectable de nacre.

— Eh bien, prends le deuxième lit de la cabine. Moi, je serai très bien dehors, à l'air libre.

Les traits renfrognés d'Archer se détendirent.

— Si l'un de nous deux ne prend pas la place, quelqu'un de moins méritant le fera. Et puis, c'est nous qui ouvrons les coquilles, non ?

L'avant-veille, au matin, juste avant le départ, John Garth leur avait fait un cours accéléré sur la vie à bord. Comme tous les maîtres perliers, il avait choisi des hommes aux cultures aussi différentes que possible afin d'éviter qu'ils fassent corps contre les intérêts de leur capitaine. Il y avait donc un plongeur de Manille, un barreur du Timor, un cuisinier chinois, deux jeunes costauds malais pour pomper l'air quand Juan était en plongée, et un vieux marin japonais que les années de scaphandre avaient rendu borgne et aux trois quarts sourd.

Pourtant, malgré leur expérience sur les vaisseaux perliers, ces hommes s'en remettaient à Tom et Archer lorsqu'il y avait une décision à prendre.

— Je me demande bien à quoi ça peut ressembler, en dessous. Je trouve que Juan a de la chance, pas toi ?

— De la chance ? Tu rigoles, Tom ! Ça vous nettoie un bonhomme de plonger. Tu as vu l'état de Toshiharu ? Il n'entend rien, il ne voit pas grand-chose, il bute sur tout ce qui traîne. Franchement, je ne comprends pas que Garth l'ait pris à bord.

— Il l'a pris parce que Toshiharu a été son premier plongeur et qu'il se sent responsable.

— Le capitaine a une drôle de notion de la rentabilité.

— Tu aurais fait comme lui. Je sais que c'est dangereux, sous l'eau, mais j'irais tout de même bien jeter un coup d'œil, pour voir.

— Demande à Juan. Peut-être qu'il te laisserait sa place.

Avec un haussement d'épaules, Archer s'éloigna en quête d'une occupation. Tom s'abîma de nouveau dans la contemplation de l'océan. Toute trace de la baleine avait disparu, et il se demanda où elle était allée.

Quelques minutes passèrent, puis Juan s'avança, tanguant au rythme des vagues sur ses jambes arquées. Il avait le teint mat, des cheveux noirs coupés court, aussi denses et lustrés que le poil d'un vison. A peine sorti de Broome, il avait abandonné le pantalon et la chemise pour le sarong, plus pratique. Il portait au cou une petite croix en or. Tom avait de la sympathie pour cet homme profondément pieux qui avait érigé dans sa cabine un autel à la Vierge Marie.

— Quoi toi regarder, là-bas ? demanda le plongeur.

— L'éternité.

— Trop d'hommes avoir vu l'éternité ici.

— Raconte-moi comment c'est sous l'eau.

Les yeux liquides frangés de longs cils soyeux se firent rêveurs.

— Moi me sentir moins seul sous l'eau qu'au-dessus. Plein de poissons, beaucoup compagnie. Ici en haut, toujours chercher des trucs et pas trouver. En bas, moi penser à chez moi. En dessous, seulement penser aux coquilles.

Et Juan s'éloigna à son tour.

Depuis qu'il avait quitté les Etats-Unis avec Archer, Tom pensait rarement à sa terre natale. Il écrivait régulièrement à ses parents, mais il n'avait reçu d'eux qu'une unique réponse dans laquelle son père le sommait de rentrer immédiatement sous peine de se voir déshérité.

Mais Tom n'avait pas l'amour de l'argent. Il se trouvait plus heureux où il était qu'à la tête d'une grosse fortune en Californie. Peu lui importait d'hériter. Il se contentait de peu et ne voyait pas pourquoi ses besoins augmenteraient. La villa qu'habitaient ses parents à Van Ness Avenue lui faisait l'effet d'une prison, et les élégantes jeunes héritières qu'on lui présentait l'ennuyaient à périr tant elles étaient superficielles et sottes.

Il songea à la femme qui n'était rien de tout cela, à la femme qui, alors même qu'il scrutait l'horizon, préparait ses bagages pour retourner se marier dans son village de Chine.

— Lian, dit-il à voix haute, juste pour prononcer son nom.

Tom s'étonnait encore de l'effet durable que la jeune Chinoise avait produit sur lui. Il ne l'avait vue que deux fois et, la seconde fois, quand il était revenu prendre son linge le matin du départ, elle était étroitement surveillée par son père, le vieux Sing Chung, qui était malade et frissonnait de fièvre sur son tabouret, au fond de la boutique.

Ce matin-là, elle était encore plus jolie que la veille dans sa tunique fraîchement repassée, avec ses cheveux relevés, tenus par un peigne d'ivoire, et son teint que la chaleur n'avait pas encore altéré.

— Vous êtes restée tard pour finir de nettoyer nos vêtements ? lui avait-il demandé après l'avoir saluée.

— Ce n'était rien, vraiment.

Il avait répliqué à voix basse :

— Je suis sûr du contraire, et je vous remercie de la peine que vous avez prise.

Sans relever les yeux, elle avait acquiescé de la tête.

— Votre père semble bien malade.

— Il ne veut pas se reposer, aujourd'hui.

Une voix à l'accent sévère vint interrompre leur échange. La jeune fille rougit.

— Je dois prendre votre argent.

Elle lui indiqua un prix. Sans hâte, Tom chercha la monnaie dans ses poches.

— Je pars en mer ce matin. Vous ne serez sans doute plus là lorsque je rentrerai. Me direz-vous votre nom, que je sache comment vous appeler dans mes pensées ?

— Pourquoi penseriez-vous à moi ? murmura-t-elle dans un souffle.

Comme il ne savait que répondre, il ne releva pas.

— Je m'appelle Tom. Tom Robeson.

Elle demeurait hésitante. Afin de gagner du temps, il continua de fouiller dans ses poches alors qu'il avait déjà la monnaie dans la main.

Cette fois, elle leva brièvement les yeux sur lui, puis elle se détourna.

— Lian.

— Lian.

— Dans votre langue, je suis un arbre, un saule.

— Un saule. Comme cela vous va bien !

— Peut-être. Ma mère m'a appris que je devais plier en toutes circonstances.

Tom songea à la vie qui l'attendait là-bas, dans son village. Il espérait sincèrement qu'elle pourrait plier sans se briser.

Le vieux aboya de nouveau des ordres, et la jeune fille soupira imperceptiblement.

— Je vais prendre votre argent. Il faut que vous partiez, à présent.

Il lui tendit les pièces, ne sachant plus que dire. Peut-être qu'à Broome, une jeune fille telle que Lian n'avait pas d'autre avenir que la servitude ou la prostitution. Peut-être valait-il mieux qu'elle rentre chez elle, en Chine, où elle aurait sa place dans la société.

— Que votre voyage vous soit propice, dit-elle en prenant la monnaie.

— Que votre avenir soit heureux, répondit Tom.

Elle le regarda de nouveau. Il y avait de la tristesse dans ses yeux. Ils se dévisagèrent pendant un long moment, jusqu'à ce que le vieillard se remette à hurler. Tom souleva alors son ballot de linge propre et s'en fut sans se retourner.

A présent, il s'interrogeait sur l'effet que Lian avait produit sur lui alors qu'en général, il était peu sensible au charme des Asiatiques. Il avait pitié de cette jeune fille dont il admirait la beauté, mais ce n'était pas tout. Elle l'avait profondément ému. Au point que, quand leurs regards s'étaient rencontrés, il avait été tenté de tendre la main pour lui caresser la joue. Pire, même : il l'aurait volontiers prise par le bras pour la tirer dehors, à l'air libre, au soleil, et vers un avenir meilleur avec lui.

Au lieu de cela, il était parti. S'il la retrouvait à Broome, à leur retour de la pêche, fuirait-il de nouveau ? Contrairement à Archer, il n'était pas de nature impulsive et passionnée. Pourtant, en cet instant, face à l'immensité de l'océan, il regrettait de ne pouvoir remettre le cap sur Broome.

— Saule, murmura-t-il doucement, pour goûter ce nom.

La femme qui devait plier en toutes circonstances…

Jamais Archer n'avait autant détesté un travail. Quelques jours après avoir quitté Broome, l'*Odyssey* était arrivé au large de Eighty Mile Beach où l'équipage avait obtenu quelque succès, plus tôt dans la saison. Juan souhaitait y tenter sa chance une nouvelle fois. Bernard, qui devait veiller à sa sécurité pendant les plongées, estimait que l'endroit était à la fois sûr et potentiellement productif.

Au début, les prises furent maigres, ce qui était préférable pour une initiation. Une fois remontées de l'océan, les coquilles restaient toute la nuit sur le pont à bâiller tandis que la chaleur tombait. Le lendemain matin, armés de gros couteaux, Archer et Tom les grattaient, puis, à l'aide d'une fine lame, ils ouvraient les huîtres avec précaution afin de ne pas endommager le trésor qu'elles pouvaient cacher — petite perle baroque sans grande valeur ou énorme perle du siècle. Le premier jour, Archer s'était senti des ailes en ouvrant les coquilles une à une. Quand il palpait la chair humide de l'animal, à la recherche d'une perle éventuelle, il lui semblait respirer le parfum de l'aventure.

Trois semaines avaient passé, depuis. Trois semaines, et pas une perle. Rien que quelques renflements dans les coquilles, que des mains plus expertes exploreraient plus tard et qui ne contenaient sans doute que des bulles d'air.

L'enthousiasme s'était vite évanoui. Restait ce sale boulot qui vous laissait les mains gluantes et tachées, malgré les lavages et brossages répétés. Sans même parler de l'odeur.

Le lougre s'était métamorphosé. Des lanières de chair d'huître malodorante séchaient, accrochées aux cordages, pour être ensuite ensachées et vendues à Singapour. Dans la cale, les cafards grossissaient et se multipliaient d'une nuit à l'autre. Les remugles de la nacre montaient des soutes pour envahir le pont et empuantir l'air.

Le roulis incessant, les grincements du bateau, l'inactivité forcée, l'ennui, tout contribuait à déprimer Archer qui sentait sa vie lui échapper. Tandis qu'il mangeait, dormait, travaillait avec des sauvages qui parlaient dans des langues qu'il ne comprenait pas, il voyait ses rêves s'éloigner avec la côte australienne.

Tom ne paraissait pas comprendre son malaise. Lui s'était adapté sans problème à la vie à bord ; il s'y était fait sa place. Les membres de l'équipage l'appréciaient et le respectaient. En ce moment même, alors qu'Archer se tenait seul à l'écart, les autres s'étaient rassemblés autour de lui. Grâce à la générosité de Juan, Tom allait descendre sous l'eau pour sa première plongée.

— Hé, Archer ! Viens donc ici me donner un coup de main ! lança-t-il à son compagnon avec un sourire réjoui.

Tom n'avait pas besoin de lui, bien sûr, mais Archer s'approcha.

— Tu es sûr de vouloir descendre ?

— Fallait qu'il plonge un jour, répondit Bernard avec un haussement d'épaules. Alors, le temps est venu.

Contrairement à Archer pour qui l'homme était maître de son destin, les membres de l'équipage croyaient dur comme fer que Tom devait tenter sa chance sous l'eau parce que c'était écrit. Il leur avait tellement parlé de plonger qu'il les en avait convaincus.

— C'est le moment ou jamais d'essayer, déclara Tom tandis que Juan lui enveloppait le torse et l'abdomen de flanelle.

Malgré la chaleur écrasante, l'océan serait froid.

— Il n'y a pratiquement pas d'huîtres nacrières dans ce secteur. Il faudra attendre demain matin avant d'atteindre une nouvelle zone de pêche. Autant en profiter pendant que Juan n'a rien d'autre à faire.

Archer aurait préféré marcher pieds nus sur des braises plutôt que d'enfiler le scaphandre et le casque de cuivre, mais il se garda bien de le dire, de crainte que les autres ne lui fassent ensuite payer cette faiblesse.

— Ne reste pas trop longtemps. Nous ne sommes pas là pour t'offrir des vacances sous-marines. Nous avons plus important à faire, grommela-t-il.

— Lui, pas bon rester trop longtemps la première fois, dit Juan. On le remonte vite, que ça lui plaise ou pas.

Tom portait deux pyjamas de gros coton sous l'enveloppe de flanelle, ainsi que deux paires d'épaisses chaussettes de laine. A présent, avec l'aide du vieux Toshiharu, il enfilait un pull, un pantalon de lainage et, par-dessus, des bas de laine qui lui montaient jusqu'en haut des cuisses.

— Toi mettre combinaison, maintenant, ordonna Juan. Nous, on arrange.

Tom obéit, et les hommes s'affairèrent autour de lui, tirant la combinaison jusqu'à ses épaules. Tom glissa les bras dans les manchettes de caoutchouc enduit et demeura là, silencieux, tandis qu'on ajustait le col autour de son cou. Juan le mena jusqu'à la trappe, et il s'assit pour lui enfiler les bottes de plongée aux semelles de plomb, avec l'aide de

Toshiharu. Pendant l'opération, Bernard mit à l'eau le filin lesté qui devait le guider jusqu'au fond.

Après quoi, il prit la collerette de cuivre sur le pont et la positionna devant le visage souriant de Tom avant de la fixer au col de la combinaison. Il vérifia ensuite que les valves fonctionnaient et que les vis étaient correctement serrées.

— Lui, prêt, déclara-t-il enfin.

Archer sentit son ventre se nouer.

— Tu es sûr de vouloir descendre ?

— Certain. Je ne donnerais pas ma place pour un empire.

Juan s'avança de nouveau pour répéter les consignes de dernière minute que Tom écouta attentivement. Puis, sur un signe de Juan, il se retourna et gagna l'échelle de corde d'une démarche pesante pour descendre ensuite de quelques degrés, jusqu'à ce que la collerette soit au niveau du garde-corps. Alors, Bernard se pencha pour déposer une cape lestée sur sa poitrine et son dos afin de l'équilibrer pour la plongée. Puis, après s'être assuré que le tuyau d'air n'était pas obstrué et que la ligne de nage à l'arrière de la combinaison était correctement arrimée et montait bien, Bernard souleva le casque en forme de cloche, le mit en place et le vissa sur la collerette.

Par la vitre carrée de la cloche de plongée, on ne voyait plus qu'une petite portion du visage de Tom. Sur le pont, les deux jeunes Malais activèrent la pompe, et l'air se mit à siffler dans le casque. Toshiharu tenait le tuyau d'air. Après avoir réglé les valves de débit, Bernard se saisit de la ligne de nage, puis il donna le signal d'un signe de tête.

Tom hésita une fraction de seconde, se dégagea de l'échelle et se jeta à l'eau à la renverse.

— Maintenant, on va voir s'il se rappelle bien tout, dit Juan à l'intention d'Archer.

Tom battit des bras, s'agita pendant quelques secondes, puis il se détendit, ajusta une valve sur le côté du casque et, comme s'il n'avait fait que cela toute sa vie, il prit le filin à deux mains et entreprit de descendre vers le fond.

— Ton ami, vrai marin. Sa place est avec nous, déclara Juan.

Piqué au vif, Archer rétorqua :
— Parce que, d'après toi, ce n'est pas mon cas ?
— Toi, chercher des perles. Lui, chercher mieux.
Sur ces mots, Juan s'éloigna pour discuter avec Bernard, et Archer resta seul, à regarder les bulles qui s'élevaient du scaphandre de Tom pour venir danser à la surface des vagues.

Tom aimait les soirées à bord de l'*Odyssey*. Quand le soleil couchant avait jeté ses derniers feux et que le lougre, à l'ancre pour la nuit, se balançait paresseusement, les hommes, las des travaux de la journée, prenaient place sur le pont pour manger des poissons au curry accompagnés de riz que Wong Fai préparait, et boire à satiété le thé brûlant et fort.

Il aimait écouter les conversations, décryptait sans peine le curieux sabir qui servait de langue commune et bavardait souvent avec Juan dont l'anglais était bien supérieur à ses rudiments d'espagnol. Juan avait de l'éducation, un goût marqué pour la poésie, et un certain talent pour jouer de la guitare, ce qui égayait les veillées sur le pont.

Le soir de sa première plongée, Juan vint le trouver après le dîner pour lui offrir sa tranche de bœuf en boîte — un luxe rare à leurs menus.

Tom refusa en souriant.

— Merci, Juan. C'est gentil mais je ne peux pas. Tu as besoin de viande. Tu travailles dur. Je m'en suis rendu compte, aujourd'hui.

— Toi travaillé dur aujourd'hui. Prends.

Tom ne put qu'accepter, et remercia de nouveau.

— Tu sais, Juan, je n'ai jamais rien vu de pareil. C'est tout un monde qui échappe au commun des mortels et que seuls peuvent connaître ceux qui ont la chance de plonger.

— Tes oreilles, ça va ?

Tom déglutit pour les tester. Sous l'eau, la pression avait été terrible. En remontant, il s'était étonné de découvrir que du sang lui sortait des conduits auditifs. Son nez saignait, lui aussi, mais les saignements s'étaient arrêtés rapidement. Il n'était pas descendu trop bas ni resté très longtemps sous l'eau. Bernard estimait plus prudent de remonter lentement les plongeurs, de sorte que Tom avait eu l'impression de passer plus de temps à descendre et remonter qu'à explorer le fond.

Mais il avait trouvé de la nacre.

— Ça va, les oreilles ? insista Juan.

— Ça a l'air, oui.

— L'équipage dit que c'est signe de chance trouver nacre à la première plongée. Que toi porter chance au bateau.

Tom éclata de rire. Le son résonnait bizarrement dans sa tête.

— Si nous devions compter sur ce que je trouve, nous n'aurions pas grand-chose dans les soutes à notre retour. C'est tout un art de repérer les coquilles. Je ne sais pas ce qui m'a mené à celles que j'ai trouvées.

— Le dieu de la nacre ?

Tom inclina la tête.

— Tu y crois, toi ?

— Non. Personne.

Tom rit de nouveau. Juan lui sourit, puis ils se turent. Les autres s'étaient dispersés sur le pont. Archer jouait aux dés avec Toshiharu et Ahmed, le plus âgé des deux Malais. Comme il ne perdait jamais, les autres ne jouaient plus avec lui que pour quelques pincées de tabac.

Tom mit son assiette de côté et se cala contre le rebord du bateau pour contempler les étoiles. En décidant d'accompagner Archer dans ses voyages, il n'avait pas songé à ce qu'il ferait des années à venir. Malgré les menaces de son père, il savait que sa vie d'antan l'attendait à San Francisco s'il le souhaitait. Initialement, il comptait vaguement rentrer au pays dès qu'Archer se serait établi. Malgré le peu d'affection qu'il vouait à ses parents, il se sentait des devoirs envers eux.

Pourtant, ce soir, sous la lune qui brillait telle une perle céleste sur le calme océan, bercé par le balancement du lougre et les voix des marins dans la fraîcheur du soir, il se demandait si son plus cher désir n'était pas de rester à Broome, d'acquérir un bateau et de tenter sa chance. Jamais il n'avait été plus heureux. La vie de perlier lui convenait.

Broome, et son mélange de cultures, lui convenait. Il aimait l'Australie, ses valeurs, l'immensité de ses paysages, la merveilleuse diversité des plantes et des bêtes.

Sans quitter le ciel des yeux, il s'adressa à Juan.

— J'ai rencontré une femme, à Broome. Une Chinoise. Lian, la fille de Sing Chung, à la blanchisserie de Dampier Terrace. Peut-on épouser une femme comme elle, à Broome ?

— Pas bien vu en ville. Mélange de couleurs pas bon. Les Blancs pas comprendre. Ils te tournent le dos.

— C'est vrai ? dit Tom qui n'était pas étonné le moins du monde.

— La fille veut t'épouser ?

— Non. C'était pour savoir. Elle retourne en Chine pour se marier avec un inconnu. Je suppose qu'elle sera partie avant que nous rentrions.

— Sûrement pas. Sing Chung mourir bientôt. Elle, le soigner en attendant. Elle sera là à notre retour.

— Comment le sais-tu, Juan ?

— Equipage faire paris. Tous les hommes la veulent.

Tom ne put s'empêcher de sourire. Lian savait-elle qu'elle avait un bateau entier d'admirateurs ?

Ce qu'il y avait de bien, à Broome, c'était qu'un homme rejeté par les siens pouvait trouver assez d'amis pour compenser le manque affectif.

Juan se leva pour aller chercher sa guitare. A son retour, il s'assit près de Tom et plaqua distraitement quelques accords.

— Autre lougre à l'horizon. Regarde, là-bas : un fanal.

Du doigt, il désigna à Tom un minuscule point de lumière — une lanterne accrochée à un mât lointain.

Depuis leur départ de Broome, ils avaient croisé d'autres lougres. L'océan était vaste, mais les bateaux perliers exploitaient les mêmes zones de pêche. A diverses reprises, ils s'étaient trouvés suffisamment près d'une autre embarcation pour que les équipages puissent passer la soirée ensemble.

— Dommage qu'il soit si loin, dit Tom. Ça aurait mis un peu d'animation.

Juan posa sa guitare, s'approcha du bord, et scruta l'obscurité pendant un long moment. Voyant qu'il se passait quelque chose, Archer et ses compagnons abandonnèrent leur partie de dés pour venir le rejoindre.

— Une barque arrive, déclara enfin Juan.

— Vrai ? demanda Tom en se levant à son tour.

Juan avait la vue plus perçante que lui, et il mit un moment à distinguer le canot qui approchait à la rame. Juan se recula et annonça :

— Nakanishi, le plongeur du *Sophia*. Un bateau de la flotte de Somerset. Deux autres dans le canot.

— La flotte de Somerset ? répéta Archer, soudain intéressé.

— Grand campement sur la côte, à Pikuwa Creek, dit Juan en désignant l'est du pouce. Bateau maître venir sur zone de pêche, début du mois, pour apporter les vivres.

Archer sourit à Tom en se frottant les mains.

— Une nuit de jeu en perspective pour moi. Avec les hommes de Somerset, en prime. Qui sait, hein ? Demain, je serai peut-être propriétaire de leur flotte !

— Méfie-toi quand même, vieux. Je ne connais pas ces hommes. Si tu les plumes au jeu, rien ne prouve que je pourrai les empêcher de te jeter par-dessus bord.

Archer éclata d'un rire sonore et se tourna vers l'océan. Le canot n'était plus qu'à une centaine de mètres. Soudain, il se pencha pardessus le bastingage.

— Je ne sais pas… Ils ont l'air… Nom de Dieu !

Avant même que les autres aient eu le temps de réagir, il s'élançait d'un bond et plongeait à l'eau. Il refit surface à quelques mètres de la barque et hurla :

— Envoyez le canot !

Puis il baissa la tête et se mit à nager de toutes ses forces.

— Mais qu'est-ce qu'il fabrique ? Archer, reviens ! hurla Tom.

— Homme à la mer, déclara Juan en montrant la barque du doigt.

Elle s'était immobilisée. Il n'y avait plus que deux hommes dedans, et Tom distinguait vaguement la forme d'une tête, plus loin, dansant à la surface au rythme de la houle.

— Nakanishi. Lui se lever et tomber, déclara encore Juan.

— Pourquoi ils n'essaient pas de le repêcher ?

— A cause des vagues. Elles poussent la barque vers nous, loin de lui.

— Juan, cette eau est glaciale. Archer ne nage pas aussi bien que ça. Il ne s'en sortira pas.

Juan ne parut guère s'en émouvoir. Sur le visage impassible du plongeur, Tom lut la vérité nue. Si Archer ramenait Nakanishi, tant mieux. S'il se noyait, tant pis. En somme, cela lui était parfaitement égal.

Inquiet pour son ami, Tom s'apprêtait à plonger, lui aussi, quand des bras musclés lui enserrèrent la taille pour le tirer en arrière.

— Bateau appartient bateau. Lui parti loin. Toi et moi rester.

Tom se débattit, mais Bernard était bien trop fort.

— Toi et moi rester, répéta-t-il avec autorité.

Derrière eux, Tom entendit les autres mettre la chaloupe à l'eau.

— Lui réussir, remarqua alors Juan d'un ton d'indifférence. Archer, lui nager mieux que tu crois. Nakanishi, trouver à boire ce soir. Boire trop. Ou alors mal des plongeurs.

Tom vit que Juan avait raison. Archer n'était plus qu'à quelques mètres de Nakanishi qui s'efforçait tant bien que mal de se maintenir à flot.

Bernard relâcha Tom qui avait cessé de lutter. Il n'avait plus aucune raison de plonger. La barque du *Sophia* se rapprochait des deux hommes ; la chaloupe de l'*Odyssey*, avec à bord Toshiharu et les deux jeunes Malais, filait vers eux à toutes rames. En quelques brasses, l'intrépide Archer avait rejoint Nakanishi et lui tenait la tête hors de l'eau en attendant les secours.

— Nakanishi faire Somerset homme riche. Somerset pas vouloir le perdre. Content apprendre lui sauvé. Et faire Archer content aussi.

Tom se demanda si, à la seconde où il avait plongé, Archer s'était fait la même réflexion. Il y avait des requins dans ces eaux, et bien d'autres dangers encore. Pourtant, une fois de plus, Archer avait risqué sa vie sans hésiter.

Non, il n'avait pas pu plonger pour sauver Nakanishi dans l'intention de se concilier les bonnes grâces de Somerset. Tout cela n'était qu'un étrange concours de circonstances. Seul le hasard avait fait que Nakanishi soit le plongeur de Somerset, et Somerset le père de la jeune fille qu'Archer prétendait vouloir épouser.

Tom se tourna vers Juan.

— Tu y crois, toi, aux coïncidences ?

Juan secoua la tête.

— Toute chose servir un but. Mais, parfois, homme décide but pour lui-même.

En silence, Tom observa Archer qui maintenait la tête du plongeur japonais hors de l'eau. Il se demanda où serait Archer, en ce moment, si l'homme accidenté avait été un autre.

5.

Viola Somerset était encore plus belle de près que de loin. Frangés de longs cils blonds, ses yeux du même bleu intense que sa robe éclairaient un visage aux traits finement ciselés. Lorsque Sebastian la présenta à Archer, elle haussa imperceptiblement ses délicats sourcils.

— Ainsi, vous êtes le sauveteur de Nakanishi.

Archer lui prit la main et s'inclina courtoisement, mais son sourire malicieux ajoutait une touche d'ironie à cette attitude formelle.

— Je ne suis pas certain de l'avoir sauvé, mais nous avons eu le temps de bavarder un moment en attendant la chaloupe.

Sebastian l'interrompit.

— Viola, ne crois pas ce que te dit M. Llewellyn : il est trop modeste. La vérité, c'est que, sans lui, mon meilleur plongeur serait resté au fond, et pas pour y chercher des perles.

— C'est très courageux de votre part, murmura Viola. Qu'est-ce qui pousse un homme à risquer sa vie pour voler au secours d'un inconnu sans espoir de récompense ?

— Il était en danger, et je me trouvais là. Il n'y a rien de très mystérieux à cela, mademoiselle Somerset. J'aurais agi de même pour vous.

Elle lui sourit avec gentillesse.

— Voilà qui me rassure infiniment.

Sebastian fit un geste en direction du salon.

— J'aperçois quelqu'un à qui il faut que je parle. Je vous laisse faire connaissance. Viola, tu n'oublieras pas que tu es placée à la droite de Freddy pour le dîner.

Archer nota l'accent d'autorité dans la voix de Somerset et l'éclair de rébellion dans les yeux de sa fille.

— Comment l'oublierais-je, père chéri ? Voilà trois jours que tu ne cesses de me le rappeler.

— Ce qui ne te rend guère plus enthousiaste, à ce que je constate.

Sur ces mots, il s'excusa et s'éloigna.

— Mon père et moi ne sommes pas toujours très bons amis, expliqua Viola à l'adresse d'Archer. Freddy Colson est son homme de confiance. Peut-être devrais-je vous présenter à lui, et nous engagerons des paris sur celui de vous deux qui montera le plus dans l'estime de mon cher papa, ce soir.

— Vous semblez croire que j'ai sauvé ce plongeur afin d'impressionner votre père.

— En tout cas, vous avez conquis son cœur.

— Ai-je conquis celui de sa fille ?

— Auriez-vous soudain fait fortune ?

— Hélas, non.

— En ce cas, vous n'avez ni mon cœur ni mon admiration.

Archer était convaincu que Viola l'avait reconnu pour son visiteur de l'aube. Cependant, il ne voulait rien laisser au hasard.

— Dois-je comprendre que vos mouchoirs ne sont pas brodés à mes initiales ?

Elle n'eut pas un battement de cils.

— Je regrette un peu que vous soyez pauvre, monsieur Llewellyn. Vous avez un charme brutal qui ne me déplaît pas. Malheureusement, comme vous n'êtes pas en mesure de m'arracher à cette ville, nous ne m'intéressez en rien.

Avec une moue d'ennui, elle se détourna. Archer la retint par le bras.

— Mademoiselle Somerset…

Elle se retourna vers lui, et posa un regard alangui sur sa main.

— Je promets de vous enlever et de vous emmener loin de l'Australie-Occidentale. Mais il me faut un peu de temps. Y a-t-il quelque chose qui vous empêche d'attendre ?

Elle parut réfléchir.

— Freddy Colson. C'est tout. Mon père a décidé que je l'épouserais. J'ignore combien de temps je pourrai continuer à refuser ce mariage.

— Alors, Freddy doit disparaître.

— Disparaître ? Vous plaisantez. Il est accroché à mon père comme une huître à sa coquille.

— J'ouvre les huîtres jusqu'à la saison creuse. Un coup de lame, et je sépare l'animal de sa coquille.

— Peut-être êtes-vous l'homme de la situation. Mais je vous conseille d'user d'un peu de finesse pour tenter de séparer Freddy de mon père.

Elle inclina la tête, puis releva légèrement sa robe, et le contourna pour gagner l'autre extrémité de la pièce et engager la conversation avec une personne de sa connaissance.

Quelques instants plus tard, Tom rejoignait Archer. La veille, après de longs mois passés en mer, ils avaient quitté l'*Odyssey* et repris pension au Roebuck Bay Hotel. Ils n'étaient pas arrivés depuis une heure que Sebastian Somerset venait remercier Archer et l'inviter à dîner. Surpris de voir le maître perlier se manifester aussi rapidement, Archer avait demandé que Tom les accompagne. Il s'en félicitait, à présent. Avec ses belles manières et son élégance d'aristocrate, Tom lui conférait une crédibilité qu'il n'aurait pas eue s'il s'était trouvé seul.

Toute la bonne société de Broome était rassemblée, ce soir-là, chez les Somerset. Il y avait là des banquiers, des perliers, des responsables de Cable House, bureau chargé de l'administration et de l'entretien du câble de communication sous-marin qui reliait Broome à Java. Archer, qui avait servi comme domestique, dans sa jeunesse, savait ce que ces gens attendaient de leurs invités, mais ces raffinements de courtoisie l'irritaient, et il avait hâte d'en finir avec les simagrées. Il lui fallait Viola avec son héritage. Pour y parvenir, il devait d'abord obtenir la considération du père. Seul le but importait. De par sa nature, il ne prendrait aucun plaisir aux stratégies de la conquête.

— Que penses-tu de la maison, Tom ? demanda-t-il à son ami.

Au fond de la pièce, un quatuor à cordes en tenue de soirée jouait en sourdine. Mais aucun des musiciens n'avait le talent de Juan Fernandez.

— Pas mal. L'architecture a un petit quelque chose d'asiatique. J'imagine que Mme Somerset achète à Singapour. C'est très adapté au climat. Je me plairais bien, ici.

La villa était la plus belle qu'Archer eût jamais vue. Le commentaire de Tom lui fit prendre conscience des différences qui existaient entre eux.

— Mouais. Tu n'es pas près d'avoir la même. Ni, d'ailleurs, aucune autre maison si nous n'achetons pas un lougre pour nous mettre à notre compte.

— Tu n'as pas changé d'avis ?

— Qu'est-ce que tu veux faire d'autre ? C'est notre meilleure chance de nous en sortir.

— Même en y mettant tout l'argent qui me reste, nous n'aurions pas assez pour acheter un bateau. Peut-être dans un an ou deux.

— Nous aurons notre lougre pour la prochaine saison, déclara Archer d'un ton péremptoire.

— Qu'est-ce qui t'en rend si sûr ?

— Je n'ai pas de temps à perdre.

Tom fronça les sourcils.

— Il n'y a rien à gagner à tout précipiter et à prendre trop de risques. Tu pourrais le regretter, faire du mal à quelqu'un. Rien ne presse : nous sommes jeunes.

A ceci près qu'Archer avait cessé d'être jeune dès le jour où sa mère l'avait abandonné à la porte de l'orphelinat.

— Ne t'en fais pas, va. Nous aurons notre lougre. Et j'aurai Mlle Somerset. Tu verras. Maintenant, sors-nous ton sourire des grands jours pour m'aider à charmer les indigènes.

Tom s'éclipsa peu après le dîner. Les autres convives, dont Archer faisait partie, étaient invités à entendre un nouveau concert du quatuor avec, cette fois, une soprano. Tom expliqua à Jane Somerset qu'il n'était à terre que depuis la veille et qu'il avait beaucoup à faire, puis, après maints compliments sur sa villa et sa manière de recevoir, il prit congé. Elle le laissa partir sans insister.

Sitôt dehors, il éprouva un vif soulagement. Déjà, les paisibles soirées à bord de l'*Odyssey* et la compagnie sans histoire de l'équipage lui manquaient. Il avait subi dans sa vie trop de dîners comme celui-ci. Certes, il s'était conduit avec la courtoisie requise, mais sans aucune sincérité.

En arrivant à quai, il dut veiller au déchargement de l'*Odyssey*, et il fut trop occupé pour tenter de voir Saule. Au matin, pourtant, il prit quelques minutes sur son travail pour faire un saut jusqu'à la blanchisserie. Mais la pièce étouffante où il avait rencontré la jeune fille était devenue un modeste restaurant chinois où les clients mangeaient leur soupe à des tables faites de planches posées sur des tréteaux et parlaient une langue qu'il ne comprenait pas. Il tenta bien de se renseigner, mais les gens qu'il interrogeait se montraient tous réticents.

Il décida alors de tenter sa chance auprès de Wong Fai, le cuisinier chinois de l'*Odyssey*. Il connaissait son adresse et, comme une chaleureuse entente s'était établie entre eux pendant les semaines passées à bord, il espérait bien obtenir son aide. Lian avait probablement quitté la ville, mais Tom n'en serait pas persuadé avant d'avoir vérifié.

Dans la ruelle du quartier chinois appelée Sheba Lane, il trouva la chambre de Wong à l'arrière d'une boutique de tailleur. Avec la fin de la pêche, la population de Chinatown avait doublé, et Wong partageait sans doute son logement avec d'autres hommes. Lorsqu'il vint lui ouvrir, Tom éprouva un vif soulagement en constatant qu'il était seul.

Wong était un petit homme maigre qui, malgré la diversité des goûts de l'équipage, s'était arrangé pour fournir, jour après jour, des repas aussi variés que possible et qui plaisaient à tous, à base de poisson et de riz. A bord, il demeurait distant. Le soir, il s'isolait dans un coin du pont pour lancer des pièces afin de prédire l'avenir, ou pour fumer paisiblement sa pipe sous les étoiles. Malgré sa taille, il était solide, nerveux, et les rares altercations auxquelles il avait pris part avaient toujours tourné en sa faveur.

— Quelque chose ne va pas, patron ? demanda Wong en s'effaçant et en s'inclinant courtoisement.

Tom entra, un peu gêné. La pièce était à peine assez grande pour un seul homme, et il avait l'impression d'accaparer tout l'espace à lui seul.

— Non, tout va très bien, mais j'ai un service à te demander. Je cherche Lian, la fille de Sing Chung. La laverie a disparu, et je ne la retrouve pas.

Sans prononcer une parole, Wong parvint à communiquer sa réprobation à Tom.

— D'accord, ce n'est pas raisonnable, j'en suis conscient, mais tu sais bien que je ne lui veux pas de mal. Je désire seulement m'assurer qu'elle est en bonne santé.

— Comment toi la connaître ?

Tom lui raconta leur rencontre.

— Elle laver ton linge ? C'est tout ?

— Oui, c'est tout. Mais je l'ai trouvée gentille, et je voudrais être sûr qu'elle va bien. Tu sais si elle est encore à Broome ? Est-ce que son père est mort ?

— Père mort.

— Ah ! Alors, elle est sans doute rentrée en Chine.

Wong ne répondit pas.

— Elle est rentrée en Chine ? Tu le sais ?

— Qu'est-ce que ça peut faire ? Elle, pas grand-chose : simple blanchisseuse.

— Je ne sais pas pourquoi, mais j'ai besoin de savoir.

Wong hésita, puis il croisa les bras sur sa poitrine.

— Elle est en Chine. Mariée. Partie d'ici.

— Je vois, dit Tom qui n'en croyait pas un mot.

En dépit de l'air neutre qu'affichait le cuisinier, Tom aurait juré qu'il mentait. D'autant qu'il évitait de le regarder et se balançait d'un pied sur l'autre.

— Et si Lian n'était pas rentrée en Chine, où serait-elle, maintenant, à ton avis ?

Wong parut soulagé. Il avait agi selon sa conscience ; il avait fait son devoir. A présent, on l'autorisait à dire la vérité.

— Une fille comme ça, des tas d'hommes après elle. Peut-être qu'un d'eux l'a prise pour la cacher.

Tom sentit la crainte lui nouer le ventre.

— Où la cacherait-il ? En supposant qu'elle soit toujours à Broome, bien sûr.

— Plein d'endroits, partout. Un bateau. Une chambre.

Il hésita de nouveau, puis haussa les épaules.

— Ou si le gars posséder maison de jeu, la garder en haut, avec les autres.

L'anxiété de Tom redoubla, mais il hocha la tête patiemment.

— Un homme qui voudrait d'une fille comme elle, ce serait sûrement un Chinois, non ? Enfin, si la fille n'est pas en Chine et mariée.

— Ouais. Un homme riche. Un chef.

— En supposant qu'il cache la fille, que penseraient les gens d'ici si quelqu'un allait la chercher pour l'aider ?

— Certains contents. Autres essayer de tuer homme qui veut aider.

— Comment l'homme pourrait-il se protéger afin d'aider la fille quand même ?

— Peut-être il a des amis. Si l'homme vient d'un bateau, il amène l'équipage à la maison de jeu. Les autres font la bagarre. Lui monter et prendre la fille.

— Je te remercie, Wong, dit Tom avant de s'en aller.

— Toi pas oublier, hein ? Fille de Sing en Chine, mariée et…

La porte se referma sur Tom avant que Wong ait achevé sa phrase.

Tom localisa sans peine Juan et Bernard, mais il eut davantage de mal à retrouver la trace d'Ahmed et de son ami Reece. Tous se portèrent volontaires pour l'aider dans son entreprise, même le vieux Toshiharu qui boitait plus que jamais sur la terre ferme. Et c'est ainsi que l'équipage de l'*Odyssey* se mit en route avec tout un arsenal d'armes assemblées à la hâte, dont certaines paraissaient particulièrement redoutables. Seuls manquaient à l'appel Wong, le cuisinier, et Archer qui était toujours chez les Somerset à écouter le fameux récital de folk-song glorifié. Tom regrettait l'absence de son ami, mais il ne voulait pas perdre de temps à l'attendre.

Afin d'en savoir plus sur le propriétaire de la mystérieuse maison de jeu, il avait rapporté les paroles de Wong à Juan qui vivait à Broome depuis fort longtemps. Le jeu faisait partie intégrante du paysage local, au même titre que les moustiques et la mangrove. Chaque nationalité avait ses propres jeux et ses lieux pour s'y adonner, y compris les Anglais et les Australiens, fervents de billard et de courses de chevaux. Il n'était pas rare que, revenu à terre, un homme perde en quelques jours tout l'argent gagné au cours de la saison de pêche. La police locale contribuait à cet état de chose en fermant les yeux contre un billet pour l'une ou l'autre des innombrables loteries hebdomadaires.

— Deux possibilités, déclara Juan lorsque Tom eut achevé son récit. Le premier a une grande maison, mais moi croire pas lui. Jouer au mah-jong seulement chez lui, et sa femme, elle habite en haut.

Il se passa le pouce en travers de la gorge et ajouta :

— Elle, pas contente du tout si lui amener Lian Sing à la maison.

— Et le deuxième ? s'enquit Tom qui s'inquiétait du sort de Saule.

— Lui, probable. Gros tripot. Beaucoup d'argent passer chez lui, et patron, Bobby Chinn, tellement riche qu'acheter tout un village dans son pays.

— Tu sais quelque chose sur lui ?

— Sale type. Renvoyé en Chine vite fait si pas donner tellement d'argent à la ville. Comment il le gagne, sale aussi. Lui ramener opium. Pas un petit peu pour plaisir, mais beaucoup, beaucoup. Rendre les siens malades avec ça.

Juan avait déjà expliqué à Tom que les Chinois se livraient à divers jeux en dehors du mah-jong, les plus populaires étant le fan-tan, et un ensemble d'autres appelés pai-gow.

— En ce cas, c'est chez lui que nous irons. En espérant que c'est le bon endroit.

La maison de jeu en question se trouvait à Dampier Terrace, à l'arrière du magasin que tenait Chinn. On y accédait par une allée bordée de rouleaux de tissu empilés, de sacs de farine, d'un fouillis de caisses remplies de sandales et de chapeaux de paille. Tom et ses compagnons forcèrent le passage, ignorant les protestations du commis qui les suivit en s'égosillant. Au fond du magasin, Juan désigna une porte d'un geste de la tête. Tom la poussa, prêt à se battre.

La pièce était aussi enfumée que bruyante. Installés sur des bancs, rassemblés à des tables couvertes de jetons, des hommes riaient et bavardaient avec animation. Le long des cloisons de tôle s'alignaient des tableaux couverts de caractères chinois qu'un homme modifiait tandis qu'un autre lui criait des consignes.

L'arrivée de Tom et de l'équipage eut un effet presque immédiat. Le bruit décrut à mesure qu'on remarquait leur présence. Bientôt, un homme en chemise sombre et pantalon kaki se détacha du nombre pour s'avancer vers eux.

— Pas bienvenus ici, déclara-t-il avec de grands gestes, comme pour les refouler.

— Bobby Chinn, dit Juan.

Impassible, Tom s'adressa à Chinn.

— Nous venons dépenser notre argent.

— Pas bienvenus.

Plus grand que Chinn de dix bons centimètres, Tom avait derrière lui Bernard, le colosse, qui le dominait d'une tête. Personne ne bougeait. Le silence se prolongea tandis que les adversaires se mesuraient. Enfin, Tom s'avança, jusqu'à être nez à nez avec Chinn.

— Vous cherchez des ennuis ? Si vous y tenez, je demande à un de mes hommes d'appeler la police.

A Broome, ce genre de menace ne pesait pas bien lourd et les représentants de l'ordre lui auraient fait savoir qu'il était bien sot de vouloir forcer le passage là où on ne voulait pas de lui.

Chinn se rembrunit. Profitant de l'avantage, Tom insista :

— A votre place, je n'aimerais pas que le sergent et ses hommes viennent fouiner ici. Qui sait ce qu'ils pourraient trouver, hein ?

— Vous rester. Pas longtemps. Pas longtemps, et pas de bagarre.

— Pas de bagarre ? Pourquoi on se battrait ? s'enquit Tom en souriant.

Chinn ne faisait pas mine de bouger. Pourtant, au moment où Tom s'apprêtait à l'écarter de son chemin pour passer, il s'effaça.

Suivi de son équipage, Tom s'avança jusqu'au centre de la pièce et prit cette fois le temps d'examiner les lieux. Au premier coup d'œil il n'avait pas vu d'autre issue que la porte par laquelle ils étaient entrés, mais il apercevait maintenant un battant si bien encastré dans la cloison qu'on le distinguait à peine. Avant d'entrer, Juan et lui avaient soigneusement fait le tour du bâtiment pour l'examiner. A l'évidence, c'était là la seule porte qui menait à l'étage.

Tom sortit un billet de une livre et le posa sur la table de fan-tan la plus proche.

— Comment on joue ?

L'homme qui tenait la table conféra en cantonais avec Chinn qui l'interrompit d'un geste de la main avant de se tourner vers Tom.

— Vous perdre votre temps.

Juan s'approcha de Tom.

— Eux diviser les jetons en quatre piles. Toi parier combien de jetons restent.

— Rapide et efficace. Merci, Juan.

Tom poussa l'argent au centre de la table, puis il annonça :

— Trois.

D'autres engagèrent des paris. Tom resta en marge du groupe tandis que le meneur de jeu répartissait les jetons avec tant de dextérité qu'on ne pouvait suivre ses mains. Peu importait d'ailleurs, car Bernard venait de lancer un grand cri en renversant une table à l'autre bout de la pièce.

— C'est parti ! souffla Tom à mi-voix.

Juan avait déjà volé à la rescousse, suivi de Toshiharu armé d'un pied de table arraché à la hâte, pied de table qu'il maniait avec une habileté surprenante. Ahmed et Reece avaient sauté sur le dos de deux hommes qui s'efforçaient de neutraliser Bernard et, bientôt, toute l'assistance se jetait dans la mêlée.

Le champ était libre. Tom s'esquiva donc en direction de la porte cachée.

— C'est comme ça que vous jouez ? intervint Bobby Chinn en lui barrant le passage.

Tom, qui s'y attendait, l'étendit au sol d'un coup de poing bien placé, puis il sauta par-dessus sa victime, poussa la porte et grimpa les marches quatre à quatre.

A l'étage, il trouva une myriade de petites pièces donnant sur un couloir étroit. Les deux premières étaient vides. Dans la troisième, il y avait une jeune femme au regard vide, drapée dans un vêtement de soie froissée et sale.

— Où est Lian Sing ? lui hurla Tom.

Elle ne réagit pas, ne parut même pas le voir. Tom renonça et poursuivit son chemin de crainte de perdre un temps précieux.

— Lian ! Où êtes-vous ? C'est Tom.

Percevant un bruit derrière lui, il eut le réflexe de s'effacer. Bobby Chinn lui tomba dessus à coups de poing et de pied. Tom esquiva, feinta, mit pour une fois en pratique les bons conseils de son ami Archer. Chinn savait se battre, mais Tom avait trop gros à perdre pour lui concéder la victoire. Tandis que Chinn lançait une nouvelle attaque, il bondit de côté, pivota sur lui-même et envoya son adversaire contre le mur d'un coup de pied. L'autre se recroquevilla, et Tom lui assena un coup du tranchant de la main contre la nuque.

Il était hors de combat pour le moment, mais il fallait retrouver Saule avant que les renforts n'arrivent.

— Lian ! hurlait Tom en ouvrant une porte après l'autre.

Enfin, derrière la dernière, il entendit un bruit. Mais la porte résistait. Elle était verrouillée. Il la secoua de toutes ses forces.

— Lian ! C'est moi, Tom ! Vous pouvez ouvrir ?

Des sanglots lui parvinrent en guise de réponse.

— Lian ? Vous êtes là ? C'est vous ?

Ivre de frustration, il prit son élan et se précipita de tout son poids contre la porte. Une fois, deux fois, jusqu'à ce qu'elle cède.

La pièce était sombre et sentait le renfermé. Il n'y avait là ni fenêtre, ni lanterne. Dans la faible lueur qui filtrait du couloir, il aperçut Lian assise dans un coin sur une couverture sale. Elle pleurait.

— Saule, murmura-t-il.

Il s'agenouilla près d'elle, lui souleva doucement le menton pour l'obliger à lui faire face. Sur sa tunique sombre, ses longs cheveux défaits tombaient en désordre jusqu'à sa taille.

— Tout va bien à présent.

— Je suis morte. Laissez-moi.

— Non, vous êtes vivante. Je suis venu vous aider.

— Bobby Chinn m'a tuée.

— Je tuerai ce salopard. Il vous a fait du mal ?

Ses sanglots redoublèrent.

— Quel que soit le problème, je vous aiderai. Je suis là, avec vous. Mais il faut que nous filions d'ici, ou il nous tuera tous les deux.

— Je ne suis pas digne. Je suis une sotte.

Il se releva, lui prit les mains et la mit debout malgré sa résistance.

— Allons, faites un effort. Cela sera plus facile si je ne suis pas obligé de vous porter.

— Laissez-moi.

— Saule, je ne vous laisserai pas. Maintenant, faites un effort. Il faut que vous m'aidiez à vous sortir d'ici.

Elle resta un moment immobile, haletante. Tom crut qu'elle allait de nouveau refuser, mais elle capitula d'un léger hochement de tête.

— Bien.

Il la prit par la main, la tira à sa suite jusqu'à atteindre la porte de l'escalier. En bas, la bagarre faisait rage, et le bruit montait jusqu'à eux. Il avait retrouvé Lian, mais comment la tirer de ce cauchemar ? Il n'avait aucune chance de la faire sortir par la salle de jeu.

— Il y a une autre sortie ?

Elle le dévisageait sans comprendre. Réalisant qu'il lui faudrait trouver seul une issue, il repartit dans l'autre sens, la traînant derrière lui. En quête d'une fenêtre, d'une trappe donnant sur un grenier, d'une hypothétique sortie de secours, il l'attira dans la pièce qui faisait face à la sienne. Elle ouvrait sur une autre chambre, avec une fenêtre et un petit balcon. Là, ils avaient une chance de rejoindre la rue. La fenêtre était bloquée par l'excès de peinture. D'un coup de talon, il en brisa la vitre, passa sur le balcon et y guida précautionneusement Lian pour lui éviter de se blesser.

— Bon. Maintenant, écoutez. Ce n'est pas bien haut, ici. Je vais sauter dans l'allée et je serai en bas pour vous rattraper. Vous allez me regarder faire et, ensuite, vous ferez comme moi, d'accord ?

Elle sanglotait toujours. Il n'était même pas sûr qu'elle l'avait entendu.

— Saule, c'est important, reprit-il en la secouant doucement. Vous y arriverez ?

Enfin, elle acquiesça d'un hochement de tête.

— Regardez-moi bien et faites exactement la même chose quand je serai en bas.

Déjà, il y avait du bruit dans le couloir. Chaque seconde comptait. Il ne pouvait décemment pas la prendre et la jeter par-dessus le balcon. Trop dangereux pour elle. Alors, il enjamba la balustrade, agrippa les barreaux et se laissa glisser le plus bas possible. Puis il lâcha prise. Malgré le choc, il retomba sur ses pieds, tituba un instant, le temps de reprendre l'équilibre. Une fois stabilisé, il se positionna à l'aplomb du balcon et lui tendit les bras.

— A votre tour. Sautez. Vite. Avant qu'ils vous rattrapent.

Il s'attendait à la voir hésiter, se demandait même si elle le ferait, mais elle enjamba le balcon, se laissa comme lui glisser le long des barreaux et tomba dans ses bras tendus.

Saule se brossa les cheveux d'une main tremblante. Elle était seule dans une pièce, comme chez Bobby Chinn, mais elle était vêtue d'un peignoir propre et la porte n'était pas verrouillée. La chambre était modeste, mais nette et ordonnée. Il y avait un lit avec une couverture neuve et une commode sous la fenêtre.

On frappa à la porte. Quelques secondes plus tard, Tom apparut. Il entra, referma derrière lui et alla poser un plateau sur la commode.

— Je vous apporte à manger. Je ne sais pas ce que vous aimez. J'ai pris ce qu'ils avaient au bar. On dirait du hachis. Il y a aussi du thé et un morceau de pain.

Il prit le temps de disposer la tasse, la théière, les couverts, puis il se tourna vers elle.

— Vous vous sentez mieux ? Un tout petit peu mieux ?

Elle aimait le regarder. Depuis le jour où elle l'avait vu pour la première fois dans la blanchisserie de son père. Elle avait beaucoup pensé à lui au fil des mois, à sa grâce, à son port de tête, aux boucles brunes qui ornaient son front, mais elle avait cru ne jamais le revoir. Et jamais elle n'aurait imaginé que Tom la verrait ainsi.

Gênée, elle se détourna, espérant qu'il ferait de même. Elle n'était pas digne qu'on la regarde.

— Pourquoi vous m'aidez ?

— Saule, vous ne méritiez pas ce qui vous est arrivé. Après vous avoir retrouvée, je ne pouvais vous laisser dans un endroit pareil.

— Vous n'auriez pas dû venir.

— Pourquoi dites-vous cela ?

— Je suis morte.

— Vous respirez. Votre cœur bat toujours, que je sache.

— Bobby Chinn m'a tuée.

— Me raconterez-vous comment vous avez échoué chez lui ?

Elle hocha la tête, jeta un bref coup d'œil dans sa direction. Il n'était pas fâché, seulement attristé par son refus.

— Peu importe comment c'est arrivé. Vous êtes en sûreté à présent. Nous vous trouverons un logement.

Il hésita, puis ajouta :

— A moins que vous ne rentriez en Chine.

— Je ne peux pas rentrer. Je suis morte.

— Parce que Chinn vous a kidnappée ?

Elle ne répondit pas.

— Parce que Chinn vous a violée ? reprit-il à mi-voix.

Elle ne s'offusqua pas de sa question, ni même du fait qu'il l'ait posée. Rien ne la choquerait plus.

— Ce qu'il a fait n'a pas d'importance. J'étais une fille dévouée, obéissante. Je devais épouser un homme honorable. Mais quand mon père est mort, je ne suis pas rentrée en Chine comme je l'aurais dû.

Tom s'approcha d'elle, s'arrêta à quelques pas du lit, puis il s'accroupit pour se mettre à sa hauteur.

— Que s'est-il passé ?

— Je viens d'un village de Chine, mais ce n'est pas chez moi. Vous comprenez ?

— Vous êtes née là-bas, mais vous n'y avez pas vécu depuis votre enfance.

— Je ne voulais pas y aller. Là-bas, je suis une étrangère. Je n'ai pas de famille. Ici, j'ai appris à écrire et à lire en anglais. Mon père, il ne comprenait pas. Il me punissait quand j'essayais d'expliquer.

— Continuez.

— A Broome, je suis chez moi.

— Oui.

— Quand mon père est mort, j'ai pris l'argent mis de côté pour mon voyage et j'ai loué une chambre. Je ne voulais pas partir. Il y a du travail ici. Je le savais. J'ai désobéi à mon père. Je suis maudite.

— Chinn a découvert que vous étiez seule et il vous a enlevée ?

— On m'avait promis du travail dans son magasin. Je savais que c'était un méchant homme, mais je croyais pouvoir l'éviter.

— Et vous n'avez pas pu.

Sa voix était si douce, si pleine de chaleur et de compréhension que les affreuses larmes de honte lui remontaient aux yeux.

— Vous avez tort d'être gentil. J'ai désobéi et j'ai été punie.

— Non. Vous avez cru en des gens indignes de votre confiance.

— Le malheur est venu parce que j'ai désobéi.

Il lui prit les mains. Elle se laissa faire sans résister. Quelle importance, puisqu'elle était morte ?

— Saule… Si vous aviez grandi en Chine, vous auriez accepté les projets que votre père avait pour vous. Mais vous avez grandi ici, où les femmes ont leur mot à dire sur leur destin. Vous êtes éduquée, vous voyez les choses d'un autre œil. Votre choix était compréhensible. Seulement…

Il laissa la phrase en suspens. Elle attendit la suite, leva les yeux sur lui.

— Seulement, j'ai désobéi à mon père, c'est cela ?

Il nia de la tête. Il y avait de la tristesse dans son regard.

— Non. Mais vous êtes chinoise, et vous n'aviez personne pour vous défendre après la mort de votre père. Chinn est un homme puissant, les vôtres le craignaient. Quant aux habitants de Broome, ils ne se mêlent pas des affaires des autres.

— Vous, vous n'aviez pas peur.

— Si j'avais été là, rien de tout cela ne serait arrivé. J'en suis désolé.

Elle ne comprenait plus. Elle avait commis une faute terrible, une faute impardonnable, et pourtant, Tom se sentait responsable, prenait la faute sur lui…

— Mais… c'est moi qui suis en disgrâce.

— En disgrâce ? Pas morte ?

Il essuya une larme qui roulait sur sa joue.

— Je préfère cela, c'est un progrès.

— Je ne peux plus me marier. Mes fils seront en marge de la société. Aucune femme ne voudra de moi comme servante. Je ne peux vivre que comme Bobby Chinn le voulait.

— Comme prostituée ?
— Je suis morte.
Il s'assit sur ses talons.
— Quand avez-vous mangé pour la dernière fois ?
Elle secoua la tête.
— Vous vous laissez mourir de faim ?
Elle le regarda comme s'il n'existait pas.
— Une femme morte ne mange pas.
— Une femme morte ne parle pas non plus. Elle ne marche pas. Elle ne pleure pas.
Elle releva le menton, butée.
— Bientôt, je ne ferai plus rien de tout cela.
— Saule, vous n'êtes pas coupable. Ce n'est pas votre faute si Bobby Chinn vous a maltraitée. Et si les vôtres ne veulent plus de vous, il vous faut trouver une place ailleurs, chez les autres. Vous êtes éduquée, intelligente. Je suis sûr que l'épouse d'un maître perlier vous prendrait comme nourrice ou comme domestique. J'ai rencontré des gens influents ce soir. Je peux vous trouver du travail. Faites-moi confiance.
Elle était morte. Elle se sentait morte au-dedans. Pourtant, Tom insistait pour lui rendre la vie, une vie dont elle n'était pas digne. Et puis, ce sursaut de colère en elle la tirait aussi vers la vie.
— Que dois-je faire en échange de votre aide ? Ce que j'étais censée faire pour Bobby Chinn ? Ce pour quoi il voulait me vendre ?
Tom inclina la tête.
— Saule, depuis combien de temps étiez-vous chez Chinn ?
— Assez longtemps pour mourir.
— Pourquoi étiez-vous seule dans cette pièce ?
— Un homme devait lui donner beaucoup d'argent pour moi. Il me tenait à l'abri des autres.
— Alors, Chinn ne vous a pas…
Il s'interrompit, agita la tête et reprit :
— Vous croyez vraiment que je suis venu vous chercher parce que je désire quelque chose de vous ?
— Tous les hommes veulent ça.

— Peut-être, mais tous ne se servent pas de force. Jamais je ne vous toucherai contre votre volonté.

— Je ne veux rien. Je suis…

— Morte. C'est ce que vous dites, je sais.

De nouveau, elle eut un sursaut de colère.

— Vous ne pouvez pas savoir. Vous êtes un homme. Je ne suis rien, je suis seule.

— Non, vous n'êtes pas seule. Je suis là, avec vous, et je ne vous laisserai pas mourir de faim, ni vendre votre corps. Vous ne devez pas renoncer à cause de ça.

— Je veux mourir.

Toute colère l'avait quittée. Elle n'éprouvait plus qu'une immense tristesse, une tristesse insoutenable. Elle se prit la tête dans les mains et se remit à sangloter. Mais ce n'était plus les larmes du désespoir, comme chez Bobby Chinn. Ces larmes-là venaient du fond d'une âme prisonnière d'un corps qui n'en était plus digne.

Tom s'assit près d'elle sur le lit, l'enveloppa de ses bras, l'attira contre lui.

— Oui, pleurez, ça soulage. Vous avez vécu des jours terribles. Mais je vous promets que tout ira mieux maintenant.

Il caressa ses cheveux, la berça contre lui comme une enfant en murmurant :

— Je suis là, vous n'êtes pas seule. Je ne laisserai personne vous faire souffrir. Jamais. Je veillerai sur vous, je vous le jure.

— Pourquoi ?

Il ne répondit pas.

— Pourquoi êtes-vous venu me chercher ? Pourquoi vous être battu pour moi ?

Il se taisait toujours.

— Pourquoi ? insista-t-elle.

— Chut… Calmez-vous. Je l'ai fait, je vous ai retrouvée, et je vais vous aider. C'est tout.

Elle le repoussa des deux mains, jusqu'à ce qu'il la libère et qu'elle puisse voir son visage.

— Qu'espériez-vous ?

— A quoi bon le savoir ? Cela n'arrangera rien.

— Dites !

Il soupira, attristé.

— Pendant que j'étais en mer, je pensais souvent à vous. Je savais que je n'aurais pas dû, que vous alliez vous marier. Mais je ne parvenais pas à vous oublier. A mon retour à terre, il a fallu que je m'assure que vous étiez bien partie dans l'espoir qu'alors, je pourrais renoncer.

— Mais vous n'avez pas renoncé. Je suis morte et pourtant, vous n'avez pas renoncé. Même après ça.

— C'est vrai.

Elle s'était disgraciée, elle était indigne, et cependant, cet homme, ce bel Américain au regard tendre et à l'âme paisible n'en avait cure. Il était venu la chercher. Il avait risqué sa vie et il n'exigeait rien en échange.

Pourtant, il la désirait. Elle le voyait, le sentait. Et c'était chose bonne, propre à laver la souillure, à effacer le mal que Chinn lui avait fait, et l'affront de cet autre homme qui l'avait mise nue pour regarder ses seins d'un œil froid avant d'offrir beaucoup d'argent à Chinn. Elle était morte pour son peuple, mais non pas morte de l'intérieur comme elle l'avait cru.

— Pour vous, je ferai ce que je n'ai pas fait pour Bobby Chinn ou pour l'homme qui voulait m'acheter, murmura-t-elle. Je le ferai pour vous parce que vous n'avez pas renoncé quand vous l'auriez dû.

Il hocha la tête, mais ses mains pressèrent ses épaules.

— Non. Vous ne me connaissez pas. Contrairement à ce que vous pensez, vous êtes pure. Vous méritez le mariage et je ne suis pas certain qu'on me permette de vous épouser ici. Je ne suis même pas sûr de pouvoir vous offrir un avenir. Vous trouverez un homme qui voudra de vous pour épouse malgré Chinn et tout ce qui s'est passé.

— Non. Il n'y aura pas d'autre homme. Parce que je ferai avec vous ce que je n'ai pas fait avec Chinn.

Avant qu'il ait pu protester, elle se pencha vers lui et posa ses lèvres sur les siennes. Le contact était doux et tiède. Il soupira contre sa bouche, tenta de se dégager. Elle se recula et lut dans ses yeux ce qu'il se refusait.

— Vous dites que je ne suis pas morte, Tom Robeson. Si c'est vrai. prouvez-le.

— Saule…

Elle l'embrassa de nouveau et répéta son nom, avec tendresse, cette fois. Sous ses cheveux, elle sentait ses mains chaudes et fortes à travers le fin tissu de son peignoir. Elle se pressa contre lui, pressa contre son torse les seins que l'autre homme avait regardés pour dissoudre sa honte dans la chaleur de Tom.

— Je te donnerai à toi ce qu'ils auraient pris de force, murmura-t-elle dans un souffle.

Il gémit, la serra plus fort. Et elle découvrit qu'elle était bien vivante.

6.

Archer garda un œil sur Viola tout au long de la soirée, mais il s'intéressait bien davantage à Freddy Colson. C'était un homme effacé jusqu'à l'insignifiance, aux cheveux clairsemés et si rigoureusement plaqués à l'arrière que les mèches semblaient adhérer à son crâne. Il avait la curieuse manie de répéter le dernier mot de chaque phrase, comme si personne ne l'écoutait, et la manie plus curieuse encore de couver Sebastian Somerset d'un regard de chien fidèle. Colson parlait comme un livre de l'industrie perlière, récitait de mémoire faits et chiffres, mais, en dehors des considérations sur le temps et sur ses effets sur la pêche aux coquilles nacrières, il n'avait aucun don pour la conversation.

Lorsque le quatuor et la soprano eurent terminé leur récital, Archer décida d'entreprendre son rival.

— Vous semblez vous plaire ici. Dites-moi, existe-t-il à Broome de quoi se distraire et mener une vie agréable pendant les mois creux ?

Colson parut choqué, comme si l'idée même de distraction avait été la porte ouverte à la perdition.

— Je travaille de longues heures pour M. Somerset, et cela suffit à me satisfaire.

Jusque-là, Archer avait considéré le fait de réduire Colson à merci comme une étape nécessaire dans sa stratégie, mais, contrairement à ce qu'il avait cru, il lui semblait maintenant qu'il y prendrait plaisir.

— Vraiment ? Vous ne buvez pas ? Vous ne jouez pas ? Vous ne vous intéressez pas aux femmes ? poursuivit-il d'un ton confidentiel.

J'imaginais qu'un homme avec vos perspectives d'avenir serait très demandé.

Colson s'empourpra.

— Je travaille beaucoup trop pour m'inquiéter de cela.

— Il n'est pas sain de trop travailler. Pourquoi ne pas finir la soirée avec moi ? Je suis nouveau à Broome. Je ne connais pas les lieux où les hommes de bien passent leurs moments de loisir.

Il baissa de nouveau le ton, et ajouta :

— Il n'y a pas beaucoup d'authentiques gentlemen, par ici, n'est-ce pas ?

Colson succomba à la tentation.

— Rares sont les lieux où vous vous sentiriez à l'aise.

— C'est précisément pour cela que je compte sur vous.

— Il n'y a pas de mal à cela, je présume. Je présume.

— Eh bien, cher ami, prenons congé. Je vois que Mlle Somerset vient vers nous.

Viola approchait, gracieuse, se donnant des airs d'hôtesse.

— La musique vous a plu, messieurs ? demanda-t-elle.

— J'aime beaucoup les chansons de Stephen Foster, surtout quand on les chante juste, répondit Archer avec un sourire narquois.

Viola fit la grimace.

— C'est ma mère qui choisit, et elle n'a pas d'oreille.

— Voilà un commentaire bien déplacé à propos de madame votre mère, fit remarquer Colson d'un air outré.

— Mon cher Freddy, ma respectable mère se soucie davantage du pedigree de ses musiciens que de leur talent.

— M. Colson se propose de me faire découvrir Broome, déclara Archer.

— Vous serez en de bonnes mains. Freddy ne vous entraînera pas au vice. N'est-ce pas, Freddy ?

— M. Llewellyn souhaite découvrir notre petite communauté en tout bien tout honneur.

— M. Llewellyn me fait l'effet d'un homme pour qui le bien et l'honneur sont…

Elle hésita, esquissa un sourire.

— Les mots me manquent.

— Des valeurs primordiales ?

Le sourire de Viola s'épanouit.

— Votre talent s'étendrait-il aux mots ?

— Nous verrons.

Les deux hommes firent leurs adieux, et Archer mit un point d'honneur à remercier les parents de Viola pour leur invitation. Après quoi, ils prirent le chemin de la ville.

— Mlle Somerset semble vous adorer, dit Archer lorsqu'ils furent dehors.

— Vraiment ? Vous croyez ?

— J'ai de l'expérience. Tous les signes sont là.

— J'aurais cru qu'elle cherchait à m'humilier.

Archer eut un petit rire entendu.

— C'est fréquent chez les amoureux.

— Son père souhaiterait que je l'épouse.

— Je ne vois pas ce qui vous en empêche.

— Je dois énormément à M. Somerset. J'épouserai Viola par respect pour lui.

Archer aurait volontiers étranglé ce goujat sur-le-champ. Mais cela n'aurait pas servi ses intérêts.

— L'idée d'épouser Mlle Somerset ne vous réjouit donc pas ?

— Consolider ma position auprès de Somerset & Co relève du bon sens, je présume.

— Un homme de votre talent doit être très recherché. J'imagine que toutes les entreprises de la ville rêvent d'avoir quelqu'un comme vous.

— J'ai envisagé… envisagé…

Archer lui tendit la perche.

— De partir ? De prendre un autre emploi ?

— J'ai reçu des propositions, bien sûr, mais je dois allégeance à M. Somerset.

— Vous êtes un homme d'honneur, un ami et un employé loyal. Une perle qui vaut de l'or.

— Oui, sans doute. Sans doute.

Freddy semblait ravi du compliment. Archer l'était aussi. Il avait trouvé le défaut de la cuirasse. Ils marchèrent un moment en silence.

— Nous irons d'abord au Conti, déclara Freddy.

— D'accord. Avec un guide comme vous, je saurai bientôt tout ce qu'il y a à savoir.

Saule dormait quand Tom entendit Archer rentrer dans la chambre voisine. Elle ne s'éveilla pas lorsqu'il se leva. Il enfila sa chemise et son pantalon, puis alla frapper à la porte d'Archer.

— Tu arrives tout juste ?

— J'ai profité de l'occasion pour visiter les bars de la ville avec Freddy Colson, le bras droit de Somerset.

— Eh bien, il a plus de ressources que je ne l'imaginais.

— Exactement. Et toi ? Qu'est-ce que tu as fait, ce soir ?

Tom ne savait pas par où commencer.

— Archer, il s'est passé quelque chose en ton absence. Il faut que je te mette au courant.

Archer ôta sa chemise, se versa un verre d'eau.

— Garth est de retour ?

Ils avaient rejoint le port avant leur patron, et Archer avait hâte de le voir pour récupérer le solde de sa paie.

— Non. Il s'agit d'autre chose.

Il prit une grande inspiration et se lança dans le récit des événements de la nuit. Archer s'épongea le visage avec une serviette.

— Alors, comme ça, tu es allé à Chinatown avec l'équipage pour enlever cette fille, c'est ça ? Les autres n'ont rien de cassé ?

— Rien. Peut-être quelques bleus. Ils étaient déjà dehors quand on a réussi à s'échapper.

— Et après ?

— J'ai ramené Saule ici.

— Tu l'as ramenée ici pour la mettre dans ton lit ?

— Ce n'était pas mon intention. Ça s'est fait comme ça.

— Mais elle est chinoise ! On attrape des maladies avec ces filles-là.

Tom sentit la colère monter en lui.

— Ça ne risque pas. Elle était vierge.

Archer le dévisageait en silence.

— Ça complique un peu les choses. Désolé, ajouta Tom.

— Un peu ? Ça complique tout, oui. On ne peut pas faire confiance à ces gens-là ! Avec tes idées romantiques, tu te racontes qu'elle est innocente et pure. Mais elle profitera de toi, tu verras. Et puis, que vont penser tes parents quand ils découvriront que tu as une maîtresse chinoise ? Tu n'as pas pensé qu'ils risquaient de te renier ?

Tom se dit que la réaction impulsive d'Archer était bien naturelle. Il s'inquiétait pour lui.

— Une épouse chinoise, corrigea-t-il.

— Parce que tu vas l'épouser ? Tu perds la tête ou quoi ? Où iriez-vous ? Où crois-tu pouvoir vivre avec elle ?

— Ici. Certains nous tourneront le dos pendant quelque temps, je suppose. Et alors ? Nous nous ferons des amis. Et nous élèverons nos enfants en bons citoyens.

— Et qui les épousera, vos enfants ? Des Chinois ? Des Blancs ? Des Noirs, histoire de faire mieux ? Tu as pensé à eux ? A leur avenir ? Tu n'attends pas mieux de la vie ?

— C'est elle que je veux.

Archer demeura muet.

— J'aimerais que tu fasses sa connaissance.

— Non. Je sais tout ce que j'ai besoin de savoir. Tu as été privé de femme pendant longtemps. Tu as déniché une vierge qui s'est laissé conduire au lit et tu te crois amoureux. Seulement, elle va briser ta vie.

— Elle me rendra heureux.

— Et moi ? Tu as pensé à moi ? Aux conséquences pour moi ?

Tom fronça les sourcils.

— Je ne comprends pas.

— Tout le monde sait que nous sommes associés. Avec tes histoires, je perds toutes mes chances de devenir un homme respectable.

— Mais… tu ne comptes pas t'établir ici. Je croyais que tu voulais acheter des terres dans le Victoria dès que tu aurais assez d'argent.

— Pour cela, il me faut la confiance des gens de Broome.

Tom se refusait à envisager la situation du point de vue d'Archer, mais il laissa parler son sens de la justice.

— Tu souhaites que nous rompions notre association ?

— Je veux que tu réfléchisses à ce que tu fais. D'autres Blancs ont des maîtresses asiatiques en secret. Il est d'usage qu'on ferme les yeux sur ces choses-là. Mais, si tu l'épouses, tu nous gâcheras la vie à tous les deux. Et si tu comptes vraiment faire ce genre de stupidité, attends au moins que je sois sorti du tableau. On est partenaires, on est potes. Ça ne compte donc pas pour toi ?

— Allons, tu sais bien que si !

— Alors, sois gentil, et réfléchis un peu.

Que Tom le veuille ou non, les inquiétudes d'Archer n'étaient pas sans fondement. Ses actes affecteraient irrémédiablement l'ami auquel il devait la vie. De plus, il n'était pas certain d'avoir un avenir à Broome avec Saule. Il acquiesça de la tête.

— D'accord, je réfléchirai.

— Bien.

— Tu sais, Archer, elle a tout pour faire une bonne épouse.

— Non, Tom. Tu oublies un détail capital. Elle n'est pas blanche.

Tom installa Saule dans un bungalow situé dans un quartier mixte de la ville. La maison comprenait trois pièces et une petite véranda donnant sur un minuscule jardin. La jeune femme se sentit aussi heureuse que s'il lui avait construit un château de ses mains.

Le jour de l'emménagement, il alla trouver Bobby Chinn à son magasin. En plein jour, par précaution.

En apercevant Tom, Chinn quitta son comptoir.

— Toi, avoir fille qui m'appartient. Moi la reprendre.

— Vraiment ? Ce n'est pas une bonne idée. J'ai toutes sortes de renseignements sur vous. La police locale serait ravie d'apprendre quelles quantités d'opium et combien d'immigrés clandestins vous avez fait entrer en contrebande dans le pays. Sans parler de ces gars qui ont été débarqués sur la côte, au nord, et qui sont morts de faim en cherchant leur chemin dans le désert.

— Pas lié à moi. Toi, pas pouvoir prouver.

— C'est ce que vous croyez.

Tom tira une épaisse enveloppe de sa poche, et l'agita sous le nez de Chinn.

— J'ai ici les témoignages de personnes impliquées dans ces trois affaires. Des gens que vous avez bernés et volés. Ils n'étaient que trop heureux de m'aider dans mon enquête. Bien sûr, je garde cela pour moi, sauf si je suis contraint d'en référer aux autorités. Et, très sincèrement, Chinn, je vous méprise à tel point que cela me ferait le plus grand plaisir de remettre cette enveloppe à la police sur l'heure.

Chinn ne parut pas s'en émouvoir plus que cela. Il considéra l'enveloppe comme s'il s'agissait d'un contrat d'affaires.

— Moi devoir faire quoi ?

— Laisser Lian tranquille. Ne pas lui parler, ne pas l'approcher. Quelqu'un veillera sur elle, même quand je serai en mer. Si vous ou l'un de vos hommes venez l'importuner, cette enveloppe sera remise à la police dans le quart d'heure.

Et, de nouveau, il agita l'enveloppe.

Chinn réfléchit quelques instants, puis il se décida.

— Moi, trouver fille pour toi. Plus jeune. Plus jolie. Chinoise, puisque tu aimes.

Tom le saisit par le col et l'attira à lui, le soulevant presque de terre.

— Tu es une ordure. Je te tuerai de mes mains si jamais tu lui adresses la parole, à elle ou même à l'un des miens. Est-ce que c'est clair ?

Chinn parvint à se dégager. Il ne dit rien, mais toute son attitude semblait indiquer que l'accord était conclu. Le bluff avait payé. Tom l'emportait avec, pour toute arme, une enveloppe pleine de ragots qui couraient la ville et que tout le monde connaissait.

De son côté, Archer gagnait aussi. Lorsque Tom le voyait, il n'entendait parler que des sommes qu'il empochait au jeu et en paris. Il avait une prédilection pour le jeu de quilles, surtout avec des bouteilles de champagne que les participants ne demandaient qu'à vider avant de commencer la partie.

Archer passait maintenant davantage de temps avec Freddy Colson qu'avec Tom, mais sans doute Saule en était-elle la cause. Archer se refusait à leur rendre visite dans le petit bungalow où ils vivaient ensemble, de sorte qu'ils ne se rencontraient plus guère que le matin, pour veiller ensemble aux travaux de remise en état de l'*Odyssey*. D'ailleurs, Tom consacrait le reste de son temps à Lian. C'était dans ses bras qu'il était le plus heureux — heureux de voir dans ses yeux le cauchemar des dernières semaines se dissiper. Il ne tenait pas à écarter son ami de sa vie, mais puisque Archer ne venait pas les voir, il avait davantage de temps pour elle, et cela lui convenait.

Quand John Garth rentra enfin à Broome, Tom se rendit à l'hôtel Continental pour y rejoindre Archer et fêter le succès relatif de la saison de pêche. Victime d'une violente tempête, Garth avait dû se mettre à l'abri dans un estuaire pour réparer. Malgré ce contretemps, il avait rapporté de la nacre de qualité. Mieux encore : il était plus que satisfait de la pêche de l'*Odyssey*.

A l'arrivée de Tom, Garth était éméché et faisait des projets grandioses pour l'avenir.

— Pour la saison prochaine, j'ajouterai un lougre à ma flotte... Non : deux.

Il prit la bouteille de gin à moitié vide, versa un verre à Tom et remplit celui d'Archer.

— Peut-être même trois. Je revendrai l'*Odyssey*. Il tient la mer, c'est un bon bateau, mais il est trop petit. Beaucoup trop petit. Pas suffisant pour ma flotte.

— Il me plaît bien, dit Tom. Il n'est pas grand, mais il prend bien la vague.

— Si tu as les moyens, mon petit gars, il est à toi.

Tom consulta Archer du regard. Ses traits demeuraient impassibles, comme lorsqu'il se concentrait sur le jeu.

— Combien ? demanda Tom.

Garth lui donna un prix, et toutes ses espérances s'effondrèrent. Il avait payé six mois de loyer d'avance pour la petite maison de Saule, engagé une jeune fille pour l'aider au ménage, et il ne lui restait plus grand-chose de ses gains pour une demi-saison en mer. Il avait demandé à ce qu'on lui envoie le reste de l'argent qu'il avait en dépôt à San Francisco — un modeste legs de sa grand-mère, et ses dernières économies. Même en y ajoutant les gains non négligeables qu'Archer avait amassés au jeu, ils étaient encore loin du compte.

— Vous n'accepteriez pas qu'on paye en plusieurs fois, je présume, dit Archer comme s'il s'était agi d'une évidence.

— Pas possible, non. J'ai besoin de l'argent pour accroître ma flotte.

Archer enregistra l'information d'un hochement de tête.

— J'ai cru comprendre que vous étiez joueur, capitaine. Etes-vous à la hauteur de votre réputation ?

Garth éclata de rire.

— Je l'étais, dans le temps. Tous les perliers le sont. Tu as dû t'en rendre compte, non ?

— Dans le temps ? Votre chance a tourné ?

— Le meilleur joueur est celui qui n'a rien d'important à perdre. Quand j'en suis arrivé au point où je risquais de mettre mon avenir en jeu, j'ai remisé les cartes définitivement.

— Une sage décision, dit Tom.

— Je n'ai rien à perdre en dehors des gages que vous me devez encore. Vous ne risquez qu'un bateau dont vous ne voulez plus.

— L'*Odyssey* contre tes gages ? Tu plaisantes, matelot !

Archer haussa les épaules.

— On pourrait jouer mes gages et s'en tenir là. Si je gagne, vous les doublez. Si vous gagnez, vous ne me devez rien. Vous économisez ma part de salaire. Entre ça et ce que vous obtiendrez de l'*Odyssey*, vous aurez de quoi acheter vos deux lougres.

Tom s'attendait à ce que Garth refuse, mais il resta songeur, à caresser sa moustache gominée. A l'évidence, Archer en savait long sur la mentalité du vieux loup de mer.

— Et de quoi tu vivras pendant la saison creuse, si tu perds, matelot ?

Archer se garda bien de mentionner ses gains au jeu.

— Il me reste plus de la moitié de l'avance que vous m'avez faite. Cela me suffira amplement.

— Si je gagne, tu restes avec moi pour ouvrir mes huîtres la saison prochaine.

— Je n'ai rien de mieux en vue.

Garth se tourna vers Tom.

— Et toi, mon gars ?

— Comment ça, moi ?

— Tu restes aussi ? J'aimerais autant vous garder tous les deux.

D'un léger hochement de tête, Archer encouragea son ami. Tom n'avait pas d'autre projet, et il comptait justement reprendre son travail la saison prochaine.

— D'accord, je reste aussi. Mais tenez-le à l'œil, Garth. Je vous préviens : il est très fort.

— Ah, les Américains ! Vous vous croyez toujours meilleurs que tout le monde, pas vrai ?

Puis, tout en s'esclaffant, Garth fit signe qu'on leur apporte une bouteille et un jeu de cartes.

— Le lougre m'appartiendra avant la fin de la soirée, capitaine, et ce ne sera pas faute de vous avoir prévenu, déclara Archer sur le ton de la conversation.

Saule ne dormait pas quand Tom rentra, cette nuit-là. Elevée dans la soumission et le respect, elle ne se serait pas couchée tant qu'il était debout. Elle n'avait pas grandi avec les notions de plaisir et de bonheur, et elle n'espérait de la vie que la modeste satisfaction d'avoir rempli ses devoirs de femme et d'épouse dans une société ancienne, avec ses lois et ses coutumes millénaires. Et cependant, elle avait abandonné tout cela pour devenir la concubine d'un homme qui l'adorait.

Et qu'elle adorait en retour. Tom était séduisant et doux, mais il avait aussi le courage et la force de tenir Bobby Chinn en respect. Il l'avait installée dans cette petite maison avec son jardin aux buissons d'ornement et sa véranda ombreuse où elle pouvait s'asseoir à l'abri des regards pour respirer l'air pur et le parfum des fleurs. Les allées encombrées et bruyantes du quartier chinois, la chaleur étouffante de la blanchisserie de son père, l'étroite pièce confinée et sale où le vieillard avait offert de l'argent pour son corps, tous ces souvenirs pénibles s'estompaient peu à peu.

A présent, Saule pensait constamment à Tom, à ce qu'elle pouvait faire pour lui être agréable. Il lui rapportait souvent des petits cadeaux de ses excursions en ville : un miroir à main, un petit coffret peint, un collier de jade. En échange, elle s'efforçait de lui offrir ce qu'elle pouvait : une fleur d'hibiscus posée près de son assiette, une gravure sur écorce, avec les montagnes et l'océan.

Elle savait, cependant, que ces infimes cadeaux comptaient moins à ses yeux que l'amour qu'elle lui donnait. Les premiers temps, il la traitait comme un objet fragile et précieux : il débordait d'attentions, la ménageait de crainte de la voir souffrir. Avec le temps, elle avait découvert la passion qu'elle pressentait chez lui derrière tant de tendresse. Passionnée elle aussi, elle lui avait montré qu'elle n'était pas seulement une fleur d'ornement qu'on admire et chérit.

Jamais elle n'aurait cru rencontrer un jour un homme auquel elle donnerait son cœur. Tom voulait tout savoir sur elle ; il l'encourageait à se confier, et retenait les plus infimes détails de son discours. Si elle lui disait qu'elle aimait les chandelles à table, il les allumait chaque soir sans qu'il soit besoin de le lui demander. Comme elle aimait voir la pleine lune monter dans le ciel, il ne manquait jamais de l'emmener se promener quand les reflets de la lune nacraient les marais alentour.

Les moments qu'ils passaient ensemble lui étaient si précieux qu'elle ne voulait pas en gâcher un seul, et si, d'aventure, il sortait le soir, elle attendait son retour.

Ce soir-là, il rentra plus tard que d'ordinaire. Le halo de joie qui nimbait la plus simple de leurs journées avait cédé la place à l'inquiétude. Elle craignait que Bobby Chinn ait cherché à se venger, qu'une bagarre ait éclaté à l'hôtel et que Tom soit blessé. Lorsque, enfin, il apparut sur le seuil, elle se précipita dans ses bras, telle une enfant terrorisée.

— J'avais peur, murmura-t-elle en se blottissant contre lui.

— Peur ? Pourquoi ? Il s'est passé quelque chose ?

— Non. J'avais peur que tu ne rentres pas.

— Saule, mon petit arbre, je ne te ferais jamais cela.

— Toi, non, mais un autre pourrait nous faire du mal.

— Je ne le permettrai pas.

Il lui releva le menton et effleura ses lèvres d'un baiser. A son haleine, elle comprit pourquoi il rentrait si tard.

— J'ai préparé à manger, dit-elle.

— Je n'ai pas faim.

— Tu veux du thé, peut-être ?

De nouveau, il l'attira contre lui, la serra de toutes ses forces.

— Tu ne croiras jamais ce qui est arrivé ce soir, Saule. Je n'en reviens pas moi-même.

Elle étouffait presque tant il la serrait, mais peu lui importait. Il était là, vivant.

— Quoi ? Qu'est-ce qui est arrivé ?

— Archer et moi, nous avons notre lougre. L'*Odyssey*. Le bateau sur lequel nous avons travaillé cette saison. Archer l'a gagné aux cartes.

Elle s'écarta de lui pour voir son visage.

— Vous avez gagné ce bateau ?

— Archer, pas moi. Mais nous nous associons. Son bateau, et mon argent pour financer la prochaine saison de pêche.

— Perdre son bateau au jeu, c'est terrible.

— Je reconnais que le propriétaire faisait grise mine. Mais c'est un homme d'honneur. Il a joué, il a perdu. A la fin de la soirée, quand Archer a proposé de mettre tous ses gains en jeu contre le lougre, Garth a relevé le défi. Rien ne l'y obligeait.

Saule fronça les sourcils.

— Jouer n'est pas honorable.

— Personnellement, ce n'est pas dans ma nature, mais je ne peux pas en vouloir à Archer d'avoir gagné ce soir. Sa victoire est une chance pour toi et moi.

— Une chance pour nous ?

— Avec Archer, nous allons bâtir une fortune. Il prend la nationalité australienne immédiatement afin de ne pas avoir d'ennuis pour le permis de pêche. Archer n'a pas vocation de perlier. Dès qu'il aura suffisamment d'argent, il achètera des terres pour y élever du bétail, fonder une famille, transmettre son savoir à ses fils et trouver enfin un peu de bonheur. Moi, je resterai ici avec toi, Saule. Un jour, nous aurons une flotte entière de lougres. Nos fils grandiront à Broome. C'est ici que nous construirons notre bonheur.

De nouveau, il l'enveloppa de ses bras, embrassa ses cheveux, son front, et enfin sa bouche.

Elle se demanda pourquoi elle avait le cœur si lourd alors que lui semblait tellement heureux. Tom venait de lui décrire une vie idéale, une vie dont elle n'aurait jamais osé rêver. Mais lorsqu'elle fermait les yeux, elle ne voyait pas le lumineux halo du bonheur. Elle ne voyait rien. Tout n'était que ténèbres.

Archer avait imaginé différents plans pour provoquer la chute de Freddy Colson. La nuit, quand il regagnait sa chambre du Roebuck, il se mettait au lit et réfléchissait aux diverses possibilités, jusqu'au moment où il s'endormait en souriant.

Dès la première soirée qu'ils avaient passée ensemble, il avait découvert le point faible de Freddy et, depuis, il prenait un immense plaisir à élaborer des stratégies pour le mener à sa perte. La saison creuse se traînait interminablement. Le temps épouvantable poussait les hommes à se distraire par tous les moyens. Lorsque les rues de Broome se muaient en rivières, que la moisissure envahissait les murs, que les rats, les araignées et les serpents cherchaient refuge dans les maisons, quand la chaleur se faisait si intense que la pluie devenait vapeur, Archer pensait à Freddy et à la manière dont il le discréditerait.

Une nuit, entre deux orages, tandis qu'une marée colossale ramenait un flot de poissons dans les rues de Chinatown et déposait de dangereux crocodiles marins dans les jardins des plus jolies villas, Archer attendait le boy des Somerset à la terrasse couverte du Roebuck. Au cours de ses rares visites chez le maître perlier, il s'était arrangé pour se concilier les faveurs du garçon en lui donnant une petite pièce par-ci, un modeste cadeau par-là. Deux jours plus tôt, il l'avait supplié de lui rendre un service en portant en cachette un message à Viola.

Comme la nuit précédente, il attendait Ashwar dans l'espoir qu'il rapporterait des nouvelles. Dans son message, Archer demandait à Viola de le rencontrer, ou tout au moins de lui donner un rendez-vous secret, car il avait certaines choses à lui confier qu'elle ne serait pas fâchée d'apprendre.

L'horloge égrenait les secondes. A mesure que le temps passait, l'ambiance du bar se faisait plus lourde, plus orageuse. La saison creuse était une période d'intrigues, de mélancolie et de soupçons. Quand la pluie tombait dru, que la chaleur était à son comble, les hommes conspiraient les uns contre les autres, vouaient des haines mortelles à leurs meilleurs amis. Quelques minutes plus tôt, une bagarre avait éclaté au comptoir. Le patron et son barman avaient eu tôt fait de neutraliser les combattants, mais il était fort probable qu'une autre rixe éclaterait avant la fin de la soirée. Et lorsque, à 23 heures, le policier de service passerait s'assurer que l'entrée principale était fermée pour la nuit et s'installerait pour boire pendant une heure encore avec les clients qui entraient par-derrière, le niveau d'hostilité atteindrait son maximum.

Archer sentait la tension monter en lui. Il avait les nerfs à fleur de peau. Ce temps-là le rendait fou. Le désœuvrement aussi. Privé d'activité, il en était réduit à réfléchir. L'euphorie de sa victoire au jeu n'avait pas duré. Certes, il avait gagné l'*Odyssey*, mais même si Tom et lui faisaient une bonne saison, ils seraient encore à des lieues de la fortune. Viola Somerset et toute la richesse qu'elle représentait resteraient hors d'atteinte. Le temps qu'il ait les moyens de la faire sienne, elle serait déjà mariée à un autre.

Mais pas à Freddy Colson, en tout cas.

— Monsieur ?

Archer se retourna et vit Ashwar, le boy. C'était un garçon d'une quinzaine d'années, mince mais assez grand pour son âge, qui souriait toujours timidement à Archer.

— Ashwar, dit Archer en lui tendant la main, vous m'apportez enfin des nouvelles ?

— Très mouillé dehors. Prendre longtemps.

— On dirait que vous êtes venu jusqu'ici à la nage.

— Presque.

Ashwar fouilla dans sa poche, en tira un mince paquet enveloppé de toile et le déballa. A l'intérieur, il y avait une feuille de papier pliée en quatre et cachetée à la cire.

— Attendez, je vous prie.

Ashwar mit les mains derrière le dos, et baissa respectueusement les yeux.

Archer brisa le sceau, déplia le feuillet et parcourut le bref message : les parents de Viola s'étaient absentés. Archer devait venir à 21 heures, mais pas en voiture. Ashwar le conduirait.

— Eh bien, jeune homme, dit Archer en glissant le message dans sa poche, nous repartons ensemble. Attendez-moi un moment sous la véranda, le temps que je prenne de quoi me couvrir.

Dans sa chambre, Archer passa ses bottes de caoutchouc et une pèlerine de cocher pour se protéger de la pluie. Il enveloppa un ensemble de documents dans la toile qu'avait utilisée Viola, puis rejoignit Ashwar.

Le trajet jusqu'à la demeure des Somerset prit deux fois plus de temps que d'ordinaire. Le chemin était semé d'embûches : ils devaient éviter les tas d'immondices apportés par la marée, et traverser d'immenses flaques de profondeur variable.

Lorsqu'ils arrivèrent enfin, Archer était trempé jusqu'aux os et couvert de boue. La joie de partager son secret avec Viola s'en trouvait fort diminuée. Sous le couvert de la nuit et d'un nouvel orage venant de l'est, il suivit Ashwar jusqu'à l'arrière de la maison et attendit sous la véranda tandis que le garçon allait chercher Viola.

En authentique coquette, elle prit tout son temps, mais elle finit par apparaître. Elle portait une jupe violette et un corsage cintré brodé de fleurs. Une longue mèche bouclée tombait sur sa poitrine, et y restait accrochée à chacun de ses mouvements.

— Une bien étrange nuit pour une visite, murmura-t-elle en guise de salut. Si Ashwar tombe malade, ce ne sera pas facile à expliquer.

— Puisque je ne suis pas le bienvenu, je devrais peut-être repartir sans vous offrir le cadeau que j'ai pour vous.

Elle inclina la tête de côté.

— Un cadeau ? Vous m'intriguez. Qu'est-ce qu'un homme comme vous pourrait bien offrir à une femme comme moi, monsieur Llewellyn ?

— Que désirez-vous le plus au monde, Viola ?

Sans s'offusquer de l'entendre l'appeler par son prénom, elle répondit du tac au tac :

— Un billet pour quitter cette ville. Mais je doute que ce soit là votre cadeau.

— Ce n'est pas cela, en effet, mais c'est presque aussi bien. C'est, d'ailleurs, une chose que vous m'avez demandée.

— La tête de Freddy sur un plateau ?

— A peu de chose près.

Elle abandonna pour la première fois depuis qu'il la connaissait l'expression d'ennui qu'elle affectait habituellement et, en s'animant, son visage devint beaucoup plus séduisant.

— Racontez-moi.

— Je crois que je préfère me taire.

— Dans ce cas, pourquoi êtes-vous venu ?

— Je me posais justement la question. Il m'en a coûté quelque effort, et je suis traité en importun. J'avais espéré que vous mettriez un peu plus de chaleur dans nos rapports.

— Vraiment ? Mais vous êtes presque un étranger pour moi, monsieur Llewellyn.

— Archer.

Elle haussa les sourcils.

— Mon nom est Archer. Dites-le.

— Le temps vous mettrait-il de mauvaise humeur ?

— Cette affaire me met de mauvaise humeur. Vous me mettez de mauvaise humeur. Bonne nuit, Viola.

Sur ces mots, il se retourna dans la ferme intention de partir.

— Archer… je vous en prie. Qu'avez-vous apporté ?

De nouveau, il lui fit face.

— Etes-vous contente de me voir ?

— Ça dépend de ce que vous m'apportez.

— Ce n'est pas ce que je voulais entendre.

Elle semblait pensive. Sans doute analysait-elle les choix qui s'offraient à elle. Archer souleva son chapeau, puis il se tourna de nouveau.

— Bon, d'accord, je suis contente de vous voir. Je m'ennuie, je suis malheureuse, et la pluie me rend folle. Je déteste ce pays, je déteste ce temps. Et je brûle d'impatience de savoir ce qui vous amène.

— Et moi, Viola ? Vous me détestez aussi ? Ou bien vous suis-je indifférent ?

— Je vous trouve… excitant.

C'était plus qu'il n'en espérait. En joueur, il poussa l'avantage.

— Excitant ? Mais encore ?

Elle écarquilla les yeux en souriant.

— L'excitation ne se mesure pas.

— Ah non ? Vous croyez ?

Il l'attira à lui, la pressa fermement contre sa pèlerine mouillée.

— C'est ce que nous allons voir.

Elle tenta de se dégager, mais, avant même qu'elle proteste, il scella ses lèvres d'un baiser, prenant son temps, usant de sa misérable force pour lui montrer qui était le maître.

Quand il la relâcha, elle hurlait en lui martelant la poitrine de ses poings.

— Espèce de cochon ! De quel droit osez-vous ?

— Cela vous a donc déplu à ce point ?

Elle leva la main pour le gifler, mais il lui saisit le poignet.

— Je ne suis pas Freddy Colson. Il se laisse peut-être gifler, moi pas. Et je vais répondre moi-même à ma question. Cela vous a plu, Viola. Beaucoup plu. Et le reste vous plaira aussi quand nous serons mariés.

— A tout prendre, je préfère épouser Freddy.

— Vraiment ?

Il s'écarta d'elle, et fouilla sous sa pèlerine.

— Alors, il semble que j'aie perdu mon temps. Je peux déchirer tous ces papiers. Vous comblerez les vœux de votre père, et je trouverai une femme digne de ce nom.

Il ôta la toile qui couvrait les documents, puis les prit à deux mains comme pour les déchirer.

— Non ! dit-elle en posant une main sur son bras.

— Non ?

— De quoi s'agit-il ?

— De la condamnation de Freddy. Je vais les détruire. Ce sera mon cadeau de noces à M. et Mme Colson. Je les garderais bien pour les offrir à vos enfants, mais je doute qu'il y en ait. Freddy préfère les hommes. Rien ne prouve qu'il soit en mesure d'honorer sa promise.

— Ce sont les preuves, là-dedans ? C'est là toute votre découverte ?

— Non. J'ai également découvert que Freddy avait été tenté d'accepter l'offre d'une firme londonienne qui lui proposait d'ouvrir un bureau en leur nom, ici, à Broome. Il a bien failli utiliser tout ce qu'il avait appris de votre père pour servir sa propre carrière. J'ai là des lettres de lui, une demande d'emprunt à une banque de Perth, des documents expliquant tout dans le détail. Pour concurrencer votre père, il aurait usé d'une science qu'il tenait de lui. Cela me semble plus important que ses goûts en matière de sexualité car j'ai bien peur que votre père soit plus attaché à la loyauté de Freddy qu'à votre bonheur conjugal.

— Ainsi, il projetait de monter une affaire concurrente ?

— Il m'a dit qu'il avait fini par y renoncer parce qu'il avait bien trop d'estime pour votre père.

— Alors, en quoi ces documents peuvent-ils causer sa perte ?

— Je vous apporte les preuves qu'il a pris les contacts nécessaires. En dehors de sa parole, il n'existe aucune preuve qu'il ait renoncé à son projet. La demande d'emprunt court toujours.

— Freddy…

— Vous n'avez rien à craindre de lui… si je vous remets ces documents.

—Si ?

— Dites-moi, Viola, mon baiser vous a-t-il laissée indifférente ?

Elle demeurait muette, les yeux rivés sur la liasse de papiers qu'il tenait à la main.

— Allons, ce n'est pas si grave. Vous ne vous engagez pas à m'épouser ni même à me suivre à l'hôtel. Je vous demande seulement si ce baiser a compté pour vous. Quelle que soit la réponse, je vous donne ces papiers.

Elle eut un soupir irrité.

— Vous vous surestimez, monsieur Llewellyn.

— Il faut bien que quelqu'un reconnaisse mes mérites.

— Ce serait folie que d'encourager tant d'arrogance.

— Sans doute.

Il attendit.

— Bon. Si vous insistez… Votre baiser ne m'a pas laissée indifférente. Mais ne m'en volez jamais d'autre. Est-ce compris ?

— Je comprends que nous allons nous chamailler ainsi pendant toute notre vie. Est-ce ce que vous voulez ?

— Décidément, vous vous flattez.

— Vous voulez ces papiers, oui ou non ? lui demanda-t-il en les lui tendant.

Elle les lui arracha.

— Je vous ferai connaître le résultat quand mon père les aura vus.

— Naturellement, vous ne lui direz pas d'où ils viennent.

— Je ne suis pas si sotte.

— Etes-vous prête à attendre un homme qui a prouvé qu'il s'intéressait de près à vos intérêts ?

— Je le pourrais… à présent que Freddy est hors jeu.

— Mais le ferez-vous ?

Elle sourit.

— Je promets seulement d'épouser un homme riche. Si vous étiez cet homme…

Elle lui tourna le dos, s'éloigna posément, puis se retourna vers lui sur le seuil.

— … Je pourrais considérer sérieusement la question.

Elle l'observa pendant quelques instants, puis elle éclata de rire. Il souriait quand elle referma le battant en rejetant ses boucles en arrière.

7.

Fidèle à Tom, l'équipage de l'*Odyssey* choisit de rester avec les nouveaux propriétaires plutôt que de travailler pour Garth. Lorsque la flotte perlière repeinte de frais prit la mer pour une nouvelle saison de pêche, seul Toshiharu manquait à l'appel. Usé par le travail, il était mort dans son sommeil, en février, et reposait avec d'autres plongeurs au cimetière japonais.

La saison s'annonçait bien. Les amis de l'équipage avaient pris le seul tramway de la ville pour se rendre sur la jetée et regarder l'*Odyssey* hisser les voiles. A regret, Tom avait accepté que Saule vienne aussi. Une femme antillaise, épouse d'un commerçant voisin, avait proposé de l'accompagner. Mais Tom avait le cœur lourd à l'idée de voir la mince silhouette de Saule disparaître peu à peu tandis que l'*Odyssey* s'éloignait de la côte. Il lui avait offert un foyer agréable ; les voisins et l'aide ménagère veilleraient sur elle en son absence. Toutefois, Saule était inquiète. Le départ de Tom l'angoissait. Il s'était efforcé de la rassurer, de lui communiquer son enthousiasme, mais il n'y était pas parvenu. Tout au long de la semaine qui avait précédé son départ, il avait lu de la tristesse dans son beau regard.

Archer eut, quant à lui, la surprise de voir quelqu'un venir lui souhaiter bonne chance sur le port. Alors qu'il s'apprêtait à embarquer, il aperçut un élégant cabriolet tiré par un pur-sang. Les mains fines de Viola Somerset tenaient les rênes. Cette apparition le combla d'aise. Il n'en demandait pas davantage. Freddy Colson était, à présent, hors d'état de nuire. Le père de Viola l'avait congédié, et lui avait même interdit l'accès de sa maison. L'adieu silencieux de Viola était de bon augure et, tandis que le lougre voguait vers le large, suivi par des mouettes sous un ciel d'un bleu pur, Archer sentait son cœur déborder d'espoir.

Et cet espoir les accompagna tout au long de la première semaine. Ils trouvèrent des coquilles nacrières presque immédiatement. A sa grande surprise, Archer découvrit que l'odeur de l'huître avariée devenait presque agréable quand la nacre était à l'intérieur. Au cours de la deuxième semaine, il trouva même une perle — une petite perle baroque de forme irrégulière, mais cela aussi était de bon augure. A leur troisième semaine, la tempête écarta le bateau de sa route. Quand le calme fut revenu, Juan décida de plonger pour voir ce qu'il y avait au fond, et le hasard voulut qu'il tombe sur la plus riche colonie de coquillages qu'ils aient jamais trouvée.

Ce soir-là, sur le pont, Tom et Archer échangeaient des considérations sur l'avenir. Dans l'après-midi, quand Juan était remonté avec des maux de tête, Tom avait fait une plongée qui l'avait mis d'excellente humeur.

— Finalement, l'Australie, ce n'est pas si mal, Archer. Personne ne nous tire dessus. Personne ne nous donne des ordres. Nous ne serons peut-être pas riches avant un bon moment mais, en persévérant, nous gagnerons assez pour vivre à l'aise.

— A l'aise, hein ? C'est là toute ton ambition ?

— Je comprends que tu puisses être plus exigeant, mais moi, cela me suffit.

Depuis des mois, Archer se demandait ce qui lui avait pris de faire équipe avec Tom qui ne lui consacrait plus toute son attention. Il s'était fait des amis de tous les membres de l'équipage. Bernard et Juan ne juraient que par lui. Pire encore : son stupide béguin pour sa Chinoise n'avait pas faibli. Archer avait attendu le moment où il se rendrait compte de sa sottise et l'abandonnerait. Au lieu de cela, le couple s'était mis en ménage. Ces deux-là roucoulaient comme des tourtereaux. Et Tom avait même eu la malencontreuse idée de s'afficher avec elle devant toute la ville, au moment du départ de la flotte.

— Mouais. Il fut un temps où tu attendais davantage de la vie qu'une misérable cabane sur une terre étrangère et une chatte chinoise pour réchauffer ton lit.

Tom demeura un long moment silencieux, à regarder l'océan. Lorsqu'il se retourna, la colère brûlait dans ses yeux.

— Demain, j'aurai oublié ce que tu viens de dire. Alors, je t'en prie, Archer, surtout, n'ajoute rien qui me rende l'oubli plus difficile.

Archer s'emporta à son tour.

— Tu aurais pu avoir tout ce qu'un homme désire, et tu y renonces sans une arrière-pensée. Franchement, je ne comprends pas.

— Tu ne comprends pas ? Si j'avais tenu à la vie que je menais en Californie, je ne serais pas ici, sur ce bateau, avec toi.

— Pour commencer, tu ne te serais pas engagé dans les troupes de Roosevelt, et je n'aurais pas risqué ma peau pour toi. A l'heure qu'il est, je serais chez moi, au Texas.

— Tu aurais peut-être mieux fait de regarder ailleurs quand Linc a décidé de me tuer.

Ce fut au tour d'Archer de rester silencieux. Il n'était pas homme à avoir des états d'âme, et il ne regrettait pas d'avoir sauvé la vie de Tom. Toutefois, depuis qu'ils étaient à Broome, leurs rapports avaient beaucoup changé, et cela, il le regrettait.

— Tu devrais te rappeler qui sont tes vrais amis, dit-il enfin. Ceux sur lesquels tu peux compter en cas de pépin.

— Je n'ai jamais douté de toi, affirma Tom sincèrement.

Mais Archer se posait, malgré tout, la question.

Après cette dispute, leur chance tourna. La colonie d'huîtres qu'ils avaient découverte accidentellement s'épuisa, et les lieux qu'ils essayèrent ensuite ne donnèrent pas grand-chose. Ils perdirent une journée à tenter d'effrayer une baleine amoureuse pour qu'elle s'éloigne du lougre, une autre à réparer la grand-voile déchirée par un poisson volant qui s'y était empêtré dans un bond fabuleux avant de retomber sur le pont.

Pendant la morte saison, on avait immergé l'*Odyssey* dans un petit estuaire de la côte afin de débarrasser le bateau de ses cafards. Archer avait vu de ses yeux les insectes sortir de tous les interstices pour grimper aux mâts dans le vain espoir d'échapper à la noyade. Sans ces maudites bestioles, les premières semaines à bord avaient été presque idylliques. Hélas, cela n'avait pas duré. Les œufs restés dans des crevasses ou embarqués avec les vivres avaient éclos. Des nuées d'insectes rivalisaient maintenant avec les bourrasques nocturnes pour gâcher le sommeil de l'équipage.

Après une tempête particulièrement violente, ils se rassemblèrent tous sur le pont, au petit matin, pour décider de la suite du voyage.

— Il serait préférable de ne pas rester ici, déclara Tom.

Au cours des derniers jours, ils avaient croisé une demi-douzaine de lougres qui n'avaient pas eu davantage de chance qu'eux. Malgré sa méfiance innée, Archer ne doutait pas qu'ils aient dit vrai. Soudain, il lui vint une idée.

— Pendant la saison creuse, au Continental, j'ai parlé avec un capitaine. D'après lui, le meilleur endroit pour la nacre, c'est Cygnet Bay.

— Bonne nacre, mauvaise chance, dit Juan.

— Où est le problème ? demanda Tom.

— Le fond tombe d'un coup, comme ça, expliqua Juan.

Sa main flotta au niveau de sa poitrine, puis chuta brusquement jusqu'à sa taille.

— Et aussi comme ça, ajouta-t-il en joignant le geste à la parole.

Cette fois, sa main descendit aussi bas qu'elle le pouvait.

— On ne voit donc pas les crevasses ?

— Les trous se cachent dans les herbes. Pas voir. Et puis, on tombe, et la ligne casser. Adieu, bonhomme, conclut-il avec un haussement d'épaules.

— Cet endroit me semble à éviter, déclara Tom.

— Une minute, vieux. Mon capitaine affirme qu'en prenant quelques précautions, le jeu en vaut la chandelle.

— Pour qui, Archer ? C'est Juan qui risque sa vie à ce petit jeu.

Comme souvent, au cours des derniers mois, Tom prenait la défense du parti adverse. Exaspéré, Archer se sentit soudain prêt à en découdre pour ce qui n'était à l'origine qu'une suggestion.

— Tom, je ne tiens pas, moi non plus, à ce que Juan risque sa vie. Et puis, même si j'étais sans cœur, je sais ce qu'il nous en coûterait de rentrer au port pour chercher un autre plongeur en pleine saison. Il n'empêche que, pour moi, la question mérite d'être discutée.

— Très bon, discuter, dit Juan. Cygnet Bay, on l'appelle le Cimetière. Cimetière, malchance pour certains plongeurs, pas pour tous. Gars prudent, bon barreur… gagner beaucoup d'argent très vite. Prendre retraite et rentrer vivre tranquille chez lui. Plus jamais soucis.

Archer ne s'attendait pas à ce que Juan le soutienne. Tom se rembrunit.

— Je préfère rentrer avec mon plongeur qu'avec les soutes pleines de nacre.

— Pas seulement nacre, là-bas : aussi perles. Beaucoup de perles venir du Cimetière. Jeune plongeur, moi aller et faire plus d'argent que jamais, depuis.

— Pourquoi ne pas nous en avoir parlé plus tôt ? demanda Archer.

— Ami à moi mourir au Cimetière. Né Manille, mon village.

Tom eut une grimace.

— Inutile de poursuivre cette discussion. Les risques sont trop grands.

Si Tom avait compris le besoin qu'avait Archer de faire fortune, il n'aurait pas rejeté ses arguments sans même les prendre en considération.

— Moi, je dis que c'est Juan qui doit en décider. C'est lui qui prend les risques. S'il est d'accord, on y va. Et si c'est vraiment trop dangereux, on ira voir ailleurs.

Craignant de vexer Juan en le contredisant, Tom se contenta de hausser les épaules, et attendit le verdict de l'intéressé.

Juan fronça les sourcils, réfléchit un moment en silence, puis exprima ses pensées comme elles lui venaient.

— Moi travailler dix saisons. Beaucoup pour plongeur. Plus rester très longtemps à moi dans métier. Perles faire grosse différence.

— Alors, tu es d'accord pour aller faire un tour au Cimetière ? demanda Archer.

Juan acquiesça de la tête.

Avec de bons vents, ils n'étaient qu'à trois jours de Cygnet Bay. Bientôt, les hommes s'affairèrent à préparer le bateau. Quand ils se retrouvèrent seuls, Archer fit remarquer à Tom :

— Tu sais, il y a des choses plus importantes que la prudence dans la vie. Même l'équipage le sait.

— Tu es joueur jusqu'à la moelle, pas vrai ?

— Tu ne t'en plaignais pas quand j'ai gagné l'*Odyssey* aux cartes. Et, si je n'étais pas joueur, la nacre qui est dans les soutes ne nous appartiendrait pas.

— J'espère seulement que tu sais ce que tu fais.

Archer en était convaincu, mais Tom semblait douter, preuve du manque de confiance qui régnait entre eux.

Après deux semaines passées au Cimetière sans incident, Tom se détendit. Il s'était interrogé sur les raisons qui avaient poussé Archer à proposer ce lieu de pêche réputé dangereux, mais, avec le temps, il s'inquiétait moins. Concentré sur les tâches quotidiennes, l'équipage faisait corps, et si les prises de la première semaine avaient été moyennes, la seconde avait donné plus de nacre qu'à l'ordinaire.

Et ils avaient aussi trouvé des perles. Un matin, tandis qu'on équipait Juan pour la plongée, Tom mit le doigt sur sa première bonne perle en fouillant une huître. Il avait d'abord cru toucher une banale concrétion, mais, en tâtant précautionneusement, il avait senti la rondeur lisse de la gemme. Puis il l'avait tirée de sa gangue et fait rouler entre le pouce et l'index avec délectation.

Naturellement, il n'en avait rien dit à l'équipage. C'était une loi tacite des navires perliers : l'ouvreur de coquilles gardait ses trouvailles pour lui, les rangeait dans la cabine du capitaine, à l'intérieur d'une boîte conçue contre le vol. Par la suite, en privé, il partagerait la bonne nouvelle avec son plongeur qui devait toucher un pourcentage. Personne d'autre n'était au courant. Pour la sécurité de tous, mieux valait ne pas éveiller les convoitises à bord.

Il empocha donc sa perle pour la montrer discrètement à Archer qui s'était renseigné sur les qualités et les prix auprès des acheteurs, pendant la saison creuse.

— Alors ? Qu'en penses-tu ?

Archer examina la perle à la lumière, puis il la lui rendit.

— C'est ce que nous avons trouvé de mieux. En la nettoyant bien, on devrait en tirer dans les cent livres. Elle a une toute petite imperfection, mais ça peut disparaître au polissage.

Tom éclata d'un rire heureux.

— Ma première perle ! J'aimerais bien la garder pour l'offrir à Saule.

— Pourquoi donc ? Suppose qu'un autre lui fasse une meilleure offre. Tu perds la fille et la perle du même coup.

Tom ravala une bouffée de colère.

— A la fin de la saison, je la prendrai sur ma part de gains.

— Mon pauvre ami ! Tu n'entendras donc jamais raison.

Le lendemain, Archer trouva à son tour une petite perle. Mieux encore : Juan continuait à dénicher des huîtres en quantité. Il effectuait huit longues plongées par jour et envoyait des sacs pleins de coquilles en surface, battant ainsi tous ses records.

Un matin, au début de la troisième semaine, il venait d'enfiler ses vêtements de plongée et s'apprêtait à descendre l'échelle quand, soudain, la douleur le plia en deux. Penché par-dessus bord, il se mit à vomir convulsivement.

Sitôt la crise passée, Archer s'inquiéta :

— Qu'est-ce qui t'arrive, vieux ?

Juan croisa les bras sur son ventre.

— Quelque chose mal dedans. Pas plonger aujourd'hui.

— Merde alors ! Qu'est-ce que tu en penses ? C'est quelque chose que tu as mangé ?

— Peut-être le curry, hier soir.

Archer se tourna vers Tom.

— Tu as mangé du curry ?

Tom supportait mal les plats trop épicés. Il hocha la tête.

— Non, et toi ?

— Moi non plus. Comment se portent les autres ?

Bernard semblait en forme, mais Ahmed et Reece étaient, eux aussi, penchés par-dessus bord. Tandis qu'Archer et Tom se consultaient du regard, Wong Fai monta de la cale, pâle et vacillant sur ses jambes.

— Ton curry d'hier soir, Juan affirme qu'il était plus fort que d'habitude, commença Tom. Tu as forcé sur le piment parce que le poisson sentait ?

— Poisson, sentir. Tous les poissons sentir. Sentir fort.

— Wong, il vaut mieux ne pas prendre de risques. A partir de maintenant, si le poisson sent trop fort, tu le jettes.

— Pas de poisson frais depuis deux jours. Pas de viande. Pas de bœuf en boîte.

Avant de prendre la mer pour le Cimetière, ils avaient chargé quelques vivres dans un campement de Eighty Mile Beach, mais les stocks s'épuisaient déjà. Ils allaient bientôt devoir rentrer à Broome pour décharger les coquilles et refaire des provisions. Tom ne s'en plaignait pas : ce serait l'occasion de revoir Saule. Mais ils perdraient de l'argent s'ils rentraient alors que les soutes n'étaient pas pleines.

— Eh bien, on s'en passera. Ne nous sers plus de nourriture avariée, c'est compris ?

— Poisson, toujours fort, déclara bravement Wong avant de rejoindre les autres le long du bastingage.

— Mouais. Poisson fort, mais pas les hommes. Une journée de chômée. On avait bien besoin de ça, grommela Archer.

— Une journée ou plusieurs. Juan ne peut pas descendre tant qu'il n'est pas d'aplomb.

— Merci, je sais.

Archer soupira, et passa nerveusement la main dans ses cheveux trop longs.

— Et il faut que ça tombe juste au moment où l'on remontait de la nacre ! Le temps que l'équipage se remette, nous devrons rentrer à

Broome chercher des vivres. J'avoue que ça ne me sourit pas de braver les grandes marées et les autres dangers du détroit, au retour.

A l'aller, le trajet à travers le détroit de King, avec ses îles et ses puissants courants, avait été pénible.

— Ecoute, Archer, je crois que je tiens une solution. Pendant qu'on est ici, je pourrais peut-être plonger ?

Archer le dévisagea comme s'il s'était trouvé en face d'un homme qui venait de perdre l'esprit.

— Tom, ce n'est pas un jeu. Si tu veux des vacances, choisis un autre moment.

— Il ne s'agit pas de vacances. Juan ne peut pas descendre. Moi, oui. On verra bien ce que je remonte. On est coincés ici pour un moment. Ce sera toujours mieux que rien.

— Et qui se chargera de la pompe à air ?

— Toi.

— Il faut deux hommes.

— Les autres se relaieront sur de courtes périodes. Ils se sentiront mieux dès qu'ils n'auront plus rien dans l'estomac, et cela ne va pas tarder. Je pense qu'ils seront d'accord.

— Tom, ce n'est pas un travail d'amateur.

Tom saisit alors toute l'ironie de la situation, et ne répondit pas. Quelques semaines plus tôt, il s'était opposé à ce qu'ils viennent au Cimetière à cause des dangers, et voilà qu'à présent, il se portait volontaire pour y plonger lui-même.

— S'il t'arrivait quelque chose… nous sommes loin des secours, dit encore Archer.

— J'ai fait suffisamment de plongées pour mesurer les risques. Juan n'a pas eu de pépins. Je sais que tu veux engranger de la nacre. Il faut remplir les soutes avant de rentrer au port. Laisse-moi essayer.

— Tu ferais ça pour moi ?

— Tu as bien risqué ta vie pour moi.

Archer hésita, puis il hocha la tête.

— Bon. D'accord. Mais ne fais pas l'imbécile, là-dessous. Au moindre doute, tu nous envoies le signal, et on te remonte.

Ravi, Tom lui assena une bourrade amicale.

— C'est promis, vieux. Ne t'inquiète pas.

— A tout hasard, tu as un message pour ton plus proche parent ?

La remarque dégrisa Tom.

— Archer, j'ai l'intention de remonter entier. Mais, s'il m'arrivait quelque chose, je te demande de veiller sur Saule. Fais-le pour moi. S'il te plaît.

— De veiller sur elle ?

— Donne-lui ma part de nos gains. Aide-la à l'investir.

Après un moment de réticence, Archer finit par acquiescer.

Tandis que Bernard et Archer l'aidaient à enfiler les vêtements de plongée, Tom réfléchissait. Par chance, il était presque de la même taille que Juan. Il n'y aurait pas trop d'ajustements à faire sur le scaphandre. Certes, il n'aurait jamais les aptitudes de Juan ni celles des plongeurs japonais qui se spécialisaient dans la profession. Il se laissait trop facilement distraire par les merveilles du monde sous-marin. Mais il avait l'œil pour la nacre.

Il était heureux de descendre aujourd'hui. Surtout que l'atmosphère à bord n'était pas des plus agréables, avec tous ces hommes malades, et aussi Archer qui bouillait de frustration… S'il trouvait de la nacre, tout le monde se sentirait mieux, et il aurait le plaisir de la plongée en prime.

Il songea à Saule, tandis que Bernard lui ajustait le casque. Depuis qu'il était en mer, il pensait constamment à elle. Jamais elle ne le quittait, et elle lui manquait plus qu'il ne l'aurait cru. Il aurait aimé qu'elle voie le fond de l'océan, ses poissons de couleurs vives, ses coraux, ses prairies d'algues ondoyantes. A chaque nouvelle plongée, il s'enhardissait, explorait de façon plus intrépide. Il avait vu des requins grands comme des canots, de dangereux serpents marins, des combats pour la vie lui rappeler qu'elle était éphémère. Mais le miracle toujours renouvelé de l'océan le fascinait. Peu d'hommes avaient la chance de voir ce qu'il avait vu, et il serait toujours impatient et curieux de plonger de nouveau pour explorer les fonds.

Pâle comme un linge, Juan lui donnait ses dernières recommandations.

— Tâter du pied. Faire petits pas. Jamais marcher dans herbes. Bien regarder, toujours.

— Je serai prudent.

Il fit signe à Bernard de visser la plaque frontale du casque, puis il quitta l'échelle, ajusta une valve et entreprit sa lente descente.

En chemin, il était accompagné par le cliquetis de la pompe et le gargouillement de ses propres bulles d'air filant vers la surface — des bruits réconfortants qui s'amenuisaient à mesure qu'il descendait, mais qui resteraient avec lui tout au long du voyage. Si, par malheur, il cessait de les entendre, il ne lui resterait plus que quelques minutes à vivre.

Juste avant d'arriver au fond, il tira une fois sur le filin de survie pour avertir Bernard que tout se passait bien. Avant de le laisser plonger, Juan lui avait appris les codes du métier. Le filin de survie et le tuyau d'air étaient les seuls moyens dont le plongeur disposait pour communiquer avec le bateau. Les signaux devaient être simples, clairs, instinctifs.

L'eau était trouble, mais quand même plus claire que lors de sa dernière plongée. Un banc de petits poissons argentés — sans doute des harengs — filait à toute allure devant un banc moins important de poissons plus gros, plus maladroits. De crainte d'interférer dans cette poursuite, Tom demeura parfaitement immobile, et les deux groupes l'évitèrent comme s'il n'était qu'un bloc de corail sans intérêt. Lorsqu'il fut certain que, dans leur terreur, les harengs ne reviendraient pas chercher asile près de lui, il commença sa lente marche pesante sur le fond.

Les instructions de Juan lui restaient à la mémoire. Un homme qui tombait dans une crevasse profonde pouvait mourir dans son scaphandre à cause de la pression. La chute serait si rapide que le plongeur n'aurait pas le temps d'ajuster les valves. Les yeux lui sortiraient de la tête, tout son corps exploserait… une horreur. Il tâtait le sol avant de poser le pied, évitait les mystérieuses prairies sous-marines des algues.

En marchant, il chantait, et sa voix de ténor faisait vibrer la vitre de la plaque frontale. Archer avait placé une bouée lestée rouge pour marquer l'endroit de la plongée de la veille, mais Juan l'avait prévenu qu'il ne trouverait pas grand-chose dans ce périmètre. Il avait déjà ramassé le plus gros de la nacre et, s'il avait été en forme, il aurait demandé à ce qu'on le remorque, puis il se serait laissé flotter sous l'eau en quête d'une nouvelle colonie d'huîtres. Tom s'étant assuré qu'il ne servait effectivement à rien de rester sur place, il fit à Bernard le signal convenu pour qu'il le remonte un peu et qu'il mette les voiles.

A présent, il devait flotter sous le bateau, accroché au filin de survie, imaginer la coque, les courants, les vents à la surface et garder les yeux ouverts. S'il apercevait un endroit propice, il devrait se demander si le lougre pouvait s'en approcher en toute sécurité, puis signaler ses intentions à Bernard de manière à ce qu'il comprenne quelle direction il devait prendre. Il ne s'était laissé flotter ainsi qu'une seule fois. Toutes ses autres plongées avaient été des explorations sur place, et c'était par pure chance qu'il avait trouvé des coquilles. Mais, aujourd'hui, il plongeait pour de bon. S'il remontait de la nacre, cela contribuerait à alléger les tensions à bord.

Juan lui avait expliqué comment évaluer si l'environnement était propice aux huîtres nacrières, mais il fallait des années d'expérience pour acquérir le coup d'œil. Suspendu au filin, il planait au-dessus du fond, tel un ange aquatique, examinant le terrain, s'efforçant d'en déterminer le potentiel. Mais il avait encore beaucoup à apprendre avant de s'y connaître. Alors, las de flotter, il signala qu'il souhaitait s'arrêter pour explorer le fond.

Il était déjà découragé, alors que la journée ne faisait que commencer ! Dans l'océan immense, il n'y avait pas de limite aux possibilités. S'il les explorait toutes, il risquait de passer sa vie au fond de l'eau sans trouver une seule huître.

Sitôt le bateau arrêté, il se laissa descendre et reprit sa marche pesante, précautionneuse. Il souleva une motte suspecte, puis la laissa retomber, déçu. Un simple morceau de corail couvert de tubulures noires. Des poissons blanc et or, vaguement iridescents, montaient et descendaient, passaient et repassaient devant la vitre du scaphandre, sous l'œil de gros poissons bleus qui les observaient.

La chasse ne donnait rien. Il demanda de nouveau à ce qu'on le remorque, puis s'arrêta encore par pure frustration. Rien. Toujours rien. Et il imaginait là-haut l'équipage impatient et démoralisé. Garder un plongeur sous l'eau n'était pas chose aisée en temps normal. Aujourd'hui, avec la moitié de l'équipage malade, la tâche devait être encore plus délicate.

Au bout de quelque temps, Tom se résigna. Il allait devoir renoncer. Il sentait la fatigue et savait que, bientôt, il devrait remonter et affronter les autres. S'il rentrait bredouille, il y avait de grands risques pour qu'on ne le laisse pas redescendre. Il demanda tout de même à ce qu'on le remorque une dernière fois, et s'étonna que Bernard accepte. Tandis qu'il flottait, toute son attention était concentrée sur la végétation. Dans l'étrange prairie, il cherchait à repérer des touffes d'algues semblables à celles qu'il ôtait des coquilles que Juan remontait. Il fouillait sa mémoire pour se souvenir des huîtres qu'il avait trouvées, de leur aspect sous l'eau quand il les avait vues, de leur environnement.

Sa fatigue s'accentuait avec la lassitude et la déception. Il s'était cru quelque talent pour ce métier, mais il avait maintenant la preuve du contraire. Il allait s'arrêter une fois encore, sans espérer aucun résultat. Puis, Bernard le remonterait, et il lui faudrait dire à ses hommes qu'il avait échoué. Archer lui ferait des remarques caustiques. Les autres seraient abattus…

Soudain, il tira un coup sec sur le filin pour que Bernard s'arrête. Le geste lui était venu d'instinct, avant même qu'il ne réfléchisse. A présent qu'il regardait le fond, il notait quelques différences. L'aspect du corail avait changé, les plantes aquatiques étaient plus vertes. Archer et lui n'avaient pas été chercheurs d'or assez longtemps pour connaître la joie de celui qui découvre un filon, mais cela devait ressembler à ce qu'il éprouvait en cet instant. A l'aide de signaux, il guida Bernard vers l'endroit qui avait accroché son regard.

Sitôt sur place, il reprit ses explorations. Le contact du sol sous ses bottes lestées était ferme, agréable, et il se mouvait aisément. Il demeurait prudent, mais il se sentait bien, en sécurité. Pour une fois, les poissons semblaient avoir disparu du décor. Il aperçut vaguement un binghi d'un bleu vif, mais il n'y prêta pas grande attention. Un petit requin en maraude s'éloigna, effrayé par les bulles d'air.

A quinze pas de l'endroit où il s'était arrêté, il trouva sa première coquille. Il n'était pas plongeur, mais il connaissait les huîtres, et celle-ci était vieille, énorme, peut-être la plus grosse qu'il ait jamais vue. Il eut un sourire ravi, la rangea dans son sac et se mit au travail pour en dénicher d'autres.

8.

Ce soir-là, sur le bateau, il y eut une petite fête. Le gros de l'équipage était encore trop souffrant pour manger, mais pas pour boire du thé chaud aux succès de Tom. Il n'avait pas battu de record ni même égalé les prises de Juan par une journée moyenne, mais le fait qu'il ait trouvé de la nacre passait aux yeux de tous pour un présage heureux.

Tom comptait mettre ses coquilles avec celles de la veille, mais Juan insista pour qu'il les ouvre le soir même. Tom se résigna donc. Il savait que les éventuelles perles qu'il trouverait dans les huîtres lui appartiendraient.

Un peu plus tard, Archer vint le rejoindre. Les malades, épuisés, étaient déjà couchés alors qu'il faisait encore jour. Même Bernard dormait à l'arrière du lougre. Faute d'être souffrant, il avait travaillé pour deux toute la journée.

— Tu veux un coup de main avec tes huîtres, Tom ?

— Ce n'est pas de refus. A deux, on en aura fini avant qu'il fasse trop sombre.

Tom se mit à la tâche. Il avait l'habitude d'ouvrir les huîtres, mais il n'y prenait pas plaisir. Il souffrait de devoir séparer l'animal de sa demeure nacrée.

Archer les nettoyait avant de les lui passer.

— Dis-moi, c'est comment en dessous ?

— Comme un autre monde.

— Je ne comprends pas que tu plonges. Ce n'est pas la place d'un Blanc.

— Peut-être, mais c'est splendide.

Archer gratta une huître en silence, en prit une autre.

— Moi, je ne pourrais pas, dit-il enfin.

Pourtant, jamais Archer ne s'avouait incapable de quoi que ce soit. Attendri par cette confession, Tom le rassura :

— Allons, tu exagères. Tu pourrais, si tu voulais. Mais tu n'en as pas envie, c'est tout.

— Quand je les vois te mettre le casque... Tu sais, tu pourrais mourir dans ce scaphandre...

— Ou dans mon lit. Ou d'une chute de cheval. Ou même empoisonné par le curry de Wong.

Archer éclata de rire.

— Je n'ai jamais dit que le curry de Wong était recommandé pour la santé.

— J'aime bien être sous l'eau. Quand j'étais gosse, je contemplais le ciel en me demandant qui habitait dans les étoiles. Je ne le saurai jamais. Mais le fond de l'océan ressemble à une autre planète.

— Moi, je n'avais pas de temps pour la contemplation. J'étais trop occupé à rassembler le bétail et à désherber les jardins des autres. Trop occupé à prendre des trempes quand je ne travaillais pas assez vite.

Tom savait bien qu'Archer était conditionné par son enfance malheureuse.

— Au rythme où tu travailles maintenant, tu auras bientôt des troupeaux à toi. Tu verras.

— Mon père travaillait du matin au soir. Il se levait avant l'aube, et il n'arrêtait plus jusqu'à ce qu'il tombe d'épuisement. Pourtant, cela ne lui a jamais rien rapporté.

— Ce ne sera pas forcément la même chose pour toi.

Archer lui tendit une huître.

— J'espère bien ! Je ne suis pas comme lui. Il croyait qu'en suivant le droit chemin, il serait récompensé. Moi, je sais qu'un homme, un vrai, prend tout ce qui s'offre, et même quelques petites choses qui ne s'offrent pas.

Tom sourit tristement.

— Mouais. C'est ce qu'a fait mon père. Il a pris tout ce qui passait à portée de sa main. Il est devenu riche, mais cela n'a pas suffi à le rendre heureux.

— Et toi ? Tu penses que tu seras heureux en vivant comme tu projettes de le faire ?

— Je le suis déjà.

Archer s'interrompit un moment dans sa tâche.

— Tu es heureux, là, maintenant ?

— Bien sûr ! Tu es ici, avec moi. J'ai Saule, l'*Odyssey*... j'aime la mer, l'Australie. Je ne vois pas ce qu'il me faudrait de plus.

— Du bon sens.

Tom attendit que son ami se lance dans l'une de ses tirades à propos de Saule, mais il n'en fit rien. Il prit une nouvelle huître, joua avec un moment tandis que Tom l'observait.

— Tu parles d'un monstre, celle-ci ! Tu as vu sa taille ?

— Oui, elle est énorme. C'est la première que j'ai trouvée aujourd'hui. J'allais me résigner à remonter bredouille quand je l'ai aperçue.

En silence, Archer gratta les algues qui s'y accrochaient et la tendit à Tom.

— Ça me fait presque de la peine de l'ouvrir. Grosse comme elle est, c'est au moins le grand-père de quelqu'un.

— Eh bien, remets-la à l'eau. Personnellement, je m'en fiche.

Tom soupesa l'huître géante. Elle avait peu de chances de survivre après des heures passées sur le pont par une telle chaleur.

— Si nous laissons trop libre cours à nos sentiments, nous ne pourrons jamais te payer la première vache, dit-il en insérant la lame du couteau à la jointure de la coquille.

Il hésitait encore. Certes, les huîtres n'avaient pas de personnalité, il en avait ouvert des milliers, mais celle-ci était différente des autres. D'abord par sa taille, et aussi parce qu'elle lui avait porté chance.

Le coquillage entrouvert, il passa le doigt à l'intérieur, explora, tâta la chair. Soudain, il s'arrêta.

Archer leva les yeux vers lui et se figea à son tour. Il ne posa pas de question. Il se contenta de hausser les sourcils d'un air interrogateur.

Sans cesser de regarder l'huître, Tom y enfonça l'index et le pouce pour écarter les bords de la coquille. Son cœur battait à se rompre ; il retenait son souffle. Jamais il n'aurait cru devoir l'ouvrir autant.

Archer se pencha vers lui au moment même où il en extrayait la perle, et il laissa échapper un juron à voix basse.

Sidéré, Tom contemplait la merveille qui reposait au creux de sa main. C'était la plus belle perle qu'il ait jamais vue. Et la plus grosse aussi. Plus grosse qu'un œuf de moineau.

Parmi tous les joyaux, la perle est le seul qui soit presque fini à l'état naturel. Pas besoin de l'arracher à sa gangue, de la tailler, de la polir longuement. Sitôt lavée, lustrée avec un chiffon doux, elle prend tout son éclat. Les experts corrigent parfois de petites imperfections en ôtant méticuleusement une fine pellicule après l'autre, mais bon nombre de perles sont déjà parfaites au sortir de l'huître.

Parfaite. Le mot était trop faible pour celle-ci.

Archer tendit la main. Tom fit rouler la perle dans sa paume, puis, avec une légère réticence, il la confia à son ami.

— C'est incroyable, murmura Archer.

— Est-ce qu'elle a autant de valeur que je l'imagine ? demanda Tom sur le même ton confidentiel.

Archer faisait rouler la perle entre son pouce et son index.

— Beaucoup plus. Elle est superbe. Une gemme pareille, ça n'a pas de prix.

— Si on réveillait Juan pour l'examiner dans la cabine ?

Archer acquiesça d'un hochement de tête. La cabine était le seul endroit où ils pouvaient étudier la perle de plus près, et la couchette de Juan s'y trouvait, à côté de celle d'Archer. Ils ne pouvaient pas cacher leur trouvaille au plongeur.

Tom considéra l'huître qui lui avait offert ce trésor. Elle ne survivrait pas au traitement qu'il venait de lui infliger, et, pourtant, il n'avait pas le cœur de l'arracher à sa coquille. Il la referma du mieux qu'il put, puis alla jusqu'au bastingage et la remit précautionneusement à l'eau afin qu'elle meure dans son élément familier.

Archer l'observait en agitant la tête.

— Ce que tu peux être bête ! dit-il affectueusement. Bête et sentimental. Mais quel plongeur tu fais !

Tom, qui était né d'une famille aisée, n'imaginait pas devoir un jour sa fortune à son travail.

— Nous voilà riches, dit-il.

Sous la lune, les yeux d'Archer brillaient.

— Allons voir à quel point.

Ils réveillèrent Juan qui s'agitait dans son sommeil. Tom attendit qu'il soit tout à fait conscient pour lui raconter l'aventure. Puis il tira la perle de sa poche et la déposa près de Juan, sur un mouchoir blanc.

A la lumière, la perle était comme métamorphosée. Elle luisait d'un éclat céleste. D'une rondeur parfaite, d'une grosseur fabuleuse, elle était digne d'un monarque et aurait éclipsé tous les autres joyaux d'une couronne royale.

Juan écarquillait les yeux et retenait son souffle.

— Quelle merveille ! dit-il d'une voix haletante. Moi jamais vu perle pareille !

— Elle est plus argentée que blanche, remarqua Archer. Une teinte rare, et je ne lui vois pas de défaut.

Il la reprit, la fit rouler entre ses doigts, et ajouta :

— Diable, elle est aussi grosse qu'une bille. Plus grosse, même.

— Grand prix pour cette perle, dit Juan.

Tom agita la tête.

— La Perle de Grand Prix.

— Je suis censé comprendre ? demanda Archer.

— C'est tiré de la Bible. La parabole de la perle. J'ai appris ça quand j'étais petit. « Le royaume des cieux est encore semblable à un marchand qui cherche de belles perles. Il a trouvé une perle de grand prix, et il est allé vendre tout ce qu'il possédait pour l'acheter. »

Archer examinait la perle.

— On vendrait tout ce qu'on a pour avoir cette perle. Et elle nous appartient. Avec l'argent que nous en tirerons, nous pourrions acheter le royaume des cieux ou n'importe quel autre royaume.

Tom regardait le trésor, lui aussi, mais il ne voyait pas de royaume. Il voyait un avenir paisible avec Saule dans une spacieuse villa de perlier, avec des fils et des filles pour égayer leurs jours, et la satisfaction de savoir qu'Archer était désormais libre de réaliser ses rêves et de refaire sa vie.

— Cette perle faire un homme riche, dit Juan. Très, très riche. Deux hommes, non. Deux hommes regretter être associés.

Archer eut un haussement d'épaules.

— Nous en tirerons sûrement un prix suffisant pour repartir tous les deux d'un bon pied.

Tom prit la perle au creux de sa paume, en savoura le poids, la texture.

Il savait qu'à Broome, le prix que les perliers obtenaient pour leurs gemmes était bien moindre que dans des capitales comme Londres ou Paris. Mais ni lui ni Archer n'avaient l'argent ou les contacts nécessaires pour entreprendre un tel voyage.

— Pour repartir du bon pied, sans doute, mais tu peux oublier les royaumes. Nous n'en tirerons jamais assez, et il nous faudra peut-être une ou deux saisons de plus avant que toi et moi ayons ce que nous voulons. Quoi qu'il en soit, c'est un début prometteur.

— Dès demain, nous rentrerons au port. Il faut acheter des vivres et régler cette affaire. Je ne veux pas risquer de perdre une telle perle.

Tom referma la main sur le joyau.

— Tu ne penses pas que nous devrions rester sur place le plus longtemps possible ? Dès que Juan sera remis, il pourra plonger. En attendant, je ferai de mon mieux. Il y a de la nacre de qualité ici.

— Tu tiens vraiment à ce que cette perle reste à bord ?

Archer n'avait pas tort. Garder une perle de cette valeur à bord, c'était s'exposer aux pires ennuis si l'équipage avait vent de son existence. Tom avait entière confiance en ses hommes ; il les appréciait et les admirait même, mais des perles de moindre taille avaient déjà causé nombre de mutineries.

— Il faut garder le secret, dit-il. Juan, tu dois nous promettre de n'en parler à personne.

Juan acquiesça d'un brusque hochement de tête. Tom ne doutait pas de lui.

— Je crois que nous pouvons prendre le risque, déclara-t-il. Encore quelques jours au Cimetière et nos soutes seront pleines. Alors, nous rentrerons au port pour décharger et acheter des vivres.

Contre toute attente, Archer ne protesta pas. Il regardait la main de Tom en silence. Enfin, il releva les yeux.

— Tu vas la mettre au coffre, en attendant ?

Tom acquiesça de la tête. Le coffret de perlier avait été conçu pour des cas comme celui-ci, selon le principe de la tirelire. Une fois la perle insérée dans la fente du couvercle, elle glissait au fond le long d'un tube de cuivre sinueux, de sorte qu'il était impossible de la récupérer sans l'unique clé restée en dépôt à la banque.

— Fais voir, une dernière fois.

Tom tendit la main. Sur sa paume, le joyau luisait doucement à la lueur de la lampe.

— Messieurs, dit-il, je vous présente la Perle de Grand Prix.

Ils contemplèrent le joyau en silence pendant un long moment, comme pour graver cette vision dans leur mémoire. Enfin, Tom prit la perle entre le pouce et l'index, puis la déposa cérémonieusement dans le coffret de perlier.

Archer n'arrivait pas à trouver le sommeil. Dès qu'il fermait les yeux, il revoyait la perle dans la main de Tom. Tom qui était né pour des perles comme celle-ci. Tom qui n'avait jamais manqué de rien, jamais connu la solitude, qui n'avait jamais désiré quoi que ce soit au point d'en perdre le sommeil.

A côté de lui, il entendait le souffle irrégulier de Juan qui s'agitait sur sa couchette.

Et s'ils tombaient tous malades ? S'ils mouraient au milieu de l'océan ? Entre les cafards et les rats, la nourriture avariée et l'eau douteuse, cela n'aurait rien d'étonnant. Il détestait la vie de perlier, le bateau et son équipage de mécréants. Mais, ce soir, ce qui l'écœurait plus que tout au monde, c'était la joie malsaine qu'il avait ressentie en voyant la Perle de Grand Prix pour la première fois dans la main de Tom.

Quel idiot il était ! Il avait cru que cette perle allait changer sa vie. Il s'imaginait déjà rentrant à Broome pour en parler à Viola et la montrer à son père. Après lui avoir témoigné sa gratitude pour le sauvetage de Nakanishi, Sebastian Somerset avait repris ses distances, comme s'il devinait chez Archer des intentions cachées. La perle aurait changé tout cela ; elle aurait fait pencher la balance en sa faveur…

Si seulement elle lui avait appartenu. A lui seul.

Elle était invisible, à présent. Dans le coffret de perlier, elle attendait le jour où elle étonnerait ceux qui auraient la chance de la voir. Mais Archer la sentait, comme une présence tangible et lourde de promesses.

De toute la saison creuse, il n'avait pas vu une seule perle qui soit l'égale de celle-ci. Le propriétaire d'un tel joyau serait assez riche pour acheter des terres et du bétail. Surtout s'il possédait un lougre aux soutes remplies de nacre.

Mais il faudrait réinvestir une part des bénéfices partagés dans l'entreprise. L'argent leur permettrait d'acquérir des bateaux. Ils seraient amiraux d'une flotte de deux lougres, ou même de trois ou quatre ; ils entreraient en concurrence avec des hommes comme Somerset qui possédaient une foule de bateaux, des équipements de qualité et des plongeurs de talent. Ils auraient une modeste part dans l'industrie perlière, réinjecteraient des capitaux dans leur affaire et feraient le gros dos en cas de mauvaise saison. Au bout du compte, et comme Tom l'avait dit, ils vivraient à l'aise.

Mais Viola accepterait-elle cette vie ? Parviendrait-il à la convaincre de l'épouser s'il renonçait à ses rêves de terres et de bétail pour rester à Broome ? Sebastian Somerset finirait par mourir, et elle hériterait de sa fortune. Ils pourraient alors acheter un domaine aussi loin qu'elle le désirait.

Mais elle n'attendrait pas. Il en était sûr. Elle en épouserait un autre. Un homme capable de lui offrir une vie différente, de l'emmener ailleurs tant qu'elle pouvait encore profiter de sa jeunesse et de sa beauté.

S'il avait la perle pour lui tout seul, il réaliserait ses rêves. Avec Tom pour partenaire, il devrait y renoncer.

Il se demanda si Tom accepterait de vendre la perle pour acheter des terres avec lui. Il y aurait du travail pour deux hommes, suffisamment d'espace pour loger deux familles. Mais cela n'était pas réaliste non plus. Tom aimait la vie de perlier, et il tenait absolument à épouser sa Chinoise. En admettant même qu'il accepte de quitter Broome, il l'emmènerait avec lui, et jamais Viola n'accepterait Saule…

Juan geignait et remuait fiévreusement sur sa couche, mais Archer en avait à peine conscience. Le tumulte de ses propres pensées le tenait éveillé.

Le lendemain matin, peu avant l'aube, Bernard se pencha par-dessus le bastingage et se mit à vomir.

— Saleté de ventre, grommela-t-il en s'étendant près de la plate-forme depuis laquelle il veillait sur le plongeur.

Il ferma les yeux, croisa les mains sur sa poitrine, tel un gisant sur un tombeau.

Tom l'avait entendu. Craignant qu'il se refroidisse, il lui apporta une couverture. Au même moment, Archer sortait torse nu de la cabine en s'étirant comme un homme qui a passé une bonne nuit.

— Et toi, Tom ? Tu te sens bien ? demanda-t-il en voyant le colosse plié en deux.

— Mieux que je ne l'aurais cru.

Tom sourit à Archer pour lui faire comprendre qu'il parlait de la perle. Il n'avait pensé qu'à cela depuis qu'il l'avait trouvée.

— Hum. Moi aussi, je tiens le coup. Bernard est tellement costaud qu'il a fallu deux jours avant que le poisson avarié le rende malade.

— Ce n'est peut-être pas le poisson. Et, dans ce cas, rien ne prouve que nous résisterons au mal.

— Quoi qu'il en soit, avec l'équipage sur les genoux, nous aurons du mal à regagner le port. Je propose d'attendre un jour ou deux, le temps de voir s'ils se remettent. Sinon, eh bien, nous lèverons l'ancre, et nous nous y collerons tous les deux. En supposant que nous tenions debout.

Ahmed et Reece vinrent alors prendre des nouvelles de Bernard, et annoncèrent qu'ils se sentaient mieux.

— Dommage que nous n'ayons pas de barreur, dit Tom. Avec Ahmed et Reece pour t'aider à la pompe, j'aurais plongé.

Archer se frotta le menton.

— Je pourrais servir de barreur pour aujourd'hui. Bernard sera là en cas de problème. Je l'ai bien observé, je l'ai déjà aidé... je sais ce qu'il faut faire.

Sur un lougre perlier, le travail du barreur était crucial. Si le succès de la saison dépendait du plongeur, la survie de ce dernier dépendait du barreur qui dirigeait le bateau et qui veillait sur lui.

Tom considéra la plate-forme de Bernard comme s'il y cherchait une réponse.

— Je ne sais pas trop quoi te dire. Nous sommes tous les deux novices. L'un de nous au moins devrait être sûr de ce qu'il fait.

— Ecoute, Tom. Quand tu es au fond, tu es seul. Si tu fais une erreur, il n'y a personne pour te venir en aide. Mais moi, sur le bateau, j'aurai tout l'équipage. D'accord, Bernard n'est pas flambant, mais il pourra tout de même me conseiller si je pense que tu es en difficulté.

L'argument se tenait. Archer comptait sur lui, comme au bon vieux temps. La veille au soir, la tension qui régnait entre eux depuis le début du voyage s'était dissipée. La perle avait tout changé. Archer semblait différent, ce matin, plus enthousiaste, résolu à faire de la saison un authentique succès. Il offrait à Tom une chance de plonger, de trouver de la nacre. De nouveau, ils étaient partenaires pour de bon, œuvraient ensemble pour se forger un destin.

— D'accord. Je ne ferai que quelques plongées pour ne pas épuiser Ahmed et Reece, mais je veux bien tenter le coup. Avec un peu de chance, nous rentrerons au port les soutes pleines.

— Excellent. Tu feras ta première plongée après le petit déjeuner. En attendant, je vais voir si Bernard peut me donner quelques tuyaux avant que tu descendes. Nous prendrons toutes les précautions.

Tom le gratifia d'une bourrade amicale.

— Ce sera comme dans le temps. Une fois de plus, tu tiendras ma vie entre tes mains. A croire que c'est notre lot à tous les deux.

— Ouais, ça ressemble à ça.

Côte à côte, en silence, ils regardèrent le soleil se lever.

Quelques minutes plus tard, tandis que Tom achevait de déjeuner, Juan le rejoignit sur le pont. Malgré sa pâleur et son évidente faiblesse, il déclara qu'une nuit de repos lui avait fait du bien.

— Mais pas encore plonger, ajouta-t-il, comme si la question se posait.

Tom lui servit du thé chaud. Il regrettait que leur stock de café soit épuisé.

— Je vais redescendre, tout à l'heure. Archer tiendra la barre et veillera sur moi.

Juan parut troublé par la nouvelle, mais il ne fit aucun commentaire.

— Tu as des conseils à nous donner ? Plus tôt nous remplirons les soutes, plus vite nous rentrerons à Broome.

Juan but une gorgée de thé, puis déclara :

— Mieux rentrer maintenant. Beaucoup mieux.

— Le voyage est long et l'équipage ne va pas bien. Nous pensons qu'il vaut mieux attendre quelques jours avant de repartir.

— Barreur doit avoir main ferme. Doit suivre signaux. Etre patient. Faire attention. Doit sentir quand chose arrive.

— Je sais, Juan.

— Bernard, savoir faire. Savoir quand chose arrive sous l'eau. Il sent.

— Je sais bien, mais il est malade. Archer est prêt à essayer. Je ne crains rien avec lui. Il veillera à ce qu'il ne m'arrive pas de mal.

— Bernard et moi, pas être amis. Barreur et plongeur, penser à ce qui se passe sous l'eau. A rien d'autre. Pas penser au reste de la vie.

— Ne t'inquiète pas. Je lui dirai de ne penser qu'à me remonter entier. Et puis, toi et Bernard, vous le surveillerez.

Juan fonça les sourcils mais ne répéta pas sa mise en garde. Archer, qui avait apporté du thé au barreur défaillant, vint alors les rejoindre.

— Bernard ne veut pas bouger. Pour vaquer à nos tâches, nous allons passer la journée à l'enjamber.

— Je vais chercher les flanelles, dit Tom en se levant. Finis de déjeuner, et on y va.

— Le plus tôt sera le mieux.

Tom commença à enfiler l'équipement de plongeur. Malgré sa joie d'avoir trouvé la perle, il n'avait guère envie de descendre, ce matin. Il lui tardait de rentrer à Broome pour mettre Saule au courant de leur bonne fortune. Cette fois, il avait quelque chose de concret à lui offrir. Elle ne lui demandait pas d'être riche, et elle resterait avec lui, quoi qu'il arrive, mais il était heureux de pouvoir lui offrir une vie confortable. Et il brûlait d'envie de voir son visage quand il lui apprendrait la nouvelle.

A présent, il regrettait d'avoir tant insisté pour qu'ils restent sur place et remplissent les soutes. S'il avait pu deviner que Bernard tomberait malade, il aurait opté pour un retour immédiat, mais il avait trop bien défendu son point de vue, et il ne pouvait plus se rétracter. Et puis, Archer comptait sur lui. Il s'était porté volontaire pour faire office de barreur. Si Tom revenait sur sa décision, il le croirait ingrat ; il penserait qu'il doutait de ses capacités. Pourquoi s'inquiéter, d'ailleurs ? Archer avait de bons réflexes ; il aimait les défis et relèverait celui-ci avec maestria pour rendre sa place à Bernard sitôt qu'il aurait fait ses preuves.

Qu'il le veuille ou non, Tom devait plonger, ou bien il risquait de raviver les tensions qui existaient entre eux.

— Alors, vieux, tu es prêt à enfiler le reste du harnachement ?

Perdu dans ses pensées, Tom n'avait pas entendu son ami arriver. Il ébaucha un sourire.

— Et toi ?

— Fin prêt. Bernard m'a rappelé quelques détails, mais je sais très exactement ce que je dois faire.

Tom se laissa harnacher par Archer. Juan lui prêtait main-forte, mais il ne souriait pas. Il s'assombrissait même à mesure que Tom disparaissait sous les plis de la toile. Tom se demanda si Juan regrettait de ne pas avoir trouvé la magnifique perle. Rien ne prouvait qu'il aurait fait arrêter le lougre au même endroit ni qu'il aurait remarqué cette huître, mais son indisposition lui en avait ôté la possibilité. Il ne toucherait donc pas la plus grosse commission de toute sa carrière.

— Allons, ne sois pas si triste, lui dit Tom. Tu seras bientôt d'aplomb. Il y a des milliers d'huîtres qui t'attendent, en bas.

Il nia de la tête.

— Moi, peut-être plus plonger.

Sur ces mots, il leur tourna le dos et s'éloigna. Tom faillit le rappeler pour qu'il s'explique.

— D'après toi, qu'est-ce qu'il voulait dire ?

— Va savoir, répondit Archer. Ces gens de couleur sont superstitieux. Ils se démontent pour un rien.

Malgré la chaleur, Tom frissonna soudain. L'espace d'un instant, il eut envie de renoncer. Archer serait furieux, mais il trouverait le moyen de se faire pardonner. Il lui revaudrait ça d'une manière ou d'une autre. Il coula un regard à son ami. Les traits crispés, raide, il paraissait s'attendre à ce que Tom change d'avis et le déçoive une fois de plus. Mais il lui devait trop pour cela. Et puis, comment douter des compétences d'un homme qui lui avait sauvé la vie ?

Il alla s'asseoir pour enfiler les bottes à semelles de plomb et passer le corselet. Archer l'aida à se relever, puis il gagna l'échelle, descendit de quelques degrés. Sur un signe d'Archer, Ahmed apporta les poids pour lester ses épaules.

Archer vérifia tout en prenant son temps. Il ajusta un détail ici, un autre là, comme s'il avait fait cela toute sa vie.

— Tu es doué, lui dit Tom. Bernard a intérêt à bien se tenir s'il veut garder sa place.

— Je ne t'aurais pas proposé de descendre si je n'étais pas sûr de moi.

— Bonne chance, Archer.

— A toi aussi.

Il souleva le casque, le tint quelques instants au-dessus de la tête de Tom, le regarda dans les yeux et parut hésiter. Enfin, sans quitter son regard, il mit le casque en place et le vissa.

— Archer ?

— Oui ?

— Tu te souviens de ce que je t'ai dit, hier, pour Saule ?

— Quoi ? Tu as changé d'avis à son sujet ?

— Non. Mais il me sera plus facile de descendre si je sais que tu t'occuperas d'elle, au cas où il m'arriverait quelque chose.

— Ne t'inquiète pas : je veillerais sur elle. Occupe-toi de nous trouver de la nacre.

— C'est bien ce que je compte faire.

Tom attendit qu'Archer prenne place sur la plate-forme avec le filin et le tube d'air. Lorsque Ahmed et Reece commencèrent à pomper, il se mit à l'eau et entreprit sa lente descente.

Comme la veille, il pensait à Saule en gagnant le fond. Il s'interrogeait sur leurs enfants à naître. Peut-être même était-elle déjà enceinte ? Soudain, il regretta de ne pas l'avoir épousée immédiatement. Dès qu'il rentrerait au port, il tâcherait d'arranger un mariage rapidement.

La veille, il aurait aimé lui montrer ce monde exotique avec ses créatures aquatiques et ses paysages étranges. Mais, aujourd'hui, il n'avait plus qu'un seul désir : être dans leur minuscule maison, dans le décor familier qu'il avait appris à aimer, avec le tic-tac de la pendule sur la cheminée et l'odeur du riz qui cuisait dans la cuisine ; il voulait tenir Saule entre ses bras, sentir les battements réguliers de son cœur contre le sien.

Il eut un pincement de tristesse à l'idée qu'il n'avait pas toujours su goûter à leur juste valeur les petits détails de la vie, les volutes de brume le long des trottoirs de San Francisco, les bougainvilliers rouges frémissant sous le vent contre une grille de métal, le parfum délicat du thé au jasmin.

Ses paupières étaient lourdes, comme s'il était sur le point de s'endormir. D'où lui venait cette torpeur, cette soudaine fatigue ? Il ajusta la valve d'arrivée d'air. Le cliquetis régulier de la pompe lui parvenait par le tube, mais, ce matin, il lui faisait l'effet lénifiant d'une berceuse. Ses yeux se fermèrent. Dans un sursaut, il s'obligea à les rouvrir, à respirer profondément. Pourtant, malgré le bruit rassurant de la pompe, malgré tous ses efforts pour réguler son souffle, il ne parvenait pas à emplir ses poumons. L'air lui manquait.

Surtout, ne pas paniquer. Il ajusta de nouveau la valve de son casque, mais cela ne changea rien. Il étouffait. Sa tête lui faisait mal et ses doigts le picotaient.

Il se mit à tirer de toutes ses forces sur le filin de survie. Quelque chose clochait, mais quoi ? Il fallait vérifier le casque du scaphandre. Ou bien le tube s'était pris dans quelque chose. Quelle que soit la cause du problème, il ne pouvait pas le régler seul. Il devait remonter à la surface, et vite, avant que l'air n'arrive plus du tout.

Il tira un nouveau coup sec sur le filin pour donner à Archer le signal de le remonter. Rien. Pas de réponse. A l'évidence, il y avait aussi un problème là-haut. Un problème technique qu'Archer devait s'efforcer de réparer. D'un instant à l'autre, il lui répondrait ; l'air remplirait le casque et il serait sauvé. Archer le remonterait et, ensemble, ils découvriraient la cause de l'avarie.

Il tira une fois de plus. Ses doigts étaient si gourds qu'il eut du mal à les refermer sur le filin. Il avait l'impression qu'on écrasait sa tête avec une pierre. Il toucha le fond, chancela, tomba à la renverse.

Dans un cri désespéré, il appela Archer, mais il n'y avait personne pour l'entendre. Au-dessus de lui, la pompe, gardienne de la vie, cliquetait toujours. Dans la cabine, une perle miraculeuse attendait d'être vendue au plus offrant.

Son agonie fut brève et cependant trop longue. Tandis qu'il luttait pour arracher en vain une dernière bouffée d'air, il comprit que son ami l'avait sacrifié à la Perle de Grand Prix. Lui en payait le prix — le plus élevé qui soit.

9.

Archer enterra Tom sur la plage la plus proche du lieu où il était mort. Il dut creuser la tombe tout seul : les hommes de l'équipage avaient refusé de l'aider. En silence, ils l'observaient depuis le bord de l'eau. Ils attendirent qu'il en ait terminé, puis qu'il ait regagné le canot pour aller déposer de modestes offrandes en hommage au défunt.

Tous étaient convaincus qu'Archer avait tué Tom, mais Juan avait été le seul à le lui dire alors qu'ils achevaient de retirer le corps méconnaissable du scaphandre pour l'envelopper dans une couverture et une longueur de toile.

— Toi, penser faire bonne chose pour ton avenir, mais nous faire que personne plus travailler pour toi. Et faire savoir aussi à autres maîtres.

— Juan, je te promets que Tom n'a pas donné le signal. J'ignorais qu'il était en difficulté. Je l'ai compris trop tard, quand j'ai senti son corps traîner comme un poids mort.

— Toi croire moi aveugle, mais moi voir clair. Voir toi traficoter la valve du casque.

— C'est ridicule ! Jamais je n'aurais fait une chose pareille. Surtout à mon meilleur ami.

Juan referma la main sur la petite croix d'or qu'il portait au cou.

— Toi jamais avoir autre ami.

Pendant les deux jours de trajet jusqu'à Broome, Archer ne dormit pas, ne quitta pas son arme, veilla à ne jamais tourner le dos à quiconque. Dès l'arrivée au port, les hommes débarquèrent et s'en furent sans se retourner, ignorant ses menaces de ne pas les payer s'ils ne l'aidaient pas à décharger. Voyant qu'il ne servait à rien de s'époumoner, il renonça, amarra le lougre à la jetée, verrouilla les soutes. Puis, muni du coffret de perlier, il se rendit à la banque qui en gardait la clé.

Durant le voyage, il s'était occupé l'esprit à échafauder des projets. Finalement, il ne vendrait pas la perle immédiatement. Elle était trop belle et faisait trop d'effet pour qu'il s'en sépare sans l'avoir d'abord exploitée à sa manière. Il voulait que Sebastian Somerset voie la gemme, qu'il voie quel homme venait demander la main de sa fille. Il fallait que Viola la voie, elle aussi, qu'elle voie de ses yeux la preuve qu'il avait tenu promesse, qu'il était revenu riche au-delà de toute espérance.

Après avoir récupéré la clé du coffret, il se rendit au Roebuck et y prit une chambre. Il entreprit de raconter au réceptionniste la tragédie survenue à bord de l'*Odyssey*. Tandis qu'il parlait, l'homme le considérait d'un air sévère, par-dessus ses lunettes cerclées d'acier, et, sitôt le récit terminé, il déclara platement :

— J'aimais bien Tom. C'était un gentleman.

— La nouvelle de sa mort ne semble pas vous étonner.

— J'étais déjà au courant.

Certes, Juan avait menacé de répandre le bruit, mais il était stupéfiant que la rumeur ait circulé aussi rapidement.

— L'équipage m'en veut et croit que c'est ma faute.

Archer marqua une pause, regarda au loin comme un homme qui souffre d'une cruelle injustice, puis ajouta :

— J'ai pourtant fait de mon mieux pour le sauver. Il était mon ami, et je prendrais sa place dans la tombe si je le pouvais.

— Dommage que ce ne soit pas possible, répliqua le réceptionniste.

Sur ces mots, il mit un terme à la conversation en tournant le dos à Archer.

Une fois dans sa chambre, Archer défit ses bagages, puis il ouvrit le coffret de perlier pour en contempler le contenu. Sur terre, à la lumière naturelle du jour, la Perle de Grand Prix n'était pas moins belle qu'à la lueur d'une lanterne, la nuit, sur le bateau. Elle reposait sur sa paume tandis qu'il réfléchissait à ce qu'il allait en faire dans l'immédiat. Il pouvait la cacher dans la pièce, mais si un voleur fouillait les moindres recoins avec minutie, il la découvrirait inévitablement. Le joyau ne serait en sûreté dans aucune cachette.

Il pouvait aussi la déposer dans leur coffre à la banque, mais comment savoir si la seule vue de la perle ne transformerait pas un honnête banquier en malfrat ? Une telle gemme offrait la possibilité de réaliser les rêves les plus fous. Qui donc résisterait à l'envie de la voler si l'occasion s'en présentait ?

En fin de compte, Archer décida de garder le joyau sur lui, car il préférait mourir plutôt que le perdre. Il dénoua le foulard qu'il portait au cou, y plaça la perle et refit le nœud.

Après cela, il écrivit un mot à Sebastian, puis un second à Viola que son boy, le jeune Ashwar, lui remettrait discrètement. Dans le message destiné au père, il exposait les circonstances du décès de Tom, racontait que, pris de panique, le malheureux avait omis de donner le signal de détresse, expliquait que, malgré cela, il avait tout tenté pour sauver son ami. En conclusion, il demandait à rencontrer Sebastian pour avoir son avis à propos d'un objet qu'il souhaitait lui montrer.

Pour Viola, il résuma l'histoire concernant Tom et lui demanda un rendez-vous secret. Après quoi il se mit en quête d'un messager.

Restait une dernière tâche à accomplir avant d'évacuer Tom Robeson de sa vie. Il lui avait promis de veiller sur Saule. Pour se tenir éveillé et rester sur ses gardes pendant le retour au port, il avait longuement réfléchi à cela.

A l'évidence, les habitants de Broome le regarderaient d'un œil soupçonneux dès que la nouvelle de l'accident se répandrait. Il s'attendait même à ce que la police locale l'interroge. S'il ne faisait pas un geste pour venir en aide à Saule, sa réputation en souffrirait d'autant. En revanche, s'il lui apportait ostensiblement son soutien quand rien ne l'y obligeait, cela jetterait le doute sur les rumeurs qui faisaient de lui un assassin.

Avant de se reposer ou même de manger un repas convenable, il se changea et fit à pied le trajet jusqu'à la petite maison de Tom. L'idée d'affronter Saule et de revoir le bungalow où ils vivaient ensemble ne le réjouissait pas. Tom y avait laissé trop de lui-même : les fleurs qu'il avait plantées pour elle, les fauteuils de rotin sous la véranda, les coquillages et les bois flottés qu'ils avaient trouvés sur les plages et arrangés en de savantes compositions pour décorer leur intérieur…

La décision de laisser Tom mourir lui était venue soudainement, au cours d'une nuit sans sommeil passée à rêver d'avenir. En sauvant la vie de Tom à Cuba, il lui avait offert plus de deux ans de sursis. Au fond, il était juste qu'il la lui reprenne. Ce n'était qu'une vie d'emprunt. D'ailleurs, depuis cette époque, un abîme s'était creusé entre eux. Tom ne le voyait plus en héros, comme autrefois. Leurs chemins se seraient séparés tôt ou tard. Certes, il regrettait que les circonstances l'aient obligé à tuer son ami, mais il avait appris depuis belle lurette que chacun veille d'abord à son propre intérêt et que les bons sentiments affichés par les uns ou les autres ne trompent personne. Archer devait veiller aux intérêts d'Archer. C'était aussi simple que cela.

A présent, il avait hâte d'en finir avec Saule afin de commencer sa nouvelle vie. Depuis qu'il avait arraché le cadavre au scaphandre, il regrettait presque que Tom ait trouvé la perle. Mais il n'était pas homme à s'appesantir sur le passé. Tom était mort, la page était tournée. Restait à tirer le meilleur parti possible du joyau.

Quand il arriva tout près du bungalow, de bruyants sanglots le firent ralentir. Il ne savait que trop qui pleurait et pourquoi, mais ce n'était pas le moment de s'apitoyer. Il serra les dents, et se dirigea vers la porte.

Une femme lui en barrait l'entrée. Cette même Antillaise qui avait accompagné Saule au départ de la flotte. Elle avait la peau sombre, les hanches larges, et il lut dans ses yeux sa condamnation avant même qu'il ait ouvert la bouche.

— Je suis venu voir Saule, commença-t-il.

— Pour quoi faire ? Pour la tuer, elle aussi ?

— Laissez-moi donc passer, pauvre sotte. Je n'ai tué personne. J'ai quelque chose pour elle. Je suis venu le lui donner.

Elle fronça les sourcils d'un air menaçant.

— Juan Fernandez dit que vous avez tué Tom.

— Juan a besoin d'un bouc émissaire. Ça le soulage.

A son expression, il comprit qu'elle n'en croyait rien, mais il n'eut pas à la convaincre car elle se retourna en entendant des pas.

— Ne t'inquiète pas : je lui ai dit de s'en aller, murmura-t-elle d'une voix douce.

— S'il te plaît, laisse.

L'Antillaise eut une grimace réprobatrice, mais elle s'effaça, néanmoins, pour faire place à Saule.

— Pourquoi êtes-vous venu ? demanda la jeune femme.

Elle avait les yeux rouges et le visage bouffi, les cheveux défaits, emmêlés, mais ce désordre n'entamait en rien sa beauté. En la voyant, Archer comprenait mieux que Tom se soit entiché d'elle, mais cela ne l'excusait pas pour autant.

— Tom m'avait demandé de vous donner ceci au cas où il lui arriverait malheur. Ni lui ni moi ne pensions que ce serait un jour nécessaire mais, puisque j'ai promis, j'honore ma promesse.

Il tira un mouchoir de sa poche, le déplia. A l'intérieur, il y avait une petite perle, la première que Tom ait trouvée, celle qu'il comptait garder pour la lui offrir.

— Il tenait à ce qu'elle soit à vous.

Saule regardait la perle, et s'apprêtait à la refuser. Archer tendait la main avec insistance.

Enfin, elle la prit, la fit rouler un moment dans sa paume tout en l'examinant, puis releva les yeux.

— Juan Fernandez dit qu'il y en a une autre.

Archer ne répondit pas. Saule se redressa d'un air fier.

— La Perle de Grand Prix. La moitié de cette perle appartient à Tom.

Archer plia le mouchoir, le remit dans sa poche.

— Même si c'était le cas, Tom est mort, à présent. Je vous donne cette perle pour la simple raison qu'il vous la destinait, non pas parce qu'elle vous est due.

— A moi, vous ne me devez rien. Mais vous devez à l'enfant de Tom ce qui appartient à Tom.

— Tom n'a pas d'enfant.

Saule posa la main sur son ventre.

— Vous vous trompez.

Archer sentit en lui une émotion inconnue. Jamais il n'avait envisagé que Tom puisse avoir un héritier. L'espace d'un instant, il devint vulnérable ; il avait presque peur. Afin que leurs deux parts lui reviennent de plein droit, il avait dû se débarrasser de son associé. Cela avait-il été vain ?

Le moment de doute passé, il mesura l'absurdité de cette idée, et laissa sa colère éclater.

— Espèce de petite traînée ! Personne ne vous croira. Il vous a tirée du bordel !

— C'est son enfant que je porte.

— C'est vous qui le dites.

Elle ne mentait pas, et Archer le savait. Lorsqu'il lui avait raconté comment il avait enlevé Saule à son douteux geôlier, Tom lui avait aussi confié qu'elle était vierge. Mais, cela, il ne l'avait dit à personne d'autre, Archer en aurait juré.

Il descendit les marches du perron, puis se retourna vers elle.

— Je vous ai donné la perle de Tom. Vendez-la, gardez-la, je m'en fiche. Quand j'aurai vendu la nacre que nous rapportons, je vous enverrai peut-être un peu d'argent. Mais ne comptez pas dessus s'il me revient aux oreilles que vous répandez des bruits sur moi. Et n'imaginez pas que je vous doive quelque chose.

Elle se redressa de toute sa taille, et lui cria d'un air dédaigneux :

— Je dis la vérité, et elle n'est pas à vendre. Vous n'achèterez pas non plus votre conscience. Je porte l'enfant de Tom, mais vous, vous n'avez rien. Plus de repos, plus de paix, plus d'ami. Rien d'autre qu'une perle. Cette perle vous hantera le reste de vos jours, et mon souvenir aussi.

Elle ne l'avait pas maudit et, pourtant, il se sentait sous le coup d'une malédiction. Soudain accablé de fatigue, en proie à un bizarre sentiment qu'il n'aurait su nommer, il aurait voulu lui renvoyer ses paroles au visage, mais sa langue demeurait comme paralysée. Alors, il se détourna et reprit le chemin de l'hôtel.

*
* *

Deux jours durant, Archer attendit que Viola et Sebastian le contactent. Le deuxième jour, il leur rédigea deux messages identiques aux premiers et les leur fit porter par un autre messager. Une journée passa sans qu'il ait de nouvelles. Pourtant, une discrète enquête lui avait appris que les Somerset étaient en ville.

Il ne quittait sa chambre que pour les repas ; il dormait peu, d'un sommeil léger, agité, assis dans un fauteuil, le pistolet à la main et le foulard noué autour de la gorge. Il avait hâte de pouvoir enfin dormir tranquille, hâte que la perle soit vendue et l'argent déposé à la banque, hâte que Viola accepte de l'épouser.

Il se tenait éveillé en pensant à l'avenir, aux terres qu'il achèterait, au bétail qu'il élèverait. Pourtant, malgré tous ses efforts, ses paupières lourdes se fermaient parfois, et l'image de Tom l'assaillait. Tom, avec ses yeux exorbités et sa peau d'un bleu violacé.

Tom qui avait été son ami.

Au matin du quatrième jour, il comprit qu'il ne pouvait pas attendre plus longtemps. Il voulait voir au plus vite la convoitise briller dans les yeux de Sebastian lorsque la perle lui serait dévoilée. Il voulait aussi voir le visage de Viola s'illuminer de plaisir.

N'y tenant plus, il se vêtit avec soin pour rendre visite à l'acheteur de perles le plus renommé de Broome. Fabian Wells était un Anglais dont on racontait qu'il négociait toutes les perles de Somerset. Archer se présenta à son domicile à 9 heures précises. Une domestique aborigène lui ouvrit et le fit entrer.

Fabian s'habillait avec l'élégance des riches. Il portait un costume coupé sur mesure, un gilet de soie à gousset avec une chaîne de montre en or. Seule, l'épingle ornée d'une perle piquée à son revers trahissait — on ne peut plus discrètement — sa profession. De fait, par sa corpulence, il ressemblait plutôt à un banquier.

— Vous m'apportez quelque chose ? demanda-t-il à Archer de sa voix nasillarde.

Archer avait tant attendu ce moment qu'il sentit soudain sa fatigue et ne put que hocher la tête en guise de réponse.

— J'ai rendez-vous en ville, mais je serai de retour pour 13 heures. Vous pouvez attendre, ou revenir dans l'après-midi.

— Où que vous alliez maintenant, vous ne verrez rien d'aussi beau que ce que je vous apporte.

Fabian inclina la tête.

— Quoi qu'il en soit, je ne peux pas faire faux bond à des clients fidèles. J'espère que vous reviendrez.

Cruellement déçu d'être traité ainsi, Archer eut quelque peine à contenir sa colère.

— Je reviendrai peut-être. Nous verrons.

Il employa le reste de la matinée à chercher de la main-d'œuvre pour décharger les soutes de l'*Odyssey*. Au centre japonais, il finit par dénicher deux hommes qui acceptèrent le travail, puis il les conduisit jusqu'à la jetée pour leur montrer le bateau. Sur le port, personne ne lui adressa la parole, pas même les Asiates qui plaisantaient avec lui dans leur curieux sabir d'anglais quand Tom était encore en vie. Il y avait là des Blancs qui tuaient le temps en bavardant au bord de l'eau, des Blancs avec lesquels il avait passé des heures à jouer et à boire. A présent, ils le laissaient passer sans même le regarder : c'était comme s'il n'avait même pas existé.

Il en était de même au Roebuck. Depuis son retour, on ne lui parlait qu'en cas de nécessité et, dès qu'il paraissait, toutes les conversations s'arrêtaient.

A 13 heures, il retourna chez Wells. On le fit attendre, cette fois, sous la véranda. Il allait renoncer et se mettre en quête d'un acheteur concurrent quand, enfin, la domestique l'invita à entrer.

— M. Wells recevoir vous dans bureau.

— Eh bien, ce n'est pas trop tôt ! dit Archer avec irritation.

Il se redressa, rajusta son foulard et emboîta le pas à la femme indigène. Elle le conduisit à travers le hall jusqu'à l'arrière de la maison. En chemin, il aperçut une femme blanche impeccablement vêtue tenant un enfant par la main, mais on ne les lui présenta pas.

La domestique l'abandonna devant la porte du bureau et se retira aussitôt. Archer frappa.

De l'intérieur, Fabian lui demanda d'entrer. Il n'était pas seul. Avec lui, il y avait Sebastian Somerset et le sergent de police de Broome.

Archer sentit son cœur battre très fort au creux de sa gorge, tout contre la perle qu'il venait vendre.

— Il me semble que vous êtes en réunion, dit-il sur le pas de la porte. Serait-ce à mon propos ?

— Entrez, monsieur Llewellyn, et refermez soigneusement derrière vous, je vous prie.

D'un pas décidé, Archer s'avança jusqu'au centre de la pièce. Il ne devait à aucun prix paraître hésitant ou troublé.

— Je suis venu pour affaire, monsieur Wells. Pour une affaire privée.

— M. Somerset et le sergent ont souhaité se joindre à nous. Ils ont entendu dire que vous aviez une perle extraordinaire à vendre, mais le bruit court que vous l'auriez acquise de manière douteuse.

Le regard d'Archer se posa sur Sebastian dont le visage restait indéchiffrable.

— J'en ai personnellement informé M. Somerset par courrier. J'avoue que je ne m'attendais pas à discuter la chose en pareilles circonstances.

— Nous irons droit au but, déclara le sergent. Votre équipage affirme que vous avez tué votre associé en mer pour rester seul possesseur de la perle.

— Les hommes étaient très attachés à Tom. Tout le monde l'aimait. Ils ont besoin d'un bouc émissaire, cela se comprend. Peut-être suis-je en partie responsable. Il tenait à plonger. Notre barreur était souffrant. Comme je l'avais souvent aidé, j'ai cru pouvoir le remplacer. Mais Tom n'a jamais donné le signal de détresse. Jamais. J'attendais, croyant que tout se passait bien sous l'eau. Et puis, à un moment, il m'a semblé que le filin tirait…

Il ferma les yeux, déglutit, comme pour refouler une émotion liée à un souvenir pénible.

— Juan Fernandez affirme que vous avez saboté le casque du scaphandre pour que l'air n'arrive pas en suffisance.

Archer rouvrit les yeux et agita la tête.

— Cela n'a aucun sens. Comment le saurait-il ? Le casque est en pièces. Nous avons dû le casser pour sortir Tom du scaphandre.

— Vous pourriez peut-être nous donner votre version des événements ? intervint Sebastian.

— J'ai vérifié son équipement avant qu'il descende. Tout était en ordre. Mais il manquait de métier. Je pense qu'il a dû paniquer quand il s'est trouvé en difficulté. Le Cimetière est dangereux, même pour des plongeurs expérimentés. S'il est tombé dans une faille, il n'a pas dû pouvoir ajuster l'arrivée d'air à temps… En tout cas, il n'a pas donné de signal de détresse. Nous pompions, et l'air ne lui arrivait pas. C'est tout ce que je peux vous dire.

— Et, comme par hasard, vous avez cassé le casque pour le tirer du scaphandre. Cela tombait plutôt bien, vous ne trouvez pas ? dit Sebastian.

— Parce que j'aurais dû l'enterrer avec, c'est ça ? Franchement, je lui devais mieux que ça ! se récria Archer, outragé.

Le sergent de police se tourna vers les deux autres.

— Messieurs, nous ne pouvons rien faire. C'est sa parole contre celle de l'équipage. S'il y a eu sabotage, les preuves sont détruites. M. Llewellyn avait, certes, toutes les raisons de tuer Tom Robeson, mais un mobile n'est pas une preuve.

— Vous auriez pu m'épargner cette petite réunion. Je n'ai rien à me reprocher, sergent. Il vous suffisait de me convoquer, et j'aurais répondu à vos questions. D'ailleurs, si j'avais eu quelque chose à cacher, j'aurais quitté la ville sur-le-champ.

Sebastian ne laissa pas au policier le temps de répondre.

— S'il est encore ici, c'est qu'il veut emmener ma fille dans ses bagages. Ma fille et l'héritage qu'elle représente.

— Ridicule ! affirma Archer. J'aime votre fille, c'est vrai. Mais c'est pour elle-même.

Sebastian eut un sourire glacial.

— Llewellyn, je sais que c'est vous qui avez assemblé le dossier incriminant Freddy Colson. Et je suis intimement persuadé que vous avez tué sciemment votre associé. Un homme tel que vous souillerait le nom des Somerset. Si Viola vous épouse, elle n'existe plus à mes yeux.

Archer se redressa fièrement.

— En ce qui concerne Colson, j'ai jugé prudent de vous informer des agissements de votre plus proche collaborateur. En ce qui concerne Tom, je ne peux que répéter que vous m'accusez à tort.

— Et en ce qui concerne ma fille ?

Archer cherchait désespérément un argument pour convaincre Sebastian qu'il n'était pas un aventurier sans scrupule. Il lui fallait l'héritage, sinon le fait d'épouser Viola n'avait plus aucun intérêt pour lui.

— Je ne peux pas me prononcer pour elle, mais je pense qu'elle tient trop à conserver votre estime pour…

— Mon estime ! Vous la connaissez mal. Elle me tuerait dans mon sommeil si elle était certaine de ne pas être démasquée. Maintenant que vous avez de l'argent, elle vous suivra n'importe où si vous le lui demandez. Mais sachez que si elle part, elle n'héritera pas d'un seul de mes biens.

Pour la première fois depuis le début de l'entretien, Fabian Wells prit la parole.

— Personnellement, je vous conseillerais de vendre la perle et de quitter la ville. C'est ce que vous avez de mieux à faire. Afin de faciliter votre départ, je vous en donnerai le meilleur prix possible à Broome. Je vous trouverai aussi un acheteur pour l'*Odyssey*. Mais vous n'en tirerez pas grand-chose, je vous préviens. Aucun équipage ne veut plus travailler sur ce bateau maudit.

Refuser cette offre aurait été une folie. Archer savait qu'il n'en aurait pas de meilleure. A quoi bon s'enliser dans une conversation qui ne menait à rien ? Autant tirer le maximum de la perle. De toute façon, il ne comptait pas rester en Australie. Que lui importait donc l'opinion de ces gens puisqu'il ne se marierait pas avec Viola ?

Il dénoua son foulard, l'ôta précautionneusement, puis alla jusqu'à la table et le déposa devant Fabian.

— Tom appelait cette gemme la Perle de Grand Prix.

— Prémonitoire, si l'on considère qu'il l'a payée de sa vie, fit remarquer Sebastian.

— Mais je n'y suis pour rien, objecta Archer en dépliant lentement le foulard jusqu'à dévoiler son trésor.

Dans un silence religieux, les trois autres examinèrent la perle pendant un long moment.

Enfin, Fabian tendit la main et l'effleura d'un doigt tremblant.

— On peut tuer pour une telle perle, déclara-t-il.

Archer savait que la perle lui apporterait la fortune. Un coup d'œil suffisait à s'en apercevoir. Mais, dans ses estimations les plus folles, il était loin du compte quant à sa valeur. La somme proposée par Fabian l'avait époustouflé, à tel point qu'il avait accepté sur-le-champ, sans même se demander s'il devait marchander.

Cette fois, il était riche.

Et la perle avait disparu à jamais de sa vie, avec sa dangereuse beauté et les souvenirs pénibles qui s'y rattachaient.

Il déposa l'argent à la banque au plus vite afin de pouvoir dormir enfin en paix. Finies les longues veilles et la peur. Il allait prendre le temps de se reposer, après quoi il se préparerait pour son long voyage en quête d'un domaine. Sans Viola et son héritage à venir, il lui faudrait choisir judicieusement. Des terres qu'il ne pourrait exploiter sur-le-champ ne serviraient à rien. Mais, avec de la chance et une bonne gestion, il pourrait, malgré tout, établir la dynastie dont il rêvait depuis si longtemps.

Il regrettait seulement que Viola ne puisse être la mère de ses enfants.

Sitôt arrivé dans sa chambre d'hôtel, il ôta ses bottes et se laissa tomber sur le lit. Il était tellement fatigué qu'il s'attendait à sombrer aussitôt dans le sommeil, mais, à sa grande surprise, le sommeil le fuyait.

Il avait ce qu'il voulait, ce pour quoi il avait travaillé et tué. Il était à l'abri des poursuites et de la loi. Lorsqu'il serait reposé, il pourrait vivre la vie dont il rêvait depuis l'enfance.

Et pourtant, le sommeil ne venait pas.

Une heure plus tard, il regardait encore fixement le plafond quand on frappa à sa porte. Il alla ouvrir, une main sur la crosse de son pistolet. Viola se tenait devant lui, plus belle que jamais.

Il rengaina son arme et attira la jeune femme à l'intérieur, puis il referma le battant derrière elle.

— Que faites-vous ici ?

— En apprenant que vous étiez en ville, mon père m'a enfermée dans ma chambre. Il soudoyait Ashwar pour qu'il lui porte les billets de mes admirateurs avant de me les donner. Quand il a vu le vôtre, il m'a enfermée.

— Votre père est convaincu que j'ai tué mon associé.

— Oui. Il me l'a répété cent fois.

Archer s'attendait à ce qu'elle lui demande si c'était vrai ou non, mais la question ne vint pas. A l'évidence, la réponse la laissait indifférente.

— Pourquoi êtes-vous venue ? reprit-il.

— Je vous ai dit que je vous épouserais si vous deveniez riche.

— Vous serez déshéritée. Votre père m'a prévenu.

Elle ne lui demanda pas s'il l'épouserait tout de même. Apparemment, elle ne se faisait pas d'illusions.

— Il ne vous a pas tout dit, Archer. Il ne vous a pas dit que j'avais un héritage, qu'il y consente ou non. C'est pour cela qu'il m'a enfermée.

Archer caressa une boucle coquine sur son épaule. Elle ne protesta pas, et il sentit renaître ses espoirs en même temps que le désir.

— Quel genre d'héritage, Viola ?

— Le frère de ma mère est mort l'an dernier. Il possédait des terres aux quatre coins de l'Australie. Ma mère, qui ne l'aimait guère, prétendait qu'il avait la folie des terrains.

Archer jouait toujours avec ses cheveux, et elle ne réagissait pas.

— Il vous a tout légué ?

— Non. Il a légué une parcelle à chacun de ses neveux. La mienne est la plus grande. C'est un domaine situé dans le Territoire du Nord. Il s'appelle Jimiramira — un mot aborigène dont j'ignore le sens.

— Pourquoi ne m'en avez-vous rien dit quand nous parlions de l'avenir ?

— La succession a été réglée tout récemment. J'ai appris la nouvelle quand vous étiez en mer. Naturellement, mon père ne veut pas que je m'installe sur ces terres. Il prétend qu'elles n'ont aucune valeur, que rien n'y poussera jamais, mais j'ai lu ce que mon oncle écrivait à leur sujet. Mes terres sont en bordure d'une rivière. Il y a de l'eau, de riches pâturages. Les colons ne sont pas encore très nombreux dans la région, mais, d'après lui, dès qu'ils auront vent de ses richesses, ils se précipiteront en foule. Le premier arrivé pour s'y établir et élever du bétail vivra en roi. Et son épouse en reine.

— Que comptez-vous en faire, Viola ?

— Je ne sais pas. Vous avez une idée ?

Il tira doucement sur la mèche avec laquelle il jouait toujours, et Viola vint spontanément à lui. Il plongea dans ses yeux, vit qu'elle lui proposait un simple marché. Ils pouvaient s'entraider, peut-être même y prendre quelque plaisir. Ils étaient l'un pour l'autre le meilleur choix d'avenir.

— Je serai la maîtresse d'un important domaine qui prospérera grâce à l'argent que vous y investirez. En échange, je vous donnerai ma terre et des fils.

Il l'embrassa. Elle ne résista pas à son baiser. Ni à ce qui suivit et qu'elle parut goûter. Mais, après avoir fait l'amour, tandis qu'ils étaient étendus, côte à côte, ni l'un ni l'autre ne purent s'endormir.

Ils se marièrent aussi vite que le permettait la loi. Viola fut autorisée à emporter ses vêtements, rien de plus. Sa mère glissa en cachette quelques objets de famille dans ses bagages, mais elle refusa de lui faire ses adieux.

Ils trouvèrent un aborigène qui connaissait Jimiramira et qui accepta de les y conduire. Archer acheta le chariot le plus commode, les meilleurs chevaux et les provisions pour le voyage qui s'annonçait fort rude. Viola redoutait l'épreuve tout en reconnaissant que le jeu en valait la chandelle.

Au matin de leur départ, ils durent s'arrêter à la sortie de Broome. Un cabriolet noir d'aspect familier leur barrait la route. Laissant au boy la garde des chevaux, Sebastian Somerset en descendit et s'avança vers sa fille qui montait fièrement le beau pur-sang qu'Archer lui avait offert.

— Je ne pouvais pas te laisser partir sans un cadeau de noces, dit-il en lui tendant un petit paquet.

Archer observait la scène avec détachement. Sebastian Somerset ne pouvait plus l'atteindre, et il se souciait de ses actes comme d'une guigne.

— Qu'est-ce que c'est ? demanda Viola d'un air impassible, sans lâcher les rênes des mains.

— Pour le savoir, il faut l'ouvrir.

Elle hésita, consulta Archer du regard. Lentement, il acquiesça d'un hochement de tête. Alors, elle tendit sa main gantée vers son père. Il y déposa le paquet, puis recula de quelques pas.

— Merci, dit-elle d'un air pincé.

— Je tiens à ce que tu l'ouvres immédiatement. Ce sont des choses qui comptent dans une vie.

L'espace d'un instant, Archer crut qu'elle allait refuser, mais elle eut un haussement d'épaules, déchira l'emballage et ouvrit le coffret. Soudain, ses yeux s'écarquillèrent de surprise. Elle leva vers son père un regard incrédule.

Intrigué, Archer fit avancer son cheval pour voir ce dont il s'agissait. Dans l'écrin reposait la Perle de Grand Prix.

— Elle est à toi, Viola, dit Sebastian. A toi, mais pas à ton mari. Tu peux en disposer à ta guise. Tu peux la vendre, mais c'est une perle rare. Plus rare encore sera la femme qui la possédera. C'est une gemme unique.

Sur ces mots, Sebastian se tourna vers Archer.

— Et, bien qu'elle ne vous appartienne pas, Llewellyn, elle sera pour vous un rappel constant de tout ce qui s'est joué à Broome. Car il est bon qu'un homme se souvienne du passé.

Il sourit, comme satisfait de sa propre générosité.

— Mais enfin… pourquoi ? demanda Viola. Pourquoi ce cadeau alors que tu ne m'as jamais aimée ? Tu me détestes depuis que je suis née. Je ne comprends pas. Pourquoi me donnes-tu cette perle ?

— Considère que c'est le mot de la fin dans la conversation qui nous lie pour la vie. Et n'oublie pas, Viola : cette perle n'a pas de prix. Cache-la bien, que personne ne la voie. Des hommes tuent pour des perles. N'est-ce pas, Llewellyn ?

Viola demeurait éberluée, mais Archer, lui, avait compris.

— C'est ma femme ! Nous partageons tout. Jamais je ne lui ferai de mal.

— J'en suis grandement rassuré, mon garçon. Grandement rassuré. Prenez bien soin de ma fille et de sa perle, et puisse le Seigneur vous donner à tous deux la vie que vous méritez.

Sur ces mots, Sebastian regagna sa voiture sans se retourner. Il y monta, prit les rênes et dégagea la route pour qu'ils puissent passer.

Il ne leur adressa pas un regard, mais, tout en s'éloignant, Archer l'entendit rire à gorge déployée.

DEUXIÈME PARTIE

« Les erreurs, comme des pailles, flottent à la surface :
Qui veut trouver des perles doit plonger jusqu'au fond. »

JOHN DRYDEN
All for Love, Prologue

10.

San Francisco — Epoque actuelle

— Naturellement que tu devais le laisser partir, Liana ! Il est l'héritier d'une fortune, mais il a besoin de voir son père.

Liana ne voyait pas son demi-frère. Elle regardait, par la fenêtre de la bibliothèque, le panorama de San Francisco qui descendait en pente douce jusqu'à la baie. Un siècle plus tôt, son grand-père, Tom Robeson, avait peut-être contemplé cette même étendue d'eau, depuis le même endroit, ou presque. Quand elle avait huit ans, son père — qui s'appelait aussi Thomas — l'avait emmenée, en passant par l'ancienne demeure des Robeson, dans Van Ness Avenue pour une brève leçon d'histoire.

— C'est ici que mon père est né, lui avait-il dit, mais pas dans ce bâtiment. Autrefois, il y avait ici une villa plus vaste et beaucoup plus belle que tout ce que tu verras maintenant.

Liana s'était assurée qu'il avait terminé avant de prendre la parole à son tour. Elle avait passé ses jeunes années loin de Thomas. Depuis la mort de sa mère, quelques mois plus tôt, elle avait appris à ne jamais interrompre cet étranger, ce géant qui se prétendait son père.

— Pourquoi n'est-elle plus là ? avait-elle demandé en regardant le banal immeuble sans caractère particulier.

— Il y a eu un tremblement de terre en 1906. J'étais un petit garçon ; je me trouvais sur un bateau qui entrait dans la baie, ce matin-là. Je venais vivre chez mes grands-parents. Les vagues étaient si hautes que je suis tombé en me cognant la tête. Quand j'ai repris conscience, la personne qui s'occupait de moi avait disparu. Plus tard, ils ont dynamité cette rue pour arrêter les incendies qui ravageaient la ville. On a entendu l'explosion jusqu'au port. Ils ont fait sauter toutes les maisons. Boum !

Elle avait sursauté lorsque Thomas avait hurlé ce dernier mot. La disparition de toutes ces belles maisons lui donnait envie de pleurer, mais elle avait aussi appris à ne pas pleurer.

— Ton père a été tué ?

— Non. Il était déjà mort. Assassiné par son meilleur ami dans un endroit qu'on appelle l'Australie. Voilà ce qui arrive quand on fait confiance aux gens, Liana. Il ne faut jamais faire confiance à personne. Jamais. C'est la leçon que j'ai apprise, ce jour-là.

Elle avait acquiescé d'un hochement de tête, comme si elle comprenait, mais aujourd'hui, elle avait grandi et acquis de la sagesse : elle n'acquiesçait plus à tout, et son père était mort.

— Cullen tient à passer un mois de vacances avec Matthew. Légalement, je ne peux pas le lui refuser, même si je le voulais.

Elle regardait toujours par la fenêtre de la maison où elle avait grandi avec Thomas, où Graham vivait encore avec un personnel réduit pour toute compagnie. A sa demande, elle avait fait le détour pour passer le voir en rentrant du commissariat où elle était allée déclarer la disparition de son fils.

— Personne ne s'attendait à cela… je n'imaginais pas…

Elle ne put continuer. Elle était incapable de penser, et plus encore d'argumenter. Son fils avait disparu. Matthew… disparu. Le sens de cette vérité lui échappait. Comment était-ce possible ? Pourquoi son cœur n'avait-il pas cessé de battre au moment où il avait disparu ?

— Tu ne pouvais pas deviner.

— Je devine tout.

Elle remonta une mèche de cheveux derrière son oreille.

— Raconte-moi. Que t'a dit la police ?

— Ils vérifient. Ils doivent contacter les compagnies aériennes et les autorités de Denver. Ils appelleront dès qu'ils sauront quelque chose. Ils ont aussi suggéré que ça pouvait être une fugue.

— Une fugue ?

— Oui. Je leur ai dit que Matthew n'avait aucune raison de fuguer, mais ils ont insisté. En général, dans ces cas-là, ils n'agissent pas immédiatement. La plupart des adolescents rentrent d'eux-mêmes dans leur famille au bout d'un jour ou deux.

Liana s'était longuement demandé si elle devait ou non parler à quelqu'un de la disparition de son fils. Elle ne savait pas grand-chose sur les enlèvements, mais, depuis que Matthew avait embarqué dans l'avion, ce matin, il n'y avait eu ni coup de téléphone ni demande de rançon. Rien. Elle avait fini par en parler à Graham. Avec toutes les ressources de Pacific International, il pourrait être d'une grande utilité s'il convenait de faire des recherches.

Mais, jusque-là, Liana était la seule à savoir que la perle avait disparu, elle aussi. Enfin, elle s'arracha à sa contemplation, et se tourna vers son demi-frère.

— Nous le retrouverons, j'en suis sûre. Il a presque quinze ans. Il est grand pour son âge et très intelligent. Nous savons qu'il est monté dans le bon avion : je l'ai vu de mes yeux. Après l'atterrissage, il n'aurait pas suivi un inconnu.

Graham lui désigna un siège récupéré dans une église de Greary avant démolition. Le père de Liana, un athée confirmé, aimait à orner son foyer d'objets provenant des églises historiques de la ville. Le diable déguisé en évêque.

— Assieds-toi donc. Comment te sens-tu ?

Liana aurait été bien en peine de répondre. Elle se sentait… comme un navire privé de gouvernail au milieu d'une tempête qui menaçait de la détruire. Elle n'avait plus de repères, plus de boussole, plus de contrôle sur rien.

Comme elle se taisait, Graham poursuivit :

— J'ai dit à Stanford de ne pas regarder à la dépense.

Chef de la sécurité à Pacific International, Stanford Brown venait tout droit du F.B.I. et disposait d'une véritable armée de contacts. Graham lui avait demandé de tout laisser en plan pour se mettre à la recherche de Matthew.

— Il fera son boulot, on peut compter sur lui.

— Mais où peut-il bien être, Graham ?

Elle prit une profonde inspiration dans l'espoir de se calmer. Elle ne devait pas craquer — pas avant que Matthew soit de retour sain et sauf.

— Je sais bien que tu ne veux pas en entendre parler, mais la police a peut-être raison, Liana. Rien ne prouve que ton fils n'a pas fugué. Peut-être que…

— Continue, je t'écoute.

— Qu'il étouffe un peu, qu'il se sent trop couvé.

Pour atténuer le choc, il avait posé la main sur son épaule, mais il la retira lorsqu'elle lui jeta un regard furieux.

— Comment ça, trop couvé ? Il prend les transports en commun pour aller en classe, il va voir ses amis aux quatre coins de la baie, et même dans des endroits où moi, je ne me sens pas en sécurité. Je ne l'élève pas dans du coton.

— C'est vrai.

— Alors, qu'est-ce que tu me chantes ?

— Il est jeune, Liana. Les jeunes ont besoin d'essayer leurs ailes. Matthew sait que s'il est une minute en retard, Stanford et son équipe se lancent à sa recherche. Il est l'héritier des Robeson. Quoi qu'il fasse, il est toujours sous surveillance.

— Il ne s'en est jamais plaint. Jamais. Il est heureux, il ne se drogue pas, il a des amis à n'en plus finir.

— A propos, est-ce que quelqu'un compte se renseigner auprès des amis de Matthew ?

— Oui. C'est la première chose que m'ait demandée Stanford. Si j'avais les coordonnées de ses amis. Heureusement, j'ai une liste que je tiens régulièrement à jour au cas où…

Elle laissa la phrase en suspens.

— Tu vois bien que tu le surveilles, dit Graham avec une grimace.

— En l'occurrence, c'est heureux. Sans cette liste, nous serions coincés.

Elle se leva, et ils quittèrent ensemble la bibliothèque. Graham demeura silencieux jusqu'à ce qu'ils aient atteint le bas de l'escalier.

— Tu comptes prévenir d'autres personnes ? demanda-t-il enfin.

Jusque-là, très peu de gens étaient au courant, et ils avaient juré de garder le secret, mais cela ne durerait pas éternellement.

— Pas dans l'immédiat, non. Mais Stanford va vouloir interroger certaines personnes.

— Où vas-tu, maintenant ?

— Je rentre. Stanford m'attend peut-être à la maison. Il m'a conseillé de rester près du téléphone au cas où Matthew appellerait. Lui ou…

Elle hésita, s'obligea à poursuivre :

— … Ou quelqu'un d'autre.

— Je viens avec toi si tu veux.

— Non, je te remercie. Je ne suis pas de très bonne compagnie pour le moment.

— Je sais bien que nous ne ferons pas la fête.

Elle essaya de sourire, mais n'y parvint pas.

— Je préfère être seule, excuse-moi. J'ai besoin de temps pour faire le point.

— D'accord. Je ne sortirai pas, ce soir. Si ça ne va pas, appelle-moi et j'arrive.

Il posa la main sur la poignée de la porte.

— Liana ? Et Cullen, dans tout ça ?

— Quoi, Cullen ?

— Est-ce qu'il ne serait pas impliqué dans l'affaire ?

— Non. Il adore Matthew.

— Et si c'était un de ses stratagèmes ? S'il se servait de cette pseudo-disparition pour lui faire quitter le pays ?

— Ça ne tient pas debout. Il a Matthew pour tout un mois. S'il comptait l'emmener en Australie, il avait largement le temps de le faire sans impliquer les autorités. De plus, Matthew sait pertinemment qu'il n'a pas le droit d'aller en Australie avec son père. Et il m'a promis de ne pas le faire.

— Souviens-toi des dernières paroles de ton père. Ton ex désire deux choses qu'il n'aura jamais : son fils, et la Perle de Grand Prix.

La perle. Liana sentit son cœur se serrer douloureusement.

— Oui, je me souviens. Et Thomas croyait dur comme fer que Cullen passait ses journées à échafauder des plans pour me les reprendre.

— Et toi ? Qu'en penses-tu ?

Elle n'en savait rien, au juste. Qui d'autre que Cullen prendrait de tels risques pour s'approprier cette perle et vivre auprès de son fils ?

Sa gorge était si nouée qu'elle eut peine à répondre.

— Matthew est en sécurité s'il est avec Cullen. A supposer que mon ex ait kidnappé son fils, c'est la moins inquiétante de toutes les hypothèses. Et c'est bien ce qui m'inquiète.

La demeure familiale des Robeson était, de fait, une imposante villa. Construite en grès rouge d'Arizona, dans le sobre style géorgien, elle n'avait pas la séduction baroque des maisons peintes de la ville. Remodelée périodiquement tout au long de son histoire, elle intégrait les dernières technologies sans rien perdre de sa dignité. Thomas, qui n'était pas du genre sentimental, avait choisi d'y rester à la mort de ses grands-parents pour la simple raison qu'un rival en affaires avait exprimé l'intention de l'acheter.

Un seul mot suffisait à décrire la villa : austère. Avec ses lambris de bois sombre, ses lourdes tentures et ses énormes fauteuils de cuir, l'intérieur ressemblait à un club masculin. Entourée de grands arbres, de hauts buissons à la taille géométrique qui obscurcissaient partiellement les fenêtres, elle était encore protégée par un mur de brique. Enfants, Liana et Graham n'avaient pour seul terrain de jeux qu'une minuscule cour située sur le côté du bâtiment et agrémentée d'une fontaine. Le reste de l'espace leur était interdit. Chacun jouait de son côté, et Thomas les y encourageait. Il faisait tout pour éviter qu'ils se rapprochent.

Contrairement à la demeure des Robeson, l'appartement de Liana, près de Lafayette Park, était conçu pour laisser entrer le soleil. Il occupait le dernier étage d'un immeuble Arts déco, et jouissait d'une baie vitrée donnant sur un jardin en terrasse avec une vue sur Nob Hill et le quartier financier. Les pièces aux formes curieuses étaient percées de nombreuses fenêtres. Le décor contemporain associait des bois chauds à des tissus de teintes et de matières subtiles. Cet appartement était son refuge, son paradis et celui de Matthew. Rien n'y était interdit, et l'enfant pouvait toucher à tout.

Matthew. Son unique trésor auquel elle tenait plus que tout au monde.

Ce matin-là, lorsqu'elle l'avait accompagné à l'aéroport, elle songeait déjà qu'à son retour, le soir, la maison serait bien silencieuse. Elle ne serait pas seule, bien sûr. Il y aurait Sue Lo, la femme de chambre qui allait et venait discrètement dans leur vie. Sans être une amie, Sue n'était pas une simple domestique. Elle était plus que cela : une partie d'eux-mêmes, une femme d'âge mûr, pleine de sagesse mais sans grande éducation, qui disait ce qu'elle pensait ou bien gardait ses réflexions pour elle selon les circonstances. Mais Liana savait qu'après le départ de Matthew, Sue se retirerait dans son univers personnel, laissant Liana mener sa vie à sa convenance.

En partant, ce matin, Liana redoutait le moment où elle ouvrirait la porte de chez elle sur un mois de soirées solitaires. A présent, c'était une éternité de solitude qui s'étendait devant elle.

— Mademoiselle Liana ?

Sue, avec son large visage impassible, venait de paraître dans le hall. Elle lui prit la mallette qu'elle n'était pas consciente de porter, la posa sur la desserte et l'aida à ôter sa veste.

— M. Brown est dans la chambre de Matthew.

— Merci, Sue. Il y a eu des appels ?

Une expression douloureuse passa comme un nuage sur les traits sereins de Sue.

— Non. J'aurais préféré.

— Stanford vous a interrogée ?

— Pas vraiment. Il m'a juste demandé si j'avais une idée de l'endroit où se trouvait Matty.

Matty. Sue était la seule personne encore autorisée à appeler le garçon par ce diminutif. Liana en eut les larmes aux yeux, mais elle les refoula bravement.

— J'ai donné à M. Brown les noms de certains amis de Matty, mais il m'a dit que vous les lui aviez déjà fournis.

— Continuez à réfléchir. Un détail important pourrait vous revenir.

— Comptez sur moi.

Liana pressa affectueusement la main de Sue qui répondit à son geste de la même manière.

— Bon. Je vais aller parler à Stanford.

Elle longea le couloir dont les murs étaient couverts de photos de Matthew lorsqu'il était bébé, puis petit garçon. Matthew grandissait à mesure qu'elle approchait de sa chambre. Là, près de la porte, les photos montraient un bel adolescent souriant, en tenue de football, tout en jambes et en bras, au seuil de l'âge adulte…

Mais aurait-il le temps de devenir adulte ?

— Stanford ?

Stanford Brown était un colosse afro-américain à la carrure impressionnante. Il avait été arrière dans l'équipe universitaire de Stanford avant de s'orienter vers l'académie du F.B.I. Quand la jeune femme entra dans la chambre, il était occupé à fouiller le bureau de Matthew. Il se tourna vers elle, des papiers plein les mains.

— Je tenais à commencer au plus vite. Je savais que vous ne m'en voudriez pas.

— Vous avez trouvé quelque chose ?

— Principalement des devoirs scolaires. J'espérais trouver des écrits capables de nous fournir une piste. Un gosse qui ne va pas bien exprime parfois sa détresse dans ses devoirs.

— Et alors ?

— Ce n'est pas le cas. Sauf s'il a fugué parce qu'il s'inquiète pour la couche d'ozone ou les effets du tremblement de terre de 1906 sur la communauté chinoise.

— Je ne pense pas qu'il ait fugué, Stanford. S'il avait été malheureux, je l'aurais senti. Nous sommes trop proches l'un de l'autre pour que ses sentiments m'échappent.

— Il a presque quinze ans. J'ai eu son âge, dans le temps, et je peux vous garantir qu'un garçon ne partage pas toutes ses pensées avec sa mère.

Liana pinça les lèvres pour ne pas protester.

Stanford baissa les yeux sur les papiers.

— Demain, à la première heure, je tâcherai de voir ses professeurs. Ils tenaient peut-être un journal, à l'école.

— Pas à ma connaissance. Le sujet n'a pas été évoqué en réunion de parents d'élèves.

— Dites-moi, c'est du sérieux, cette bécane, reprit Stanford en montrant l'ordinateur du pouce. Elle fait tout, sauf la mayonnaise.

Liana effleura l'écran de la main, comme si ce contact avait pu la rapprocher de son fils disparu.

— L'informatique est l'une de ses passions.

— Je l'ai mis en marche pour vérifier deux ou trois petites choses. Matthew passe pas mal de temps sur Internet. Vous le saviez ?

— Cela ne me semblait pas bien méchant.

— J'ai jeté un coup d'œil à son courrier électronique. Je n'ai rien découvert d'utile, mais j'aimerais que vous envoyiez un e-mail à tous ses correspondants des deux dernières semaines, en leur demandant s'ils ont une idée de l'endroit où il a pu aller. Vous savez vous servir d'un ordinateur ?

— J'utilise une base de données, à Pacific. Matthew m'a montré comment naviguer sur le réseau, mais je ne me suis branchée qu'une ou deux fois, pour lui faire plaisir.

Stanford lui expliqua comment utiliser le courrier électronique.

— Dès que je serai parti, mettez-vous au travail et envoyez tout ça au plus vite. Avant de vous coucher, jetez un coup d'œil pour voir s'il y a des réponses.

Se coucher ? Elle s'étendrait sans doute, mais ne dormirait pas. Elle passerait la nuit à vérifier la boîte aux lettres, à attendre des réponses.

Même si ce n'était qu'un stratagème de Stanford pour lui donner de quoi s'occuper.

Il poursuivit :

— Un expert pourrait récupérer les e-mails effacés antérieurs à deux semaines. Nous aviserons si cela se révèle nécessaire. J'ai fait un tour sur les sites qu'il a visités ces derniers jours. Rien non plus de ce côté-là. Apparemment, il se renseignait sur les prix des nouveaux équipements informatiques. Et aussi sur quelques campings.

— Il devait partir camper en Nouvelle-Angleterre avec Cullen.

— Nous savons qu'il s'est intéressé au camping jusqu'à hier. Il se renseignait sur les meilleures méthodes pour remplir un sac à dos et l'équilibrer.

— J'imagine qu'il voulait impressionner Cullen.

— A propos de votre ex-mari…

Liana croisa les bras sur sa poitrine. Là, dans le sanctuaire de Matthew, dans son espace à lui, elle se sentait encore plus vulnérable. La pièce était vaste mais encombrée d'objets de toutes sortes. Son fils gardait tout, comme s'il craignait, en les jetant, d'offenser les menus trésors qu'il avait autrefois chéris. Sur les étagères, les peluches, les vaisseaux spatiaux, les dinosaures en plastique, les collections de cartes sur le basket et le football voisinaient avec la minichaîne, les C.D. et les magazines d'adolescents. Tout un pan de mur était occupé par sa couverture fétiche — couverture en patchwork que Liana avait réalisée elle-même pour son berceau.

— Je vous écoute, Stanford. Posez-moi vos questions. Tout ce que je vous demande, c'est de retrouver mon fils.

— Comment était M. Llewellyn, au téléphone, quand il vous a appris que Matthew n'était pas arrivé à LaGuardia ?

— Furieux. Il croyait que je l'avais gardé avec moi.

— Et comment a-t-il réagi quand vous lui avez dit que vous l'aviez vu monter dans l'avion ?

Elle ferma les yeux pour mieux se souvenir. Après le premier choc, après avoir compris que Matthew et la perle avaient disparu tous les deux, elle avait réussi à reprendre le combiné pour mener à son terme la conversation avec Cullen.

— Qu'allons-nous faire ? avait-elle murmuré.

Elle croyait encore entendre la respiration bruyante de Cullen, à l'autre bout du fil.

— Alors, tu ne savais pas ? avait-il dit enfin.

— Non.

— Je le retrouverai. Nous le retrouverons.

Elle rouvrit les yeux, dévisagea Stanford.

— Il était brisé. Il s'inquiète autant que moi.

— Il a la réputation de savoir parfaitement mentir.

Silence. Puis soupir.

— Désolé, reprit Stanford. C'est ce qu'on m'a dit.

— Cullen est un joueur. Quand nous étions mariés et qu'il perdait gros, il mentait pour me le cacher, c'est exact.

— Se pourrait-il qu'il ait pris Matthew en otage pour vous extorquer de l'argent ?

Voyant qu'elle secouait violemment de la tête, il reprit d'une voix plus douce :

— Liana, je vous comprends, mais réfléchissez bien. C'est peut-être un acte désespéré. Admettons qu'il ait perdu une très grosse somme d'argent, et que ce stratagème ait été pour lui le seul moyen de se refaire…

Cullen possédait une entreprise du nom de Southern Cross Pearls, à Pikuwa Creek, en Australie-Occidentale. Cet élevage perlier tenait bon, et Liana s'étonnait encore qu'il se soit maintenu au fil des ans, malgré la passion du jeu qui habitait Cullen.

Jouer était une chose. Kidnapper son fils en était une autre.

— Cullen aime Matthew.

Elle avait retourné le même argument à Graham.

— Vous voulez dire que votre ex-mari ne se servirait pas de son fils, même s'il était menacé de mort à cause d'une dette de jeu ?

Elle ne répondit pas, car elle n'en aurait pas juré. Durant la dernière année de leur mariage, Cullen avait été assez désespéré pour commettre une folie.

— Je vois, dit Stanford. Je préfère vous prévenir que j'enquêterai sur lui.

Elle hocha la tête.

— Bon, j'ai assez de matière pour le moment. Vous voulez que je passe la nuit ici, au cas où quelqu'un appellerait ?

— Non, ça ira.

Elle raccompagna Stanford jusqu'à la porte. Là, il lui tendit une carte.

— Mon numéro de portable. Si vous avez besoin de moi, je serai là en dix minutes. Essayez de dormir. J'ai posé un mouchard sur votre téléphone. Un truc rudimentaire mais, si quelqu'un appelle, le F.B.I. prendra la relève avec son matériel de pointe.

— Dites-moi le fond de votre pensée. Vous croyez que Matthew a été kidnappé ?

Stanford eut l'air mal à l'aise.

— La vérité ?

Elle acquiesça de la tête.

— Je pense qu'il reviendra de lui-même, mais nous devons envisager toutes les possibilités.

En rentrant chez elle, tout à l'heure, elle s'était demandé si elle devait dire à Stanford que la Perle de Grand Prix avait disparu. Certes, elle pouvait compter sur lui pour garder le secret, mais, s'il apprenait la nouvelle, ne risquait-il pas de mettre ses puissants moyens au service de la perle et reléguer au second plan l'enquête concernant son fils ?

Elle avait découvert les deux disparitions presque au même moment. Y avait-il un lien entre elles ? Elle n'avait pas ouvert le coffre depuis des semaines — depuis des mois. Comment savoir à quel moment la perle avait disparu ?

— Il y a autre chose ? lui demanda Stanford.

Mieux valait réfléchir avant de trop parler.

— Non, rien.

— N'hésitez pas à m'appeler s'il vous vient une idée. Ou si vous avez la moindre nouvelle.

— Je n'y manquerai pas. Je vous remercie.

Il lui adressa un pâle sourire, puis s'en alla. Pendant quelques instants, Liana regarda fixement la porte par laquelle son fils était sorti, ce matin-là. Puis elle se prit le visage à deux mains, et s'abandonna à ses larmes.

11.

Cullen Llewellyn était éreinté. Il avait parcouru LaGuardia en tous sens, parlé à tous les agents des autorités, quel que soit leur grade ; il les avait regardés tandis qu'ils écrivaient des rapports inutiles — comme si tous ces papiers transmis à qui de droit pouvaient servir à retrouver son fils ! Il avait ensuite pris l'avion pour Denver et recommencé.

Personne ne se souvenait de Matthew, ni à LaGuardia ni à Denver. Et c'était toujours le même discours : « Désolé, monsieur, mais si le garçon voyageait seul, nous ne pouvons pas faire grand-chose. Nous n'étions pas prévenus que nous devions suivre le transit d'un adolescent nommé Matthew Llewellyn. »

Pourquoi les aurait-on prévenus, d'ailleurs ? Mais Cullen avait besoin d'un coupable. Il aurait volontiers rejeté la faute sur les compagnies aériennes ou sur Liana — Liana qui avait mis Matthew dans l'avion et s'en était allée sans se poser de questions. Pourtant, il ne servait à rien de lui en vouloir. Il l'avait assez critiquée parce qu'elle élevait leur fils dans du coton, parce qu'elle le maintenait en dépendance alors qu'il avait l'âge de devenir un homme. Elle se refusait à prendre l'avion, mais, pendant des années, elle avait payé un chaperon pour accompagner Matthew lorsqu'il voyageait. L'année précédente, pour lui forcer la main, il avait renvoyé le gamin tout seul, et elle avait fini par se résigner à l'imiter.

S'il y avait un coupable, c'était lui.

— Vous voilà arrivé, dit le chauffeur de taxi en garant la voiture devant un immeuble situé en haut d'une colline.

Matthew lui avait décrit l'endroit où il habitait, mais Cullen ne s'attendait pas à cette vue sur les lumières de San Francisco qui descendaient par vagues jusqu'à la baie. La ville la plus proche de chez lui comptait moins de mille habitants et, même si Broome s'étendait à une allure folle, il faudrait encore des siècles avant qu'elle atteigne cette taille.

— Ça ressemble à Sydney en plus impressionnant, dit-il en cherchant son portefeuille.

— C'est votre première visite ici ?

— Plus ou moins.

Au fil des années, il était venu plusieurs fois en Californie, pour des voyages d'affaires, et cela n'avait jamais été de gaieté de cœur. En de rares occasions, il avait même rejoint Matthew à l'aéroport de San Francisco, mais jamais il n'avait visité la ville où Liana vivait avec leur fils. Il préférait ne pas pouvoir les imaginer dans leur cadre familier afin de ne pas aggraver la douleur que lui causait leur absence.

Il paya la course, ajouta une pièce pour le chauffeur, prit son sac et claqua la portière. Lorsque la voiture s'éloigna, il se demanda s'il n'aurait pas mieux fait de demander au chauffeur de l'attendre. Rien ne prouvait que Liana le laisserait entrer chez elle.

Trop tard. Son sac de voyage sur l'épaule, il traversa la rue en direction du bâtiment. Parvenu dans le hall, il ne trouva aucun portier et se résigna à sonner. Pas de réponse à l'Interphone. Il attendit. Enfin, une voix de femme se fit entendre, mais ce n'était pas celle de son ex-femme.

Il se présenta et ajouta :

— Il faut que je voie Liana.

Il se préparait à attendre de nouveau, mais la femme — qui devait être Sue, la femme de chambre dont Matthew lui avait parlé — appuya sur le bouton qui commandait la porte. Il pénétra alors dans une élégante petite entrée, et trouva l'ascenseur entre deux grands ficus dans des pots de laque. Au dernier étage, il n'y avait qu'un appartement et une seule porte. Liana l'attendait sur le seuil, immobile et silencieuse.

Parfois, par les nuits les plus noires sur l'océan Indien, Cullen s'efforçait de visualiser le visage de Liana. Avec le temps, il avait vieilli son image, ajouté de fines rides ici et là. Il imaginait un être dont les peurs, les tourments se reflétaient dans les yeux.

La femme qui l'observait depuis la porte était, certes, plus âgée, mais elle n'était pas moins séduisante que le jour où elle était entrée dans sa vie pour toujours.

Naturellement, et cet instant le prouvait, « pour toujours » était relatif.

Liana ne s'effaça pas pour le laisser entrer. Elle portait un peignoir de soie blanche dans le style chinois, bordé de galon doré et brodé de roses rouges. Ses longs cheveux soigneusement brossés tombaient librement sur ses épaules, et ses joues pâles étaient dénuées de fard. Elle ne dormait pas, et ses yeux gris ardoise étaient lourds de chagrin, pas de sommeil.

Enfin, elle se décida à parler.

— Que viens-tu faire ici, Cullen ?

Il posa son sac sur le palier.

— Il y a des nouvelles ?

Elle secoua la tête.

— Rien.

Il s'en doutait un peu, mais il espérait, cependant. Ses épaules s'affaissèrent.

— Je suis passé par Denver pour me renseigner. Là-bas non plus, ils n'ont pas vu Matthew.

— La police enquête. La sécurité de Pacific a lancé des recherches.

— Et il n'y a toujours rien ?

— Non. Si quelqu'un téléphone à son sujet, ils pourront localiser l'appel. Mais le téléphone n'a pas sonné.

— Il n'était pas anxieux, ces derniers temps ? Il n'a pas eu de mauvaises notes en classe ? De déception sentimentale ?

Le masque de réserve polie qu'elle affectait tomba d'un coup.

— Nous pouvions parfaitement en discuter au téléphone, répliqua-t-elle d'une voix cassante.

Cullen était trop las pour se montrer diplomate.

— Il fallait que je te voie. Pour être sûr.

— Sûr qu'il n'était pas là ? Que je ne l'enfermais pas pour l'empêcher de te voir ?

— Je ne sais plus quoi penser, Lee. Mon fils a disparu. Je ne le vois qu'un mois par an, et voilà qu'au lieu de le serrer dans mes bras, je passe mon temps à dicter des rapports de police.

Le regard de Liana se fit plus doux, presque compatissant, mais ses paroles ne l'étaient pas.

— Il aurait pu choisir un autre moment pour disparaître, vraiment !

— Ne détourne pas le sens de mes paroles, s'il te plaît.

Il aurait voulu revenir en arrière, tout reprendre depuis le début, au moment où il était sorti de l'ascenseur pour la découvrir devant sa porte. Mais, même s'il avait choisi chaque mot avec soin, cela n'aurait rien changé. Leur antagonisme remontait à des années — au début du siècle, de l'avis de certains.

— Je ne suis pas venu pour me disputer avec toi.

Il ôta son vieux chapeau, et passa une main dans ses cheveux.

— Je veux retrouver mon fils. En mettant en commun tout ce que nous savons, nous arriverons peut-être à quelque chose.

— Ah oui ? A quoi ?

— Tu préfères rester là à attendre sans rien faire ?

Il s'apprêtait à essuyer de nouveaux sarcasmes, mais elle se contenta de secouer la tête.

— Entre.

— Merci. Il faut que j'appelle un taxi.

— Où loges-tu ?

Il eut un sourire las.

— Il faut que je trouve un hôtel.

— Ça ne posera pas de problème : nous ne sommes pas au fin fond de l'Australie, ici.

— Non. Vous avez davantage d'hôtels.

Elle le conduisit le long d'un couloir dallé, jusqu'à un salon meublé de canapés dans des tons neutres avec, aux murs, des œuvres contemporaines de couleurs vives. Le seul tableau figuratif était un portrait finement travaillé de leur fils devant l'océan — un portrait que Cullen n'avait jamais vu. Matthew Robeson-Llewellyn à onze ou douze ans, les cheveux décolorés par le soleil. Il avait les boucles de Cullen, et les yeux sombres et légèrement bridés de sa mère. Le sourire de Cullen, le nez droit de Liana. L'ossature de Cullen, les longs doigts de Liana.

Leur fils.

Incapable de supporter plus longtemps la vue de ce portrait, il posa son sac et prit place sur un sofa qui lui tournait le dos.

— Nous pourrions parler un moment avant que je m'en aille ?

— Mais c'est le milieu de la nuit !

— Ah, c'est donc pour ça qu'il fait aussi noir, dehors !

— J'aurais pu dormir.

— Arrête ton cinéma, Lee. Tu ne dormais pas.

— Tu en es sûr ?

— Oui. Parce que je sais à quoi tu ressembles quand tu te réveilles. Et je sais aussi que tu ne fermeras pas l'œil tant que nous n'aurons pas retrouvé Matthew.

Elle ne nia pas, prit place en face de lui et resserra les pans de son peignoir autour d'elle en se calant contre le coin du sofa.

— Dis-moi ce que tu as appris à l'aéroport.

— Rien. Absolument rien. Ils ont passé leur temps à m'expliquer en long et en large qu'ils n'avaient aucune responsabilité dans l'affaire. Ils ont pris la photo de Matthew pour en faire des copies, et j'ai déposé des requêtes pour qu'ils le guettent et interrogent les gens qui auraient pu le voir, à commencer par le personnel de l'avion dans lequel tu l'as mis ce matin.

— Hier.

Une journée de passée. Déjà. Elle avait raison. On compterait en jours, à présent, plus en heures.

— Qu'as-tu fait après mon coup de fil ?

— J'ai prévenu la police et j'ai demandé que notre service de sécurité ouvre une enquête.

Elle hésita, puis ajouta :

— Ensuite, j'ai repassé tous les détails avec mon demi-frère.

— Il a une théorie ?

— Il se demande si tu n'aurais pas monté toi-même le coup, Cullen. Une fois de plus, je me suis trouvée dans l'obligation de te défendre.

— Et toi ? Qu'est-ce que tu en penses ?

Elle détourna les yeux.

— Je pense que tu n'irais pas jusque-là.

— Tu me rassures. J'aime ta loyauté.

— On ne peut pourtant pas dire que tu l'aies méritée.

Il demeura silencieux mais ne détacha pas les yeux de son visage. Enfin, elle daigna le regarder.

— Tu n'as aucune responsabilité dans sa disparition, n'est-ce pas ?

— Il est nécessaire que je réponde ?

— Essaie toujours.

— Non. Je n'ai aucune responsabilité. Pas plus que toi. C'est le fait d'un autre.

— Tu ne crois pas à une fugue ?

— Je sais que c'est dur pour notre amour-propre, compte tenu de l'heureuse famille que nous formons et tout ça, mais espérons tout de même qu'il a fugué. Les autres hypothèses sont bien pires.

Elle le dévisagea comme s'il l'avait frappée.

— Mais il est heureux ! Nous vivons bien, ici. Je lui consacre tout mon temps libre. Il fréquente une école merveilleuse. Il a d'excellentes notes.

Cullen se pencha en avant.

— Son père habite à l'autre bout du monde, et il n'est pas autorisé à lui rendre visite.

— Tu l'as un mois chaque été. Un mois entier, Cullen.

— Selon les termes que tu dictes. Dans ce pays. Et il m'a avoué qu'il en souffrait.

Il poussa un profond soupir, puis ajouta :

— Mais je ne pense pas que ce soit la raison de sa fugue. S'il a fugué.

— Peut-être qu'il a fugué parce qu'il ne voulait pas passer un mois avec toi. Tu as pensé à ça ?

Pour blessantes qu'elles soient, ces paroles méritaient réflexion.

— Il a laissé entendre qu'il ne voulait pas me voir ?

Liana resserra ses bras autour d'elle, comme pour réprimer ses sentiments. Il lui en coûtait de répondre.

— Non. En général, il évite de parler de toi, mais, cette fois-ci, il n'a pas pu s'en empêcher tant ce séjour en Nouvelle-Angleterre l'enthousiasmait. Il a même ressorti le chapeau australien que tu lui avais donné.

Cullen sourit en revoyant son fils coiffé d'un Akubra identique au sien. Puis son sourire s'effaça.

— Tu lui interdis de te parler de moi ?

— Bien sûr que non ! Je ne te critique jamais devant Matthew. Et je ne lui ai jamais interdit de parler de toi. Mais nous sommes divorcés, Cullen. Et, à l'évidence, nous ne sommes pas très amis.

Amis, ils ne l'avaient jamais été. Amants, oui. Obsédés par leur passion mutuelle. Incapables de vivre l'un sans l'autre, mais tout aussi incapables de vivre ensemble. Idéalistes, impétueux et naïfs, mais jamais vraiment amis.

— Au train où vont les choses, nous n'arriverons à rien.

Il ferma les yeux un instant, conscient de l'ampleur de sa douleur.

— Lee, je suis sincère, je ne veux pas me disputer avec toi. Je veux que nous retrouvions notre fils. Ensemble, nous travaillerons plus efficacement que séparément. Si tu es d'accord.

Il s'attendait à des objections, mais elle acquiesça de la tête.

— Je suis prête à tout pour retrouver Matthew.

« Même à te supporter, Cullen. » Elle le pensait si fort qu'il l'entendit presque. Il se leva péniblement.

— Je suis épuisé, dit-il. Je vais appeler un taxi. Tu peux me conseiller un hôtel ?

— Il y a au moins trois séminaires internationaux en ville.

Elle se leva à son tour, silencieuse, méfiante, comme si elle ne l'avait jamais vu. Puis elle poussa un long soupir.

— Tu peux prendre la chambre d'amis pour le reste de la nuit.

Cette offre le laissa muet.

Liana avait des yeux immenses, terrorisés, qui lui disaient qu'en dépit de ce qui les séparait, il était le bienvenu et qu'à tout prendre, elle aimait autant qu'il soit là pour l'aider plutôt que d'affronter la crise seule.

— Je te remercie, dit-il simplement.

— Demain, tu prendras les dispositions que tu jugeras nécessaires.

— Nous retrouverons notre fils, affirma-t-il. Je ferai tout pour cela, je te le promets. Tu te souviens du matin de sa naissance ?

Elle se détourna, mais il vit que ses yeux se remplissaient de larmes. En dépit de leurs différends, il brûlait de la prendre dans ses bras, de la serrer contre lui. Il désirait sentir son propre cœur battre contre les roses rouges de son peignoir.

Au lieu de cela, il enfonça les mains dans ses poches.

— Je suis entré dans ta chambre, à la maternité. Tu tenais notre enfant dans tes bras. Tu as levé les yeux sur moi et tu m'as dit : « Nos familles ont tenté de se détruire, Cullen, mais regarde le miracle que nous avons créé ensemble. »

Les larmes de Liana ne coulaient pas, mais elles étaient dans sa voix lorsqu'elle lui répondit :

— Pourquoi me rappeler ça maintenant ?

— Parce que Matthew est un miracle. Si nous associons nos forces et que nous le retrouvons, peut-être parviendrons-nous à enterrer le passé.

— Je me souviens de ce matin-là, dit-elle. Personne ne savait où tu étais passé. On ne t'a retrouvé qu'après l'accouchement, quand je n'avais plus besoin de toi. Tu étais dans l'arrière-salle d'un café, en train de jouer l'argent que j'avais mis de côté pour notre séjour en ville.

— Oui. Je m'en souviens aussi.

— Alors, pardonne-moi si j'ai du mal à croire en tes promesses.

Cullen regrettait de ne pas pouvoir effacer un passé qui les condamnait tous les deux. Il ne pouvait que dire la vérité.

— J'espère seulement qu'un jour, tu me pardonneras.

Cullen était à quelques mètres de sa chambre ! Liana avait du mal à le croire. Elle l'avait chassé de son univers depuis si longtemps et avec tant de force que le souvenir de leurs années de vie commune s'était estompé, et était presque devenu supportable. Pourtant, Cullen était resté tapi dans l'ombre de sa mémoire, et le fait qu'il soit chez elle, dans cet appartement, ravivait à la fois les souvenirs et la douleur.

Leur couple était voué à l'échec depuis le premier jour. Ils étaient trop jeunes lorsqu'ils s'étaient rencontrés, trop isolés du reste du monde après leur mariage, trop pris par les soucis quotidiens après la naissance de Matthew pour anticiper les difficultés autrement plus sérieuses qui les attendaient. Cullen était l'arrière-petit-fils d'Archer Llewellyn. Liana, dont le père avait soixante et un ans à sa naissance, était la petite-fille de Tom Robeson. Ils connaissaient depuis toujours l'histoire de la Perle de Grand Prix, à l'origine du drame qui opposait leurs deux familles depuis un siècle. Mais, dans l'idéalisme lié à leur jeunesse, ils avaient cru pouvoir échapper au destin.

Elle avait rencontré Cullen à New York, et elle l'avait suivi au bout du monde. Elle était alors une jeune créatrice de bijoux dotée d'une farouche indépendance, et elle était tombée folle amoureuse d'un homme qui faisait le commerce des perles.

Et puis, quatre ans plus tard, après un lent cheminement fait de méfiance et de désillusions, leur monde avait fini par s'effondrer…

Elle renonça à dormir. Dès qu'elle fermait les yeux, elle voyait le visage de Cullen — ou, pire, celui de Matthew. Sans en être le portrait à l'identique, l'adolescent ressemblait fortement à son père. Cullen avait le visage plus buriné, bien sûr. Plus sensuel aussi. Les traits de Matthew étaient fins. Les yeux bleu-gris de Cullen brillaient d'un éclat qui trahissait sa nature emportée et que réchauffaient les fines rides du rire, car, pour lui, le monde prêtait à rire. Matthew avait un regard enfantin, innocent, et ses prunelles d'un gris cendré reflétaient ce qu'il voyait, ce qu'il ressentait.

Qu'éprouvait-il, en ce moment ? Où était-il ? Peut-être prisonnier d'un inconnu, terrifié à l'idée de ne jamais rentrer chez lui. Peut-être en fuite pour échapper à quelque démon personnel, faute d'avoir pu se confier à sa mère.

Elle s'assit dans son lit, en proie à une crise de panique beaucoup plus violente que celle qui s'était emparée d'elle devant l'immeuble Robeson. Même les yeux grands ouverts, elle voyait le visage de Matthew. Si réel qu'elle aurait pu le toucher. Mais, lorsqu'elle tendait vers lui ses doigts tremblants, le visage du garçon s'effaçait, tel un mirage.

Incapable de rester ainsi allongée dans le noir en pensant à son fils et à tout ce qui pouvait lui arriver, elle se leva. Elle dut se retenir au mince pilier de merisier du baldaquin tant la tête lui tournait. Ses jambes la soutenaient à peine. La peur la tenaillait.

Elle s'obligea à respirer lentement, parvint progressivement à se calmer, à se tenir debout. Une fois de plus, elle passa son peignoir, en noua la ceinture, puis, pieds nus, elle se rendit dans la chambre de Matthew.

L'écran de l'ordinateur allumé nimbait la pièce d'une étrange lumière verte. Entre le départ de Stanford et l'arrivée de Cullen, elle avait occupé son temps à rédiger un message prudent, dont chaque mot était pesé, pour l'envoyer à tous les correspondants de Matthew figurant dans son carnet d'adresses électroniques ainsi qu'à tous ceux dont il avait reçu des messages dans la dernière semaine. Le texte final expliquait qu'elle était la mère de Matthew et que, suite à un malentendu, elle avait temporairement perdu le contact avec son fils. Le destinataire savait-il où se trouvait Matthew ? Pouvait-il lui transmettre un message ?

Sa requête lui semblait désespérément transparente. Toute personne capable d'aligner deux idées comprendrait à demi-mot. Mais elle ne se sentait pas prête à annoncer la disparition de Matthew sur le Net tant qu'elle n'en saurait pas davantage.

Avant l'arrivée de Cullen, elle avait consulté la boîte aux lettres de son fils pour voir s'il y avait déjà des réponses, mais le seul courrier nouveau émanait d'un camarade de classe qui semblait ignorer que Matthew était parti.

De crainte d'alerter Cullen dans la chambre voisine, elle se garda d'allumer la lumière et alla s'installer devant l'ordinateur. Ses doigts restèrent suspendus un moment au-dessus du clavier, puis elle se connecta. Le mot de passe de Matthew était mémorisé par le programme. Elle écouta le modem composer le numéro, les tonalités et crachouillements divers, suivit à l'écran les diverses étapes de connexion et de récupération des e-mails. Puis, elle cliqua sur l'icône du courrier entrant et trouva trois nouveaux messages.

En lisant le premier, elle sentit son cœur battre frénétiquement. « Suite des Enigmes Diaboliques. » Mais elle comprit bien vite qu'il s'agissait du dernier épisode d'un jeu de rôles que Matthew avait téléchargé à Noël.

Le second message portait le titre : « L'école, ça craint ! » Il émanait d'un cyber-copain du Massachusetts qui passait ses examens. Comme il ne figurait pas parmi les correspondants réguliers ou récents, il n'avait pas reçu le message de Liana. Elle en prépara donc un qu'elle lui enverrait plus tard.

Le troisième message n'était pas signé. L'expéditeur portait le pseudonyme de SEZ — un nom d'écran qu'elle ne connaissait pas. En dessous du sujet : « J'arrive peut-être trop tard », on pouvait lire : « Problèmes de serveur. J'espère que tu auras ça avant de partir. Bonne chance. J'aurais aimé partir aussi. »

Liana regardait l'écran en s'interrogeant sur la signification de ces lignes, sur un éventuel sens caché, quand un bruit attira son attention. Elle se retourna et vit Cullen qui l'observait, appuyé au chambranle de la porte.

— Que se passe-t-il ?

Encore toute remuée, au bord du vertige, elle se serait passée de cette apparition : Cullen, en jean et chemise ouverte sur son torse nu.

— Rien, dit-elle. Je vérifiais le courrier électronique de Matthew.

— Tu devrais dormir un peu si tu veux être utile à quelque chose.

Elle se retourna vers l'écran.

— Explique-moi donc comment faire, puisque tu es si malin.

— Simple. Tu retournes au lit et tu fermes les yeux. Comme tu peux le constater, ça marche très bien pour moi.

Il s'avança dans la pièce, vint se placer derrière elle.

— Personne n'avait encore vérifié son courrier électronique ?

En quelques mots, elle lui expliqua ce qu'elle faisait.

— Tu as trouvé mes messages ?

— Tes messages ?

— Oui. Il nous arrive d'échanger deux ou trois e-mails par jour. Mais pas ces derniers temps. J'étais en déplacement.

— J'ignorais que Matthew t'envoyait des e-mails.

— Il pensait sans doute que cela ne te plairait pas.

Elle le sentait derrière son dos, comme si son magnétisme occupait tout l'espace qui les séparait.

— J'aurais dû m'en douter. Il me demandait moins souvent de t'appeler.

— On échange aussi des photos. C'est facile de les attacher à un courrier. Comme ça, il a une idée de ce que je fais, et moi, je le vois changer.

Cette correspondance secrète déstabilisait complètement Liana. C'était comme si Matthew et Cullen avaient conspiré pour détourner les règles établies au moment du divorce.

— Tu cherches à me culpabiliser ?

— Non. J'essaie de te dire ce que fait ton fils. Parce que je pense que tu devrais le savoir.

— Tu passes chaque année un mois entier avec lui, Cullen. Cela ne te suffit donc pas pour faire le point ?

— Cela te suffirait, à toi ?

— Ce n'est pas la même chose. J'ai toujours désiré être sa mère, et je m'intéresse à ses moindres activités.

— Moi aussi. C'est pour cela que je m'efforce par tous les moyens de lui manifester mon intérêt.

— Tu ne voulais pas de lui.

— Je ne voulais pas être père : nuance !

— Ta nuance est trop subtile pour moi.

— C'est pourtant simple. Je ne voulais pas être père parce que j'étais conscient de ne pas être mûr pour tenir ce rôle. Mais j'ai aimé Matthew dès qu'il est né.

— Tu l'as prouvé d'une drôle de façon.

Il ne releva pas, et elle éprouva un soudain pincement de remords. Elle se reprocha de lui renvoyer ses fautes passées au visage alors qu'ils étaient tous deux terrifiés à l'idée de ne jamais revoir leur fils.

— Je dois te sembler amère, vindicative, mais, en réalité, il n'en est rien. Je ne pense presque jamais au passé. Seulement, la disparition de Matthew…

— Et mon apparition…

— Oui, ça aussi. Après toutes ces années… Je… Je crois que je ne suis plus tout à fait maîtresse de moi-même.

— Je sais que je t'ai fait souffrir, on ne change pas le passé. En revanche, je peux t'aider à retrouver notre fils, et je vais m'y employer.

Elle écouta ses pas dans le couloir ; elle entendit la porte de la chambre d'amis se refermer. Elle n'avait pas quitté l'écran des yeux, comme si l'ordinateur pouvait l'aider à comprendre la disparition de Matthew, le sens de sa propre vie. Mais ce n'était qu'une machine, incapable de faire des miracles.

Stanford arriva peu de temps après l'aube.

— Vous avez du nouveau ? lui demanda Liana avant même que le colosse noir ait franchi le seuil.

— Pas grand-chose. Je peux entrer ?

Elle s'effaça pour le laisser passer.

— Pas grand-chose, hein ? C'est déjà mieux que rien.

— Ce matin, j'ai eu un entretien téléphonique avec la passagère qui était assise à côté de Matthew dans l'avion de Denver. Elle se souvenait de lui parce qu'il était poli et que c'est inhabituel chez un adolescent. Matthew lui aurait dit qu'il changeait d'avion à Denver. Malheureusement, elle ne lui a pas demandé quelle était sa destination. Il lui a également expliqué que sa mère ne prenait jamais l'avion. Rien de plus, hélas.

Liana secoua tristement la tête.

— Un jour, il m'a dit que si je prenais l'avion avec lui, il s'arrangerait pour que tout se passe bien. Il n'avait que huit ans.

Sa phobie de l'avion avait précédé de dix ans l'apparition de ses crises de panique. Elle avait aussi réduit l'univers de Matthew en leur rendant tout voyage impossible.

— Encore une chose. Cette femme a déclaré que Matthew était de très bonne humeur, qu'il semblait très heureux de voyager et que, s'il était anxieux, il le cachait bien.

— Cela ne nous apprend pas grand-chose, en effet.

— Oh, que si ! affirma une voix derrière elle. Cela nous apprend que, s'il fait une fugue, il est rudement content de filer.

Liana se retourna vers Cullen qui portait un pantalon sombre et un polo. Il s'était douché et rasé, mais il semblait toujours aussi épuisé.

Stanford se redressa de toute sa taille, de sorte qu'il dominait Cullen de quelques centimètres. Liana les présenta et conclut :

— Cullen est arrivé tard dans la nuit.

Les deux hommes échangèrent une poignée de main.

— J'ai deviné qui vous étiez à votre accent, dit Stanford. Je regrette que nous nous rencontrions dans ces circonstances. Vous devez être très inquiet.

— On le serait à moins. Ainsi, vous avez parlé à quelqu'un qui était dans le même avion que Matthew ?

Stanford lui résuma ce qu'il savait.

— Je suis désolé, mais c'est tout ce que nous avons pour le moment.

— De mon côté, je suis passé par Denver, et j'ai discuté avec la police de l'aéroport. Ils n'ont rien non plus.

— Nous les avons également contactés. Ils ont l'air d'être sur les dents. Vous leur avez mis un pétard aux fesses ?

— Pas question qu'ils oublient mon fils.

Stanford eut un sourire las. Il avait sans doute dormi davantage que Liana et Cullen, mais il ne paraissait guère plus reposé qu'eux.

— Et la messagerie électronique, Liana ? Vous avez eu des résultats ?

— Rien. L'ordinateur est allumé. Vous pouvez aller voir vous-même.

— Pas de coup de fil ?

Elle secoua la tête.

— Bon. Vous avez un téléphone cellulaire, je suppose.

— Bien sûr.

— Alors, vous allez le prendre pour appeler votre bureau et demander que tous vos appels soient transmis à votre portable. Votre ligne fixe doit rester libre. Quels sont vos plans pour la journée ?

Liana s'était abstenue de faire le moindre projet. Elle préférait ne pas réfléchir trop à l'avance, mais, ce matin, en ouvrant sa penderie, une veste avait accroché son regard. Elle l'avait regardée pendant de longues minutes, et elle avait pris la décision qui s'imposait.

— Si vous m'autorisez à m'absenter un moment, j'aimerais aller voir ma tante.

— Ta tante Mei ? demanda Cullen. Comment prend-elle la chose ? Elle doit avoir plus de quatre-vingt-dix ans, si je ne me trompe.

— Quatre-vingt-dix-sept. Elle n'est pas au courant. Je n'ai pas jugé utile de l'informer, hier.

— Mais cela te semble utile aujourd'hui ?

Elle ne pensait plus qu'à cela depuis que son regard était tombé sur la veste chinoise ancienne en brocart de soie rouge, avec un col montant et un ravissant boutonnage de cordons tressés noirs — le dernier cadeau que Mei lui avait fait pour qu'elle se souvienne de son héritage.

Liana se tourna vers Cullen.

— Si je ne le lui dis pas et qu'elle l'apprend par quelqu'un d'autre, elle ne me le pardonnera jamais.

— Je croyais qu'elle te pardonnait tout.

— Pas en ce qui concerne Matthew. Je mettrais ma main au feu que c'est pour ne pas l'abandonner qu'elle a vécu aussi longtemps.

— Ils sont très proches ? demanda alors Stanford.

— Aussi proches que peuvent l'être une très vieille dame et un garçon de quatorze ans. Ma tante a décidé que Matthew avait quelque chose de spécial le jour où il est né. Elle le traite comme son petit-fils.

— Se pourrait-il qu'il lui ait confié des secrets ?

— Celui de sa destination, par exemple ?

— Est-ce possible ?

Cullen répondit pour Liana :

— Je connais mon fils. Jamais il ne demanderait à une personne âgée de garder un tel secret.

Liana acquiesça de la tête, malgré elle.

— Cullen a raison.

— Mais si elle le connaît aussi bien que vous le prétendez, dit Stanford, elle a peut-être une idée de l'endroit où il a pu aller.

— Peut-être. Je le lui demanderai si je trouve les mots pour lui parler.

— J'aimerais t'accompagner, dit Cullen.

Et, avant qu'elle ne puisse protester, il enchaîna :

— Quand nous étions mariés, elle m'écrivait des lettres plus que cordiales. Cela lui fera sans doute plaisir de me voir. Et puis, je pourrai t'aider à la mettre au courant pour Matthew.

Liana dut reconnaître que, cette fois encore, il avait raison. Comme ils vivaient en Australie à l'époque de leur mariage, tante Mei n'avait jamais vu Cullen, mais elle souhaitait vivement le rencontrer. Quand les choses s'étaient gâtées et que Liana avait songé à divorcer, Mei ne l'en avait pas dissuadée. Cependant, elle ne tolérait pas que sa nièce critique Cullen devant elle. Depuis la séparation, Mei était la seule personne avec qui Matthew pouvait parler de son père en toute liberté, et Liana lui en savait gré.

— Liana ?

— Oui, tu as raison. Si tante Mei apprend que tu es en ville, elle sera déçue que tu ne viennes pas la voir.

— Bon, dit Stanford. Voilà ce que je propose : je vais rester ici pour répondre au téléphone. Nous mettrons la limousine de l'entreprise à votre disposition. Si j'ai besoin de vous joindre, j'appellerai le chauffeur.

Il consulta sa montre et releva les yeux sur Liana.

— Vous avez déjeuné ?

Elle aurait été bien en peine de répondre.

— Non, répondit Cullen. Lee, que penses-tu d'un thé chaud avec des toasts ? Il faut que tu manges, tu sais.

Elle acquiesça d'un vague hochement de tête. Cullen prenait la situation en main et décidait pour elle, ce qui l'inquiétait un peu, mais elle n'avait pas la force de lutter.

— Bien. Je vais dire deux mots à Sue.

Il disparut dans la cuisine, et Liana entendit le son atténué de sa voix grave à l'accent australien prononcé — cette voix chaude, sexy, qui l'avait, en tout premier lieu, attirée vers cet homme.

— Vous saviez qu'il viendrait ? demanda discrètement Stanford.

— J'en étais sûre.

Elle avait répondu spontanément, et elle se rendait compte que c'était vrai. Au fil des dernières années, son instinct s'était émoussé, et elle avait perdu contact avec son intuition. Pourtant, ces paroles lui étaient venues du cœur. Car elle savait, au fond d'elle-même, que Cullen viendrait à San Francisco pour l'aider à retrouver leur fils. Mais elle avait refoulé ce message qui n'était pas parvenu jusqu'à sa conscience.

— J'aime autant qu'il soit là, déclara Stanford. Au moins, maintenant, nous sommes certains que Matthew n'est pas avec lui.

— Mais où est-il, Stanford ? Où est notre fils ?

Là encore, elle ne s'aperçut qu'après coup de ce qu'elle venait de dire : « notre fils », et pas « mon fils ». « Notre fils. » Liana ferma les yeux. Cullen Llewellyn était sorti de sa vie depuis dix ans. Elle l'en avait exclu, l'avait chassé de son cœur, de ses pensées et de son quotidien. Elle s'était recréé un monde, une situation meilleure.

Et, malgré tout cela, Matthew, Cullen et elle formaient de nouveau une famille.

12.

Mei Fong était une imposante et digne grand-mère au corps flétri par les ans. Elle agissait selon son bon plaisir et, à quatre-vingt-dix-sept ans, son bon plaisir était d'en faire le plus possible. Elle n'hésitait pas à s'inviter sans prévenir chez les membres de sa famille, à se mêler de leur vie et à réorganiser leur emploi du temps à sa convenance. Elle tenait ses petits-fils sous sa coupe et exaspérait ses belles-filles, mais elle était aimée de tous pour son bon cœur et sa loyauté.

Elle résidait dans le quartier chinois, à Waverly Place, une courte rue qui regorgeait de temples et d'associations familiales. Depuis des dizaines d'années, elle résistait à toutes les tentatives visant à l'éloigner des foules de touristes et du bric-à-brac commercial de cette culture assiégée. Elle supportait allègrement l'odeur du chop-suey et des beignets de crevettes à l'américaine du restaurant voisin situé en sous-sol, ainsi que les trottoirs de Grand Avenue encombrés de marchands de quatre saisons avec leurs trolleybus en plastic et leurs T-shirts de mauvais coton qui rétrécissaient par temps de brouillard.

Dans sa jeunesse, Mei avait un jour tenu tête à un gang de petites brutes du quartier et chassé ces filous qui s'en prenaient à Sam, son fils aîné. Elle avait donné naissance à trois autres fils dans l'appartement qu'elle habitait encore, où elle jouait au mah-jong avec des voisines dans le minuscule salon et faisait des offrandes de fruits et d'huile végétale sur l'autel de la déesse Tien Hon, protectrice, entre autres, des marins, des pêcheurs et des prostituées.

Waverly Place était son univers, et elle n'en bougerait pas. Tout récemment, Sam, lui-même en mauvaise santé, avait insisté pour qu'elle aille dans une maison de retraite, ce à quoi elle avait répondu qu'elle cesserait de respirer immédiatement plutôt que de faire une chose pareille. Comme Mei ne menaçait pas à la légère, la famille avait cédé. Depuis un an, elle partageait son petit logement avec une aide à domicile, outrage auquel elle s'était finalement résignée pour la simple raison que sa vue avait baissé et qu'elle ne voyait plus suffisamment pour faire son ménage, sa cuisine, et lire les étiquettes de ses médicaments.

Quand la limousine s'arrêta au coin de la rue, Liana leva les yeux vers les fenêtres de Mei.

— Je suis inquiète, Cullen. J'ai peur que la nouvelle lui porte un coup fatal.

— Elle ne mourra pas, Lee. Pas avant de savoir que Matthew est sain et sauf.

— Hum. Même tante Mei a ses limites.

— Allons, allons, dit-il en lui effleurant la main pour la rassurer.

Liana se pencha vers le chauffeur.

— Il faudra sans doute que vous tourniez en rond. Quand nous aurons fini, nous reviendrons vous attendre ici.

Puis elle descendit de voiture. Il n'y avait guère qu'une cinquantaine de mètres à parcourir. Elle se raisonna, se dit qu'elle allait s'en tirer.

Mais, dès qu'elle eut un pied sur le trottoir, la panique s'empara d'elle. Et, cette fois, le témoin de sa détresse n'était pas un passant anonyme.

— En route, Lee, je te suis.

Elle ne répondit pas, prit une longue inspiration, expira lentement et se mit à marcher en silence, comptant ses pas, mesurant son souffle. Au bout de quelques mètres, Cullen lui prit le coude, mais il s'abstint de tout commentaire. Il ne lui demanda pas si elle se sentait bien, et ne posa pas de questions sur la sueur qui perlait à son front ni sur sa pâleur soudaine.

— Alors, c'est ici qu'habite Mei, dit-il comme si de rien n'était. Je comprends mieux pourquoi elle refuse de déménager. Elle me parlait de ce quartier dans ses lettres, et je me réjouis qu'elle y soit restée, que sa famille ne l'ait pas expédiée au diable, dans un foyer où elle ne se serait jamais sentie chez elle.

Il continua de parler, comme s'il devinait son angoisse, et sa voix grave avait sur elle un effet lénifiant. Elle se sentait humiliée, et elle aurait voulu protester, se dégager de lui, mais elle n'en fit rien. Elle se contenta de respirer et de mettre un pied devant l'autre.

Aussitôt qu'ils furent entrés dans l'immeuble, Liana s'adossa contre le mur et ferma les yeux.

— Tu savais, hein ? Matthew t'a mis au courant ?

— Il m'en a parlé, oui.

Ainsi, son fils avait raconté à son ex-mari ses bizarres accès de terreur, sa peur de sortir qui s'accentuaient de jour en jour. Elle s'était pourtant efforcée de lui cacher la vérité en prenant des calmants, en cherchant à minimiser les choses quand sa panique devenait par trop évidente. En pure perte, à ce qu'il semblait.

— Je fais de mon mieux pour que cela n'affecte pas notre vie. Je… Je l'accompagne partout, même si…

Elle s'interrompit et secoua la tête.

— Tu en fais trop, Lee. Personne ne te demande d'être Superwoman.

Elle rouvrit les yeux.

— Justement, si. Il faut que je sois à la fois sa mère et son père.

— Il a déjà un père.

— Cullen, ne te sers pas de cela contre moi. Je suis tout de même une bonne mère. Et je me bats contre ces angoisses. Je les vaincrai.

— Il y a un bon moment que je suis au courant de tes crises de panique. Si j'avais voulu m'en servir contre toi — et je présume que tu veux parler d'un nouveau procès pour la garde —, je l'aurais fait.

— Ah oui ? Tu l'aurais fait ?

La colère de Liana qui couvait sous les cendres depuis des années explosa.

— Permets-moi d'en douter ! Si tu cherchais à me reprendre la garde, je te dénoncerais. Je dirais à Matthew ce que tu as fait et pourquoi j'ai fini par divorcer. Tu le sais, et c'est pour cela que tu n'as pas cherché à me le reprendre.

— Je ne te le reprendrai pas, déclara-t-il posément.

Elle se redressa, se dégagea du mur pour gravir l'escalier, mais il la retint en posant une main sur son épaule.

— Une petite seconde. Pour ta gouverne, sache que je suis prêt à jurer que tu ne ferais pas une chose pareille à notre fils. Tu ne le blesserais pas intentionnellement. Alors, pas de vaines menaces, s'il te plaît. J'ai conclu un accord avec toi quand nous nous sommes séparés, et je m'y tiendrai.

Sur ces mots, il laissa retomber sa main.

— Bien. A présent que le sujet est clos, montons voir Mei pour la mettre au courant.

Liana savait Cullen capable d'utiliser ses moindres faiblesses, mais, dans le cas présent, il avait parfaitement raison. Jamais elle n'avouerait à Matthew les raisons de son divorce. Elle s'étonnait, cependant, que Cullen comprenne ses scrupules, lui qui en avait si peu.

Elle releva le menton d'un air de défi.

— Occupons-nous d'abord de retrouver Matthew. Mais ne me sous-estime pas : je suis capable de tout pour le garder.

— Lâche un peu de lest, Lee, je t'en prie ! C'est parce que tu veux tout contrôler que le monde te terrorise. Notre influence est limitée. Il faut avoir confiance, de temps en temps.

— Tu es extraordinaire ! Notre fils a disparu et tu veux que je fasse confiance au monde ?

— En tout cas à moi et à tous ceux qui s'efforcent de t'aider à le retrouver. Seule, tu n'y arriveras pas.

— Où as-tu puisé tant de sagesse, Cullen ? Entre deux paires d'as ? Entre passe, impair et manque ?

— Je ne suis pas aveugle, Lee. Tu es tendue à craquer, et je ne veux pas que tu te brises.

Il y avait dans ses yeux de la compréhension, presque de la compassion. En dépit des piques qu'elle lui lançait, il ne s'était pas fâché. Ce n'était plus le même homme.

— Si je n'étais pas tendue, j'aurais déjà craqué ! Mais ne t'inquiète pas : il n'y a aucun risque que cela arrive. Je ferai tout ce qui est en mon pouvoir pour retrouver Matthew, quoi qu'il m'en coûte. Et, pour le moment, je vais parler à ma tante.

Cullen observait Liana qui tournait comme un lion en cage dans le minuscule salon de Mei. L'atmosphère de la pièce était étouffante, comme si les fenêtres n'avaient pas été ouvertes depuis des mois et que les radiateurs avaient absorbé les dernières particules d'air frais. Il y flottait une odeur lourde d'encens au jasmin et au santal. Les murs étaient repeints de frais et les sièges récemment retapissés, mais le reste de la pièce sombrait lentement dans l'abandon. Les cadres perdaient leur dorure, le tapis était élimé par endroits. Même les lis se fanaient dans leur vase d'onyx.

Mei Robeson Fong était la sœur jumelle de Thomas Robeson. Elle avait eu une influence bénéfique sur Liana, au cours de son adolescence instable. Cullen ne la connaissait que par ses lettres empreintes d'une calme chaleur bien surprenante. Malgré le lourd passé qui avait failli détruire leurs deux familles, elle l'avait accepté, tout Llewellyn qu'il fût. Elle ne lui parlait que de bonheur, de chance et d'avenir — des enfants qu'ils élèveraient, des horizons qui s'ouvriraient à eux.

Mais, aujourd'hui, il venait lui apprendre que l'unique enfant né de leur union avait disparu.

Liana laissait son regard errer par la fenêtre.

— Elle dort beaucoup. Il faut du temps pour la lever et l'habiller.

— Ce n'est pas grave. Rien ne presse.

Elle alla se placer derrière l'autre fenêtre, comme si ces quelques mètres allaient changer la vue.

— Je ne sais pas quoi lui dire.

— Je pense qu'il vaut mieux ne pas trop s'étendre sur les différentes hypothèses.

Elle parut sur le point de lui lancer une pique. Mais elle se retint, et se contenta de hocher la tête.

Il souffrait de la voir dans cet état. A trente-huit ans, elle avait atteint la maturité, et il savait par expérience que les femmes qui se souciaient avant tout de leur cœur devenaient plus fascinantes avec l'âge. Même prise dans la tourmente de ses émotions, Liana était beaucoup plus fascinante que bien des jeunes femmes qu'il connaissait. Dans la courbe de sa joue, l'angle de son menton, le tendre pli de ses lèvres, il revoyait celle qu'il avait épousée. Une femme libre, généreuse, aimante, prête à se battre jusqu'à la mort pour les êtres qui lui étaient chers. Une femme qui regardait sa fragilité en face et s'efforçait de la dominer.

Et non pas ce sosie rigide, pétri de colère et de terreur qu'il avait retrouvé à San Francisco.

— Lee ?

Elle se tourna vers lui, les bras étroitement serrés sur sa poitrine. Il scruta son visage.

— Pardonne-moi si je suis indiscret, mais c'est peut-être important. Y a-t-il un homme dans ta vie ? Quelqu'un avec qui Matthew aurait de bons rapports — ou même des mauvais ?

Pour une femme aussi sensible, elle cachait habilement ses émotions. Ses traits demeurèrent figés.

— Le fait qu'il y ait ou non un homme dans ma vie n'a rien à voir avec la disparition de Matthew.

— Simple question. Je cherche des pistes.

— Eh bien, tu peux éliminer celle-là.

— Matthew m'a parlé d'un certain Jay…

— Ah oui ? Et, après ses dernières vacances avec toi, il m'a parlé d'une dénommée Sarah.

— Je doute fort que Sarah l'ait enlevé. Elle est trop occupée à diriger mon bureau pour faire un saut ici et kidnapper notre fils.

— Jay est parti il y a six mois pour épouser son amour de jeunesse à Honolulu.

Elle s'interrompit, sourit et ajouta :

— Un certain Max.

Cullen ne put s'empêcher de sourire, lui aussi.

— Ça a dû te faire tout drôle.

— Je connaissais déjà l'existence de Max. Jay était un ami, rien de plus. Et il me manque.

— Les vrais amis sont rares, n'est-ce pas ?

Elle parut surprise.

— Qu'est-ce que tu en sais ? Tu en as toujours eu à revendre.

— Sûr. Un type qui perd plus qu'il ne gagne est très demandé.

— Est-ce que tu dois de l'argent à quelqu'un, Cullen ? A quelqu'un que tu ne peux pas rembourser et qui aurait enlevé notre fils pour se venger. Ou pour te faire chanter.

— Je ne dois rien à personne.

— Stanford enquête sur toi.

— S'il ne le fait pas, il est viré, c'est ça ?

— Tu nous rendrais service en disant toute la vérité. Il y va peut-être de la vie de Matthew.

— Je n'ai aucune dette, pas d'hypothèque sur la maison, pas de crédit sur la voiture. Je n'ai même pas de carte de crédit. A quoi bon se donner des tentations, hein ?

Elle le dévisageait d'un air incrédule. Et il comprenait parfaitement sa surprise.

— Remarque, il se peut fort bien qu'un jour ou l'autre, j'aille risquer tout ce que j'ai sur un coup de dés, ajouta-t-il.

Ils entendirent du bruit à la porte, et se retournèrent tous deux : Mei s'avançait lentement dans la pièce, appuyée sur le bras de sa jeune employée de maison. Cullen se leva. Comme il s'y attendait, Mei Fong était vieille, très vieille. Sa peau flétrie était tachée de brun, ses cheveux clairsemés, son dos courbé sous le poids des ans et des fardeaux. Mais, ce qui frappait le plus, c'était ce corps d'apparence trop fragile pour contenir une vie. Il n'aurait pas été surpris de la voir disparaître, s'effacer comme un songe.

— Liana, commença-t-elle de sa voix grave, chevrotante. Qui m'amènes-tu ?

Liana lui prit la main et posa un baiser sur son front.

— Ma tante… C'est Cullen, le père de Matthew. Il est venu d'Australie.

Sans relâcher la main de sa nièce, Mei se retourna.

— C'est vrai ?

Il s'approcha, lui donna le temps de s'habituer à l'idée qu'il était bien là, dans son salon, qu'après toutes ces années de séparation, Liana et lui se trouvaient devant elle, ensemble.

— C'est un prodige, dit encore Mei.

— Ma tante, laisse-moi t'aider à t'asseoir.

Le regard de Mei semblait vague, mais il savait qu'elle le voyait, sinon précisément, du moins en esprit. Elle se tourna vers Liana.

— Pourquoi ? C'est un présage heureux, mais pourquoi ?

— Ne reste pas debout, s'il te plaît. Nous parlerons quand tu seras assise.

Avec l'aide de la jeune Chinoise d'Amérique en robe imprimée de couleurs vives, Liana installa sa tante dans un gros fauteuil rembourré, et recouvrit ses jambes d'un plaid. Cullen remarqua une flamboyante broche d'argent et d'onyx sur le col de la vieille dame. Sans doute une création de Liana à ses débuts. Et il se demanda, comme il le faisait souvent, si elle créait parfois un bijou pour son plaisir. Chez elle, il n'avait pas vu trace du moindre atelier.

— Je peux disposer ? demanda la jeune Chinoise. J'ai quelques courses à faire.

— Ne soyez pas trop longue, répondit Liana. Elle aura peut-être besoin de vous pour se recoucher.

La jeune femme parut comprendre que leur visite risquait de perturber la vieille dame.

— Bien. Ce ne sera pas long.

Elle vérifia une dernière fois que Mei était confortablement installée, lui pressa la main et lui dit quelques mots en cantonais, puis elle se retira.

Après son départ, la pièce devint silencieuse. On n'entendait plus que le tic-tac irrégulier d'une pendule qui ne donnait sûrement pas l'heure juste. Cullen y concentra son attention, jusqu'à ce qu'il prenne conscience du fait que les battements de son cœur n'étaient pas réguliers, eux non plus. Il avait cru pouvoir parler franchement avec Mei de la disparition de Matthew, mais, à présent qu'il était là, il doutait qu'elle puisse survivre à cette nouvelle.

— Ma tante, commença Liana un ton plus haut que de coutume, tu te souviens que Matthew devait partir à New York pour rejoindre Cullen, cette semaine ?

— Je me souviens, répondit Mei d'une voix à peine audible.

— Je l'ai mis dans l'avion, hier, comme prévu. L'avion est bien arrivé à Denver, mais Matthew n'a pas pris la correspondance. Nous ne savons pas où il est passé.

Cullen s'étonna de ce que Liana soit allée droit au fait sans plus de précautions.

— Rassurez-vous, Mei, il n'est rien arrivé qui puisse laisser croire qu'il est en danger. Seulement, pour le moment, nous ne parvenons pas à le localiser.

Mei gardait le silence, mais la manière dont ses mains noueuses pétrissaient le plaid montrait bien son anxiété.

— Matthew sait se débrouiller, ajouta-t-il. Où qu'il soit, je pense qu'il est en sûreté. Mais il est encore jeune pour partir tout seul à l'aventure, alors, nous le cherchons.

Mei se taisait toujours.

— Tu comprends ce qu'on te dit, ma tante ? demanda doucement Liana.

Enfin, Mei se décida.

— C'est un garçon qui a un but. Matthew fera ce qu'il doit faire, sans reculer.

Cullen ne se serait pas trouvé dans une plus grande perplexité si Mei lui avait écrit ces quelques mots en caractères chinois.

— Vous pourriez nous expliquer ce que vous entendez par là ?

Il dut se pencher vers elle pour mieux l'écouter tant elle parlait bas.

— Vous ne pouvez pas comprendre. Vous ne savez pas tout ce que vous devriez savoir.

Liana jeta un bref regard à Cullen. A l'évidence, elle était aussi intriguée que lui.

— Qu'est-ce que Cullen ne sait pas, ma tante ? Tu as quelque chose à lui dire ?

— Toi non plus, Liana, tu ne peux pas comprendre. Ton père ne t'a jamais dit la vérité. Elle ne le servait pas.

Cullen lut sur le visage de Liana un immense étonnement, et aussi une pointe d'agacement.

— Vous avez peut-être quelque chose à nous dire à tous les deux ? demanda-t-il à la vieille dame.

— C'est dans le seul but de vous parler que j'ai vécu aussi longtemps. Vous croyez que j'ai peur de mourir ?

Cullen se redressa et surprit au passage le regard de Liana. Elle haussa les épaules. Comme lui, elle se demandait si sa tante avait toute sa tête.

Mei releva le menton, regarda Cullen dans les yeux, et s'adressa directement à lui :

— Votre père… vous a-t-il dit comment votre famille avait perdu la Perle de Grand Prix ?

— Chère Mei, en quoi cela est-il important aujourd'hui ? demanda-t-il avec respect.

— Vous ne retrouverez votre fils que quand vous aurez compris.

Cullen ne pouvait qu'abonder dans son sens. Peut-être y avait-il quelque chose à apprendre ?

— Je sais que mon arrière-grand-père, Archer Llewellyn, a tué votre père, Tom Robeson, pour s'approprier la Perle de Grand Prix.

— C'est exact.

A une époque, Cullen avait cherché vainement à découvrir ce qui s'était passé ensuite. Son père ne semblait pas savoir grand-chose, et il s'en souciait comme d'une guigne.

Il raconta donc à Mei l'histoire telle que Liana et lui l'avaient reconstituée, des années plus tôt.

— Votre famille est venue s'établir ici et, un jour, votre jumeau, le père de Liana, a payé quelqu'un pour aller en Australie et reprendre la Perle à Archer. D'une manière ou d'une autre, sa mission a réussi, et la Perle appartient, depuis, à la famille de Liana.

— Ça, ce n'est pas vrai.

— Liana...

— Ma tante, c'est ce que m'a dit mon père. Mais je ne vois vraiment pas le rapport avec Matthew.

— L'enfant en sait davantage que les parents.

Une fois encore, Liana et Cullen se consultèrent du regard, unis dans une totale confusion.

— Un enfant qui en comprend plus que ceux qui l'aiment est un enfant qui doit passer à l'acte. Malheur à tous s'il ne le fait pas.

Cullen se sentait terriblement frustré.

— Mei, dit-il, je vous en prie. Si vous savez quelque chose, si Matthew vous a prévenue qu'il s'en allait, je vous en conjure, dites-le-nous. Il est trop jeune pour partir seul à l'aventure.

— Par respect, Matthew ne m'en a rien dit.

Cullen voyait tous ses espoirs s'effondrer. Il avait cru un moment que Mei détenait la clé du mystère, que Matthew lui avait confié ses projets. A présent, il la soupçonnait d'inventer des explications.

— Nous le retrouverons, ne vous inquiétez pas. Mais nous tenions à vous mettre au courant.

— Non. Ce n'est pas moi, mais vous qu'il faut mettre au courant.

La vieille dame ferma les yeux

Liana posa le bout des doigts sur le poignet de sa tante, à la recherche de son pouls.

— Nous partirons dès que Betty sera de retour, souffla-t-elle à voix basse. Elle a besoin de repos.

Mei eut un léger sursaut, comme si elle s'éveillait, mais Cullen doutait fort qu'elle se soit endormie.

— C'est ça, allez-vous-en, mais revenez ce soir, et je vous raconterai.

Liana lui caressa doucement le poignet.

— Ma tante, je ne suis pas sûre que nous pourrons revenir. Nous devons chercher Matthew.

— Revenez, et vous saurez... par où commencer vos recherches.

A cet instant, la porte de l'appartement s'ouvrit, et la jeune Chinoise entra dans le salon.

— Comment se sent-elle ?

— Fatiguée, dit Liana.

Elle se leva et entraîna Betty à l'écart pour lui parler de Matthew. Mei avait refermé les yeux. Si elle était présente par le corps, son esprit voyageait ailleurs.

— Comment s'est-elle comportée, au cours des derniers jours ? demanda Liana. Je comprends que la disparition de Matthew lui ait causé un choc, mais elle s'exprime par énigmes, et cela ne lui ressemble pas.

Betty considéra la vieille dame en fronçant les sourcils.

— Je n'ai constaté aucun changement à son état. Elle dort beaucoup, mais elle reste très lucide lorsqu'elle est éveillée. Dois-je appeler ses fils ? Un médecin ?

— Elle souhaite que nous revenions ce soir.

Liana consulta Cullen du regard.

Il aurait volontiers ignoré les paroles de la vieille dame, mais, à ce stade, ils ne pouvaient se permettre d'écarter une piste, même improbable.

— A moins que nous ne soyons retenus ailleurs, je pense que nous devrions revenir.

— Surveillez-la, Betty. Si son état s'aggrave, appelez Sam.

— Où est la perle ? demanda soudain Mei d'une voix beaucoup plus forte que pendant leur conversation.

Liana retourna s'agenouiller près du fauteuil.

— Oui, ma tante ?

— La Perle de Grand Prix. Où est-elle ?

Liana hésita à répondre — hésitation que Cullen attribua à sa présence.

— Tu sais bien que je la tiens enfermée dans un coffre.

— Et elle est enfermée, en ce moment ?

De nouveau, Liana eut un temps d'hésitation.

— Naturellement.

— Pourquoi mens-tu ? Parce que tu crois que je suis trop vieille pour entendre la vérité ? Ou parce que ton mari est dans la pièce ?

Liana se releva.

— Tu es très fatiguée, ma tante. Nous reviendrons ce soir.

Sur ces mots, elle se dirigea vers la porte, mais Mei n'en avait pas fini.

— Ce soir, nous échangerons nos vérités. Il le faut.

Et elle ferma les yeux, cette fois pour mettre un terme à toute discussion.

Cullen suivit Liana le long de l'étroit couloir, mais, avant qu'elle ne descende l'escalier, il la retint.

— Que se passe-t-il ? Mei sait quelque chose que j'ignore ?

— C'est une très vieille dame, Cullen. Trop âgée pour subir un tel stress. Elle s'imagine des choses.

— Ne me prends pas pour plus bête que je suis, s'il te plaît !

Elle se retourna pour lui faire face.

— Je ne te dois pas de comptes. Tu es venu de ton plein gré, et tu es libre de repartir si ça te chante !

— Il est arrivé quelque chose à la Perle de Grand Prix ? Tu ne me cacherais pas quelque chose, par hasard ?

— Cela ne te regarde pas. La perle m'appartient.

Il se rapprocha d'elle.

— Liana, ça suffit ! Est-il ou non arrivé quelque chose à cette perle ?

Elle demeura silencieuse si longtemps qu'il n'attendait plus de réponse. Enfin, elle détourna les yeux.

— La Perle de Grand Prix a disparu, elle aussi. Je m'en suis aperçue au moment où tu m'annonçais que Matthew n'était pas arrivé à New York.

— Bon sang ! Et tu ne me l'as pas dit !

— Je ne l'ai dit à personne, Cullen. Toi, moi et le voleur qui l'a prise dans le coffre de mon bureau sommes les seuls à le savoir. J'ai jugé préférable de me taire et, si Mei n'avait pas deviné la vérité, je ne t'en aurais jamais parlé.

13.

— Où diable as-tu la tête, Liana, bon sang ? Ce n'est pas vrai !

Cullen remonta nerveusement ses cheveux, geste que Liana connaissait bien. Il le faisait souvent dans ses moments d'emportement, et ils étaient fréquents. Imprévisible dans ses humeurs, impulsif par nature, il jetait ses émotions et son argent au vent pour voir ce que la chance lui rapporterait.

Mais, tout en le critiquant sans merci, elle ne doutait pas de sa sincérité dès qu'il s'agissait de Matthew. En dépit de tout ce qu'elle lui avait dit depuis son arrivée, Liana savait que Cullen aimait son fils.

— Personne ne m'a jamais donné de leçon sur ce qu'il convient de faire ou de ne pas faire si jamais mon fils était enlevé.

Elle jeta un coup d'œil au chauffeur pour s'assurer qu'il ne les écoutait pas, que la vitre qui les séparait était bien close.

— Je navigue au radar, tu comprends ? Matthew a disparu. La perle a disparu. Je suis censée penser quoi ? Quelqu'un a volé la perle dans mon coffre, et il se pourrait bien qu'on m'ait volé mon fils. A qui puis-je faire confiance ?

— Pas plus à moi qu'aux autres, c'est ça ? Si tu crois que je ne sais pas ce qui se passe dans ta tête ! J'ai l'impression d'assister à une partie de tennis, avec cette perle qui ne cesse de rebondir entre nos deux familles.

— Elle ne rebondit pas, Cullen. On la vole. Des gens sont morts pour elle.

— Je sais. Et je préférerais que notre fils ne soit pas de ceux-là.

Liana demeura silencieuse. Matthew était aussi le fils de Cullen, et la disparition de la perle avait peut-être un rapport avec lui. Quelles que soient ses craintes, elle devait bien reconnaître que Cullen était en droit de savoir.

Il reprit finalement la parole :

— Tu as une théorie concernant le voleur ? Quelqu'un d'autre connaît la combinaison du coffre ?

— Non. Je suis la seule.

— Ce n'est pas ta date de naissance ou un chiffre facile à deviner ?

— C'est la même que du temps de Thomas, et ça n'a rien de sentimental. Les chiffres ont été pris au hasard.

— Par conséquent, le voleur a forcé le coffre.

— Je ne suis pas détective, mais je n'ai pas remarqué qu'on l'ait ouvert de force. Et on n'a rien pris d'autre, autant que je le sache.

— Tu gardes autre chose dans ce coffre ?

— Non. Le bureau appartenait à mon père. Il a fait installer le coffre avant d'épouser ma mère. C'était un modèle haut de gamme, à l'époque. Il s'était mis en tête que la perle ne serait en sûreté que là.

— Peut-être qu'il souhaitait se rappeler les malheurs qu'elle avait causés.

— Ce n'est qu'une perle. Elle n'est pas responsable de la conduite des hommes.

— Et elle a disparu en même temps que notre fils ?

— Pas nécessairement. Je m'en suis aperçue quand tu m'as appris que Matthew n'était pas arrivé, mais j'ignore depuis combien de temps elle n'est plus dans le coffre. Je ne l'en sors que lorsque nous devons la montrer pour une raison ou une autre.

Elle se garda bien d'ajouter qu'elle répugnait à la toucher, à la regarder, que sa présence dans la pièce la mettait mal à l'aise.

— Quand l'as-tu vue pour la dernière fois ?

— Autant que je me souvienne, il y a environ deux mois.

Ils étaient arrivés devant chez elle, et le chauffeur de la limousine vint lui ouvrir la portière. Avant de poursuivre la conversation, Liana attendit d'être seule avec Cullen dans l'ascenseur.

— Stanford n'est pas au courant. Tu es la seule personne à qui j'en aie parlé. Même Frank Fong l'ignore. Il est pourtant mon cousin et mon ami le plus proche.

— Mei sait.

Liana dut admettre que, sur ce point, il avait sans doute raison.

— Tu comptes en informer Stanford ? demanda-t-il.

La cabine s'arrêta. Liana en sortit, mais elle resta sur le palier, et répondit à voix basse :

— Non. S'il alerte ses hommes, Graham en entendra parler.

— Tu crois que Stanford peut nous aider à retrouver Matthew s'il ne sait pas tout ?

— S'il apprend que la perle a disparu, tu crois qu'il répartira équitablement ses efforts et ses hommes ? Lequel l'emportera ? Notre fils, ou la perle ?

Cullen la dévisageait, stupéfait. Elle secoua la tête, cherchant le moyen de s'expliquer sans trop en révéler.

— La perle finira par m'appartenir, mais elle reste la propriété de Pacific International pour quelques années encore. Mon père l'a exigé par testament. Réfléchis bien, Cullen. Penses-tu honnêtement que Graham pourra laisser la perle de côté jusqu'à ce qu'on ait retrouvé Matthew ? Tu as une idée de ce qu'elle vaut ?

Le silence de Cullen lui tint lieu de réponse.

— Alors, nous sommes d'accord. Pas un mot à Stanford sur la Perle de Grand Prix. En tout cas, pas encore.

— Pas tant que nous n'aurons pas établi un lien entre les deux disparitions.

— S'il y en a un.

— Ta tante pense que oui.

— Ma tante est sous le choc de la nouvelle. Elle ne pense pas droit.

— Je compte bien retourner la voir ce soir.

Liana savait déjà qu'elle irait aussi. Par respect pour Mei qui avait tant compté dans sa vie.

Elle se dirigea vers la porte pour entrer dans son appartement, mais Cullen la retint.

— Lee, est-ce que Matthew avait accès à la Perle de Grand Prix ? Peut-il l'avoir subtilisée et vendue pour payer son escapade ?

— Matthew ne ferait jamais cela ! répondit-elle, outrée. Il sait ce que cette perle représente pour la famille.

— Y avait-il accès ? répéta Cullen.

— Matthew sait que le coffre se trouve dans mon bureau, mais il n'en connaît pas la combinaison, et je ne l'ai jamais notée nulle part.

— Jamais ? Tu en es sûre ?

— Ç'aurait été stupide de ma part, non ?

— Est-ce qu'il s'est déjà trouvé dans la pièce pendant que tu ouvrais le coffre ?

— Je ne crois pas.

— Et tu le laisses seul dans le bureau ?

— Oui, souvent. Il y fait ses devoirs en attendant que je sorte de réunion. Mais il ne connaît pas la combinaison.

Elle hésita, puis haussa les épaules.

— Il y a six chiffres, Cullen. Il faudrait des siècles pour la trouver.

— Est-ce que la pièce est sous surveillance ?

— Non. Je ne tiens pas à ce qu'on me surveille. Mais un système d'alarme sophistiqué est installé sur la porte du bureau. Le voleur qui voudrait ouvrir le coffre devrait commencer par débrancher l'alarme. Et les hommes de Stanford surveillent le bâtiment jour et nuit.

— Raison de plus pour ne pas lui parler de la perle dans l'immédiat. Si quelqu'un est capable de passer outre ses mesures de sécurité, c'est lui.

Liana ne broncha pas. Elle avait de la sympathie pour Stanford, mais elle savait qu'elle devait se méfier de tout le monde.

— Je ne vois ni comment ni pourquoi Matthew aurait volé la perle.

— S'il a fugué, il aura besoin d'argent. Il a un compte en banque ?

— Oui. Et une carte bancaire.

— Est-ce qu'on a vérifié son compte ?

— J'ai donné le numéro à Stanford, ce matin.

— Bien. Voyons s'il a découvert quelque chose en notre absence.

Elle n'aimait plus cet homme qui avait perdu son respect et sa confiance longtemps avant son amour. Pourtant, au cours des dernières heures, elle avait réussi à établir avec lui une complicité qui lui apportait un réel soulagement. Elle n'était plus seule. Pour la première fois depuis des années, la personne qui tenait à Matthew autant qu'elle l'aidait à prendre des décisions.

Ainsi, après tout ce qu'il lui avait fait subir, Cullen Llewellyn comptait encore dans sa vie. C'était une pensée troublante. Terrifiante, même.

Cullen sentait les gens d'instinct, une qualité qui s'imposait chez un joueur.

Pour lui, cependant, gagner n'était pas l'essentiel. Il s'enthousiasmait de voir une pièce tournoyer dans l'air avant de retomber, un cheval prendre la tête et s'élancer vers la ligne d'arrivée. L'excitation du jeu résidait dans l'incertitude, la multiplicité des possibles. Pas dans le fait de perdre ou de gagner.

Mais aujourd'hui, il devait à tout prix remporter la partie. La vie de son fils était en jeu.

Il observait Stanford qui faisait son rapport à Liana. Toute son attitude trahissait un malaise. Il semblait préoccupé par quelque chose ; il n'avait pas l'esprit à la conversation.

— Pas de coup de fil. Rien non plus du côté des aéroports. Mes hommes les passent au peigne fin ; ils montrent la photo de Matthew et parlent au personnel. Sans résultat pour le moment.

— Sans résultat, vraiment ? demanda Cullen en s'approchant. Il n'y a pas un détail que vous gardez pour vous ?

Stanford hésita un peu trop longuement.

— Qu'entendez-vous par là ?

Cullen se tourna vers Liana qui était tout de noir vêtue, comme si elle portait par avance le deuil de Matthew. Elle avait toujours aimé les vêtements austères qui mettaient en valeur ses pommettes saillantes et ses traits finement ciselés. Autrefois, au temps de leur amour, elle égayait ses tenues de riches étoffes ou d'un bijou baroque qu'elle avait créé. Mais, aujourd'hui, ce noir sévère que rien ne venait alléger servait de toile de fond à son visage pâle et tourmenté. Ses cheveux tirés en arrière et l'absence totale de maquillage accentuaient encore l'angoisse de ses yeux.

— Vous semblez bien embarrassé, Stanford. Qu'est-ce qui vous trouble ? demanda-t-elle.

En véritable artiste, elle demeurait sensible au moindre détail, et son inquiétude n'avait pas affecté la sûreté de son instinct.

Les épaules de Stanford s'affaissèrent.

— Je n'ai rien de concret à vous offrir, dit-il.

— Des idées suffiront.

— Eh bien, nous avons vérifié son compte en banque, ce matin.

— Alors ?

— Il est intact. Il n'a fait qu'un retrait de cinquante dollars depuis trois semaines. Il lui reste plus de six cents dollars.

Liana se tourna vers Cullen.

— Il t'a acheté un cadeau. Une boussole dans un étui de cuir. Il pensait que cela vous serait utile pour partir camper.

— Tu as regardé si elle était encore dans sa chambre ?

— Non. Tu as raison : j'aurais dû le faire. Si la boussole est toujours là…

— C'est qu'il n'avait pas l'intention de me rejoindre, conclut Cullen.

— J'ai fouillé sa chambre, et je n'ai rien vu de tel, dit Stanford. Mais une boussole peut servir à quelqu'un qui fait une fugue. Ce qui m'étonne, c'est qu'il n'ait pas retiré d'argent avant de partir. La banque a promis de nous avertir en cas de retrait sur son compte, mais, pour l'instant, nous n'avons rien.

— Liana ? Tu peux nous dire s'il a accès à d'autres comptes ? demanda Cullen.

— Aucun autre. Je lui verse une bonne somme tous les mois pour qu'il apprenne à gérer son budget. Il a peut-être mis de l'argent liquide de côté.

Au ton de sa voix, Cullen devinait qu'elle s'interrogeait sur le bien-fondé de son comportement face à l'argent.

— Tu l'as bien éduqué, lui dit-il d'un ton rassurant. Je me demande pourquoi il se montre aussi prudent dans ses dépenses.

— Je lui ai déjà prêté mes cartes de crédit pour de gros achats, reprit Liana. Mais pas ces derniers temps. Pas depuis des mois. Je ne tiens pas à ce qu'il s'habitue au crédit.

— Je vous demanderai de vérifier que vous les avez toutes, dit Stanford. Et faites un inventaire rapide de vos dépenses en cours.

Elle semblait outrée à l'idée qu'il s'imagine que son fils ait pu la voler, mais elle hocha gravement la tête.

— Bien. Je m'en occupe tout de suite.

Et, sur ces mots, elle quitta la pièce.

— Elle tient le coup, et je sais que c'est dur, dit Stanford. C'est une femme solide.

— Vous avez découvert autre chose ? demanda Cullen.

Il regarda en direction de la porte par laquelle Liana était sortie.

— J'enquête sur vous, Cullen. Je suppose que vous vous en doutiez.

— Peu importe. Je n'ai rien à cacher.

— Vous aviez de sérieux problèmes de jeu, non ?

— J'en ai toujours.

Stanford parut surpris.

— Ah bon ? Jusqu'ici, les rapports semblent prouver que vous vous êtes racheté une conduite.

— Vraiment ? C'est encourageant. Mais, vous savez, je me soigne. Je ne suis pas guéri. Et si j'oublie la différence entre les deux, je peux perdre ma chemise en un clin d'œil.

— Les douze étapes, hein ?

— Exactement. Encore que mille soit plus près de la vérité.

— Quand avez-vous donné pour la dernière fois ?

— Dans quoi ? Les Joueurs Anonymes ou les courses de chevaux ?

— Vous donniez dans les chevaux ?

— Au temps de ma splendeur, j'aurais parié sur deux gars dans un urinoir.

— Je vois. Et cela remonte à quand ?

Cullen se redressa pour se donner du courage.

— Je dirais : le jour où j'ai joué et perdu le legs en fidéicommis de mon fils.

Stanford laissa échapper un léger sifflement.

— Eh bien ! Voilà un renseignement qui ne m'est pas parvenu.

— Liana a fait de son mieux pour que personne ne le sache. Une longue habitude de camoufler mes fautes.

— Et depuis ?

— Depuis, j'avance au jour le jour en essayant de ne pas rechuter.

Pendant tout cet échange, Cullen avait regardé Stanford droit dans les yeux, et il lui trouvait toujours quelque chose de fuyant.

— Ecoutez, reprit-il, jusque-là, vous avez éludé la question, mais qu'est-ce qui vous tracasse ? Qu'avez-vous découvert, aujourd'hui ?

Stanford demeura silencieux un moment, puis il secoua la tête et se décida :

— Je vous ai dit que nous avions contacté la banque pour vérifier le compte de Matthew. Eh bien, quelqu'un l'avait fait avant nous. Il semble, monsieur Llewellyn, qu'une autre personne que nous recherche votre fils. Et pas nécessairement pour la bonne cause.

Liana parvint à faire la sieste dans l'après-midi. Une heure plus tard, quand elle s'éveilla, elle était un peu reposée, malgré les cauchemars dans lesquels elle voyait Matthew ligoté et bâillonné dans un coffre de voiture. Elle prit une douche, s'habilla, puis quitta sa chambre. Stanford s'en était allé, mais elle trouva Cullen dans le salon, les yeux rivés sur le portrait de leur fils.

Elle l'observa depuis la porte. Absorbé dans la contemplation du tableau, le regard plein de tendresse inquiète, il ne remarqua pas immédiatement sa présence.

Cullen Llewellyn l'avait d'abord attirée par sa voix, puis par le calme de son visage qui, sans être beau, retenait l'attention. Lorsqu'un sourire venait adoucir l'angle de sa mâchoire et plisser ses traits burinés par le soleil australien, il émanait de lui un magnétisme irrésistible.

Séduite par ce sourire, par la chaleur de son regard bleu, par ses gestes, sa manière de se tenir, elle avait été surprise de rencontrer un homme aussi visiblement détendu. Il était bien dans sa peau et possédait, à l'évidence, l'assurance et la sécurité qu'elle recherchait depuis longtemps.

Leurs relations s'étaient construites autour de beaux mensonges, d'idées fausses que chacun se faisait de l'autre.

Enfin, il se retourna.

— Ce portrait est vraiment ressemblant, tu ne trouves pas ?

— Si, je trouve aussi.

— Je ne sais pas grand-chose des gosses, mais Matthew me paraît aussi innocent qu'un adolescent peut l'être de nos jours. Innocent et ouvert. Il s'intéresse à tout ce qui l'entoure, et il ne cherche pas à cacher ses sentiments.

— Par moments, je me demande s'il est assez mûr pour son âge.

— C'est un garçon posé, sensible, doté d'un solide bon sens. Il sait se débrouiller seul.

— J'espère que c'est le cas actuellement…

— J'ai réservé une chambre dans un hôtel proche de chez ta tante. Je m'y installerai ce soir, quand nous aurons rendu visite à Mei.

Cette remarque l'incita à se demander ce qu'elle éprouverait si elle se trouvait à la place de Cullen, si Matthew avait disparu en Australie et qu'elle avait dû traverser le monde pour partir à sa recherche. Qu'éprouverait-elle, seule dans une chambre d'hôtel, en proie à l'insomnie, pendant que d'autres discutaient entre eux et décidaient du sort de son fils ? Si les rôles avaient été inversés, Cullen se serait efforcé de l'inclure dans l'enquête, elle le savait. Jamais il ne s'était montré mesquin. Malgré tous ses défauts, il n'avait jamais sciemment cherché à la blesser.

— J'aimerais que tu restes, dit-elle. Si quelqu'un téléphone, si je dois prendre une décision rapide, je préfère que tu sois là. C'est chez moi que tout se passe.

— Tu es sûre que ça ne te gêne pas ?

— Qui l'aurait cru, hein ? Après tant d'années, nous voilà obligés de faire équipe.

— Je n'ai jamais été très doué pour travailler en équipe, tu le sais.

— Oui.

Il ne chercha pas à la convaincre qu'il avait changé ; il ne s'excusa pas davantage.

— Quand comptes-tu aller chez Mei ?

— Dès que l' homme envoyé pour surveiller le téléphone en notre absence par Stanford sera là. Tu as mangé quelque chose ?

— Sue m'a préparé un sandwich. Essaie de manger un peu, toi aussi, pendant que je décommande ma chambre d'hôtel.

Elle avait évité le déjeuner, et l'idée de se nourrir lui nouait l'estomac.

— Je vais prendre un en-cas.

Dans la voiture qui les conduisait chez Mei, ils restèrent longtemps silencieux. Du temps de leur mariage, elle avait apprécié ces moments de calme passés auprès de lui, à baigner dans la chaleur de son sourire. Elle était une autre, à l'époque : une femme libre, sans peur, qui riait beaucoup. Une femme que ce jeune homme irrévérencieux à l'accent musical enchantait. Ils avaient cru qu'ensemble, ils pourraient conquérir le monde, que le passé ne les atteindrait pas.

Elle lui adressa un long regard ; il avait un visage fermé, lointain et silencieux.

— La Perle de Grand Prix n'a jamais porté chance, remarqua-t-elle. Si Matthew l'a prise et qu'il l'a sur lui…

— Si tu crois sincèrement qu'elle porte malheur, pourquoi la gardes-tu dans ton bureau ? Cela ne t'inquiète donc pas de la savoir si proche ?

— Mon grand-père est mort à cause d'elle. Je la garde pour honorer sa mémoire.

— Tu es pleine de contradictions, tu sais, Lee.

En effet, elle se sentait partagée dès qu'il s'agissait de la perle. Comme si ses pensées reflétaient les deux faces opposées de sa personnalité. L'une, pétrie d'honneur, de devoir, de respect des ancêtres, et l'autre, celle qui était tombée amoureuse de Cullen, toute d'intuition et d'émotion.

— Je me raccroche à ce que je peux. Si ça continue, je vais me mettre à brûler de l'encens et à prier des dieux dont je ne sais même pas prononcer le nom.

— Le sens d'une histoire échappe parfois à la logique. La Perle de Grand Prix a déjà détruit. Rien ne prouve qu'elle ne détruira plus.

Liana frissonna. Cullen posa une main sur la sienne. Une main chaude, ferme, à la paume calleuse.

— Il n'a pas la perle, Lee. Tu dis toi-même qu'il n'a pas pu la prendre.

Le chauffeur les déposa au même endroit que la fois précédente. Cullen serra doucement la main de Liana.

— Qu'est-ce que je peux faire pour t'aider à atteindre la porte ?

L'espace d'un instant, elle fut tentée de croire qu'il pourrait l'aider, de croire que, pour une fois, elle n'aurait pas à porter seule le fardeau de ses terreurs, que le contact tiède de sa main était une promesse et non pas un mensonge. Puis, la réalité reprit le dessus. D'une secousse, elle se libéra.

— Tout ce que tu peux faire, répliqua-t-elle, c'est essayer de te souvenir que tu n'es pas là pour te faire pardonner. Reste de ton côté dans cette affaire, et ne t'avise pas d'empiéter sur le mien.

Il fut un temps où il aurait riposté. Ils se seraient disputés et, si le destin en avait décidé ainsi, ils auraient terminé au lit — ce qui ne résolvait rien mais évacuait momentanément la tension. Or, il ne disait pas un mot ; il la regardait toujours, et sa main était restée sur le siège, à l'endroit où Liana avait posé la sienne, quelques instants plus tôt.

— Il n'y a pas de camps dans cette affaire, Lee. Et je ne serai pardonné que si tu le veux bien.

Le chauffeur vint lui ouvrir la portière. Elle sortit sur le trottoir qui lui semblait onduler en vagues tumultueuses. Dans la rue, les lanternes décoratives brûlaient, telle l'haleine enflammée d'un dragon. Tout en s'interdisant de respirer l'air toxique, Liana mit un pied devant l'autre, serra les poings, fit un pas de plus, un pas encore, puis un autre, jusqu'à la porte de l'immeuble.

Lorsqu'elle fut arrivée seule à l'étage, Cullen la rejoignit, et ils entrèrent ensemble chez sa tante, comme si de rien n'était.

Mei vint elle-même leur ouvrir.

— Liana, comme tu es pâle !

Liana prit une longue inspiration purificatrice. Là, dans le cocon surchauffé de l'appartement de sa tante, sa terreur s'apaisait.

— Nous ne resterons pas très longtemps, ma tante. Nous devons être près du téléphone.

— Vous resterez le temps qu'il faudra.

Mei lui prit le bras, et elles gagnèrent ensemble l'étroit salon sans que Liana sache vraiment laquelle soutenait l'autre.

— Mei, où souhaitez-vous que je m'installe ? demanda Cullen quand la vieille dame se fut laborieusement assise dans son fauteuil.

Liana nota que sa tante avait étalé des photos sur la petite table à côté d'elle. Quand elle était jeune, elle passait des heures à feuilleter les albums de famille de Mei, à regarder les photos de son mari, Wo Fong, de ses fils, de ses petits-enfants, dont Frank, qui avait le même âge qu'elle et était à présent son allié à Pacific International. Elle espérait alors que ces photographies lui donneraient le sentiment qu'elle avait sa place quelque part.

En revanche, celles qu'elle apercevait sur la table lui étaient inconnues.

— Asseyez-vous près de moi, Cullen, dit Mei.

Et elle lui désigna le sofa à sa droite.

— Liana, mets-toi ici, à ma gauche.

Ils obéirent. Liana évitait le regard de Cullen, tant elle se sentait honteuse de l'avoir brutalement rabroué dans la voiture.

— Cette histoire demande du temps, mais nous n'en avons pas, déclara Mei.

Elle ferma les yeux, demeura quelques instants silencieuse, puis commença :

— Cullen, je suis allée à Jimiramira, l'endroit où vous êtes né. Il y a très longtemps, quand j'étais jeune, j'ai connu votre grand-père, Bryce.

Elle prit une photo, la tendit à Cullen.

— Vous voyez ? En ce temps-là, on m'appelait par mon nom chinois complet. On m'appelait Mei-Zhen, ce qui signifie belle perle. Un nom que ma mère avait soigneusement choisi afin que jamais je n'oublie la mort de mon père. Mais votre grand-père Bryce me connaissait sous le nom de May.

Sentant que Cullen l'observait, Liana croisa les doigts, comme si cette attitude posée pouvait lui apporter le calme qui lui manquait. Hélas, tandis que sa tante tissait son récit, parlait d'un autre temps et d'autres gens, ses pensées demeuraient tournées vers son fils. Où était donc Matthew ? Comment le souvenir de gens qu'il n'avait pas connus, de lieux qu'il n'avait jamais vus aurait-il pu le ramener ?

Elle ferma les yeux, vit le visage de Matthew et s'y accrocha comme à un talisman.

Dans le 747 qui survolait le Pacifique, Matthew Llewellyn coula un timide coup d'œil à l'hôtesse de l'air aux cheveux blond platine et au sourire professionnel. Il l'avait remarquée en montant à bord. Sans être vraiment jolie, elle dégageait une impression d'assurance, et savait, à l'évidence, comment se comporter en toute circonstance. Elle pouvait apporter des journaux à un chef d'Etat comme à un terroriste armé avec ce même sourire, ce même haussement de sourcils intrigué.

Il se demanda si, sous son tailleur strict, sa peau était aussi délicieusement dorée par le soleil que son visage, puis il se détourna, de crainte qu'elle ne lise la question dans ses yeux. Elle s'arrêta bientôt devant lui pour prendre sa commande d'un ton neutre, courtois.

— Et vous, jeune homme ? Vous désirez une boisson ?

— Un Coca, merci, répondit-il, les yeux fixés sur son plateau.

Sa voix était grave, presque une voix d'adulte, ce qui le rassura.

— Vous semblez bien seul, lui dit-elle encore.

Cette fois, il la regarda droit dans les yeux et lui mentit sans hésiter :

— Ma mère est à l'arrière. Elle dort.

L'hôtesse parut trouver la chose raisonnable. L'avion n'était qu'à moitié plein, et les habitués avaient colonisé des rangées entières afin de pouvoir s'étendre.

— Vous devriez vous reposer, vous aussi. Le voyage est long. En arrivant à Sydney, vous regretterez de ne pas avoir fait un bon somme.

— C'est vrai. J'essaierai de dormir après le film.

Elle passa à la rangée suivante, et Matthew se détendit aussitôt. Il avait prévu de se lancer dans une conversation animée avec ses voisins afin que le personnel de bord — qu'on ne manquerait pas d'interroger pendant l'enquête — ne garde pas de lui le souvenir d'un garçon qui voyageait seul. Hélas, les sièges de sa rangée étaient restés désespérément vides. Bah, le mensonge concernant sa mère qui dormait au fond ferait l'affaire. Tout comme ses cheveux en brosse — une nouveauté —, sa chemise de cow-boy et ses bottes achetées à l'aéroport de Dallas. Comme le passeport et le permis de conduire au nom de Simon Van Valkenburg, le seul de ses amis que sa mère ne risquait pas d'interroger.

A présent, et jusqu'à ce qu'il soit sur le territoire australien, il s'appelait Simon et devait répondre à ce nom pour ne pas se trahir.

L'hôtesse revint avec son Coca et un paquet d'amandes grillées.

— Vous désirez lire quelque chose ?

— Non, merci. J'ai un livre dans mon sac.

— Vous êtes déjà allé en Australie ?

— Deux fois.

Un mensonge de plus. Certes, il y était né, mais il n'y était retourné que dans son imagination.

— Vraiment ? Et où êtes-vous allé exactement ?

Il avait des réponses toutes prêtes pour ce genre de questions. Le moment était venu de les tester.

— Dans le Sud. Mais je n'avais que cinq ans, la dernière fois, et je ne me souviens plus de rien.

— Cette fois, vous vous souviendrez de votre voyage, dit-elle avant de s'éloigner.

— Aucun doute là-dessus, murmura-t-il quand elle fut trop loin pour l'entendre.

En effet, jamais il n'oublierait le visa demandé des semaines plus tôt sous un nom d'emprunt. Les savantes mises en scène, les fraudes, les mensonges. Le vol, la sortie à l'aéroport de Denver, le taxi jusqu'à la gare routière, le car jusqu'à Dallas, puis l'avion jusqu'à Chicago. Le coiffeur. Le sac à dos bon marché qu'il avait acheté pour y enfourner ses vêtements avant d'abandonner discrètement sa valise. Les flics à éviter, les agents de billetteries dont il fallait endormir la méfiance. Et les litres de sueur qu'il avait essuyés chaque fois que quelqu'un le comparait à la photo de Simon pour déclarer ensuite en lui rendant le passeport : « C'est fou ce qu'un garçon peut changer en cinq ans ! »

Non, il n'était pas près d'oublier ce voyage. Il s'en souviendrait toute sa vie. Il vida son Coca d'un trait, se cala contre le dossier de son siège et ferma les yeux. L'hôtesse avait raison. Le vol serait long jusqu'à Sydney. Et ce n'était qu'une étape sur la route de Jimiramira.

TROISIÈME PARTIE

« Deux points dans l'aventure du plongeur,
Le premier quand, mendiant, il s'apprête à descendre,
Le second quand, en prince, il remonte une perle… »

Robert Browning
Paracelsus, Part 1

14.

Territoire du Nord, Australie — 1921

Le voyage jusqu'à Jimiramira fut pénible. Mei fit d'abord la longue traversée jusqu'à Darwin sur un vaisseau perlier appartenant à John Garth, qui, après la mort de son père, s'était efforcé de venir discrètement en aide à sa mère. Il n'avait jamais été de ces hommes qui venaient la nuit partager le lit de Saule afin qu'elle puisse nourrir ses jumeaux, fille et garçon. Lui venait en plein jour, avec de modestes cadeaux utiles ou de petites perles irrégulières que Saule vendait en cas de besoin et, pour ne pas avoir l'air de lui faire la charité, il lui apportait parfois du linge à laver.

C'était John qui avait activement recherché les parents de Tom dans l'espoir d'offrir aux petits un avenir meilleur. C'était encore lui qui, plus tard, leur avait écrit à San Francisco en joignant à sa lettre une photographie de Mei et de son frère Thomas qui portait par amour le prénom de son père.

Et c'était aussi John qui, dans le petit salon, avait lu à haute voix la réponse des Robeson, remis soigneusement le pli dans son enveloppe et conseillé Saule qui sanglotait.

— Il faut penser d'abord à tes enfants, Saule. Ils n'ont pas d'avenir ici. Les parents de Tom sont prêts à donner un foyer au petit Thomas. C'est mieux que rien, tu sais.

Il avait pris le garçon de deux ans sur ses genoux, mais il n'avait pas souri tandis que l'enfant fouillait ses poches en quête de l'habituelle friandise.

— Thomas est mon fils ! Je ne peux pas l'envoyer seul de l'autre côté de l'océan. Mei ne voit que par lui. Il ne faut pas les séparer.

— Le message est clair, hélas. Ils ne prendront que Thomas.

— C'est parce qu'il n'a pas l'air chinois.

Saule attira sa fille à elle, et Mei se mit à pleurer à son tour.

— Il est regrettable que l'apparence physique décide de leur sort, dit John, visiblement embarrassé. Mais ils ont promis d'offrir le confort matériel au garçon et de te donner de l'argent pour pourvoir aux besoins de la petite et payer son éducation si tu leur envoies Thomas. Ainsi, tu pourras garder ta maison, y vivre en paix avec Mei. Plus tard, quand elle sera grande, rien ne l'empêchera d'aller retrouver son frère en Californie si elle le désire.

— Mes enfants sont les deux moitiés d'un tout. Un demi-cœur ne peut continuer de battre.

— Alors, tu tiens à les élever tous les deux ici ?

Il marqua une pause, puis ajouta :

— A continuer de vendre ton corps à des hommes de basse classe sans aucune délicatesse, sans la moindre discrétion ?

La surprise la laissa muette. John Garth baissa les yeux et reprit :

— Excuse-moi, mais je sais ce que les circonstances t'ont obligée à faire. Et, si tu continues, tout le monde le saura. Est-ce là la vie que tu souhaites pour tes enfants ?

— Je ne peux pas renoncer à mon fils !

Pourtant, elle avait fini par céder. Thomas avait quatre ans quand la nourriture vint à manquer. Accompagné par une dame qu'on avait payée pour faire le voyage avec lui, le garçon s'en fut vivre à San Francisco.

Après avoir vécu seize ans séparée de son frère, après la longue maladie et la mort de sa mère, Mei entreprenait, elle aussi, un voyage — moins lointain, certes, mais plus périlleux que la traversée de l'océan.

Elle se rendait à Jimiramira afin de reprendre la perle à laquelle elle devait son nom.

Cette décision longuement mûrie n'avait pas été facile à prendre. Elle ne se souvenait plus à quel moment elle avait entendu pour la première fois l'histoire de la magnifique perle que son père avait remontée du fond de l'océan et qui avait incité un ami déloyal nommé Archer Llewellyn à le tuer. Elle s'était imprégnée de ces récits en même temps que d'autres concernant ses ancêtres chinois d'un village reculé du Kwantung où Saule avait vu le jour dans une maison de bois au sol de terre battue. Elle avait tout appris de son père, de sa gentillesse et de son tendre sourire, de son désir d'épouser sa mère. Elle avait aussi compris à quel point Saule avait eu honte qu'il ne puisse pas le faire.

Mais l'histoire de la perle se détachait des autres. C'était une légende investie d'un pouvoir, le récit d'une injustice qui exigeait vengeance. Sa mère lui avait raconté des rêves dans lesquels elle se voyait tenant la Perle de Grand Prix au creux de sa paume et, tandis qu'elle la contemplait, le visage de Tom Robeson lui apparaissait, souriant et plein de tendresse comme aux jours de leur bonheur.

Mei ne se rappelait pas non plus à quel moment elle avait compris qu'elle devait se rendre à Jimiramira où vivait Archer Llewellyn, afin de reprendre la perle. Cette tâche aurait incombé à son frère s'il était resté en Australie, mais Thomas résidait toujours en Californie avec leurs grands-parents qui, deux fois par an, envoyaient de modestes sommes pour pourvoir à l'éducation de Mei.

Elle ignorait comment vivait Thomas ; elle ne savait presque rien de lui. Un jour, un comptable qui travaillait pour les Robeson avait glissé une photographie du garçon, alors âgé de dix ans, dans une enveloppe contenant un chèque destiné à sa mère. Il ne ressemblait pas à Mei.

C'était un enfant au visage grave, aux cheveux bruns, aux yeux tout ronds, à la bouche étroite, pincée. Mei avait les yeux en amande et des lèvres charnues qui semblaient sourire en permanence. Des heures durant, elle avait regardé la photo de son frère jusqu'à n'en avoir plus besoin. L'image du garçon était à jamais gravée dans son cœur avec celle d'un enfant plus jeune qu'on avait arraché à ses bras et banni de sa vie.

Puisque son frère ne pouvait pas rendre l'honneur à sa famille, le destin la désignait, elle, pour voler la Perle de Grand Prix. Elle reprendrait ce bien qui leur appartenait. Et, quand sa famille serait enfin vengée, elle irait rejoindre Thomas dans la lointaine Amérique. Ensemble, ils se serviraient de la perle pour commencer une nouvelle vie.

Après la mort de Saule, elle vendit le mobilier de sa mère, donna ses vêtements aux femmes qui l'avaient aidée à la soigner pendant les derniers mois de sa tuberculose, et ne garda pour elle que le bracelet de jade, cadeau de Tom à Saule, et ce qui lui restait d'économies. Accompagnée par l'épouse de John, une dame anglaise de qualité qui s'était toujours montrée bonne envers elle, Mei prit alors le chemin de Darwin.

Au premier coup d'œil, la ville lui parut rassurante avec ses palmiers, ses maisons construites dans l'ombre de grands banyans et leurs vérandas qui rappelaient Broome. L'air y était aussi lourd, et les reflets de saphir dont le soleil teintait l'océan étaient les mêmes.

Le choix de cette ville s'était imposé pour deux raisons. D'abord, il y avait à Darwin comme à Broome une importante communauté chinoise, et son désir de se refaire une vie avait paru légitime aux Garth. Plus important encore, Darwin était la seule grande ville en Territoire du Nord. Pour se rendre à Jimiramira, il fallait traverser des terres inhospitalières sur des miles et des miles, mais les éleveurs de bétail de domaines éloignés envoyaient parfois chercher à Darwin du personnel qu'ils ne pouvaient recruter sur place parmi les populations autochtones. Mei espérait donc trouver un emploi qui la rapprocherait du domaine d'Archer Llewellyn et gagner ensuite Jimiramira par les moyens qui se présenteraient.

Même dans ses rêves les plus fous, elle n'avait pas imaginé pouvoir se rendre directement à Jimiramira. Enfant, elle avait appris la patience, appris à attendre qu'il y ait du poisson pour manger avec le riz, à attendre pendant des heures que sa mère revienne de faire des lessives et l'aide à réviser ses leçons. Plus tard, Mei avait appris à dénicher des livres afin d'apprendre plus de choses que ce qu'on lui enseignait à l'école. Pendant la Grande Guerre, alors que l'industrie perlière tournait au ralenti et que le travail devenait rare, elle avait attendu que d'autres mieux lotis leur donnent des vêtements usagés ou des appareils ménagers.

Elle était donc prête à attendre des années avant d'atteindre Jimiramira. Pourtant, une occasion se présenta presque immédiatement. Elle avait trouvé un emploi dans un magasin du quartier chinois très animé de Darwin contre le gîte et le couvert. Dans la semaine, on l'avait présentée à une jeune personne qui travaillait pour des éleveurs près de Katherine et venait passer ses vacances parmi les siens. Cette femme l'avait emmenée voir l'homme qui lui avait trouvé sa place : un banquier nommé Stuart Sayers.

C'était un petit homme avec des yeux de fouine qui examina Mei de la tête aux pieds tout en l'interrogeant. Elle lui déclara s'appeler May Chu, anglicisant l'orthographe et la prononciation de son nom afin de couper davantage les ponts avec sa vie à Broome. Pour l'état civil, elle était enregistrée sous le nom de Robeson, mais elle se garda bien de le dire.

Sayers la complimenta sur la qualité de son anglais, l'écouta en silence raconter l'histoire fictive de son enfance à Darwin, puis il lui promit de penser à elle dès qu'il y aurait une place vacante.

— Nous n'avons eu qu'une seule demande, ces derniers temps, conclut-il en se levant après l'entretien. Mais je n'enverrais pas là-bas une personne aussi jeune que vous. Vous reviendriez à la vitesse d'un boomerang.

— Votre considération me touche, mais je suis aussi résistante qu'instruite.

Sayers baissa la voix.

— Je ne dis pas que cette place est intenable, mais ça n'en est pas loin. Il n'y a pas plus isolé que Jimiramira, et la patronne n'est pas facile. Tous les couples mariés que nous avons envoyés ne sont restés que le temps d'organiser leur retour. Avec la saison des pluies qui arrive, vous ne seriez sans doute pas en mesure de revenir avant plusieurs mois. Je préfère me dispenser des ennuis que vous autres femmes vous nous causez quand les choses ne tournent pas à votre convenance.

Au nom de Jimiramira, Mei avait senti les battements de son cœur s'accélérer. Tout en ayant la certitude que ce lieu était son destin, elle ne s'attendait pas à ce que le sort la favorise à ce point.

— Je n'ai plus de famille à Darwin qui puisse vous importuner.

Voyant une lueur s'allumer dans les petits yeux de fouine du banquier, Mei poursuivit :

— Peut-être que mon destin m'attend à Jimiramira.

— Superstitions orientales que tout cela. L'homme crée son propre destin, et celui de la femme est de le suivre.

De nouveau, il l'examina, comme pour l'évaluer.

— Je pourrais vous trouver un emploi plus proche de la ville.

— Pardonnez-moi, mais j'ai le sentiment de devoir tenter ma chance là-bas. Peut-être écrirai-je moi-même au propriétaire de Jimiramira.

— Impossible.

— J'écris convenablement. Vous voulez que je vous montre ?

Les yeux de fouine s'étrécirent.

— Ma petite demoiselle, c'est moi qui vous ai indiqué cet emploi, et c'est moi qui vous enverrai là-bas si vous y tenez. Mais ne venez pas vous plaindre par la suite. Je vous aurai prévenue.

Deux semaines plus tard, elle prit le train jusqu'à la rive nord de la rivière Katherine où les rails s'arrêtaient. De là, elle partit vers le sud-ouest dans un chariot couvert tiré par des mules, car les automobiles — surprenants véhicules dont elle avait vu quelques modèles à Darwin — n'auraient pas résisté aux rigueurs du voyage.

Le trajet depuis Broome avait été pénible et, à sa grande honte, il l'avait rendue malade. A présent, tandis que le chariot cahotait et se traînait à travers l'immensité déserte, aride et poussiéreuse, elle regrettait le mouvement des vagues, le bruit de chaîne de l'ancre, la nuit, et jusqu'à l'odeur du poisson avarié. Deux chariots se suivaient, tous deux encombrés de vivres et de fournitures pour divers élevages situés le long du parcours. Le sien était conduit par un homme qui sentait plus mauvais que la cale d'un lougre perlier ; l'autre, par un jeune aborigène nommé Rex. Un couple d'Anglais âgés faisait aussi le voyage pour se rendre dans un domaine situé au-delà de Jimiramira.

Il n'y avait pas de route dans ce désert. Le chemin était tracé par les ornières qu'avaient laissées d'autres chariots, des empreintes de chevaux, et parfois de chameaux. Les pistes ainsi marquées contournaient des marais, escaladaient des dunes, traversaient des rivières asséchées, puis disparaissaient, balayées par le vent. Ils passèrent auprès d'immenses fourmilières blanches, aussi élaborées que les châteaux d'Europe. Le soir, les dingos hurlaient leurs sérénades, et les kangourous boxaient à l'horizon.

Ils allaient d'un point d'eau à un autre, campaient la nuit autour de feux de camp sur lesquels on faisait bouillir l'eau pour préparer une tisane corsée au goût amer, à base de feuilles de gommier. Bluey, le chef de convoi, préparait des galettes qu'il faisait cuire dans un petit four de métal enfoui sous la cendre. Pour agrémenter leur régime de bœuf salé, il ouvrait parfois des conserves de légumes, un pot de confiture ou, délice des délices, il sortait des fruits frais soigneusement emballés d'un cageot.

Bluey était un brave homme, malgré son évidente horreur du savon. Tout au long du parcours, il restait silencieux, mais, le soir venu, auprès du feu, il racontait à Mei sa jeunesse vagabonde à travers le Queensland.

— Dans ce temps-là, j'avais trois compagnons qui me suivaient partout : un portrait de ma mère, un livre de poèmes de Robert Burns, et le meilleur chien de bouvier de tout le Queensland. Et puis, le chien est mort, j'ai appris tous les poèmes par cœur, et le portrait a pâli jusqu'à s'effacer. Mais je sais toujours siffler l'air préféré du chien, réciter les poèmes si l'envie m'en prend, et je reverrai un jour le visage de ma mère, quand elle viendra me chercher pour m'emmener avec elle. Si bien que je n'ai plus besoin de rien que de ce chariot. Et, si jamais il disparaît, il me restera mes jambes, pas vrai ?

C'était un vieil homme endurci dont le visage était aussi dénué d'expression que lui de possessions matérielles. A l'évidence, il avait trouvé la paix. Il ne courait pas après un idéal ; il avait peu de besoins. Il allait de domaine en domaine, prenant ce qui s'offrait.

Parfois, après ces conversations, tandis que Bluey ronflait sous sa couverture, de l'autre côté du feu, Mei regrettait que sa vie ne soit pas aussi simple, que la Perle de Grand Prix ne soit pas restée au fond de l'océan et qu'en ce jour fatal, son père ne soit pas rentré au port pour épouser sa mère et voir naître ses jumeaux. Si cela avait été le cas, comme Bluey, elle n'aurait pas eu de quête en ce monde ; elle se serait contentée de ce qui se présentait, de voir son frère se faire une place au soleil. Elle aurait épousé un brave homme, et lui aurait donné des enfants qui, eux aussi, auraient vécu sans soucis.

Mais le destin en avait décidé autrement.

Les jours passaient, la chaleur la rendait fébrile. Ils essuyèrent deux violentes averses et, bien qu'elles se soient évanouies comme elles étaient venues, Bluey scrutait le ciel chaque matin comme d'autres épluchent le journal. Chaque jour, vers midi, le couple d'Anglais se plaignait. Maigre au teint pâle, la femme brunissait sous l'effet du soleil et maigrissait encore. Quant à son mari, qui était pourtant d'un naturel plutôt jovial, il ne parlait plus que pour formuler des critiques.

Ils traversèrent des domaines si vastes qu'ils étaient contraints de camper près de puits rudimentaires ou de plans d'eau croupie. Certains soirs, ils s'arrêtèrent dans des cabanes branlantes faites de tôle ondulée et d'écorce où l'hospitalité locale compensait largement le manque de confort.

Durant ce voyage, Mei ne rencontra que deux femmes blanches à la peau tannée, vieillies avant l'heure. Elles étaient avides de nouvelles, voulaient savoir ce qui se passait à Darwin et qui ils avaient rencontré en chemin. Voyant bien vite que la dame anglaise était trop épuisée par la chaleur pour leur faire la conversation, elles durent se contenter de bavarder avec Mei.

— Mon Dieu ! Vous venez de Broome ? Mais c'est le bout du monde !

Et lorsqu'elles découvrirent sa destination, toutes deux lui demandèrent si elle était bien sûre de ce qu'elle faisait.

A mesure que le temps passait, Mei elle-même s'interrogeait sur le bien-fondé de sa décision. Bluey s'efforçait d'avancer plus vite et grommelait fréquemment que les pluies approchaient. Il comptait passer la saison des pluies au domaine où se rendaient les Anglais, mais il n'avait plus l'air certain d'y arriver à temps. Enfin, ils franchirent une frontière invisible, et Bluey annonça :

— Jimiramira.

Trop épuisée pour réagir, Mei se contenta de hocher la tête.

Quatre jours entiers passèrent encore avant qu'ils aperçoivent, au loin, la fumée de la ferme.

— Ça doit flamber sévère si le patron n'est pas chez lui, marmonna Bluey.

— Ah ? Pourquoi ? demanda Mei.

— Un jour, la patronne a failli faire brûler la maison. Les feux sont interdits, sauf quand il est là, mais il n'y a pas de personnel. Rien que des Noirs, et ceux-là, ils s'en fichent pas mal que la maison brûle.

Mei savait maintenant qu'Archer et Viola Llewellyn avaient un fils nommé Bryce qui avait à peu près son âge. Elle aurait bien demandé si Viola avait mis le feu à la maison sciemment, mais elle préférait ne pas le savoir.

— Dieu me confonde, cette bonne femme est folle, dit encore Bluey sans qu'elle ait besoin de poser la moindre question. Méfie-toi et tiens-la à l'œil. Ça me dépasse que Sayers leur envoie une jeunesse comme toi, mais je vais te dire un truc : je rentre à Darwin après les pluies, seulement je ferai d'abord le détour par ici pour te ramener avec moi.

Mei espérait qu'entre-temps, elle aurait appris ce qu'elle voulait et récupéré la perle.

Ils n'arrivèrent pas le soir même, car ils avaient perdu une roue et durent s'arrêter pour réparer. Ils firent du feu. Mei prépara les galettes et fit bouillir de l'eau pendant que Bluey s'occupait de la roue. Elle tirait le four des cendres lorsqu'elle entendit un cheval approcher. Les deux Anglais qui la regardaient faire se redressèrent. Mei s'essuya les mains et se releva au moment où le cavalier apparut.

Son cœur battait plus vite. Elle pensait à son père qu'elle n'avait pas connu, et serrait le bracelet de jade qu'elle gardait à l'abri dans la poche de sa jupe. Le cavalier mit pied à terre et s'avança, tenant son cheval par la bride.

En face d'elle se trouvait le fils de celui qui avait tué son père.

— Je suis Bryce Llewellyn, dit le jeune homme.

Il la salua de la tête, ainsi que les Anglais, puis, lorsqu'il vit Bluey, son regard s'anima.

— Bonsoir, Bluey ! Tu es dans les temps, dis donc !

— Ouais, dans les temps. J'irais plus vite si vous me faisiez une route.

— Ça se passe bien, au moins, vieux ?

Mei observa le jeune homme tandis qu'il rejoignait Bluey et lui donnait une amicale bourrade. Jusque-là, elle n'avait imaginé le fils d'Archer et de Viola que comme un ennemi dans sa quête de la perle. A présent, elle évaluait cet ennemi. Il était grand, mince, bruni par le soleil et plein d'une vitalité due à cette vie au grand air qui semblait réussir aux hommes et détruire les femmes, à l'exception des plus résistantes. Sous le chapeau de palmes tressées qui ombrait son visage, elle discerna des cheveux clairs, presque blonds, et des traits agréables, pas tout à fait adultes.

— J'y suis presque, dit encore Bluey. Six ou sept jours de route, et je suis à Shadycreek.

— Si tu pousses l'attelage, dit Bryce. Et tu as intérêt à bousculer tes mules. Jack affirme que les pluies seront en avance, cette année.

— Ouais. Et il a raison.

— Je peux te donner un coup de main et emmener la fille. Cela t'évitera d'aller jusqu'à la ferme.

— Mais j'ai aussi des caisses.

— Décharge-les ici. J'enverrai quelqu'un les chercher demain matin.

— D'accord. Ça m'arrange bien, dit Bluey.

— Cela vous convient, mademoiselle ? demanda Bryce.

Puis il se retourna vers Bluey.

— Elle parle anglais, au moins ?

— Aussi bien que toi, et beaucoup mieux que moi.

Bryce sourit à Mei.

— Vous avez un nom ?

— May.

Elle aurait préféré que Bluey s'abstienne de faire ce commentaire concernant son anglais. Dans les jours à venir, elle comptait parler le moins possible dans l'espoir que les Llewellyn la traiteraient comme un objet — utile, certes, mais incapable de la moindre pensée.

Bluey s'essuya les mains sur son pantalon.

— Tu restes prendre une tisane ? Les galettes sont prêtes.

— Il vaut mieux que je rentre. Ma mère est seule à la maison.

Bluey n'insista pas.

— Prends ta part avant de partir, May.

— Vous avez tout intérêt à suivre ce conseil, mademoiselle. La cuisinière est partie en vadrouille, et on n'a pas mangé grand-chose, depuis. Vous savez cuisiner ?

— Oui.

— Monter à cheval ?

Elle hésita.

— J'apprendrai.

Il lui sourit et se tourna pour passer la bride sur l'encolure du cheval.

— L'apprentissage va commencer tout de suite, j'en ai peur.

— Peu m'importe.

— Eh bien, tant mieux.

Mei se rapprocha de lui. Elle monterait à cheval derrière cet homme enfant, lui entourerait la taille de ses bras comme s'il ne lui était pas inconnu, et se serrerait contre lui afin de ne pas tomber.

Mais ce n'était là qu'un piètre sacrifice. Mei se savait capable de tout pour rejoindre son frère. Elle cuisinerait pour ces gens, habiterait sous leur toit et leur faciliterait la vie en toute chose sauf une. Quand l'opportunité se présenterait, elle volerait la perle qu'Archer Llewellyn chérissait au point de tuer pour elle son meilleur ami.

Puis elle quitterait les Llewellyn et les laisserait s'entre-tuer.

15.

De ses premiers jours à Jimiramira, Mei gardait un souvenir de grande confusion, d'impressions multiples et contradictoires. Bryce Llewellyn était un être d'une grande pureté qui, de toute évidence, ne ressemblait guère à ses parents. Viola Llewellyn était indéniablement folle.

Quant à Archer Llewellyn, il avait réalisé son rêve le plus cher et vendu son âme.

Le lieu lui-même reflétait le désordre émotionnel de ses habitants. Immense de par sa taille, la demeure construite pour un mode de vie impossible à des lieues de toute civilisation avait quelque chose d'incongru. A l'aube de son premier matin au domaine, Mei explora toute la maison, trouva des pièces sans mobilier ou presque, des murs nus, sans enduit, dont les joints s'effritaient, des fenêtres condamnées par des plaques de métal rouillé, des planchers recouverts par la poussière blanche des fourmilières que l'eau avait lissée et durcie en une croûte plus dure que du caillou.

On ne devait pas connaître l'existence du balai dans cette maison. La poussière s'était accumulée absolument partout. Dans le salon trônait un piano de bois de rose désaccordé auquel il manquait des touches, et sur lequel étaient posées de vieilles photos pâlies dans des cadres au verre brisé. On aurait dit un autel profane à la mémoire des disparus.

La pierre et le manteau noircis de la grande cheminée témoignaient de l'incendie que Bluey avait évoqué la veille au soir. Passant un doigt sur le mur maculé de suie, Mei se demanda si Viola Llewellyn avait tenté de se tuer avec sa famille, ou si elle avait simplement oublié toute prudence.

L'étape suivante de sa visite la conduisit dans la cuisine. Elle était encombrée de légumes à la limite du pourrissement et envahie de mouches. Les rideaux de gaze suspendus aux fenêtres afin d'écarter les nuées d'insectes s'étaient mués en pièges dans lesquels ils restaient pris en masses vrombissantes. Mei se mit aussitôt au travail. Avec du petit bois, elle alluma un feu dans la cuisinière, remplit une bouilloire d'eau brunie par la rouille et la mit à chauffer. Après quoi, elle débarrassa la cuisine des ordures. Lorsque Bryce la rejoignit, elle avait dégagé et briqué suffisamment de surface utile pour pouvoir préparer le petit déjeuner.

Son « bonjour » avait quelque chose d'hésitant, comme s'il savait déjà que, pour elle, la journée n'apporterait rien de bon. Elle fit ce qu'elle put avec ce qu'elle avait sous la main : du café avec l'eau de la bouilloire, des tomates en conserve avec du pain si dur qu'il n'était pas moisi. Il mangea en silence, puis il lui apporta son assiette de fer-blanc et sa chope.

— Ma mère ne va pas tarder à se réveiller, dit-il alors. Je préfère vous prévenir.

Elle se demanda où se trouvait son père. Archer Llewellyn n'était pas venu l'accueillir à son arrivée, comme si une jeune domestique chinoise ne méritait pas le moindre égard.

— Ma mère ne va pas bien, poursuivit Bryce. Parfois, elle est très calme, elle ne dit rien et ne répond pas quand on lui parle.

Il marqua une pause, laissa tomber ses couverts dans la bassine, puis ajouta :

— Ce sont, hélas, ses meilleurs moments. Ils n'auraient jamais dû vous envoyer ici. Je ne comprends pas ce qui leur est passé par la tête.

— Et les mauvais moments ? demanda Mei.

Bryce se cala contre le rebord de la table.

— Quand elle est agitée, elle crie, elle pleure, elle essaie de s'arracher les cheveux, et on ne peut pas la laisser seule. D'ailleurs, il ne faut jamais la laisser seule dans une pièce où il y a du feu, une lampe, ou même une chandelle. Elle a déjà failli mettre le feu à la maison.

— Dans ses mauvais moments, vous préférerez, je suppose, que je m'occupe d'elle plutôt que de la maison.

— Nous devrions avoir une nouvelle cuisinière ce soir. Il y a un campement de Noirs, pas très loin d'ici. Après le thé, j'y ferai un saut à cheval. Avec un peu de chance, je ramènerai de l'aide pour la maison. Mais, même avec de l'aide, vous serez tentée de reprendre votre sac pour aller voir ailleurs. La charge est bien trop lourde.

— Quand j'aurai trop de travail, est-ce que vous m'aiderez ?

— Si je suis là. Mon père a besoin de moi aussi.

— Votre père n'est donc pas bien ?

Il éclata de rire.

— Pour ne rien vous cacher, il est un peu fêlé, lui aussi. Vous avez atterri dans un drôle d'endroit, May. Je regrette que la vie ici ne soit pas plus normale. Mais pourquoi être venue ici ? Vous êtes jeune, solide : n'importe qui vous aurait engagée.

— Je suis chinoise. Beaucoup de gens refusent d'employer des Chinois.

— Ils sont bien sots.

Venant de lui, cette remarque la surprit, mais elle ne le questionna pas. Elle se méfiait déjà de tant d'intimité. Même pour une Chinoise née en Australie, elle avait été élevée dans un contexte fort peu traditionnel. Cependant, elle s'était rarement trouvée en présence d'hommes de son âge. Fille de Saule, elle avait évité tout contact avec les équipages des vaisseaux perliers. Elle aurait pu sans trop d'efforts dénicher un amant ou un mari, mais elle avait vu de ses yeux ce qu'il en coûtait de donner son cœur. Jamais sa mère ne s'était remise de la mort de Tom Robeson, et elle avait presque semblé heureuse de quitter ce monde.

— Ces gens sont peut-être sots, mais ils existent, répliqua-t-elle. A présent, je travaille pour vous, et je ne ménagerai pas ma peine.

— Dans ce cas, vous pensez pouvoir réussir à nous préparer quelque chose à manger à l'heure du thé ? La plupart des hommes ne rentreront à la ferme qu'à la nuit tombée. Mon père sera de ceux-là. Mais un petit groupe devrait arriver plus tôt. Disons cinq personnes en tout.

L'idée de préparer un repas avant d'avoir fini de nettoyer la cuisine lui répugnait.

— Et votre mère ?

— Espérons qu'elle parviendra à se distraire seule lorsqu'elle se sera levée.

— L'un des hommes pourra-t-il me donner un coup de main pour remettre de l'ordre ici ?

— Vous, au moins, vous ne rechignez pas au travail.

Elle avait cru que tous ceux qui vivaient à Jimiramira ne lui inspireraient qu'antipathie et dédain et, si elle n'avait pas encore porté de jugement sur Bryce, son compliment lui réchauffait le cœur, ce qui la laissait fort désemparée.

Il se détourna en déclarant :

— Bon. Je vais envoyer Henry voir ce qu'il peut faire ici. Il est dur d'oreille. Vous devrez crier pour qu'il vous entende. Et ne vous inquiétez pas pour maman : elle ne mange pas avant midi.

Sur ces mots, il sortit en prenant soin de refermer la porte derrière lui, mais une nouvelle nuée de mouches était déjà entrée. Mei se remit à la tâche sans déjeuner. Le peu d'appétit qu'elle avait au réveil s'était évanoui.

Henry arborait une barbe qui cachait sa bouche édentée et son habitude détestable de cracher dans les coins. Il rouspétait constamment, mais cela ne l'empêcha pas d'aller jeter les ordures, de rapporter du bois, puis de frotter la table et le plancher avec de l'eau savonneuse. Sa dernière contribution fut de passer le balai sur les rideaux pour en ôter les mouches. A son départ, la cuisine était presque remise en état.

Tout en regrettant que les caisses de vivres destinées à Jimiramira soient restées sur la route, Mei explora les réserves du garde-manger installé à l'ombre du porche. C'était une sorte de coffre en métal galvanisé. Le fond en était solide, les côtés faits de fin grillage et le haut creux, rempli d'eau dans laquelle trempaient des sacs de jute suspendus tout autour. L'eau imprégnait le tissu et permettait de tenir les aliments au frais.

Mei mit du bœuf à dessaler, le coupa en morceaux pour le faire bouillir avec des oignons et du riz, puis prépara des galettes et les enfourna.

Au retour de Bryce, le repas était prêt.

— Je vais servir les hommes et manger avec eux. Vous voulez bien porter une part à ma mère ?

Elle n'avait pas encore rencontré Viola Llewellyn. Elle n'avait pas eu une minute. Pas même pour réfléchir à ses objectifs. A présent, elle se souvenait que, pour elle, un travail bien fait à Jimiramira ne consistait pas à briquer la cuisine ni à préparer de bons petits plats, mais à dérober une perle parfaite.

— Votre mère se sent bien, aujourd'hui ? demanda-t-elle en remplissant une soupière de ragoût.

Pour accompagner la viande, elle choisit ensuite une belle galette encore fumante qu'elle enveloppa dans un linge.

— Elle est d'humeur docile.

Le ton n'avait pas changé, mais son regard était empreint de tristesse.

— Vous découvrirez qu'elle a des moments de lucidité, et d'autres où elle est ailleurs.

Il eut un bref haussement d'épaules, puis conclut :

— Comme aujourd'hui. Elle se croit encore à Broome.

— A Broome ? répéta Mei comme si elle ne connaissait pas l'endroit.

— Une ville de l'Ouest. Une ville perlière comme Darwin, à la différence qu'on ne s'y occupe que de perles. Du moins, de l'avis de mon père.

— Cela semble si loin !

— La vie y était plus facile pour une femme.

« Pas pour toutes », songea Mei en pensant à sa mère, à ses souffrances. Mais, bien entendu, elle garda cette réflexion pour elle.

Pendant le trajet jusqu'à la maison, elle s'interrogeait sur ce qui l'attendait. Elle était à la fois inquiète et curieuse de rencontrer Viola Llewellyn. Rose Garth lui avait raconté comment Viola avait quitté Broome au bras d'Archer, en dépit des avertissements de son père. Quand Mei était petite, on parlait beaucoup de Viola, de son mépris pour autrui, de son entêtement et de ses caprices. Elle avait grandi au milieu de ces commérages en se disant que le couple était bien assorti, en espérant que leurs deux égoïsmes les détruiraient à petit feu. Aujourd'hui, elle découvrait à travers les paroles de Bryce que c'était chose faite en ce qui concernait Viola.

Une fois dans la maison, elle dressa la table, servit une part de ragoût dans une assiette ébréchée, puis elle partit en quête de la maîtresse des lieux. Au bout du plus long des couloirs, elle la trouva dans sa chambre, assise sur un tabouret, en train de regarder fixement son reflet dans un miroir à main.

Mei prit le temps d'observer cette femme qui possédait — en partie, au moins — ce qui, de droit, aurait dû revenir à Saule. Viola Llewellyn avait les mêmes cheveux blonds que son fils. Mais la ressemblance s'arrêtait là. Bryce était grand ; il se tenait droit ; son regard était vif, sa peau lisse, et tout, en lui, exprimait la vitalité de la jeunesse. Sa mère avait les épaules tombantes, le dos voûté et le teint d'une vieille femme. Ses yeux rivés sur son image étaient rouges et cernés.

La pièce contenait un grand lit de métal, des étagères pour les vêtements, et des crochets aux murs pour le surplus. Sur la table grossière devant laquelle Viola était assise, il y avait un nécessaire de toilette en argent terni et des vases de cristal, seul ornement de la chambre. Les domestiques des Somerset, à Broome, étaient probablement installés plus décemment qu'elle.

Enfin, Mei se décida à parler.

— Madame, votre repas est servi.

Viola ne réagit pas au son de cette voix inconnue.

Mei entra dans la pièce et s'approcha d'elle.

— Il faut finir de vous préparer.

— Toujours en train de me déranger, c'est insupportable. Ne m'adressez la parole que si je vous le demande.

Mei ignora la remarque destinée à une autre, à quelqu'un qui appartenait probablement au passé.

— Permettez-moi de vous brosser les cheveux.

Viola détacha alors son regard du miroir.

— Allons-y, puisqu'il le faut.

La voix de Viola tremblait comme celle d'une très vieille femme, comme si toute trace de jeunesse l'avait désertée. Mei éprouva pour elle un pincement de pitié qu'elle refoula aussitôt. Personne n'avait obligé Viola à épouser un assassin, à venir vivre dans cette prison perdue en plein désert.

Elle prit la brosse sur la table, ôta les quelques épingles qui retenaient les cheveux de Viola — des cheveux ternes, maigres, sans vie, qui lui tombaient sur les épaules. Et Mei se rappela avoir brossé l'épaisse chevelure soyeuse de sa mère, restée tonique malgré la maladie.

Viola ferma les yeux, comme pour goûter le plaisir d'être dorlotée.

— Quelle robe vais-je porter, Susan ?

Mei se demanda alors si, à Broome, la dénommée Susan apprécierait de savoir que Viola la croyait toujours à son service.

— Madame, vous êtes déjà en tenue pour déjeuner.

— La bleue ? Ou la dorée ? Mon père déteste que je porte la robe dorée. Je crois que je vais la mettre.

Devant tant de confusion, Mei improvisa :

— Vous l'avez déjà mise, madame.

Viola baissa les yeux sur sa robe marron qui avait besoin d'être lavée et reprisée.

— Effectivement.

Mei arrangea ses cheveux en un chignon qu'elle orna d'un peigne de nacre trouvé sur la table.

— Voilà qui est mieux.

Viola releva le menton.

— Vous vous y entendez pour la coiffure. Pas pour le reste, hélas.

« Pauvre Susan ! » songea Mei.

— Et maintenant, les souliers.

— Allons, ne traînez pas !

Mei trouva des chaussures près du lit — des bottines de cuir fatigué qui s'agrafaient sur le côté. Pas spécialement pratique, mais elle finit par en venir à bout. Lorsque Viola fut prête, Mei l'aida à se lever et, bras dessus, bras dessous, elles longèrent le couloir pour se rendre dans la salle à manger.

Un regard à la table, et Mei ferma les yeux, horrifiée. L'assiette remplie de ragoût était couverte de mouches. La portion de pain tiède en était noire, elle aussi.

Viola considéra la table avec intérêt.

— De l'agneau rôti ! Mon plat préféré.

Elle s'assit, jeta un regard alentour comme s'il s'était agi d'un dîner mondain. Les mouches se soulevèrent en une nuée immonde et allèrent s'installer au plafond. Viola prit sa fourchette et se mit à manger.

Dans l'après-midi, tandis que Viola somnolait, Mei s'attela à la tâche ingrate de nettoyer et ranger la maison. Une heure plus tard, Bryce apparut, accompagné de deux jeunes femmes aborigènes, Emma et Sally.

— Emma s'occupera de la lessive, et Sally affirme qu'elle cuisine comme un chef. Elle est déjà venue nous aider ici. Si vous êtes d'accord, je suis prêt à lui donner sa chance aux fourneaux.

Mei comprit soudain qu'elle avait la responsabilité de toute la maison. Le rôle de superviser les travaux domestiques incombait théoriquement à la maîtresse de maison, mais, à l'évidence, Viola en était bien incapable.

Elle remercia les deux jeunes femmes qui lui souriaient timidement.

Ensemble, elles refirent tous les lits. Mei porta avec Emma l'énorme pile de draps troués ou déchirés jusqu'au bras mort qui semblait servir de lavoir. Ensuite, elle rejoignit Sally dans la cuisine. Par signes et avec des mots d'anglais simples, elles parvinrent à communiquer suffisamment pour planifier la préparation du dîner.

Lorsque Mei ressortit, Bryce jouait distraitement avec un morceau d'écorce, calé contre un gommier, près de la porte.

— Mon père rentrera avec Larry, le cuisinier du camp, lui dit-il. J'espère que Sally se débrouillera pour ce soir. Ensuite, ils travailleront ensemble tant que les hommes seront à la ferme.

Elle songea que Bryce avait bien du charme, une grâce féline et l'attrait de la jeunesse. Pourtant, contrairement à ces hommes qui ne pensent qu'à se faire valoir, il ne cherchait jamais à attirer l'attention sur lui. Non par timidité car il était à l'aise, mais il semblait ignorer sa propre séduction.

— Elle travaille bien, et Emma aussi.

— Je vous conseille de les tenir à l'écart de la maison dans la mesure du possible. Maman n'aime pas beaucoup les Noirs. Elle s'est déjà jetée sur l'un de nos bouviers avec un couteau.

Il s'interrompit, comme pour réfléchir à ce que ses paroles avaient d'effrayant, puis ajouta :

— En général, nous ne la laissons pas approcher des couteaux mais il arrive qu'elle échappe à notre surveillance. Je suppose qu'elle a trouvé celui-là dans la cour. Elle rôde parfois dehors la nuit. Je m'efforce de la tenir à l'œil, seulement, je ne suis pas disponible en permanence. Et puis, elle est maligne. Elle fait semblant de dormir…

— Je vois. Elle a toujours été ainsi ?

— Toujours, je ne sais pas.

Par prudence, Mei préféra ne pas l'interroger davantage, mais, pour atteindre son but et reprendre la perle, il lui fallait comprendre les Llewellyn. Elle inventa donc une fable pour le pousser à parler.

— Il y avait un homme, à Darwin, un Chinois très intelligent. Tout le monde allait le voir pour lui demander conseil. Et puis, un jour, sa femme sort dans la rue, et elle est tuée par un attelage sous ses yeux. Après cela, il est devenu comme votre mère : il parlait à son épouse comme si elle avait été là, en chair et en os. Comme si elle avait été aussi réelle que vous et moi.

— Continuez, lui dit Bryce, fasciné.

— C'est le choc d'avoir vu une chose terrible qui l'a mis dans cet état, vous comprenez ? Alors, je me demandais si votre mère n'avait pas, elle aussi, subi un grand choc.

Il réfléchit un moment en silence avant de répondre :

— Elle menait une vie très différente à Broome.

— Vous y êtes déjà allé, dans cette ville de Broome ?

— Non. J'ai toujours vécu ici.

Avec des horizons aussi limités, comment pouvait-il savoir ce qui avait fait basculer sa mère dans la folie ? Il n'avait personne à qui la comparer et ne se rendait peut-être même pas compte à quel point la conduite de Viola était bizarre.

Elle décida donc de l'éclairer.

— La vie est très dure pour une femme, ici.

— A Jimiramira ? Je suppose, oui.

— Et où irait-elle chercher quelque consolation ?

Comme il se taisait, elle reprit :

— Pas de jolies choses, rien. Et si elle fermait les yeux pour ne pas voir ?

— Il y a les années de sécheresse, et les inondations. On ne peut pas clôturer un territoire aussi vaste, alors, les voleurs et les Noirs errants prennent les bêtes qui s'égarent aux frontières du domaine. La malaria nous cause bien des soucis, et le crocodile emporte parfois un homme.

Il eut un sourire ironique et conclut :

— Et ça, ce sont les bons moments, les jolies choses. Je présume que ma mère ne les voit pas.

Mei apprécia son sens de l'humour. Dans un endroit pareil, il avait du mérite de s'y être accroché !

— Peut-être y a-t-il une chose qu'elle aime regarder, entendre, sentir ou goûter en se disant : « Voilà qui est bon. Finalement, la vie n'est pas si mauvaise. »

Les yeux de Bryce se firent chaleureux.

— Je suis content que vous vous inquiétiez autant d'elle, et cela aussi vite. Jusqu'ici, il n'y avait que moi.

Cette remarque en disait long sur son père. Il ne s'en était sans doute pas aperçu.

— Il faut que je rentre voir si elle dort encore.

— Ce soir, à la fraîche, je vous emmènerai faire un tour pour vous montrer le reste de la ferme.

Tandis que la journée avançait, qu'elle nettoyait les meubles et le sol avec de la toile de jute humide pour les débarrasser de leur poussière, elle pensait à cette hypothétique visite. Elle comptait bien explorer chaque centimètre de la ferme, ainsi que les terres avoisinantes, mais, pour l'instant, elle n'avait guère dépassé le seuil de la cuisine — sauf pour accompagner Emma jusqu'au bras mort. La jeune aborigène avait étendu la literie fraîchement lavée au soleil, puis elle était repartie avec les vêtements et sous-vêtements de Viola ainsi que les chemises de Bryce.

Lorsqu'elle eut terminé le ménage de la salle à manger et du salon, Mei était en nage. Elle s'attaqua ensuite aux chambres. La sienne, qui était minuscule et mal ventilée, se trouvait à l'écart, sur le côté de la maison, comme si on avait prévu d'en faire un débarras. Elle la laissa de côté pour s'occuper d'abord de celles de la famille. Comme Viola dormait toujours, elle se rendit dans la chambre de Bryce. Contrairement au reste de la maison, la pièce était propre et parfaitement en ordre. Devant cette oasis qui ne lui donnerait pas de travail supplémentaire, Mei poussa un soupir de soulagement. L'air était imprégné d'une odeur masculine de cuir, de tabac et de sueur. L'odeur de Bryce, déjà familière et étrangement réconfortante.

Elle sortit, referma la porte derrière elle, puis se retourna et faillit se heurter à un homme d'âge mûr au regard bleu et dur.

— Je présume que vous êtes ce que Stuart Sayers a trouvé de mieux ? Quel abruti, ce type !

Mei devina qui était ce personnage sans avoir besoin qu'on le lui présente et, dans un moment de folie, elle se demanda comment le père de Bryce réagirait si elle lui dévoilait son nom.

— Désolée. J'étais la seule à accepter ce travail, déclara-t-elle posément. Je m'efforcerai de vous satisfaire.

— Une Chinetoque ! Merde, alors ! Comme si on n'avait pas assez des Nègres !

Mei garda les yeux baissés, tout en se demandant comment son père avait pu être l'ami d'Archer Llewellyn.

— May a déjà accompli des prodiges, papa.

En relevant les yeux, elle aperçut Bryce qui s'avançait vers eux dans le couloir. Il ne souriait pas, marchait avec une raideur prudente, comme un homme approchant un cheval rétif.

— Elle en a fait davantage en une seule journée que le dernier couple de domestiques en plusieurs semaines.

Ignorant la remarque, Archer s'adressa à Mei d'un ton brutal :

— Qu'avez-vous fait ? Je veux tout savoir. Et ne me racontez pas de salades.

Mei lui détailla par le menu les tâches qu'elle avait menées à bien.

— Où est ta mère ? aboya Archer sans même se retourner pour regarder son fils.

Mei répondit à sa place :

— Mme Llewellyn dort. C'est moi qui me suis occupée d'elle, aujourd'hui.

Archer demeura silencieux. Mei n'éprouvait aucune peur devant lui. Même s'il la renvoyait, il faudrait du temps pour organiser son voyage de retour.

Enfin, il se détourna pour s'intéresser à son fils.

— Ne t'approche pas de cette femme, c'est compris ? J'ai déjà vu un homme tomber entre les griffes d'une de ses semblables et ruiner sa vie. Pas question que ça t'arrive. J'espère que c'est clair !

Sur ces mots, il s'éloigna, faisant claquer les talons de ses bottes sur le plancher recouvert de poussière durcie.

Bryce était rouge de confusion. Ses yeux cherchaient ceux de Mei pour demander pardon, mais il eut la décence de ne pas s'excuser, ce qui aurait été humiliant pour eux deux.

Quand elle se détourna, elle jubilait en secret. Elle ne savait que trop bien à quel homme se référait Archer. Il était étrange, cependant, qu'elle lui ait rappelé sa mère, Saule, à qui elle ressemblait si peu, Saule dont la beauté était extraordinaire. Il ne pouvait pas deviner quelle était son identité véritable, mais peut-être qu'un reste de conscience lui disait qu'elle était venue pour le tourmenter et lui rendre la vie impossible.

En une journée, elle avait fait du bon travail. A présent, elle ne doutait plus que c'était le destin qui l'avait conduite à Jimiramira.

16.

Le projet de promenade autour de la ferme ne se concrétisa pas, ce soir-là. Ni aucun autre soir de la semaine. Archer envoya Bryce porter le courrier et les vivres dans l'un des campements de bouviers. Lui-même était resté sur place pour surveiller Viola et Mei.

La jeune femme espérait profiter de l'occasion pour observer de près l'assassin de son père mais, comme il paraissait détester son épouse, elle le voyait à peine. Elle continua donc à remettre de l'ordre dans la maison, aidée par Emma et sa sœur, Millie, qui avait entrepris de ranger les dépendances.

Mei et Millie découvrirent un poulailler qui comptait plus de coqs que de poules. Stoïques, elles tordirent le cou des mâles en surnombre pour réserver le grain à la nichée bienvenue que s'efforçait de couver une valeureuse pondeuse. A la surprise de Mei, Henry vint chaque matin lui demander quelles étaient ses directives, de sorte que le fumoir fut bientôt en état.

Larry se révéla être un chef de cuisine exigeant. Il faisait, cependant, bon ménage avec Sally, et la qualité des repas s'améliora au fil des semaines. L'abondance soudaine de poulets à bouillir et les denrées arrivées de Darwin y contribuèrent pour beaucoup.

Mei passait une bonne partie du temps à s'occuper de Viola. Après quelques difficultés, elles établirent un rituel qui comprenait un bain et un changement de vêtements quotidiens. Mei parvint même à convaincre sa maîtresse qu'une promenade matinale lui serait bénéfique. Quand éclata le premier orage violent de la saison des pluies, Viola resta à observer les éléments déchaînés depuis la véranda. Ses yeux brillaient d'un éclat inhabituel, comme si le tonnerre et les éclairs avaient déchiré le voile de son monde imaginaire.

— J'ai horreur des pluies. Je déteste cette saison.

Le ton était venimeux, et Mei s'en étonna.

— Les orages vous effraient ? demanda-t-elle à Viola avec sollicitude.

— Le tonnerre est la voix de Dieu.

« Comme il est étrange, songea Mei, que Dieu ait une place dans l'univers des Llewellyn ! »

— Naturellement, poursuivit Viola, il est furieux. Comme si je n'avais pas payé assez cher !

— Pourquoi serait-il furieux ?

— J'aurais dû épouser ce pauvre Freddy Colson, et maintenant, il me crie dessus.

— Qui ça ? Dieu ?

— Mais non, petite sotte ! Mon père.

Le tonnerre. Le courroux divin et la colère du père. Il y avait de la méthode dans la folie de Viola.

— Madame, le tonnerre n'est peut-être qu'un simple phénomène naturel sans rapport avec vous.

Viola la foudroya du regard.

— Tout est lié à moi.

La pluie continua de tomber toute la nuit, au point que Mei se demandait si Bryce pourrait rentrer. L'eau montait dans le bras mort à une allure vertigineuse. La jeune femme apprit par Henry que la lointaine rivière Victoria était en crue et débordait, gonflant ses affluents et isolant le bétail resté sur les basses terres. Comme le sol était trop sec pour absorber toute cette eau, il la rejetait dans des bassins qui débordaient à leur tour, créant par ruissellement de nouvelles rivières.

Le lendemain matin avant l'aube, Archer trouva Mei dans la cuisine où elle déjeunait en compagnie de Larry et de Sally.

— Vous, ici ! ordonna-t-il en gagnant l'étroite véranda qui donnait sur la maison.

Mei se leva de table et le rejoignit en brossant de la main les miettes sur sa jupe noire.

Il portait un ciré ouvert sur une chemise bleue, et un pantalon déchiré. Ses sourcils froncés barraient d'un pli mauvais son visage hagard. Ses yeux ressemblaient à deux fentes taillées dans du cuir et, même au repos, sa bouche était tordue en un rictus cynique.

Il n'y alla pas par quatre chemins.

— On peut vous faire confiance pour veiller sur ma femme ?

Elle s'abstint de lui faire remarquer que, depuis son retour, elle n'avait fait que cela. Mais Archer ne s'en était peut-être pas aperçu. Il ne couchait pas à la maison : il dormait et prenait ses repas dans les quartiers des hommes.

— Oui, dit-elle simplement.

— Elle n'est pas bien dans sa tête, déclara-t-il.

Mei se demanda s'il ne la prenait pas pour plus sotte qu'elle n'était. Sans attendre de commentaire, il poursuivit :

— Je n'aime pas beaucoup vous laisser seule ici, mais je n'ai pas le choix. Avec ce qui se passe, j'ai trop à faire. Je pars à cheval dans la matinée.

— Je m'occuperai de tout.

Archer eut un petit sourire méprisant.

— C'est pour ça qu'on vous paie, non ?

Il marqua une pause, et reprit :

— Vous parlez bien l'anglais. Où l'avez-vous appris ?

— Je suis née à Darwin. J'ai toujours parlé anglais.

— Et vos parents sont chinois ?

Sans savoir s'il prendrait le temps de l'examiner de près, elle s'était attendue à des questions de ce genre, si bien qu'elle lui donna sans hésiter la réponse qu'elle avait inventée.

— Oui, mais l'une de mes grand-mères était une missionnaire anglaise.

— Eh bien, je ne veux pas de ça ici. Si l'envie vous prend de vous marier, trouvez-vous un Chinois à Darwin.

Mei cherchait chez cet homme une trace de bonté, quelque trait rédempteur capable de justifier l'amitié qui avait existé entre lui et son père.

— Je sais que vous vous inquiétez pour votre femme. C'est pour cela que vous êtes dur avec moi.

Il la toisa de toute sa hauteur.

— La vérité, ma fille, c'est que j'ai peur que ma femme fasse brûler la maison et déclenche un feu de brousse. Je me fiche éperdument de ce qui peut lui arriver. Et je ne réponds pas de vous si, par malheur, il vous prend fantaisie de faire les yeux doux à mon fils ou à l'un de mes hommes. Ou encore de me voler.

Elle le regarda en face, sans ciller.

— Vous avez des ordres pour moi ?

— Je viens de vous les donner.

Sur ces mots, il resserra les pans de son ciré, tira son vieux chapeau sur ses yeux et sortit sous la pluie.

Mei, qui avait déjà jeté un coup d'œil aux cachettes les plus évidentes, résolut, ce matin-là, de se mettre sérieusement en quête de la perle. Personne n'en avait parlé, pas même Viola qui, malgré sa folie, laissait échapper des bribes de renseignements à chaque conversation. La Perle de Grand Prix existait-elle encore ? Rien ne le prouvait. A ceci près qu'Archer s'inquiétait à l'idée d'un incendie. Et non pas pour la vie de sa femme dont il n'avait cure. Avait-il peur de perdre le joyau fabuleux qui devait être enfoui quelque part dans une pièce délabrée ?

L'état de la maison ne facilitait en rien les recherches. Il y avait des myriades de cachettes à la jointure des planches et des tôles, dans les fissures du plâtre et les creux des poutres attaquées par les fourmis charpentières.

Mei commença par la chambre de Viola, tandis que cette dernière déjeunait seule. Elle fouilla méticuleusement chaque recoin, chaque crevasse. Dans l'après-midi, elle poursuivit sa quête tandis que Viola contemplait un nouvel orage, à l'abri de la véranda. Elle défit le lit et examina le matelas de kapok et le sommier à ressorts, mais elle ne trouva aucune trace de la perle dans les déchirures du tissu.

En fin d'après-midi, quand la tourmente s'apaisa enfin, la jeune femme avait exploré la pièce de fond en comble, et elle s'en fut rejoindre Viola en réfléchissant au moyen d'aborder avec elle le sujet de la perle sans se trahir.

— Il pleuvait quand nous sommes arrivés ici, déclara la maîtresse des lieux, à brûle-pourpoint.

Sa voix était monocorde, comme celle d'une écolière récitant une leçon.

— Vraiment ?

— Oui. Des torrents de pluie. La rivière débordait de son lit et venait presque jusqu'ici. Une semaine plus tard, nous serions morts noyés. J'aurais préféré ça.

Craignant de troubler Viola dans l'évocation de ses souvenirs, Mei garda le silence.

— Il n'y avait pas de maison. Juste une hutte d'écorce et un abri de tôle pour les outils. Je savais que nous manquerions de confort, les premiers temps, mais je croyais qu'il y aurait au moins une maison, voyez-vous. Je n'avais pas pensé aux insectes, aux Noirs, au fait que nous serions à des lieues de toute civilisation. Et, naturellement, je ne pouvais plus revenir en arrière.

— Comment cela ?

— Je ne possédais plus que cette terre. J'avais vendu mes bijoux pour acheter des vivres et du matériel.

Mei retint son souffle. Plus de bijoux. Viola avait-elle vendu la perle pour acheter des conserves, des couvertures et des munitions ?

— Enfin, il me restait une dernière chose. Mais je ne pouvais pas vendre un objet aussi précieux.

Mei attendait la suite sans oser bouger. Mais Viola s'était tue. Il fallait, à présent, ruser pour qu'elle poursuive.

— Il est des choses si précieuses que nous les gardons tout près de notre cœur.

Viola redressa le menton.

— Qu'est-ce que vous en savez, pauvre sotte ? Vous n'avez jamais rien possédé d'aussi précieux que ma perle.

— Bien sûr que non, madame, répondit Mei d'une voix soumise.

— Quant à la garder près de mon cœur…

Viola éclata d'un rire hystérique en se balançant d'avant en arrière.

— C'est là que mon mari aurait cherché d'abord !

Son rire s'accentua, se fit plus aigu, couvrant presque le bruit de la pluie. Les espoirs de Mei s'effondraient. Elle devait à tout prix remettre Viola sur la voie, l'empêcher de sombrer dans une crise de démence…

— Bien sûr, madame. Bien sûr. Vous êtes trop fine pour cela. Vous auriez trouvé une meilleure cachette.

Viola se balançait toujours, sans cesser de rire.

— J'en ai… choisi… plusieurs… trouvé tant… et tant !

— Je vous admire si vous vous souvenez de la dernière cachette. J'avoue que je m'y perdrais.

En proie au fou rire, Viola ne releva pas, continua de hoqueter tout en se balançant jusqu'à ce que ses hoquets se transforment en sanglots. Mei hésita. Devait-elle s'efforcer de calmer sa maîtresse, ou insister pour lui arracher la vérité ? Finalement, elle lui prit doucement la main et l'entraîna à l'intérieur. Là, sur le lit que Mei avait retourné pour le fouiller, Viola continua de pleurer jusqu'à s'endormir.

Deux jours passèrent en vaines recherches sans nouvelle révélation de la part de Viola. Bryce et Archer rentrèrent alors à la ferme, accompagnés d'un groupe d'hommes crottés jusqu'aux oreilles, à croire qu'ils avaient dormi dans la boue. Aidés de leurs chiens, ils parquèrent le troupeau dans l'enclos le plus proche des bâtiments, puis se rendirent dans leurs quartiers pour se laver et se changer avant le thé. Comme personne ne les attendait, Mei laissa Viola qui dormait dans sa chambre, et se rendit dans la cuisine pour prêter main-forte à Larry et Sally en vue de rééditer le miracle biblique de la multiplication des pains et des poissons.

Elle était occupée à couper le pain cuit du matin tandis que, tout en jurant comme un charretier, Larry s'affairait aux fourneaux lorsque Bryce entra, faisant claquer ses éperons sur le sol. Il ôta son chapeau pour la saluer, un geste de gentilhomme qui avait quelque chose de touchant dans ce contexte.

— Comment allez-vous, May ?

En le voyant, elle sentit son cœur battre plus vite. Bryce avait les cheveux humides, les joues rasées de frais ; il irradiait la santé et la bonne humeur, et il arborait un sourire si plein de chaleur qu'elle ne put s'empêcher de sourire en retour.

— Très bien, et vous ?

— Je n'ai pas à me plaindre. Encore que le temps ne soit pas très clément.

Sans s'attacher à ses paroles, elle buvait sa présence, s'imprégnait de sa voix grave et mélodieuse, notait la teinte plus brune de ses cheveux mouillés, les gouttelettes qui perlaient à ses cils. Il portait une chemise à carreaux propre, râpée aux coudes et au col, tendue sur sa poitrine large, un pantalon usé qui lui moulait les cuisses et les mollets, en soulignant le galbe. Elle aimait cette façon qu'il avait de se tenir, porté vers l'avant comme pour mieux embrasser la vie.

En bref, il lui plaisait. Elle aimait tout de cet homme — le fils de celui qui avait tué son père. Gênée, elle se détourna.

— Nous ne vous attendions pas. Le repas sera frugal.

— Je suis désolé, May. Il était impossible d'envoyer un homme pour vous prévenir. Nous avions besoin de tous les bras.

Elle continuait de couper le pain sans relever les yeux, consciente que Bryce l'observait toujours.

— Comment se porte ma mère ?

— Nous faisons une grande promenade tous les matins. Elle a bon appétit.

De pauvres nouvelles, hélas, et elle le regrettait, car si Viola était une triste créature au caractère exaspérant, son fils ne l'en aimait pas moins.

— Elle dort encore. Je suis passé la voir avant de venir ici.

— Oui. Emma termine le repassage, et elle m'a promis de m'avertir si votre mère se réveillait.

— On a eu tort de vous laisser seule avec un tel fardeau sur les épaules.

Comprenant que la critique visait son père, elle se demanda quels étaient les sentiments de Bryce envers Archer.

— Nous nous arrangeons plutôt bien avec votre mère, mais les pluies la rendent neurasthénique.

— Vous êtes un don du ciel, May. Je me demande comment nous faisions, sans vous.

Sur ces mots, il sortit. En le voyant partir, elle éprouva un pincement de regret. Mais que penserait-il s'il connaissait le but réel de sa présence chez eux ?

Lorsqu'elle eut achevé de préparer le repas avec Larry et Sally, elle emporta un plateau dans la maison. Entre-temps, Bryce avait réveillé sa mère, et Archer qui, d'ordinaire, dînait avec les hommes attendait dans la salle à manger.

Elle les servit tous en silence, prenant soin d'éviter le regard de Bryce en présence du maître de maison. Ensuite, elle remporta les plats dans la cuisine pour les laver.

A son retour, elle trouva Viola sous la véranda en compagnie de son fils. Archer s'était éclipsé.

— Je peux rester avec elle, proposa Mei.

Viola regardait fixement les nuages qui se formaient dans le ciel. L'air était lourd, l'orage menaçait, et Mei sentait la sueur perler à son front, ruisseler le long de son dos.

— Nous n'avons jamais fait cette promenade ensemble, dit alors Bryce.

A n'en pas douter, Archer l'avait mis en garde, lui aussi. Inutile de lui rappeler que son père ne voulait pas les voir ensemble.

— J'ai vu tout ce qu'il y avait à voir de la ferme, dit-elle. Je n'ai plus besoin de visiter.

— Je suis sûr qu'il y a des choses qui vous ont échappé.

Viola ferma les yeux, se mit à chantonner.

— Parlez-moi de Darwin, reprit Bryce. Décrivez-moi la ville, que je la voie.

Elle sentit dans cette requête un désir d'horizons nouveaux. Bryce ne restait-il à Jimiramira que pour sa mère ? Etait-il attaché au lieu de sa naissance ? Elle lui raconta ce dont elle se souvenait, lui décrivit la ville telle qu'on la lui avait décrite.

— Et votre famille, May ?

Elle eut un soupir calculé.

— Mon père est mort pendant la guerre. J'étais encore jeune quand maman a disparu à son tour. Les anciens sont tous rentrés en Chine, mais je tenais à rester ici.

— Nous sommes semblables, vous et moi. Nous nous accrochons quand il serait plus facile de prendre le large pour aller voir ailleurs.

Il croyait qu'elle restait pour conserver la nationalité australienne, et cela se comprenait. Mais lui, pourquoi s'accrochait-il à Jimiramira et à sa misérable famille ?

— Nous ferons la promenade promise ce soir. Cela ne plaira pas à mon père, mais ne vous inquiétez de rien. Je vous appellerai quand le moment sera propice.

Il quitta la véranda, et se dirigea vers le bras mort. Viola cessa de chantonner, se mit à parler à voix basse, comme pour partager un secret :

— Un jour, j'ai caché la perle dans la chambre de Bryce. Je l'ai mise dans une tasse d'étain, avec des cailloux qu'il avait rapportés d'une promenade à la rivière. Nous allions souvent en promenade à la rivière, lui et moi. A cheval. Quand il était jeune. Mais plus maintenant.

Elle secoua la tête avec emphase, puis ajouta :

— Maintenant, il y a des gens qui attendent le long de la rive pour me pousser dans l'eau. Mais ce n'est pas bien, n'est-ce pas ? Il faut que je brûle, jusqu'à n'être plus que cendres.

Mei frissonna en entendant ces paroles de mauvais augure par lesquelles Viola semblait appeler la mort.

— Bryce a trouvé la perle dans sa tasse ? demanda-t-elle.

— Oh, elle n'y est pas restée longtemps.

Viola se remit à chantonner.

— Votre époux l'a trouvée ?

Elle s'arrêta de chanter, regarda Mei dans les yeux.

— La perle m'appartient.

Mei acquiesça de la tête en retenant son souffle.

— Et, quand je brûlerai, elle brûlera avec moi.

Viola garda les yeux rivés sur Mei pendant un long moment, puis, comme satisfaite, elle se détourna, puis se remit à fredonner.

Après le repas du soir, Bryce avait effectivement invité Mei pour une promenade. Le ciel était dégagé, mais les récents orages avaient laissé l'air lourd d'humidité, grouillant d'insectes qui se multipliaient avec la pluie. L'atmosphère tendue de la maison devenait insoutenable sous l'effet de la chaleur, et le lent déclin du soleil n'apportait que peu de répit. Archer s'était mis à boire. Affalé dans un fauteuil du salon, il gardait les yeux fixés sur le piano et sa rangée de portraits époussetés de frais.

En apercevant Mei, il l'appela.

— Vous voyez ce piano ?

— Oui, patron.

— On l'a traîné ici depuis Katherine dans une charrette.

— Vous avez fait ça ?

— Pas moi, imbécile : j'ai des occupations autrement importantes.

Comprenant qu'elle aurait tort, quoi qu'elle dise, elle se contenta de répondre :

— Oui, patron.

— Je l'ai fait apporter ici pour le plaisir de Mme Llewellyn, et croyez-vous que cela lui ait plu ?

— Je l'ignore.

— Voyons, l'avez-vous déjà vue satisfaite depuis que vous êtes ici ?

— Je ne suis pas apte à juger de ce qui satisfait ou non Mme Llewellyn.

— Vous avez une idée de ce que cela représente de traîner un piano à travers la brousse ?

— Non, patron.

Il agita la tête, comme s'il avait tiré lui-même le piano sur des miles et des miles.

— En guise de remerciement, elle n'a rien trouvé de mieux à dire que : « Je n'en veux pas. » Vous imaginez ça ?

Cette fois, Mei garda le silence.

Archer balançait sa bouteille de rhum comme un pendule. Sans doute provenait-elle des caisses livrées par Bluey. La voyant à moitié vide, Mei se demanda si un homme pouvait mourir d'avoir bu trop d'alcool d'un seul coup. L'idée n'aurait pas été pour lui déplaire.

Il cessa de balancer la bouteille, le temps d'avaler plusieurs gorgées au goulot.

— Vous jouez du piano ?

— Non, patron.

Elle aurait pu en jouer. S'il n'avait pas tué son père. Sa vie aurait alors été tout autre.

— Vous chantez ?

— Non.

— Vous dansez ?

— Non, patron. Puis-je me retirer ?

Archer sembla réfléchir à ce qu'il pourrait faire d'elle. Pourtant, elle n'avait pas peur. L'espace d'un instant, elle espéra même qu'il tenterait de la saisir, de la malmener. Il était beaucoup plus fort qu'elle, beaucoup plus grand, mais il était ivre, et elle parviendrait peut-être à le blesser en lui cassant la bouteille sur la tête. Cette pensée lui donna tant de plaisir qu'elle parcourut la pièce du regard, en quête d'autres armes pour l'attaquer.

— Allez, filez d'ici.

Il se cala de nouveau contre le dossier de son siège, puis ferma les yeux.

— Ce n'est pas moi qui ai couché avec une Chinetoque. C'est toi qui as fait ça, Tom. Je t'avais pourtant prévenu, mais tu n'écoutais rien, pas vrai ?

Mei se figea sur place en retenant son souffle.

— Pourquoi ne m'as-tu pas écouté ? Si tu avais écouté... tout aurait été différent...

La voix d'Archer s'était muée en une sorte de plainte. Mei avait l'impression d'être tombée dans le passé par quelque passage secret. Il parlait à son père comme s'il s'était trouvé là, devant lui. Elle jeta un coup d'œil circulaire à la pièce, dans l'espoir et la crainte que Tom Robeson lui apparaîtrait aussi.

L'instant de folie passé, la rage s'empara d'elle. Archer Llewellyn avait connu son père, partagé sa chambre, ses repas, échangé des confidences avec lui. Mais il n'y avait accordé aucune valeur, alors qu'elle aurait donné n'importe quoi contre une heure sur les genoux de son père.

Ce père qu'elle n'avait pas connu parce qu'il l'avait tué.

Une main se posa alors sur son épaule. Elle sursauta, puis se retourna. Bryce lui fit un signe de tête en direction de la porte. Elle acquiesça et le suivit en silence. Perdu dans ses pensées, Archer ne leur prêta pas la moindre attention.

— Ça va ? demanda Bryce lorsqu'ils furent au bout du couloir.

Mei déglutit péniblement.

— Il a trop bu. Il a commencé à poser des questions...

Bryce eut l'air attristé.

— Ne vous culpabilisez pas : vous n'êtes pas responsable. J'aurais dû vous prévenir. Il se jette sur le rhum dès que nous recevons des provisions. Heureusement qu'on ne nous en livre pas trop souvent, et qu'il a le bon sens de ne pas en réclamer. Lorsqu'il a bu, il souffre les tourments de l'enfer.

Mei regrettait de ne pouvoir enfermer Archer Llewellyn dans une pièce avec le stock d'alcool du Territoire. Elle l'aurait volontiers regardé souffrir les tourments de l'enfer jusqu'à ce que le rhum le tue et l'y envoie pour de bon.

— Il parlait à un certain Tom.

— Il ne vaut pas un clou quand il a bu. On ne comprend rien à ce qu'il raconte.

— Il disait que tout aurait été différent si ce Tom l'avait écouté…

Bryce se passa une main dans les cheveux.

— Je ne connais pas ce Tom, mais vous avez raison : il lui parle toujours quand il a bu un coup de trop. Ils étaient amis, autrefois. Enfin, je crois. Et puis, Tom est mort. Et mon père s'en veut de n'avoir rien pu faire pour le sauver.

Il aurait pu, bien sûr, mais Mei se garda bien de le dire à Bryce. Il détourna les yeux.

— Ce n'est que le début, hélas. D'abord, il hallucine, puis son délire s'aggrave et il se met à geindre en demandant pardon.

Mei se sentit prise entre des courants d'émotions contradictoires. Elle se réjouissait d'apprendre que les remords torturaient Archer, mais elle souffrait pour Bryce auquel elle ne souhaitait aucun mal. Comment avait-il réussi à devenir l'homme sain et généreux qu'il était, avec des parents pareils ? Elle éprouvait de la compassion pour ce jeune homme qui avait grandi sans amour.

— Allons faire cette promenade, dit-elle en posant la main sur son bras. A moins qu'il n'ait besoin de vous ?

— Non. Bientôt, il ne me reconnaîtra même plus.

— Votre mère est en sécurité, seule avec lui ?

— Elle dort comme un bébé. Je suis passé jeter un coup d'œil dans sa chambre avant de venir vous chercher. Elle ne craint rien pour le moment.

Mei sortit la première. Elle avait cru que les moustiques les dévoreraient, mais, avec la nuit, ils semblaient moins nombreux. La pleine lune se reflétait dans des mares comme des miroirs, et la Croix du Sud se perdait dans un ciel criblé d'étoiles.

— Nous n'irons pas bien loin, dit Bryce. Mais je tenais vraiment à vous montrer une chose. Avec ce clair de lune, nous devrions voir suffisamment clair.

Ils quittèrent l'espace dégagé pour s'enfoncer dans les broussailles ponctuées d'arbres qui séparaient la maison du bras mort. Certes, ils ne pouvaient pas s'aventurer trop loin dans ces fourrés infestés de serpents particulièrement actifs, la nuit.

— N'ayez pas peur, faites-moi confiance. Je sais me diriger, affirma Bryce.

De fait, ils marchèrent un certain temps. Les arbres s'espacèrent, puis les fourrés se firent de nouveau plus denses. Elle buta contre une racine. Bryce la retint, lui prit le bras.

— Laissez-moi vous guider. C'est plus sûr.

Elle ne put s'empêcher de rire, ce qui les surprit tous deux. Mais elle savait qu'un homme qui prend le bras d'une femme ne songe pas seulement à la protéger.

— Où me conduisez-vous, exactement ?

— Ce n'est plus très loin, je vous le promets.

— Votre père serait furieux s'il savait.

— Mon père est piètre juge en matière de morale. Il n'est pas heureux, et il ne le sera jamais.

— Et son fils ?

— J'ai tout ce que je désire.

Il se tourna vers elle et lui sourit en ajoutant :

— A l'exception d'une femme pour fonder un foyer. Et je serais meilleur père que le mien, croyez-moi. Je connais les besoins des enfants.

Elle ne trouva rien à répondre. Malgré les émotions qu'il suscitait en elle par sa seule présence, elle ne s'était pas autorisée à entretenir ce genre de pensées. Pourtant, elle s'imaginait, à présent, mariée à lui et maîtresse du domaine.

Comment serait la vie sans Viola ni Archer, si Jimiramira appartenait à son jeune et solide époux ? Ne trahirait-elle pas l'honneur de ses parents en élevant des enfants nés d'un Llewellyn ? Mais peut-être suffisait-il que la Perle de Grand Prix soit partagée entre les deux familles qui la revendiquaient…

L'image d'un garçonnet lui vint à l'esprit. Non pas Bryce enfant, mais Thomas, le frère jumeau qu'on avait arraché à ses bras pour l'envoyer à l'autre bout du monde. Thomas qui devait se languir d'elle comme elle se languissait de lui…

— Bien. Nous y sommes. Regardez et dites-moi ce que vous voyez.

Perdue dans ses réflexions, elle n'avait pas remarqué qu'ils étaient en lisière d'un bosquet. Scrutant l'obscurité, elle s'efforça de distinguer des formes parmi les troncs noueux, les branches tourmentées qui se tendaient vers le ciel pour réclamer de l'eau. Les fantômes l'assaillirent, et elle frissonna.

— Qu'est-ce qui ne va pas, May ?

— Je suis censée voir quelque chose ? demanda-t-elle en ravalant sa peur.

— Vous n'apercevez rien ? Venez. Approchons-nous.

Il l'entraîna encore vers la droite.

— Là. Vous voyez, maintenant ?

Elle plissa les yeux pour mieux se concentrer, et finit par remarquer une curieuse construction faite de brindilles, longue de plusieurs pieds et presque aussi large. Etait-ce donc là le but de leur promenade ?

— Qu'est-ce que c'est ? La tanière d'une bête ?

— Pas tout à fait. Vous connaissez l'oiseau à berceaux ? Elle secoua la tête.

— Il y en a un qui chante autour de la ferme. Un grand, moucheté, avec une tache de couleur sur le cou. C'est un imitateur, celui-là. Il meugle comme les bœufs et aboie comme un chien. Je parie que, si je le voulais, je pourrais lui apprendre à parler.

— Et c'est son nid ?

— Mieux que cela. C'est ici qu'il reçoit ses compagnes.

Croyant qu'il plaisantait, elle lui jeta un regard soupçonneux.

— Je vous promets que c'est vrai. Il construit son berceau, et puis il le décore avec tout ce qu'il trouve : des petits morceaux d'os, des coquilles d'escargots, des bouts de ruban, des boutons. J'y ai même trouvé un morceau de peigne. Il cherche de menus trésors, des petits objets brillants afin d'attirer sa compagne.

— Vraiment ? Il attire sa femelle ici pour lui montrer son œuvre ? demanda Mei que l'idée enchantait.

— Il ne peut pas lui promettre l'amour éternel : ce n'est qu'un oiseau. Mais, ce qu'il fait, avouez que ce n'est pas si mal.

Elle éclata de rire.

— Et ils vivent ici, ensuite, pour élever leurs petits ?

— Si vous tenez à le savoir, je crois qu'elle construit son nid dans un arbre pour y nourrir seule sa nichée.

— Il est sans doute trop occupé à voler çà et là pour trouver des trésors à ajouter dans le berceau.

— Ça se comprend. Après tout, c'est l'œuvre de sa vie.

— Il en va de même de toutes les familles, vous ne croyez pas ?

Elle dégagea son bras du sien pour lui faire face. Il semblait attentif, presque tendre.

— Qu'entendez-vous par là ?

— Eh bien, l'homme construit quelque chose pour impressionner la femme qu'il s'est choisi. Plus tard, quand elle l'a épousé, il poursuit son chemin, va de l'avant, et elle reste en arrière pour élever les enfants.

Elle songea à la petite maison que son père avait louée et meublée pour sa mère. Comme la femelle de l'oiseau à berceaux, Saule était restée seule pour élever leurs jumeaux.

— Il en va autrement dans le Territoire. Ici, mari et femme travaillent côte à côte et bâtissent leur vie ensemble. D'ailleurs, ils n'ont pas le choix s'ils tiennent à réussir.

— Ce n'est pas le cas de vos parents.

— Ils n'ont rien construit, pas même créé un foyer digne de ce nom. La terre est sans merci. Elle a détruit ma mère ; elle a rendu mon père amer et l'a vieilli avant l'âge. Sans doute en aurait-il été tout autrement s'ils avaient fait équipe et tiré dans le même sens.

Il semblait sur le point d'en dire davantage. Elle se pencha vers lui, l'invitant à poursuivre par son attitude. Ce qu'il fit. Le besoin qu'il avait de se confier l'emporta sur la prudence.

— Quelque chose les a séparés dès le départ. J'ai un grand-père, à Broome. Quand mes parents se sont mariés, il a offert un cadeau de noces à ma mère. Un objet de valeur que mon père convoitait. Il désirait le vendre pour leur faciliter la vie, acheter davantage de bétail, engager d'autres hommes, mais ma mère s'y refusait. Elle tenait à garder son trésor par précaution, au cas où les choses auraient mal tourné. Alors, elle l'a caché. Par la suite, je crois qu'elle n'a plus voulu s'en séparer parce que c'était tout ce qui lui restait d'un temps meilleur.

— Votre père ne pouvait pas s'en emparer et le vendre sans sa permission ?

— Non. C'est bien trop petit, trop facile à dissimuler. Elle le lui a toujours caché. Un jour, quand j'étais petit, je l'ai trouvé par hasard. J'ai cru qu'elle allait me tordre le cou !

— Et elle l'a toujours ?

— Je n'en sais rien. Ce qui est sûr, c'est que mon père ne l'a pas. S'il mettait la main dessus, il expédierait ma mère dans un hôpital lointain, et la question serait réglée.

Le ton de Bryce trahissait son amertume, et aussi une sorte de fatalisme. Habitué depuis longtemps à la mésentente de ses parents, Bryce n'attendait plus rien d'eux.

Si Mei n'avait pas cherché qu'à se venger, sa quête se serait arrêtée là. La Perle de Grand Prix n'avait pas apporté le bonheur à Archer. Elle l'avait presque détruit — lui et son épouse devenue folle. En somme, la perle s'était vengée seule. Mais cela ne suffisait pas. Car Mei était venue à cause de Thomas.

— Ce doit être pénible pour vous de vivre dans la crainte que votre père trouve cet objet.

— Il le cherche dès qu'il en a l'occasion. Je l'ai vu. Mais ma mère est rusée… enfin, elle l'était… Autrefois, elle cachait habilement son trésor, mais, à présent…

Il secoua la tête.

— … Elle l'a changé de place si souvent que je ne suis même pas sûr qu'elle sache où elle l'a mis.

— Quelle triste histoire !

Il prit sa main pâle et délicate, et la pressa dans la sienne.

— Pardonnez-moi. Je n'avais pas à vous imposer ce fardeau.

— Vous m'aidez à comprendre votre mère.

— Quoi qu'il en soit, je vous ai amenée ici pour vous montrer le berceau. Si le soleil brillait, vous auriez une meilleure idée de la décoration. Nous reviendrons le jour, pour que vous puissiez admirer le travail de l'oiseau.

— Votre père n'aime pas nous savoir ensemble. Il ne sera pas content.

— Il n'est jamais content de rien.

— Mais il est votre père. Vous devez lui obéir.

Imperceptiblement, il tira sur sa main.

— Vous croyez vraiment à ces maximes ?

— En Chine, les enfants obéissent à leurs parents.

— Vous y êtes allée ?

Elle nia de la tête.

— Alors, vous n'êtes pas chinoise, mais australienne, comme moi.

— Pas tout à fait comme vous.

— Non. Et je m'en réjouis. Je vous préfère différente.

Elle se sentit rougir. Bryce la regardait comme si elle comptait, comme si elle avait de l'importance à ses yeux.

Il ne voyait pas en elle celle qui était venue voler le trésor de sa famille.

Il l'attira plus près.

— Est-ce qu'un homme vous attend à Darwin ?

En hâte, elle élabora toutes sortes de fables afin de lui répondre, mais, finalement, elle ne put se résoudre à lui mentir.

— Vous avez tort de vous intéresser à une Chinoise : ce n'est pas convenable pour quelqu'un comme vous.

— C'est à une Australienne que je m'intéresse.

— Certaines personnes ne vous le pardonneront pas.

— Quelles personnes ? Vous en voyez beaucoup ici ? Combien de femmes sont prêtes à venir tenter leur chance aussi loin ? Vous êtes une exception, May. Dans la dure bataille de la vie, peu importe où sont nés les parents des uns et des autres. Ici, les hommes épousent des femmes aborigènes, parfois même chrétiennement, devant un prêtre. Qui nous en empêcherait si vous vouliez de moi et que je voulais de vous ?

— Votre père.

— Qu'il aille au diable.

— Il pourrait vous renier, vous envoyer ailleurs.

— Non. Je suis son unique fils.

Elle réfléchit longuement avant de lui répondre :

— Cet homme est prêt à tout pour arriver à ses fins.

— Il serait sans doute furieux, mais il ne nous ferait pas de mal, ni à vous ni à moi.

Mei n'était pas dupe. Archer la tuerait sans se poser de question s'il soupçonnait son fils de tomber amoureux d'elle.

— Vous devez me promettre de ne rien répéter de tout cela à votre père.

— Vous avez peur de lui, n'est-ce pas ?

— C'est votre père, pas le mien.

— Je vous le promets. Et je veillerai à votre sécurité, May.

— Il est temps de rentrer, à présent.

— Vous y tenez vraiment ? demanda-t-il à regret.

Il le fallait. La prudence l'ordonnait. Quoi qu'en dise Bryce, s'il avait de la tendresse pour elle, son père le sentirait, et il n'en sortirait rien de bon.

Mais elle ne pouvait commander à ses mains de retomber sagement le long de son corps quand elles ne demandaient qu'à se tendre vers lui pour effleurer ses épaules, caresser sa gorge. Elle ne pouvait commander à ses lèvres de prononcer les mots qui la libéreraient quand elles ne demandaient qu'à rejoindre les siennes.

Il était le fils d'Archer Llewellyn, mais son cœur triste et solitaire appelait le cœur triste et solitaire de Mei, fille de Tom Robeson.

Alors, elle se coula entre ses bras, sentit sa bouche tiède contre la sienne et, pendant un bref moment de bonheur parfait, il ne resta plus qu'eux au monde.

17.

Le lendemain matin, Archer dépêcha son fils avec un groupe d'hommes aux confins du domaine, comme s'il avait deviné sa tendresse pour Mei. Mais, comme il ne lui révéla rien de ses soupçons, la jeune femme se dit qu'il hésitait encore à la renvoyer car sa présence avait grandement amélioré la vie à Jimiramira.

Quelques jours plus tard, Archer partit à son tour, la laissant seule avec Viola et les terribles nuées d'insectes qui se multipliaient dans l'air lourd. La poussière ne posait plus de problème, mais l'humidité suintait de partout, et les moisissures fleurissaient. La jeune femme se traînait en accomplissant ses besognes quotidiennes et employait le peu d'énergie qui lui restait à rechercher en vain la Perle de Grand Prix.

La futilité de cette mission lui apparut au cours de la troisième nuit qui suivit le départ d'Archer. Elle avait tendu des voiles tout autour de la véranda et y avait traîné des matelas pour dormir dehors avec Viola. Malgré la chaleur accablante, il y faisait un peu plus frais que dans la maison, mais la peur des ténèbres tenait Viola éveillée.

— Le diable m'appelle ! s'écriait-elle en se redressant brusquement sous la lune.

Le diable en question était une petite chouette qui lançait son appel dans la brousse australienne.

— Chut. Il faut dormir, madame.

Les chiens qui aboyaient près des quartiers des hommes devenaient les meutes de l'enfer, les grands papillons de nuit qui s'accrochaient aux voiles, des démons ailés qui venaient chercher Viola.

— Je suis là, je veille sur vous, lui répétait Mei comme une litanie.

Et quand, enfin, Viola sombrait dans un sommeil troublé de mauvais rêves, Mei gardait les mains croisées derrière la nuque et les yeux fixés sur la Croix du Sud. Au cours de leur promenade, Bryce lui avait dit que, la nuit, les bouviers repéraient l'approche de l'aube au moment où la Croix du Sud entamait son déclin. Elle ne tarderait pas à basculer vers l'ouest, cette nuit, mais quelle importance ? Mei n'avait toujours rien appris qui puisse lui servir à retrouver la perle.

C'était là une tâche impossible. Pendant qu'elle fouillait tout Jimiramira, centimètre par centimètre, Viola pouvait changer la perle de cachette, la mettre dans un lieu que Mei avait déjà passé au peigne fin. Le jeu risquait de durer l'éternité ; Viola aurait toujours une longueur d'avance.

Mei ferma les yeux et tourna le dos aux étoiles. Les paupières closes, elle tenta de s'imaginer dans la fraîcheur de San Francisco, avec Thomas qui lui disait n'avoir jamais rien souhaité d'autre que la retrouver. Ensemble, ils entameraient une nouvelle vie qui rendrait l'honneur à leurs parents.

Cette vision, qui la réconfortait habituellement, refusait de venir, ce soir. Au lieu de cela, elle revoyait Bryce juste avant qu'il l'embrasse et son sourire empreint de désir inquiet. Elle sentait de nouveau ses bras l'envelopper dans une étreinte qui n'aurait jamais dû finir.

Elle s'en voulait de perdre ainsi de vue son objectif, de préférer le fils d'un assassin à son frère. Mais Bryce était réel, et Thomas, un fantôme. Elle rouvrit les yeux, et ce fut alors qu'elle vit Viola se redresser lentement et sans bruit.

Mei retint son souffle dans l'espoir qu'elle se rendormirait sans faire de nouvelle scène, mais, apparemment, sa crainte des ténèbres l'avait quittée. Elle regarda en direction de la balustrade, puis se leva précautionneusement. Entre ses cils, Mei l'aperçut qui se dirigeait à pas de loup vers un coin de la moustiquaire improvisée. Viola souleva le voile et se glissa dessous. Mei attendit qu'elle soit dans la maison pour la suivre avec la plus grande prudence afin de ne pas attirer son attention.

A l'intérieur, la chaleur était étouffante. On distinguait à peine le contour des chaises, la surface de la table, le calendrier de l'année précédente sur un mur sans plâtre. Mei attendit, osant à peine bouger, guettant le moindre bruit, cherchant Viola des yeux.

Une minute passa, puis une deuxième. Elle allait renoncer et se mettre activement à chercher sa patronne quand elle entendit un craquement dans le couloir. Elle traversa la pièce au moment où Viola pénétrait furtivement dans la chambre de Bryce. Elle la suivit, l'observa tandis qu'elle faisait basculer un guéridon et tâtait tout le long d'un pied.

La quête dut être fructueuse, car Viola serra quelque chose dans sa main et se mit à psalmodier des paroles incompréhensibles avant de redresser la table.

Mei n'en croyait pas ses yeux. L'objet qu'elle avait tiré de sa cachette était suffisamment petit pour s'insérer entre le pied de la table et la griffe de lion qui le terminait. Ce pouvait être la Perle de Grand Prix. Certes, Viola perdait la tête, et peut-être qu'elle ne tenait dans sa main rien de précieux, mais Mei sentit, malgré tout, monter en elle le fol espoir que son voyage n'ait pas été en vain.

Quand Viola revint vers la porte, la jeune femme se coula sans bruit dans une pièce vide de l'autre côté du couloir, priant le ciel que Viola dirige ses pas ailleurs. Elle la regarda partir d'où elle était venue, lui laissa prendre de l'avance, puis lui emboîta le pas en maintenant entre elles une distance raisonnable. A un moment, elle obliqua vers l'entrée principale de la maison et sortit.

D'une fenêtre, Mei guettait le moment où sa patronne apparaîtrait dans son champ de vision. Avec ses cheveux pâles et sa chemise de nuit blanche, elle ressemblait à un fantôme dans l'air sombre et lourd de la nuit.

A son tour, Mei sortit pour la suivre, prenant soin de rester dans l'ombre sans la quitter des yeux. Au loin, le tonnerre gronda, tel un chien de garde donnant l'alarme. Mais Viola l'ignora et poursuivit sa marche d'un pas sûr.

Mei se cachait de son mieux, mais on avait dégagé le pourtour de la maison, arraché les buissons par crainte des feux de brousse. Elle demeura dans l'ombre de la véranda, puis courut brusquement et de toutes ses forces jusqu'à la première rangée d'arbres. Viola avait de l'avance, et elle ne remarqua rien, tant elle était occupée par sa propre quête. Enfin, elle ralentit l'allure, puis s'arrêta.

Voyant qu'elle ne bougeait plus, Mei prit le risque d'approcher. De nouveau, elle entendit Viola psalmodier, à voix haute, cette fois, couvrant le froissement des feuilles sous ses pas.

Elles étaient arrivées au bosquet d'arbres où elles avaient fait une pause, ce matin, pour reprendre leur souffle pendant leur promenade. L'instant était gravé dans la mémoire de la jeune femme car Viola, après avoir longuement disserté sur la chaleur, s'était mise à lancer des imprécations tandis qu'un aigle volait en cercles au-dessus d'elles.

Cette nuit, en revanche, elle paraissait heureuse et balançait doucement l'objet qu'elle tenait au creux de sa paume en chantonnant sa bizarre mélopée d'une voix sans timbre.

Soudain, elle se baissa, posa précautionneusement l'objet sur la saillie d'une racine, se redressa et ôta sa chemise de nuit d'un seul geste. Nue, elle leva les yeux vers les branches au-dessus d'elle.

Le corps de Viola était plus blanc que l'écorce d'eucalyptus. A la lueur de la lune, elle ressemblait à une jeune nymphe des bois que saluaient les arbres en dansant sous la brise.

Mais elle n'était pas jeune. C'était une femme triste, amère, à l'esprit égaré. Mei s'apprêtait à mettre son étrange conduite sur le compte de la folie quand Viola se pencha pour reprendre l'objet mystérieux et le mettre dans sa bouche. Puis elle grimpa sur la racine la plus haute, se hissa sur la pointe des pieds et s'efforça d'attraper une branche basse.

Après quoi, elle monta à l'arbre.

Mei en oublia de respirer. Elle n'avait jamais rien vu d'aussi bizarre que l'image de cette femme nue grimpant à un arbre, sans doute avec la Perle de Grand Prix dans la bouche. Viola possédait une souplesse surprenante. Elle grimpa ainsi jusqu'à atteindre une branche à trois bons mètres du sol, puis elle se glissa dessus et rampa lentement vers son extrémité. La branche ployait dangereusement. La soutiendrait-elle ?

Tout à sa fascination, Mei comprit finalement l'intention de Viola. Un nid de la taille d'une assiette reposait entre deux rameaux. Viola s'était allongée sur la branche, et elle tendait le bras pour atteindre le nid. Mei ne distinguait pas tout de la scène, mais elle imaginait ce qu'elle ne voyait pas.

Viola ôta le petit objet de sa bouche et le laissa tomber à l'intérieur du nid, puis, apparemment satisfaite, elle rebroussa chemin.

Mei ne resta que le temps de s'assurer qu'elle avait rejoint la terre ferme sans encombre, puis elle prit ses jambes à son cou pour regagner la véranda avant que sa maîtresse découvre son absence.

Il se révéla bientôt impossible de retourner fouiller le nid. Le risque était trop grand. Viola s'agita le reste de la nuit sans retrouver le sommeil. Le lendemain matin, elle était rouge, brûlante de fièvre, sans doute en raison des efforts dus à son escapade nocturne. Mei resta donc près d'elle, à lui éponger le cou et les bras avec des serviettes trempées dans l'eau fraîche.

Lorsque le taux d'humidité atteignit son comble et que l'orage éclata enfin, Mei contempla les pluies torrentielles en craignant que la Perle de Grand Prix ne soit arrachée par les éléments au frêle nid de brindilles, puis emportée par les eaux en crue jusqu'à la rivière Victoria, jusqu'à la mer qui l'avait vue naître…

Viola ne semblait se soucier de rien, comme si la perle avait été en sécurité dans sa nouvelle cachette. Mais les craintes de Mei étaient justifiées. Le nid ne résisterait pas nécessairement à la tourmente, et son précieux contenu se perdrait à jamais. Hélas, il aurait été fou de s'aventurer dehors pour tenter de le sauver.

Vers le milieu de la journée, Viola commença à s'agiter plus que d'ordinaire. Comme elle avait de la fièvre, Mei lui faisait boire de l'eau bouillie, et elle l'éventait avec une branche de palmier trempée de pluie. Enfin, elle s'endormit d'un sommeil troublé.

Un jour, quand elle était enfant, Mei était tombée malade. Sa mère était allée voir un herboriste qui l'avait questionnée sur l'état de la patiente et lui avait donné des plantes avec des instructions pour aider Mei à guérir.

Là, au milieu de la brousse australienne, elle n'avait sous la main ni herboriste ni instructions. Larry lui avait suggéré un mélange de mélasse et de soufre pour que Viola vomisse, mais elle n'en voyait pas la nécessité. Dans les quartiers des hommes, il y avait bien des cachets de quinine, mais leur nombre était limité : mieux valait éviter de les gaspiller.

— Attendez demain, lui conseilla Larry. Si elle ne va pas mieux, nous essaierons la quinine.

Il leur porta lui-même le repas du soir, mais Viola était trop souffrante pour manger et Mei trop soucieuse pour avoir faim. Tout espoir de sortir discrètement récupérer la perle dans sa cachette s'était évanoui. Viola geignait et s'agitait sous l'effet de la fièvre, et Mei avait toutes les peines du monde à la tenir au lit.

Vers minuit, sous un ciel noir, bouché et dépourvu d'étoiles, la fièvre de Viola céda. Pendant une heure, elle transpira si abondamment que Mei crut qu'elle allait fondre. Elle l'épongea, la sécha, puis, la crise passée, l'aida à se changer et la remit au lit. Enfin, Viola sombra dans un profond sommeil. Accablée de fatigue, Mei s'endormit, elle aussi.

Le lendemain matin, tandis qu'elle donnait son petit déjeuner à Viola, Archer et ses hommes rentrèrent à la ferme. Mei attendit qu'il entre dans la maison pour le mettre au courant de l'indisposition de sa femme.

— Elle était très malade, patron. Je craignais qu'elle en meure.

Il était crotté et mal rasé. Il lui fit signe de s'écarter de la porte.

— Eh bien, elle n'est pas morte !

Une fois de plus, Mei se demanda comment un homme intègre et sain d'esprit avait pu être l'ami d'un tel rustre. Elle croisa les bras sur sa poitrine et déclara :

— Je ne sais pas soigner des gens aussi malades.

— Vous n'avez qu'à apprendre.

Sur ce, il la bouscula sans ménagement pour passer, et ne s'arrêta même pas dans la chambre de son épouse pour prendre de ses nouvelles. Il ne resta que le temps de manger un morceau et de changer de monture, puis il repartit en prévenant qu'il serait de retour le soir même.

Mei n'avait plus aucune chance de fouiller le nid — s'il était encore là. Elle ne pouvait pas prendre le risque de grimper à l'arbre en plein jour et d'être découverte. D'autant que Viola ne quittait plus la véranda où elle se reposait pour récupérer. A la nuit tombée, lorsqu'elle serait enfin couchée, Archer serait rentré. S'il n'avait pas une bouteille de rhum cachée quelque part, il la surveillerait puisqu'il se méfiait d'elle.

Deux jours durant, elle guetta une occasion propice et passa le reste du temps à attendre que Bryce revienne tout en s'acquittant de ses tâches. Elle préférait ne pas trop réfléchir à l'avenir qu'il envisageait pour eux. Malgré les conditions difficiles, Jimiramira ne manquait pas de ressources pour qui était prêt à faire quelques sacrifices. Un jour, il y aurait des routes bitumées et le confort moderne dans tout le Territoire. Mais la jeune femme refusait de s'imaginer exploitant la terre et élevant des enfants aux côtés de Bryce. Il n'y avait pas de place pour Thomas dans cet avenir-là.

Et pourtant, elle attendait Bryce.

Il rentra au bout de trois jours, peu avant le repas du soir. Archer était parti à cheval, dès l'aube, sans donner de détails sur ses projets. Ne le voyant pas revenir à l'heure habituelle, Mei se prit à espérer qu'il passerait la nuit au bivouac. Au moment du dîner, il était toujours absent, et elle décida d'en profiter pour se mettre en quête de la perle dès que Viola se serait endormie.

L'enthousiasme qu'elle avait nourri toute la journée retomba brusquement lorsque des cavaliers arrivèrent dans la cour. C'était Bryce, accompagné de trois bouviers. Quatre personnes de plus qui risquaient de la surprendre en flagrant délit de vol !

Elle attendit patiemment que Bryce entre dans la maison. Dans l'après-midi, pendant que Viola sommeillait, elle s'était lavé les cheveux et les avait laissés sécher librement sur ses épaules. Elle se changea, passa une robe propre, et attacha ses cheveux à la hâte avec un ruban bleu plutôt que de les tresser. Si elle se regardait dans une glace, elle verrait un visage banal dont les traits n'étaient ni tout à fait chinois ni tout à fait occidentaux, et un corps mince, presque androgyne.

Mais que voyait donc Bryce quand il l'observait ?

Il disait que tout en elle lui plaisait… Il lui sourit en la trouvant dans le salon, occupée à polir les touches du piano. Il posa une main sur son épaule, et l'examina longuement.

— Vous avez de beaux cheveux. Cette coiffure vous va bien, dit-il d'une voix teintée de sincérité.

Elle rougit.

— Votre mère a été malade. Vous devriez lui rendre visite.

— Elle se sent mieux ?

— Oui. Beaucoup mieux.

— Je parie que vous l'avez soignée du matin au soir.

Son sourire se fit tendre, et il ajouta :

— Vous êtes adorable, May. Vous ne ménagez pas votre peine, hein ?

— Vous pourriez peut-être lui donner à manger ? Elle n'est pas encore suffisamment remise pour quitter le lit.

Il lui souriait toujours, mais il ôta la main qu'il avait posée sur son épaule.

— Mon père sera là, ce soir ?

— Il ne m'a rien dit de ses projets.

— Il vous a donné un coup de main avec maman ?

Pourquoi aurait-elle menti, alors que rien ne l'obligeait à protéger Archer ?

— Non.

— Vous viendrez vous promener avec moi, tout à l'heure ?

Elle songea à la perle cachée dans le nid. Epuisé par le travail et les nuits de bivouac, Bryce dormirait profondément, ce soir. Si le temps demeurait clair, si Viola s'endormait aussi et si Archer ne rentrait pas, il lui restait une petite chance.

— Oui, mais pas trop longtemps. Vous devez vous reposer. Vous pourriez tomber malade, vous aussi.

— Ne vous inquiétez pas pour moi : je suis solide.

Il effleura une longue mèche de ses cheveux, puis ajouta :

— Sauf quand je suis avec vous.

Archer arriva une bonne heure après Bryce. Il était rouge et d'une humeur de dogue. Sans doute était-il en proie au même mal que sa femme. Lorsque Mei proposa d'aller lui chercher à manger dans la cuisine, il la congédia d'un geste de la main.

— Fichez-moi la paix et laissez-moi dormir.

Puis il se rendit à l'arrière de la maison, dans une chambre voisine de celle de son fils. La chance souriait à Mei. Avec son père à demeure, Bryce se sentirait moins libre de sortir. Comme Archer était souffrant et Bryce prisonnier, personne ne saurait qu'elle ne dormait pas. Elle attendrait minuit et s'éclipserait discrètement pour grimper à l'arbre et explorer le nid.

Si la perle s'y trouvait, elle deviendrait sienne.

Elle avait élaboré un plan. Elle détruirait le nid, en éparpillerait les brindilles pour faire croire que la pluie l'avait emporté, lui et son contenu. Elle cacherait ensuite la perle hors de sa chambre au cas où Viola s'apercevrait de sa disparition. Si jamais elle racontait qu'elle avait caché le joyau en haut d'un arbre, personne ne la croirait. Archer et Bryce mettraient cette extravagance sur le compte de sa folie.

Lorsque Bluey reviendrait, après les pluies, Mei récupérerait la perle et partirait avec lui. Elle regagnerait Darwin, y trouverait un emploi, économiserait de l'argent pour payer son voyage jusqu'en Californie et retrouverait enfin son frère.

Bryce resterait à Jimiramira avec ses parents détestables et ses rêves d'avenir fanés. Mais, malgré tous ces beaux projets, Mei avait le cœur lourd. Elle pouvait se raisonner en se disant que, si Bryce tombait amoureux d'elle, c'est qu'il était en âge de prendre femme et qu'elle se trouvait là. Mais cela n'expliquait pas ses sentiments à elle. Le destin les avait poussés l'un vers l'autre. Dès leur première rencontre, elle avait senti que le cœur de Bryce lui était ouvert ; elle y avait lu la tristesse et la solitude.

En lui, elle n'avait pas vu le fils de son ennemi, mais un homme digne d'amour.

— May ?

Elle ouvrit les yeux. Il était devant elle.

— Votre père est ici. Pas de promenade ce soir, souffla-t-elle à voix basse.

— Je viendrai vous chercher dès qu'ils dormiront tous les deux.

La tentation était grande. Mei sentait sa résolution vaciller. Dès qu'il était près d'elle, Bryce comptait plus que tout. Si elle lui cédait, elle finirait par perdre de vue son objectif. La Perle de Grand Prix ne serait bientôt plus qu'une curiosité et non pas le salut de sa famille.

— Non, dit-elle finalement en reculant d'un pas. Vos parents désapprouvent notre relation. Vous devez vous conformer à leurs vœux.

— Il vous en a parlé ?

— Oui. A plusieurs reprises.

— Mais je vous défendrai : je vous l'ai promis. Vous n'avez rien à craindre.

— Vous n'êtes pas toujours là. Il vous envoie au loin. Je ne peux pas prendre ce risque.

— C'est que vous ne le voulez pas.

Elle lui tourna le dos.

— Mon père est dur, mais il ne vous fera pas de mal. Il en serait incapable.

Archer était capable de bien pire. Hélas, Bryce l'ignorait, et elle ne pouvait se résoudre à lui avouer ce qu'elle savait.

— Je vous en prie. Ça suffit pour ce soir.

Il soupira, résigné.

— Bon. A demain matin.

Elle attendit qu'il se soit éloigné pour aller préparer Viola pour la nuit.

Il faisait noir lorsqu'elle eut achevé ses tâches et éteint les lanternes. Sa chambre était une étuve. Elle s'assit sur le lit sans se déshabiller. Si elle s'endormait par cette chaleur, elle étoufferait et ne se réveillerait pas.

Le temps passa, interminable. Enfin, elle se leva, changea sa robe claire pour une autre couleur de nuit, et prit soin de retourner le col blanc vers l'intérieur. Elle tressa ses cheveux et les épingla au sommet de sa tête, puis elle ôta ses chaussures, malgré sa crainte des serpents et des ronces.

Dès qu'elle fut prête, elle entrouvrit sa porte et tendit l'oreille. Rien. Pas un bruit. Alors, elle se glissa dans le couloir en retenant son souffle. Ce soir, elle ne suivait pas Viola, mais elle devait éviter d'attirer l'attention. Elle marchait à pas de loup, s'arrêtait de temps à autre pour écouter.

Le vent soufflait, dehors, comme à l'approche d'un nouvel orage. Goûtant cette fraîcheur, elle resta dans l'ombre jusqu'au moment de traverser l'espace découvert pour courir à l'abri des arbres. Là, elle marqua une longue pause, observa la maison et ses alentours pour s'assurer que personne n'allait la surprendre. Puis, rassurée, elle reprit sa course.

Elle trouva sans peine l'arbre au nid et leva la tête vers les branches, tout en priant le ciel qu'il soit toujours là. Mais il faisait trop sombre pour voir aussi haut. Elle allait devoir grimper pour le savoir.

Contrairement à Viola, elle n'avait nullement l'intention de se mettre nue. Pour éviter que sa robe ne s'accroche à une branche, elle en noua la jupe au-dessus de ses genoux et remonta ses manches. Puis, comme Viola, elle monta sur la racine la plus proéminente, se hissa sur la pointe des pieds, agrippa une basse branche et commença son ascension.

Il lui fallut plusieurs minutes pour atteindre sa destination. Sa jupe l'encombrait, et elle s'aperçut bientôt qu'elle avait le vertige. A deux reprises, elle dut fermer les yeux et s'accrocher au tronc en attendant que le monde cesse de tourner autour d'elle.

Enfin, elle arriva à destination, s'étendit précautionneusement sur la branche et scruta la nuit à travers les feuilles de gommier odorantes.

Il lui sembla apercevoir le nid, mais elle était plus petite que Viola et devrait ramper plus loin pour l'atteindre. Elle rampa donc précautionneusement tandis que le sol fou ondoyait sous elle. La branche ployait à mesure qu'elle avançait, puis elle se balança dangereusement. Prise de panique, Mei agita un bras…

Et sentit le nid.

Elle s'immobilisa en retenant son souffle jusqu'à ce que tout mouvement cesse, puis, du bout des doigts, elle tira lentement sur le nid pour l'amener à elle. Lorsqu'elle l'eut fermement en main, elle rebroussa chemin, rampant à reculons. Quelques minutes plus tard, elle était en sûreté, calée contre le tronc de l'arbre avec son butin.

Alors, elle comprit que sa quête avait pris fin. Si la Perle de Grand Prix se trouvait au fond du nid, elle lui appartenait. Rien d'autre ne comptait plus.

Mais si la perle ne s'y trouvait pas, s'il n'y avait là qu'un caillou ou un coquillage, son voyage aurait été en vain. Elle ne retrouverait jamais la perle. Elle devrait se bâtir une vie sans elle.

Curieusement, elle n'aurait su dire quel dénouement elle souhaitait.

Au-dessus du sol, parmi les branches mouvantes, il faisait bon et frais — plus frais que depuis des jours et des jours. Pourtant, ses mains étaient si moites qu'elle devait les essuyer constamment sur sa jupe. Enfin, n'ayant plus de raison d'attendre, elle entreprit de fouiller le nid.

Il était rugueux dedans comme dehors. Point de duvet pour en adoucir le contact. Sans doute n'avait-il pas abrité d'oisillons. Du bout des doigts, elle tâtait prudemment entre les brindilles, sous les morceaux de mousse. Rien. Toujours rien.

Elle avait pourtant bien vu Viola placer quelque chose dans le nid. Ou presque vu. Avait-elle rêvé ? Avait-elle laissé son imagination divaguer ? S'était-elle trompée ?

De nouveau, elle fouilla le pourtour du nid, arrachant la mousse au passage. Rien. Le nid était vide. La perle serait-elle tombée au sol ? Elle tâta une fois de plus, cherchant des trous.

Non, pas de trous non plus. Le nid était tressé serré. D'ailleurs, quel genre d'oiseau aurait construit un nid avec des vides capables de laisser échapper un petit œuf ?

Si l'orage l'avait détruit, elle aurait compris. Mais ce n'était pas le cas. Le nid était intact.

Agacée, elle le secoua, puis elle se mit en devoir de l'émietter consciencieusement jusqu'à n'avoir plus qu'un tas de brindilles entassées dans les plis de sa jupe.

Alors, elle s'adossa au tronc et ferma les paupières.

Il n'y avait pas de perle dans le nid.

Elle était aussi folle que Viola Llewellyn.

18.

Mei passa plusieurs heures à chercher le sommeil et, lorsqu'il vint enfin, elle rêva qu'elle tombait dans une fournaise. Quelque chose la tirait vaguement vers la conscience, mais elle était si lasse, si accablée par la chaleur, qu'elle ne parvenait pas à s'extirper de sa torpeur.

Soudain, un cri déchira la nuit. Cette fois, elle se redressa en sursaut.

— C'est toi ! Tu l'as volée !

Quelques précieuses secondes s'écoulèrent encore avant que Mei se rappelle où elle se trouvait et les événements de la nuit. L'esprit embrumé, comme paralysée, elle était aussi incapable de réfléchir que de bouger. Les cris de Viola provenaient du dehors, et pourtant, l'aube semblait encore loin.

— C'est toi ! C'est toi… tu as osé !

Mei se mit alors à trembler. Viola l'avait-elle surprise en train de fouiller le nid ?

Les cris continuèrent sans se rapprocher. Puis elle entendit une voix d'homme, furieuse :

— Tais-toi, charogne ! Je n'ai rien volé du tout !

La voix d'Archer fut suivie par celle, plus calme, de son fils :

— Papa, tu sais qu'elle n'est pas bien. Laisse-la tranquille, je t'en prie…

— Elle a disparu ! Tu l'as prise !

Mei jugea prudent de ne pas se mêler de la scène. Un chien hurla, puis elle entendit un appel du côté du quartier des hommes. A la hâte, elle se leva et passa son peignoir pour se rendre dans le salon d'où elle pourrait regarder par la fenêtre sans être vue.

Les Llewellyn étaient rassemblés à quelques mètres de la maison. Bryce avait posé une main sur le bras de son père. A l'écart des deux hommes, Viola brandissait le poing d'un air menaçant.

— Je veux que tu me la rendes !

— Elle est complètement folle. Je rentre.

Tournant le dos à sa femme, Archer se dirigea vers la maison, mais Viola se jeta sur lui. Avant que Bryce puisse intervenir, elle l'avait déséquilibré. Il trébucha, tomba sur un genou, la saisit brusquement et la jeta au sol, puis il lui assena une paire de gifles.

— Alors, comme ça, on m'attaque, hein ?

— Papa, je t'en prie ! protesta Bryce en s'efforçant de le retenir.

Les deux hommes luttèrent brièvement, mais Archer semblait avoir perdu tout désir de frapper sa femme.

— Occupe-toi de ta mère, dit-il.

— Je l'avais mise dans un nid. Il n'y a plus de nid. Plus rien que des brindilles. Des brindilles.

Viola se redressa, s'assit et ajouta :

— C'est toi qui l'as fait. Je sais que c'est toi.

— Tu ne sais plus où tu l'as mise, oui ! aboya Archer. Il y a des mois que tu n'en sais rien, peut-être même des années ! Tu as fichu notre avenir en l'air ! Tu l'as perdue, espèce de gourde, et tu ne la retrouveras jamais !

Viola se couvrit le visage en gémissant :

— Le nid a disparu.

Archer l'ignora, se tourna vers son fils.

— Dès la saison sèche, je la ferai enfermer, et tu peux courir pour que je change d'avis. Elle ne nous est d'aucune utilité ici.

— Fais-la enfermer, et je m'en vais aussi.

— Tu resteras. A quoi ça te sert de vouloir l'aider ? Merde, Bryce, réfléchis un peu ! La plupart du temps, elle ne te reconnaît même pas !

— Moi, je la reconnais. C'est ma mère !

— Ouais, et je le regrette bien !

Sur ce, Archer reprit le chemin de la maison. Préférant qu'il ne la surprenne pas à les épier, Mei se retira dans sa chambre et referma la porte sans bruit.

Quelques minutes plus tard, elle entendit les pas de Bryce et les sanglots de Viola à l'intérieur. Elle alluma sa lanterne et sortit, comme si elle venait tout juste de s'éveiller.

— Elle est malade ? demanda-t-elle.

— De chagrin, répondit Bryce.

Il escorta Viola en la tenant par le bras jusqu'à sa chambre. Mei les suivit. A la lueur de sa lampe, elle voyait enfler les marques rouges sur ses joues. Elle agitait la tête de droite à gauche en répétant :

— Il l'a prise… et maintenant, il va me faire enfermer… Je l'avais mise dans le nid… Il l'a prise.

Feignant de ne pas comprendre, Mei plissa le front en regardant Bryce. Il haussa les épaules, comme pour dire que c'était sans importance.

Viola leva alors les yeux vers Mei.

— C'est ma perle ! Mon père me l'a donnée !

Tout en versant de l'eau dans une cuvette, Mei rencontra les yeux de Bryce qui, de nouveau, haussa les épaules.

— Demain matin, vous la retrouverez, madame. Nous vous aiderons à la chercher.

— Commencez donc par ses poches ! C'est là que vous la trouverez.

Mei appliqua des compresses d'eau fraîche sur les joues de Viola, puis elle la mit au lit.

— Peut-être n'était-ce qu'un rêve, peut-être que vous avez rêvé d'un nid. Il faut dormir, maintenant. Demain, vous vous souviendrez mieux.

Viola se roula en boule sur son matelas et se couvrit le visage de ses bras.

— Nous devrions lui laisser la lampe, dit Mei sans réfléchir.

Bryce refusa.

— Non, c'est interdit.

Si Mei avait trouvé la perle, elle l'aurait volée sans remords. Et cependant, elle avait pitié de Viola dans sa détresse. Où que puisse l'envoyer Archer, sa vie ne serait pas pire qu'à Jimiramira. Il n'y avait plus de remède à son désespoir né d'avoir perdu le peu de pouvoir qui lui restait. La perle lui servait de rempart contre sa totale impuissance, et rien ne la remplacerait jamais.

Bryce prit la lanterne et quitta la chambre. Mei le suivit dans le salon. Cette fois, elle ne feignit pas de ne rien avoir entendu et lui demanda à voix basse :

— Vous partirez comme vous l'avez dit à votre père ?

— Absolument. J'aurais dû partir depuis des années.

— Mais votre foyer est ici.

— Un clou pour suspendre ses vêtements et un bras de rivière pour remplir sa gourde ne constituent pas un foyer. Il faut encore que les gens qui l'habitent vous aiment et s'aiment entre eux, n'est-ce pas ?

Elle songea à la petite maison de Broome disparue, mais le doux souvenir de Saule demeurait avec elle pour lui réchauffer le cœur.

— Il n'en va pas toujours ainsi. C'est tout de même chez vous.

— N'importe quel propriétaire du Territoire serait ravi de m'engager. Je partirai en même temps que ma mère.

Il baissa le ton et ajouta :

— Partez avec moi, May.

— De toute façon, je ne peux pas rester à Jimiramira si votre mère n'y est plus et si vous…

— Je voulais dire : venez avec moi. Accompagnez-moi où que j'aille. La vie ne sera pas facile, les premiers temps, mais en travaillant, nous réussirons. Je connais bien le bétail.

Sa voix se fit plus douce, plus pressante aussi.

— Je trouverai un employeur, et vous serez engagée comme domestique. Plus tard, nous pourrons gérer notre propre domaine. Vous serez l'épouse du patron. Cela vous plairait, n'est-ce pas ? Je prendrais soin de vous, May.

Dans ses yeux, elle revoyait les événements de la nuit. Il souffrait, à présent. Il avait besoin d'elle. Jamais personne ne l'avait aimé comme il le méritait, et il lui demandait d'être la première.

— Bryce…, commença-t-elle.

L'image d'Archer tapi dans sa chambre à les épier lui traversa l'esprit. Elle la refoula et reprit :

— Allez vous coucher. L'heure n'est pas aux projets d'avenir. Il faut vous reposer pour…

Sans la laisser finir, il enveloppa sa taille de ses bras, et l'attira contre lui. Si leur premier baiser avait été tendre et un peu timide, celui-ci était ardent, chargé de désir. Mei n'eut pas le temps de s'en défendre, de se souvenir de sa mission, de son pitoyable échec. Elle était soudain la proie de sensations aussi anciennes et archaïques que ce continent insulaire.

S'abandonnant à son étreinte, elle se coula contre lui pour mieux sentir les métamorphoses de son corps à travers le fin coton de son peignoir. Il était tout en muscles, et ses lèvres étaient aussi implacables que la vie qu'il menait ici. Mei était au-delà de toute pensée, de tout projet, de toute mission. Elle n'était plus qu'une femme dévorée de désir.

L'instant suivant, Bryce était étendu à terre et Archer la tenait à la gorge.

— Toi, la salope aux yeux bridés, je t'avais dit de foutre la paix à mon fils !

Muette de surprise et de terreur, Mei se débattit, incapable de crier. Elle sentit quelque chose comme une bourrasque, puis elle cessa de bouger tandis que Bryce bondissait pour saisir le bras de son père. Archer était fort, mais son fils était jeune et décidé. Il dégagea la jeune femme d'une brusque secousse. Elle étouffait, cherchait à reprendre son souffle, cependant que les deux hommes roulaient sur le sol, échangeaient des coups de poing.

— Arrêtez ! hurla-t-elle en s'écartant des combattants qu'elle était incapable de séparer. Arrêtez !

Bryce avait le dessus. Il tenait son père par les épaules. Brusquement, il le souleva et lui cogna la tête contre le sol. Une fois, deux fois… puis Archer reprit l'avantage. Nouvel échange de coups, mais ceux de Bryce étaient plus précis. Archer brassait l'air et visait au hasard. Mei tournait autour d'eux et, lorsque l'occasion se présenta, elle agrippa le bras de Bryce.

— Arrêtez, Bryce ! Ça suffit ! Il faut arrêter ça !

Enfin, il parut l'entendre. Il esquiva un nouveau coup de poing, puis se mit hors de portée et se releva. Archer se redressa et s'assit.

— Espèce de salopard ! Tu n'es plus mon fils !

— Dommage que ce ne soit pas vrai, répliqua Bryce en se frottant le menton.

Archer cracha du sang.

— D'abord ta mère, et maintenant, toi !

— Oui. Et tu sais ce que nous avons en commun ? Regarde-toi donc dans une glace quand tu auras le temps !

— Je t'avais dit de ne pas t'approcher de cette fille !

— Pourquoi t'obéirais-je ?

Encore haletant de leur combat, Bryce alla se poster près de Mei.

— Je vais épouser May. Tu ne m'en empêcheras pas. Je ne veux ni de toi ni de ce domaine ni de ce qui s'y rapporte. Je me débrouillerai tout seul.

Archer le dévisageait, furieux.

— Ingrat ! Tout ce que j'ai fait… tout… je l'ai fait pour toi.

Bryce éclata d'un rire amer.

— Tout ? Pour moi ? Dis-moi ce que tu as fait, papa ! Tu as construit cette abominable maison ? Elevé du bétail ? La belle affaire !

Mei s'écarta de Bryce, et vint se placer entre les deux hommes. Elle était venue à Jimiramira pour reprendre la perle et se venger des Llewellyn. A présent, elle n'avait plus envie de se venger de ces gens sans amour, sans honneur. Elle ne pouvait pas reprendre la perle qui avait disparu, et l'idée de leur prendre leur fils lui répugnait. Pas dans ces conditions. Car Bryce n'était pas un instrument de vengeance ni même une porte ouverte sur un avenir meilleur. Il était bien plus que cela.

Elle l'aimait. Cette révélation la surprit et lui donna des forces. Se redressant de toute sa hauteur, elle déclara :

— Arrêtez, tous les deux : ça suffit. Allez donc vous coucher. Vos paroles vous font honte.

De crainte de fondre en larmes, elle n'osait plus lever les yeux sur Bryce. Archer se releva.

— Je suis maître chez moi. Je n'ai pas d'ordres à recevoir d'une Chinoise.

Elle leur tourna le dos. Bryce lui prit la main, mais elle se dégagea.

— En tout cas, moi, je vais me coucher, dit-elle. Et réfléchir à demain. A ce qui devrait attendre demain pour être dit.

Sur ces mots, elle se dirigea vers le couloir. Aucun des deux hommes ne la suivit. Aussitôt dans sa chambre, elle plaça sa malle devant la porte pour se protéger d'Archer. Ensuite, elle se laissa aller à pleurer.

Elle pleurait toujours lorsqu'elle entendit frapper doucement contre le battant.

— May… S'il vous plaît…

— Allez-vous-en.

— May, il n'y aura rien à dire demain. Les paroles ne changeront rien. Promettez-moi de partir avec moi… May ?

Elle ne répondit pas, et dut se mordre le poing pour ne pas céder à la tentation.

Enfin, elle entendit ses pas s'éloigner dans le couloir.

La pièce était intenable, mais la jeune femme demeura étendue sur son lit sans bouger. Elle n'était pas responsable de tous les événements de la nuit. Mais elle y avait une part. Et si elle n'avait pas volé la perle, elle avait dépossédé Archer et Viola de l'unique trésor de Jimiramira. Elle leur avait volé leur fils.

Quelle qu'en soit la raison, Bryce l'aimait. Certes, elle se réjouissait que cet homme jeune, droit et solide la trouve désirable, mais elle savait aussi qu'ils étaient sous le coup d'une malédiction, condamnés au malheur.

Le Territoire du Nord était vaste, très vaste, et les Européens ne s'y bousculaient pas. Pourtant, en dépit des distances et de l'isolement, les commérages circulaient bon train, entretenus par les voyageurs, les bouviers, les conducteurs de chariots et les chameliers des caravanes, par les colons en mal de solitude qui traversaient le désert ou les plaines pour se rendre à de lointaines courses de chevaux. Combien de temps faudrait-il avant qu'une ancienne connaissance de Broome découvre que Mei-Zhen Robeson avait fait le voyage jusque dans le Territoire ? Combien de temps avant que l'histoire du meurtre de Tom Robeson revienne aux oreilles de Bryce ? Combien de minutes avant qu'il en déduise qu'elle n'était pas venue par hasard à Jimiramira ?

Combien de battements de cœur avant qu'il comprenne qu'elle était venue pour leur voler la perle ?

La croirait-il seulement quand elle lui dirait qu'elle ne l'avait jamais trouvée ? Qu'elle ne l'avait pas prise dans le nid où sa mère prétendait l'avoir cachée ?

Bryce souffrirait. Il se sentirait horriblement trahi.

Sur cette pensée, Mei sombra dans un sommeil anxieux et agité.

Elle rêva qu'elle se tenait dehors, près du bras d'eau, que des volutes de fumée s'élevaient dans l'aube. Des éclairs lumineux zébraient le ciel. La ferme brûlait, chandelle géante allumée pour dissiper les terreurs de la nuit.

Elle n'avait pas peur. Cette ferme n'était pas la sienne. Entre les brise-feu et les pluies de la saison, l'incendie serait contenu. Tandis que les flammes explosaient des fenêtres, que la véranda s'effondrait dans une gerbe d'étincelles, elle se rappela que, pendant son voyage pour venir à Jimiramira, elle avait traversé de vastes étendues de terre désolée, brûlée par les aborigènes. Les anciens traitaient la terre par le feu depuis la nuit des temps pour qu'une nouvelle vie renaisse de nouvelles graines.

A mesure que la fumée s'élevait, devenait plus dense, elle se sentait envahie par un profond sentiment de paix. Elle s'apprêtait à pousser un soupir de satisfaction, mais son souffle s'étouffa dans sa gorge, et ses poumons s'emplirent de fumée. Affolée, elle écarquilla les yeux. Des cendres lui brûlaient les joues.

— May !

Elle luttait pour garder les yeux sur le feu, pour rester éveillée.

— May !

Elle vit alors qu'elle se trouvait dans sa minuscule chambre à Jimiramira. Et la pièce était pleine de fumée. Horrifiée, elle regarda la malle qui calait la porte glisser dans un mouvement accéléré pour venir se heurter au lit. Quelques secondes plus tard, Bryce était auprès d'elle et l'empoignait par les épaules.

— Allons, May ! Debout ! La maison est…

Il se mit à tousser sans pouvoir se retenir.

Il y avait le feu. Ce n'était pas un rêve. Prise de panique, elle se leva. Bryce, qui toussait toujours, lui saisit la main et l'entraîna en hâte vers la porte.

— Sortez… Ma mère… pas vue… personne…

Elle comprit le sens du message. Il voulait qu'elle s'échappe, et il comptait ensuite retourner chercher sa mère.

— Bryce, non !

Il la tira le long du couloir. La fumée était si dense qu'elle n'y voyait rien ; elle n'aurait jamais trouvé une sortie sans son aide.

— Dehors ! Filez !

— Non, Bryce, protesta-t-elle en s'accrochant à sa main. Ne faites pas cela !

Il se dégagea d'elle.

— Filez ! Ne perdez pas de temps !

Et il disparut par où ils étaient venus. Elle l'aurait bien suivi, mais la fumée l'avait avalé. Elle cria son nom, lui hurla de revenir. Sans succès. Enfin, elle résolut de s'éloigner. Tout en chancelant, elle tomba dans les bras de Larry, cinquante mètres plus loin.

— Qui est encore dedans ? lui demanda-t-il. Où est le patron ? Où est Madame ?

— Bry…, commença-t-elle, mais une violente quinte de toux l'empêcha d'en dire plus.

— Allez jusqu'au bras mort. Nous apporterons des seaux pour faire la chaîne…

Et il s'enfonça à son tour dans la nuit.

Elle comprenait l'effort désespéré des hommes, mais il était trop tard. La maison serait rasée par l'incendie, et ceux qui s'y trouvaient encore périraient dans les flammes. Prise de sanglots convulsifs, elle tomba à genoux. Elle revit la bagarre entre Archer et Bryce, la lanterne. Elle se rappela la pièce soudain devenue noire, la sensation de vent. Dans sa confusion, elle avait cru qu'une bourrasque avait éteint la lampe, mais elle n'avait pas pris le temps de vérifier.

A présent, elle comprenait ce qui s'était passé : pendant la lutte, on avait dérobé la lanterne, et sa flamme avait été nourrie avec soin par la femme qui, une fois déjà, avait tenté de mettre le feu à Jimiramira. Mei n'était pas en mesure de le prouver, mais elle savait que Viola n'était ni aussi démunie ni aussi pitoyable que tous le croyaient.

Elle entendait des cris, des pas précipités. Au loin, des chevaux hennissaient furieusement, et les chiens du domaine hurlaient à la mort. Elle arrêta le premier homme qui passa en courant près d'elle.

— Bryce ! Dedans !

— Personne ne peut retourner là-bas, ma fille.

Elle se releva tant bien que mal, puis se dirigea vers le bras mort. En chemin, elle croisa le vieux Henry qui l'avait aidée à remettre la cuisine en état. Elle l'arrêta aussi.

— Bryce… Je vous en prie…

— Plus rien à faire maintenant qu'éteindre le feu.

Il lui entoura les épaules de son bras et l'entraîna avec lui en direction de l'eau.

— Allez, ma petite May, les Noirs vont arriver pour donner un coup de main dès qu'ils auront aperçu la fumée. Nous en viendrons à bout, vous verrez.

— Qu'elle brûle ! cria Mei en sanglotant.

Et Henry disparut, la laissant à ses larmes. Alors, elle se tourna vers la maison. Elle était exactement comme dans son rêve. Tandis que les premières lueurs de l'aube éclairaient le ciel, la véranda s'effondra dans une gerbe d'étincelles.

Mais, cette fois, point de paix bénie. Mei était pétrifiée par l'horreur et l'angoisse. Il faisait presque jour quand elle entendit le vieux Henry l'appeler.

— May ? Vous êtes là ?

Elle ouvrit la bouche pour le rassurer, mais ne put émettre qu'un affreux grognement.

— May ? appela-t-il encore.

Enfin, il apparut, l'aperçut et vint la rejoindre.

— Ah, vous voilà ! Ça va ?

De l'index, elle désigna sa gorge.

Il agita la tête.

— Trop de fumée, j'ai déjà vu ça. Vous serez malade un petit bout de temps, mais ça passera.

Que cela passe ou non, elle s'en moquait. Elle regardait la ferme réduite à des ruines fumantes. Déjà, la chaîne des seaux d'eau se rompait, les hommes se dispersaient.

Henry la mit au courant d'un ton calme, comme s'il lui parlait du bétail qu'on allait emmener au marché.

— Le patron et Madame sont morts tous les deux, quasi réduits en cendres. Le feu a pris dans une pièce à l'arrière. Ils étaient ensemble. Je parierais qu'elle a mis le feu à ce pauvre bonhomme.

— Bryce ? dit Mei péniblement.

— Vous ne savez donc pas ? J'ai envoyé Sally pour vous chercher. Vous ne l'avez pas vue ?

— Bryce ?

— Larry l'a trouvé évanoui devant l'entrée principale. Il l'a traîné à l'écart juste à temps, et puis il l'a porté dans sa chambre, celle qui est juste à côté des cuisines. Emma est avec lui.

Sans attendre plus longtemps, Mei le planta là et contourna les ruines pour se rendre aux cuisines restées intactes du fait de leur éloignement. Chaque pas lui coûtait plus que le précédent. Ses pieds pesaient comme du plomb, mais elle continuait.

Le soleil s'était levé. Posé sur l'horizon, il semblait hésiter à monter davantage. Tenant un mouchoir humide sur leur nez et leur bouche, une poignée d'hommes fouillaient déjà les ruines pour en récupérer ce qui pouvait être sauvé. Sur le devant, deux corps gisaient, pudiquement recouverts par des tapis de selle.

Mei détourna les yeux et vit le squelette du piano entouré de poutres noircies. Elle se rappela la nuit où Archer s'était plaint que Viola n'en voulait pas. La nuit où il avait trop bu et où il parlait à son père comme s'il avait été là.

Elle se demanda si, dans un autre monde au-delà de celui-ci, Archer se plaignait toujours de ce qui avait mal tourné. Si son père et sa mère l'avaient accueilli dans la mort, pour lui pardonner ou pour le condamner. Si Viola, de nouveau belle et lucide, avait repris sa place auprès de lui.

Mei avait une vision brumeuse de l'au-delà, faite d'illustrations de la Bible et des contes et légendes que sa mère avait rapportés de Chine. Saule priait Kuan Yin, déesse de la merci, et parfois aussi la Vierge Marie. Non qu'elle crût au ciel, mais elle espérait.

La fille de Saule n'espérait plus rien. La mort d'Archer et celle de Viola vengeaient son père. La perle avait disparu à jamais de leurs vies à tous, mais Bryce demeurait présent dans la sienne.

Il leur restait une chance. Lorsqu'elle serait de nouveau en mesure de parler, elle lui avouerait la vérité ; elle lui raconterait tout depuis le début. Elle lui parlerait de l'amour qu'il avait fait naître dans son cœur. Qu'il la haïsse ou bien qu'il lui pardonne, il fallait qu'elle sache.

Thomas vivait à l'autre bout du monde et, désormais, elle n'avait plus rien à lui apporter pour qu'ils puissent se construire une nouvelle vie ensemble. Bryce n'était qu'à quelques pas, et elle avait beaucoup à lui donner.

Dans la cuisine, elle trouva Emma assise à la table, les mains sagement croisées sur les genoux, comme si elle attendait des ordres.

— Emma ?

— Oui ?

— Bryce ?

Surprise par cette voix étrange et rauque, Emma fronça les sourcils.

— Lui dormir.

D'un geste, Mei fit signe à Emma qu'elle pouvait disposer, ce qui lui valut un sourire chaleureux. Sitôt la jeune aborigène sortie, elle se dirigea vers la pièce qui servait de chambre à Larry. Elle s'arrêta un moment devant la porte, puis l'ouvrit doucement. Bryce était étendu sur le lit et regardait fixement le plafond. L'un de ses bras était correctement pansé, et l'on avait coupé son pantalon au niveau du genou pour pouvoir lui bander le mollet.

— Bryce ?

Il ramena lentement son regard sur elle, un regard qui semblait revenir de très loin.

— May ?

Il était affreusement enroué, lui aussi, et il se mit à tousser en se redressant pour s'asseoir.

— Vous… allez… bien ?

Elle acquiesça d'un hochement de la tête.

— Sally m'a dit que vous aviez disparu, qu'on ne savait pas où vous étiez passée.

Elle s'approcha pour qu'il puisse l'entendre, et répondit avec difficulté :

— Personne… ne m'a… prévenue… pour vos…

Il s'efforça de sourire, mais l'expression de son visage demeurait douloureuse.

— Je m'en suis sorti. Larry…

Elle posa un doigt sur ses lèvres pour qu'il se taise, mais il poursuivit malgré tout :

— Ils sont… morts.

Et il ferma les yeux.

Que répondre à cela ? Elle ne pouvait décemment pas lui dire qu'elle le regrettait. Viola ne souffrait plus. Quant à Archer, il n'avait jamais mérité de vivre. Son père à elle était mort par l'eau, le sien par le feu : le cercle symbolique était bouclé. Bryce se retenait de pleurer. Pour le réconforter, Mei s'assit près de lui, et drapa le bras autour de ses épaules. Il grimaça lorsqu'elle lui toucha la poitrine, mais quand elle voulut retirer sa main, il l'attira à lui.

— May…, souffla-t-il avec des larmes dans la voix.

Elle posa la tête au creux de son cou en murmurant :

— Peut-être ont-ils trouvé la paix ?

— Ce serait nouveau, pas vrai ?

Il la serra plus fort. Sa voix s'était brisée. Ne sachant trop comment soulager son chagrin, elle releva la tête pour l'embrasser, et il lui rendit son baiser, comme si cette fragile intimité lui mettait du baume au cœur. Puis le baiser se fit plus intense. Mei pensait à ce qu'elle avait à lui dire ; elle cherchait par ce baiser à lui dire qu'elle l'aimait. Il faudrait qu'il s'en souvienne au moment où elle lui dirait la vérité. Qu'il se souvienne qu'elle l'avait embrassé sans raison, sans arrière-pensée — pas pour la perle ni par esprit de vengeance, mais par amour, et seulement par amour.

— Oh… May…, dit-il dans un soupir.

Il couvrit son visage de baisers, dénoua sa natte, répandit sa chevelure sur son dos, la caressa.

— Promets-moi que tu ne me quitteras pas, toi aussi.

Elle songea que, bientôt, ce serait peut-être lui qui lui demanderait de partir, mais elle murmura sa promesse. Elle ne s'en irait que s'il l'exigeait. S'il lui pardonnait, elle resterait près de lui et l'aiderait à bâtir son foyer sur les cendres d'une maison qui n'en avait jamais été un pour lui.

Il l'étendit contre l'oreiller, se pencha sur elle pour mieux l'embrasser. Sa maladresse juvénile était touchante. Ses mains tremblaient lorsqu'il plongea les doigts dans ses cheveux.

— Reste avec moi…

Elle effleura sa poitrine, ses épaules, ses hanches étroites. La compassion et l'amour se muèrent en désir sans qu'elle en soit consciente, emportée qu'elle était sur une vague d'espoir. Ensemble, ils triompheraient du passé. Si elle pouvait lui pardonner d'être le fils d'Archer et de Viola, il lui pardonnerait aussi, et ils repartiraient sur des bases nouvelles.

Elle se laissa dévêtir, gémit lorsqu'il prit son sein dans sa paume, puis, peu à peu, elle oublia le passé, la vengeance, les regrets. Elle oublia l'avenir et les obstacles qui se dressaient encore sur leur route. Elle se donna à lui et, pendant ces instants bénis, il n'y eut plus aucun fantôme pour les séparer.

Etendue près de Bryce, Mei écoutait sa lente respiration. Il dormait depuis un bon moment, et il dormirait sans doute encore une partie de la journée. Le devoir commandait à la jeune femme de se lever pour aider Larry à préparer le petit déjeuner des hommes, mais elle se sentait vide d'énergie, apaisée et heureuse de rester là, près de l'homme qu'elle aimait.

Soudain, elle entendit l'étrange appel d'un oiseau. Elle se demanda d'abord comment il parvenait à imiter ainsi l'aboiement d'un chien, puis elle se rappela sa promenade avec Bryce, leur visite au palais de branchages que l'oiseau à berceaux construisait pour attirer sa belle. Un imitateur capable de meugler comme une vache, d'aboyer comme un chien…

Elle s'assit brusquement en se rappelant aussi qu'il ornait son chef-d'œuvre de toutes sortes d'objets colorés ou brillants — morceaux d'os, rubans, coquillages, boutons…

Pourquoi pas une perle ?

Mon Dieu ! Elle devenait aussi folle que Viola ! Si elle restait à Jimiramira, chercherait-elle éternellement la Perle de Grand Prix ? Et si elle la trouvait, qu'en ferait-elle ?

Et Thomas ?

Elle se dit qu'elle devrait dormir encore un peu, qu'elle devrait se lever pour aider Larry dans la cuisine. Mais, lorsqu'elle fut debout et habillée, elle ne se leurrait plus sur ses intentions.

Dehors, un groupe de bouviers aborigènes fouillait les décombres. Ils ne lui prêtèrent pas la moindre attention. En chemin, elle croisa Larry qui s'arrêta pour lui parler.

— Henry va se rendre au poste du télégraphe pour leur apprendre la nouvelle.

Le télégraphe se trouvait à plusieurs journées de là, et le voyage serait particulièrement pénible, en cette saison, mais il fallait, en effet, prévenir les autorités.

— Vous n'avez plus de maison à superviser. Si vous souhaitez partir, il vous escortera là-bas et, quand le temps sera meilleur, le gars du télégraphe s'arrangera pour vous faire rejoindre Darwin.

Sur ce, il s'éloigna sans attendre la réponse.

Afin de ne pas attirer les soupçons, Mei se dirigea vers le bras mort, puis, dès qu'elle eut atteint les arbres, elle reprit le chemin qu'elle avait suivi avec Bryce, se répétant tout au long du trajet qu'il n'y avait pas de perle dans le berceau de l'oiseau, que le joyau avait disparu à jamais et que, si elle ne se surveillait pas, elle risquait de perdre la tête, comme la mère de Bryce.

— Bryce, dit-elle à voix haute.

Elle ne souriait pas en prononçant son nom. Elle savait déjà qu'elle se préparait à le quitter. En arrivant en lisière des buissons, elle marqua une pause, ne sachant plus que penser.

Enfin, elle s'aventura dans l'enchevêtrement des branches et retrouva sans trop de peine l'extraordinaire construction de l'oiseau, plus impressionnante encore à la lumière du jour. Mais, tandis qu'elle restait devant, fascinée, une voix venue du fond de son cœur lui criait de prendre la fuite.

Elle n'en fit rien. Elle inspira longuement et se pencha pour regarder à l'intérieur. La perle pour laquelle son père avait donné sa vie brillait à l'entrée du berceau. L'oiseau savait d'instinct qu'aucune femelle ne résisterait à cette tentation.

*
* *

Dans l'étroit salon de son appartement de San Francisco, Mei poursuivait son récit pour Liana et Cullen :

— Naturellement, j'ai pris la perle. Je l'ai posée sur la paume de ma main. A sa surface, j'ai vu se dessiner le visage de Thomas. Je ne pouvais pas la garder pour moi. Je devais la porter en Californie. Ma mère l'aurait voulu ainsi. Plus tard, ce matin-là, quand je suis partie avec le vieux Henry, votre grand-père dormait encore, Cullen. Je ne l'ai jamais revu.

Liana cligna des yeux pour refouler ses larmes. Cullen, qui était moins ému qu'elle, put prendre la parole.

— Vous avez préféré votre frère à mon grand-père ?

— Trois mois plus tard, je suis venue en Amérique. Après l'incendie, des pluies violentes ont causé des inondations. Si Bryce avait voulu partir à ma recherche pour me ramener à Jimiramira, il ne l'aurait pas pu. J'ai réussi à regagner Darwin, et j'ai rencontré une famille qui embarquait pour les Etats-Unis. Nous sommes convenus que je veillerais sur les enfants pour le prix de mon passage. Comme mon père était blanc, j'avais la nationalité australienne, ce qui m'a permis d'émigrer en Californie. A l'époque, ils ne voulaient pas de Chinois dans ce pays.

— Et tu ne l'as pas regretté, ma tante ? demanda Liana.

Un triste sourire se peignit sur le visage fripé de Mei.

— J'ai retrouvé ton père très facilement, comme je l'avais fait tant de fois dans mes rêves. Comme je l'imaginais, Thomas était grand et fort, mais il ne me ressemblait pas : il n'avait rien de chinois. Nous nous sommes rencontrés en secret. Il m'a dit que notre grand-père ne devait pas savoir que j'étais là, que s'il l'apprenait, il me ferait renvoyer d'où je venais.

Le sourire s'effaça de ses lèvres.

— J'étais si heureuse de le voir ! Je m'accrochais à lui, à l'idée qu'il était l'autre moitié de mon âme, car j'avais perdu tout ce qui m'était cher. J'ai tendu la perle à Thomas pour qu'il la voie. Je lui ai raconté l'histoire d'Archer et de notre père ; je lui ai expliqué en détail tout ce que j'avais fait pour lui rapporter le joyau. Il a pris la perle, l'a placée dans sa paume et caressée du bout des doigts. Et puis, il m'a dit de rentrer à la pension où je logeais. Il devait revenir me chercher le lendemain pour que nous entamions notre nouvelle vie.

Mei agita tristement la tête. Elle ne continua pas.

— Il n'est jamais venu, n'est-ce pas ? murmura Liana.

— Le lendemain matin, la police est venue me chercher pour me mettre en prison. Thomas m'avait accusée d'avoir volé sa montre. L'un des policiers a fait semblant de la trouver parmi mes vêtements. Ils m'ont gardée enfermée deux jours, puis un agent est venu m'annoncer que j'étais libre, que Thomas renonçait à toute poursuite, mais que, si je l'importunais encore, il me ferait renvoyer en Australie. Il aurait pu le faire, d'ailleurs. Notre grand-père était un homme puissant, et Thomas était son unique héritier.

Liana se tourna vers Cullen, et vit qu'il l'observait. Mei conclut son récit :

— Quand je suis rentrée à la pension, une lettre m'attendait. Elle était de Thomas : il me demandait de ne jamais dire qui j'étais et de ne pas parler de la perle. Si je gardais le silence, il me permettrait de rester, faveur qu'il m'accordait parce que j'étais sa sœur jumelle.

QUATRIÈME PARTIE

« A moi, l'amour n'est pas venu
Comme aux autres il échoit en partage ;
Le mien était secrète blessure,
Mais de la plaie est née une perle. »

EDITH MATHILDA THOMAS
The Deep-sea Pearl, Stance I

19.

Sydney, Australie — époque actuelle

Matthew ne savait pas à quel moment son portefeuille avait disparu. Il se rappelait avoir payé le chauffeur de taxi, le réceptionniste pour sa première nuit d'hôtel à King's Cross, la note du restaurant pour les pires spaghettis qu'il ait jamais mangés. Après le repas, il avait regagné sa chambre et dormi dix-neuf heures d'affilée.

Et lorsque, enfin, il avait rouvert les yeux, il n'avait plus de portefeuille.

Le soleil déclinant filtrait à travers le store jauni. Matthew tira le cordonnet, et le store s'enroula d'un seul coup avec un claquement sec. Trois étages plus bas, sur le trottoir, il aperçut deux hommes qui gesticulaient en criant devant un étal de légumes tandis que le propriétaire de la boutique commençait à rentrer sa marchandise.

— Merde, murmura Matthew en fermant les yeux.

Simon lui avait choisi cet hôtel parce qu'il était facile à trouver, bon marché et anonyme à souhait. Au cours de leurs recherches, il l'avait déniché sur le site Internet d'une agence de voyages pour étudiants. Matthew ne comptait rester à Sydney que le temps nécessaire pour réserver une place sur un vol à destination de Jimiramira — deux nuits tout au plus. Il s'était donné une journée pour se remettre du décalage horaire, et une autre pour se préparer au reste du trajet. La seconde journée s'achevait, et il n'avait plus d'argent.

— Merde, répéta-t-il.

Mais, contrairement à ce qu'il en attendait, jurer ne le soulagea pas.

A présent, il se trouvait dans l'hémisphère Sud, aussi loin de San Francisco qu'on pouvait l'être. Il avait un passeport d'emprunt, le ventre vide, une chambre qu'il n'était plus en mesure de payer, et pas la moindre idée de l'endroit où il avait perdu son portefeuille.

Avec un soupir, il se laissa choir sur l'unique chaise de la pièce, et s'efforça de réfléchir à ce qui s'était passé entre le moment où il avait avalé la dernière bouchée de spaghettis et celui où il s'était endormi tout habillé.

Il avait réglé son repas en liquide — en devises australiennes. Sachant qu'il y perdrait quelques cents par dollar, il avait changé tous ses billets américains à l'aéroport où une foule de gens se pressait aux guichets et où les employés débordés avaient moins de chance de le remarquer que dans une petite banque pratiquant de meilleurs taux.

D'abord inquiet à l'idée d'employer une monnaie peu familière, il s'était habitué très vite aux pièces de un dollar et avait compté sans peine son argent pour le taxi, puis pour la chambre, et enfin à la caisse de la cafétéria pour ses spaghettis. Après quoi il avait rangé le reste de ses huit cents dollars dans son portefeuille, puis il l'avait mis dans la poche arrière de son jean.

Et voilà que le portefeuille s'était envolé ! Son angoisse ne fit que croître tandis qu'il s'efforçait de revivre les minutes suivantes :

— J'ai mis le portefeuille dans ma poche, j'ai dit bonsoir au caissier qui m'a demandé si j'étais américain…

Cette question l'avait chagriné. Depuis toujours, il s'efforçait d'imiter l'accent de son père, traînant comme lui ses voyelles, laissant tomber les « r » au milieu de certains mots, en ajoutant au bout de certains autres. En tant que fils de Cullen, il se sentait capable de passer pour un Australien. Hélas, de toute évidence, il surestimait ses talents.

— … Je lui ai dit que je vivais aux Etats-Unis depuis quelques années, et je suis sorti…

Matthew revit la rue devant le restaurant. Il n'était pas bien loin de l'hôtel, mais dans un quartier un peu louche qui rappelait certains coins de North Beach à San Francisco, avec ses vitrines qui le fascinaient et lui répugnaient à la fois, et ses néons qui proposaient des divertissements auxquels il n'était pas en âge d'assister — ce qu'il regrettait un peu.

Dehors, la nuit était criblée d'étoiles. Une foule de gens se promenaient en regardant les vitrines. Des haut-parleurs qui saturaient sur les notes élevées diffusaient une musique bruyante et rythmée. Matthew s'était arrêté devant une pharmacie pour jeter un coup d'œil à l'intérieur. Il s'attendait presque à y voir des flacons fumants, des fioles aux formes bizarres débordant d'écume, mais le magasin ressemblait à ceux qu'il connaissait.

C'est alors qu'une fille l'avait abordé.

— T'aurais des clopes, vieux ?

Enfonçant ses mains dans ses poches, il s'était retourné pour lui faire face. Elle paraissait avoir au moins vingt ans. Plus petite que lui d'une bonne tête, elle avait de longs cheveux bruns et des yeux très noirs. En apparence, du moins, car, en l'examinant de plus près, il s'était aperçu que ses pupilles démesurément dilatées étaient entourées d'un mince cercle vert.

— Je ne fume pas, avait-il déclaré, vaguement gêné.

Et, pour la première fois, il l'avait presque regretté.

— Ah non ? Merde, c'est moche. Je suis en manque.

— Ils n'en vendent pas, par ici ?

— Je n'achète pas de clopes. Les mecs m'en filent.

Elle s'était rapprochée de lui d'un air aguicheur. Il avait alors remarqué sa jupe trop courte, son corsage stratégiquement dégrafé, et s'en était ému.

— J'ai frappé à la mauvaise porte, hein ?

Il ne savait plus que faire. Son parfum exotique le troublait aussi, et elle était jolie, bien qu'elle fût beaucoup trop maquillée.

— Pas forcément.

Lorsqu'elle lui avait souri, il avait noté que ses dents étaient légèrement de travers, et il avait trouvé cela charmant. A l'école, toutes les filles arboraient une dentition parfaite ou en voie de le devenir.

En dépit de sa fatigue, Matthew tenait à prolonger la conversation. Depuis son arrivée, il ne lui était rien arrivé d'aussi excitant que cette rencontre.

— Vous habitez le quartier ?

— Ici et là. Je bouge pas mal.

Elle avait tendu la main vers lui et redressé le col de sa chemise, comme si cela avait été la chose la plus naturelle du monde. Pourtant, il n'avait jamais entendu dire que les jeunes Australiennes étaient plus délurées que les Américaines. Si tel était le cas, cela aurait dû se savoir dans le cyberespace !

Lentement, elle avait laissé retomber sa main.

— Tu habites où en Amérique ?

— Qu'est-ce qui te fait croire que je viens d'Amérique ?

— Peut-être ton accent. Ta chemise, aussi… Et puis tes bottes. Tu es un gars du Texas ?

— Je suis d'ici. Mais il y a un bout de temps que je vis en Amérique.

Elle avait haussé les épaules.

— Ah bon. Ta chemise me plaît bien. Tourne-toi un peu que je voie comment elle est derrière.

Et il s'était retourné, bien entendu. Comprenant soudain l'affreuse vérité, Matthew se prit la tête dans les mains. Il était tellement épuisé qu'il ne s'était pas rendu compte qu'elle lui avait subtilisé son portefeuille. Pendant qu'il avait le dos tourné, elle s'était cognée contre lui — accidentellement, avait-il cru sur le moment. Il n'avait rien remarqué en dehors de son propre émoi ; il s'était même étonné que son corps le trahisse en dépit de la fatigue.

Lorsqu'il lui avait de nouveau fait face, elle semblait parfaitement innocente. Ils avaient encore échangé quelques mots, puis elle était partie, et il avait repris seul le chemin de l'hôtel. Comme sa clé était dans une poche de devant, avec son passeport, son billet de retour et ses pièces de monnaie, il ne s'était pas aperçu qu'il n'avait plus de portefeuille. Jusqu'à son réveil.

Cette fille lui avait pris son portefeuille.

Bien qu'il eût grandi dans les beaux quartiers de San Francisco, il avait quand même appris à se méfier des inconnus, à garder son argent dans ses poches de devant, à éviter, la nuit, les endroits mal famés ou peu familiers. Il se croyait averti et particulièrement malin.

Mais ce n'était pas bien malin de laisser la première fille venue lui souffler son argent à l'autre bout du monde !

Comment faire pour récupérer son argent ? Cette mission lui parut tout d'abord impossible.

Il y avait belle lurette que la fille avait filé. Pourquoi se serait-elle attardée dans King's Cross au risque de se faire pincer ? Elle devait bien se douter qu'il découvrirait la supercherie et se plaindrait à la police. Bien sûr, il évitait la police comme la peste, vu sa situation, mais elle ne pouvait pas le savoir.

Et si elle était encore dans les parages ? Si elle n'avait pas dépensé tout l'argent ? Il lui fallait au moins en récupérer le reste. Il n'était pas au bout de son voyage, et il n'arriverait jamais au but sans rien dans les poches. Même s'il couchait dehors, il allait devoir manger. Il avait encore tout un stock de barres de céréales et un paquet de chips achetés à Dallas, mais cela ne le mènerait pas bien loin.

Et pas question d'appeler sa mère pour le moment…

Finalement, il se leva et prit son sac à dos. S'il retrouvait cette fille, il reviendrait passer la nuit ici et paierait sa chambre. Sinon, il dormirait à la belle étoile dans un parc. Plus tard, il enverrait un chèque à l'hôtel.

Il longea le couloir sans faire de bruit pour ne pas attirer l'attention, constata avec soulagement que le réceptionniste n'était pas à son poste, et sortit dans le crépuscule de King's Cross.

Vers minuit, Matthew renonça à poursuivre ses recherches, et se mit en quête d'un endroit où camper. Il avait écumé le quartier, explorant les coins sombres, entrant dans les boutiques et dans les restaurants, vérifiant les impasses et les entrées d'immeubles. Vers 22 heures, il avait commencé à interroger les passants, leur décrivant la fille avec tous les détails dont il se souvenait. Les badauds avaient fait preuve d'une grande courtoisie, mais personne n'avait pu le renseigner. Personne, à l'exception d'une vieille femme qui tenait une librairie poussiéreuse à un pâté de maisons du lieu de leur rencontre.

— Une fille comme ça ? Qu'est-ce que tu en ferais, malheureux ?

La libraire semblait presque aussi vieille que sa tante Mei chérie, et elle n'avait pas l'accent australien. Matthew prit un livre et le feuilleta distraitement.

— Elle a un truc à moi qu'il faut que je récupère.

— Tu perds ton temps avec ce genre de créature. Ta mère ne t'a donc pas appris à séparer le bon grain de l'ivraie ?

Matthew releva les yeux.

— Vous la connaissez ?

— Oh oui ! Pour la connaître, je la connais. Même que j'ai essayé de lui donner un coup de main, mais elle n'en a pas voulu.

— Un coup de main ?

La vieille l'examina de la tête aux pieds.

— Quel âge tu as, mon garçon ?

— Dix-huit ans.

Si elle le soupçonnait de mentir, elle n'en laissa rien paraître.

— A cet âge-là, tu devrais savoir, tout de même.

— De quelle façon vous avez cherché à l'aider ?

— J'ai tenté de la sortir du caniveau, mais elle n'a rien voulu entendre. Ça ne l'intéressait pas de classer des livres et de servir les clients ici. Non, elle préfère racoler les hommes au coin des rues.

L'image était trop claire pour s'y méprendre. Bien qu'il n'eût, en réalité, que quatorze ans, Matthew comprit sans peine l'allusion. Quel nigaud il faisait ! Cette fille se prostituait, et il ne s'en était même pas aperçu !

— Vous savez où elle est, en ce moment ? bredouilla-t-il, gêné par sa propre sottise.

— Je suppose qu'elle a une chambre dans le coin, mais il y a un bout de temps que je ne l'ai pas vue. Elle circule pas mal et, franchement, elle ferait mieux de retourner d'où elle vient. Là-bas, elle arriverait peut-être à vivre décemment.

Il n'avait pas insisté davantage et, lorsque la porte de la librairie s'était refermée derrière lui, la vieille avait retourné l'écriteau pour afficher « Fermé », puis elle avait tiré le store.

Après cela, Matthew était resté à tourner en rond dans les parages, mais il n'osait plus poser de questions. Cette fille était une prostituée. Personne n'oserait avouer la connaître. Il se demanda où allaient les prostituées, la nuit, puis il tenta d'imaginer ce à quoi elles passaient leur temps, mais ces réflexions lui affolaient les sens et le plongeaient dans un abîme de panique.

A minuit, il se résigna à coucher dehors. Il était trop tard pour revenir en arrière. Demain, il examinerait les choix qui s'offraient encore à lui, mais pas avant d'avoir dormi.

Son estomac grondait, et il se mit en quête d'un coin où il pourrait ouvrir son sac à dos pour en sortir les chips. Des buissons, une haie proche d'un bâtiment lui apporteraient une protection adéquate pour la nuit. Il devait se cacher pour rester à l'abri des ennuis.

A quelque trois cents mètres de la librairie, il trouva l'endroit idéal. Une église de pierre entourée d'immeubles décrépis et de parkings dans une rue tranquille, en retrait de l'agitation et des commerces de King's Cross. Mieux encore : elle trônait au centre d'un petit parc bordé de buissons dont les branches retombaient en arc vers le sol du côté de la rue. Une grille haute d'à peine un mètre en faisait le tour. A l'arrière, il y avait un portail. S'il était ouvert, tant mieux. Sinon, il ne serait pas bien difficile de l'escalader sans être vu.

Matthew examina la rue qui paraissait déserte, puis il longea la grille du côté où il n'y avait pas de réverbère. Le portail était cadenassé. Il jeta son sac par-dessus, puis se hissa par-dessus l'obstacle. Prenant soin de rester à couvert, il traversa le parc pour gagner les buissons.

Il n'aurait pu rêver meilleur abri. Sous les branches, le sol sablonneux n'était souillé d'aucune ordure. Le bâtiment constituait un bon coupe-vent, et les branches tombaient assez bas pour le rendre invisible. Il ouvrit son sac, en sortit les chips mais renonça au luxe d'une barre de céréales pour économiser ses maigres provisions.

Il était tellement affamé que les chips lui firent l'effet d'un mets digne d'un roi.

Il se réveilla en sursaut, désorienté. Il avait froid, et l'oreiller lui grattait la joue. Les voix qu'il entendait n'appartenaient ni à sa mère ni à Sue Lo, leur femme de chambre. C'étaient des voix inconnues, jeunes et agressives, qui l'avaient tiré du sommeil. Une fille parlait à un homme.

— Comment ça, pas de problème, Charlie ? J'ai besoin d'argent pour payer ma chambre. Cette vieille carne a promis qu'elle changerait la serrure et vendrait mes affaires si je la payais pas ce soir.

L'homme répondit par un grommellement dont Matthew ne parvint pas à saisir le sens. La fille monta d'un ton.

— Merde ! C'est mon fric, je l'ai gagné ! Je ne te demande pas tout, juste assez pour…

La phrase demeura en suspens, interrompue par un claquement sec suivi d'un hurlement aigu.

Matthew se redressa, tenta de voir ce qui se passait entre les branches. A la lueur d'un réverbère, il aperçut un homme qui secouait une frêle jeune fille par les épaules. Cette fois, il put entendre ses paroles :

— Tu crois tout savoir mieux que tout le monde, hein ? Je vais te dire : t'es qu'une salope. J'en ai dix autres comme toi, et pas une ne se plaint. Je t'ai dit de répondre à la vieille que je la paierais demain. Si elle t'emmerde, dis-lui que, la prochaine fois, elle écopera d'autre chose que d'une poignée de dollars !

Sur ces mots, il repoussa violemment la fille qui trébucha, reprit son équilibre et se jeta sur lui, le frappant des deux poings.

— C'est mon argent ! Tu avais promis de t'occuper de moi si je te le donnais !

L'homme lui saisit les bras, les noua derrière sa tête et la frappa au ventre d'un coup de genou. La fille hurla et chancela, mais il la maintint debout et répéta le coup.

Matthew en avait assez vu. Il bondit hors des buissons, et se précipita vers la rue.

— Hé, toi ! Ça va ! Laisse-la tranquille !

L'homme relâcha sa prise, et la fille s'affaissa à terre comme une poupée de chiffon.

— Non, mais, à qui tu causes ? On me parle pas sur ce ton-là !

L'homme se saisit de la grille et la secoua, puis il rejeta la tête en arrière en éclatant d'un rire de maniaque.

Jamais Matthew n'avait vu une scène comme celle-là. Sans même y réfléchir, il agrippa le poignet de la brute et le tordit par-dessus son épaule, puis il tira vers l'arrière en se servant d'un barreau comme levier.

L'homme ne riait plus. De sa main libre, il tentait d'attraper les cheveux de Matthew qui esquivait en agitant la tête et qui tirait plus fort. Soudain, il y eut un craquement. Horrifié, Matthew relâcha sa prise. Et l'homme s'effondra en hurlant.

Sidéré par sa propre force, sa rage et ses conséquences, Matthew ne savait plus que faire. Il cherchait seulement à gagner du temps pour donner à la fille une chance de s'enfuir. Il n'en crut pas ses yeux lorsqu'elle se releva, puis s'arma d'une pierre et se précipita pour frapper à la tête l'homme qui se contorsionnait à terre.

Les contorsions cessèrent. Il ne bougeait plus.

La fille leva les yeux. Son visage avait quelque chose de familier, et une lueur de triomphe bien incongrue brillait dans ses yeux verts.

— Faut qu'on file de là. Ils vont appeler les flics.

Pétrifié, Matthew regardait l'homme à terre.

— Vous l'avez tué.

— Mais non, ce serait trop beau.

Elle se pencha un peu pour examiner sa victime de plus près.

— Tu vois bien : il respire encore. Alors, tu viens ?

Matthew tenta de réfléchir. Il fallait bien que quelqu'un reste avec le blessé ! Oui, mais, s'il n'était pas mort, il lui avait probablement cassé le bras. Comment expliquer ça à la police ? Comment expliquer qui il était et ce qu'il faisait en Australie ? Et pourquoi il couchait dehors ?

Et comment il connaissait cette fille ? La police le mettrait en prison et prendrait son temps pour enquêter…

… Et sa mission resterait inachevée.

Il regarda la fille à travers les barreaux.

— C'est toi qui m'as volé mon portefeuille, pas vrai ?

— Exact. Et je vais même le voler une deuxième fois. Comme ça, tu te décideras peut-être à venir avec moi.

Au loin, Matthew entendit des sirènes.

— Merde ! Mon sac est resté dans les buissons !

— Pas le temps : on file.

Elle avait raison. Les sirènes approchaient. Des lumières s'allumaient dans les immeubles voisins. Des gens parlaient aux fenêtres. Matthew sauta la barrière tandis qu'elle fouillait dans les poches du dénommé Charlie et en tirait le portefeuille de Matthew.

— Je l'ai. On fiche le camp.

Il lui prit le portefeuille des mains et le mit dans sa poche.

— Ça va ? Tu peux courir ?

— Moi, courir ? T'inquiète pas. Je cours depuis que je suis née.

— Je m'appelle Tricia, dit-elle en lui tendant le dernier morceau de poisson frit qu'ils avaient acheté sur un stand du port de Sydney.

Il l'avala d'une seule bouchée. Sa propre part avait disparu en un rien de temps.

— Moi, c'est Matthew, marmonna-t-il en déglutissant.

— C'est pas le nom que j'ai trouvé dans ton portefeuille.

— Simon Matthew Van Valkenburg, répondit-il sans hésiter. Mat pour les amis.

— Hm…

Tricia se cala contre le banc en fermant les yeux.

— Tu crois qu'ils vont nous retrouver ici ?

— Ils ne sauront même pas où chercher. Quand Charlie se réveillera, il ne leur dira rien. En plus, même s'il parlait, les flics ne le croiraient pas : ils le connaissent trop bien pour ça.

Matthew se sentait plus à l'aise. Il avait retrouvé son portefeuille, et si une part de son argent s'était évaporée en route, il lui restait soixante-dix dollars moins ce qu'ils avaient dépensé pour leur repas. Mieux que rien, en somme.

— Pourquoi tu m'as volé ? demanda-t-il.

— Parce que c'était facile.

— Je voulais dire : pourquoi moi plutôt qu'un autre.

— Tu sentais le pigeon à plein nez.

Malgré sa honte, il aurait été bien en peine de la contredire.

— Comment ça ?

— Tu avais l'air complètement paumé.

Mouais. Elle devait avoir raison. Il se promit d'être plus prudent, à l'avenir.

Tricia eut un léger haussement d'épaules, et ajouta :

— Je pensais que tu rentrerais chez papa-maman et qu'ils prendraient soin de toi. J'imaginais pas que tu finirais à la rue.

— Ben, moi, j'imaginais pas que tu faisais le tapin, répliqua-t-il avec humeur.

Elle éclata d'un rire innocent.

— Ça se voyait pas ? Et moi qui me prenais pour une pro !

— Pourquoi tu fais ça ? La libraire m'a dit qu'elle t'avait proposé du travail.

— La vieille Mme Duff ?

— Je l'ai questionnée quand je cherchais mon portefeuille.

— Sûr qu'elle m'a proposé un travail. Mais, si j'avais voulu ce genre de boulot, j'en aurais même trouvé à Humpty Doo.

— A moi, ça me paraît mieux que ce que tu fais maintenant.

— Ça m'étonne. En général, les mecs aiment bien ce que je fais.

— Tu es trop jeune pour ça.

Cette remarque moralisatrice le surprit lui-même. Il croyait presque entendre sa mère quand elle le réprimandait sur l'état de ses jeans.

Tricia ne s'en offusqua pas. Elle semblait plutôt curieuse.

— Quel âge tu me donnes ?

— Je ne sais pas. Vingt ans, peut-être ?

Elle éclata de rire.

— Ben, même si tu es plus vieille, dit-il, tu es tout de même trop jeune pour…

— J'ai seize ans.

Une foule de questions se bousculaient soudain dans l'esprit de Matthew. Il se demandait par laquelle commencer.

— Depuis quand tu…

— L'année dernière. J'en ai eu marre du Territoire. Il n'y a rien, là-bas. Que des vaches, des mouches et des moustiques. T'y es déjà allé ?

— Non, mais j'y vais.

— Vrai ? Grand Dieu, pour quoi faire ?

— Voir mon grand-père. Roman Llewellyn. Il a un ranch, là-bas.

Puis, se rappelant que son père et sa tante Mei appelaient « domaine » les terres de son grand-père, il ajouta :

— Le domaine de Jimiramira.

— Ouais. Je connais Jimiramira.

— Ah oui ?

Pour la première fois depuis qu'il avait cassé le bras de Charlie, il avait l'impression de toucher du doigt quelque chose de solide.

— Et tu connais comment ?

— Ben, comme ça, quoi.

— Tu habites à côté ?

— A côté, c'est pas le mot. Dans le Territoire, tout est loin de tout. Tu le savais pas ?

— Tu peux me redire comment s'appelle l'endroit d'où tu viens ?

— Humpty Doo. Et ne me regarde pas comme si je me fichais de toi. Je l'ai pas inventé. Ça existe vraiment. Mes parents ont un lopin de terre, là-bas : ils cultivent les mangues. Quand j'étais plus jeune, ils travaillaient pour un domaine. Ils ont épargné tout ce qu'ils pouvaient pour acheter leurs fichus manguiers. Ils prétendaient qu'ils faisaient ça pour moi.

Matthew repensa à sa mère qui lui tenait le même discours. Tout ce qu'elle faisait, c'était pour lui. A croire que tous les parents se ressemblaient, quel que soit le pays.

— Ils ne te manquent pas ? demanda-t-il à Tricia.

Comme elle restait muette, il insista :

— Ils doivent s'inquiéter pour toi, non ?

— Il est un peu tard pour ça. D'ailleurs, vu ce que je suis devenue, ils ne me reprendraient pas.

Une fois de plus, Matthew songea à Liana. A son retour, elle lui ferait payer son escapade, mais jamais elle ne le rejetterait. La question ne se posait même pas.

Tricia croisa les bras sur sa poitrine.

— De toute façon, j'y retournerai pas. Je ne remettrai jamais les pieds dans le Territoire.

— Tu comptes rester ici ? Avec Charlie à tes trousses ?

— Je peux l'éviter.

— En faisant ce que tu fais ? Tu ne peux pas continuer. Il te retrouvera. La prochaine fois, il est capable de te tuer. D'abord, qu'est-ce que tu fabriquais avec lui ? Je ne comprends pas.

— Ce salopard m'a promis qu'il veillerait sur moi, que si je rapportais de l'argent, j'aurais tout ce que je voudrais.

— Si tu avais gardé ton argent au lieu de le lui donner, tu aurais eu une petite chance d'en sortir.

— Mouais. Sauf que j'aurais été seule.

Matthew sentait la hanche ferme de Tricia contre la sienne, et ce contact éveillait en lui un certain trouble. Avant de voir Charlie la frapper, il était certain de n'éprouver que colère et mépris pour la fille qui lui avait volé son portefeuille. Et voilà qu'il s'efforçait de la convaincre que la vie était bonne et qu'elle méritait mieux que de faire le trottoir pour une brute infâme. Il était pourtant bien mal placé pour jouer les conseillers, alors qu'il gérait si mal ses propres affaires !

— Et toi ? C'est quoi, ton histoire ? demanda-t-elle finalement. Et ne me raconte que tu n'es pas Yankee ! J'ai vu ton permis de conduire. Il vient de San Francisco.

— C'est là que j'habite. Mais mon père vit en Australie. Du coup, je suis à moitié australien.

Elle lui décocha l'un de ses sourires aguicheurs qui lui rappela leur première rencontre.

— Quelle moitié ? Le haut ou le bas ?

Matthew en eut le feu aux joues.

— Je viens rendre visite à mon grand-père. Je ne l'ai jamais vu, et je tenais à le connaître. C'est tout.

— Tu aurais dû l'appeler pour lui demander de l'argent au lieu de dormir dans les buissons, hier soir.

— Il ignore que je suis là. C'est une surprise.

— Ben, tu aurais pu appeler ton père, alors.

— Il est aux Etats-Unis en ce moment.

Jusqu'ici, Matthew avait préféré ne pas trop réfléchir à l'effet que sa disparition avait eu sur Cullen ni aux échanges orageux de ses parents au téléphone. Il espérait seulement que sa mère avait trouvé le message qu'il lui avait laissé.

Tricia le regardait toujours.

— Ton père est là-bas, toi ici ; ton grand-père ne sait pas que tu es en route pour le voir. Est-ce que quelqu'un sait que tu es en Australie ?

— Evidemment ! Comment tu crois que je suis parti ?

Elle n'insista pas davantage.

— Bon. Et qu'est-ce que tu comptes faire, maintenant ? Il te faut de l'argent pour te rendre dans le Territoire.

— Je me débrouillerai pour trouver un transport.

— Ah oui ? Comment ?

— Je prendrai le train ou un car aussi loin que je pourrai, et après, je ferai du stop. Quelqu'un finira bien par s'arrêter.

— Tu es complètement maboul. Le centre du pays, c'est le désert. Il n'y a que des dingos, des kangourous et des mouches. Tu vas mourir sur le bord de la route, et on ne retrouvera que tes os.

— Je vais voir mon grand-père.

— Tu rêves. Tu ne sais même pas comment survivre dans le bush.

Matthew attendit la suite. Tricia semblait prête à en dire davantage.

Enfin, après une longue pause, elle déclara en secouant la tête :

— Pas question que je retourne dans le Territoire. Jamais.

— Dommage. Il faut pourtant que tu files d'ici avant que Charlie te coince, et je parie que tu pourrais me montrer un truc ou deux, si tu m'accompagnais.

A peine avait-il dit ces mots qu'il en saisit le double sens et s'empourpra violemment. Mais Tricia ne releva pas, et poursuivit comme si de rien n'était :

— Qu'est-ce que je ficherais là-bas, hein ? Je ne pourrais pas rester. Faudrait que je revienne seule. Mince, j'en ai assez bavé quand je suis partie.

— Une fois arrivé, je demanderai à mon grand-père de te payer un billet pour un endroit où Charlie n'ira pas te chercher.

— Tu ne le connais même pas.

— Peut-être, mais il nous aidera. Mon père affirme…

Il toussota pour s'éclaircir la voix, et reprit :

— Il affirme que c'est un homme qui a des principes.

— Des principes ? Un homme avec des principes ? Je voudrais voir ça une fois dans ma vie, tiens. Même que ça vaudrait presque le voyage !

Elle roula des yeux comme ses camarades lycéennes et, pour la première fois depuis des jours, Matthew se sentit beaucoup moins loin de San Francisco.

Pourquoi tenait-il tant à ce que Tricia l'accompagne ? Certes, il avait peur que Charlie la frappe ou bien la tue. Mais ce n'était pas la seule raison. La solitude lui pesait. Il manquait de confiance ; il n'était plus sûr de rien.

— Au fond, qu'est-ce que je ferais de plus à Sydney en attendant que Charlie se calme, hein ?

Elle balaya les miettes tombées sur sa jupe, puis ajouta :

— Finalement, pourquoi pas ? Mais je ne rentre pas chez moi. C'est Jimiramira, et basta. Pas un kilomètre de plus en direction de Humpty Doo.

Matthew avait le don de lire entre les lignes. Ses parents, chacun de leur côté, s'efforçaient d'être francs, mais il devinait derrière leurs paroles des courants d'émotion inavoués. A présent, il soupçonnait Tricia de jouer un jeu semblable.

— Pas un kilomètre de plus, c'est promis. Et, cette fois, on ne touche pas au grisbi.

Elle lui sourit.

— Sûr. Cette fois, on est copains : on fait équipe.

Matthew sentit son cœur bondir dans sa poitrine.

C'était le sourire de Tricia qui lui faisait cet effet-là. Elle se leva, acheva de brosser sa jupe.

— Je connais un endroit où on pourra passer le reste de la nuit. Après ça, on réfléchira à la suite. J'ai une petite idée.

— Pas chez toi, j'es…

— Non. Je peux pas y retourner. C'est moche, parce que Charlie va me piquer mes affaires.

— Tu avais beaucoup de choses ?

— Pas grave. Laisse tomber.

Il se leva à son tour, et s'aperçut qu'il tenait à peine sur ses jambes, tant il était épuisé.

— En définitive, on part tous les deux avec rien, constata-t-il.

Elle agita ses cheveux et rajusta sa jupe.

— Je serai ravie de partager ma part. Et toi, l'ami ?

Malgré sa lassitude, Matthew trouva encore la force de sourire.

20.

San Francisco

Cullen se passa nerveusement la main dans les cheveux.

— Tu ne savais rien de tout cela ?

Il avait gardé le silence durant le trajet de retour chez Liana, mais il s'était mis à la questionner aussitôt après le départ de l'homme qui montait la garde près du téléphone.

— Je savais que mon père et ma tante Mei étaient brouillés. Jusqu'à l'âge de treize ans, j'ignorais même jusqu'à son existence.

Liana se dirigea vers le bar qui séparait le salon de la salle à manger. En temps ordinaire, elle se contentait d'un ou deux verres de vin pendant le dîner, mais, ce soir-là, elle avait besoin d'un remontant, d'une boisson forte capable d'anesthésier rapidement sa douleur.

Elle ouvrit un placard, en tira la première bouteille qui lui tomba sous la main — un vieux scotch pur malt —, et s'en versa une dose généreuse. Puis, sans un mot, elle tendit la bouteille à Cullen.

— Non, merci.

— Depuis quand tu refuses un verre ?

Elle vida d'un trait la moitié du sien, et s'émerveilla de ce que le liquide coulât si aisément dans sa gorge nouée.

— Alors, tu ignorais que Mei avait volé la perle à ma famille ?

— Ta famille l'avait acquise d'une drôle de façon, à ce que je sache.

Cullen s'adossa au bar.

— La question n'est pas là.

Elle vida son verre, et répondit :

— Tu connais déjà une partie de l'histoire.

Puis elle se versa un nouveau scotch — le dernier pour ce soir : il fallait le faire durer. Elle l'emporta dans le salon et s'installa dans le coin du canapé, face au portrait de leur fils. Cullen vint la rejoindre.

— Quand j'avais treize ans, ma classe est allée faire une étude de terrain dans Chinatown. Je suppose que nous nous prenions pour des sociologues en herbe, mais peu importe. Nous étions sur le trottoir de Grand Avenue, et le professeur pérorait quand j'ai remarqué une vieille femme qui me regardait. Au moment de partir, elle est venue vers moi et m'a donné un petit papier en me disant : « Appelez-moi. »

— C'était Mei ?

Liana acquiesça de la tête.

— Naturellement, il ne s'agissait pas d'une simple coïncidence. Elle avait appris que j'étais venue vivre avec mon père, et elle me surveillait — ou me faisait surveiller. Elle savait peut-être que j'étais une adolescente rebelle, malheureuse avec mon père et ma belle-mère. Elle devait se douter que j'appellerais tellement j'avais besoin d'être acceptée, reconnue…

— Fine mouche, ta tante.

— Avant notre rencontre, j'ignorais que ma grand-mère était née en Chine. Je croyais tenir mes cheveux noirs d'un Irlandais lointain fourvoyé parmi les Robeson. Un jour, quand j'étais petite, je me promenais avec mon père, et un vieux Chinois nous a adressé la parole dans sa langue, comme s'il s'attendait à ce que nous le comprenions. Mon père était fou de rage. Ce qui n'avait rien de bien étonnant. Il était toujours en colère pour une raison ou une autre. Sur le coup, l'incident ne m'a pas marquée.

Cullen se taisait. Liana regardait fixement le portrait de son fils tout en poursuivant son récit :

— Quand j'ai appelé tante Mei, elle m'a donné rendez-vous dans un restaurant de Chinatown. Je n'avais aucune idée de la raison pour laquelle elle tenait à me rencontrer, mais je savais que cela déplairait à mon père. J'y suis donc allée. Je me souviens qu'elle mangeait avec une fourchette, et moi, avec des baguettes. J'avais sans doute appris ça en classe : chez les Chinois, on mange avec des baguettes.

Elle marqua une pause, prit le temps d'observer Cullen. Elle avait oublié à quel point il se concentrait, s'absorbait tout entier dès qu'un sujet l'intéressait, et elle en éprouva un pincement de regret. Autrefois, c'était elle qui l'intéressait, mais, ce soir, il ne s'agissait que de son récit. Elle avait été le centre de sa vie, et elle s'était efforcée de l'oublier. D'oublier ce que c'était de compter pour quelqu'un…

— Et que t'a dit Mei, ce jour-là ?

— Elle ne m'a pas dit pourquoi elle désirait me voir. Pas immédiatement. Le serveur est venu prendre notre commande. Ils ont bavardé tous les deux en chinois, et ils ont ri. Je me doutais qu'ils parlaient de moi. Quand il s'est retiré, j'ai demandé à tante Mei de me traduire la conversation. Je l'entends encore : « Il voulait savoir si tu étais ma petite-fille. » J'ai éclaté de rire tellement je trouvais ça drôle. Puis elle a ajouté : « Naturellement, je lui ai dit que non. Tu es ma nièce. »

— Cela a dû te surprendre.

— Sur le moment, j'ai cru qu'elle était folle. Puis elle m'a expliqué qu'elle et mon père étaient jumeaux, qu'ils avaient été élevés séparément et que, beaucoup plus tard, quand ils s'étaient retrouvés, il y avait eu entre eux une scène terrible, si bien qu'ils ne se parlaient plus, depuis. Elle n'a pas voulu me révéler la raison de leur querelle. Elle ne m'en a jamais parlé avant ce soir. En revanche, elle m'a prévenue que si je racontais cette histoire à mon père, il nierait tout en bloc, car il tenait à garder le secret sur ses origines chinoises.

— Tu crois qu'elle cherchait à se venger de lui en te confiant cela ?

— Peut-être. En tout cas, malgré mon jeune âge, j'ai eu l'impression qu'elle me testait pour voir si j'étais comme mon père, qu'elle espérait trouver en moi autre chose qu'une Robeson prétentieuse. En dépit de ce que Thomas lui avait fait subir, je crois qu'elle désirait sincèrement m'aider. Elle se disait sans doute que sa mère l'aurait voulu ainsi.

— Tu ne l'as jamais soupçonnée de nourrir des intentions mauvaises à ton égard ?

Liana le dévisagea, incrédule. Que diable entendait-il par là ? Puis elle comprit où il voulait en venir.

— Tu crois qu'elle a une part de responsabilité dans la disparition de Matthew, c'est ça ?

— Tu as une idée de la raison pour laquelle elle nous a raconté toute l'histoire, ce soir ?

— Non. Et toi ?

— Moi non plus.

— Quoi qu'il en soit, après notre déjeuner, je ne suis pas allée me vanter à mon père de ce que j'avais appris. Tante Mei m'avait conseillé de fouiller un peu de mon côté pour m'assurer qu'elle ne mentait pas. J'ai résolu d'écrire un essai sur ma généalogie, et j'ai demandé à mon professeur de m'aider à obtenir des certificats de naissance australiens. Deux mois plus tard, je découvrais que, sans l'ombre d'un doute, une femme nommée Lian Sing se trouvait être ma grand-mère.

— Lian ?

— Oui. Le nom chinois de Saule. Du même coup, j'ai compris autre chose : ma mère m'avait appelée Liana, presque comme ma grand-mère. Elle a dû découvrir le secret de mon père et me donner ce nom pour le narguer, ou peut-être en hommage à une femme qui, comme elle, avait souffert à cause de lui. Une autre qu'il s'était efforcé de rendre invisible.

La mère de Liana était, à elle seule, tout un programme.

— Souviens-toi : ma mère avait quitté mon père avant que je vienne au monde. Il ne savait même pas qu'elle était enceinte. Elle ne voulait plus le voir, elle ne me parlait jamais de lui. Quand elle est morte, j'avais huit ans, et je ne savais même pas qui était mon père. Ce sont les services sociaux qui m'ont appris son existence au terme de leur enquête.

— Et tu en as déduit que Mei ne mentait pas.

— Elle m'a montré son acte de naissance. Tout coïncidait parfaitement.

— Alors, elle t'a intégrée à sa famille.

— Elle m'a prise sous sa protection. Ses fils et leurs épouses se sont toujours montrés bons envers moi. Pourtant, ils connaissaient l'histoire de la perle. Frank, le petit-fils de Mei né de son cadet, John, travaille pour moi, à présent que Thomas est mort. En l'engageant, je rendais service à ma tante. Je lui devais au moins cela.

— Ton père ne s'est jamais douté de rien ?

— Pas pendant des années. Il a fini par découvrir que nous entretenions des rapports assidus, mais trop tard pour pouvoir nier ses origines. Alors, il m'a mise en demeure de choisir entre les Fong et Pacific International, c'est-à-dire la fortune des Robeson, ma réputation et mon statut de bourgeoise blanche anglo-saxonne. Le choix n'a pas été très difficile. J'étais jeune, idéaliste, pleine de rancœur envers lui. Comme j'avais hérité de l'argent de ma mère, je suis partie.

Elle releva les yeux vers lui, puis ajouta :

— En chemin, je t'ai rencontré, et nous nous sommes mariés.

— Oui, je m'en souviens, dit-il avec chaleur.

Se sentant rougir, Liana se détourna. Gênée par ce regain d'intimité, elle se concentra sur le sens de leur visite chez Mei. Le récit de sa tante recelait-il quelque détail important, ou n'était-ce qu'une divagation de vieille femme ? N'avait-elle pas plutôt profité de l'occasion qui lui était offerte pour avouer à Cullen ses rapports d'antan avec Bryce Llewellyn — ce qui en faisait une confession, une dette payée envers la vérité ?

Cette histoire avait-elle un rapport avec la disparition de Matthew ? Mei savait-elle autre chose qu'elle ne leur avait pas dit ?

— A quoi penses-tu, Lee ?

— Immédiatement après être arrivée en Amérique, Mei a épousé un certain Wo Fong. Réfléchis, Cullen. Elle n'avait que vingt ans. Elle avait traversé le monde pour rapporter la perle à mon père, renoncé pour son frère à l'homme qu'elle aimait, et il l'a jetée à la rue. Elle était seule, sans famille, sans amis, sans emploi. A l'époque, une loi contraignait les Chinois à laisser leur famille en Chine, ce qui jouait en sa faveur, car les Chinoises célibataires étaient rares. Mei ne devait pas manquer de prétendants. Elle m'a confié un jour qu'elle avait choisi Wo Fong parce qu'il était bon, travailleur, et qu'il avait de belles perspectives d'avenir. Mais elle ne l'a pas épousé par amour.

— Et, pendant qu'elle élevait les enfants de ce mari de hasard, mon grand-père a passé le reste de sa vie à se demander pourquoi elle l'avait quitté.

— Parle-moi de ton grand-père, Cullen.

— Franchement, je ne vois pas ce que cela pourrait nous apporter.

A l'évidence, rien. Elle comprenait sa frustration. Dans un élan de tendresse spontané, elle recouvrit sa main de la sienne, puis elle prit conscience de son geste, et parut horrifiée.

Cullen ne s'en formalisa nullement. Il semblait même apprécier, mais il ne protesta pas lorsqu'elle retira sa main.

— Je ne me souviens pas vraiment de mon grand-père. J'avais à peine quatre ans quand il est mort. C'était un homme réservé, taciturne, sévère. Il ne prêtait pas grande attention à moi. Il a épousé ma grand-mère parce que leurs terres se touchaient et qu'elle était aussi décidée que lui à en tirer le maximum. Elle appartenait à cette race d'Australiennes faites pour vivre au milieu de nulle part. Aussi forte qu'un homme et meilleure cavalière. Mon père est resté fils unique. Il leur fallait un héritier pour le domaine, mais elle ne voulait pas s'encombrer d'enfants.

— Alors, ni Mei ni Bryce ne se sont mariés par amour.

— Je doute que mon grand-père ait été malheureux, mais mon père n'aura guère profité de ses parents. Ils étaient toujours aux quatre coins du domaine, rarement ensemble. Il a été élevé par les couples de domestiques qui se succédaient pour gérer l'intendance. Il y a eu les bons et les mauvais.

Durant leur mariage, Cullen parlait rarement de son père. Roman et lui étaient brouillés depuis des années et, d'après ce que Matthew lui avait rapporté, Liana avait tout lieu de croire que le divorce n'avait rien changé à cet état de faits.

— A en juger par le récit de Mei, Bryce n'a jamais eu l'occasion de devenir un bon père.

— Mouais. Et il a transmis cette lacune au mien. Malgré tous ses efforts, il n'arrivait à rien avec moi, et pourtant, je sentais qu'il voulait être un bon père. Pas si facile, hein ? Je me demande parfois si j'ai échoué, moi aussi, avec Matthew.

Trop absorbée par ses propres souffrances, Liana n'avait jamais envisagé que Cullen puisse souffrir aussi. A présent il découvrait qu'être père ne se limitait pas à un mois de vacances, de camping et de base-ball, et elle ne pouvait s'empêcher de s'en réjouir.

C'était mesquin, mais c'était ainsi.

Cullen souffrait autant qu'elle et, au lieu de l'aider, elle s'était ingéniée à l'écarter de sa vie, comme si cela avait pu la rapprocher de leur fils.

— Matthew t'adore, Cullen. Il te voue un véritable culte. Je reconnais que ça m'agace un peu, par moments, parce que c'est moi qui passe mes nuits à son chevet quand il est malade. Mais je regrette infiniment qu'il ne soit pas ici, prosterné à tes pieds.

Ils se regardèrent un long moment en silence, unis par une même tristesse. Liana sentit une larme rouler sur sa joue. Elle ne s'était pas rendu compte qu'elle pleurait. Cullen l'enveloppa de son bras, l'attira contre son épaule. Après une légère résistance, elle céda, accablée de fatigue, dévorée par l'angoisse. Cullen était le seul à comprendre son tourment.

Il remit une mèche de cheveux en place derrière son oreille.

— Moi aussi, j'ai mes moments de rancœur, Lee. J'aimerais pouvoir rester à son chevet, mais c'est sur toi qu'il compte au quotidien et, s'il me voue un culte, c'est de loin.

Pour la première fois depuis son arrivée, elle le crut d'instinct, sans chercher d'intentions cachées derrière ses paroles. Depuis leur divorce, Cullen était devenu le père qu'elle souhaitait pour Matthew.

— Pourquoi ce drame, Cullen ? Qu'avons-nous fait pour mériter ça ? Où est notre fils ?

— Je crois que je vois mieux ce que Mei voulait nous dire. Nous n'avons pas écouté Matthew. Pas comme nous l'aurions dû. Personne n'a jamais écouté Bryce ni tenté de comprendre ses sentiments. Il cherchait à protéger ses parents l'un de l'autre… comme Matthew le fait avec nous.

— Et tu penses que c'est la raison de sa fugue ?

Il posa la joue contre ses cheveux, et elle sentit un léger frisson la parcourir.

— Je ne sais pas. Ça ne lui ressemble pas de disparaître sans prévenir. Même s'il avait décidé de fuguer, il aurait trouvé un moyen de nous rassurer.

— Peut-être qu'il a peur d'appeler parce qu'il se doute que la ligne est sur écoute.

Elle soupira, tenta de refouler ses larmes.

— Il aurait pu écrire.

— Le cachet de la poste le trahirait. A moins que la lettre soit en route.

Cullen se redressa soudain.

— Le petit filou ! Lee ? Son ordinateur est toujours allumé ?

— J'imagine, oui.

— Alors, viens.

Il lui tendit la main, l'aida à se lever, puis elle le suivit dans la chambre de Matthew, et il s'installa devant l'écran.

— Je vais passer un e-mail à Sarah.

— Ta petite amie ?

— Elle n'est pas ma petite amie, Lee.

— Dans ce cas, je ne vois pas l'intérêt.

— Je ne lui ai pas parlé de Matthew. Il faut que je le fasse, que quelqu'un à Broome soit au courant de ce qui se passe ici. Mais ce n'est pas tout : si je lui donne mon mot de passe, elle pourra accéder à mon courrier électronique et regarder si Matthew m'a laissé un message.

Liana sentit l'espoir renaître en elle.

— Appelle-la, Cullen. Demande-lui de le faire immédiatement.

Il consulta sa montre.

— Il est midi, là-bas. Elle doit être à la cantine. Mais elle vérifie toujours sa boîte aux lettres en rentrant de déjeuner. Je lui demanderai de m'appeler dès qu'elle aura jeté un coup d'œil sur la mienne.

Tout en parlant, il composa un bref message pour Sarah. Liana le lut par-dessus son épaule.

— Mais, elle ne saura pas que ça vient de toi. Tu utilises le compte de Matthew : elle va croire que c'est de lui.

— Je signerai, elle comprendra. On voit que tu n'as pas l'habitude.

Il lança la connexion. Le modem chantonna, grésilla et, quelques secondes plus tard, l'ordinateur quitta le programme, puis afficha un message d'erreur. Cullen se rapprocha de l'écran pour le lire.

— Que se passe-t-il ? demanda Liana.

— Apparemment, l'utilisateur est déjà en ligne.

— C'est possible ?

— Est-ce que Matthew partage son compte avec quelqu'un ?

— Qu'est-ce que tu veux dire ?

— A quel nom est ce compte ?

— A mon nom, pourquoi ? Les charges sont prélevées sur ma carte de crédit.

— Ce qu'il y a de sûr, c'est que tu n'es pas en train de surfer sur le Net depuis un autre ordinateur.

Par précaution, il relança le programme de connexion, et il obtint le même résultat.

— Bizarre. Tu n'aurais pas donné le mot de passe de Matthew à Stanford, par hasard ? Ou même le tien ?

— Je ne connais pas son mot de passe, et personne ne m'a demandé le mien.

— Donc, si Matthew ne partage pas son compte avec un copain, cet ordinateur est le seul endroit d'où un tiers puisse y accéder. Et, en ce moment, le compte est en service.

— Matthew est peut-être en ligne.

— Peut-être, répondit Cullen, dubitatif.

— Tu vois une autre explication ?

Il se retourna pour lui faire face.

— Oui. Qu'un tiers utilise le compte.

— Un tiers ? Mais comment ? Pourquoi ?

— Comment, je n'en sais trop rien. Quelqu'un a pu découvrir son mot de passe en tâtonnant. Les jeunes ne vont pas chercher bien loin et emploient le plus souvent des surnoms faciles à retenir. Si c'est le cas, un proche avait une chance de le deviner. Ou alors, il a choisi un truc trop évident : sa date de naissance, par exemple. Je l'avais mis en garde contre ce genre de choses, mais ça reste possible. A moins qu'il l'ait noté quelque part et que quelqu'un soit tombé dessus.

Elle frissonna.

— Reste à comprendre pourquoi.

Silence.

— Pourquoi, Cullen ? Pourquoi un autre que Matthew utiliserait ce compte ?

— C'est peut-être un copain qui s'offre des heures d'Internet à tes frais en l'absence de Matthew.

— Ou alors ?

— Quelqu'un qui le recherche, Lee. Quelqu'un qui, comme nous, épluche ses e-mails pour tenter de retrouver sa trace.

— Mais pourquoi ? Je ne comprends pas…

Elle le dévisageait, consciente qu'il ne lui avait pas tout dit.

— Cullen, tu me caches quelque chose.

— Hum. Quand Stanford a appelé la banque de Matthew pour se renseigner sur ses retraits récents, il a appris qu'il n'était pas le premier à le faire.

— Il ne m'en a pas parlé.

— Pour ne pas t'inquiéter.

— C'était peut-être la police.

— Possible. Mais l'hypothèse qu'une tierce personne soit à la recherche de Matthew est tout aussi probable. Nous ne devons pas la négliger.

— Quelqu'un qui lui voudrait du mal ? Mais pourquoi ?

— Si Matthew a la perle…

— Il n'a pas la perle ! Il ne me l'aurait pas volée.

— Dans ce cas, qui aurait le plus à gagner si Matthew ne revenait pas ?

— Explique-toi, je ne te suis plus.

— Ton père a légué toute sa fortune à Matthew, si je ne m'abuse.

— C'est plus compliqué que ça. Disons, pour résumer, que, tant que nous travaillons pour Pacific International, Graham et moi disposons d'une partie appréciable de l'argent. Mais, au bout du compte, c'est, en effet, Matthew qui héritera de tout.

— Et s'il ne vit pas jusque-là, qui hérite ?

— Graham, répondit Liana en soupirant, comme si ce nom lui brûlait les lèvres.

Cullen se taisait.

— Non, reprit-elle en secouant la tête. Je me refuse à le croire. Graham et moi ne sommes pas toujours très amis, mais il ne ferait pas de mal à Matthew. Aussi longtemps qu'il reste à Pacific International, il est riche. Que demanderait-il de plus ?

— Le pouvoir, le contrôle pour lui seul.

Bien sûr, cette théorie se défendait. Par son testament, Thomas les avait tous enchaînés à la firme. Matthew lui-même était soumis aux diktats d'un mort s'il tenait à hériter ce qui lui revenait de droit sans conditions. Depuis l'au-delà, Thomas leur imposait sa volonté à tous, comme il le faisait de son vivant.

Mais, si Matthew disparaissait, le pouvoir de Graham s'en trouverait accru au centuple.

— Lee, je ne dis pas que Graham a enlevé notre fils. Mais il semble que quelqu'un le cherche avec la même persévérance que nous. Alors, peut-être qu'il essaie de profiter de l'aubaine.

Elle frissonna, atterrée à l'idée que Graham puisse souhaiter la mort de Matthew. Pourtant, il fallait se méfier, envisager toutes les hypothèses. Le sort de son fils en dépendait.

Cullen se retourna vers l'ordinateur pour tenter une nouvelle connexion. Quelques instants plus tard, il était en ligne. L'usurpateur du compte s'était déconnecté.

— Vérifie ses e-mails pendant que tu y es.

— Si l'autre les a lus, il les a peut-être effacés.

— Il faudra parler de tout cela à Stanford.

— Tu es sûre qu'il n'est pas à la botte de Graham ? demanda Cullen, sans quitter l'écran des yeux.

En clair, pouvaient-ils lui faire confiance ?

— Je vais craquer… c'est insupportable…

— Lee ! Regarde un peu ça, dit soudain Cullen en lui désignant la fenêtre qu'il venait d'ouvrir. Ce sont les titulaires du compte. Toi et Matthew. Personne d'autre.

— Je te l'ai dit : nous sommes seuls à y avoir accès.

— Tu as jeté un coup d'œil sur ta boîte aux lettres ?

— Je n'utilise pas le courrier électronique. Personne n'a mon adresse. Je…

— Qui a installé ça ?

— Matthew, naturellement ! Il voulait que j'apprenne…

Elle s'interrompit, comprenant soudain où il voulait en venir.

— Ça alors ! Je n'y aurais pas pensé.

— J'espère qu'il a enregistré ton mot de passe.

— Je ne m'en souviens pas. En tout cas, c'est « Cruella ». Le jour où il a installé le programme, il était furieux contre moi. Par la suite, nous en avons bien ri.

Cullen cliqua sur l'icône du courrier entrant. Il y avait un message.

— SEZ ? Ce n'est pas le nom d'écran de Matthew ?

— Non. Mais il avait un e-mail d'un certain SEZ, la première fois que j'ai vérifié son courrier. Enfin, d'après l'en-tête. Le message n'était pas signé.

Cullen lut à haute voix tandis qu'elle suivait le texte des yeux.

— Maman, je vais bien. Je te promets que tu n'as pas à t'inquiéter. Je sais me débrouiller et je ne resterai pas absent très longtemps. A mon retour, j'imagine que je serai bouclé dans ma chambre pendant des siècles. Dis à papa que je suis désolé. J'avais vraiment très envie de partir camper avec lui.

Elle lut les derniers mots à haute voix, elle aussi :

— Je t'aime. Matthew.

Et sa voix se brisa dans un sanglot.

Cette fois, elle n'opposa aucune résistance quand Cullen se leva et la prit dans ses bras.

21.

— Lee, calme-toi, il va bien.

Cullen sentait qu'elle luttait contre ses sanglots.

— Et si ce n'est pas lui qui a rédigé ce message ? S'il l'a écrit sous la contrainte ? Et puis, s'il allait bien quand il l'a envoyé, rien ne prouve que ce soit le cas maintenant, ajouta-t-elle en pleurant contre son épaule.

Il la serra plus fort, lui caressa les cheveux. Il émanait de son corps une féminité subtile, mais c'était la promesse de l'inaccessible qui l'attirait vers elle depuis toujours, l'attrait de son esprit insaisissable et de son cœur.

Il lui releva le menton, plongea dans son regard hanté.

— Lee, nous devons avoir confiance. A quoi cela nous servirait-il d'imaginer le pire ?

— Il n'a que quatorze ans, Cullen !

— Nous continuerons nos recherches. Depuis sa disparition, c'est la première bonne nouvelle que nous ayons. A présent, tout repose sur notre foi — en lui, en nous, en notre capacité à le ramener sain et sauf.

Il vit qu'elle était déchirée entre des sentiments contradictoires. Il devinait l'âpre lutte qu'elle livrait contre elle-même. Certes, il n'avait rien fait pour qu'elle ait foi en lui. Elle avait été tellement malmenée par la vie qu'elle ne croyait plus aux dénouements heureux. Mais elle avait Matthew, et elle tenait à lui plus qu'à tout au monde.

— Je sais que tu as souffert, Lee, mais ce qui compte, c'est notre fils. Nous le retrouverons. Nous le ramènerons sain et sauf. Il faut que tu y croies de tout ton cœur.

— Qu'est-ce qui te rend si fort ?

— Oh, je ne suis pas aussi solide que tu l'imagines. Dis-moi que nous le retrouverons : cela me renforcera.

— A quoi bon ? Rien de tout ce que j'ai pu te dire n'a jamais changé quoi que ce soit.

— Tu te trompes.

Elle secoua la tête avec une énergie farouche.

— Je ne peux pas…

— Nous le retrouverons. Dis-moi que nous le chercherons ensemble, que nous ferons tout pour le ramener. Allez. Dis-le-moi.

Il vit qu'elle hésitait, prise entre toute une vie d'amères déceptions et une lueur d'espoir qui refusait obstinément de se laisser étouffer.

— Tu l'aimes, n'est-ce pas ? Tu l'aimes autant que moi.

— Assez pour le ramener. Mais j'ai besoin de toi pour ça.

— Bon. D'accord.

— Lee…

Il parvint à sourire, mais son sourire s'effaça aussitôt devant la terreur qu'il lisait dans ses yeux. Elle avait une peur panique de s'exposer à de nouvelles souffrances en acceptant de lui faire confiance.

— Lee, je ne te ferai pas de mal. Je me taillerais les veines plutôt que de te faire de la peine.

— J'aiguiserai le couteau.

A ces mots, il réagit d'instinct. Les lèvres de Liana tremblaient, et il les effleura des siennes, comme pour sceller une promesse. Mais, au premier contact, il comprit son erreur.

Il releva la tête et vit dans ses prunelles les mêmes émotions que ce geste de tendresse avait fait naître en lui. Surprise. Découverte. Résurrection.

Les paroles étaient vaines. Absurdes ou dangereuses. Il se recula, comme si ce baiser avait été la chose la plus naturelle du monde, et prononça les seules paroles capables de détourner son attention de l'incident :

— Alors, nous sommes d'accord. Nous ramènerons Matthew sain et sauf, quoi qu'il nous en coûte. Pour commencer, nous allons tenter d'identifier ce SEZ. Il ou elle est partie prenante dans cette histoire. En tout cas, SEZ nous a transmis un message de notre fils.

— Je lui ai envoyé un e-mail quand j'ai trouvé son message pour Matthew. Je n'ai pas de nouvelles, depuis.

— Tu as consulté l'annuaire des membres ?

— Stanford a essayé d'y trouver les profils de ses correspondants, mais, apparemment, ne s'inscrivent que ceux qui le souhaitent, et je suis à peu près sûre que SEZ n'y figure pas.

Cullen se retourna pour se reconnecter. Une rapide vérification lui prouva que Liana avait raison.

— En insistant, nous réussirions sans doute à obtenir l'adresse postale de SEZ, mais cela risque d'être long et nous manquons de temps.

— Stanford connaît sûrement un raccourci.

— Je préfère le laisser en dehors de tout ça pour le moment. Nous lui dirons que nous tenons à explorer une ou deux pistes de notre côté.

— Il va se douter de quelque chose. Et puis, il se demandera pourquoi nous ne restons pas auprès du téléphone.

— Explique-lui qu'à la réflexion, tu crois que Matthew a fugué et que nous aimerions tenter de le retrouver sans avoir la police à nos basques. Dis-lui que Sue s'occupe du téléphone et qu'elle t'appellera sur ton portable s'il y a du nouveau… Bon, maintenant, il faut contacter les amis de Matthew au plus vite. Peut-être que l'un d'eux connaît SEZ. Avec un peu de chance, il habite par ici. Pour commencer, je vais prendre son carnet d'adresses électroniques et envoyer un mot à tous ses correspondants pour les mettre au courant de ce qui se passe. Dès que tu auras parlé à Stanford, appelle les camarades de Matthew. Nous aurons vite une idée de ce qu'il convient de faire ensuite.

Dans un élan inattendu, elle lui posa la main sur l'épaule. Il ferma les yeux, et ressentit un immense regret à l'idée de ne pas pouvoir revenir en arrière.

*
* *

Alicia Rivera avait des cheveux noirs coupés à la garçonne, des traits affirmés mais qui gardaient encore quelque chose d'enfantin, et un anneau d'or dans la narine gauche qu'elle touchait fréquemment, comme pour se rassurer.

Dans le salon de leur appartement de Daly City, sa mère la foudroyait du regard depuis le canapé où elle était assise.

— Alicia, tu vas répondre à ces gens, s'il te plaît. J'attends une livraison de Carole Little d'une minute à l'autre, et je n'ai pas de temps à perdre.

Liana jeta un regard sur Cullen. Il regardait l'adolescente avec gentillesse, tout en triturant son vieux chapeau entre ses mains. Ils avaient tout essayé, mais Alicia ne cédait ni au charme de Cullen ni aux menaces de sa mère.

Des poussières dansaient dans un rai de lumière matinale. Dehors, on entendit un hurlement de freins, suivi par des coups de Klaxon furieux. Dans la boutique de mode du rez-de-chaussée, quelqu'un monta le volume de la radio pour couvrir le bruit.

— Carole Little, répéta Mme Rivera. Et je suis encore là à attendre que tu te décides. Je vais me fâcher, Alicia. Ça finira mal.

— Je connais pas de SEZ, je le leur ai déjà dit, grommela l'adolescente d'une voix boudeuse.

Cullen se pencha en avant.

— Hier soir, au téléphone, tu as dit à la mère de Matthew que tu ne dénonçais jamais tes petits camarades. Mais avoue que ce que nous te demandons, ce n'est pas une dénonciation.

La sentant butée et terrorisée, Liana tenta à son tour de vaincre ses résistances.

— Ecoute, Alicia, je sais que Matthew choisit bien ses amis. Ce sont des gens loyaux et dévoués qui ne lui veulent que du bien. Mais il arrive que l'on nuise à ceux que l'on aime en ne s'opposant pas à leurs désirs. Si l'un de tes amis voulait prendre le volant alors qu'il a trop bu, tu l'en empêcherais, n'est-ce pas ? Alors, réfléchis bien. Matthew a disparu. Il est peut-être en danger.

Mme Rivera soupira et consulta sa montre avec ostentation.

— Ca-role Lit-tle…

Refrénant son irritation, Liana se tourna vers elle et déclara d'un ton posé :

— Si cela vous arrange, nous pouvons rester seuls avec Alicia. Ce ne sera pas bien long.

Mme Rivera se leva, pointa l'index vers sa fille.

— Toi, tu vas leur répondre, c'est compris ?

Puis elle disparut dans l'escalier.

— Ca-role Lit-tle, psalmodia Alicia en imitant sa mère dès que celle-ci fut hors de portée.

— Tu veux bien nous aider, Alicia ? demanda Liana.

— Qu'est-ce que vous lui ferez quand vous l'aurez retrouvé ?

— On le serrera dans nos bras à l'étouffer.

Alicia laissa échapper un soupir.

— Je sais pas où il est. A moi, il ne m'a pas dit qu'il comptait faire une fugue.

Liana acquiesça patiemment de la tête, comme si elle avait l'éternité devant elle.

— Mais Simon est peut-être au courant, conclut finalement l'adolescente.

— Simon ?

— Simon Van Valkenburg.

— Il est en classe avec Matthew et toi ? demanda Cullen.

— Non. Il ne va pas à l'école : c'est un génie. Mais peut-être… C'est l'ami d'une amie à moi. Peut-être même que je les ai présentés.

— Ce Simon, ce ne serait pas SEZ, par hasard ?

Liana s'interrompit et se frappa le front.

— … Simon SEZ, évidemment !

Alicia se taisait. Cullen fronçait les sourcils sans comprendre. Finalement, Liana s'expliqua :

— Simon Says… c'est un jeu d'enfant auquel je jouais souvent avec Matthew quand il était petit. Je parie que c'est de là que Simon tire son nom d'écran.

Alicia redressa le menton.

— Ouais, ben, pour un génie, c'est drôlement idiot.

— Est-ce que Simon et Matthew sont de bons amis ?

— Possible.

Restait à obtenir un renseignement capital, et Liana pria le ciel pour que l'adolescente ne refuse pas de répondre à sa prochaine question.

— Alicia, s'il te plaît, tu pourrais me donner l'adresse de Simon ? Je ne lui dirai pas d'où je la tiens.

— Est-ce que les flics iront le voir ?

— Non. Rien que nous deux, je te le promets.

Alicia réfléchit, puis haussa les épaules.

— Bon, d'accord. A vous, je peux la donner. Mais, surtout, pas un mot de ça à Matthew, hein ? Je l'aime beaucoup. Je voudrais pas me fâcher avec lui.

— La future Mme Matthew Llewellyn, hein ? dit Cullen en regagnant la voiture de Liana.

Il avait refusé les services du chauffeur de l'entreprise, préférant braver les embouteillages de San Francisco au volant de la Miata que Liana ne conduisait plus en raison de ses accès de terreur et d'agoraphobie.

Il lui ouvrit la portière et elle s'installa, puis boucla sa ceinture de sécurité.

— Au fond, c'est une brave gosse. Mais il faudra qu'elle se débarrasse de cet anneau dans le nez.

Cullen mit le contact.

— Ça va ? Tu tiens le coup ?

— Je tiens le coup.

De fait, Liana s'en tirait mieux qu'elle ne l'aurait cru. Elle avait effectué l'aller-retour jusque chez les Rivera sur des jambes flageolantes mais sans crise de panique.

Il lui adressa le même sourire enjôleur qu'à Alicia, et elle se sentit presque fondre. Des années durant, les sourires de Cullen avaient eu raison de son bon sens, l'entraînant immanquablement sur la voie de l'erreur, mais, comme une sotte, elle n'avait jamais su résister à son charme. Et ce charme opérait toujours. Son baiser de la veille le lui avait prouvé.

— Tu peux nous diriger, Lee ?

D'après Alicia, Simon habitait une résidence de Green Street dans le quartier de Russian Hill. Liana connaissait bien ces bâtiments anciens agrémentés de grandes baies vitrées, qui côtoyaient les gratte-ciel des années soixante. Elle donna quelques instructions à Cullen qui démarra et s'inséra dans le flot de la circulation.

— Je regrette que nous n'ayons pas réussi à joindre Mei.

Dans la matinée, elle avait appelé sa tante par deux fois dans l'espoir d'obtenir des détails sur les rapports qui pouvaient exister entre son récit et la disparition de Matthew. Hélas, Betty lui avait répondu que sa tante était souffrante et avait besoin de repos. En clair, Mei avait dit ce qu'elle avait à dire, et elle n'avait rien à ajouter.

Cullen prit la file de droite et ralentit avant de s'engager sur la bretelle de la voie express.

— Cela lui ressemble assez de nous obliger à trouver seuls la solution, pas vrai ? Elle nous a donné tous les éléments : à nous de résoudre l'énigme.

— Possible. C'est peut-être un gène des Robeson qui nous rend tous exaspérants.

— Matthew ne t'avait jamais parlé de ce Simon ?

— D'Alicia, oui, pas de Simon. Et à toi ? Il t'en a parlé ?

— Non. A moi non plus.

— Graham prétend que je le materne trop, que je l'empêche de déployer ses ailes. Peut-être que cette amitié secrète lui donnait le sentiment de se libérer, d'être plus adulte ?

— Il craignait peut-être que ce Simon ne te plaise pas.

— Je le laisse entièrement libre de choisir ses amis.

— Je n'en doute pas, Liana. Mais il ne t'a peut-être jamais présenté un numéro comme ce Simon.

— Effectivement, mais il m'en a amené d'autres. De toutes sortes. Il se lie facilement : un peu comme toi.

— Parce que c'est comme ça que tu me voyais ?

— Je t'enviais cette qualité. J'aurais aimé être plus ouverte, mais j'avais peur de donner ma confiance à des gens qui n'en étaient pas dignes.

— Et c'est ce que tu as fait avec moi.

— Restons-en là, c'est préférable.

— Tu sais, depuis notre divorce, j'ai beaucoup réfléchi.

Le paysage défilait : collines aux formes étranges, toits de tuiles brillant sous le soleil, rubans gris des routes séparant les images comme des pièces de patchwork. En imagination, Liana voyait des pierres semi-précieuses montées sur des rivières d'étain. Elle refoula cette vision comme elle le faisait toujours.

Cullen se taisait.

— Et alors ? demanda-t-elle finalement.

— Que désirais-tu quand tu m'as épousé, Lee ?

Elle prit un moment pour réfléchir.

— Un homme fort, sur lequel je puisse compter pour faire ma vie.

— Il était là, cet homme, mais si profondément enfoui que j'ai mis des années avant de le découvrir.

Comment contester cela sans risquer une dispute ? D'ailleurs, Cullen avait réellement changé, et le fait qu'ils évoquent leurs relations passées le prouvait abondamment.

— Et toi ? Qu'attendais-tu en m'épousant ?

— Un esprit libre. Une femme si sûre d'elle-même qu'elle ne m'imposerait pas ses exigences, qu'elle ne me demanderait pas ce que je n'étais pas en mesure de lui donner.

Elle sentit son cœur se serrer.

— Eh bien, c'était réussi !

— Tu étais cette femme, Lee. Tu m'as suivi au fin fond de l'Australie. Tu as envoyé paître les empoisonneurs qui tentaient de t'en empêcher. Tu t'es contentée de rien, sans te plaindre, sans réclamer.

— J'étais morte de frousse.

— Mais tu t'y es risquée quand même.

— Parce que je croyais que nous construisions quelque chose ensemble.

— Et je t'avoue sincèrement que ça me flanquait une trouille bleue, à moi aussi.

— Condamnés d'entrée de jeu, hein ?

— Possible. Mais peut-être que si nous avions eu suffisamment de courage pour être ce que nous voulions être, nous aurions réussi.

— Du courage ? Les années de recul déforment tes souvenirs. Mon courage a toujours été très limité. Au point que je ne suis même plus capable de traverser une rue sans avoir l'impression que le monde tremble sur ses bases.

— Mais tu vas de l'avant malgré tout. Tu ne cèdes pas, tu ne baisses pas les bras. Pour moi, c'est ça le vrai courage, Lee.

Ses yeux s'emplirent de larmes. Elle n'avait guère l'habitude qu'on la loue pour ses faiblesses. Sans quitter la route des yeux, Cullen recouvrit sa main de la sienne.

Simon Van Valkenburg habitait le rez-de-chaussée d'un immeuble de Russian Hill qui n'avait de distingué que l'adresse. Mais, compte tenu du quartier, Liana savait que quelqu'un s'était saigné aux quatre veines pour acheter ce bout de propriété en mal de rénovation.

Le jeune homme qui les accueillit avait des cheveux longs qui lui tombaient aux épaules, des yeux bruns sans éclat, et une maigre barbe qui lui couvrait à peine le menton. De toute évidence, le génie de Simon ne se logeait pas dans son apparence.

Planté devant la porte pour empêcher le garçon de la leur claquer au nez, Cullen se présenta.

— Nous sommes venus pour parler de Matthew.

— Il est déjà rentré de vacances ?

Craignant que Simon ne se braque, Liana s'avança et relaya Cullen.

— Pouvons-nous entrer ?

Simon hésitait encore quand Cullen prit les devants et entra. Liana le suivit en murmurant un remerciement, comme si l'idée était venue de Simon lui-même.

Il haussa les épaules.

— Je suppose qu'on serait mieux dans le salon.

— Vous vivez avec vos parents ? demanda Liana.

— Avec mon père. Quand il est là.

Le salon était pauvrement meublé, dans des tons verts en vogue dans les années soixante. Des boules de poil sur le sol révélaient la présence d'un chien que Liana trouva endormi sur le canapé où elle comptait s'asseoir. Elle opta pour une chaise qu'elle débarrassa des livres qui l'encombraient, puis, à haute voix, elle lut le titre du premier ouvrage :

— « La Révolution informatique — comment mettre le monde à genoux en moins d'une heure. » Inquiétant, vous ne trouvez pas ?

— C'est des conneries. Avec un bon titre racoleur, n'importe quel abruti se fait publier, de nos jours.

— Vous vous intéressez à l'informatique ?

Il haussa les épaules.

— Ouais, j'y touche un peu.

— Et, à ce qu'il paraît, vous êtes un cyber-copain de Matthew, dit Cullen en s'asseyant près de lui sur une chauffeuse défraîchie.

— On discute en ligne de temps en temps.

— Etes-vous suffisamment amis pour échanger vos mots de passe ?

— Jamais je ne donnerais mon mot de passe à quiconque. Vous avez une idée des conséquences ? Je suis pas fou.

— Vous a-t-il donné le sien ?

— Pour quoi faire ? J'en ai pas besoin.

Liana se sentit soulagée de savoir que ce garçon n'avait pas accédé au compte de Matthew, la veille au soir. Elle se pencha vers lui.

— Simon, Matthew a disparu. Nous avons trouvé plusieurs messages de vous dans sa boîte aux lettres. L'un d'eux était de lui et m'était adressé. J'en déduis que vous savez quelque chose. Il faut que nous le retrouvions.

— Si Matthew avait jugé bon de vous dire où il allait, il l'aurait fait, non ?

— Un garçon de quinze ans n'est pas nécessairement le meilleur juge. Vous êtes nettement plus vieux que lui, n'est-ce pas ?

— Seulement un peu.

— Quel âge as-tu ? lui demanda calmement Cullen.

Simon lui jeta un coup d'œil et s'écarta, gêné.

— Dix-huit.

Liana secoua la tête.

— Cela risque de vous attirer des ennuis. Légalement, vous êtes majeur et responsable. Encourager un mineur à la délinquance… il y a des lois contre ça.

— Délinquance ? Vous y allez un peu fort !

Il ponctua sa remarque d'un rire nerveux, puis ajouta :

— Matthew n'est pas un délinquant. Il reviendra, et vous verrez bien où il est allé.

— On va le savoir tout de suite, mon garçon, déclara Cullen du même ton posé.

Simon semblait très mal à l'aise.

— Je l'ai laissé écrire un e-mail sur mon ordinateur, et je l'ai envoyé pour lui. C'est tout.

— Où est-il ? insista Cullen.

Simon se taisait.

— Réfléchissez bien. Est-ce que cela vaut la peine d'aller en prison ? Matthew a commis une erreur en vous impliquant. Vous ne lui devez rien. Et nous pensons qu'il est peut-être en danger. Vous ne voudriez pas avoir sa mort sur la conscience, n'est-ce pas ?

— Matthew sait se débrouiller. Il a beaucoup plus de quatorze ans par le cœur. C'est une vieille âme.

— On se fiche éperdument qu'il ait été le roi Salomon dans une vie antérieure. On veut le retrouver, et tu vas nous y aider, c'est clair ?

Endossant le rôle du bon flic en face du mauvais, Liana se fit suppliante.

— Je vous en prie, Simon. Nous n'avons que lui.

— Si vous tenez tant à lui, pourquoi vous êtes-vous ingéniés à l'empêcher de vous aimer tous les deux ? Vous vous le partagiez comme une dinde de Noël. La cuisse pour madame, l'aile pour monsieur… peut-être bien qu'il en a eu ras le bol.

Liana fronça les sourcils. Ce divorce pesait-il tant sur la vie de Matthew qu'il avait fini par s'enfuir ? Elle se sentait terriblement coupable.

Mais Cullen, lui, ne se démonta pas.

— Bien pensé, mon garçon. Je reconnais que tu es fort, même si je n'ai pas encore détecté ton génie. N'empêche que, dans deux minutes, je vais te montrer un peu comment on découpe la dinde, du côté de chez moi.

— Oh, ça va ! Vous êtes sur mon territoire, ici. Alors, pas de menaces.

Changeant brusquement d'attitude, Liana se leva, se rapprocha de lui.

— Ecoute, nous n'avons pas le temps de prendre des gants. Je regrette de te rencontrer dans ces circonstances. Quand tout ça sera fini, tu pourras venir à la maison, et nous repartirons d'un bon pied. Seulement, pour le moment, tu as intérêt à nous dire où est notre fils.

Comme il paraissait réfléchir, elle vint se planter devant lui et croisa les bras.

— Matthew va m'en vouloir à mort, murmura-t-il enfin.

— Ça lui passera.

Cullen se rapprocha, lui aussi. du garçon, et posa la main sur son cou. Simon soupira.

— Matthew participe à un forum en ligne. C'est moi qui lui en ai parlé. Ça le passionne. Il a même fait la connaissance d'une fille…

— Continue, dit Cullen d'un ton encourageant.

— Ben, elle a des problèmes. Matthew essayait de l'aider, et il s'inquiétait à l'idée de partir un mois. Il savait que vous l'empêcheriez d'aller la voir, et il avait peur qu'elle fasse une bêtise s'il n'y allait pas.

— Quel genre de bêtise ? demanda Liana.

Il haussa les épaules.

— Une bêtise, quoi. Elle déraillait.

— Et tu crois qu'il est allé la voir ?

Liana demeurait sceptique. A son avis, Simon était le genre de type à embobiner les adultes par plaisir. Et pourtant, son histoire se tenait. Matthew était prêt à prendre n'importe quel risque si quelqu'un avait besoin de lui. Elle savait aussi qu'il participait à plusieurs forums et salons de discussion. Ils en avaient parlé ; ils avaient même évoqué les règles de bonne conduite, la fameuse Netiquette. Et elle lui faisait confiance pour s'y conformer.

— Matthew n'avait pas trop le choix, vous comprenez. S'il n'y allait pas, il avait peur qu'elle...

Simon laissa sa phrase en suspens.

— Où habite cette fille ? lui demanda Cullen.

— Il ne lui arrivera rien. Laissez-le donc tranquille.

— Pas question, dit Liana.

Simon soupira longuement.

— Bon. Elle s'appelle Brittany Saunders. Elle habite à Tillman. C'est en Arizona. Il comptait changer d'itinéraire à Denver et prendre un car ou un autre vol pour aller là-bas.

— Tu pourrais envoyer un e-mail à Brittany pour vérifier qu'il est bien arrivé ?

— Elle n'a pas d'ordinateur. Famille pauvre et tout ça. Elle utilise celui d'une copine quand elle peut.

— Matthew avait bien son adresse, non ?

— Peut-être, mais il me l'a pas donnée. De toute façon, c'est un trou. Un garage en bordure de route avec quatre maisons, ce genre de truc. Vous ne devriez pas avoir trop de mal à la trouver.

Cullen et Liana se regardèrent. A une époque, ils étaient si proches qu'ils communiquaient sans même se parler. Apparemment, c'était toujours le cas, car Liana vit le reflet de ses propres pensées dans les yeux de Cullen.

Ni l'un ni l'autre n'avaient la moindre confiance en Simon, mais son histoire restait plausible. Suffisamment plausible pour être prise en compte.

— C'est loin d'ici, Tillman ? demanda Cullen.

— Aucune idée, répondit Liana. Jamais entendu ce nom. Il faudra chercher sur une carte.

Il eut un demi-sourire et, sans la quitter des yeux, il s'adressa de nouveau au garçon :

— Simon, mon petit gars, si tu te fous de moi, ça va barder pour toi, tu saisis ? On te fera surveiller et, si on revient de là-bas sans notre fils, on saura où te trouver, tu peux me croire. Sauf si tu préfères réviser ton histoire. Il est encore temps.

L'intéressé semblait sincèrement attristé.

— Pas besoin. Mais, quand vous aurez retrouvé Matthew, dites-lui bien que je suis désolé.

22.

En voyant Liana si pâle, Cullen devina qu'elle était terrifiée.

— Je peux y aller seul, Lee, lui dit-il. Je le ramènerai ensuite à San Francisco.

— Rien ne prouve qu'il soit là-bas. Je n'ai pas confiance en ce Simon.

— Si je ne le trouve pas, je rentrerai, et nous reprendrons l'enquête où nous l'avons laissée.

— Non. Je t'accompagne.

Cullen réfléchit. Située près de la frontière d'Arizona, Tillman n'était qu'un point sur la carte en plein désert. Ils pouvaient s'y rendre en voiture, mais le trajet serait long, et cela donnerait à Matthew le temps de quitter les lieux — en admettant qu'il se trouve là-bas, bien entendu. Le mieux — le plus rapide — était de prendre l'avion, puis de louer un véhicule sur place.

Cullen avait donc réservé deux places sur le premier vol pour Yuma, tout en sachant que Liana avait une peur bleue de l'avion.

— Tu y arriveras ? lui demanda-t-il sans oser la regarder tant son air de biche aux abois lui fendait le cœur.

— J'y compte bien.

Il connaissait des hommes et des femmes qui ne s'effrayaient de rien. Etaient-ils pour autant courageux ? Le vrai courage ne consistait-il pas, au contraire, à affronter sa peur pour la maîtriser ?

— Je serai là, à ton côté, promit-il.

Elle garda le silence. A l'évidence, sa présence lui pesait plus qu'elle ne la rassurait. Cependant, au cours des dernières heures, son attitude envers lui avait changé et, avec le temps, il avait appris à se satisfaire de la plus modeste victoire.

Il s'engagea sur le parking de l'aéroport, chercha une place et coupa le moteur.

— Tu t'assiéras sur mes genoux, si tu veux. On se fera des câlins.

— On peut dire que tu as le don d'arranger les choses ! répliqua Liana.

Il lui effleura la joue, lui prit le menton et l'obligea à lui faire face.

— Est-ce qu'une boisson forte te calmerait ? Un truc pour t'assommer ? Un bon coup sur le crâne ?

Elle esquissa un pauvre sourire, malgré sa terreur.

— Il faut toujours que tu plaisantes quand tu ne sais plus quoi faire, hein ?

— Les hommes manquent totalement de bon sens. Ils ont besoin des femmes pour leur montrer le chemin de la raison.

— Je m'y suis pourtant employée avec toi.

— Mouais. Seulement, à l'époque, j'avais énormément de retard à rattraper.

— Et maintenant ?

— Je donnerais mon bras droit pour te faciliter la tâche.

— Pourquoi cette sollicitude soudaine ? Tu te sens coupable ? Tu cherches à te racheter pour ta conduite passée ?

— Je l'ignore.

En tout cas, sa manœuvre était efficace. Il avait réussi à détourner l'attention de la jeune femme qui ne pensait plus au vol imminent. Elle réfléchissait, les sourcils froncés.

— Tu sais, on était deux dans ce couple. J'ai commis des erreurs, moi aussi.

— Il y avait aussi de bons moments, souviens-toi.

— Toi, tu essaies de m'empêcher de penser à l'avion.

Il descendit de voiture et alla lui ouvrir la portière.

— Est-ce que ça marche, au moins ?

Sans bouger de son siège, elle leva les yeux vers lui.

— Tu n'imagines pas le nombre de fois où Matthew m'a suppliée de prendre l'avion avec lui. Pour les vacances, nous ne partons jamais bien loin. Il voulait aller à Hawaii… on a fini à Malibu.

— Appuie-toi sur mon bras et lève-toi.

— Je tiens à m'excuser par avance. Je vais te couvrir de honte par ma conduite.

— Autant que le jour où j'ai parié notre camionnette sur le mauvais cheval, si bien que nous n'avions plus aucun moyen de transport pour rentrer ?

— Pas tant que ça, non.

Sa pâleur incita Cullen à se demander si elle était encore en état de penser. Il s'accroupit devant elle.

— Je veillerai sur toi, Lee. Fais-moi honte autant que tu voudras, je m'en fiche. Ce sera un souvenir pour plus tard.

— Bon. Alors, en route.

Elle se leva en chancelant. Il prit sa main glacée, l'enveloppa dans la sienne pour la réchauffer, et lui enlaça la taille de son bras libre.

— Nous retrouverons notre fils.

— J'y compte bien, murmura-t-elle. Je ne fais pas ça pour la frime, crois-moi.

Liana n'avait pas rouvert les yeux depuis qu'elle s'était installée sur son siège. Elle sentait la cuisse ferme et tiède de Cullen contre la sienne. En d'autres circonstances, elle l'aurait repoussé, mais, en cet instant pénible, elle lui était reconnaissante du soutien qu'il lui apportait.

Elle savait d'où lui venait cette peur de voler. Sa première crise de panique l'avait précipitée chez les analystes qui pullulaient dans le quartier de la Baie. Toutes les écoles avec leurs chapelles étaient représentées, sans parler des amis et connaissances qui vous recommandaient des manuels et méthodes pour se guérir soi-même. Un thérapeute qui pratiquait l'hypnose lui avait conseillé une régression jusqu'au moment de sa naissance. Un autre se proposait de remonter plus loin, à une vie antérieure, sans doute sur Atlantis.

Le premier à l'avoir vraiment aidée était un vieil homme calme qui prenait peu de patients, ne promettait pas de miracles et prétendait se contenter d'écouter. Il avait fait bien davantage : il l'avait habilement guidée vers la source de son angoisse et les souvenirs pénibles qu'elle avait refoulés.

L'un de ces souvenirs remontait à la surface. Sans un mot, Cullen lui prit la main. Et, tandis que l'avion se dirigeait vers la piste d'envol et que son cœur s'emballait sous l'effet de la panique, la mémoire de ce passé enfoui lui revenait.

Thomas Robeson ne s'était marié qu'à cinquante-sept ans. A présent, Liana comprenait mieux pourquoi. Toute sa vie n'avait été qu'un mensonge. Il avait renié Saule et la part de ses racines qui s'attachait à elle. La crainte maladive qu'un héritier aux yeux bridés trahisse son secret l'avait contraint au célibat.

Hélas, passé un certain âge, les célibataires n'étaient pas très bien vus, et la rumeur courait que Thomas préférait les hommes. Afin de couper court à ces ragots nuisibles, Thomas avait jeté un regard froid sur les jeunes femmes disponibles appartenant à son milieu social, et il avait arrêté son choix sur Hope Lynch, la fille du directeur de l'une des plus anciennes firmes de la ville.

Hope avait dix-neuf ans, des cheveux blonds très pâles et une forme de beauté que le temps et l'assurance ne manqueraient pas de mûrir. Elle n'avait pas de désirs particuliers, pas de carrière en tête, pas d'opinions tranchées. C'était une rêveuse, capable de passer des heures à la fenêtre. Elle préférait rester dans l'ombre, ce qui faisait d'elle une compagne idéale pour Thomas.

Timide, réservée, Hope n'avait guère de succès auprès des hommes, et l'intérêt que lui portait Thomas la revalorisa aux yeux de ses parents. Bien qu'il fût un peu vieux pour leur fille, les Lynch virent en lui le sauveur qui la guiderait, la formerait, lui donnerait de l'étoffe. Au pire, s'il échouait, elle ne manquerait de rien.

Le jour de leur mariage, Thomas offrit à Hope la Perle de Grand Prix, montée en sautoir pour l'occasion dans une fine résille d'or qui n'en gâchait pas la beauté. Plus tard, en feuilletant l'album de famille, elle remarqua que chaque photo d'elle avait été prise de telle manière que la perle soit parfaitement mise en valeur. Et, tandis qu'elle se changeait après la réception, Thomas reprit la perle pour la rapporter lui-même jusqu'à son bureau et l'enfermer dans le coffre.

Un an après ce mariage mondain, et trois mois après la mort de ses parents dans un accident de la route, Hope fit une tentative de suicide qu'elle rata. Au terme de quatre semaines dans une clinique psychiatrique huppée, elle regagna leur demeure de Pacific Heights et reprit sa place dans l'ombre de ce mari qu'elle redoutait et méprisait.

Mais ces quatre semaines pendant lesquelles elle avait échappé à l'influence et aux exigences de Thomas lui avaient redonné espoir. Trop fragile pour partir à l'aventure et vivre d'expédients, elle s'arma de courage et attendit le jour où elle pourrait le quitter. Le jour de ses vingt et un ans, elle toucherait l'héritage laissé par ses parents et s'en irait sans se retourner.

De fait, elle disparut immédiatement après avoir signé la transaction chez le notaire. Cette jeune femme dont personne ne soupçonnait l'intelligence avait échafaudé un plan capable de déjouer toutes les tentatives de Thomas pour la retrouver et la ramener au bercail. Elle n'emporta aucun effet personnel, se fit couper les cheveux et teindre en rousse, adopta un style vestimentaire très différent de celui qui avait été le sien, jusque-là, et convertit une part de ses actions en liquide pour acheter une voiture d'occasion et un permis de conduire falsifié. Après quoi, elle se réfugia dans la contre-culture qui se développait autour des cafés et de la musique folk dans un climat d'innocence et d'idéalisme.

Deux mois plus tard, sur la côte opposée, elle consulta un médecin qui confirma ses soupçons. Si elle avait quitté Thomas, il lui laissait un souvenir durable : elle portait son enfant.

Thomas ne voulait pas d'enfants. Leur nuit de noces avait été la première déception conjugale de Hope. Il s'était soigneusement protégé avant de lui faire l'amour. Or, elle adorait les bébés et croyait que Thomas les aimait aussi. Là encore, elle s'était trompée.

Désormais, elle était responsable de cette vie à naître. Si elle avait imaginé rentrer à San Francisco pour obtenir le divorce, il n'en était désormais plus question. Le bébé que Thomas refusait était là, malgré tout, préservatif ou pas, et il aurait été capable d'exiger qu'elle avorte immédiatement. Ou, s'il était trop tard, de lui confisquer l'enfant.

Mais elle disposait d'un atout imparable pour se libérer de lui définitivement. Elle ne pouvait pas passer le reste de sa vie à fuir par crainte qu'il la retrouve et lui vole son enfant s'il lui prenait soudain l'envie d'avoir un héritier. Elle lui écrivit donc une lettre, pas très longue mais dans laquelle chaque coup portait.

« Cher Thomas, quand j'ai résolu de vous quitter, j'ai fouillé dans vos papiers pour y chercher des armes. Votre acte de naissance m'aura suffi. Je vous prie de m'éliminer de votre vie aussi complètement que vous en avez éliminé votre mère chinoise. Comme elle, ma seule honte est de vous avoir aimé. Je garderai votre secret, Thomas. Sauf si vous me refusez le divorce ou si vous cherchez à me retrouver. »

Hope vivait alors à Ann Harbor, dans une maison remplie d'étudiants de toutes sortes. Elle ne manquait pas d'argent, mais, par désœuvrement, elle avait pris un emploi dans une librairie pour remplir ses journées. L'enfant grandissait dans son ventre, et le cercle de ses amis qui hantaient la boutique grandissait, lui aussi. La timide jeune femme, qui se faisait appeler Nancy Starke, prêtait facilement quelques dollars, ou bien une oreille attentive et, pour la première fois de sa vie, elle se sentait acceptée.

La naissance de sa fille la combla de bonheur. Si elle avait eu un garçon, peut-être aurait-elle vu Thomas en lui, mais le minuscule bébé aux cheveux noirs était le pur produit de ses racines eurasiennes. Hope l'appela Liana en souvenir de Saule, la mère reniée de Thomas dont l'existence protégeait sa fille.

Liana grandit parmi les amis de Hope qui jouaient avec elle, puis la laissaient seule quand ils en avaient assez. Ce contexte nouveau, qui, dans un premier temps, avait revigoré Hope, se révéla bientôt décevant. Les étudiants passaient leurs diplômes et disparaissaient, d'autres quittaient l'université pour prendre la route, de sorte que le petit univers qu'elle avait construit autour d'elle et de sa fille changeait constamment. Les temps se firent plus durs à mesure que se développait l'emprise de la drogue, d'abord sur ses amis, puis sur elle.

Quand Liana fut en âge de mémoriser ce qu'elle voyait, Hope planait fréquemment sous l'effet de substances psychotropes. Le bébé portait encore des couches lorsqu'elle renonça à la librairie pour partir à travers la Nouvelle-Angleterre avec ses compagnons, en quête d'un terrain où fonder une communauté. « Nancy » avait promis de payer les factures si les autres travaillaient la terre, mais les jeunes citadins idéalistes se lassèrent rapidement des rudes tâches agricoles nécessaires pour tirer une maigre subsistance de ces quelques hectares caillouteux du Vermont. L'un après l'autre, ils disparurent tandis que de nouveaux déçus de la société venaient les remplacer. Prisonnière du crédit et de sa dépendance, Hope fut seule à rester.

A l'âge de trois ans, Liana avait appris à se débrouiller seule. A quatre, elle s'occupait de sa mère et, lorsqu'elle eut cinq ans, elles reprirent la route. Un soir, Hope avait émergé de son état comateux suffisamment longtemps pour constater qu'il n'y avait plus rien à manger dans la maison, et pas un adulte capable de renouveler les stocks de nourriture. Du même coup, elle s'était aperçue de la maigreur maladive de Liana, et avait compris que les services sociaux lui enlèveraient sa fille à la première plainte d'un voisin bien intentionné.

Durant les années qui suivirent, elle s'efforça au mieux de veiller sur Liana. La fillette savait que sa mère l'adorait. C'était la seule constante, le seul point fixe dans leur errance perpétuelle. Il était rare qu'elles s'éveillent deux matins de suite au même endroit, rare de trouver deux jours de suite le même homme dans le lit de Hope. Elles vivaient dans des motels, ou bien avec des compagnons de fortune rencontrés en chemin. Hope promettait qu'elle trouverait un lieu où s'installer pour de bon, mais cette quête mythique semblait ne devoir jamais finir. Liana avait commencé l'école dans tant de villes différentes qu'elle se sentait gênée dès qu'une institutrice se souvenait de son nom.

Deux ans plus tard, Hope baissait de nouveau les bras. Elles louèrent une chambre meublée à l'ouest de New York, dans un petit village aux maisons blanches niché dans la verdure. Des lacs ponctuaient les immenses prairies, et les enfants se promenaient à vélo le long des routes de campagne étroites et sinueuses. Aussi gentille qu'une grand-mère, la vieille dame qui possédait leur demeure victorienne faisait des gâteaux et supervisait les devoirs de Liana pendant que Hope dormait du matin au soir.

Et puis, un beau jour, elle ne s'éveilla pas.

Liana apprit par la suite que sa mère avait avalé trop de comprimés, et qu'ils l'avaient doucement emportée hors de ce monde pour lequel elle n'était pas faite. Sans doute n'avait-elle pas décidé consciemment de se suicider, mais le résultat était le même. La gentille grand-mère propriétaire s'occupa des démarches, aida la fillette dans son deuil et veilla sur elle tandis que les services sociaux recherchaient ses parents les plus proches. Et puis, un mois plus tard, Thomas Robeson arriva au village.

Liana venait d'avoir huit ans quand Thomas entra dans sa vie. Il avait alors soixante-neuf ans, et les années ne l'avaient en rien amadoué. Alors que ses contemporains passaient des heures au golf ou bien à bricoler dans leur garage, Thomas s'efforçait encore d'accroître sa fortune. Deux ans après avoir divorcé de Hope, il avait épousé une femme aussi impitoyable que lui. Epaulé par Sammy Wesley, il avait gagné en influence et en richesse.

Thomas ne voulait pas d'enfant ; il se serait passé de cette gamine d'un premier lit dont l'apparence risquait de trahir son secret. Mais il savait que l'histoire s'éventerait s'il refusait de rencontrer Liana. Dès le premier coup de fil, il prit l'avion pour Buffalo et effectua en voiture le reste du trajet pour voir à quoi ressemblait sa fille.

Lorsqu'il entra, Liana dessinait, assise à la table d'acajou de la salle à manger encombrée de petits sujets en porcelaine et de napperons au crochet. Elle leva les yeux vers l'étranger qui l'observait comme une bête curieuse. Il lui parut très grand. Très grand et très vieux.

— Lève-toi un peu, que je te regarde, ordonna-t-il.

Pourquoi lui obéir ? La nécessité s'imposait d'autant moins à son esprit d'enfant qu'elle n'avait pas l'habitude de recevoir des ordres. Quand, par hasard, quelqu'un lui en donnait, elle les ignorait, consciente que leur entourage changeait en permanence et que les gens disparaissaient systématiquement de leur vie. Et si « Nancy » avait choyé sa fille, elle avait aussi opté pour la solution de facilité en lui laissant la bride sur le cou.

Après une longue hésitation, elle se leva, néanmoins, afin de mieux examiner cet inconnu. Il avait les cheveux argentés, des yeux noirs et ronds, et les joues creusées par des rides.

— Qui tu es ? lui demanda-t-elle finalement.

— C'est moi qui pose les questions, répondit-il sèchement.

— C'est pas juste.

— Tais-toi.

Et elle se tut tandis qu'il s'approchait. Par ennui plus que par soumission. Depuis la mort de sa mère, rien ne l'intéressait plus : ni l'école où les autres chuchotaient derrière son dos ni la propriétaire qui devenait lassante à force de vouloir la consoler.

Thomas se planta devant elle, lui releva la tête pour mieux scruter ses yeux.

— Comment t'appelles-tu ?

— Je peux pas le dire. Tu m'as demandé de me taire.

Il lui serra le menton, si fort qu'elle émit un petit cri de douleur.

— Ton nom, j'ai dit !

Tout en cherchant à se dégager, elle répondit :

— Liana.

— Liana comment ?

— Starke !

— Non, ce n'est pas vrai. Tu t'appelles Robeson, et je suis ton père.

Son père ? Elle s'était parfois demandé si elle en avait un. Elle s'était même crue le produit de tous les hommes qui étaient passés dans le lit de sa mère. Et lorsque, par malheur, elle posait la question, Nancy fondait en larmes, pleurait des jours entiers, de sorte que Liana avait renoncé à l'interroger pour ne pas lui faire de peine.

A présent, elle comprenait mieux. Si cet homme était bien son père, il n'y avait pas lieu de s'en réjouir.

Elle plissa les yeux.

— Et alors ?

— J'aurais dû me douter que Hope ne saurait pas t'élever, petite impertinente !

— Ma mère s'appelait Nancy.

— Avant de m'épouser, elle s'appelait Hope Lynch. Nancy Starke est une pure invention.

Liana médita là-dessus. Elle se serait volontiers inventé un nom autre que Robeson si elle l'avait pu.

Thomas eut un rictus de dédain, à croire qu'elle le dégoûtait.

— Tu vas venir avec moi en Californie. Et tu as intérêt à te conduire mieux que ça.

— J'irai pas.

— Oh, que si ! Tu n'auras pas le choix. Tu vivras avec moi, et tu te tiendras correctement. Si tu n'obéis pas, tu seras punie.

— Si tu me touches, le vieux, tu le regretteras !

Les yeux noirs de Thomas brillaient d'une lueur mauvaise.

— Ah oui ?

Liana n'avait jamais vraiment eu d'enfance. Contrainte de se débrouiller seule depuis son plus jeune âge, elle avait les capacités de survie d'un adulte sans en avoir la prudence. Quand Thomas tenta de lui agripper l'épaule, elle planta les dents dans sa main. Il hurla de douleur, chercha à la gifler, et elle lui décocha un coup de pied dans le tibia.

Le sang de la victoire avait un goût affreux. Ecœurée, elle lui décocha un second coup de pied pour faire bonne mesure. Il battit en retraite, et secoua sa main blessée en lâchant un chapelet de jurons qu'elle connaissait pour les avoir entendus cent fois dans la bouche des amis de sa mère.

— Va te faire foutre, lança-t-elle lorsqu'il se fut calmé. Je t'avais dit de pas me toucher.

— Alors, ce sera la guerre ?

— Non, puisque je viendrai pas.

Mais on ne lui laissa pas le choix. Deux costauds qui avaient accompagné son père la portèrent jusqu'au jet privé tandis qu'elle hurlait et se démenait comme un diable. C'est ainsi qu'elle fit son premier voyage en avion, étendue sur le sol de l'étroite allée, ligotée et bâillonnée, tel un otage.

Cullen se doutait bien que Liana ne dormait pas. Sa poitrine était agitée de spasmes, et ses paupières papillonnaient, comme si elle s'efforçait de les maintenir closes.

— Il n'y en a plus pour longtemps, Lee, lui dit-il doucement.

Puis il prit sa main, la caressa doucement, et la porta à ses lèvres.

— Où tu te crois ? grommela-t-elle entre ses dents serrées.

— Si je te mets en colère, tu oublieras peut-être d'avoir peur.

— La première fois, ça n'a pas marché.

— Quelle première fois ?

— La première fois que j'ai pris l'avion.

Elle soupira, puis ajouta :

— J'étais folle de rage. Et tellement terrifiée que j'ai mouillé ma culotte.

— Tu ne comptes pas recommencer, j'espère ?

— Certainement pas !

Il embrassa de nouveau ses doigts.

— Pourquoi étais-tu furieuse ?

— Parce que j'étais trop petite pour me défendre.

En quelques phrases, elle lui résuma l'incident. Révolté par la brutalité de Thomas, Cullen l'aurait volontiers tué de ses mains s'il avait encore été vivant.

— Tu ne m'en avais jamais rien dit, remarqua-t-il.

— Je ne voulais pas me souvenir.

Certes, cela se comprenait. Il avait lui-même refoulé sa propre enfance malheureuse.

— Tu as une idée de ce qui a fait de lui un tel salaud ?

Malgré son débit haletant, le fait de parler semblait la soulager.

— A quatre ans, on l'a séparé de sa mère et de son foyer pour l'envoyer à l'autre bout du monde. Le bateau sur lequel il voyageait est entré au port de justesse, le matin où la terre tremblait à San Francisco. Naturellement, personne n'est venu le chercher. La ville était en flammes. La femme qui l'accompagnait s'est enfuie. Quelques jours plus tard, un pompier l'a trouvé, seul parmi les décombres d'un bâtiment en cendres. Personne ne sait ce qui lui est arrivé dans l'intervalle, et je doute qu'il s'en soit lui-même souvenu.

— Je reconnais que ce n'était pas une partie de plaisir, mais cela n'excuse pas sa conduite envers toi.

— Pendant des années, je me suis répété que ce n'était pas sa faute s'il était devenu méchant. Après la catastrophe, il a été bringuebalé de droite à gauche pendant des semaines avant que ses grands-parents le localisent et le reprennent. Il aurait mieux valu qu'ils ne le retrouvent jamais. C'étaient des gens rigides, froids, qui ont dû le mépriser pour ce qu'il était. Mais tout cela ne me concernait pas : je n'étais pas responsable de ses malheurs. Et puis, nous avons tous la possibilité de choisir, à un moment ou à un autre, que je sache. Rien n'obligeait Archer à tuer mon grand-père. Tante Mei aurait pu rester avec Bryce pour faire sa vie en Australie. Et Thomas Robeson avait le choix, lui aussi : il aurait pu aimer sa fille unique.

Cullen lui effleura la joue.

— En somme, c'était plus dur que tu ne le disais.

— Oh, mais j'apprenais vite. Il ne m'a pas fallu longtemps pour acheter ma tranquillité sans me laisser dévorer.

Elle eut un rire amer et reprit :

— En fin de compte, j'ai payé plus cher que je ne le croyais. Un matin, je me suis réveillée terrorisée. J'avais peur de tout, et ça s'est aggravé quand je t'ai quitté et que je suis revenue le trouver en rampant. Pendant un bout de temps, je le voyais tous les jours. A sa mort, il m'a légué la perle et un wagon d'angoisses. Intéressant, non ?

— Il ne t'a pas détruite. Tu es là, dans l'avion : tu prends le taureau par les cornes...

— Et le taureau m'échappe, me lacère de l'intérieur.

Un signal sonore retentit, et l'hôtesse demanda aux passagers d'attacher leur ceinture pour la descente.

— On va atterrir. C'est presque fini. Si nous retrouvons Matthew, nous rentrerons en voiture.

Elle rouvrit les yeux, le regarda.

— S'il n'est pas là, je reprendrai cet avion, et tous les avions nécessaires jusqu'à ce qu'on le retrouve. Ce n'est pas la peur qui m'en empêchera !

Il pressa sa main dans les siennes, puis la porta de nouveau à ses lèvres sans qu'elle s'en défende.

Le soleil déclinait lorsqu'ils achetèrent des provisions pour la route, après avoir loué une voiture. Liana avait les nerfs à vif et l'impression qu'on l'avait rouée de coups, mais elle se sentait guérir. Elle ne prendrait sans doute jamais l'avion de gaieté de cœur, mais, avec un peu de chance, elle aurait moins peur la prochaine fois.

Grâce à Cullen, naturellement. Elle était bien obligée de le reconnaître. Il l'avait aidée, soutenue ; il s'était montré compréhensif, compatissant et plus... De fait, il avait partagé sa souffrance.

Car il avait souffert, lui aussi, elle s'en rendait compte, à présent. Lorsqu'elle l'avait quitté, il avait dû repartir de rien, et prendre conscience de l'échec qu'avait été sa vie. Sa vie qu'il avait lui-même lentement gâchée. Liana ne se sentait nullement coupable, car la rupture s'imposait. Elle aurait eu tort de rester. Mais elle n'avait jamais réfléchi à la perte qu'il avait subie. Elle ne s'y était pas autorisée.

Elle soupira.

— Quand tout cela sera terminé, nous rediscuterons du droit de visite. Matthew devrait passer plus d'un mois par an avec toi.

Cullen crispa les doigts sur le volant.

— Tu me proposes ça parce que tu as survécu au vol ?

— Parce qu'il le faut.

— Il ne te manquera pas trop ?

— Il ne te manque pas, à toi ?

— Toujours. Nous aurions dû avoir une ribambelle d'enfants, Lee.

— Tu n'en voulais pas…

Elle se rappela soudain ce qu'il lui avait dit, un peu plus tôt, et se reprit.

— Excuse-moi, ça m'a échappé.

— A présent, je suis prêt.

— Et Sarah sera l'heureuse élue, j'imagine ?

Il haussa les sourcils, et lui jeta un regard en biais.

— Je suis prêt à passer plus de temps avec Matthew, précisa-t-il.

Liana se tut, s'interrogea sur les raisons de sa remarque. Pourquoi avait-elle encore parlé de Sarah ? Inutile de se mentir. Hélas, la vérité avait un goût amer. L'idée que Cullen puisse vivre avec une autre femme la faisait souffrir. Elle ne supportait pas qu'il réussisse là où, ensemble, ils avaient échoué.

Les plaines ondoyantes, parsemées de buissons, défilaient le long de la nationale presque déserte. Seuls des groupes de caravanes posées sur des parpaings rompaient occasionnellement la monotonie du décor. Puis le soleil sombra sous l'horizon, et le spectacle du ciel aux couleurs folles occupa à lui seul le devant de la scène.

A environ trois quarts d'heure de Tillman, ils s'arrêtèrent pour faire le plein d'essence et se renseigner. Calée contre la portière de leur Pontiac bleu pâle, Liana attendit que Cullen rapporte des nouvelles.

— Alors ? Que raconte le caissier ?

— Il pense que nous avons peu de chances de localiser Brittany ce soir. Et il ne sait pas trop où nous pourrions nous loger, par ici.

— Il la connaît, cette Brittany ?

— Non. Apparemment, il n'y a pas grand monde, à Tillman, et le garage ferme de bonne heure. Nous ne trouverons donc personne pour nous indiquer le chemin. Il y a bien un pub, sur la route, mais il m'a conseillé de l'éviter. D'après lui, les clients ne sont pas très fréquentables.

— Mais tu comptes y aller tout de même ?

— Absolument.

Elle sentit remuer en elle quelque chose d'ancien, de rance, qui aurait dû être pourri depuis longtemps.

— Tu trouveras peut-être des copains pour faire une partie de dés dans ce pub.

Il inclina la tête de côté et sourit.

— Va savoir.

— Quoique les dés n'aient jamais été ton fort.

— Certes. Mais s'il n'y a que ça…

— Tu t'y es mis aussi ?

— Je me demande combien de fois encore tu vas remettre ça sur le tapis, Lee. Mais c'est terminé, je ne joue plus. En tout cas pour le moment.

— Tu ne peux pas jurer que tu ne rejoueras jamais ?

— Je prends chaque jour comme il vient. J'évite les grandes déclarations comme « plus du tout » et « jamais ».

— Ça te fait donc si peur que ça de t'engager ?

— Pas vraiment.

— Depuis combien de temps, Cullen ?

Il enfonça les mains dans les poches de son jean.

— Assez longtemps. Et pas assez.

— Des jours ? Des mois ? Des années ?

Il crispa la mâchoire.

— Peu importe. Je vis au jour le jour. Ce qui compte, c'est le présent. Je ne prends pas de paris sur l'avenir. Je n'attends pas de récompense à l'arrivée. Ce n'est pas un champ de course, c'est ma vie.

— Et le reste ? L'alcool, les conquêtes ?

— Il n'y a jamais eu de conquêtes. Quand nous étions mariés, il n'y a jamais eu d'autre femme que toi dans ma vie. C'est toi que je voulais.

Elle ne répondit pas. Elle se dit qu'elle aurait dû avoir honte de le provoquer ainsi.

— Et, puisque nous en sommes aux confessions, reprit-il, je vais te dire encore une chose. Je n'ai pas de problème particulier avec l'alcool. Je ne suis pas alcoolique. Mais le fait de ne pas boire du tout m'a aidé à ne pas jouer. Question de contexte. De sorte que je suis devenu d'une abstinence presque exemplaire. Ce qui n'empêche pas mes amis de m'apprécier.

Depuis qu'il était arrivé en Californie, il la soutenait ; il lui tenait la main tandis qu'elle affrontait ses pires terreurs et, pour la première fois depuis leur séparation, elle regrettait de ne pas avoir été à ses côtés pour l'aider. Elle tenta maladroitement de lui exprimer ces pensées :

— Ce n'est peut-être ni le lieu ni le moment, dit-elle, et cela risque de te sembler déplacé, mais je suis fière de toi. Je sais que ça ne doit pas être facile.

Comme il se taisait, elle ajouta :

— Je sais aussi qu'après tout ce temps, j'ai sans doute tort de m'attacher à ce genre de détail, mais je... je suis contente que tu... qu'il n'y ait pas eu d'autres femmes. Tu disparaissais si souvent ; j'étais seule et je...

Il sourit tristement.

— Je t'ai toujours aimée. Même l'abruti tordu que j'étais voyait bien la femme merveilleuse que tu étais, Lee. Je ne désirais personne d'autre que toi. J'aurais voulu être l'homme que tu méritais.

23.

Tillman, Arizona

S'il y avait des gens du cru au Shady Lady, ils ne s'en vantaient pas. Quatre camions gigantesques occupaient à eux seuls la moitié du parking. Les autres véhicules, voitures et camionnettes, venaient soit d'Arizona, soit de Californie. Un routier moins grincheux que ses confrères expliqua à Cullen que le Lady était l'unique bar sur cinquante kilomètres à la ronde. Apparemment, personne ne savait rien de Brittany, ou alors les clients qui avaient fait le trajet pour venir boire un verre se méfiaient des étrangers.

Cullen rejoignit la voiture et ferma les yeux.

— A moins qu'on m'ait fauché mon portefeuille, je n'ai pas perdu un sou.

Liana eut une grimace.

— Excuse-moi pour l'interrogatoire, Cullen. J'ai eu tort. Tu ne me dois pas de comptes.

— Il y a un camp de touristes, pas très loin d'ici. Ça a l'air d'être quelque chose. Apparemment, il a été construit dans les années trente pour les immigrants qui se rendaient en Californie. Le serveur prétend qu'il n'a pas changé depuis l'époque de Steinbeck. Nous pouvons continuer et chercher autre chose de mieux, mais ce camp nous rapprocherait de Tillman.

— Ce ne sera pas pire que la maison de Pikuwa Creek.

— Tu serais surprise si tu la voyais.

— Vraiment ?

— Je l'ai un peu bricolée.

— J'espère que tu n'as pas trop bricolé la vue.

— Tu aimais cette vue, n'est-ce pas ?

— Entre autres, oui.

— Parce que tu aimais autre chose ?

— Pas la chaleur, en tout cas. Et encore moins les moustiques.

— Alors, Lee, on s'arrête dans ce camp, ou on écume les petites routes dans l'espoir que quelqu'un pourra nous renseigner ?

Elle avait renoncé à retrouver Matthew immédiatement, et elle s'était résignée à attendre le lendemain matin pour questionner le personnel du garage qui constituait, apparemment, le cœur de Tillman.

— Va pour le camp de touristes. Peut-être que quelqu'un saura où habite Brittany.

Ils roulèrent en silence jusqu'à un embranchement, et quittèrent la nationale pour une voie secondaire indiquée par un simple panneau de bois. Un kilomètre plus loin, Cullen ralentit.

— Il y a foule, ici. Tu as vu les voitures ?

Liana baissa sa vitre pour mieux regarder. Effectivement, les touristes se bousculaient dans cet espace où se mêlaient en désordre terrains de camping, caravanes et bungalows d'un autre âge.

Cullen s'engagea dans une allée de gravier et coupa le moteur devant le petit bâtiment qui faisait office de réception.

— Tu viens ?

Liana évalua la distance qui les séparait de la porte. Ce lieu lui était inconnu, et pourtant, son cœur battait avec la régularité d'une horloge suisse. Le vol avait sans doute épuisé son potentiel de panique pour la journée.

— Je viens.

Il lui sourit.

— Ça, c'est ma petite femme !

Son sourire s'évanouit très vite, et il ajouta :

— Désolé. Vieux réflexe.

Autrefois, il employait cette expression en guise de compliment. Elle en était touchée, irritée aussi, mais elle jugea prudent de ne pas relever, et haussa les épaules.

— Il faudra peut-être que je sois ta femme pour la nuit. Rien ne prouve que nous obtiendrons des chambres séparées.

Il s'avéra bientôt qu'elle avait vu juste. La grosse dame vêtue d'un peignoir des années cinquante fouilla parmi les clés accrochées à une planche pour vérifier les numéros. Liana coula un regard discret à Cullen. Il se préparait déjà à charmer le cerbère pour qu'elle leur offre un placard à balais.

— Me reste une cabane, et pas la meilleure. Je vous ferai une ristourne.

La femme revint en traînant les pieds et déposa une clé sur le comptoir de Formica écaillé.

— Cela nous convient parfaitement, affirma Cullen.

— On est en train de rénover, mais les travaux n'ont pas encore été commencés dans cette cabane-là. N'empêche : elle est propre.

— Pas de problème.

Liana regarda la femme se traîner jusqu'au registre des réservations.

— Dites-moi, connaissez-vous une jeune fille du nom de Brittany Saunders ? C'est une amie de notre fils. Nous lui avons promis de lui rendre visite en passant par Tillman, mais nous n'avons pas son adresse exacte.

— Ça me dit rien.

La femme rapporta le registre et l'ouvrit.

— C'est trop bête de pas pouvoir laisser ça sur le comptoir. Les gens l'embarquent.

Cullen lui offrit son plus beau sourire.

— Alors, vous ne connaissez pas Brittany ?

— Il y avait bien des Saunders, sur Yuma, dans le temps… Non… Finalement, je crois que c'était Sanders.

— Mais vous connaissez les habitants de Tillman, n'est-ce pas ?

— Plus maintenant. Il y a un bail que je ne bouge plus. Passez voir à la poste, demain matin. Elle se trouve dans la boutique attenante au garage. Si la fille est du coin, ils vous le diront.

Cullen la remercia et prit la clé. La femme leur indiqua le chemin de la cabane et les mit de nouveau en garde :

— Je vous préviens, la plomberie est d'époque. Il faut tirer la chasse d'eau deux fois, et l'eau chaude s'épuise vite.

De retour à la voiture, Cullen ouvrit la portière pour Liana.

— Ça me rappelle notre lune de miel, Lee.

Le cœur curieusement léger, elle lui sourit.

— Quelle lune de miel ?

Il prit la piste de terre, s'arrêtant fréquemment à cause des enfants qui couraient en tous sens et traversaient devant eux.

— Comment, quelle lune de miel ?

Liana trouva le terrain par trop dangereux, et ramena la conversation sur le présent.

— Au fait, combien y a-t-il de lits dans cette cabane ?

Elle s'aperçut trop tard qu'elle n'avait pas vraiment changé de sujet.

— Je ne sais pas. Elle n'a pas précisé.

— Hum. Ça ne t'ennuie pas de dormir dans la voiture ?

— Pourquoi ? A la fin de notre mariage, on dormait dans le même lit sans se toucher. Ça devrait encore être possible.

Elle grimaça.

— Tu t'en souviens, n'est-ce pas ? reprit-il.

Et elle se demanda s'il ne lui lançait pas un défi.

— Quoi qu'il en soit, je me suis habituée à avoir un grand lit pour moi toute seule.

— Ah oui ?

— Voyons d'abord l'allure de cette cabane. Inutile de créer des problèmes avant de savoir.

— Le problème, c'est de se réveiller seul tous les matins.

— Pourquoi ? C'est mieux que de se réveiller avec quelqu'un qui vous rend la vie impossible.

— Et avec quelqu'un qui te rendrait heureuse ?

— Ça existe, ce genre d'homme ?

— Tu as pris les hommes en grippe, Lee ?

Hélas, ça n'était pas le cas, et il lui arrivait de le regretter.

— Il faudrait que j'aime passionnément pour recommencer, Cullen.

— C'était si moche que ça, la première fois ?

— Oui. Pour tous les deux.

Il s'arrêta pour examiner le numéro sur la porte de la dernière cabine, puis gara la voiture dans l'espace aménagé sur le côté, face au bois de pins. Enfin, il coupa le contact, et se tourna vers Liana.

— Non. Pas pour tous les deux.

— Notre mariage ne t'a pas dégoûté du couple pour le reste de tes jours ?

Il se garda de répondre, se pencha pour lui ouvrir la portière et sortit de son côté. Il se battait avec la serrure lorsqu'elle le rejoignit, portant le sac qui contenait leurs affaires de toilette.

Le battant finit par s'ouvrir, et ils jetèrent un coup d'œil à l'intérieur.

— Mince ! s'exclama la jeune femme. Je comprends qu'ils aient entrepris de rénover : ce n'est pas du luxe !

La cabane tombait en ruine. Et il n'y avait aucun meuble. Juste un lit.

— Enfin, il y a un toit. Je suppose que c'est mieux que rien.

Cullen pénétra dans la pièce et montra à Liana une ancienne fenêtre barrée par des planches. Un charpentier attentionné avait cloué un fin grillage rouillé en guise de moustiquaire pour obturer les jours larges comme la main, mais il avait négligé de colmater les fissures entre les planches disjointes qui faisaient office de murs.

— Si tu es claustrophobe, tu ne devrais pas avoir de problèmes, ici. J'ai dormi à la belle étoile dans des coins plus abrités que ça. C'est l'hôtel des courants d'air !

— Et qui dit courants d'air dit bestioles. Avec tous ces trous, les araignées, scorpions et mille-pattes ne sont pas bien loin.

— Tu es sûre de vouloir que je dorme dans la voiture ?

Il semblait en douter. Elle en doutait aussi.

— Non, dit-elle. C'est moi qui vais passer la nuit dans la voiture. Je remonterai les vitres.

— Pour mourir étouffée ? Ecoute, Lee, je resterai de mon côté du lit, c'est promis. Je ne veux pas te laisser seule ici.

Elle se sentit fondre. Elle n'avait pas le moins du monde envie de rester seule. Comme elle ne disait rien, il enchaîna :

— Je vais passer dans la salle de bains le premier, si ça ne t'ennuie pas.

Il mit son projet à exécution sans même attendre sa réponse, et referma la porte derrière lui.

— Parfait ! lança-t-il de l'intérieur. On se croirait en pleine brousse, tellement c'est rustique !

— Je vois le tableau, Cullen. Inutile d'insister. Je m'en arrangerai.

Il passa la tête dehors, et lui fit un clin d'œil.

— Ça, c'est ma petite femme !

Et il disparut de nouveau.

— Plus maintenant ! répliqua-t-elle.

— Ne va pas raconter ça à la réceptionniste.

Elle avait oublié quel merveilleux illusionniste était Cullen. Son charme opérait comme une baguette magique, transformait les chardons en roses, un taudis en une aventure. Il avait le don de retourner toute situation, de vous montrer le bon côté des choses…

Elle releva les draps. Le matelas avait dû voir des jours meilleurs, mais il n'y avait pas de bestioles dans le lit qui, par ailleurs, semblait suffisamment large pour que deux personnes y dorment à l'aise. A ceci près que, si Cullen n'avait pas changé, il était du genre à prendre toute la place, à se lover contre l'autre…

Elle entendit couler la douche, puis le cri de Cullen quelques instants plus tard.

— Merde ! Plus d'eau chaude.

— Tu étais prévenu, marmonna-t-elle en réprimant un sourire.

Au bout de quelques minutes, il reparut en jean et torse nu, portant sa chemise sur son bras.

— J'ai mis mon T-shirt à sécher dans la douche en pensant que ma compagnie te serait plus agréable demain si je le lavais.

— Et je parie que tu l'as savonné sous la douche avant de l'enlever, comme dans la brousse.

— Ben, ça marche, non ?

— Bon. A mon tour, maintenant.

— Tu devrais attendre qu'il y ait de l'eau chaude.

— Je me doucherai demain matin.

Elle avait hâte d'en finir avec cet excès d'intimité, hâte de se glisser entre les draps et de tourner le dos à Cullen. Lorsqu'elle eut refermé la porte de la salle de bains, elle se brossa les dents, se débarbouilla le visage à l'eau froide, puis se brossa les cheveux. Après cette toilette sommaire, elle ne put s'empêcher d'examiner son reflet à la lumière peu flatteuse de l'ampoule nue qui pendait du plafond.

Elle avait les yeux cernés, les cheveux ternes, et ses quelques mèches argentées se voyaient plus que jamais, ce soir. La lueur jaune de la lampe lui donnait le teint maladif.

— De toute façon, il ne voudrait pas de toi, murmura-t-elle pour elle-même.

Ce qui acheva de la démoraliser.

Elle s'adressa une grimace, puis ôta ses vêtements froissés. Après quoi elle lava ses sous-vêtements ainsi que son corsage, et étendit le tout dans la douche, à côté du T-shirt de Cullen. Elle enfila ensuite l'immense maillot des Arizona Cardinals qu'elle avait acheté dans une boutique de souvenirs indiens. Il lui tombait aux genoux, mais elle regrettait quand même de ne pas avoir un short à mettre dessous.

Tant pis. Inutile de tergiverser davantage : elle était prête pour la nuit. S'armant de courage, elle tira le cordon pour éteindre la lampe, et ouvrit la porte. Cullen était couché et lui tournait le dos. Il ne dormait pas, elle l'aurait juré, mais elle s'abstint de poser la question. Pieds nus, elle traversa la pièce et se glissa près de lui.

— Il y a une ou deux règles à respecter, dit-il alors sans se retourner. Tu ne prends pas toutes les couvertures, et je t'interdis de ronfler. Une dernière chose : pas de câlin pour ce soir, même si tu en meurs d'envie.

— Ce que tu peux être bête !

— Ah, je vois que j'ai grandi dans ton estime.

Elle frappa l'oreiller du poing.

— Tu ne changeras pas, hein ? Il faut toujours que tu joues de ton charme ou que tu plaisantes pour arriver à tes fins.

— Ouais. Et tu vois où ça m'a mené.

Dans le lit finalement douillet, à quelques centimètres de Cullen, elle se mit à réfléchir. Il y avait eu un temps où elle croyait que tout ce qu'ils entreprenaient ensemble ne pouvait mener qu'au succès. Elle avait vingt et un ans, lui vingt-deux, et elle l'aimait passionnément, d'un amour absolu qui défiait la raison.

Pour la première fois depuis bien des années, elle s'autorisait à repenser au passé. Et elle se demanda si Cullen y pensait aussi.

Liana était née dans un monde où tout était permis mais où la sécurité n'existait pas. Ensuite, avec Thomas, la situation s'était totalement inversée, et elle avait compris, peu après son terrifiant voyage en avion, que la rébellion silencieuse était pour elle le seul moyen de survivre. Alors, elle s'était coulée dans le moule de l'obéissance, tout en fomentant la révolte dans le secret de son cœur.

Elle découvrit bien vite que ni Sammy, sa belle-mère, ni son fils Graham, un pré-adolescent empâté qui souffrait d'asthme, ne prendraient sa défense. Jusqu'à l'apparition de Mei, elle s'était résignée à lutter seule contre ce monde hostile. Mei devint son refuge et, à son contact, elle put s'épanouir. Des qualités nouvelles prirent racine en elle. Mei fut la première à reconnaître ses dons artistiques et, à l'adolescence, lorsqu'elle s'intéressa au travail de la bijouterie, ce fut Mei qui l'encouragea à suivre son instinct.

La contre-culture qui avait nourri l'enfance de Liana avait atteint son apogée très tôt dans la région de la Baie, lieu d'expérimentation perpétuel et berceau de toutes les bizarreries. Lorsqu'elle eut seize ans, il ne restait de ce foisonnement que la commercialisation abâtardie de l'Age du Verseau. D'anciens jeunes qui n'avaient pas su vieillir vendaient toujours leur bric-à-brac artisanal à l'arrière des minibus Volkswagen, et l'odeur de marijuana demeurait aussi commune dans le parc de Golden Gate que celle des eucalyptus et des cyprès. Mais la fine cuisine californienne remplaçait les restaurants macrobiotiques, et le rock psychédélique avait cédé la place à la musique disco.

Une tradition locale se perpétuait, cependant : la croyance tenace qu'il faut suivre son cœur et que seul cela compte. Malgré toutes les menaces de Thomas, Liana savait qu'avec le temps, elle serait libre d'agir selon ses désirs.

Thomas souhaitait qu'elle poursuive ses études et qu'elle obtienne un diplôme en gestion des affaires pour prendre un jour sa place à Pacific International. Mais Liana en avait décidé autrement. Trop désillusionnée par sa vie avec Hope pour se risquer prématurément à voler de ses propres ailes, elle était, néanmoins, fermement décidée à rejeter en bloc tout ce qui se rapportait à Thomas dès que l'occasion s'en présenterait.

A l'instigation de Mei, elle s'inscrivit à des cours de bijouterie, et utilisa son argent de poche pour acheter du matériel. Elle trouva un artiste potier qui, en échange de baby-sitting et de menues tâches ménagères, l'initia au moulage à cire perdue et aux émaux. Elle tissait aussi de délicats fils de soie teints à la main sur un métier traditionnel chinois.

Le jour de ses dix-sept ans, Thomas vint la trouver dans sa chambre tandis qu'elle s'exerçait avec des strass récupérés sur des bijoux fantaisie acquis à bas prix dans des magasins de seconde main. A domicile, elle s'essayait souvent à créer des modèles simples, tordant du fil d'argent pour monter des pierres, perles de verre et coquillages en bagues ou en bracelets.

Comme toujours dans ces cas-là, elle ne fit rien pour cacher son activité créatrice à son père qui l'observait depuis le seuil d'un œil sévère.

Si elle avait grandi, Thomas s'était tassé avec l'âge. A soixante-dix-sept ans, il n'osait plus lever la main sur elle. Sans doute craignait-il qu'elle ait le dessus s'il lui prenait l'envie de se défendre.

— Je suis venu pour te montrer ton cadeau d'anniversaire, déclara-t-il.

Liana fut extrêmement surprise car on ne fêtait jamais ce genre d'événement chez les Robeson.

— Tout de suite ?

Il jeta un regard à l'apparent désordre de son bureau.

— Tu ne fais rien d'important, à ce que je vois.

— Certes, répondit-elle avec un sourire forcé.

— Tu devrais travailler tes langues au lieu de perdre ton temps.

Des années plus tôt, quand elle était encore au collège, Thomas avait décrété qu'elle parlerait couramment le français et l'anglais afin de servir plus tard l'entreprise familiale dans ses négociations à l'étranger.

Cette remarque l'irrita au point qu'elle en oublia, pour une fois, toute prudence.

— Mon cantonais s'améliore de jour en jour.

Il fronça les sourcils.

— Ton cantonais ?

Pour une raison qu'elle ne s'expliquait pas elle-même, elle ne put s'empêcher de poursuivre :

— J'ai rencontré une dame qui me donne des cours particuliers. L'idée me semblait intéressante. Etant donné le nombre de Chinois qui résident dans la région de la Baie et les possibilités de nouveaux marchés, j'ai pensé qu'il serait utile à Pacific International d'avoir parmi ses cadres quelqu'un qui parle la langue. Je voulais te faire la surprise.

— Qui est cette femme ? Où l'as-tu rencontrée ?

Liana se demanda ce qui lui prenait de narguer ainsi Thomas. Elle ne comptait pas lui parler de Mei avant d'être prête à quitter la maison. Mais il était trop tard. Elle en avait trop dit.

— Elle s'appelle Mei Fong. C'est une femme merveilleuse : généreuse, cultivée et pleine d'esprit. J'apprends beaucoup avec elle.

Il ne chercha pas à savoir ce qu'elle apprenait. Il s'avança dans la pièce, menaçant et glacial.

— Où l'as-tu rencontrée ?

— L'un de mes professeurs nous a présentées. Nous avions eu un cours d'initiation au chinois qui m'avait passionnée. J'ai cru que tu serais content que j'en apprenne davantage.

Et elle le gratifia d'un sourire angélique. En pure perte.

— Que sais-tu d'elle ?

— Eh bien… euh… Elle est veuve. Son mari dirigeait une firme d'import-export que ses fils ont reprise. Je pense qu'elle a de l'argent. Elle enseigne par plaisir.

Il scrutait son visage à la manière d'un inquisiteur.

— Quoi encore ?

Elle feignit de réfléchir.

— Elle a beaucoup de petits-enfants et d'arrière-petits-enfants, des garçons pour la plupart. L'un d'eux, Frank, est à peu près de mon âge, et il rentre à Harvard l'an prochain.

A ses yeux, elle devinait qu'il brûlait de l'interroger plus avant mais qu'il n'osait pas poser la question fatidique qui lui brûlait les lèvres, par crainte de trahir son secret si elle ne savait pas tout.

— Je t'interdis de la revoir.

— Pourquoi ?

— Je connais cette femme. Sa famille a mauvaise réputation.

— Tu dois te tromper. La famille de Mei est tenue en haute estime.

— Tu ne la reverras pas. Un point, c'est tout.

Elle aurait aimé tout lui dire, pour voir enfin de vraies émotions se peindre sur ses traits. Mais elle n'était pas prête pour cette confrontation. Elle devait d'abord mener son projet à terme.

Elle haussa les épaules.

— Bon, puisque tu insistes. De toute façon, je n'ai guère de temps libre. J'espérais te faire plaisir en apprenant cette langue. Je ne vis que pour te faire plaisir.

— Pour me mettre en colère, oui ! Je t'offre ce qu'il y a de mieux, et tu me le jettes au visage.

Il agita la main en direction des strass sur le bureau.

— Tu crois que je ne suis pas au courant de ton hobby ? Que j'ignore que tu prends des cours derrière mon dos ? Que je ne sais pas que tu as étudié avec un drogué de hippy aussi déglingué que ta mère ? Je te surveille, tu sais. Je te fais surveiller. Je suis au courant de tout.

Elle répliqua d'un air impassible :

— Dans ce cas, je m'étonne que tu ne sois pas au courant pour Mei.

Il leva la main. Elle haussa les sourcils.

— A ta place, je m'abstiendrais. Cela risquerait de gâcher mon anniversaire.

— Tu es la honte de la maison.

— Je pensais être modelée à ton image.

Il laissa retomber sa main. Thomas n'agissait jamais sans peser les conséquences de ses actes.

— Tu renonceras aussi à ce ridicule hobby.

— J'en doute. A moins que cela ne nuise à mes études. La plupart des jeunes filles de mon âge ont un hobby, Thomas. J'aurais pu choisir plus mal.

— Ton avenir n'est pas assuré, Liana. Rien ne m'empêche de t'exclure de mon testament. Je ne te dois rien, pas même un emploi dans mon pool de dactylos.

Que de choses elle devait taire quand elle lui aurait volontiers déclaré qu'elle ne foulerait jamais le sol de Pacific International, qu'il lui offre ou non un emploi ; que toutes ses menaces étaient vaines puisqu'elle hériterait, à dix-huit ans, d'une somme conséquente laissée par sa mère ; qu'il n'aurait jamais le moindre ascendant sur elle puisqu'elle connaissait son secret. Ses racines chinoises n'avaient pourtant rien de honteux, et elle ne lui pardonnait pas de les avoir niées si longtemps.

Mais il était encore trop tôt pour l'affronter. Alors, elle sourit.

— J'espère bien que tu ne m'offriras pas une place de sténodactylo. Je n'ai aucun talent pour le secrétariat.

Il respirait avec difficulté, seul signe visible qu'elle avait fait mouche. Immobile, silencieux, il prit un moment pour se calmer, puis secoua la tête.

— Change-toi. Je t'emmène voir ton cadeau.

Après cet échange ? Liana n'en croyait pas ses oreilles.

— D'accord.

Et elle ajouta par malice :

— C'est super ! Un vrai tête-à-tête entre père et fille.

Sans un mot de plus, il se retourna et quitta la pièce. Elle referma la porte derrière lui, et s'adossa contre le battant. Supporterait-elle de vivre avec Thomas Robeson et ce qu'il représentait pendant un an encore ?

Supporterait-elle jamais la solitude qui pesait si lourd sur son cœur ?

24.

Le cadeau d'anniversaire, c'était la Perle de Grand Prix. Thomas conduisit Liana jusqu'à l'immeuble Robeson où les gardes s'inclinèrent bien bas pour les saluer comme s'ils avaient été des princes. Quand ils furent dans son bureau, Thomas ouvrit le coffre-fort et en sortit la perle qu'il présenta à la jeune fille sur la paume de sa main.

Liana sentit son cœur se serrer douloureusement à la vue du joyau magnifique. Elle en connaissait, bien sûr, l'existence. Mei, qui s'efforçait de la renseigner sur ses racines, lui avait raconté l'histoire de Tom et d'Archer, ainsi que celle de Saule, et certaines anecdotes sur sa propre enfance à Broome. Liana avait vu des photos de la perle illustrant des articles consacrés à Pacific International Growth and Development. Depuis des dizaines d'années, PIG exploitait la perle en tant que symbole de pureté et de perfection : Pacific International Growth and Development, la Perle du Pacifique.

— Tu veux la prendre ? demanda Thomas.

Que répondre à cela ? Si elle disait oui, il refuserait. Si elle disait non, il lui reprocherait de ne pas apprécier sa générosité.

— Elle est superbe dans ta main, déclara-t-elle.

— Tu ne créeras jamais rien d'aussi beau. Tu perds ton temps à essayer.

— L'huître a donné sa vie pour cette perle. Je n'ai pas son sens du sacrifice.

— Mon père est mort pour elle.

Comme si elle l'ignorait encore, Liana feignit la surprise.

— Ah oui ? Comment cela ?

Il scruta son visage, puis, rassuré quant à la franchise de sa réaction, il lui raconta l'histoire de Tom Robeson et d'Archer Llewellyn.

Liana l'écouta attentivement, surprise que son discours coïncide aussi bien avec celui de sa tante.

— Mais comment as-tu obtenu cette perle ? demanda-t-elle lorsqu'il eut terminé.

Les explications de Mei sur ce point n'avaient jamais été très claires. Elle s'était contentée de lui dire que quelqu'un avait repris la perle aux Llewellyn et l'avait emportée en Amérique.

— Les Robeson reprennent ce qui leur appartient. Quand j'ai découvert l'existence de la perle, je me suis assuré qu'elle redeviendrait la propriété de la famille.

— Et les Llewellyn ?

— Des imbéciles. Faciles à duper.

Apparemment, elle n'obtiendrait aucun éclaircissement sur cette partie-là du récit.

— Ils ne veulent pas la récupérer ?

— Hum. Je doute que les descendants de Llewellyn sachent qu'elle est ici. Ils vivent en Australie, dans un misérable ranch. Mais méfie-toi tout de même, Liana. Méfie-toi de tout étranger qui s'intéresse de trop près à la perle. Les Llewellyn pourraient se mettre un jour à sa recherche. Si elle t'appartient, il t'appartiendra aussi de la protéger.

Elle brûlait du désir de la tenir dans sa main.

— Si elle m'appartient ?

— Parce que tu imaginais que j'allais te la donner sur-le-champ ?

Elle leva les yeux au ciel.

— Je t'en prie, Thomas, n'insulte pas mon intelligence. Je te connais mieux que ça.

Depuis des années, il insistait pour qu'elle l'appelle « père », mais elle s'y refusait obstinément. Il secoua la tête et pinça les lèvres.

— Si tu continues à me narguer, elle ne t'appartiendra jamais.

Et elle sentit les chaînes dans lesquelles il la tenait se resserrer autour d'elle. Mais un peu seulement. Elle ne voulait pas cette perle à n'importe quel prix.

— Il ne suffit pas qu'on t'obéisse : tu veux tout contrôler.

— Je suis trop vieux pour avoir un autre enfant. D'ailleurs, je n'en voulais pas. Il a fallu que ta mère me nargue.

— Je te nargue, ma mère te narguait... Il y a peut-être une raison à cela.

Ignorant sa remarque, il poursuivit :

— Je n'aurai pas d'autre enfant, et Graham n'a pas le sang des Robeson. La perle doit rester dans la famille, conclut-il.

— Je suis donc l'Espoir Immaculé de la Perle Immaculée.

— Je peux aussi la mettre au coffre pour plusieurs générations. Légalement, je suis en droit de la laisser en sûreté pendant un siècle.

— Pourquoi ce soudain attachement à la famille, Thomas ? Quel intérêt vois-tu à ce qu'elle appartienne à quelqu'un de ton sang ?

Sans un mot, il referma les doigts autour de la perle.

Cet homme qui ne lui avait jamais manifesté le moindre signe de tendresse possédait-il un reste de chaleur humaine au fond de son âme glacée ? Eprouvait-il quelque attachement pour ce père qu'il n'avait pas connu ? Se sentait-il lié aux générations à venir ?... A vrai dire, cela ne lui ressemblait guère.

Liana finit par rompre le silence qu'elle trouvait par trop gênant.

— Je ne te nargue pas sciemment, dit-elle. Le problème, c'est que nous n'avons pas grand-chose à échanger. J'aurais préféré que nos rapports soient plus simples.

— Quand j'étais petit, je ne m'interrogeais pas sur ce que mes grands-parents et moi avions ou non à échanger. Je leur étais reconnaissant de ce qu'ils faisaient pour moi.

Afin de ne pas paraître ingrate, elle se demanda de quoi elle pourrait le remercier sans risquer qu'il le lui confisque. Et elle renonça.

— Pense à ce qu'ils n'ont pas fait. Tu n'as jamais souhaité être aimé pour toi-même, simplement parce que tu étais né ?

Un instant, elle crut voir une lueur lointaine s'allumer dans ses yeux. Quelque chose de presque enfantin. Mais la lueur fugitive s'éteignit aussitôt. Au point qu'elle douta même de l'avoir aperçue.

— Elle peut t'appartenir un jour, Liana. Mais seulement si tu te conduis comme je le souhaite. Etudie, perfectionne-toi. Surveille ton langage. Et, surtout, prouve-moi que tu es digne de cet héritage.

Toute possibilité de dialogue s'était évanouie. Liana se sentit flouée. L'espoir était un piège. Mieux valait ne croire à rien que s'illusionner, même l'espace d'un instant.

— Je ne peux pas te montrer ce que tu ne veux pas voir, dit-elle.

Il lui tourna le dos pour aller jusqu'au coffre. Elle n'avait même pas touché la perle du doigt. Tandis qu'il la remettait à sa place, elle songea qu'elle venait de la voir pour la première et la dernière fois.

Un an plus tard, après avoir passé son baccalauréat et transféré sur son compte l'argent hérité de sa mère, Liana fit sa valise et, au plus noir de la nuit, quitta la maison de grès rose de Pacific Heights. Jamais elle ne s'était sentie plus proche de Hope. En découvrant qu'elle avait disparu, son père dirait sans doute : « Telle mère, telle fille », puis il continuerait de vaquer à ses occupations.

Depuis un an, elle préparait son départ tout en espérant vaguement que ce ne serait pas nécessaire. Mais, le jour de la remise des diplômes, une crise avait éclaté. Tout au long de l'année, elle avait pris mille précautions pour voir Mei en cachette. Elle devait ruser, de sorte que leurs rencontres étaient moins fréquentes. Comme Thomas ne lui avait jamais reparlé de sa sœur honnie, elle pensait l'avoir dupé. Elle était aussi fière d'être la nièce de Mei qu'elle regrettait que Thomas soit son père. Hélas, jusqu'à ses dix-huit ans, il régirait sa vie.

Au matin de la remise des diplômes, il annonça qu'il n'assisterait pas à la cérémonie, pas plus que Sammy qui devait l'accompagner à un dîner d'affaires. Aucun membre de la famille ne serait donc présent pour la féliciter puisque Graham terminait sa première année à Princeton. Sans doute serait-elle la seule de sa promotion à n'avoir auprès d'elle aucun soutien familial, en ce grand jour. A moins que… Liana songea à Mei. Elle pourrait l'inviter.

Sa tante hésita d'abord à accepter car elle trouvait l'idée peu judicieuse, mais Liana lui assura que Thomas ne viendrait pas.

— En plus, j'ai dix-huit ans, précisa-t-elle. Jusqu'ici, je n'avais pas le choix, mais, à présent, je me moque de ce qu'il pense, de ce qu'il sait ou ne sait pas. Bientôt, il ne sera plus en mesure de me faire du mal. Mais, si tu as peur qu'il s'en prenne à toi…

— J'ai de quoi me défendre, répondit Mei sans sourire.

Ce soir-là, Liana reçut son diplôme sous un dais de lierre et de roses blanches, en sachant que la seule personne au monde qui l'aimait se tenait fièrement dans la salle. Sa joie dura le temps de la cérémonie. Ensuite, tandis que Mei venait la serrer dans ses bras, Liana leva les yeux et vit Thomas et Sammy, un peu en retrait.

Elle reporta son attention sur Mei.

— Mon père est là, ma tante.

Mei n'en parut nullement troublée.

— Ah oui ? Peut-être espérait-il te piéger ?

Liana fit « non » de la tête. Jamais son père n'aurait souhaité une telle scène en public.

— Je ne lui permettrai pas de te nuire, promit Liana en caressant tendrement la joue de sa tante.

— Il ne peut pas me nuire. Mais je vais te quitter tout de même.

— Je lui dirai que je sais qui tu es.

— Je crois qu'il le sait déjà, Liana.

Sur ces mots, Mei l'embrassa, puis elle se fondit dans la foule. Le petit auditorium était plein à craquer, rempli par les familles les plus en vue de San Francisco. Ce public était constitué d'un large éventail de races et de couleurs dans lequel Mei put se fondre. Les racines chinoises de Thomas auraient pu lui être un atout dans cette société en pleine mutation où les cultures se mêlaient, mais rien ne l'avait incité à lever le voile sur son secret.

Thomas agrippa le bras de Liana et déclara sans préambule :

— J'ai renvoyé Sammy à la maison. Nous ferons un bout de chemin à pied jusqu'à ce que la voiture nous rejoigne.

Elle se dégagea d'une secousse.

— J'ai reçu deux invitations plus intéressantes, ce soir. D'ailleurs, pourquoi es-tu venu ? Tu avais dit que tu ne pourrais pas.

Il crispait les mâchoires ; Liana le sentait près de craquer.

— Tu n'iras à aucune de ces invitations, déclara-t-il d'une voix neutre.

— Essaie de me retenir et je saute sur la scène pour révéler à tout le monde l'identité de Mei.

Elle parlait à voix basse, tout en lui souriant d'un air angélique.

— Pour ta gouverne, Thomas, je suis fière d'être chinoise. La seule chose dont tu devrais avoir honte est ton cœur étriqué et mesquin. Heureusement, celui de ta jumelle est mille fois plus grand.

— Tu ne la reverras pas. Tu ne prononceras plus son nom. Plus jamais. Ou bien tu perdras tout. Choisis bien entre sa famille et la mienne, Liana. Et ne crois surtout pas que tu puisses avoir les deux.

Sur ces mots, il se détourna et s'enfonça parmi la foule, mais il ne s'y mêla pas vraiment, contrairement à Mei. Sa raideur et la dureté glaciale de ses traits le distinguaient du lot.

Le lendemain matin, ils ne reparlèrent pas de Mei. Liana ne resta chez Thomas que le temps nécessaire pour signer le transfert à son nom des biens de sa mère et acheter un cabriolet d'occasion. Cette nuit-là, elle s'évada de sa prison. Elle ne fit qu'une halte avant de quitter la ville, pour se rendre à l'appartement de Waverly Place. Elle gravit l'escalier comme elle l'avait fait si souvent, mais fièrement, cette fois, sans raser les murs ni regarder par-dessus son épaule. Déjà, ses chaînes tombaient. Libre ! Elle avait franchi le cap de l'enfance.

Elle frappa à la porte, puis, dans un élan d'émotion, elle prit dans ses bras sa tante encore à demi endormie.

— Je m'en vais, tante Mei ! Enfin, je peux partir. Souhaite-moi bonne chance.

Mei ne lui demanda pas où elle allait. Sa nièce avait bien trop besoin de liberté.

— Tu écriras ? Tu appelleras ?

— Bien sûr ! Tu vas me manquer affreusement.

Mei la serra très fort contre elle, puis elle prit un peu de recul pour la regarder dans les yeux.

— J'ai eu deux regrets dans l'existence, Liana. Le second était de ne pas avoir eu de fille. Jusqu'à notre rencontre.

Liana sentit des larmes rouler sur ses joues.

— C'est grâce à ton soutien que je m'en suis sortie, ma tante. Tu es la seule personne au monde que j'aime.

— Ça ne durera pas, va.

Mei l'étreignit de nouveau, puis la repoussa vivement et dit en cantonais :

— Va, mais sois prévenue.

Puis elle sourit devant l'incompréhension de Liana.

— C'est une phrase que ta grand-mère me répétait souvent. Tu lui ressembles, d'ailleurs. Physiquement comme par le cœur.

— Et cela signifie ?

— Quand on enfourche le tigre, on ne redescend pas.

— Je ne comprends pas.

— Tu as choisi une voie nouvelle et audacieuse, Liana. Une fois engagée sur cette voie, tu dois aller jusqu'au bout.

— Je sais. Je ne peux plus rentrer à la maison.

— Le temps est venu de prendre ton envol.

Mei s'écarta d'elle.

— J'attendrai de tes nouvelles.

Liana ouvrit la porte et sortit.

Elle passa l'été en apprentissage dans le Nevada, chez une femme artisan qui lui enseigna le *mokume gane* — le travail du métal selon l'art japonais. A l'automne, elle traversa le pays pour commencer ses études au Pratt Institute de Brooklyn. Elle écrivit à Mei et transmit son adresse à son père, tout en songeant qu'il l'avait sans doute bannie à jamais de son univers.

Dès son premier jour sur le campus, Liana se sentit confortée dans son choix. Elle aimait la joaillerie, le contact frais des métaux précieux, l'incomparable éclat des gemmes. Elle aimait manipuler les matières, qu'elles aient ou non de la valeur, créer de beaux objets dont la seule fonction serait d'embellir les femmes.

Chaque nouveau cours, chaque nouvelle aventure renforçait son intérêt pour les bijoux. Lorsqu'elle entra en dernière année, elle avait remporté des concours, et ses créations avaient suscité un vif intérêt chez les grands joailliers de la 5e Avenue comme dans les boutiques plus modestes de la 47e Rue.

Après avoir obtenu son diplôme, elle se rendit à Manhattan où elle avait rendez-vous avec l'un des directeurs artistiques de Tiffany qui s'était déclaré enthousiasmé par son exposition de fin d'année. Ce fut alors que Liana rencontra Cullen.

Au cours de sa vie d'étudiante, loin de San Francisco, elle s'était efforcée de prendre du recul par rapport à l'état d'esprit de ses parents, et de se forger sa propre philosophie. Dans ses relations, elle s'était montrée prudente. Elle se rappelait trop son enfance, et la longue suite d'hommes sans intérêt qui avaient traversé la vie de sa mère. Elle avait peur de manquer, elle aussi, de discernement, si bien qu'elle tenait les hommes à distance. Elle avait un beau jour perdu sa virginité mais son cœur était resté intact.

Elle s'était créé un style aussi sophistiqué qu'original. Elle portait un chignon avec un peigne d'ivoire ou de jade, ou bien elle tressait ses longs cheveux noirs avec des fils de soie et des perles fantaisie. Ce jour-là, à Manhattan, elle arborait une robe princesse couleur prune et la broche d'or dont elle était le plus fière — un moulage incrusté d'améthystes et de perles. Un rang de perles de culture mêlé à ses cheveux rehaussait son chignon, mais point de bracelet ni de pendants d'oreilles qui auraient gâché l'effet de sa tenue.

Dans le sanctuaire des créateurs tels que Donald Claflin, Angela Cummings, Elsa Peretti et Paloma Picasso, Liana n'avait pas le trac. Elle n'était même pas certaine de vouloir un emploi chez Tiffany où elle aurait sans doute passé des années à réaliser les travaux des autres. Elle connaissait les risques qui existaient lorsqu'on se lançait seule dans une carrière comme celle qu'elle avait choisie. Elle savait aussi qu'il fallait faire preuve d'une immense précision pour produire peu de pièces, alors que le commerce de masse valorisait la quantité. Mais, l'été précédent, elle avait fait le circuit des foires-expositions en compagnie d'un amant luthier qui fabriquait banjos et mandolines. L'expérience l'avait enrichie et la liberté enivrée, même si elle s'était lassée de son compagnon.

Puisqu'elle disposait d'un peu d'argent, elle envisageait d'acheter une boutique dans l'une des riches villes touristiques de Nouvelle-Angleterre. Elle s'y était préparée en suivant des cours de gestion. Après quatre ans d'études, elle se sentait prête pour la grande aventure.

Le décor de la salle de réception avait autant de classe que les bijoux de Tiffany, et l'hôtesse aurait pu être mannequin. Le canapé de cuir gris était accueillant et confortable, sans, toutefois, permettre aux visiteurs de s'avachir.

Liana regrettait de ne pas avoir un magazine à feuilleter pour passer le temps quand un jeune homme entra et alla se présenter à l'accueil. Liana vit le regard de la belle hôtesse s'éclairer. Un sourire se dessina sur ses lèvres peintes, et ses boucles blondes s'agitèrent tandis qu'elle lui montrait où il devait attendre.

Liana le regarda approcher. Il était grand, mince, et il portait des vêtements sport très ordinaires avec une nonchalance qui le rendait différent des autres. A l'évidence, il s'intéressait moins aux apparences qu'à son confort.

— Cela ne vous dérange pas si je m'assois à côté de vous ?

Liana se déplaça légèrement pour lui permettre de s'installer.

— Vous êtes australien, non ?

Il lui sourit.

— Et vous : Yankee ?

— Plus ou moins.

— Apparemment, je vais devoir patienter un moment. Avec le décalage horaire, je ne sais plus où j'en suis. Je croyais qu'il était 13 h 30.

— Il est 13 heures.

— La petite dame de la réception me l'a dit. J'irais bien faire un tour, mais j'ai peur de ne pas retrouver mon chemin.

— New York vous semble une jungle inextricable ?

— Non. Je trouve la ville fascinante. Je ne suis ici que depuis deux jours. Il y a tant à voir que je me laisse distraire au point d'oublier les raisons de ma visite.

Il lui tendit la main, et elle la serra brièvement.

— Cullen.

— Et moi, Liana.

— Vous habitez New York ?

— Brooklyn.

Il jeta un coup d'œil au portfolio qu'elle avait déposé sur la table.

— Vous n'êtes pas venue vendre les bijoux de votre famille, je présume ?

Elle éclata de rire.

— Je crée des bijoux. Ils voulaient voir mes modèles.

— Vous êtes encore bien jeune pour la célébrité.

Il n'y avait pas de méchanceté dans ses paroles, et la bonne humeur qui dansait dans son regard bleu réchauffa le cœur de Liana. Cullen n'était pas précisément bel homme — pas au sens où on l'entendait à New York, en tout cas. Mais sa virilité quelque peu rustique s'éclairait du sourire le plus magnétique qu'elle ait jamais vu.

— Et vous, que faites-vous ? lui demanda-t-elle, intriguée.

Ce n'était pourtant pas son genre d'interroger ainsi de parfaits inconnus.

— Parlez-moi d'abord des perles de votre broche. Celle du milieu est une beauté. Elle ne vient pas de chez nous. Je parie qu'elle est japonaise. Une Akoya, sans doute. La couche de nacre qui recouvre nos perles est de soixante à cent fois plus épaisse que celle des leurs. Mais les nôtres se développent deux fois plus vite. Deux ans contre quatre chez eux. Naturellement, nous tenons une partie de notre savoir des Japonais. La moindre des courtoisies est de le reconnaître. Nous leur devons bien ça.

— Vous vous y connaissez, c'est évident.

Il tira une carte de visite de sa poche et la lui tendit.

— Je possède un élevage perlier en Australie-Occidentale : Southern Cross Pearls. Je ne produis pas beaucoup. Pas encore. Mais ce que je produis est de première qualité. J'essaie d'intéresser le marché américain à la perle fumée. Si je n'y parviens pas, les crocos envahiront l'élevage.

Elle prit sa carte sans même la regarder.

— Ainsi, vous élevez des perles comme d'autres du bétail ?

Il se cala dans le canapé, et croisa les jambes en prévision d'une longue attente.

— Je suis tombé dedans par hasard. L'un de mes arrière-grands-pères était perlier, et pas des moindres. Quand le vieux Somerset a dévissé, il n'a pas laissé de biens à la branche de la famille à laquelle j'appartiens. L'entreprise est passée au fils d'un second mariage. De mon côté, personne n'en savait rien. Ses descendants se sont mis à élever les perles au lieu de les pêcher. Sans grand succès, d'ailleurs. Bientôt, il n'est plus resté de l'héritage qu'un terrain à Pikuwa Creek et une paire de lougres à l'état d'épaves.

Cette longue histoire familiale aurait pu paraître bizarre si Cullen n'avait eu un véritable talent de conteur. Liana en était déjà arrivée à espérer qu'il allait poursuivre son récit.

— Et c'est là que vous vivez, à présent ?

— Exactement. Le dernier descendant des Somerset est mort, mais, avant de disparaître, il a retrouvé la branche de la famille dont je fais partie. Mon père a hérité du lot qui ne l'intéressait pas. Il me l'a donné en me disant d'aller tenter ma chance.

Il s'interrompit, le temps d'un sourire, puis conclut :

— J'ai changé le nom de l'exploitation pour l'appeler Southern Cross. C'est ainsi que je suis devenu perlier. Voilà. Vous n'en demandiez pas tant, hein ?

L'homme fascinait Liana autant que son récit.

— Vous aimez ce que vous faites ?

— Assez, oui. Comme je suis né aux antipodes, l'isolement ne me dérange pas. Et puis, je suis mon propre maître. Ça me plaît bien.

— Mon père est né en Australie, à Broome. C'est loin de Pikuwa Creek ?

Il émit un léger sifflement.

— Broome est la métropole du coin. Pikuwa Creek se trouve à une soixantaine de kilomètres au nord. Environ une heure de trajet quand les routes ne sont pas submergées.

— Mon grand-père a été perlier, lui aussi. Cela n'a pas duré très longtemps. Son meilleur ami l'a tué pour une perle qu'il avait pêchée.

— La chose est moins rare qu'on ne l'imagine.

Elle lui sourit. Son avenir dépendait peut-être de l'entretien pour lequel elle était venue, mais elle n'y pensait plus : elle était trop intriguée par le monde de Cullen, trop attirée par l'homme qu'il était.

— Alors, ça vous plaît d'être votre propre maître ?

Il étendit le bras le long du dossier. Ses doigts touchaient presque l'épaule de Liana.

— Je suis seul à supporter de travailler pour moi.

Elle éclata de rire.

— A ce point ? Vous êtes si dur ?

— Je prends plus de risques que la majorité des hommes.

— Et ils sont payants, ces risques ?

— Vous auriez des doutes si vous saviez comment je vis.

— Mais vous avez trouvé de quoi payer le voyage jusqu'à New York ! C'est pourtant cher.

— J'en ai fait d'autres, et ils m'ont rapporté.

Ils restèrent un moment silencieux, sans, toutefois, se quitter des yeux. Elle s'efforçait d'ignorer le courant qui passait entre eux. Elle se disait que cet Australien l'intéressait parce qu'il se démarquait des hommes qu'elle connaissait, que c'était rafraîchissant. Mais le trouble que sa présence suscitait en elle défiait tout raisonnement. Elle avait la tête qui tournait. Son cœur battait à se rompre. Le sourire de Cullen se fit plus subtil — plus sexy. Puis il tendit le bras et souleva délicatement sa broche, de sorte que le dos de sa main reposait sur sa poitrine.

— Ces petites perles… elles ne valent pas grand-chose, n'est-ce pas ? Mais vous leur avez donné de l'importance. Je prends soin de mes perles et de ce qu'elles deviennent. Toute perle mérite d'être montée ainsi.

Il retira sa main, effleurant son sein au passage.

— J'aimerais voir ce que vous feriez des miennes.

— Moi aussi, murmura-t-elle, émue.

— Mademoiselle Robeson ?

Elle fut d'abord incapable de bouger, puis elle finit par lever les yeux. La réceptionniste l'appelait.

— Liana Robeson, répéta Cullen.

Il prononçait son nom avec délectation, comme pour en goûter la texture.

— Je serai encore en ville ce soir. Et vous ?

En quittant San Francisco, elle s'était promis de vivre pour de bon. Et si le moment était venu ?

— Je vous attendrai peut-être, répondit-elle sans se donner le temps de changer d'avis.

Il lui adressa un sourire ravageur.

— Rien ne me ferait plus plaisir.

Elle acquiesça de la tête et se leva. Elle s'aperçut alors qu'elle tenait toujours sa carte de visite à la main. Elle y jeta un coup d'œil, puis releva les yeux sur lui avec un air stupéfait.

— Cullen Llewellyn ?

— Oui.

— De Broome…

Il fronça les sourcils.

— A peu de chose près.

— Seriez-vous un parent, même lointain, d'un certain Archer Llewellyn ?

Ce fut à son tour d'être surpris.

— C'était le nom de mon arrière-grand-père, répondit-il. Pourquoi ? C'est important ?

Elle glissa la carte dans son sac et reporta son attention sur Cullen.

— Non, pas vraiment. Sauf que cet Archer Llewellyn a tué mon grand-père.

25.

Parmi les pins qui jouxtaient leur cabane, un oiseau — peut-être une corneille — lança son salut au matin. Cullen remua et sentit au creux de ses reins les rondeurs tièdes du postérieur de Liana. En s'interdisant de sombrer dans un sommeil profond, il était parvenu à rester de son côté du lit, mais elle s'était rapprochée imperceptiblement de la chaleur de son corps.

Il songea qu'il pourrait sans doute se retourner et l'envelopper de ses bras sans qu'elle s'en aperçoive. Mais, si elle s'éveillait, elle ne manquerait pas de le blâmer pour cet excès de familiarité, et ferait fi de ses protestations d'innocence.

Il sourit au souvenir des débuts de leur mariage. A cette époque, les disputes n'étaient qu'un prétexte pour se réconcilier. Son sourire s'effaça. Aujourd'hui, le gouffre qui les séparait ne pouvait pas être comblé par la sexualité.

Contrairement à ce qu'il croyait, elle ne dormait pas.

— Tu es réveillé aussi ? lui demanda-t-elle.

— Avant de te fâcher, mesure le matelas et divise par deux.

Elle s'écarta de lui, mais à peine, presque symboliquement.

— Qui aurait cru que nous finirions au lit ensemble, hein ?

— Quand j'ai appris qui tu étais, j'ai bien cru que nous ne finirions jamais au lit.

Il roula sur le dos et croisa les bras derrière la tête en songeant qu'ainsi, il serait moins tenté de se rapprocher d'elle.

— Nous étions condamnés d'emblée, murmura-t-elle d'une voix encore ensommeillée.

Ils étaient condamnés, bien sûr, mais Cullen comprenait maintenant qu'à l'époque, cela lui était apparu comme un plus. Joueur trop crâne pour miser sur un pari gagnant, il était le champion des causes perdues, le risque-tout qui mettait sa chemise sur le cheval qui avait le moins de chances de terminer la course. Dès qu'il avait rencontré cette femme dont le passé était en conflit direct avec le sien, il avait décidé qu'il la lui fallait.

— On ne s'en tirait pas si mal, au début. Tu te souviens de la première année ?

— L'idée qu'en grandissant, Matthew puisse devenir aussi fou que nous, à l'époque, ça ne t'effraie pas ?

Il n'y avait pas de rancœur dans ses paroles, plutôt une sorte de nostalgie, comme si elle regrettait cet étourdissement de la jeunesse.

— J'espère qu'un jour, il tombera amoureux aussi totalement que nous et qu'il s'en tirera mieux.

— Totalement ?

— Oui.

Elle se tourna vers lui en s'étirant machinalement, ce qui eut pour effet de mettre le feu dans le corps de Cullen.

— Si notre amour était aussi total que tu le prétends, comment avons-nous pu échouer aussi lamentablement ?

Jamais il n'avait oublié l'odeur tiède de Liana au réveil, le parfum de fleur de sa chevelure. Depuis leur divorce, il s'était réveillé près d'autres femmes. Il cherchait toujours Liana dans sa demi-conscience, et il éprouvait toujours la même déception en constatant que ce n'était pas elle qui partageait son lit. Et, ce matin, son corps réclamait cette union qui lui était interdite.

Elle soupira, s'assit, et écarta ses cheveux de son visage.

— Bon. Je crois que je vais prendre ma douche.

Il la regarda se diriger vers la salle de bains, contempla ses jambes nues sous le T-shirt.

— L'échec n'avait rien à voir avec l'amour, Lee.

Elle s'arrêta, la main sur la poignée de la porte.

— Je le regrette bien. Si nous ne nous étions pas aimés autant, tout aurait été plus facile.

La porte se referma sur elle, puis l'eau se mit à couler. Il se remémora leur première nuit à New York. Après la conversation chez Tiffany, il croyait qu'elle changerait d'avis, mais elle était là à l'attendre quand il était sorti de son rendez-vous. Dans sa chambre d'hôtel, ils avaient parlé jusqu'aux petites heures de l'aube. Ils s'étaient raconté leur vie, ce qu'ils savaient de l'histoire de Tom et d'Archer, en tentant de reconstituer les événements survenus dans l'intervalle.

Il souffrait encore au souvenir de ce qui s'était passé ensuite, de son regard sombre, séduisant, de la manière dont elle avait dénoué ses cheveux pour les peigner de ses doigts, de la soyeuse cascade noire qui tombait le long de son dos. Il avait tendu la main vers elle, craignant qu'elle se refuse, mais elle était venue à lui spontanément, moulant son corps contre le sien.

Non, l'amour n'avait eu aucune part dans l'échec de leur mariage. Ils étaient tombés amoureux si rapidement qu'ils n'avaient pas eu le temps de réfléchir, de rêver d'avenir ensemble, d'apprendre à se connaître. Le lendemain matin, tandis que le soleil se levait, qu'un concert de Klaxon saluait le jour naissant, il avait demandé à Liana de le suivre en Australie, de prendre ses perles pour leur donner vie par ses créations. Naïvement, elle avait cru que leur rencontre était prédestinée, que c'était une victoire née du drame de leurs ancêtres, et qu'il leur appartenait de changer le mal en bien.

Et elle avait dit oui.

Il ne se souvenait que trop bien de leur premier matin ensemble, de la douche qui fouettait la vitre de la cabine tandis qu'étendu sur le lit, il songeait à l'engagement qu'il venait de prendre. Il n'avait pas demandé à Liana de l'épouser, mais seulement de le suivre pour voir où ses parents avaient vécu, et mettre leur couple à l'épreuve. L'eau coulait, le jour montait, le bruit de la rue augmentait, et il se sentait déchiré entre un besoin aigu de l'aimer, de la protéger, et son désir de liberté. Il était jeune alors, trop jeune pour comprendre que la solitude et le regret sont les chaînes les plus lourdes qui puissent peser sur l'homme comme sur sa liberté.

Mais il le comprenait, à présent.

— J'ai l'air d'une folle. Personne ne répondra à mes questions. Tu parleras à ma place.

Cullen la regarda, et ce qu'il vit lui plut, rides et cernes inclus.

— Je te trouve jolie. Pas aussi jolie qu'en T-shirt, mais jolie tout de même.

— On croirait que j'ai dormi avec mes vêtements.

— Il te faudrait l'un de tes bijoux pour donner du chic à tout ça.

Comme elle ne relevait pas, il poursuivit :

— Cette broche que portait Mei l'autre soir, c'est l'un de tes modèles, non ? Une création de jeunesse ?

— Oui.

— Matthew ne m'a pas dit ce que tu créais maintenant.

— Je suppose qu'il a autant de mal à te parler de moi qu'il en a à me parler de toi. Ça doit le gêner.

Au ton de sa voix, il jugea plus prudent de changer de sujet.

— Que lui dirons-nous s'il est là ? demanda-t-il en s'engageant sur la nationale.

— Je n'en sais rien.

— Je propose de le laisser d'abord nous raconter son histoire.

— D'accord. J'essaierai de garder mon calme.

Bien qu'il n'y ait pas la moindre circulation, Cullen passa sur la voie rapide.

— Nous devrions le prévenir que nous comptons rediscuter de la garde. En attendant, cela ne ferait peut-être pas de mal de lui laisser un peu la bride sur le cou.

— Il va trouver bizarre que nous le cherchions ensemble. Et encore plus bizarre que nous nous consultions.

— Ce n'est pas nécessairement une mauvaise chose. D'autant qu'à l'avenir, rien ne sera plus comme avant. Nos rapports vont changer.

Nous aurons moins confiance en lui, et davantage l'un en l'autre. Tout a été chamboulé.

Elle se tut et garda le silence si longtemps qu'il crut qu'elle en avait terminé, mais elle reprit :

— Je regrette qu'il ait fallu que Matthew disparaisse pour que nous nous mettions enfin à parler.

— N'y pense plus, c'est fini.

— Et puis, il y a une chose dont je ne suis pas bien fière. A ton arrivée, je t'ai menacé de lui dire ce que tu avais fait et pourquoi je ne pouvais pas rester mariée avec toi. Tu m'as répondu que jamais je ne serais capable de lui faire autant de mal. Tu avais raison. Je ne le lui dirai pas.

Il lui coula un regard de biais.

— C'est sans importance, Lee. Il le sait.

— Comment ça, il le sait ?

— Je lui ai dit que, quand il avait quatre ans, j'avais pris l'argent que tu avais mis de côté pour lui. Je lui ai expliqué que tu avais placé cette somme à son nom par crainte que je perde au jeu ce que tu avais hérité de ta mère. Et je lui ai dit aussi que, si j'avais enfreint la loi en détournant des fonds qui lui appartenaient, c'était parce que je pensais être sur un coup qui me permettrait de gagner assez pour sauver Southern Cross de la faillite.

Il s'engagea sur le parking du garage où leur enquête devait commencer, coupa le moteur et se tourna vers elle.

— Je lui ai expliqué que Southern Cross était au bord du gouffre parce que j'avais joué tout ce que je possédais, que j'étais mort de frousse et que je ne voyais pas d'autre solution que le jeu. Si bien que j'en étais arrivé à voler mon propre fils.

Les yeux de Liana se remplirent de larmes.

— Mais… pourquoi le lui avoir dit ?

— Je le lui devais. Je tenais à ce qu'il sache à quel point je regrettais ma conduite.

— Quand as-tu fait ça, Cullen ?

— Il y a deux ans.

Elle demeura silencieuse.

— Je lui ai demandé de ne pas t'en parler. Il a gardé le secret.

— Mais pourquoi ?

— Pour ne pas t'effrayer. Depuis le divorce, tu crois dur comme fer que, si je t'ai laissé la garde de Matthew, c'est parce que tu avais promis de ne jamais lui révéler mon secret. En apprenant que j'avais avoué, tu aurais eu peur que je cherche à te le reprendre, n'est-ce pas ?

Elle secoua la tête, ne sachant que répondre.

— Jamais je ne t'aurais disputé la garde devant les tribunaux. Cela vous aurait fait trop de mal à tous les deux. Mais il ne servait à rien de te le dire : tu ne m'aurais pas cru.

— Que d'incompréhension… que de temps perdu !

— Au point où nous en sommes, autant que tu saches tout. Au fil des années, j'ai mis de l'argent de côté. Une somme plus importante que celle que j'avais prise à Matthew. A sa majorité, il aura un bas de laine tout à fait confortable. Je tenais à ce qu'il profite de ce que tu avais fait pour lui.

— Où as-tu trouvé l'argent ? Quand je suis partie, Southern Cross était à deux doigts de la liquidation. Tu as gagné le gros lot ? Misé sur le bon cheval ?

— Depuis ton départ, je n'ai plus jamais parié. La banque a déniché un investisseur prêt à avancer une somme suffisante pour me remettre à flot. Un aventurier de l'Est qui voyait un avenir pour les perles australiennes. Le reste est venu petit à petit, à force de travail.

Les larmes ruisselaient sur les joues de Liana.

— Tu aurais dû m'en parler.

— Je ne l'ai pas fait pour me revaloriser à tes yeux.

Leurs regards se rencontrèrent. Il n'avait jamais imaginé qu'il lui raconterait un jour cette histoire, et il fut surpris de sa réaction, de la vulnérabilité qu'il lut sur son visage, et qui fit bientôt place à une expression de respect. Pourtant, il n'avait rien fait de tout cela pour elle, et moins encore dans le but illusoire de la reconquérir.

Pour la première fois, cependant, il s'autorisa à rêver : si seulement il pouvait retrouver Liana et Matthew, chaque soir, au lieu de mourir de solitude dans sa grande maison vide. Liana pourrait reprendre ses activités artistiques, Southern Cross deviendrait une entreprise familiale où ils travailleraient ensemble et qu'ils légueraient plus tard à leurs enfants.

Mais ces images le faisaient trop souffrir, et il se détourna.

— Tu as fait un sacré bout de chemin, Cullen. Comment en es-tu arrivé là ?

Il esquissa un vague sourire.

— Un pas à la fois. Comme toi, hier, dans l'avion.

— Mais tu étais près de moi, hier.

— Et moi, je t'avais perdue. Le choc de la réalité, ça motive un homme, Lee.

Elle se pencha sur lui pour l'embrasser sur la joue, effleura brièvement sa nuque du bout des doigts, puis se redressa.

— Allons chercher notre fils.

Brittany Saunders n'habitait pas Tillman. Elle vivait « en campagne », comme le leur expliqua la jeune employée du garage.

— Alors, comme ça, elle a des amis ? leur demanda-t-elle d'un air surpris, quand ils lui eurent raconté leur histoire.

Liana lui sourit gentiment, et la gamine leva les yeux au ciel.

— Brittany reste dans son coin parce qu'elle se croit mieux que tout le monde. Plus intelligente.

— Vous-même semblez loin d'être sotte, dit Cullen. Vous travaillez déjà. Je parie que vous savez ce que vous voulez de la vie, pas vrai ?

La gamine se rengorgea, flattée.

— Ouais. Je veux me tirer d'ici.

— En tout cas, il faut que nous passions voir cette Brittany, ou notre fils sera furieux. Vous pourriez nous indiquer le chemin ?

L'adolescente leur décrivit l'itinéraire à suivre.

— Il n'y a pas grand-chose, là-bas. Vous ne pouvez pas vous tromper. Elle vit avec sa tante.

Ils la remercièrent et regagnèrent la voiture. Liana n'avait pas encore bouclé sa ceinture que Cullen filait déjà sur la nationale.

Même à grande vitesse, le trajet dura près de vingt minutes. Ils se taisaient tous deux, plongés dans leurs pensées.

Liana fut la première à apercevoir la formation rocheuse décrite par la jeune fille du garage.

— Ralentis ! On est arrivés.

Il prit le tournant sans même déraper, un exploit dont elle n'aurait pas été capable à cette vitesse.

— Il est peut-être déjà parti ?

— Nous verrons bien.

— Ou peut-être qu'elle ne nous laissera pas entrer, même s'il est là.

— Lee, tu t'angoisses pour rien…

— Tu as raison.

— Ça, c'est ma petite femme !

Elle n'eut pas le cœur de protester.

Brittany habitait une grande caravane au pied d'une colline boisée. De chaque côté, des arbres à l'écorce argentée et au tronc torturé formaient comme des sculptures contre le ciel bleu vif. Devant l'entrée surmontée par un dais, on avait planté un jardin japonais dans un pneu de tracteur.

Ils se garèrent à une dizaine de mètres de la caravane. Il n'y avait pas d'autre voiture que la leur.

— Et s'il n'y a personne ? dit Liana.

— Nous ne tarderons pas à le savoir, répondit Cullen en ouvrant sa portière.

Liana fit de même et grimaça en sentant l'air brûlant du désert sur sa peau. Elle attendit que Cullen la rejoigne et, ensemble, ils remontèrent l'allée bordée de pierres multicolores. La peur qui lui nouait le ventre était sans rapport avec l'agoraphobie ni avec la crainte des lieux inconnus.

— Tu veux bien parler à ma place, Cullen ? Je suis à cran. Je risque de lui sauter à la gorge.

Il posa la main au creux de ses reins.

— Tiens bon. C'est l'affaire de quelques minutes.

Parvenu devant la porte, Cullen frappa deux coups secs et prit un pas de recul. Un petit chien se mit à japper — un caniche nain ou une autre espèce miniature. Du fond de la caravane, une voix de jeune fille lança un ordre, et le chien se tut aussitôt. Enfin, le battant s'ouvrit sur une blonde fragile aux longs cheveux raides et aux yeux bleus trop grands pour son visage. Elle ressemblait à une pervenche fanée.

— Brittany Saunders ? demanda Cullen.

Elle le considéra d'un air soupçonneux, puis hocha la tête.

— Je suis Cullen Llewellyn, et voici Liana Robeson. Nous cherchons notre fils, Matthew. Simon Van Valkenburg nous a dit que Matthew devait venir vous voir.

Liana observait attentivement la jeune fille qui semblait incapable de cacher ses réactions. Sa confusion était aussi totale qu'authentique.

— Pardon ? Je ne comprends pas.

— Vous connaissez notre fils, Matthew Llewellyn ? Simon affirme que vous vous retrouvez en ligne, que vous fréquentez le même salon de discussion.

— Quel est son nom d'écran ?

— Deuzel, répondit Liana.

— Je…

Brittany agita la tête.

— Vous avez déjà été dans un salon de discussion ?

— Non.

— Les gens vont et viennent. Je me connecte rarement. Je n'ai pas d'ordinateur, mais quand j'utilise celui de mon amie…

Elle haussa les épaules.

— Je me souviens de quelques noms, mais celui-là ne me dit rien.

— Et SEZ ? demanda Cullen. Ça vous dit quelque chose ?

— SEZ ? Oui. C'est une grande gueule. Un peu bizarre, par moments, mais pas bien méchant. Enfin, je crois.

— Brittany, vous n'auriez pas des ennuis en ce moment ?

De nouveau, elle parut surprise.

— Des ennuis ?

— Simon nous a dit que Matthew venait vous voir parce que vous aviez des ennuis et besoin de soutien.

— Mais je vais très bien. Je ne me suis jamais sentie mieux. Je viens d'avoir mon bac, et j'ai obtenu une bourse pour Prescott College. Je pars m'installer là-bas dans une semaine… J'ai même trouvé un job pour l'été.

— Vous rappelez-vous avoir donné votre adresse à Simon ?

Elle fronça les sourcils, réfléchit un moment.

— Finalement… peut-être bien. Dans les débuts. Quand j'ignorais encore que cela ne se faisait pas. C'était stupide de ma part, je suppose. En tout cas, il y a environ deux mois, nous discutions des lieux où nous vivions, et j'essayais de décrire ce coin perdu aux autres.

Elle eut une grimace et conclut :

— Pas facile, hein ?

— Sacré menteur de petit salopard ! s'exclama brusquement Cullen. Je parie qu'il sait où est Matthew, ce chenapan !

— Simon, précisa Liana pour la jeune fille.

— Simon vous a envoyés ici pour rien ?

— Apparemment. Et vous ne vous souvenez vraiment pas de Deuzel ? Brittany semblait sincèrement désolée.

— Ce Matthew, il a fait une bêtise ? leur demanda-t-elle.

Liana sentit sa gorge se nouer.

— Je ne pense pas. Mais il a disparu.

26.

Territoire du Nord, Australie

Matthew se demanda vaguement quel jour on était chez lui et ce que faisaient ses parents, mais il n'insista pas : il était trop épuisé pour se concentrer sur ce genre de problème. Il tombait de sommeil, et il ne savait pas où dormir.

— N'empêche, moi, je le trouvais sympa, déclara Tricia en suçant le sucre d'orge qui lui tenait lieu de dîner.

Matthew s'obligea à ouvrir les yeux.

— Tu n'es pas plus douée pour juger les hommes que les distances. Le type du train routier n'était pas sympa, et Jimiramira n'est pas tout près d'ici.

Ils se trouvaient dans l'un des rares avant-postes de la civilisation sur des centaines de miles, au cœur du Territoire du Nord. Le bâtiment de plain-pied aurait été gris si la poussière rouge ne s'était incrustée dans toutes les crevasses, fissures et nœuds du bois, de sorte qu'on se serait cru aux portes de l'enfer. Il y avait là une salle de restaurant pour les touristes, un bar avec des tabourets pour les autres clients, et un petit magasin où l'on vendait des journaux plus ou moins périmés et des articles de toilette.

Matthew se rendait bien compte que la femme d'un certain âge qui tenait le bar les considérait, Tricia et lui, d'un œil soupçonneux, mais il ne savait trop comment la rassurer. Une heure plus tôt, ils étaient arrivés avec le chauffeur du train routier et, tandis qu'ils étaient aux toilettes, le gars les avait plantés là.

— En tout cas, il aurait été plus sympa si je lui avais donné ce qu'il voulait, remarqua Tricia.

Matthew grimaça.

— Tu plaisantes ?

— Non. C'est pour ça qu'il nous a largués. T'avais donc pas compris ?

— Parce qu'il t'a fait des avances ? Quand ça ?

— Pendant que tu dormais. Il avait des goûts tordus, ce type. Je lui ai dit que j'avais mes règles. Du coup, on l'intéressait beaucoup moins.

— Tu aurais pu m'en parler.

— Pour que tu lui casses le bras, à lui aussi, peut-être ?

— Comment il a deviné… ce que tu fais ?

— Elles s'habillent comme moi, les filles, en Amérique ? demanda Tricia en prenant le bord de sa minijupe comme pour faire une révérence.

— Pas les filles bien, non.

— Ben, en Australie non plus.

Elle rit, puis ajouta :

— T'es bêtassou, des fois.

— Alors, comme ça, il suffit de te regarder pour savoir ?

— C'est le but de la manœuvre, vieux.

Il était si las que la tête lui tournait. Il ne se rappelait plus exactement comment ils étaient arrivés jusque-là. Au cours des derniers jours — des dernières nuits —, ils avaient pris toutes sortes de véhicules sans jamais attendre bien longtemps. Les gens se montraient toujours charmants, prêts à leur venir en aide. Il avait d'abord cru que c'était à cause de son accent étranger, mais il comprenait, à présent, que ces messieurs espéraient, pour leur peine, pouvoir profiter gratuitement de Tricia.

— La patronne a tout compris, déclara-t-il. C'est pour ça qu'elle nous regarde d'un sale œil.

Tricia semblait pensive.

— Je crois que nous sommes coincés ici pour ce soir. Plus on s'enfoncera au cœur du Territoire, plus il sera difficile de trouver des voitures.

— Tu penses qu'ils ont des chambres, ici ?

— Pas dans nos prix. Il faudrait se renseigner pour savoir à quelle distance nous sommes de Jimiramira et réfléchir au moyen d'y arriver.

Matthew avait faim ; il se demandait quand il avait mangé pour la dernière fois. Le conducteur qui les avait pris en stop à Broken Hill leur avait donné un sandwich à partager, mais il y avait déjà longtemps — un bon bout de route, et trois véhicules différents.

— Je vais lui parler, dit-il.

Il tira son portefeuille de sa poche de devant, compta ce qui lui restait, puis ajouta :

— Nous avons assez pour un repas. Un poulet-frites pour deux, ça te convient ?

— Non. Deux pâtés en croûte. Chacun le nôtre. Ce n'est pas cher et ça cale.

Il se rappelait vaguement que, quand il était petit, son père l'avait un jour emmené en ville et l'avait régalé d'un pâté en croûte. Il n'en avait plus mangé, depuis, mais le souvenir lui mit l'eau à la bouche.

— Prends aussi des chips. Et du Passiona s'ils en ont.

— Passiona ? C'est une blague cochonne australienne, ou quoi ?

— Ce que tu peux être bête quand tu t'y mets !

Elle haussa les épaules et se dirigea vers la partie boutique pour examiner les journaux tandis qu'il se rendait au bar. Là, il attendit patiemment que la patronne en finisse avec un vieux barbu qui avait l'air d'un figurant de western. Enfin, elle vint se planter devant Matthew, les sourcils froncés et les bras croisés sur la poitrine.

Il se demandait ce qu'il allait bien pouvoir lui dire pour briser la glace. Finalement, il se lança.

— Ça nous a fait plaisir de voir votre enseigne. Nous voyageons depuis longtemps.

Elle était solidement bâtie : elle semblait assez forte pour l'expédier, d'une pichenette, à l'autre bout de la salle.

— D'où tu viens ?

— D'Amérique. De Californie.

— Ils n'ont pas assez de filles dans son genre, là-bas ?

— Tricia ? C'est une fille bien. Mais il faudrait que quelqu'un lui apprenne à s'habiller mieux.

— Hum…

— Nous nous rendons à Jimiramira. Vous connaissez ?

La femme ne broncha pas.

— Mon grand-père y habite. Vous savez si c'est encore loin ?

— Tu as laissé ta carte dans ta voiture, peut-être ?

Il hésita à lui avouer la vérité. Si elle les remettait aux autorités, leur voyage s'achèverait là, et il trouvait dommage de prendre un tel risque, si près du but.

— Aucune importance, dit-il. Je vois que vous êtes occupée. Je ne voudrais pas vous déranger. Pourriez-vous nous servir deux pâtés en croûte avec des chips ? Et du… euh… Passiona, si vous en avez.

Elle lui tourna le dos, ouvrit le réfrigérateur, en tira deux barquettes qu'elle mit au micro-ondes, puis revint avec deux sachets de chips et deux bouteilles de Coca.

— Tu as de l'argent, au moins ?

Il fouilla dans sa poche.

— Combien je vous dois ?

— Mon garçon, je t'ai demandé si tu avais de l'argent.

— Assez pour vous payer, oui.

Elle repoussa le billet qu'il lui tendait.

— Qu'est-ce que tu vas faire à Jimiramira ? Et pas de mensonge, hein !

Etant donné le ton impérieux de la dame, il songea que personne ne devait lui mentir, et renonça à jouer au plus fin avec elle.

— Je m'appelle Matthew Llewellyn. Roman Llewellyn est mon grand-père. Je suis venu lui rendre visite.

— C'est vrai ? J'ignorais que Roman avait un petit-fils.

— Lui et mon père ne se voient pas beaucoup. Vous le connaissez ?

— Ton grand-père ? Peut-être bien, oui.

— Il ne sait pas que je viens. Je me demande ce qu'il va penser, dit naïvement Matthew.

— A mon avis, il va trouver drôlement bizarre que tu te matérialises aussi brusquement.

— Quand on est jeune comme moi, on n'a pas trop le choix de décider ce qu'on fait ni où on va.

L'ébauche d'un sourire vint adoucir le visage revêche de la patronne.

— Semblerait que, finalement, tu aies pris les choses en main, pas vrai ?

Il en avait trop dit. Il se leva et laissa la nourriture sur le comptoir.

— Faut que j'y aille. Je suis désolé, mais je ne peux pas accepter tout ça. Ce ne serait pas bien.

— Assieds-toi. Ou plutôt non. Va chercher ta copine et installez-vous là tous les deux. C'est moi qui invite. Et ne te bile pas. Je ne vais pas moucharder pour qu'on vous embarque. Pour la suite, on verra plus tard. D'abord, il faut que vous mangiez.

Matthew réfléchissait, ne sachant trop s'il pouvait faire confiance à cette femme. Affamé, épuisé, il se demandait si ce voyage en Australie n'était pas la pire erreur qu'il ait jamais commise.

Elle tendit le bras par-dessus le comptoir, et lui effleura la joue d'un geste maternel. Il se mit alors à regretter Liana à tel point que son cœur se serra.

— Allons, petit gars, ça ira mieux demain, dit-elle en lui tapotant la main.

« Ça ira mieux demain. » Une expression que son père employait fréquemment pour le réconforter. Il acquiesça de la tête.

— Sûr.

Cette fois, elle souriait pour de bon.

— Eh bien voilà, tu es un brave !

Brave, peut-être, mais il espérait ne pas avoir commis une bourde fatale. Il fit signe de la main à Tricia qui était au rayon des livres, en train de draguer un homme d'âge mûr vêtu d'un pantalon maculé de taches.

— Faut qu'on trouve des vêtements convenables à cette fille, déclara la patronne d'un ton péremptoire.

Pour la première fois depuis les spaghettis de Sydney, Matthew avait l'estomac plein. La vieille camionnette à plateau les secouait copieusement sur la piste creusée d'ornières et de nids-de-poule, mais les chocs répétés suffisaient à peine à le tenir en éveil tant il était las.

— Même Charlie ne m'aurait pas bousculée autant, dit Tricia avec une certaine philosophie.

Elle ne se plaignait jamais, quoi qu'il arrive, et Matthew admirait son endurance.

— Ce serait mieux si les routes étaient meilleures.

— Ouais, Yankee. Seulement, ici, tu es au fin fond de nulle part, et nous autres, on s'estime heureux qu'il y ait des routes. Même en mauvais état, c'est mieux que rien.

— Je sais, grommela-t-il. Et on a eu de la chance de trouver une voiture.

La patronne du bar, Mme Myrtle, s'était montrée bien bonne envers eux. Après les avoir nourris, elle avait déniché un jean, des baskets et une chemise à carreaux pour Tricia ainsi qu'un T-shirt propre pour lui. Elle les avait autorisés à se doucher — séparément, bien sûr — dans une chambre d'amis, puis elle leur avait présenté Noël, le vieux routier qui ressemblait à un figurant de western.

— Je ne vais pas sur Jimiramira, leur avait-il annoncé. Vous pourrez camper au carrefour et finir à pied demain matin.

Matthew s'apprêtait à dire qu'ils n'avaient rien pour camper quand Mme Myrtle était intervenue :

— Je vous préparerai ce qu'il faut pour la route. Une fois là-bas, dites à Roman de vous ramener ici à sa prochaine visite.

Ils avaient embarqué à l'arrière de la vieille camionnette à plateau, et Mme Myrtle leur avait apporté deux duvets rapiécés ainsi qu'un morceau de toile à étendre dessous. Elle leur avait aussi préparé une musette contenant des sandwichs, de l'eau minérale et une torche électrique.

— Tu leur indiqueras le chemin, Noël, qu'ils n'aillent pas se perdre Dieu sait où. Et vous deux, pas de raccourcis, et pas de sottises. Vous campez au croisement, vous attendez le jour pour prendre la route, et vous la suivez jusqu'au bout. Vous serez vite arrivés à la ferme. A tout hasard, je vais passer un coup de fil à Roman pour le prévenir.

Mais Matthew préférait prendre son grand-père par surprise, car il craignait que ce dernier refuse de le voir. Il avait dont remercié abondamment Mme Myrtle, puis il avait ajouté d'un ton faussement détaché :

— Attendez plutôt demain après-midi pour appeler mon grand-père.

Elle avait acquiescé d'un bref hochement de tête, puis s'était tournée vers Tricia.

— Toi, rentre à la maison dès que possible. Je suis sûre qu'on s'inquiète pour toi.

En guise de réponse, Tricia s'était contentée de hausser les épaules. A présent, Matthew s'interrogeait. Obéirait-elle ?

Certes, il lui avait promis que Roman lui paierait un billet pour la destination de son choix, mais comment réagirait-il ? Sans doute qu'il la renverrait directement chez ses parents.

Et peut-être que Tricia s'en doutait depuis le début.

— Tu comprends maintenant pourquoi j'ai quitté le Territoire à la première occasion ? dit-elle d'une voix ensommeillée.

— C'est comme ça à Humpty Dumpty ?

— Humpty Doo. Non. C'est un paradis, à côté. Trop loin de Darwin à mon goût, mais la ville est jolie.

Enfin une remarque positive sur sa terre natale ! songea Matthew. C'était plutôt bon signe.

— Où veux-tu en venir ? Pourquoi tu es partie ?

— Peu importe. Jimiramira ou Darwin, ce n'est pas Sydney, hein ? Il y a les mouches, la chaleur, le travail qui est pénible, bref, c'est dur et j'en avais ras le bol.

— Tu t'es disputée avec tes parents. D'après moi, c'est pour ça que tu es partie.

Elle ne répondit pas, et resta un long moment silencieuse.

— A propos de quoi vous vous êtes disputés ? lui demanda Matthew.

— Aucune importance.

— Si, puisque tu es partie. C'est important pour toi.

— Mon père me tannait pour que je travaille davantage, à l'école, à la maison ; il me serinait sans arrêt : « On fait tout ça pour toi, pour que tu deviennes quelqu'un. » Ça me flanquait les boules, c'est tout.

— Il te battait ? Ce genre de truc ?

Elle secoua la tête.

— Non, pas mon père. Personne ne m'avait frappée avant Charlie.

— Il te criait dessus, alors ? demanda Matthew que tout cela dépassait.

— Oh non. Il ne crie pas.

— Je ne comprends pas.

— Comment, tu ne comprends pas ? Tu es bien parti, toi aussi, non ? Tu mens depuis le début sur ton identité. Je t'ai entendu parler avec Mme Myrtle, Matthew Llewellyn. Et tu te balades avec le passeport d'un autre, pas vrai ?

— Mais je n'ai pas fugué. Pas comme toi. Il fallait que je vienne ici.

— Pour quoi faire ?

— Rencontrer mon grand-père.

Ce n'était peut-être pas l'entière vérité, mais ce n'était pas non plus un mensonge.

— Ben, moi, fallait que je parte, que je quitte mes parents. Jamais je ne serais devenue quelqu'un, mais ça, ils ne s'en rendaient pas compte. Je suis à peu près aussi utile qu'un cendrier sur une moto. J'aurais pu me tuer au travail jour et nuit : je ne serais arrivée à rien. J'étais nulle à l'école. Et pas question que je les aide à cultiver leurs fichues mangues. J'en ai eu marre de les décevoir, alors je me suis tirée. Maintenant, s'ils apprenaient ce que j'ai fait là-bas, ils auraient de bonnes raisons d'être déçus, tu ne crois pas ?

Matthew ne savait que répondre. Les problèmes de Tricia étaient bien pires que les siens, et il n'avait pas de solution à lui proposer.

— Moi, mes parents m'accepteraient, quoi que j'aie pu faire, dit-il enfin.

— Ah oui ? Peut-être que les miens aussi, remarque. N'empêche que je suis une tourte. Définitif. Alors, ça changerait rien.

Quoi qu'elle entende par « tourte », Matthew devina que ce n'était pas flatteur.

— Mais non, tu n'es pas une tourte. Tu es drôle, futée, et tu as bon cœur. Tu t'arranges au mieux avec ce qui se présente, même quand ce n'est pas bien réjouissant. Et tu te défends si nécessaire. Tu as tout ce qu'il faut pour réussir.

— Vrai ?

— Parfaitement. Et tu es intelligente. Tu pourrais être bonne à l'école si tu t'y intéressais.

— Pas assez bonne pour satisfaire mes parents.

— Tu n'en sais rien. Ils ont peut-être réfléchi et révisé leurs opinions, depuis que tu es partie.

Elle réfléchissait à tout cela quand la camionnette s'arrêta. Noël ouvrit sa portière, et ses deux chiens de berger, qui étaient assis sur la banquette avant, se mirent à aboyer tandis qu'il contournait le véhicule. C'était un homme silencieux. Du doigt, il désigna une piste de terre à ses jeunes passagers, puis il leur dit :

— Jimiramira.

Matthew sauta à terre et aida Tricia à descendre. Il empoigna les sacs de couchage enveloppés dans de la toile et tendit le sien à sa compagne.

— C'est encore loin, à votre avis ? demanda-t-il.

Noël se gratta la tête, puis haussa les épaules.

— Six heures à pied ? suggéra Tricia.

— A peu près.

Matthew tendit la main.

— Merci, Noël. C'est très gentil à vous de nous avoir emmenés.

Noël lui donna une brève poignée de main.

— Ne vous perdez pas, les gosses, grommela-t-il en guise d'adieu.

Puis il regagna la cabine. Les chiens se turent, le moteur rugit, et il disparut bientôt dans un nuage de poussière.

Le silence se fit total. Au point que, sans Tricia, Matthew se serait cru le seul être humain au monde. Elle laissa tomber son duvet sur le sol et s'assit dessus, la tête entre les mains.

— Je suis raide nase. Pas question de se mettre en route ce soir dans ce désert.

— Avançons encore un peu et cherchons un coin où dormir.

— Inutile de s'enfoncer dans le bush. Personne ne nous écrasera, même si nous dormons sur la route, tu peux être tranquille.

Il alluma la torche, et ils cheminèrent un moment dans la nuit, en veillant à ne pas quitter la piste. Malgré sa fatigue, Matthew sentait l'excitation monter en lui.

— Tu crois que nous sommes déjà sur les terres de Jimiramira ? C'est grand, non ?

— Bêtassou, va ! Je parie que nous sommes dans le domaine depuis des kilomètres.

— Pourquoi tu ne m'as rien dit ?

— Je pensais que tu le savais.

— C'est ici que mon père a grandi.

Inimaginable ! Son père et son grand-père étaient nés ici. Comme eux, il était un Llewellyn. Et il se trouvait sur les terres des Llewellyn. En ville, il y avait les néons, les réverbères, mais ici, à Jimiramira, c'était un univers entier, avec ses étoiles et ses galaxies, qui brillait au-dessus du domaine. Mieux qu'un appartement avec quatre murs !

— Bon. Ben, moi, je m'arrête, déclara brusquement Tricia en se plantant au beau milieu de la route. Je ne ferai pas un pas de plus.

Matthew regarda autour de lui. Il était né dans ce pays et, depuis qu'il était en âge de lire, il avait dévoré tout ce qu'il avait trouvé sur l'Australie. Pourtant, il ne savait quel nom donner à ce qui l'entourait. A part les eucalyptus, les plantes ne ressemblaient à rien de ce qu'il connaissait. Le paysage lui était aussi étranger que s'il s'était trouvé sur une autre planète.

La terre s'étendait à perte de vue en longues ondulations — pas exactement des collines, mais le produit du vent, des pluies, de l'érosion. Il s'attendait à voir de verts pâturages, mais il n'y avait pas l'ombre d'un brin d'herbe. Rien que le désert, ponctué de maigres buissons, de touffes végétales clairsemées. Les rares arbres rabougris qui s'élevaient au-dessus de ce paysage lunaire semblaient bien seuls et comme abandonnés.

— J'ai beaucoup campé dans ma vie. Et toi, Tricia ?

— Trop à mon goût.

— Mme Myrtle nous a donné des allumettes.

Il balaya l'espace autour d'eux de sa lampe.

— Trouvons un coin pour dormir. Ensuite, nous ramasserons du bois pour faire un feu.

— Un vrai boy-scout, déclara Tricia en agitant la tête.

Ils s'installèrent à quatre ou cinq mètres de la piste et, tandis que Tricia étendait les toiles et les duvets, Matthew cherchait du bois. Bientôt, il en eut suffisamment pour faire un bon feu. Il était aussi sec que toute la nature, et il se félicita d'avoir choisi pour camper un endroit dégagé, sans arbres ni buissons. Son grand-père n'apprécierait sans doute pas qu'ils déclenchent un feu de brousse par inadvertance.

Il rassembla donc des pierres — ce qui ne manquait pas —, puis il les disposa en cercle autour du foyer. Il se souvint alors d'un texte de Jack London qu'ils avaient étudié en cours d'anglais, un texte dans lequel la vie d'un homme sur le point de mourir de froid ne tenait plus qu'aux deux ou trois allumettes qui lui restaient. Soudain, il n'avait plus du tout envie d'être dans ce désert silencieux, à mille miles de San Francisco et sans feu.

— Dommage que nous n'ayons pas de papier…

— T'inquiète. On a mieux que ça, répliqua Tricia.

Elle empoigna une branche sur le tas qu'il avait fait, en arracha les feuilles et les lui tendit.

— Tiens. Des feuilles de gommier. Elles brûlent si bien que les arbres s'enflamment comme des torches en cas de feu de brousse. Même que, des fois, ils explosent.

— Tu as déjà vu ça ?

— Non. Mais mon père, oui. Il ne lit pas, mais il adore raconter des histoires. Quand j'étais petite et que ma mère était occupée, il me racontait comment c'était, ici, dans sa jeunesse, et tout ce qu'il avait vu.

— Mon père aussi, il raconte des histoires. C'était la seule façon pour moi de savoir à quoi ça ressemblait par ici.

Matthew plaça les feuilles au centre du cercle, les recouvrit de brindilles et de branchettes, puis craqua une allumette. Le feu prit en un clin d'œil. Lorsqu'il fut bien certain qu'il ne s'éteindrait pas, il repartit chercher du bois, muni de sa torche. Au bout de trois voyages, il en avait assez pour tenir la nuit. Alors, il se glissa dans son sac de couchage que Tricia avait étendu sur la toile, près du sien. La température avait considérablement baissé, mais le feu était chaud, et le duvet douillet. Comme il était à demi mort de fatigue, il pensait s'endormir très vite. Et, cependant, le sommeil le fuyait.

Près de lui, Tricia s'agitait, se tournait et se retournait, comme si elle cherchait une position confortable.

— Ça va ? lui demanda-t-il.

— J'ai pas l'habitude de dormir la nuit.

— Est-ce que… euh… Ce que tu faisais… Ça te plaisait tellement que tu as envie de continuer ?

— Quoi ? Baiser pour de l'argent ? Je l'ai pas fait par choix. C'était pas dans mes intentions quand je suis partie de chez moi. Je comptais me trouver un emploi dans une banque. Je suis bonne avec les chiffres. Ça, je sais faire. Seulement, j'ai rien trouvé. Et puis, j'ai rencontré Charlie. Il me donnait l'impression que j'étais quelqu'un de spécial. Je me sentais importante. Au début, je savais pas ce qu'il voulait. Après…

ben, je voyais pas d'autre solution. Je me suis dit que je mettrais de l'argent de côté pour trouver autre chose.

— Pourquoi tu n'as pas accepté le travail que te proposait la dame de la librairie ?

— Mme Duff ? Elle savait ce que je faisais. Je l'aurais eue sur le dos en permanence parce qu'elle voulait me sauver, me sortir du caniveau. Sauf que j'ai pas besoin d'ange gardien. Je suis pas mauvaise.

— Tu m'as quand même piqué mon portefeuille !

— Je croyais que ça te poserait pas trop de problème. Je volais que les gens qui avaient l'air à l'aise… Bon, d'accord. C'est pas bien joli. La fauche, ça me branchait pas trop. Mais fallait que je rapporte de l'argent à Charlie tous les soirs, même si j'avais pas fait de client. Alors, des fois, j'avais pas le choix.

Matthew ferma les yeux. Les étoiles brillaient tellement qu'il en avait mal.

— Excuse-moi, reprit Tricia après une pause. Si je t'avais pas taxé ton portefeuille, tu serais chez ton grand-père, à l'heure qu'il est. Tu n'aurais pas faim…

— J'ai pas faim.

— En tout cas, tu ne serais pas couché à même le sol en plein désert.

— Toi non plus. Tu serais à Sydney. En train de faucher l'argent d'un inconnu ou d'embrasser un type quelconque.

— On s'embrasse pas beaucoup, tu sais.

Il se sentit rougir.

— Je sais. C'était une façon de parler. Pour dire ça gentiment.

— Tu sais vraiment ce qui se passe ?

Il ne répondit pas. Il sentit une onde de chaleur l'envahir tout entier.

— Bon, reprit-elle. Je suppose que non.

— Je n'ai que quatorze ans. Presque quinze.

— C'est pas vrai !

— Aussi vrai que je suis là, répondit-il, flatté qu'elle l'ait cru plus âgé.

— Tu veux essayer ? lui proposa-t-elle en posant la main sur son épaule.

Il se raidit. Il était aussi troublé que gêné. Le voulait-il ? Voulait-il goûter à cette chose qu'il n'osait nommer, pour voir si la réalité dépassait ses fantasmes d'adolescent précoce ?

— Tu sais, si tu as envie, je peux t'apprendre, dit encore Tricia.

C'était vraiment tentant. Personne n'en saurait jamais rien. Et, d'ailleurs, ceux qui les avaient vus ensemble s'imaginaient sûrement que… que la chose était faite.

— Ce n'est pas pour ça que je t'ai demandé de m'accompagner.

— Je m'en doute. Je pensais que les Américains étaient tous évolués, mais pas toi. Tu es timide, hein ?

— Non. Mais j'ai l'impression que c'est pas bien.

— Tu as grandi dans la Bible ? Tu as peur du péché ?

— Non plus. Seulement, ça paraît trop facile.

— En clair, tu veux pas que je me vende et tu veux pas non plus que je me donne ?

— Tu me proposes ça parce que j'ai été gentil avec toi. Ça devrait pas être une récompense. Quand on fait ça, on est censés être amoureux ou quelque chose de ce genre.

Elle éclata de rire.

— Pas besoin d'être amoureux pour que ça fonctionne, crois-moi.

— Peut-être pas. Mais c'est mieux si on l'est, non ?

Elle retira sa main, resta un moment silencieuse. Il craignit de l'avoir vexée.

— J'en sais rien, dit-elle. Moi, ça m'est jamais arrivé. J'ai cru que j'avais une chance ce soir.

Il se tourna vers elle. A la lueur dansante du feu, elle semblait innocente, vulnérable. Il tendit le bras pour effleurer sa joue.

— Je t'aime bien, moi aussi, tu sais.

— Tu me trouves jolie ?

En imitant son père, il répondit :

— A-a-ab-solument.

Elle rit.

— Peut-être que tu reviendras en Australie quand tu seras plus vieux. Peut-être qu'alors, je serai quelqu'un d'autre. Quelqu'un de mieux.

— Je t'aime bien comme tu es.

— Le problème, c'est que, si tu reviens, tu ne sauras pas où me trouver. Je rentre pas à Humpty Doo.

— Vu.

— Et je retourne pas non plus à Sydney.

— Bonne idée.

Matthew savait qu'il allait lui falloir un moment pour calmer ses sens en émoi. Il prit doucement la main de Tricia, et ils en restèrent là. Ils s'endormirent lentement sous le ciel criblé d'étoiles.

27.

Roman Llewellyn menait sa vie de son côté sans se préoccuper des autres. Ses hommes l'avaient compris et respectaient ce choix, de même que les propriétaires des domaines voisins qui avaient renoncé à l'inviter chez eux. Chaque année, il assistait au grand prix hippique local, participait à une ou deux ventes de charité et, après le rassemblement des troupeaux, il offrait un barbecue à l'ensemble de ses employés et tous ceux qui souhaitaient se joindre à la fête.

Point de fantaisie ou d'improvisation pour Roman Llewellyn. Son hospitalité obéissait à un strict calendrier. Il préférait la solitude à toute activité sociale, et la compagnie des chevaux à celle des hommes.

A soixante-trois ans, il était maigre et noueux, encore dur à la tâche, et il avait plus de force et d'endurance que ses cadets. Il buvait ce qui lui chantait quand l'envie le prenait, mangeait en quantité la viande du domaine, montait chaque jour à cheval pendant plusieurs heures et accomplissait les mêmes travaux que ses hommes. Il était « le patron » pour ses employés, « M. Llewellyn » pour le personnel de maison, et il ne se souvenait plus de la dernière fois où on l'avait appelé Roman.

Ou bien « papa ».

— Patron, il y a quelqu'un pour vous au téléphone.

Roman leva les yeux sur Luke, l'un des bouviers aborigènes, qui se tenait devant la porte de l'écurie. Qui diable pouvait bien chercher à le joindre personnellement, alors qu'il disposait d'un responsable des troupeaux, d'un directeur commercial, d'un comptable et d'une gouvernante, tous plus aptes que lui à gérer les contacts avec l'extérieur ?

— Saleté de fer, grommela-t-il en reprenant sa tâche interrompue.

Tout en curant avec soin le sabot d'un de ses pur-sang, il continua de marmonner :

— Quel est le sagouin qui m'a ferré ce cheval ? J'avais dit à Sandy de me faire arranger ça. Il va m'entendre, celui-là !

— Patron, vous voulez que je dise à Mme Myrtle de rappeler plus tard ?

Il leva de nouveau les yeux, et fronça les sourcils.

— Helen Myrtle ?

— Oui, patron, c'est elle.

Roman lâcha la patte du cheval et se redressa en s'essuyant les mains sur son pantalon.

— Je vais prendre la communication ici.

Luke enfonça son chapeau de feutre sur ses oreilles, et reprit le chemin de la maison tandis que Roman se dirigeait vers la sellerie où il avait fait installer un téléphone.

— Helen ?

Il l'écouta parler un long moment, et dit :

— Vous en êtes sûre ?

Helen Myrtle répondit que oui, elle en était sûre, puis il la remercia et raccrocha.

— Merde alors ! s'exclama-t-il.

Si Roman Llewellyn aimait sa solitude, un jeune homme nommé Matthew Llewellyn avait, apparemment, résolu de venir déranger ses habitudes.

— C'est l'hiver, ici, non ? Il ne devrait pas faire aussi chaud.

Matthew marchait près de Tricia, en portant son duvet sous le bras. Il était désemparé, depuis que sa montre s'était arrêtée. Il ne savait pas à quelle heure ils s'étaient éveillés, à quelle heure ils avaient mangé leurs sandwichs ; il ignorait depuis combien de temps ils cheminaient ainsi. Il n'était certain que d'une chose : à leur prochaine halte, ils finiraient ce qu'il leur restait d'eau.

Et s'ils s'étaient trompés de route ? S'ils étaient partis dans la mauvaise direction ?

— Il ne fait pas chaud, répondit Tricia. Si tu voyais ce que c'est, en été, tu comprendrais.

— Tu veux dire qu'il ne fait jamais plus frais que ça ?

— Si, la nuit.

Effectivement. Le froid l'avait tiré du sommeil. Dans le silence du désert, il avait regretté de ne pas partager le duvet de Tricia. Il s'était autorisé à fantasmer un peu sur cette hypothèse réchauffante, puis il s'était levé pour remettre du bois sur le feu.

— Depuis combien de temps on marche, à ton avis ? demanda-t-il encore.

— Quelle importance ? Il faut continuer, de toute façon.

— On ne se serait pas trompés de direction, par hasard ?

— Non, Yankee. On ne s'est pas trompés.

Il accéléra le pas. La monotonie du décor l'étonnait. Il s'attendait à voir une foule de marsupiaux divers, mais il n'avait aperçu que trois ou quatre vaches, au loin. Pas même ces grands troupeaux dont lui parlait son père.

— Je pensais qu'on commencerait à croiser des cow-boys à cheval, par ici.

— De nos jours, ils sont en hélicoptère, tes cow-boys. Les chevaux ne leur servent plus à rassembler les bêtes. Il faut des semaines pour faire le tour d'un domaine aussi vaste. Alors, maintenant, ils volent.

— Mon père raconte que, dans sa jeunesse, ils passaient parfois plusieurs semaines à cheval et bivouaquaient la nuit.

— Oh, ça arrive encore quand les bêtes sont parquées. Mais, pour les rassembler, ils choisissent des méthodes plus pratiques. Remarque, les propriétaires envoient toujours des gars à cheval patrouiller le périmètre et vérifier l'état des clôtures. Peut-être que ton grand-père te proposera un boulot dans ce genre.

Elle plaisantait, bien sûr, mais Matthew ne put s'empêcher de se demander ce que dirait Roman s'il se découvrait soudain l'envie de rester ici pour vivre avec lui. Pure spéculation, car il n'y tenait pas. Phobique des avions comme elle l'était, sa mère ne viendrait jamais lui rendre visite, et son père n'avait pas remis les pieds au domaine depuis des lustres pour cause de brouille. Pourtant, malgré le paysage déconcertant, et sans savoir quel accueil lui réserverait son mystérieux grand-père, il s'attachait déjà à Jimiramira.

Ils marchèrent un long moment en silence. Matthew était perclu de courbatures, à force d'avoir dormi à même le sol ou dans des camionnettes. Et puis, il avait une soif épouvantable, et il savait que l'eau qui leur restait ne suffirait pas à l'étancher. Mais cela n'était rien en comparaison de la question essentielle qui le poursuivait.

— Tu sais, dit-il enfin, mon grand-père ne voudra peut-être pas nous héberger.

— Ce serait vache, tu trouves pas ?

— Mon père et lui ne se voient plus depuis longtemps. Je ne suis même pas certain que mon grand-père soit au courant de mon existence.

— Charmante famille.

Ils gravirent une petite colline, et Matthew se prit à espérer que, du sommet, ils apercevraient enfin la ferme. Mais il en fut quitte pour une déception. Le paysage semblait s'étendre à l'infini sans qu'une trace de vie humaine vienne en rompre la monotonie.

— Zut, dit-il en secouant la tête.

— Suppose qu'il ne veuille pas de toi. Qu'est-ce que tu feras ?

Matthew avait mobilisé toutes ses énergies pour tenir jusqu'ici, et il s'était bien gardé de réfléchir à cette éventualité.

— Bof, je continuerai. Il y a un autre endroit où je dois me rendre.

— Où ça ?

— En Australie-Occidentale.

— Tu comptes y aller à pied ?

— Je ne me suis pas encore posé la question. Je voudrais d'abord voir mon grand-père.

— Pourquoi il faut que tu ailles là-bas ?

— Parce qu'il le faut, c'est tout.

— Ben, moi, j'irai pas avec toi sur ce coup-là. J'ai eu ma dose.

— Au moins, j'ai un but. Toi, tu ne sais même pas où tu vas.

— Peut-être, mais je sais un truc que tu ne sais pas.

— Ah oui ? Quoi donc ?

— Il y a quelqu'un qui arrive.

Matthew scruta la piste sans rien voir de particulier. Puis, à l'horizon, il aperçut un nuage de poussière. Sa gorge se serra au point qu'il resta sans voix.

— Bon, reprit Tricia, on peut continuer à marcher, sauf que ça me paraît pas nécessaire.

Elle tira la gourde de la musette et la lui tendit.

— Bois un coup, mon pote. Tu vas avoir besoin de courage.

La ferme ne ressemblait pas à ce que Matthew imaginait. Il s'en était fait une image d'après les descriptions de Mei qu'il avait modernisées pour les remettre au goût du jour. Son père parlait rarement de son enfance ici ; il préférait raconter ses rencontres, ou bien de pittoresques expéditions en brousse. Mais il répondait toujours aux questions de Matthew de manière évasive — à croire qu'il préférait ne pas se souvenir de ce qu'il avait perdu.

A présent, Matthew comprenait mieux pourquoi. En plus d'un père et d'un foyer, c'était tout un village qu'il avait laissé derrière lui. Un mode de vie, une part de son identité.

— Le patron vous attend à la maison, déclara Luke en claquant sa portière.

Matthew sortit de la camionnette et fit signe à Tricia de le suivre. Elle le rejoignit aussitôt.

— Pas mal, hein ? Plutôt joli, tu trouves pas ?

Il trouvait aussi. L'habitation principale était d'une blancheur éclatante, ombragée par d'immenses gommiers aux troncs lisses et au feuillage plumeteux. Une véranda courait le long des trois côtés visibles. Le tout était entouré de buissons ornementaux et de plates-bandes fleuries. Une grille de métal avec un portail de fer forgé bordait une pelouse somptueuse, digne des plus beaux jardins anglais.

— Quand tout a brûlé, ils ont dû décider de reconstruire en mieux.

— Parce que ça a brûlé ? Quand ça ?

Il repensa à Mei dont l'âge lui semblait incalculable.

— Je sais pas trop. Il y a longtemps.

— Ton père vivait ici ?

— Il n'en parle pas beaucoup.

— Je vois.

Matthew déglutit péniblement. Luke avait disparu, mais des gens s'affairaient alentour. La demeure principale n'était qu'un bâtiment parmi les autres, tous d'un blanc lumineux. A l'arrière, il y avait de vastes écuries, et des champs divisés en paddocks. Des hommes à cheval circulaient dans la cour où une flottille de véhicules était garée. Plus loin, on apercevait une piste avec un petit avion à un bout et un hélicoptère à l'autre.

— Ça paraît énorme, dit Tricia. Mais ce n'est pas le plus grand domaine par ici. Coolibah Downs est encore plus grand. Mon père y travaillait, et je peux te dire que c'est quelque chose.

— Vraiment ?

Il lui semblait inconcevable que ce soit plus grand que Jimiramira. Le domaine dépassait sans doute en surface certains Etats de Nouvelle-Angleterre.

— C'est pas si mal, dit Tricia.

— Nous devrions y aller, dit Matthew en rajustant sa tenue.

Il s'était vaguement coiffé avec le peigne que Mme Myrtle leur avait donné, mais il n'avait pas pu se brosser les dents. Il regrettait de ne pas être plus présentable pour cette première rencontre : il se faisait l'effet d'un vagabond, d'un fugitif, et pas d'un jeune homme chargé d'une mission cruciale.

— Je t'attends sous le porche, vieux.

— Tu es sûre ?

— C'est ton grand-père, pas le mien. Je vous laisse à votre réunion de famille.

Il ouvrit la grille et s'effaça pour la laisser passer. Ils suivirent ensuite une allée pavée jusqu'à la véranda, et Tricia s'éclipsa pour aller s'asseoir sur un banc de pierre situé sous une fenêtre close par des volets.

Matthew tira la cloche. Bientôt, une femme en robe à carreaux avec un plumeau dans une main et un chiffon dans l'autre apparut derrière la porte à moustiquaire. Elle paraissait surprise, et Matthew s'étonna qu'elle ne soit pas prévenue de son arrivée.

— Euh… Je m'appelle Matthew Llewellyn. Je viens voir mon grand-père.

Elle le dévisagea un long moment, comme s'il était tombé d'une autre planète.

— Matthew ?

Il ébaucha un sourire, toussota pour s'éclaircir la voix.

— Oui, Matthew, le fils de Cullen.

Elle plissa le front.

— Cullen ?

— Cullen Llewellyn, le fils de Roman Llewellyn.

Elle grommela des paroles incompréhensibles, puis elle lui ouvrit et regarda dehors.

— Vous avez de la compagnie ?

— Oui, mais mon amie préfère rester dehors.

— Votre grand-père…

— Je m'occupe de lui, Winnie, coupa une voix masculine.

Un homme d'âge mûr examinait Matthew en fronçant les sourcils. Winnie se fondit dans l'ombre de la maison tandis que Matthew sentait les battements de son cœur s'accélérer. L'homme se taisait. Il fallait briser la glace.

— Bonjour, monsieur. Je m'appelle Matthew Llewellyn. Je suis le fils de Cullen. Vous ne seriez pas…

Sa gorge était si nouée qu'il ne put articuler un mot de plus. A l'école, il était entouré de jeunes de son âge avec des familles au grand complet. Il souffrait de passer si peu de temps avec son père, et il rêvait, depuis des années, de rencontrer cet homme. Mais, dans ses rêves, Roman lui souriait et l'accueillait à bras ouverts.

— Je suis Roman Llewellyn.

Matthew se redressa.

— Alors, vous êtes mon grand-père.

— Je suppose, oui.

— Je sais que vous ne m'attendiez pas.

— C'est le moins qu'on puisse dire.

Ils restèrent un moment silencieux, à se mesurer du regard. Roman semblait à la fois plus âgé et plus jeune que Matthew se l'imaginait. Dans son visage buriné, il retrouvait certains traits de son père, mais la dureté de son visage le lui rendait plus étranger encore.

Tandis que Roman l'examinait, Matthew sentit le feu lui monter aux joues, mais il se refusait à baisser les yeux.

— Où sont vos parents ? demanda finalement Roman.

— Monsieur, je n'en sais rien. Je ne leur ai pas parlé depuis que je suis parti.

— Comment ça : parti ?

Matthew réfléchit rapidement. Il devait être bref, il le sentait.

— Ma mère m'a mis dans un avion en partance pour New York où je devais rejoindre mon père, mais j'ai changé d'avion à Denver pour venir ici, comme je le projetais.

Roman acquiesça d'un hochement de tête, et Matthew comprit qu'il était censé continuer. Il continua donc :

— Voyez-vous, c'était pour moi le seul moyen de me rendre en Australie. Naturellement, je leur ai laissé un message pour qu'ils sachent que j'étais en sécurité. Seulement… euh… ils ne savent pas précisément où je suis.

— Précisément ?

Il ébaucha un vague sourire.

— Ils ne savent pas. Du tout.

— Mon jeune ami, il me semble que vous oubliez un détail ou deux.

— C'est vrai, reconnut Matthew.

— Pourquoi êtes-vous venu à Jimiramira ?

— Vous êtes mon grand-père.

— A ce qu'il paraît.

— J'ai pensé que, si je ne prenais pas le taureau par les cornes, je risquais de ne jamais vous connaître.

— Il ne vous est pas venu à l'idée que je n'avais peut-être pas envie de vous connaître ?

— Bien sûr que si ! Ça me paraissait même probable.

— Mais vous êtes venu tout de même ! Vous avez menti et fugué pour venir jusqu'ici.

— N'importe qui vous dira que je ne suis pas délinquant. Mais certaines choses sont trop importantes pour laisser aux autres le soin de les régler.

— Comment vous y êtes-vous pris pour arriver ici ?

Matthew fronça les sourcils sans quitter Roman des yeux.

— J'avoue que je n'en suis pas très fier.

— Poursuivez, jeune homme.

— Eh bien, j'ai payé mon voyage avec une carte de crédit que ma mère croyait avoir résiliée. J'ai intercepté sa lettre et j'ai réservé mon billet par Internet. Elle ne s'en apercevra qu'au moment où elle recevra le relevé…

— Je vois le travail.

— J'ai emprunté le passeport d'un ami, et j'ai obtenu un visa à son nom.

— Vous avez menti, fraudé, et volé votre propre mère. Vous devriez avoir honte !

— Sans doute. Seulement, j'en avais assez que les adultes décident à ma place sans jamais me consulter. J'ai une famille, mais c'est à peine si je vois mon père, et vous, je ne vous connais même pas. Je suis né en Australie. Je veux savoir d'où je viens, de qui je descends. Et puis…

Il se reprit à temps. Le moment était mal choisi pour cette révélation.

— Vous allez appeler votre mère immédiatement. Ensuite, je vous renvoie chez vous. Sous bonne escorte s'il le faut.

Matthew regarda son grand-père droit dans les yeux.

— C'est votre droit. Mais vous pouvez aussi me permettre de passer une journée ici. Qu'est-ce qu'une journée pour vous ? Depuis toujours, j'attends de vous connaître. J'appellerai ma mère pour la rassurer. Je ne veux pas lui causer de souci, ça n'a jamais été mon intention. Mais il y a une autre raison à ma visite et, si vous me renvoyez, je ne pourrai pas vous mettre au courant.

— Vous êtes comme votre père. Vous croyez pouvoir vous sortir d'affaire par des discours.

Matthew ne s'emportait pas facilement, mais la colère montait en lui.

— J'espère bien que je suis comme mon père. C'est le meilleur homme qui soit au monde. Mais ça, bien sûr, vous ne pouvez pas le savoir puisque vous êtes brouillé avec lui.

Roman écarta l'argument d'un geste vif de la main.

— Jeune homme, vous ignorez de quoi vous parlez.

Irrité par tant de hauteur, Matthew s'avança vers lui.

— Oh, que non ! Je sais parfaitement de quoi je parle. Mon père était un joueur invétéré, et il a commis des fautes graves. J'espère seulement qu'en grandissant, j'aurai sa force de caractère. Parce que, des fautes, j'en commettrai. Et j'espère bien les regretter comme lui et avoir le courage de réparer mes torts.

— Vous avez fait une grosse erreur en venant ici.

— Certainement pas. Il fallait que je sache d'où je venais, de qui je descendais. Maintenant, je le sais.

Roman s'approcha, lui aussi. L'espace d'un instant, Matthew se demanda s'il n'allait pas le gifler. Ils se mesurèrent du regard, tels deux boxeurs sur un ring. Enfin, Roman secoua la tête, puis se détourna et repartit d'où il était venu. Au bout du couloir, il fit volte-face.

— Entrez, et amenez la demoiselle. Winnie vous donnera à manger. Douchez-vous et, quand vous serez prêt, venez me trouver dans mon bureau.

Avant qu'il disparaisse, Matthew lui lança :

— Monsieur, après cette escapade, mes parents ne me laisseront jamais repartir. C'est peut-être notre seule chance de passer un moment ensemble.

— Mon garçon, c'est une chance dont je me serais bien passé.

Une seconde plus tard, Roman avait tourné le coin du couloir, et Matthew se retrouvait seul.

28.

Dans le bureau de Roman, il y avait un miroir au mur pour les rares occasions où il avait besoin de se donner un coup de peigne avant de recevoir un visiteur. Il avait vu passer à Jimiramira des hauts fonctionnaires du gouvernement, des hommes politiques, des représentants de la police et des forces armées. Véritable maire d'une petite ville, il avait pris pour habitude de déléguer et confiait une majorité de tâches importunes à son personnel qualifié. Hélas, certaines lui incombaient, malgré tout.

Etre le grand-père de Matthew Llewellyn, par exemple.

Il examina son reflet, y vit ce qu'avait vu Matthew : la dureté, le cynisme, le détachement.

Le miroir au cadre de cuivre avait appartenu à sa femme. Il le gardait au mur depuis sa mort, trente ans plus tôt. Native de Darwin qu'elle adorait, Joan avait donné à leur fils le nom de Cullen en souvenir de Cullen Bay où elle allait en pique-nique quand elle était jeune fille. Jamais elle ne s'était plainte de l'âpre vie sur ces terres perdues, mais elle avait conservé son goût de citadine pour les belles choses. Comme un peigne et une brosse en argent, quelques bijoux et un herbier de fleurs sauvages.

Mais il n'avait pas gardé son bien le plus précieux : leur fils qu'il avait abandonné à la mort de Joan aussi sûrement que s'il l'avait expédié à l'orphelinat. Trop absorbé par le chagrin que lui causait la perte de sa femme, il s'était retiré en lui-même jusqu'au point de non-retour.

A présent, il comprenait. Il n'avait pas revu Cullen depuis près de vingt ans. Pas un jour ne passait sans qu'il pense à son fils, au gâchis qu'il avait fait de sa vie faute d'avoir eu un père pour le guider. Il le regrettait, certes ; il en éprouvait des remords, mais il ne voyait pas de solution. A l'image de Jimiramira, inaccessible et aride comme cette terre qu'il travaillait, il se remettait difficilement de ses blessures et rechignait à tout changement.

Où qu'il se trouve, Cullen devait être mort d'inquiétude pour son fils. Le gosse s'imaginait qu'un message suffisait à rassurer ses parents, mais Roman en doutait sincèrement. Père, lui aussi, il savait ce qu'il en coûtait de perdre son fils.

On frappa à la porte. Il grommela une réponse, et Winnie entra, les poings sur les hanches et le regard mauvais.

— Si vous renvoyez le môme, je m'en vais avec lui. Vous entendez, monsieur Llewellyn ? Je m'en vais, et j'emmène mon Harold avec moi. Qu'est-ce que vous deviendrez sans nous ? Je vous le demande. D'autant que personne d'autre ne vous supporterait.

— Femme, mêlez-vous de ce qui vous regarde.

Nullement intimidée, Winnie poursuivit sur sa lancée :

— Je dirige la maison et tous vos domestiques, Harold gère vos affaires. Nous vous connaissons mieux que quiconque. Vous avez là une chance de réconciliation, et du diable si je vous laisse la gâcher.

Personne n'aurait osé parler à Roman sur ce ton, mais Winnie travaillait pour lui depuis suffisamment longtemps pour se le permettre, et elle savait qu'il ferait n'importe quoi pour la retenir.

Machinalement, il chercha son tabac dans ses poches. En vain puisqu'il avait cessé de fumer.

— Que fait-il, en ce moment, le gamin ?

— Lui et la fille ont dévoré un plat de saucisses aux pois comme s'ils n'avaient rien mangé depuis huit jours. Vous lui avez demandé comment il était arrivé jusqu'ici ?

— Non.

— Vous lui avez demandé qui elle était ?

— Non plus.

— Eh bien, moi, je crois savoir.

Roman s'en souciait comme d'une guigne. La présence de son petit-fils lui causait assez de soucis sans qu'il aille s'inquiéter d'une gamine inconnue.

— Aucune importance.

— Vous connaissez Robby Simmons, non ?

— Robby Simmons de Coolibah Downs ? Excellent homme de troupeaux, ma foi.

— Oui, sauf que ça remonte à un bout de temps, ce qui prouve à quel point vous vous tenez au courant. Lui et son épouse possèdent à présent une petite propriété à Humpty Doo. Des vergers si je ne me trompe.

— Je ne vois pas le rapport entre Robby et cette fille.

Winnie fit une grimace, et son visage se plissa d'une multitude de fines rides.

— La fille de Robby s'est évaporée dans la nature, à Noël, l'an dernier. J'en ai entendu parler quand je suis rentrée dans ma famille, à Darwin.

Roman émit une sorte de grognement en guise de commentaire. Winnie poursuivit imperturbablement :

— J'ai même vu une photo dans le journal quand j'étais là-bas, et le visage de cette gosse, qui accompagne votre petit-fils, m'a paru familier. Mieux encore : la fille Simmons s'appelle Patricia. Je suis sûre que c'est elle.

— Et alors ? Que comptez-vous faire ?

— A votre avis ?

Roman n'en avait pas la moindre idée. Il connaissait le bétail, les chevaux, les chiens de berger ; il savait creuser un puits, parquer un troupeau, construire une barrière propre à défier les ruses des dingos et voleurs de cheptel ; il comprenait les finances internationales et la médecine vétérinaire, mais pas les gosses.

— Je présume que vous devriez appeler Robby. C'est la moindre des choses.

— Je présume aussi. Et le garçon ?

Comme Roman ne pipait mot, elle ajouta :

— Il n’a pas fait assez de chemin pour vous satisfaire, peut-être ?

— Winnie, vous dépassez les bornes.

— Je ne crois pas, Roman.

Il la foudroya du regard. Jusque-là, il avait toujours été M. Llewellyn pour elle. Sans plus se démonter, elle pointa l’index vers lui.

— Conduisez-vous en patron et je vous traiterai comme tel.

— Je vous trouve bien impertinente, soudain.

— Il est grand temps, répliqua-t-elle en se retournant pour quitter la pièce.

Roman ne savait que penser de l’attitude incongrue de Winnie, mais il était plus troublé encore du changement qui s’opérait en lui. Le temps aidant, il avait appris à s’accommoder de la mort de Joan, de la brouille avec Cullen. Il se gardait de ses émotions en les évitant, en empruntant prudemment les chemins rebattus sans jamais se risquer en territoire interdit. Car, comme il le craignait, ce territoire nouveau pour lui rappelait à sa mémoire tout ce qu’il s’était soigneusement efforcé d’oublier.

Une demi-heure plus tard, tandis qu’il regardait d’un air distrait les papiers étalés sur son bureau, on frappa à la porte. Point besoin de demander qui c’était. Il aboya « Entrez », et Matthew entra, les cheveux encore humides de la douche et l’air aussi à l’aise que s’il s’était trouvé chez lui, en Californie.

— Eh bien, je me sens mieux. Pas vous ?

Roman baissa le nez sur ses papiers, feignant d’avoir été interrompu dans une tâche importante et non dans un moment d’introspection.

— Ce n’est pas moi qui ai mangé une tonne de saucisses aux pois.

— Elles n’ont pas le même goût que chez nous, mais ça m’a rappelé quelque chose. Peut-être que j’en ai déjà mangé quand j’étais gamin.

— Tu es un gamin.

— Je veux dire : quand j’étais petit. Quand je vivais encore en Australie. Vous êtes venu me voir, à cette époque-là ? Est-ce que j’ai oublié ?

— Non.

Roman s'attendait à ce que le gosse exige des explications, car il ne semblait guère se soucier des convenances. Un trait de caractère qu'il avait hérité de Cullen, à n'en pas douter.

— Dommage, dit simplement Matthew. A ce qu'on raconte, j'étais un charmant bambin. Mais les jeunes enfants ne sont pas du goût de tout le monde.

Roman ne pouvait plus se cacher derrière des prétextes. Chaque parole de son petit-fils lui portait un coup au cœur.

— Je ne suis pas venu vous voir parce que ton père et moi avions sabordé nos relations si efficacement qu'il n'y avait plus de retour possible. Il ne m'aurait pas reçu.

— Vous le lui avez demandé ?

— Ce n'était pas à moi de le faire. Je suis son père.

— Vous savez à quel point vous lui manquez ?

— Il sait où j'habite.

— Mais il ignore que vous aimeriez le revoir.

— Je n'y tiens pas.

Le garçon alla jusqu'à la fenêtre et contempla la vue.

— Je connais l'histoire de Jimiramira, celle d'Archer et de Bryce. J'en connais davantage sur eux que sur vous.

La remarque surprit Roman car il n'avait rien raconté à son fils à propos de la famille. D'où Cullen tenait-il ses renseignements ?

— Ton père t'en a parlé ?

— Non.

— Ta mère, alors ?

— Non plus. Elle ne sait pas le quart de ce que je sais. Je tiens cela de ma tante : Mei Fong. Elle a vécu ici quand votre père était jeune homme, du vivant d'Archer et de Viola. Elle était présente quand l'incendie a détruit Jimiramira.

Roman se trouva pris au dépourvu. Il s'attendait à tout autre chose, à un sermon sur ses devoirs de grand-père, à une explosion de colère, à une tentative pour lui faire honte, mais pas à entendre Matthew évoquer l'histoire de la famille.

— Je ne vous suis pas, jeune homme. Pourquoi l'une de vos tantes aurait-elle vécu ici ?

— Il s'agit de ma grand-tante : la sœur de mon grand-père du côté Robeson. Mais je ne me souviens pas de lui. Il n'aimait pas les enfants, lui non plus. Justement, c'est l'une des raisons pour lesquelles je tenais à vous connaître. Vous êtes le seul grand-père qui me reste.

— L'une des raisons, hein ? Il y en a donc d'autres ?

— Une, précisa Matthew.

Roman sentait le danger venir vers lui à grands pas. Un abîme s'ouvrait sous ses pieds et, s'il osait une seule question, il y plongerait sans rémission.

— Il est temps d'appeler ta mère pour lui dire que tu rentres, mon garçon. Si tu cherches à prolonger ton séjour ici…

— Oh, je vais l'appeler. Mais je ne rentrerai pas aussi vite. J'ai encore une chose à faire. Ensuite, quand je serai rentré, ce sera trop tard : ils ne me lâcheront plus jusqu'à ma majorité. Ils m'enchaîneront à mon lit s'il le faut.

Il ponctua sa remarque d'un sourire narquois qui ressemblait tant à celui de Cullen que Roman s'en émut.

— Il faudra que mon père vienne en Californie s'il veut me voir. Et ce ne sera pas drôle.

— Pourquoi ? demanda Roman spontanément.

— Lui et ma mère ne se parlent pas beaucoup. J'ai des tas d'amis dont les parents sont divorcés et se disputent sans arrêt. Je suppose que j'ai de la chance. Les miens s'en tirent plutôt mieux mais, s'ils doivent rester sous le même toit, je me demande ce qui se passera.

Roman eut brusquement une idée lumineuse :

— Tu ne te serais pas enfui dans l'espoir de les réconcilier par hasard ?

Matthew le dévisagea d'un air surpris.

— Vous plaisantez ?

— Non. J'essaie de comprendre pourquoi tu viens frapper à ma porte.

— Rien de plus simple, grand-père : c'est parce que vous n'avez pas frappé à la mienne.

Matthew s'étonna de ce que son grand-père le laisse seul dans le bureau pour téléphoner. Roman avait enfoncé la touche de ligne, composé le numéro qu'il lui avait donné, puis s'était éclipsé à la première sonnerie. Mais la porte restait entrouverte. Il veillait au grain.

Matthew écouta patiemment l'annonce de la messagerie vocale et parla après le signal sonore :

— Salut, maman, c'est moi. Juste pour te dire que je vais bien.

Il aperçut une ombre sur le seuil de la porte, et comprit qu'il allait devoir faire mieux.

— Je suis en Australie. Je sais bien que je n'étais pas censé y aller, mais si j'étais venu pendant que papa s'y trouvait, tu aurais cru qu'il avait monté le coup. Alors, j'ai attendu qu'il soit en Amérique. Il fallait que je voie d'où je venais. Je rentre d'ici deux ou trois jours…

Craignant que cette dernière phrase fasse revenir son grand-père, il se hâta d'enchaîner :

— Et je te rembourserai le prix du billet avec les intérêts. Tu peux prendre l'argent qui est sur mon compte pour commencer. Je suis désolé, mais personne n'avait l'air de comprendre à quel point ça comptait pour moi.

Il hésita, puis ajouta :

— Tu me manques, maman. Mais il vaut mieux qu'on ne se parle pas avant mon retour. Après, tu auras tout le temps pour me dire ce que tu penses. Je suppose que tu ne me laisseras plus sortir de la maison.

Matthew imagina Liana, penchée sur le téléphone, écoutant son message, les yeux mouillés de larmes, et il sentit sa gorge se serrer.

— Je t'aime, maman. Si tu vois papa, dis-lui que je l'aime aussi.

Il se demanda pourquoi il versait ainsi dans le sentimentalisme. D'autant plus que sa mère ne serait pas la première à entendre ses paroles. En effet, il avait donné à son grand-père le numéro de Pacific International, de crainte que la ligne de l'appartement soit sur écoute et qu'on ne retrouve l'origine de l'appel. Demain, une secrétaire découvrirait le message au début d'une journée de travail chargée. Avec un peu de chance, elle ne le transmettrait pas immédiatement. Elle croirait peut-être même qu'il s'agissait d'une erreur. Car Matthew avait pris soin de ne pas prononcer le nom de sa mère.

Son grand-père entra dans la pièce au moment où il raccrochait. Matthew se leva aussitôt.

— Elle n'était pas là, mais je lui ai laissé un message.

— Tu lui as dit où tu étais ?

— J'ai dit que j'étais en Australie.

Matthew s'attendait à d'autres questions, mais Roman se taisait, l'air sévère.

— Vous avez rencontré Tricia ? demanda alors le jeune homme pour changer de sujet.

— J'appellerai sa mère moi-même, un peu plus tard. Mon garçon, tu ne t'en tireras pas aussi facilement.

« Dommage », songea Matthew.

— Si tu me parlais un peu de ta petite camarade de voyage, hein ?

Matthew avait mûrement réfléchi à ce qu'il dirait de Tricia. Il aurait aimé qu'elle rentre dans sa famille, mais il ne voulait pas la trahir.

— Allons, mon garçon. Et pas de boniments.

— Eh bien, je ne sais pas tout. Je l'ai rencontrée à Sydney. Je… j'avais perdu l'argent que je portais sur moi, et elle venait de perdre son logement. Alors, on a décidé de faire route ensemble. Elle connaissait le Territoire, et ça m'arrangeait bien.

— Perdu l'argent ? Comment ça ?

Matthew s'efforça de rester impassible.

— On m'a volé mon portefeuille dans la rue. Je l'ai retrouvé, mais il était presque vide.

Roman grimaça.

— La fille n'aurait pas quelque chose à voir là-dedans, par hasard ?

— Tricia ? C'est une fille bien. Ne vous inquiétez pas.

— Elle a un nom de famille ?

— J'imagine. Mais je ne le connais pas.

— Elle est originaire du Territoire, n'est-ce pas ?

Matthew ne savait plus comment se tirer d'affaire. Seule une habile pirouette lui éviterait de mentir comme de trahir.

— J'ai une idée. Allons le lui demander.

— Elle vient de Humpty Doo ?

— On va lui poser la question.

— Ah, vous faites une belle flèche, tous les deux ! En tout cas, moi, j'ai du travail.

Sur ces mots, Roman regagna son bureau.

— Grand-père ?

– Quoi encore ?

— J'aimerais bien visiter Jimiramira. Est-ce que quelqu'un pourrait me montrer le domaine ? C'est que… euh… je ne reviendrai sûrement pas de sitôt.

— Tu voudrais que je t'emmène, c'est ça ?

— Oui. Ça me plairait bien.

Roman poussa un profond soupir.

— Bon. Puisque tu es là et que ce n'est pas près de se reproduire, autant en profiter pour passer un moment ensemble.

— Vrai ? Vous acceptez ?

— Tu ressembles à ton père avec ce sourire-là. Et à mon père aussi. J'ai des photos, ici. Tu veux que je te les montre, ce soir ?

Matthew écarquilla les yeux.

— De mon père ? Du vôtre ?

— Des deux.

— Génial !

— Je présume que c'est une façon de dire « oui » ?

— Tricia peut venir visiter avec nous ?

— Naturellement. Elle sera peut-être mieux disposée que toi pour répondre aux questions.

— A votre place, je ne compterais pas dessus.

Roman prit son chapeau : un vieil Akubra taché de sueur qui rappelait à Matthew celui que portait son père.

— C'est ce que nous allons voir, petit gars.

Jimiramira comblait tous les vœux de Matthew et plus encore. Il n'espérait pas tout voir en si peu de temps, mais il fut ravi quand Roman le conduisit avec Tricia aux écuries pour choisir un cheval.

— Tu sais monter, au moins ?

— Evidemment ! En vacances, je fais toujours du cheval avec mon père. Et j'ai pris des leçons quand j'étais petit.

— Des leçons, hein ? La belle affaire ! Et vous, la petite demoiselle ?

— Je monte aussi bien qu'un jockey.

— Vous parlez comme une fille du Territoire.

— Oh, j'ai circulé pas mal.

« Bel euphémisme », songea Matthew. Mieux valait que son grand-père ignore les détails !

— Bien. Sachez que nous élevons nous-mêmes nos chevaux. Un bon cheval de troupeau doit être docile, fiable, intelligent, et il doit avoir l'œil. Vous pouvez prendre n'importe lequel en toute confiance.

Matthew arrêta son choix sur un alezan avec une flamme blanche sur le front, choix que Roman approuva d'un hochement de tête. Il se montra moins enthousiaste quand Tricia se décida pour une fringante jument grise.

— Vous êtes sûre de pouvoir la tenir ? Elle n'a pas été débourrée ici, et elle a besoin d'être reprise en main.

— Ça ira, merci.

Ils montèrent en selle, et la jument de Tricia commença par botter, mais, en quelques secondes, elle l'avait mise au pas.

— Une fille du Territoire, grommela Roman dans sa barbe.

Ils se dirigèrent d'abord vers la maison.

— Tu es au courant pour l'incendie, petit gars ? Mon père était encore tout jeune, à l'époque. Il a fait reconstruire par les ouvriers du domaine une modeste fermette dans laquelle j'ai été élevé. Il avait promis à ma mère de l'agrandir, mais elle s'en moquait bien. Quand j'ai ramené ta grand-mère ici, je tenais à lui offrir une demeure digne d'elle.

— Et ça lui a plu ?

— Oui. Elle adorait cette maison.

Matthew montra du doigt un petit cimetière ombragé par des gommiers géants et entouré d'une grille sur la colline voisine.

— Elle est enterrée là ?

— Oui.

— J'aimerais bien passer voir, tout à l'heure.

En réponse, Roman tourna bride pour s'éloigner de la maison.

Matthew savait qu'il se souviendrait toujours de cet après-midi à cheval.

— Ici, c'est le magasin, lui dit son grand-père. On peut y faire un saut s'il manque quelque chose, mais si l'article n'est pas en stock, il faut s'en passer.

Il leur montra ensuite la chambre froide, petit bâtiment dont l'isolation était créée par la seule présence d'une plante locale que l'on arrosait à intervalles réguliers, de manière à faire baisser la température intérieure.

Ils passèrent devant les quartiers des hommes, le réfectoire, les bureaux, et même la piscine.

Près des enclos à bétail, Roman leur expliqua comment on sélectionnait les taureaux reproducteurs pour augmenter le poids des bêtes de boucherie.

Matthew regardait des hommes à cheval circuler parmi le bétail parqué là. La poussière volait en tous sens et l'immense troupeau faisait beaucoup de bruit.

— Il existe deux autres campements, ainsi que des cabanes sommaires pour nos ouvriers, en lisière du domaine. Chaque homme est chargé d'entretenir sept à dix kilomètres de clôture. Nous retapons les routes après les pluies, mais le trajet reste difficile. Et il faut avoir le goût de la solitude. Ce sont des gars solides qui s'engagent dans ce métier.

A mesure que la journée avançait, Matthew voyait son grand-père se détendre. Il aimait parler de Jimiramira. S'ils n'avaient pu discuter que de la vie du domaine, tout se serait bien passé entre eux.

Matthew s'étonna grandement lorsque Roman les amena sous une arche de la ferme, et jusqu'à un sanctuaire abrité par des arbres à l'écorce pelucheuse — un trou d'eau alimenté par un ruisseau à l'eau brune et bourbeuse. Tandis qu'ils approchaient, un groupe d'oiseaux prit son envol dans un concert de cris rauques.

— Des cacatoès. On les appelle « idiots », ici. De vrais empoisonneurs, ceux-là !

Matthew n'avait jamais rien vu d'aussi beau que ce vol d'oiseaux multicolores dans cette oasis au milieu du désert.

Roman mit pied à terre et tint le cheval de Tricia pour qu'elle descende, elle aussi.

— Cela ne vous rappelle pas le bras mort de Coolibah Downs ? En plus petit, bien sûr, mais la similitude m'a toujours frappé lorsque j'allais là-bas en visite.

— Sûr que c'est plus petit, répliqua Tricia en se raidissant. Comment vous avez deviné ?

— Winnie vous a reconnue. Elle a vu votre photo dans le journal. On garde un bon souvenir de votre père, par ici.

Matthew se rappela que, la veille, elle avait mentionné Coolibah Downs.

— Je rentrerai pas à Humpty Doo, alors inutile de vous exciter. J'avais besoin de vacances pour me changer de mon boulot à Sydney.

— Quel genre de boulot, jeune fille ?

— Le genre à faire dresser les cheveux sur la tête d'un vieillard.

Au grand étonnement de Matthew, Roman se contenta de hocher la tête.

— Vous ne chercheriez pas mieux, par hasard ?

— Pourquoi ? Vous voulez peut-être que j'établisse mon commerce dans le Nord ?

— Ma fille, je vous conseille de me parler comme on vous l'a appris. Vos parents sont de braves gens, et vous leur faites honte.

— Vous croyez que je le sais pas ?

— Ce qui explique, je suppose, que vous refusiez de rentrer.

Elle redressa le menton dans une attitude de défi, mais ses yeux brillaient de larmes contenues.

— Une fille de votre trempe ne serait pas de trop ici.

Sans attendre de réponse, il dirigea son cheval vers le trou d'eau en poursuivant :

— Winnie et mon comptable se partagent actuellement la responsabilité du magasin, mais ni l'un ni l'autre n'a le temps de s'en occuper sérieusement. Vous êtes douée pour les chiffres ?

— Assez, oui.

— C'est une place stable. Pas de fauche. Vous devrez travailler dur. Si vous causez le moindre problème ou que vos vieilles habitudes vous reviennent, c'est la lettre de licenciement.

— En somme, vous me surveillerez en attendant que je fasse une bêtise.

— Pas plus que je ne surveille les autres. Personne n'a besoin de savoir d'où vous venez ni ce que vous faisiez avant.

— Pourquoi vous me proposez un emploi ?

— Parce que, quand j'accouple un taureau de concours à une vache de concours, je sais que le veau mérite qu'on lui donne une chance, même s'il est difficile dans les débuts. L'expérience prouve que ça s'arrange toujours. Réfléchissez-y.

Il relâcha les rênes de son cheval, s'accroupit au bord de l'eau et s'aspergea le visage. Matthew se tourna vers Tricia qui regardait fixement l'horizon, et il se prit à l'envier.

— Alors ? Qu'est-ce que tu penses de l'endroit ? Tu as vu assez du Territoire ? Tu es satisfait ?

Tricia fit signe à Matthew de venir s'asseoir près d'elle, sur le banc ombragé, à l'arrière de la maison. Winnie leur avait conseillé de prendre l'air en attendant que le dîner soit servi.

Matthew était fasciné par Jimiramira. Certes, on ne pouvait pas changer le passé, mais, depuis le retour de leur promenade à cheval, il se demandait ce qu'aurait été sa vie si Roman et Cullen ne s'étaient pas brouillés, si Cullen et sa mère…

Sans attendre qu'il lui réponde, Tricia reprit :

— Ton grand-père est un chic type. Qu'est-ce que tu penses de sa proposition ? Tu crois que je devrais rester ?

Il s'installa près d'elle, conscient de la proximité de leurs corps sur le banc étroit.

— Sûr que tu devrais. C'est un bon plan pour repartir de zéro.

— Je suis passée au magasin, histoire de me faire une idée. Il a salement besoin de réorganisation, mais j'ai vu pire.

— Tu serais heureuse ici, dans le Territoire ? Tu me disais que tu l'avais en horreur.

— Ben, peut-être que je le détestais faute de savoir ce qu'il y avait ailleurs.

— Et maintenant ?

— Maintenant, je sais.

— Et c'est mieux ici ?

— Plus sûr, en tout cas. Dans la capitale, j'ai vu des tas de trucs que j'aurais préféré ne pas voir. Si je décide de redevenir citadine un jour, j'attendrai d'avoir trouvé un bon emploi. Même que je vais peut-être reprendre mes études.

— Quand on est partis tous les deux pour Jimiramira, je ne pensais pas te laisser ici.

— Parce que tu t'en vas ?

— Je n'ai pas le choix. Mon grand-père va appeler ma mère. Si ça se trouve, il est au téléphone avec elle en ce moment. Il faut que je file d'ici avant qu'elle envoie quelqu'un pour me ramener.

Elle ne lui demanda pas de détails : comme si elle devinait d'instinct qu'il n'en dirait pas plus. Jamais elle ne s'était montrée curieuse ou indiscrète ; jamais elle ne l'avait sermonné ou contredit. De fait, elle était une merveilleuse compagne de voyage.

— Tu vas me manquer, tu sais.

Et il était sincère. Non seulement elle lui plaisait physiquement, mais il l'aimait aussi pour ses qualités. Elle était courageuse et franche, et elle triomphait des obstacles grâce à son optimisme, à cet espoir inébranlable que tout s'arrangerait, en fin de compte. Cet état d'esprit lui conférait une assurance que Matthew admirait et enviait.

— Je suppose que tu me manqueras aussi, Yankee. Mais peut-être qu'on se retrouvera un jour.

Ils se regardaient dans les yeux. Ils n'étaient qu'à quelques centimètres l'un de l'autre. Matthew se sentait fier d'avoir refusé de lui faire l'amour, la veille au soir, mais il savait bien, au fond de lui, que c'était surtout parce qu'il avait peur.

— Alors ? Tu ne m'embrasses pas pour me dire au revoir ?

Certes, il avait déjà embrassé des filles, mais jamais il n'avait éprouvé un tel désir. Comment un homme pouvait-il rester digne et maître de lui quand tous ses sens le trahissaient ?

Il hésitait encore. Elle ne bougeait pas ; elle le laissait libre de sa décision. Enfin, il se pencha vers elle et plongea la main dans ses cheveux. Puis, en gardant les yeux ouverts pour ne rien perdre de cette expérience, il posa ses lèvres sur les siennes. Aussitôt, elle l'enveloppa de ses bras et se blottit contre lui. Alors, sous le soleil de la brousse, Matthew vit des étoiles en plein après-midi.

Les parents de Tricia arrivèrent une heure avant le coucher du soleil. Le pilote du petit avion qui se posa sur la piste de Jimiramira était un vieil ami de Robby. Il n'avait pas fallu longtemps pour le convaincre d'aller chercher les Simmons à Darwin. Le père de Tricia était un homme grand et sec ; sa mère avait un visage avenant avec des yeux verts, comme ceux de sa fille, et de larges mains rompues aux rudes travaux.

Personne n'avait prévenu Tricia de la venue de ses parents, mais elle devait s'y attendre. Sur le seuil du salon, elle s'immobilisa, indécise, jusqu'à ce que sa mère lui ouvre les bras.

Matthew s'éclipsa discrètement pour rejoindre son grand-père qui parlait au pilote sous la véranda.

— Si ça te tente, petit gars, Jim me dit qu'il veut bien nous emmener faire un tour. J'ai pensé que tu aimerais voir le domaine de là-haut.

— Chouette ! Super !

Dix minutes plus tard, ils mettaient leur projet à exécution. Au décollage, Matthew avait eu une sensation de vertige. Avec l'altitude, l'air lui manquait, et la lumière trop vive lui blessait les yeux, mais il n'avait pas peur. Il s'imprégnait de tout ce qu'il voyait pour graver ces instants magiques dans sa mémoire.

— Là, c'est l'un des campements dont je te parlais, lui cria Roman par-dessus le bruit du moteur.

En bas, les bâtiments minuscules ressemblaient à des jouets.

— Mirror Hill. Une cabane, des enclos, quelques dépendances. La route est praticable une bonne partie du temps. De là, nous expédions le bétail au marché quand les trains routiers sont en mesure de circuler.

Il lui montrait tous les points de repère — les collines qui marquaient la frontière nord du domaine, le lit d'une rivière asséchée, le second camp, encore plus sommaire que le premier.

Lorsqu'ils atterrirent sur la petite piste, le ciel d'un rose nacré s'étendait sur Jimiramira dans un calme crépuscule qui donnait une impression d'éternité.

Tandis qu'ils regagnaient la maison, Matthew s'arma de courage pour poser à son grand-père une question qui lui tenait à cœur.

— Maintenant que tu as fait venir les parents de Tricia, tu crois qu'elle va rester ici ou qu'elle va rentrer avec eux ?

— J'ai idée qu'elle va rentrer pour prendre des vacances, mais elle sera de retour avant longtemps. Ils pourront lui rendre visite ici, prendre le temps de renouer, de redevenir une famille.

Etait-il possible de redevenir une famille ? Matthew l'espérait du fond du cœur. Pas seulement pour Tricia. Il avait besoin de ce grand-père qui, jusque-là, ne s'était guère soucié de son existence.

— Tu veux bien me conduire au cimetière ? lui demanda-t-il.

Roman s'arrêta net.

— Pourquoi ?

— C'est ma famille.

— Tu peux y aller tout seul.

— Je préférerais que tu sois là. Que tu me racontes ce que tu sais des gens qui sont enterrés là.

— Je te trouve bien exigeant, mon garçon. Tu es comme ton père : jamais satisfait. Lui aussi, il en demandait toujours plus.

Matthew réfléchit.

— Peut-être bien qu'il a manqué de quelque chose quand il était petit, répliqua-t-il. Et peut-être que ça l'a laissé éternellement insatisfait.

Sans un mot, Roman obliqua vers le petit chemin. Matthew lui emboîta le pas, et ils marchèrent en silence jusqu'au cimetière.

— Quand ton père était gosse, je le surprenais parfois assis sur la tombe de sa mère, en train de lui parler comme si elle l'avait écouté. Il lui racontait ce qu'il avait fait dans la journée, quel cheval il avait monté, ses pêches dans le bras mort. Ils étaient comme les doigts de la main, ces deux-là. C'est Joan qui nous unissait tous les trois. A sa mort…

Il laissa sa phrase en suspens, comme s'il en avait trop dit, et Matthew sentit sa gorge se nouer. Jamais il n'avait imaginé son père comme un petit garçon esseulé, sans personne à qui se confier en dehors de sa mère disparue.

Roman s'arrêta à la grille et reprit :

— C'est pour ça que je ne viens plus. Quand je viens, je les revois tous les deux.

Il se tenait très droit, les traits figés, luttant contre l'émotion qui l'aurait brisé.

Matthew en eut les larmes aux yeux. Des larmes d'enfant que son grand-père aurait réprouvées. Il cligna des paupières pour les refouler et posa la main sur la grille.

Le moment était venu de révéler la dernière raison de sa visite.

— Grand-père, je t'ai dit que j'avais entrepris ce voyage pour te rencontrer et pour voir Jimiramira. Je t'ai dit aussi qu'il existait une autre raison.

Roman émit un vague grognement.

Matthew se détourna, regarda autour de lui et vit un vol de cacatoès s'élever au-dessus du bras mort dans le ciel qui virait au violet. Tant de beauté le fascinait, mais il n'en oublia pas sa mission pour autant, et mit l'instant à profit pour réfléchir à la manière de présenter les choses.

— Continue, mon garçon, lui dit Roman.

Matthew se retourna pour lui faire face.

— Finalement, c'est très simple… Il y a bien longtemps, deux de mes ancêtres ont trouvé une perle. Et cette perle… elle est si belle, si parfaite que tous ceux qui la touchent, tous ceux qui la possèdent… eh bien, ils ne sont pas à la hauteur. Je ne sais pas comment l'expliquer autrement… elle réveille les pires instincts de ceux qui la désirent ou qui la possèdent…

— De quoi tu parles, petit gars ?

— De la Perle de Grand Prix.

Et Matthew enchaîna à toute vitesse, comme si les mots se bousculaient dans sa bouche :

— Mon arrière-grand-père, Tom Robeson, a trouvé une perle dans l'océan Indien. Ton grand-père, Archer Llewellyn, l'a tué pour l'avoir à lui seul. Ma grand-tante Mei est venue à Jimiramira, et elle l'a volée à Archer et à ton père, Bryce. Ensuite, elle l'a emportée à San Francisco, et son frère Thomas la lui a volée. A présent, elle appartient à ma mère. Mais cette perle est en train de la détruire. Elle est sans défaut, mais elle révèle les vices de ceux qui la détiennent, tu comprends ?

Voyant Roman perplexe, Matthew redoubla d'efforts pour s'expliquer :

— Archer était égoïste, alors il a tué Tom à cause de la perle. Tom faisait totalement confiance à ceux qu'il aimait. C'est à cause de cette confiance qu'Archer a pu le tuer. Ton père et ma tante Mei sont tombés amoureux, mais la perle a détruit leur bonheur. Mon père et ma mère étaient heureux ensemble, mais ils ont fini par divorcer. Et maintenant, ma mère n'est même plus capable de traverser une rue. C'est sa faille, son vice caché. Elle voudrait être libre, mais elle a besoin de se sentir en sécurité. Alors, elle est toujours en lutte contre elle-même. Quant à mon père, ce qui le ronge, c'est la peur que quelqu'un lui prenne sa liberté.

Il s'interrompit, à bout de souffle, puis reprit :

— Il y avait aussi Viola et Saule, et puis ma grand-mère, Hope, qui a porté la perle le jour de son mariage. Je les avais oubliées, celles-là, mais la perle les a détruites aussi. Et Thomas, mon grand-père. Son vice à lui, c'était sa honte d'être ce qu'il était. Il voulait se prouver, à lui et à tout le monde, qu'il avait de la valeur, même s'il était à moitié chinois. Il a passé sa vie à ça, sans jamais se rendre compte qu'il n'y a pas de honte à être chinois. Il a volé la perle à sa sœur qui avait tout abandonné pour lui. Il s'est servi de la perle pour se donner de l'importance. Enfin, c'est comme ça que je vois les choses. Il y a des années que j'y réfléchis.

Roman s'adossa à la grille, et prit le temps d'observer son petit-fils.

— Pourquoi es-tu venu ici ? Quel rapport y a-t-il entre cette histoire et moi ? Naturellement, j'ai entendu parler de cette perle, mais je ne l'ai jamais vue. Et j'ignorais pratiquement tout de ce que tu me racontes.

— Pourtant, ça te touche aussi ! Tu ne comprends donc pas ? Ton père aimait tante Mei, mais après qu'elle lui a volé la perle et qu'elle est partie, il a eu peur d'aimer. Même toi, son fils unique. Et, du coup, tu n'as pas su aimer mon père comme tu l'aurais dû.

Roman se redressa, et s'avança vers Matthew.

— Sottises que tout cela.

Le moment fatidique était venu. Matthew devait quitter Jimiramira sur-le-champ, avant que son grand-père ne comprenne pourquoi il lui racontait cette histoire, ou bien lui faire confiance dans l'espoir qu'il l'aiderait.

Au loin, les cacatoès planaient au-dessus du bras mort, puis s'installaient dans les arbres pour la nuit. Même à cette distance, on entendait leurs cris. Soudain, Matthew se sentit étrangement calme, comme si tout avait été simple, aussi simple que d'étendre ses ailes pour planer.

Il remonta son T-shirt et abaissa la ceinture de son jean. Un grand pansement rond lui couvrait le nombril. Il le décolla partiellement sous l'œil soupçonneux de son grand-père, et fit rouler la Perle de Grand Prix au creux de sa paume. Puis il tendit la main pour la lui montrer.

— Voilà pourquoi je suis venu. Je voudrais que tu m'accompagnes à Broome, grand-père. Je suis trop jeune pour louer un bateau, et je ne sais pas naviguer. Personne ne le comprend, mais c'est pour ça que je suis né. Je veux remettre la perle là où mon arrière-grand-père l'a prise. Je suis le seul à pouvoir le faire, parce que je suis à la fois Robeson et Llewellyn.

— Tu es devenu fou, petit gars.

Matthew agita tristement la tête.

— Non, pas du tout. Au contraire. Je suis le seul à me rendre compte qu'il faut rendre la perle à l'océan. Si nous ne le faisons pas, aucun de nous ne sera jamais libre. Elle nous possède.

29.

San Francisco

Devant l'expression meurtrière de Cullen, Simon Van Valkenburg finit par tout avouer. Planté devant sa porte, il concentrait son attention sur Liana qui l'intimidait moins.

— Il est parti en Australie. Voir son grand-père.

— En Australie, répéta Liana, incrédule.

— Ouais. Comme vous ne l'auriez jamais laissé y aller, il s'est passé de votre autorisation.

Il se tourna vers Cullen et ajouta :

— Matthew tenait à partir pendant que vous étiez là pour que sa mère ne s'imagine pas que vous aviez monté le coup.

— Mon père est au courant de sa visite ? demanda Cullen en se rapprochant du garçon.

Simon battit en retraite dans le couloir.

— Non. Je suis le seul à savoir. Je…

— Continuez.

— Ben… euh… Je l'ai aidé à s'organiser.

— A s'organiser, hein ? De quelle manière ?

— Il a pris un vol pour Sydney, et il comptait trouver un avion postal ou un truc de ce genre pour se rendre à Jimiramira. Je n'en sais pas plus. Il pensait que le détour par Sydney le rendrait plus difficile à localiser.

— Pourquoi nous avoir envoyés en Arizona ? demanda Liana.

— Pour lui donner du temps, répondit Cullen. Le génie du siècle avait tout prévu au cas où nous remonterions la piste jusqu'à lui. Mais je ne vois pas comment Matthew s'en est tiré. Il n'avait peut-être pas besoin de visa puisqu'il est né là-bas, mais il lui fallait au moins un passeport.

— Il a tout arrangé depuis mon ordinateur, expliqua Simon. Il a payé avec une de vos anciennes cartes de crédit que vous pensiez avoir résiliée. Sur une banque du Nevada, si je me souviens bien. Matthew n'est pas du style à faire des trucs de ce genre sans une raison valable. Pour lui, c'était très important.

— Tout est ma faute, murmura Liana.

— Non, c'est la faute de Matthew, coupa Cullen. Et il va m'entendre quand je lui aurai remis la main dessus.

— Fichez-lui donc la paix ! s'écria Simon avec un courage surprenant. Il a pris de gros risques. Laissez-le rentrer par ses propres moyens. Vous feriez mieux de régler vos comptes à son retour plutôt que de vous lancer à sa poursuite.

— Simon, déclara calmement Cullen, si je me lance à sa poursuite, c'est parce que je crains qu'il ne soit pas en mesure de rentrer seul. Il semble que d'autres personnes le recherchent et, si elles le retrouvent, il y a de grandes chances que personne ne le revoie jamais. Alors, si vous avez d'autres détails utiles à nous fournir, c'est le moment.

Mais Simon n'avait rien à ajouter.

— A votre place, je ne m'inquiéterais pas trop, dit-il simplement, avec conviction. Matthew est débrouillard, et je suis sûr qu'il va bien.

Durant le trajet de retour, Liana se cala contre le siège de la voiture, épuisée par le voyage en Arizona, furieuse et terrorisée.

— En Australie, grand Dieu !

— Tu le crois, ce Simon ?

Elle aurait préféré se dire qu'il leur avait menti, mais elle le croyait. Son fils — leur fils — avait pris l'avion pour se rendre à l'autre bout du monde. A moins d'embarquer sur une navette spatiale, il n'aurait pas pu partir plus loin.

— Lee ?

Elle ravala ses larmes.

— J'avais bien une carte de crédit d'une banque dans le Nevada. Je pensais, effectivement, l'avoir résiliée… Mais, dis-moi, qu'est-ce que tu as raconté à Matthew sur ton père pour qu'il veuille absolument le rencontrer ?

— Pas grand-chose. Et il sait que je ne suis pas retourné à Jimiramira depuis des lustres.

De rage, il frappa le volant de son poing.

— Quel diable l'a possédé, bon sang ? Je ne l'ai pourtant pas encouragé à croire que mon père serait ravi de le connaître ! Nous parlions surtout de ce que nous ferions en Australie quand il serait en âge de me rendre visite. Mais, puisque je suis ici et lui là-bas, ce n'est sûrement pas pour ça qu'il est parti.

— Il faut que nous le ramenions, Cullen. Nous ne pouvons pas compter sur ton père pour nous le renvoyer.

— Nous ? Il y a bien quinze heures de vol ! Et je ne parle pas du trajet jusqu'au domaine. En plus, il te faudrait un passeport, un visa…

— J'ai un passeport valide, même si je ne m'en sers pas. Quant au visa, de nos jours, ce n'est qu'une formalité. L'affaire de dix minutes.

— Tu ne me fais pas confiance, c'est ça ?

Elle le regarda au fond des yeux.

— Si, Cullen. J'ai confiance en toi.

— Mince alors ! C'est nouveau. Dommage que je n'aie pas le temps de mieux savourer cette sensation.

— Dès que nous serons chez moi, je téléphonerai pour réserver.

— Et Stanford ? Et ton frère ?

Quel prétexte leur donner ? Mystère. Elle avait appelé Sue à plusieurs reprises pendant leur excursion en Arizona, et tous les messages provenaient de Graham, ou bien du responsable de la sécurité. Tous deux étaient furieux que Cullen et elle soient partis sans prévenir.

— Pas question de leur avouer la vérité, alors que nous sommes si près du but. Il faut se méfier. Personne ne doit savoir où est Matthew. Si, par hasard…

Elle s'interrompit brusquement, et ce fut Cullen qui poursuivit à sa place :

— Si, par hasard, Graham cherche Matthew et que Stanford lui donne un coup de main…

— Si je disparais sans crier gare, reprit-elle, ils me rechercheront ; ils retrouveront notre trace jusqu'en Australie.

— Il faut les mettre sur une fausse piste, dit Cullen en garant la voiture. Mais, avant toute chose, tu dois vérifier cette histoire de crédit. Pendant ce temps-là, j'appellerai mon père.

Au moins, ils demeuraient lucides ; ils réfléchissaient clairement. Liana suivit Cullen jusqu'à l'ascenseur et composa le code de son appartement. Il demeurait silencieux, mais elle devinait à son expression qu'il était en train d'échafauder des plans.

Devant la porte, Liana chercha ses clés. En vain. Avec un soupir agacé, elle sonna.

— Sue a sûrement entendu l'ascenseur. Pourquoi ne vient-elle pas à notre rencontre ?

— Elle s'inquiète autant que nous pour Matthew, dit Cullen.

Comme la femme de chambre tardait, Liana soupira de nouveau.

— Nous arrivons au mauvais moment. Elle doit être occupée.

— Peut-être qu'elle est sortie.

— J'en doute. Elle m'a promis de monter la garde près du téléphone.

Liana fouilla de nouveau dans son sac, et finit par dénicher ses clés. Elle ouvrit, poussa le battant. Le hall était plongé dans l'obscurité. Et l'électricité ne fonctionnait pas.

— Sue ? appela-t-elle d'une voix anxieuse.

Pas de réponse.

— Bon, je vais la…

Cullen l'interrompit, la retint fermement par le bras.

— Attends. Laisse-moi faire, chuchota-t-il.

— Mais, enfin…

Il relâcha son bras et posa un doigt sur ses lèvres. Alors, elle comprit la nature de ses craintes. Il lui fit signe de rester près de la porte, mais elle n'obéit pas et le suivit. L'idée qu'un étranger ait pu s'introduire chez elle, dans son refuge, et malmener Sue la mettait en rage.

Curieusement, elle n'éprouvait pas la moindre peur, alors que, cette fois, c'eût été largement justifié.

Leurs pas résonnaient bruyamment dans le silence de l'appartement. Pas de lumière dans le séjour et le coin repas déserts. En revanche, il y avait quelqu'un dans la cuisine.

— Oh, mon Dieu ! Sue ! s'exclama Liana en se précipitant vers sa femme de chambre qui était étendue sur le carrelage, face contre terre.

Cullen la rejoignit, s'accroupit près de Sue et lui tâta le pouls.

— Le cœur est régulier, déclara-t-il après quelques instants.

— On peut la retourner ?

— Non. On ne sait jamais. Tu as le numéro des urgences ?

Sue gémit, remua, se redressa sur un coude et les dévisagea d'un œil vague. Puis, avec un autre gémissement, elle parvint à s'asseoir et pencha la tête en avant.

Tout en la soutenant par les épaules, Liana se tourna vers Cullen.

— Demande le 911, et dis-leur d'envoyer une ambulance.

— Pas besoin… Ça ira, déclara Sue.

— Non, dit Liana d'un ton péremptoire. Il vous faut un médecin. Vous vous êtes évanouie.

— J'ai entendu du bruit… J'ai voulu voir qui c'était… et puis, tout est devenu…

Elle s'interrompit, agita la tête, et ce mouvement lui arracha une nouvelle plainte. Du bout des doigts, Liana tâta l'arrière de son crâne.

— Elle a une bosse plus grosse que la Perle de Grand Prix, déclara-t-elle. Quelqu'un l'a assommée.

— Bon, appelle les urgences, je m'occupe du reste, déclara Cullen avant de disparaître.

Liana sentit son cœur battre plus fort à l'idée qu'il allait peut-être affronter seul un dangereux inconnu.

Elle alla droit au téléphone, composa le 911, donna quelques explications sommaires et raccrocha.

— Sue ? Je peux vous laisser seule un moment ?

— Oui, répondit faiblement la domestique.

Et Liana s'en fut à la recherche de Cullen, regrettant presque de ne pas avoir une arme. Par crainte d'un vol toujours possible, elle avait choisi son appartement avec soin et veillé à ce qu'il dispose d'un système de sécurité efficace. Le fait de posséder un revolver lui semblait trop risqué avec un jeune enfant…

Cullen n'était ni dans la chambre ni dans la salle de bains attenante. Liana se précipita dans le couloir…

— Dieu du ciel !

La chambre de Matthew était sens dessus dessous, le matelas retourné, le sol couvert de papiers, et les menus trésors de l'adolescent gisaient un peu partout. Quant à l'ordinateur, il s'était évaporé. Ainsi qu'une partie de la chaîne hi-fi.

Parfaitement immobile au milieu du désastre, Cullen dressait mentalement un état des lieux.

— Surtout, ne touche à rien tant que la police n'est pas là.

— Tu as vérifié la chambre d'amis ?

— Ne t'inquiète pas. Le coupable a filé.

— Ma chambre avait l'air intacte. Tu crois qu'ils ont pris autre chose ?

— Assure-toi tout de même qu'il ne te manque pas de bijoux ou d'objets de valeur.

Dehors, elle entendit une sirène. Les secours arrivaient.

— C'est la chambre de Matthew qui était visée.

— Oui, c'est évident. A mon avis, le coupable est celui qui utilisait le compte Internet de Matthew, l'autre soir. Ça ne lui a pas suffi de lire ses e-mails. Pour savoir ce que le gosse avait derrière la tête, il a embarqué l'ordinateur, faute de mieux.

— Et la stéréo ?

— Un prétexte pour faire croire à un vol ordinaire.

— Il cherche Matthew, n'est-ce pas ?

— Oui. Nous avons intérêt à le retrouver avant lui. Et sans que personne sache où nous sommes allés.

*
* *

La police se contenta de prendre leur déclaration. Quant à l'équipe des urgences, elle repartit sans emmener Sue qui affirmait qu'elle se sentait mieux et qu'une amie l'accompagnerait chez son médecin traitant.

Dès qu'elle fut sortie à son tour, Liana fit part de ses inquiétudes à Cullen :

— Elle ignore combien de temps elle est restée inconsciente. Apparemment, elle venait de mettre un poulet à décongeler au micro-ondes. Il ne tournait plus quand nous sommes arrivés. Elle se rappelait l'avoir réglé sur vingt minutes.

— Elle est donc restée évanouie pendant tout ce temps, et peut-être davantage.

— Une chance qu'elle ne se soit pas blessée dans sa chute.

— Le plus bizarre, c'est que la porte n'ait pas été forcée. Je n'ai pas vu le moindre signe d'effraction.

— J'ai appelé le serrurier pour qu'il change les verrous.

— Qui d'autre a tes clés, Lee ?

— Sue. Et Matthew qui les perd à peu près une fois par mois.

— Alors, il est possible qu'on les lui ait volées sans qu'il s'inquiète outre mesure.

— Possible, oui. En tout cas, je vais aller vérifier cette histoire de carte de crédit.

Pendant qu'elle fouillait dans les tiroirs de son bureau, Cullen appela son père à Jimiramira. Lorsqu'elle le rejoignit dans le salon, il avait déjà raccroché.

— La domestique me dit que mon père est à l'autre bout du domaine pour quelques jours. Je n'ai pas donné mon nom ni laissé de message. La surprise joue en notre faveur. Si mon père sait que j'ai appelé, il risque de ne pas répondre, la prochaine fois.

— Vous êtes fâchés à ce point ?

— J'en ai bien peur.

Les recherches de Liana confirmèrent les dires de Simon. Quelques mois plus tôt, elle avait songé à résilier sa Mastercard d'une banque du

Nevada dont le coût avait augmenté. Elle croyait même l'avoir fait. Mais elle avait retrouvé dans ses papiers une lettre de rappel dans laquelle on lui réclamait plus de deux mille dollars. Un coup de fil à la banque en question leur apprit bientôt que cette somme correspondait à l'achat d'un billet sur Quantas Airlines : la compagnie australienne.

— Au moins, cette fois, Simon ne nous a pas menti, conclut-elle en raccrochant.

— Bon. Il est temps de passer à l'action.

Liana sentit les battements de son cœur s'accélérer à l'idée de passer des heures et des heures en avion, mais elle acquiesça bravement de la tête.

— Tu es sûre de vouloir venir ?

— Je t'accompagne, Cullen. Rien ne m'en empêchera.

Tôt le lendemain matin, Cullen gara la Miata devant la maison de Graham. Liana le laissa seul tandis qu'elle se mettait en quête de son demi-frère.

Graham se levait de bonne heure. Il avait converti une pièce en salle de sport, avec tapis de jogging, vélo d'appartement, poids, barres et autres agrès. Il s'entraînait religieusement pour entretenir sa ligne, puis il engloutissait un copieux petit déjeuner qui gâchait à coup sûr le résultat de ses efforts. Depuis toujours, il avait une tendance à l'embonpoint doublée d'un solide appétit, et Thomas avait exploité cette faiblesse sans merci. Sans doute qu'aujourd'hui encore, le malheureux Graham entendait les railleries de Thomas dès qu'il se mettait à table.

Il s'interrompit en s'épongeant le front, et s'avança vers Liana.

— Qu'est-ce qui t'amène ici de si bonne heure ? lui demanda-t-il. Tu as du nouveau ?

— Nous avons retrouvé Matthew. Il est en Arizona.

— En Arizona ? Quelle idée ! Mais pourquoi ?

— Il ne va pas très bien, Graham. Il a besoin de temps pour réfléchir sans nous avoir sur le dos, Cullen et moi. Il est allé voir une amie qu'il a rencontrée sur le Net.

Elle soupira et reprit :

— Jusqu'ici, il ne s'est jamais plaint, jamais révolté. Mais je suppose que c'est de son âge. Il n'est pas le premier à fuguer.

— Alors, il va rentrer ?

— Non, pas immédiatement. Mais nous l'avons vu. L'un de ses amis nous a mis sur sa piste.

Elle repensa aux heures passées avec Cullen à peaufiner leur mensonge. L'histoire que Simon leur avait racontée semblait plausible. Pour le cas où Graham ou Stanford décideraient d'enquêter, ils avaient laissé des traces de leur passage. On les avait vus, on leur avait parlé. Et, comme ils s'en étaient eux-mêmes rendu compte, le désert de Sonora était l'endroit rêvé pour une chasse au dahu.

Graham essuya la sueur qui perlait à son front.

— Et vous l'avez laissé là-bas ?

— C'est que… Nous avions peur qu'il ne reparte à la première occasion si nous l'obligions à rentrer.

— Cela ne t'inquiète pas de le laisser chez des étrangers ?

— Je ne pense pas qu'il y ait de danger. Nous nous sommes renseignés. Les parents de la jeune fille ont un ranch. Il habite une dépendance avec les frères de son amie. La famille accepte de le garder quelque temps. Cullen ira le rechercher pour l'emmener camper dans l'Est pendant quinze jours. Il a promis qu'ensuite, il rentrerait à la maison pour faire le point avec nous et discuter de ce qui le chagrine.

— Tu me sidères ! A t'entendre, on croirait que le gosse est en vacances !

Elle songea qu'il n'avait pas tort, mais elle feignit de s'indigner.

— Je suis sa mère, que je sache. Tu as des enfants ?

— Non.

— Alors, je n'ai pas de leçons à recevoir de toi.

— Cela ne te ressemble pas. D'ordinaire, tu le tiens, et il t'obéit.

— Peut-être. Mais l'adolescence, c'est nouveau, pour lui comme pour moi. Et, si je me souviens bien, tu me reprochais, l'autre jour, de l'élever dans du coton, de trop le materner. Si ça te console, cette fugue ne me plaît guère ; seulement, pour le moment, je ne vois pas d'autre solution que de lui lâcher la bride.

— Nous avons dépensé des fortunes à chercher ce môme, et il joue au fermier chez une copine, c'est ça ?

— J'en ai peur, oui.

— Ecoute, je sais ce que je t'ai dit l'autre jour, mais ce truc me défrise. Pacific a payé très cher cette petite frasque. Voilà des jours que Stanford a tout laissé en plan pour courir après Matthew. Donne-moi son téléphone.

Liana s'attendait à cette réaction, et son sang se glaça dans ses veines. Graham s'intéressait-il vraiment au bonheur et à la sécurité de son fils quand tout le portait à regretter l'existence du seul descendant des Robeson ? Son désir de savoir où se trouvait Matthew ne cachait-il pas des intentions mauvaises ? Car, sous ses dehors onctueux, Graham se montrait impitoyable dès qu'il parlait au nom de Pacific International.

Et si Matthew disparaissait pour de bon, il avait tout à y gagner.

— Liana ?

Naturellement, elle n'avait pas de numéro de téléphone à lui fournir.

— Je tiens à ce que tu restes en dehors de cela.

— Je veux juste lui parler, m'assurer que tout va bien. Il a peut-être besoin d'un oncle pour le remettre dans le droit chemin.

— Il est en bonne santé, tu peux me croire sur parole.

— En tout cas, ce môme n'est pas garçon de ferme. Il est l'héritier de Pacific International.

Liana se redressa de toute sa taille.

— D'accord. Mais il se trouve que ce môme est mon fils et pas le tien.

Graham finit par renoncer. Elle lui promit de le tenir au courant, et annonça tout de go qu'elle prenait quelques jours de vacances dans le Sud de la Californie pour se remettre de ses émotions. Ensuite, Cullen la conduisit à l'immeuble Robeson car elle souhaitait s'entretenir avec Stanford. La discussion fut plus facile avec lui, car, contrairement à Graham, il n'essaya pas de la faire changer d'avis. Elle se demanda, toutefois, s'il n'appellerait pas son demi-frère dès qu'elle aurait le dos tourné, et combien de temps il leur faudrait pour retrouver leurs traces jusqu'en Arizona. Au moins, s'ils arrivaient jusqu'à la caravane des Saunders, Brittany ne serait pas là pour répondre à leurs questions puisqu'elle était partie dans l'Est.

Ils se rendirent ensuite à la résidence de Frank qui avait pris sa matinée pour préparer son voyage d'affaires à Seattle. Il habitait à deux pas de la côte. Seul pour le moment, mais les maîtresses allaient et venaient dans sa vie aussi sûrement que les marées qui rongeaient les falaises. Il plaisait aux femmes, mais il se lassait vite d'elles : il avait constamment besoin de nouveauté.

— Chez moi, la vue est plus belle que chez lui, dit Cullen en coupant le moteur.

— La sienne vaut un demi-million au bas mot.

Liana entrouvrit sa portière et ajouta :

— Si cela ne t'ennuie pas, je préférerais que tu attendes dans la voiture.

— Hum. A ce prix-là, je ferais mieux de laisser tomber les perles pour construire quelques résidences à Pikuwa Creek !

Liana l'abandonna à ses réflexions sur le taux de l'immobilier en Californie pour se mettre en quête de Frank. La porte d'entrée était ouverte. Elle entra donc, et finit par le trouver sur sa terrasse, à l'arrière de la maison, armé d'une canne de golf et occupé à pratiquer son sport préféré. Dans un coin, parmi les plantes en pot, il y avait un Bouddha de pierre, avec une balle de mousse orange posée sur les genoux.

— Pauvre Gautama ! C'est là tout le respect que tu lui portes ? lança-t-elle depuis la baie vitrée.

— Liana ! Qu'est-ce qui t'amène ? Tu as du nouveau, c'est ça ?

Sans plus hésiter, elle lui raconta le même boniment qu'aux autres. Frank posa sa canne, s'essuya les mains sur son jean.

— Ah, le petit salopard !

— Oui, je sais. Cela ne nous enchante pas non plus, mais, au moins, nous l'avons retrouvé sain et sauf.

— Et toi, ça va ?

Liana regrettait de devoir mentir à l'homme dont elle avait fait son plus proche confident après Mei. Mei, la grand-mère à laquelle il ressemblait. C'était, d'ailleurs, ce qui l'avait attirée chez lui. Ça et aussi son humour qui lui rendait l'air plus respirable à Pacific International.

Elle esquissa un sourire calculé.

— Ça va. A peu près. Mais cette histoire m'a flanqué un sacré coup. J'ai besoin de m'éloigner, de prendre quelques jours pour réfléchir.

— Ton ex n'y serait pas pour quelque chose ?

— Tu sais, je me rends compte que Matthew a besoin d'un homme pour le guider.

— Dommage que je ne puisse pas faire davantage.

Mei — dont il était le petit-fils préféré — lui avait demandé de veiller sur Matthew, et Frank avait fait de son mieux : il assumait, à l'occasion, le rôle de père adoptif en encadrant des camps de louveteaux ou l'équipe de base-ball. Mais il était très pris.

— Ne culpabilise pas. Il a eu de la chance que tu sois là, et je t'en suis reconnaissante. Je suis venue te prévenir que nous l'avions retrouvé et que je comptais me mettre au vert pendant quelques jours.

— Alors, il part avec son père, finalement ?

— Non. Il reste en Arizona pour le moment. Il a besoin de respirer, lui aussi. Il partira camper avec Cullen un peu plus tard.

— Tu sais où tu vas ?

— Dans une station balnéaire de Monterey. Il me faudrait une semaine de thalasso pour me remettre.

Il lui sourit affectueusement.

— Tu tiendras le coup ?

A Pacific International, Frank était le seul à connaître le secret de son agoraphobie.

— Oui. J'y suis déjà allée. C'est tout petit, et je m'y sens presque chez moi.

— Tu l'as dit à grand-mère ?

— Chaque fois que j'appelle, Betty me répond qu'elle dort et qu'il ne faut pas la déranger. Tu pourras lui téléphoner pour moi ? Je ne voudrais pas qu'elle s'inquiète.

Liana imagina la fragile Mei dans son étroit salon, et ajouta :

— Dis-lui aussi que je lui amènerai Matthew dès qu'il sera rentré.

— Je n'y manquerai pas.

— Je te remercie.

Elle le serra brièvement dans ses bras, puis se dirigea vers la porte. Derrière elle, Frank lui lança :

— Je suis vraiment content que tout se soit arrangé. J'ai été ado, moi aussi, et je sais que ce n'est pas un cadeau pour les autres !

Sur le chemin de l'aéroport, elle rapporta cette conversation à Cullen. Il avait réservé deux places sur le premier vol pour Cairns — plus proche du domaine que Sydney — à partir de Los Angeles.

Après l'embarquement, ils s'assirent côte à côte.

— Je te parie qu'après ce voyage, tu n'auras plus jamais peur de l'avion.

— Rappelle-toi que je suis rentrée d'Australie après t'avoir quitté. Et c'est justement là que tous mes ennuis ont commencé.

Il lui pressa la main.

— Ah ! Mais je n'étais pas avec toi, ce jour-là, hein ?

Elle se tourna vers lui. Leurs yeux se rencontrèrent. Ces derniers jours les avaient mis à rude épreuve, et ce n'était pas fini. Elle avait peur, mais moins qu'elle ne s'y attendait. Si elle devait mourir dans les heures qui suivaient, du moins, elle avait fait la paix avec Cullen et leur passé.

Brusquement, il se pencha sur elle et l'embrassa sans lui demander son avis. Le baiser n'était pas spécialement long, mais suffisamment appuyé pour avoir quelque chose d'affirmatif. Comme s'il faisait partie d'une longue série, avec un avant et un après.

Ensuite, Cullen s'enfonça dans son siège et lui tendit la main.

— Ferme les yeux et dors. Je t'avertirai quand nous arriverons à Los Angeles.

30.

Queensland, Australie

Ils arrivèrent à Cairns en fin de journée. Durant l'interminable vol, Liana avait dormi presque autant que Cullen et, cette fois, il aurait juré qu'elle ne faisait pas semblant. Ses paupières s'étaient fermées d'elles-mêmes, son souffle s'était ralenti, et elle s'était laissée aller contre son siège — contre lui, à vrai dire, la tête calée sur son épaule. Même quand le jour s'était levé, inondant la cabine, Liana ne s'était pas réveillée.

Comme il n'y avait pas de correspondance le soir même en direction de Jimiramira, Cullen leur avait réservé deux chambres à l'hôtel, en sachant que, de toute façon, ils seraient trop épuisés pour poursuivre leur voyage. Depuis la réception, il tenta de nouveau d'appeler son père, mais il n'obtint aucune réponse.

— Bizarre, dit-il. Enfin, nous réessayerons demain matin.

Liana était soucieuse et fatiguée ; elle avait le teint pâle. Le vol l'avait sans doute éprouvée. C'était une douce soirée d'hiver du Queensland, et l'air semblait étrangement tiède en comparaison de San Francisco. Cullen se demanda si l'humidité ambiante rappelait à Liana les bons moments passés à Pikuwa Creek.

— Je voulais t'amener ici quand nous étions mariés, dit-il encore. J'aurais aimé que tu voies la barrière de corail, et peut-être l'une des îles.

— Tu passes suffisamment de temps en mer pour ne pas faire de supplément, j'imagine.

— Rien au monde n'égale la barrière de corail.

Il prit le léger bagage de Liana, puis ajouta :

— Allons nous installer.

L'hôtel était de taille modeste, mais il ne manquait pas de charme. Ici et là, dans des aquariums, on pouvait découvrir les merveilles de l'océan. Leurs deux chambres communiquaient. Liana ouvrit la porte de la sienne, et Cullen la suivit à l'intérieur. Une immense baie vitrée donnait sur une terrasse avec un petit bassin entouré d'une jungle de plantes vertes et éclairé par des spots de couleur. Un peu trop artificiel, peut-être, mais romantique à souhait.

Liana ne disait rien. Pensant qu'elle attendait quelque chose de lui, Cullen prit l'initiative.

— C'est mieux que la cabane d'Arizona, tu ne trouves pas ?

— Tu crois que Matthew va bien ? Comment se fait-il que personne ne réponde au téléphone ?

— S'il est avec mon père, il ne craint rien. Et nous n'avons pas lieu de douter qu'il soit arrivé sain et sauf à Jimiramira. Il est malin, notre Matthew : il sait se débrouiller.

Tout en contemplant la vue, elle soupira.

— Comment supportes-tu de faire ce voyage régulièrement ? Même quand on supporte bien l'avion, c'est épouvantablement long.

— Si je veux voir Matthew, je n'ai pas le choix.

— J'aurais dû me rendre compte des efforts que tu faisais.

— Lee, c'est sans importance, à présent.

Elle se tourna vers lui, les yeux pleins de larmes.

— C'est important pour moi, Cullen.

— Ça ira mieux demain, va. Le vol t'a épuisée, et tu es morte d'inquiétude. Après une bonne nuit de repos, tu te sentiras mieux.

— Tu pourras me pardonner de ne pas avoir compris que tu étais un bon père ?

Contrairement à ses habitudes d'autrefois, il prit le temps de réfléchir, de choisir ses mots. Non qu'il eût perdu toute spontanéité, mais il avait appris à canaliser son énergie. En clair, il avait mûri.

— Oui, dit-il enfin, je te pardonne. Tu as fait au mieux dans le seul but de survivre. Et, de mon côté, je t'ai donné toutes les raisons de me haïr.

— Non. Je savais déjà, à l'époque, que tu étais le jouet de forces que tu ne maîtrisais pas. Je me suis obligée à te haïr. Sinon, je ne serais jamais partie. Je t'aimais trop.

Elle secoua doucement la tête, et des larmes coulèrent sur ses joues. Dans un élan de tendresse, il la prit dans ses bras, la serra contre lui.

— C'est fini, maintenant, Lee. N'y pense plus.

Elle s'accrochait à lui comme une naufragée. Elle tremblait de tous ses membres tandis qu'il lui caressait doucement les cheveux. Enfin, il l'écarta de lui et reprit :

— Va te coucher, Lee. Prends une douche, commande à manger, et puis mets-toi au lit et dors. Surtout, ne dis rien que tu risquerais de regretter.

Elle leva sur lui de grands yeux vulnérables. Il n'y avait plus aucune trace de la femme crispée et pleine de colère qui l'avait accueilli à San Francisco. Cette nouvelle femme douce et tendre lui paraissait presque étrangère. A ceci près que c'était elle qu'il avait aimée.

Il se dirigea vers la porte. Elle ne chercha pas à le retenir. La main sur la poignée, il se tourna vers elle.

— A demain matin.

Et, sans attendre de réponse, il passa dans la chambre attenante et referma la porte derrière lui. Après avoir allumé la lumière, il tira les rideaux et prit une longue douche chaude. Puis il se rasa et se brossa les dents. Mais, lorsqu'il eut fini, il ne se sentait pas mieux. Malgré le décalage horaire et les fatigues du voyage, il était parfaitement réveillé. Et sexuellement frustré.

On frappa à sa porte. Sans doute le garçon d'étage apportait-il le plateau que Liana avait dû commander pour lui. Il se drapa d'une serviette avant d'aller ouvrir. En fait de groom, Liana se tenait devant lui, les cheveux encore humides et le regard hanté.

— J'ai demandé à dîner pour deux.

Elle ponctua cette déclaration d'un haussement d'épaules, puis enchaîna :

— Tu n'as jamais été très organisé. J'étais sûre que tu te précipiterais sous la douche et que tu en sortirais affamé. Alors, je… J'espère que je ne t'ennuie pas ? Je préfère ne pas rester seule.

Elle, l'ennuyer ? Pieds nus et en robe bain de soleil lavande ? Elle semblait si douce, si féminine, et si jeune avec ses cheveux défaits !

Il croisa les bras sur sa poitrine nue.

— Ce n'est peut-être pas une très bonne idée.

— Je n'ai pas d'idées, Cullen. Pas une seule, ni bonne ni mauvaise. Viens manger un morceau. Et reste avec moi.

Qu'entendait-elle exactement par là ? Le cœur battant, Cullen attendit qu'elle précise sa pensée, mais elle se contenta d'ajouter :

— S'il te plaît.

Diable, comment refuser ? Il lui arrivait souvent de rêver d'un instant comme celui-là et, dans ses rêves, il ne la repoussait jamais, bien au contraire.

— D'accord. Quand je me serai habillé.

— Ne sois pas trop long : le thé infuse.

Sur ces mots, elle se retira. Il entendit le cliquetis de la serrure, mais il demeura immobile, de crainte de briser l'enchantement. Après tout, c'était peut-être un rêve. Un rêve dont il ne souhaitait pas s'éveiller.

Cullen entra dans la chambre de Liana en short et chemise de coton blanc, apparemment frais et dispos. A côté de lui, elle se faisait l'effet d'un vieux chiffon froissé. Par deux fois, tandis qu'il se préparait, elle avait failli revenir sur sa décision, frapper chez lui pour tout annuler. Elle avait envisagé de lui apporter sa part sur une assiette, comme si c'était la chose la plus normale du monde. Elle lui aurait dit : « Tiens, je sais que tu es vanné. Je me suis montrée trop égoïste en exigeant que tu me tiennes compagnie dans un moment pareil. Repose-toi. Nous nous reverrons demain matin. »

Mais elle s'était abstenue. Elle avait besoin de Cullen auprès d'elle pour lutter contre les démons qui la harcelaient. Les siens, ceux de Mei, de Tom Robeson, de Saule. Et d'autres, pires encore : ceux qui s'étaient peut-être lancés à la poursuite de son fils. Pendant les années de leur mariage, elle n'avait pas pu s'appuyer sur Cullen. Depuis leur séparation, elle s'était interdit de s'appuyer sur quiconque. Et voilà qu'à présent, le fait qu'il soit près d'elle pour la soutenir lui redonnait des forces.

— Je ne savais pas ce que tu voulais. J'ai commandé pour dix. Des scones. Du thé. Des sandwichs. Un plat de légumes. Du cake. Tu préféreras peut-être un bon steak et des œufs ?

Son débit précipité et les mouvements désordonnés de ses mains trahissaient son agitation.

— Ne t'inquiète pas, Lee. J'ai tellement faim que je vais probablement tout manger.

— J'aimais bien cuisiner pour toi. Tu appréciais toujours.

— Tu faisais des fleurs avec les betteraves et les tomates. Elles étaient trop jolies pour qu'on les mange.

— Pourtant, tu les dévorais, si je me souviens bien.

Elle lui désigna la table dans un coin de la pièce.

— Tu ne veux peut-être pas de thé ? Si tu préfères un jus de fruits ou du café…

— Pas de thé ? Un vieux broussard comme moi ?

Elle ne put retenir un sourire.

— C'est vrai qu'on s'amusait bien, dans les débuts.

Un sourire s'attarda un moment sur ses lèvres, et elle se demanda si, comme elle, il pensait à ces soirées où les crépuscules compensaient les insoutenables étés de l'Ouest australien et les dangereux crocodiles qui se chauffaient au soleil, trop près de la maison. Ensemble, ils s'installaient sous le vieux porche pour contempler sur l'eau les reflets moirés du ciel zébré de couleurs surprenantes. Parfois, pendant ce spectacle magique, il l'attirait sur ses genoux. Sa main effleurait sa poitrine, mais à peine, comme une question. Alors, elle écartait les mèches de son front pour poser un baiser entre ses sourcils et, par facétie, elle le chatouillait du bout de la langue.

Lentement, il dégrafait son corsage, ou bien il le remontait pour le lui ôter. L'un d'eux avait toujours la présence d'esprit de vérifier qu'aucun des ouvriers de Southern Cross ne rôdait dans les parages. Elle lui offrait ses lèvres, tendres ou goulues, tandis que, de sa main légèrement calleuse, il caressait ses seins.

— J'ai toujours regretté que nous ayons dû nous marier, dit-elle en s'arrachant à ce souvenir. Si je n'étais pas tombée enceinte, si nous étions restés amants, peut-être que…

— Lee, le mariage n'y est pour rien, et Matthew non plus. Le problème, c'était nous, l'effet que cela avait sur moi.

Il lui fit signe de le rejoindre à la table. Elle ressentit le besoin de s'agiter, de remuer un plat, de remplir des verres, mais il n'y avait là ni cuisinière ni réfrigérateur. Quelqu'un avait fait le travail à sa place, et elle ne pouvait que s'asseoir.

— Je t'aimais. Ça me faisait peur. C'est la faute de l'amour, pas du mariage.

Cette remarque la soulagea.

— Ce n'était donc pas ma faute ?

— Ta faute ?

— Ce n'est pas la naissance de Matthew qui t'a poussé à jouer ? Tu sais, Cullen, je n'ai pas fait exprès de tomber enceinte. Enfin, pas vraiment. Le soir où nous l'avons conçu, j'étais accablée de chaleur, trop lasse pour m'embarrasser de contraception. Je me suis dit que, de toute façon, c'était la période sûre du mois. J'aurais dû me méfier.

Il rompit un scone, mais ne le porta pas à sa bouche.

— Je suis content qu'il soit venu au monde, dit-il. Qu'est-ce que je deviendrais sans lui ?

— Alors, c'est vrai ? Tu ne m'en veux pas ?

Il se pencha vers elle.

— Bien sûr que non, je ne t'en veux pas. L'amour que j'éprouvais pour toi m'a révélé à moi-même. Il m'a montré l'homme que j'étais, celui que j'aurais dû être. Seulement, je ne savais pas comment devenir cet autre.

— Je n'étais pas parfaite, moi non plus. Je geignais…

— Ça, oui. Tu geignais pour des détails, comme les crocodiles mangeurs d'hommes, les semaines de solitude, la maison qui tombait en ruine. Tu geignais constamment. Environ une fois tous les deux mois. Et puis, tu m'empoisonnais la vie pour des bricoles. « Cullen, tu ne pourrais pas réparer la fuite dans la chambre du petit ?… Cullen, je crois que le serpent qui loge sous le porche est une vipère mortelle. »

— En fin de compte, ça n'en était pas une.

Il grimaça.

— Non. C'était pire.

— J'adorais Pikuwa Creek, dit-elle sans réfléchir.

La remarque la surprit elle-même. Cullen semblait mystifié.

— C'est vrai, tu sais. Il y avait les oiseaux, les couchers de soleil, et surtout les marées. Et puis, j'aimais partir en mer avec toi. Parfois, il m'arrive encore de rêver de ton vieux lougre…

Elle s'interrompit brusquement.

— Alors, tu rêves de moi ?

— Je rêve du lougre.

— Mais je suis dessus, naturellement.

— Peut-être.

— Tu ne m'attaches pas au mât, j'espère ?

— Tu as plus d'imagination que moi.

Il lui sourit, et ce tendre sourire l'émut au plus profond de son cœur.

— Ça aurait pu marcher, nous deux, pas vrai ? Nous n'étions pas fous quand nous avons décidé de partir ensemble.

— Ça aurait pu marcher, en effet. Si nous avions pris le temps de grandir avant.

— Si je m'étais battu contre ma manie du jeu…

— Et moi, contre mes terreurs.

Il allait protester, mais elle leva la main pour l'en empêcher.

— Nous aurions eu une chance si je m'étais construit une vie indépendante de la tienne, dit-elle. Mais mon assurance était restée derrière moi, à New York. L'Australie m'a prise au dépourvu ; elle m'a possédée dès le départ. Toutes mes incertitudes et mes angoisses sont remontées à la surface.

— Dommage que nous ne nous rencontrions pas maintenant. Pour la première fois. Sans passé, sans passif.

— Sans Archer et sans Tom, sans Mei et sans Bryce…

— Nous ne serions plus Liana et Cullen, mais deux personnes si farouchement attirées l'une vers l'autre que tout le reste serait sans importance.

— N'était-ce pas là la cause de tous nos déboires ? lui demanda-t-elle à mi-voix, en plongeant les yeux dans les siens.

— Non. C'est ce qui aurait pu nous sauver, au contraire.

Ils étaient dans l'impasse, à court de mots. L'avenir s'étirait, incertain, devant eux.

Il lui prit la main, la caressa, puis la porta à ses lèvres.

La sensation de ce baiser se répandit en elle comme un frisson. Elle le désirait. Par besoin de réconfort, peut-être, parce qu'il partageait son angoisse pour Matthew. Ou par besoin de conclure, parce que faire l'amour serait une preuve de pardon mutuel. Sans doute y avait-il de cela, mais ce n'était pas tout. Ce désir allait plus loin que l'attirance sexuelle. Elle le désirait comme elle l'avait toujours désiré, même dans les pires moments. Parce qu'il était le seul homme à vraiment l'émouvoir.

Une invitation dansait dans les prunelles bleues de Cullen. Il pressa un moment sa main contre son menton rasé de frais, puis il en effleura la paume de ses lèvres — tentation légère, dénuée de toute exigence. Enfin, il déposa sa main captive sur la table, et la recouvrit de la sienne. Liana baissa les yeux sur leurs doigts enlacés, et songea que leurs deux corps s'étaient mêlés ainsi. C'était un souvenir fort, primitif, troublant. Terriblement troublant et tellement tentant…

Une vague de panique l'envahit tout entière. Elle se dégagea vivement, puis se leva.

— Ce n'est pas une bonne idée, Cullen.

Il n'avait pas bougé.

— Non ?

— Nous sommes fatigués. Je ne sais plus ce que je fais.

— Au contraire, je crois que tu le sais très bien.

— Bon, d'accord. Supposons. Mais le désir est une chose, et la réalité une autre. Pour l'amour du ciel, Matthew a disparu, et nous sommes là à remuer nos souvenirs.

— Tu simplifies trop. Il y a beaucoup plus que ça.

— Peut-être. Et tout le problème est là. Tu as vraiment envie que ça recommence ?

— Quoi ?

— Ça. Nous. Tout le reste. Nous avons presque fait la paix. Que se passera-t-il si nous allons plus loin ? Nous avons fait plus de chemin que je ne le croyais possible. Je ne tiens pas à tout gâcher, à revenir en arrière.

— Peut-on vivre sans prendre de risques, Lee ? Te sens-tu plus vivante de t'être protégée pendant toutes ces années ?

— Protégée ?

— Tes angoisses ne viennent-elles pas de là ?

— Si je ne me sens pas particulièrement vivante, je n'ai pas l'impression d'être au bord du gouffre.

— C'est l'impression que je te donne ?

— Oui. Souviens-toi : tu te sentais prisonnier d'un cachot dont j'avais jeté la clé aux orties. Nous sommes dangereux l'un pour l'autre, Cullen. L'expérience ne nous aura donc rien appris ?

Il se leva à son tour.

— A moi, si. J'ai découvert la différence entre aimer et la voltige sans filet. Aimer, c'est renoncer à certaines choses pour en gagner d'autres en échange. C'est souffrir et prendre des risques, mais, crois-en l'ancien joueur que je suis : cela en vaut la peine.

Liana se sentait gagnée par la panique, comme s'il venait de lui ouvrir une porte sur un monde terrifiant dont elle ignorait tout.

— Pas pour moi, Cullen.

Il acquiesça de la tête. Son regard se fit froid.

— Bon. Très bien.

— Je suis désolée.

— Je sais.

Il la contourna, en évitant soigneusement de la toucher.

— Je t'en prie, ne te fâche pas. Il faut que nous travaillions ensemble. Par amour pour Matthew.

— Rien ne nous empêchera de retrouver notre fils.

La porte se referma doucement derrière lui. Pendant un long moment, Liana garda les yeux fixés sur la table dressée pour le repas qu'ils avaient failli partager, puis, d'un geste rageur, elle balaya son assiette vide qui tomba à terre et se brisa.

Ils décollèrent de Cairns le lendemain matin à 10 heures. Liana avait déjeuné dans sa chambre, et Cullen l'avait rejointe plus tard, sur la terrasse, afin de lui exposer le programme de la journée. Ils devaient prendre un vol pour Darwin où l'un de ses amis les attendrait avec son avion personnel et les emmènerait directement jusqu'au domaine.

Après cela, elle ne lui avait plus adressé la parole jusqu'à ce que la navette de l'hôtel les conduise à l'aéroport.

— Tu t'es reposé ? lui demanda-t-elle finalement.

— Un peu. Et toi ? Tu te sens bien ?

— Ça va.

— Nous l'avons presque rattrapé.

Elle lui sut gré de ces paroles rassurantes. S'il lui en voulait de son brusque revirement de la veille, il n'avait, apparemment, pas l'intention de le lui reprocher indéfiniment.

— Qu'est-ce que tu comptes lui dire quand nous le reverrons ?

— Aucune idée. Je crois que les mots me manqueront. Je le prendrai dans mes bras pour l'embrasser, et puis je le secouerai comme un prunier.

— Les mots ne te manquent jamais.

Il esquissa un sourire.

— Ils me manquaient, hier soir.

Certes, la remarque était juste, et elle s'empourpra. Mieux valait changer de sujet.

— Parle-moi de l'avion pour Jimiramira, que je me prépare.

— Tu sais, ta fameuse terreur de voler…

— Oui ?

— Eh bien, si tu ne meurs pas de frousse pendant le vol, tu seras guérie, à l'arrivée.

— Raconte. Tu m'intéresses !

— C'est un petit coucou ridicule. C'est tout juste s'il ne faut pas pédaler pour se maintenir en l'air. Je sauterai par-dessus bord dès que nous approcherons du sol, de manière à ce que John puisse atterrir.

— Tu te moques de moi.

— John est pilote d'essai. Il aime faire des loopings, voler la tête en bas.

— Arrête ! Ce n'est pas drôle.

— Lee, on ne peut pas tout prévoir. John est le meilleur pilote que je connaisse. Tu crois que je mettrais ta vie entre les mains de n'importe qui ?

— Tu n'es pas fâché pour hier soir ?

— Fâché parce que nous n'éprouvions pas le même désir au même moment ?

— Il ne s'agissait pas de cela. Tu ne comprends pas.

— Si, je comprends parfaitement.

Sur ces mots, il ouvrit le journal qu'il avait acheté à l'hôtel, coupant court à la conversation.

Par bonheur, le trajet jusqu'à Darwin ne dura pas bien longtemps. A sa descente d'avion, Liana marchait d'un pas remarquablement sûr.

— John nous attend à l'intérieur, dit Cullen en consultant sa montre.

Avant de quitter l'hôtel, il avait, une fois de plus, composé le numéro de Jimiramira. Sans résultat.

— Tu comptes rappeler ton père pour le prévenir de notre arrivée ? lui demanda Liana.

— Je n'en vois pas l'intérêt. Autant lui parler face à face. De plus, si Matthew apprend que nous sommes en route, il risque de prendre la poudre d'escampette.

— Ça m'étonnerait. Il a fait ce qu'il voulait faire : il est allé en Australie et il a rencontré son grand-père.

— Il n'a pas forcément raconté toute la vérité à Simon. Aurais-tu oublié la perle ?

— Je suis génétiquement programmée pour ne jamais l'oublier.

— Oui, tu as raison. Moi aussi.

— Alors, Matthew a hérité d'une double dose.

— J'en déduis qu'il l'a peut-être emportée, Lee.

Jusqu'ici, elle avait rejeté cette hypothèse car elle voulait croire à l'innocence de son fils. Mais Matthew avait menti, volé, conspiré. Il était inutile de se voiler la face plus longtemps.

— C'est possible, admit-elle. Mais pourquoi aurait-il fait ça ? Je ne vois pas d'explication raisonnable.

— Mets cet adjectif de côté. S'il a pris la perle, la raison ne peut être que d'ordre émotionnel. Il est tombé sous le coup d'une superstition.

— Je ne comprends pas…

— Il la rapporte en Australie. Parce qu'il s'est mis en tête que sa place est à Jimiramira. C'est ce que Mei essayait de nous dire. Va savoir si ce n'est pas elle qui lui en a donné l'idée ?

Liana réfléchissait tandis qu'ils pénétraient dans le petit aéroport.

Cullen la laissa dans la salle d'attente pour partir à la recherche de leur pilote. Alors, en regardant autour d'elle, elle songea qu'une fois encore, elle avait traversé le monde par amour.

Matthew s'était-il assis dans ce même aéroport pour s'imprégner de cette culture dont elle l'avait privé ? Avait-il pris l'avion pour Jimiramira à partir de Darwin ? De Sydney ? Dès qu'une porte se fermait, il en trouvait une autre. La persévérance était sans doute sa première qualité. En avait-il fait bon usage au cours de son voyage ?

Cullen reparut.

— John nous attend sur le terrain d'aviation. Tu es prête ?

Elle leva les yeux sur son ex-mari, sur l'homme qu'elle avait renvoyé de sa chambre la veille au soir, l'homme qu'elle désirait toujours, malgré leur terrible passé.

— Allons chercher Matthew, dit-elle en se levant.

Et il lui prit la main.

Le trajet ne se révéla pas aussi effrayant qu'elle l'avait imaginé. Le petit Cessna à quatre places s'élevait comme un aigle sur les courants ascendants. Liana découvrit qu'elle était capable de regarder en bas ; elle observa les rivières, les groupes épars de maisons. Cullen lui désignait des repères ici ou là.

— C'est sur ce domaine que j'ai perdu mon premier pari sur un cheval.

— Tu en as gagné aussi, si je me rappelle bien.

— Pas assez.

De fait, il en avait gagné beaucoup, mais il allait devoir se battre jusqu'à la fin de ses jours contre ces souvenirs de l'époque où la chance lui souriait.

— Est-ce que ton père est joueur ? lui demanda-t-elle.

— Il aime parier sur les chevaux, mais il sait s'arrêter. Jimiramira est sa seule vraie faiblesse.

— Tu as une idée de ce que ça veut dire : « Jimiramira » ?

— C'est un mot aborigène qui signifie « grand ».

— C'est tout ?

— Archer Llewellyn n'avait rien d'un poète. Il voyait grand. Il a eu ce qu'il voulait, même s'il existe des domaines encore plus grands dans le Territoire.

— Ça t'inquiète de revoir ton père ?

— Il y a des années que j'aurais dû revenir. Il est temps que nous nous expliquions.

Elle scruta son visage, se demanda ce qu'il éprouvait.

— Pourquoi n'es-tu pas revenu plus tôt ?

— Je voulais d'abord remettre Southern Cross sur les rails. Pour qu'il sache bien que je venais faire la paix et non pas mendier son aide. Quand je vivais avec lui, il a payé bon nombre de mes dettes. Je tenais à ce qu'il sache que ce temps-là était révolu, pour pouvoir repartir sur des bases saines.

— S'il payait tes dettes, c'est qu'il avait de l'affection pour toi, non ?

— J'ai toujours pensé qu'il le faisait pour protéger le domaine et sa réputation. Il connaissait les gens à qui je devais de l'argent. Les rumeurs circulent vite, ici.

Elle se laissa aller contre son siège, et demeura silencieuse. Bien sûr, elle ne connaissait pas Roman. Ça lui paraissait tellement triste que, comme elle, Cullen ait eu un père dépourvu de sentiments. Avait-il seulement assez de bonté pour veiller sur Matthew ? Elle l'espérait de tout son cœur.

Cullen se pencha pour regarder par le hublot.

— Nous approchons, dit-il.

Confirmant ses paroles, John leur cria qu'il amorçait la descente.

— Cette fois, Lee, nous allons enfin savoir.

— Espérons que Matthew est bien ici !

Bien que la piste ne ressemblât en rien à celle de l'aéroport, l'atterrissage se déroula sans heurt. Comme ils n'avaient pas prévenu de leur arrivée, personne n'était là pour les accueillir.

— Attendons ici un moment, dit Cullen. Si quelqu'un nous a remarqués, on nous enverra une voiture. Sinon, nous irons à pied : ce n'est pas très loin.

A l'époque où elle vivait à Pikuwa Creek, Liana n'avait jamais visité les domaines bétaillers situés dans les terres, hors des sentiers battus, de sorte qu'elle n'avait pas d'idée préconçue sur Jimiramira. Ils avaient survolé toutes sortes de bâtiments d'architecture variée et, depuis la petite piste d'atterrissage, on voyait qu'ils étaient bien entretenus. Une pelouse d'un vert vif signalait la demeure principale dont le toit de métal brillait sous le soleil.

L'émeraude et l'argent sur l'étendue de saphir d'un ciel sans limites.

Elle pensait voir du bétail et des chevaux, des cow-boys au travail, mais il n'y avait pas, comme au Texas, de riches prairies herbeuses. La terre était plus aride qu'elle ne l'imaginait. Ça n'avait rien à voir avec l'Australie qu'elle connaissait si bien — une région aux côtes déchiquetées couverte d'une abondante végétation tropicale.

— Alors ? Tes impressions ? lui demanda Cullen.

— Cela me paraît plein de charme. Et toi ? Quel effet cela te fait d'être de retour chez toi ?

— Chez moi, c'est la maison où je vivais avec toi.

Liana sentit son cœur se serrer.

— Disons : quel effet cela te fait-il d'être de retour ici ? corrigea-t-elle.

— Ça me fait tout drôle.

Elle n'insista pas, et laissa Cullen aux prises avec ses démons.

Bientôt, un nuage de poussière s'éleva sur l'horizon et se rapprocha d'eux.

— On vient nous chercher, dit Cullen.

Puis il alla parler à John qui examinait le nez de l'avion. C'était un jeune homme réservé dont le sourire timide avait immédiatement inspiré confiance à Liana. Quand Cullen la rejoignit, une vieille camionnette cabossée se garait le long de la piste.

— John effectue quelques réglages. Il compte rester ici pour le moment. Je reviendrai plus tard le mettre au courant de nos projets.

— Des réglages ? demanda Liana avec inquiétude.

— Rien de grave. Il préfère les avions à la compagnie des hommes. Leurs bavardages l'ennuient.

Un aborigène aux cheveux gris sortit de la camionnette pour s'avancer vers eux. Cullen lui sourit et lui tendit la main.

— Luke. Ça fait un bail.

— Salut, Cullen, dit Luke en lui serrant la main.

Il souriait, lui aussi, d'un sourire timide et chaleureux qui rappelait celui de John.

— Mon père est là ?

Luke eut un vague haussement d'épaules.

— Winnie m'a demandé de te ramener.

Il se tourna vers Liana, lui sourit, puis ajouta :

— Et elle aussi.

— Eh bien, en route, déclara Cullen en prenant leurs deux sacs d'une main.

Tandis qu'ils gagnaient la camionnette, Liana se tourna vers lui.

— Qui est Winnie ?

— La gouvernante, je présume.

— Tu ne la connais pas ?

— Quand j'étais jeune, papa n'employait pas de gouvernante.

— Elle travaille pour le patron depuis longtemps, précisa Luke qui marchait devant eux. Et son mari aussi. Il s'appelle Harry.

— Que fait-il ? demanda Cullen.

— C'est le gérant.

Cullen émit un long sifflement.

— Mon père confie la gestion du domaine à quelqu'un, maintenant ? C'est nouveau.

— Pour sûr, le patron vieillit. Tout comme moi.

Ils prirent place à bord de la camionnette.

— Luke est le meilleur homme de troupeau de tout le Territoire, expliqua Cullen en se calant sur son siège.

— Dans le temps, peut-être, corrigea l'intéressé. Mais plus maintenant.

— Luke, j'ai appelé papa plusieurs fois, depuis hier, et personne ne répond au téléphone.

— Saleté de machine. Ça ne marche jamais.

Ils s'arrêtèrent devant la maison, et Liana chercha Matthew du regard. Elle espérait vaguement qu'il les attendrait sous le porche, mais rien ne bougeait alentour. Pas le moindre signe de vie. Ravalant sa déception, elle remarqua :

— C'est bien joli. Une véritable oasis. Après le récit de Mei, j'avoue que je suis surprise.

— Mon père a construit cette maison pour maman.

— Elle y était heureuse ? Tu te souviens ?

— Oui, elle y était heureuse, et la vie était douce, de son vivant.

Lorsqu'ils eurent récupéré leurs bagages, Luke partit garer la camionnette.

— Allons trouver Winnie, dit Cullen. Avec un peu de chance, elle aura une paire de Llewellyn pour nous.

La gouvernante les attendait dans le hall, en blouse de Nylon à fleurs. Liana nota ses cheveux permanentés façon caniche, ses joues fripées, et surtout, l'expression de ses yeux. Matthew n'était pas là : elle l'aurait juré rien qu'en voyant l'expression de cette femme.

— Vous avez raté votre père, dit Winnie dès que Cullen eut achevé les présentations.

— Avons-nous aussi raté notre fils ?

— Oui, en effet.

Liana étouffa un gémissement, et Cullen lui entoura les épaules de son bras.

— Dites-nous tout ce que vous savez.

— Venez donc dans la cuisine. J'ai préparé du thé.

Dans la cuisine spacieuse et claire, Winnie leur fit signe de s'asseoir à la table.

— Vous passiez votre temps ici quand vous étiez petit, pas vrai ? Il paraît que vous aviez le don d'obtenir des gâteaux de tous les cuisiniers, et même de ceux qui détestaient les enfants.

— Winnie, je vous en prie, mettez-nous au courant de ce qui se passe. Nous sommes morts d'inquiétude. Hier encore, nous ne savions même pas que Matthew était parti pour l'Australie.

— Nous l'avons appris avant-hier, corrigea Cullen.

Désorientée par le décalage horaire, en proie aux plus vives terreurs, Liana prit conscience que, pour elle, le temps s'était arrêté avec la disparition de son fils.

Winnie servit le thé, puis s'installa à table avec eux.

— Je sais que vous êtes inquiets. Je vais tout vous raconter. Il y a eu assez de souffrance dans cette maison pour le siècle à venir. Votre fils est arrivé… voyons voir… mardi. Oui, c'était bien mardi. Votre père n'était pas prévenu de sa visite. Une dame l'a appelé de Cadwale

Gap. Les Myrtle tiennent une sorte d'hôtel, là-bas. Avec une petite boutique. Ils accueillent les touristes et les chauffeurs des trains routiers. Faut bien gagner sa vie…

Elle but quelques gorgées de thé et reprit :

— Comme je vous le disais, Helen Myrtle a appelé le patron pour l'avertir que son petit-fils et une fille…

— Une fille ? répéta Liana.

— Oui, mon petit. Une fille. Je vous expliquerai.

Et elle poursuivit son récit. Lorsqu'elle leur eut donné tous les détails sur l'arrivée de Matthew, sur Tricia et les parents de Tricia, elle se cala contre le dossier de sa chaise et conclut :

— Je m'étonne que vous l'ayez localisé aussi vite.

— Winnie, j'ai téléphoné ici pour parler à mon père, le jour où Matthew est arrivé. Quelqu'un m'a répondu qu'il était à l'autre bout du domaine et qu'il ne rentrerait pas avant un jour ou deux.

— C'était moi. Et je ne suis pas très fière de vous avoir menti. J'ai deviné tout de suite qui vous étiez. Vous avez la même voix que votre père, au téléphone. Alors, comme je me doutais de la raison de votre appel et que je voulais…

— Quoi donc ? insista Cullen.

— Je voulais que… Que Matthew et Roman puissent lier connaissance. Je craignais que vous ne demandiez à votre père de renvoyer le gosse immédiatement. De toute façon, je savais bien que le patron exigerait qu'il vous appelle. Il l'a fait, d'ailleurs… Bref, j'essayais de gagner du temps.

— Mais, enfin… Matthew ne nous a jamais appelés, intervint Liana.

— Oh, ça n'a rien de bien surprenant. Le gamin avait l'air de tenir à son secret. Peut-être même qu'il a dupé le patron et qu'il a fait semblant de vous appeler.

— Où est passé Matthew, Winnie ? Où est mon père ?

Elle acheva de boire son thé avant de leur répondre.

— Quant à cela, voyez-vous, je n'en ai aucune idée. Je suis vraiment désolée, mais je n'en sais rien. Hier matin, je me suis levée de bonne heure, comme tous les jours. J'ai préparé le petit déjeuner, avec du supplément, parce que votre fils, il mange. Et il aime les saucisses…

Elle dut lire l'impatience dans les yeux de Liana, car elle coupa court à ces digressions.

— Après quoi, je les ai appelés. Je trouvais bizarre que le patron ne soit pas encore à table. Réglé comme une pendule, qu'il est. 5 heures tapantes tous les matins. Pas une minute plus tard, été comme hiver, qu'il pleuve, qu'il vente…

— Winnie, je vous en prie…, supplia Liana.

— Bref, Matthew n'était pas dans sa chambre. Pourtant, il y avait dormi. Ça se voyait, parce qu'il fait son lit à sa manière. Pas trop bien. Et toutes ses affaires étaient parties. Alors, je suis allé prévenir M. Llewellyn. Fallait qu'il sache. Je frappe à sa porte. Pas de réponse. Je frappe encore. Toujours rien. Forcément, j'ai ouvert, des fois qu'il aurait été malade. C'est déjà arrivé, vous savez. Ben, il y avait personne. Le patron était parti aussi. Envolés tous les deux. Et, depuis, aucune nouvelle.

31.

Liana arpentait la véranda en attendant Cullen qui interrogeait Luke et d'autres employés du domaine, dont Harry, l'époux de Winnie. A son retour, il annonça sans préambule :

— Il semble qu'ils se soient évaporés dans la nature. Une voiture a disparu : l'un des Jackeroo du domaine. Harold a également constaté qu'il manquait du matériel, au magasin. Papa aurait emporté une batterie et des bougies, ainsi que des provisions. Ici, personne ne prend la route sans prévoir de l'essence et des pièces de rechange. Il faut pouvoir redémarrer tout seul quand on tombe en panne dans le désert. Sinon, on risque d'attendre plusieurs jours avant qu'il passe quelqu'un pour vous prêter main-forte.

— Il n'a dit à personne où ils allaient ?

— Non. Ça paraît bizarre, mais c'est lui le patron. Il fait ce qu'il veut.

— Ils ont pris de quoi manger ? Du matériel de camping ?

— Difficile d'en juger. Luke a vérifié, mais il n'est sûr de rien. Le personnel va et vient ; les hommes se servent en fonction de leurs besoins. Avec la sécheresse, ce ne sera pas facile de les pister. Et ils ont une fameuse longueur d'avance.

— Si ce sont eux qui ont pris la voiture.

— C'est notre hypothèse de départ.

— Mais suppose que quelqu'un ait localisé Matthew et qu'il l'ait trouvé ici, avec son grand-père…

— Winnie les a vus tous les deux dans la soirée qui a précédé leur disparition. Elle leur a servi à dîner, et elle est restée tard pour ranger et nettoyer. Elle n'a rien vu. Et puis, mon père ne se laisse pas faire. Quiconque s'attaque à lui peut s'attendre à prendre des coups. S'il y avait eu une bagarre, les employés l'auraient entendu.

— Pas sûr. Personne ne les a entendus partir.

— Parce qu'ils ne tenaient pas à ce qu'on les remarque. Les chiens n'aboient pas en présence de mon père, à moins qu'ils ne flairent un danger.

— Pourquoi sont-ils partis ainsi, comme des voleurs ?

— Mon père devait se douter que je finirais par découvrir où se cachait Matthew. Pour quelque raison mystérieuse, il ne veut pas que je le rattrape trop vite.

— Mais pourquoi ? Je ne comprends pas.

Depuis leur arrivée à Jimiramira, Liana luttait contre sa déception et son angoisse. Matthew leur avait échappé. Une fois de plus, ils avaient perdu sa trace ; ils ignoraient sa destination. Et celui qui le cherchait aussi ? Etait-il, comme eux, dans le brouillard ? Tenait-il déjà Matthew en otage ?

— Moi non plus, je ne comprends pas, Lee. Il faut que je réfléchisse.

— Peut-être qu'ils avaient tout simplement envie de passer un moment ensemble et qu'ils reviendront bientôt.

— Ça ne ressemble guère à mon père de filer à l'anglaise sans laisser aucune instruction au personnel.

— Il n'y aurait pas un message de lui quelque part ?

— Ça m'étonnerait. Mon père n'écrit jamais rien. Il a honte de son style, de ses fautes d'orthographe. Il m'a envoyé à l'université pour que je ne devienne pas comme lui.

— Peut-être qu'il a fait un effort. C'est important, tout de même !

— Winnie n'a pas trouvé de message, mais rien ne nous empêche de chercher. Avec un peu de chance, nous trouverons autre chose, un indice quelconque.

— Quoi, par exemple ?

Il esquissa un vague sourire.

— Désolé, Lee, je n'ai pas d'idée sur la question. Cherchons toujours. Au point où nous en sommes, nous n'avons rien à perdre. Un détail peut nous mettre sur la voie.

— Par où on commence ?

— Je vais retourner mettre John au courant de ce qui se passe et voir s'il peut rester encore un peu, au cas où on aurait besoin de lui. Ensuite, nous fouillerons le bureau de mon père.

Il avait déjà descendu les marches du perron quand elle l'apostropha :

— Cullen ? Qu'est-ce que je peux faire, en attendant ? J'ai besoin de m'occuper.

— Essaie la chambre de Matthew. Demande à Winnie de te la montrer. Tu dénicheras peut-être un truc qui lui a échappé.

Cela ne servirait sans doute à rien, mais tout valait mieux que de se ronger les sangs. Liana regarda Cullen monter à bord de la camionnette et démarrer, puis elle se mit en quête de Winnie qui la conduisit jusqu'à la chambre d'amis située dans l'aile ouest de la maison.

— J'ai changé les draps et nettoyé un peu pour que ce soit propre à son retour.

La pièce était spacieuse, avec une grande fenêtre qui donnait sur un gommier rouge dont l'écorce bouclait sur le tronc. Liana se demanda si c'était la chambre de Cullen quand il était petit.

— Je veux juste jeter un coup d'œil, à tout hasard.

— Je crains que vous ne trouviez pas grand-chose.

Sur ces paroles peu encourageantes, Winnie l'abandonna. Liana s'assit sur le bord du lit, effleura de la paume la couette sous laquelle Matthew avait dormi. Elle n'était pas superstitieuse. Elle ne croyait pas que les gens qui s'aiment puissent s'envoyer des messages télépathiques à travers le temps et l'espace. Mais elle essaya, cependant, de faire le vide dans sa tête pour tenter de se mettre à la place de son fils.

Aucune vision ne lui apparut. Elle n'éprouvait rien d'autre que sa propre peur. Balivernes que toutes ces croyances stupides. Elle secoua la tête, se leva, et passa la chambre au peigne fin, ouvrant les tiroirs, regardant dans les coins, sous le lit, sous le matelas, derrière les coussins et au fond des placards. Cullen la retrouva assise dans un fauteuil, plongée dans ses pensées.

— Rien ?

— On peut dire que Matthew a choisi son moment pour arrêter de laisser traîner ses affaires derrière lui !

— Bon. John travaille sur le train d'atterrissage. Il dit qu'on ne peut pas partir avant demain matin. D'après moi, c'est un obsédé du détail. Il vise la perfection.

— Alors, nous passerons la nuit ici ?

— Sauf s'il y a du nouveau.

— C'était ta chambre, Cullen ?

— Hum. Ça ne date pas d'hier.

Il s'approcha de la fenêtre, écarta les rideaux.

— Tu vois ce gommier ?

Elle le rejoignit près de la vitre.

— Oui.

— Il fut un temps où, quand j'ouvrais la fenêtre, je pouvais attraper une branche. La nuit, alors que j'étais censé dormir, je rampais le long de cette branche jusqu'au tronc, et puis je grimpais plus haut, jusqu'à atteindre le toit. Là, je rampais de nouveau jusqu'au porche de la cuisine d'où je pouvais gagner un appentis sans fenêtre et sauter à terre : ni vu ni connu.

— Qu'est-il advenu de cette branche ?

— Elle est devenue trop lourde et, un soir, quand j'avais dix ans, elle a fini par casser. Je suis tombé et je me suis cassé le bras. Mon père ne m'a rien dit. Il pensait sans doute que j'étais suffisamment puni. Mais il a fait scier ce qui restait de la branche.

Cullen s'adossa à la fenêtre, et croisa les bras sur la poitrine.

— J'ai beaucoup rêvé dans cette chambre, sur ce lit. Je rêvais des endroits où j'irais, des aventures à venir, des femmes que je rencontrerais.

— Quel genre de femmes ?

— Des brunes aux yeux noirs et au sourire mystérieux.

— Eh bien, moi, je ne rêvais pas de toi, mais de Français ténébreux qui m'auraient enlevée dans leur avion privé pour m'emmener dans leur château.

— Au lieu de ça, tu es tombée amoureuse d'un séduisant Australien qui t'a emportée…

— En enfer ?

— Au paradis.

— Dans tes rêves. Cullen, il faut que nous retrouvions Matthew.

— Tu sais, j'ai réfléchi à ce que tu disais, Lee. Tu avais peut-être raison. Il est possible que mon père ait eu envie d'être seul avec Matthew, de lui montrer le domaine. Où qu'ils se trouvent, il veillera sur lui.

— Est-ce qu'on pourra les repérer d'en haut ?

— Si John est d'accord, nous tenterons le coup demain matin. Il est trop tard pour aujourd'hui. De toute façon, il a démonté le train d'atterrissage.

— Il n'y avait pas un autre avion en bout de piste ?

— Aucune chance de l'emprunter. Harold me dit qu'il est cloué au sol depuis un mois. Ils attendent une pièce. Reste l'hélico du domaine qui se trouve actuellement dans l'un des campements. Occupons-nous plutôt de chercher un éventuel message dans le bureau de papa.

Elle le suivit à l'intérieur où ils trouvèrent la pièce ouverte — une chance, car Winnie ne les aurait peut-être pas autorisés à la fouiller si « le patron » avait jugé bon de verrouiller sa porte. Le long des murs, il y avait une foule d'armoires de rangement et de classeurs. Pas d'équipement sophistiqué. Au centre trônait une grande table de travail sur laquelle s'alignaient en ordre militaire dossiers et piles de courrier. Le miroir dans son cadre de cuivre était le seul objet décoratif de cette retraite austère.

Cullen jeta un rapide coup d'œil alentour, puis il s'installa au bureau.

— Apparemment, il n'a rien laissé en évidence, déclara-t-il en feuilletant une liasse de papiers.

— Je commence par les armoires ou les classeurs ? demanda Liana.

— S'il y a un message, je doute fort qu'il soit dedans. Regarde plutôt dessous, au cas où il aurait glissé.

Sans hésiter, elle se mit à quatre pattes et se lança dans cette quête improbable qui se révéla rapidement infructueuse. Il n'y avait rien, pas même un grain de poussière. A croire que les habitants de cette maison étaient tous des fanatiques de la propreté.

— Rien dans tout ça, dit Cullen en posant ses papiers.

Il prit une nouvelle pile, commença à lire, et commenta :

— Il semble que papa introduise davantage de Brahma reproducteurs dans son élevage. Hum… Pas faciles, ces bêtes-là… Tiens, il a remboursé des emprunts, récemment…

— Rien qui concerne Matthew ?

— Non. Rien d'extraordinaire…

Il passa à la page suivante et fronça brusquement les sourcils.

— Tiens… qu'est-ce que c'est que ça ?

Intriguée, Liana se releva pour aller le rejoindre.

— Tu as trouvé quelque chose ?

— Pas à propos de Matthew, marmonna-t-il, absorbé dans sa lecture.

Elle n'insista pas, attendit qu'il ait terminé sa lecture, puis demanda :

— De quoi s'agit-il ?

Cullen posa la liasse de feuillets sur la table.

— Voilà qui explique beaucoup de choses.

Instinctivement, Liana posa la main sur son épaule, et la pressa affectueusement pour le réconforter.

— Rien de grave, j'espère ?

Il ferma les yeux, se cala contre le dossier de son siège. Liana remonta la main jusqu'à sa nuque, et se mit à le masser doucement pour réduire la tension qu'elle sentait en lui.

Il soupira d'aise.

— J'adore que tu me masses la nuque.

— Je vois…

— Tu te souviens : je t'ai dit que quelqu'un avait avancé suffisamment d'argent à Southern Cross pour couvrir les dettes et maintenir à flot l'entreprise que j'avais menée au bord de la faillite ?

Elle devinait la suite.

— Oui, je m'en souviens.

— C'était papa.

— Qu'est-ce que tu viens de lire, Cullen ?

— Ça, c'est une lettre de la banque finalisant le prêt à mon nom.

— Tu n'as jamais pensé que ton bienfaiteur pouvait être ton père ?

— Jamais. Je pensais qu'il me laisserait croupir dans mon coin. Il s'attendait à ce que j'échoue quand il m'a envoyé là-bas. En me léguant la propriété de Southern Cross, il m'a déclaré que c'était mon héritage et que je n'obtiendrais rien d'autre de lui.

— La colère est mauvaise conseillère, Cullen. Elle nous pousse à dire des choses que nous ne pensons pas. Nous sommes bien placés pour le savoir, toi et moi.

— Pourquoi aurait-il fait cela, Lee ?

— Peut-être qu'ayant lui-même tout perdu, il ne souhaitait pas que cela t'arrive.

— Tu ne le connais pas.

— Apparemment, toi non plus.

La découverte de Cullen soulageait Liana d'un grand poids. Elle craignait que Matthew ne soit aux mains d'un homme dur, impitoyable, et voilà que Roman se révélait humain.

Cullen secoua la tête.

— Pourquoi a-t-il gardé le secret ? Je ne comprends pas.

— S'il t'a dit que tu n'aurais rien d'autre que Southern Cross, il ne tenait sans doute pas à ce que tu le prennes pour une girouette.

— Possible.

Elle cessa de le masser, mais laissa la main sur sa nuque.

— Peut-être aussi qu'il ne voulait pas te blesser dans ton orgueil. Aurais-tu accepté de l'argent venant de lui ?

— Non.

Sous ses doigts, elle sentait les battements rapides de son pouls, les blocages qui retenaient les sentiments refoulés pendant toute une vie. Elle se sentait profondément émue, et elle lui caressa doucement les cheveux.

— Il est meilleur que tu ne l'imaginais, Cullen. Et il t'aime.

— Bonté divine…

Liana songea à toutes les fautes commises, à tant d'amour gâché, aux malheurs qui s'étaient abattus sur leurs deux familles.

Elle songea à Matthew, dont l'héritage n'était ni Jimiramira ni Pacific International ni même la Perle de Grand Prix, mais ces erreurs fatales qu'ils tenaient de leurs ancêtres depuis des générations.

Elle laissa ses mains retomber mollement le long de son corps.

— Il faut retrouver Matthew. Matthew et Roman. Avant qu'il n'arrive quelque chose.

— Je crois que je sais où chercher, Lee.

Elle attendit la suite avec angoisse.

— Ils ont dû aller à Pikuwa Creek. C'est là que Matthew est né. Je pense qu'ils ont fait ensemble le pèlerinage aux sources.

Matthew se cramponna en prévision d'un nouveau choc tandis que la voiture cahotait sur ce que son grand-père appelait généreusement une piste. La veille, ils avaient roulé toute la journée sur des routes de terre, à travers Jimiramira et d'autres domaines qui comptaient plus d'amas rocheux et de rivières asséchées que de têtes de bétail. Après avoir passé la nuit sous les étoiles et déjeuné de thé et de galettes, ils étaient repartis avant l'aube, ne s'arrêtant que pour prendre de l'essence et manger un steak délicieux dans une petite auberge rustique perdue au milieu de nulle part.

— Grand-père, pourquoi vous ne vous parlez plus, papa et toi ?

Roman contourna un cratère qui, sous un climat plus humide, aurait été une mare.

— Tu en as mis du temps à me poser la question !

— Et toi, à me faire confiance.

— Comment sais-tu que je te fais confiance, petit ?
— Tu ne m'as pas renvoyé chez moi quand je t'ai montré la perle.
— Je suis le roi des imbéciles.
Matthew eut un sourire narquois.
— Peut-être, mais ça ne me dit pas pourquoi vous ne vous parlez plus.
Roman ne répondit pas immédiatement. Le soleil déclinait déjà, pour la seconde fois depuis leur départ. Les quatre-vingts derniers kilomètres avaient été particulièrement pénibles, et la nuit n'arrangerait rien. Matthew laissa son grand-père se concentrer sur la route jusqu'à ce que la piste redevienne meilleure. A en juger par l'expérience de la veille, ils allaient rouler jusqu'à ce que Roman tombe de fatigue.
— Nous n'avons jamais beaucoup parlé, ton père et moi, dit-il enfin. Même quand Cullen vivait encore à la maison. Je crois que je ne savais pas quoi lui dire. Et lui, tout jeune, il aurait convaincu le soleil de quitter le ciel.
— Cela te gênait ?
— J'avais l'impression que mes réponses ne le satisfaisaient pas. Plus tard, il est allé chercher conseil auprès des gars du ranch, des bouviers qui venaient d'autres domaines, des aventuriers qui tiraient ce qu'ils pouvaient de Jimiramira, puis reprenaient la route. J'aurais dû le surveiller, le ramener dans le droit chemin, mais je passais mon temps aux quatre coins de mes terres, de sorte qu'on se voyait à peine. Ces types lui ont appris à jouer, mais pas à s'arrêter.
— Papa ne joue plus. Ça fait déjà un bout de temps.
— C'est ce qu'on raconte.
— Tu es au courant ?
— Qu'on le veuille ou non, on en entend de toutes sortes.
— Mais tu veux bien entendre parler de papa, non ?
Roman ne nia pas.
— Un jour, nous nous sommes disputés. Je l'ai envoyé dans l'Ouest, à Pikuwa Creek. Je pensais être tranquille, ne plus avoir à m'inquiéter pour lui en l'expédiant au diable.
— Et alors ?

La réponse ne vint pas.

— Tu sais, grand-père, il ne dit jamais de mal de toi. Mais il m'a souvent répété qu'un de ces quatre matins, il reviendrait faire sa paix ici. Que tu le veuilles ou non.

— Ça lui ressemble bien, ça !

— En tout cas, c'est le meilleur père du monde.

— Eh bien, il ne tient pas ça de moi. Mais, si c'est vrai, je suis fier de lui.

— En tout cas, lui, il ne sera pas fier de moi, dit Matthew.

— Pourquoi ?

— Il ne comprendra pas ce que j'ai voulu faire.

— Et ta mère ?

— La perle la détruit, elle l'empêche de vivre. Si ça continue, elle ne sera même plus capable de sortir de la maison. Alors, quand on sera tous débarrassés de cette perle, peut-être qu'elle comprendra pourquoi il fallait que je prenne les choses en main.

— Ce n'est pas sûr, tu sais. Les gens s'habituent aux objets qu'ils possèdent, et ils n'aiment pas beaucoup qu'on les leur enlève.

Roman ralentit.

— Regarde par là-bas, fiston, dit-il en pointant l'index vers la droite.

Dans la lumière argentée du crépuscule, se détachant contre un groupe de gommiers, deux kangourous bondissaient le long de la piste. Matthew les observa avec fascination. A son goût, il y avait trop peu de kangourous en Australie.

— Le plus grand, c'est un mâle. Et la femelle a un petit dans sa poche.

— Super !

— Nous serons à Derby demain, avant midi.

— Et tu crois que ton copain Pete nous prêtera un bateau ?

— Sûr. Il me l'a déjà proposé dans l'espoir que ça me déciderait à prendre un peu de vacances. Un jour, je lui ai raconté que j'aimais la voile quand j'étais jeune. Je suppose que, pour des gens qui grandissent dans un coin aussi sec, c'est normal de rêver d'océan.

— Mais tu ne lui as jamais emprunté aucun bateau ?

— Je ne prends pas de vacances. Pas depuis la mort de ta grand-mère.

Roman avait déjà raconté à Matthew l'histoire de Pete Carpenter, un « copain » qui l'avait aidé à transporter son bétail de Jimiramira en Asie, à l'époque où le marché y était plus porteur. Il était à la retraite, à présent, et vivait sur la côte, près de Derby, au nord de Pikuwa Creek. Il occupait son temps à remettre des bateaux en état.

— Quand un marin a la mer dans le sang, on ne peut plus l'en éloigner, ou bien il se ratatine et se dessèche sur pied, comme l'herbe sous le cagnard, tu comprends, fiston ?

— Grand-père, tu crois qu'on saura se débrouiller tout seuls avec un voilier ? Ça ne risque pas d'être trop grand pour nous deux ? demanda Matthew qui se sentait légèrement inquiet.

— Voyons d'abord ce que Pete nous propose. Ensuite, nous aviserons.

Roman ralentit et rétrograda.

— Basta, petit gars, j'ai eu ma dose, déclara-t-il.

Matthew examina l'endroit qui lui parut idéal pour camper. Un peu plus loin, il y avait d'impressionnantes formations rocheuses avec des gorges, vestiges laissés par d'anciens récifs coraliens qui attiraient les touristes de toute l'Australie. Il aurait aimé faire le détour pour les visiter, mais son grand-père évitait soigneusement ce genre de lieu trop fréquenté de manière à ne pas laisser de trace.

— Alors, on s'arrête ici pour la nuit ?

— Non. J'ai besoin de me reposer un peu. Tu peux prendre le volant un moment ?

— Moi ? demanda Matthew, stupéfait.

— Tu vois quelqu'un d'autre ?

— Pas vraiment, mais…

— La route est bonne sur des kilomètres à partir d'ici. Tu peux conduire aussi bien que moi, non ?

— Mais, je n'ai pas l'âge : je n'ai que quinze ans.

— Je sais, fiston.

— Ça ne pose pas de problème ?

— Je ne te l'aurais pas demandé si c'était le cas.

— Whaou ! s'exclama Matthew en se redressant sur son siège.

Toute sa fatigue s'était évaporée. Roman arrêta la voiture.

— Là. Ce n'est pas bien difficile. Tu es un petit Australien, pas vrai ? Alors, rien de plus naturel que de prendre ta première leçon ici.

— Je sais pas trop ce que je suis, mais ça me plairait drôlement de conduire.

— Alors, on y va.

Roman lui expliqua brièvement comment passer les vitesses du 4x4 qui, sans être très neuf, fonctionnait à merveille.

— Peu importe que nous nous traînions au départ. Ce qui compte, c'est que tu t'habitues à changer les vitesses. Ensuite, tu pourras accélérer.

La tête farcie de consignes, Matthew sortit pour aller prendre la place de son grand-père. Il y avait tant de choses à se rappeler, mon Dieu ! Mais, s'il parvenait à conduire ici où on roulait à gauche et où tout était du mauvais côté de la voiture, il aurait de l'avance pour passer son permis.

Roman lui rappela qu'il fallait appuyer sur l'embrayage pour passer en première et, les doigts crispés sur le volant, Matthew démarra.

— Mince alors ! Ça bouge.

Roman éclata de rire — ce qui n'avait rien d'habituel.

— Ton père a dit la même chose quand je lui ai donné sa première leçon.

Le visage froncé, concentré sur ce qu'il faisait, Matthew se demandait comment les gens parvenaient à circuler dans les villes encombrées. Il y avait tant d'obstacles ! Les kangourous les avaient dépassés depuis longtemps. Parviendrait-il à les rattraper ? Il en doutait.

— Passe la seconde, lui ordonna Roman.

La boîte de vitesse grinça. Il pressa plus fort sur l'embrayage, et tout rentra dans l'ordre.

— Bien, petit gars, tu es doué.

Jamais compliment ne l'avait flatté davantage. Il se redressa encore, appuya un peu plus sur l'accélérateur.

— Ecoute le moteur. C'est lui qui te dira quand passer la troisième. Tu l'entendras peiner, et tu sauras.

Matthew tendit l'oreille, mais Dieu, que tout cela était compliqué ! Il fallait veiller à rester au milieu de la route, bien qu'ils n'aient pas croisé un seul véhicule depuis plus d'une heure. Il fallait aussi se rappeler où se trouvait le frein, au cas où un animal traverserait devant eux. Regarder devant soi afin d'éviter les nids-de-poule et les ornières. Avec tout ça, il était à peu près certain de ne pas changer de vitesse au bon moment. Mais, soudain, le moteur se mit à faire un drôle de bruit.

— Maintenant, grand-père ?

— Bravo. Je t'ai dit que tu étais doué.

Le soleil venait de disparaître à l'horizon. Roman se pencha pour tourner un bouton sous le tableau de bord, et la route fut illuminée par les phares. Ce n'était, certes, pas pour apprendre à conduire que Matthew était venu en Australie, mais peu importait. Il se sentait plus vieux, plus sage, et immensément fier de lui.

Il accéléra de nouveau et passa la quatrième. Une affaire délicate. La boîte fit un bruit affreux, mais la main de Roman se posa sur la sienne pour l'aider — aussi naturellement que s'ils se connaissaient depuis toujours. La vitesse s'enclencha. La boîte cessa de grincer, et la voiture parut s'alléger, comme s'ils volaient. Pourtant, il roulait bien moins vite que Roman.

Conduire lui donnait des ailes. Il se sentait puissant, capable de tout, même de poser des questions indélicates.

— Grand-père, pourquoi tu es venu avec moi ? Je croyais que tu me renverrais chez moi illico quand je t'ai montré la perle.

— Regarde la route, nous discuterons plus tard.

— S'il te plaît, dis-le-moi.

Roman se taisait. Matthew se concentrait. Le silence dura si longtemps qu'il crut que son grand-père ne lui répondrait pas. Enfin, il se décida.

— Fiston, j'ai compris beaucoup de choses concernant le temps. On s'imagine qu'on en a à revendre. Et puis, un beau jour, on se rend compte qu'on se trompait. Il n'y en a jamais assez. Pour personne. Et certaines choses doivent être faites tant que c'est encore possible.

— Quel genre de choses ?

— Oh, des choses. Comme de veiller à ce que la Perle de Grand Prix ne cause plus jamais d'ennuis dans la famille.

— Je vois, dit Matthew. Comme de prendre le temps de connaître son petit-fils.

— Merde ! Regarde la route, fiston ! Tu ne vas pas droit.

Le visage du garçon s'éclaira d'un large sourire, et il reporta toute son attention sur la conduite.

32.

Située sur la côte entre Derby et Broome, Pikuwa Creek se nichait dans l'embouchure d'un estuaire accidenté. Cent ans plus tôt, l'anse abritait le camp de ravitaillement de Somerset & Co. Aujourd'hui, elle était le centre du monde pour l'arrière-arrière-petit-fils de Sebastian Somerset.

Tandis que John se préparait à atterrir sur la piste de Southern Cross, Cullen jeta un coup d'œil à Liana. Sans doute aurait-elle peur de voler toute sa vie, mais elle luttait bravement contre l'ennemi par amour pour leur fils.

Devinant ses pensées, elle se tourna vers lui.

— Ne te fais pas d'illusions. Dès que nous aurons retrouvé Matthew, je vais me terrer sous mon lit et je n'en bougerai plus avant un an.

— N'exagère pas. Tu commences à te souvenir d'un temps où tu te sentais plus libre.

— Jamais je n'ai été aussi nouée.

— Tu t'inquiètes pour Matthew. Ça entre en ligne de compte.

— Peut-être. Je voudrais qu'il soit là, à nous attendre.

Dans la matinée, ils avaient survolé Jimiramira à basse altitude pour tenter de localiser le Jackeroo ou quelque trace de campement. Ils avaient surpris des bouviers, puis effrayé un grand troupeau, mais ils n'avaient pas découvert le moindre signe de Roman et Matthew. Vers 10 heures, ils avaient renoncé ; ils étaient rentrés faire le plein de carburant, puis ils avaient mis le cap sur Pikuwa Creek.

— Winnie a promis de nous appeler dès qu'elle aurait du nouveau. Et puis, s'ils sont en route, nous savons qu'ils ne sont pas encore arrivés. J'ai appelé Sarah avant de partir : elle ignorait tout de leur éventuelle visite. Elle doit se renseigner auprès du personnel de l'élevage, à tout hasard. Dès que nous serons à terre, tu pourras l'interroger toi-même.

Dans l'espoir de la distraire un peu de son angoisse, il lui désigna une zone brillante à travers le hublot.

— Tu vois ces reflets, là-bas, vers le sud ? Cela vaut une mine d'or. Ce sont des radeaux d'aluminium auxquels sont accrochés les paniers qui contiennent les nacres. Nous les avons passés aux rayons X avant de les apporter ici. Ainsi, nous sommes sûrs que les huîtres contiennent des perles. Certains élevages, le long de la côte, ont encore davantage de nacres à ce stade.

— Quel stade ?

— Je ne me rappelle plus exactement comment nous procédions quand tu vivais ici. Les plongeurs recueillent les nacres en février, puis il leur faut quatre à six mois de repos pour se stabiliser.

— Je me souviens de cela, oui.

— On les installe au large, sur des panneaux qui flottent au-dessus du fond, et on retourne les nettoyer une ou deux fois par mois afin de les débarrasser des parasites qui leur disputent la nourriture. Ensuite, on les rapporte ici.

— Tes radeaux sont nombreux, remarqua Liana.

— Oh, nous ne sommes pas les plus gros éleveurs de la région. Mais nous sommes les meilleurs.

— Cela devrait intéresser Matthew de voir ce que tu fais en grandeur réelle. A condition qu'il arrive jusqu'ici, bien sûr.

— Il arrivera.

— C'est ce que je ne cesse de me répéter. Avec ton père, il ne craint rien. Mais j'ai le pressentiment que…

Elle laissa sa phrase en suspens.

— Parce que tu es sa mère.

Elle leva vers lui ses yeux couleur d'ardoise, immenses dans son visage si pâle.

— Et toi, Cullen ? Tu es son père. Un lien étroit vous unit. Quel est le fond de ta pensée ?

— Je préfère m'en tenir aux faits. Nous n'avons aucune preuve que des tiers aient retrouvé sa trace en Australie.

— Tu as toujours été piètre joueur de poker. Tu ne sais pas cacher tes sentiments, dit-elle en se détournant.

— Pour le moment, Lee, j'essaie de retrouver mon fils. Ce n'est pas un jeu. Il faut que je fasse travailler ma matière grise. Peu importe ce que je ressens.

Elle se tut jusqu'à ce que l'avion se soit posé, puis elle lui effleura le bras.

— Excuse-moi.

— Nous jouons dans le même camp, Lee.

— Oui, je sais. Et, quand je ne l'oublie pas, cela me plaît bien.

Quand il était jeune, s'il avait su à quel point l'amour vous complique l'existence, jamais il ne se serait engagé avec cette femme. Elle était toujours pour lui aussi mystérieuse qu'à leur première rencontre, et elle conservait le don de le désarçonner.

Il se pencha pour l'embrasser, conscient que ce geste ne simplifierait rien. Elle ne le repoussa pas, caressa ses cheveux, et il sentit les battements de son cœur s'accélérer. Mais il fut le premier à briser le contact.

— Retrouvons notre fils. Ensuite, nous envisagerons l'avenir. Un pas à la fois.

Sur ces mots, il se leva pour récupérer les bagages sur le siège qui se trouvait de l'autre côté de l'allée.

— Je n'arrive pas à croire que je suis de retour ici, murmura-t-elle, si bas qu'il l'entendit à peine.

— Attends-toi à des changements.

— J'ai changé. Toi aussi. Pourquoi Pikuwa Creek serait-elle restée la même ?

« Parce que certaines choses ne changent pas », songea Cullen.

Dehors, le soleil donnait, et il mit son chapeau. Pour la côte, le temps était plutôt frais, mais Liana aurait besoin de temps pour s'habituer. Il l'observa du coin de l'œil, guettant ses réactions.

Elle esquissa un premier pas timide, puis, d'une démarche assurée, elle s'éloigna de l'avion et de la piste. Il la suivit à travers un champ aux herbes desséchées. Enfin, elle s'arrêta à l'ombre d'un arbre en fleur d'où l'on apercevait la maison à travers les branches.

Qu'éprouvait-elle devant ce spectacle ? Mystère. En dix ans, il avait effectué bien des transformations. Un lent travail. Graduel. Presque thérapeutique. Toute l'énergie qu'il n'investissait pas dans Southern Cross Pearls, il l'employait à restaurer le bungalow où il avait vécu avec Liana et leur fils.

— C'est…

Elle se retourna, le regard brillant.

— C'est prodigieux, Cullen. Tu as fait des miracles.

Le compliment lui réchauffa le cœur. Ce qui le surprit. Il avait cru pouvoir se passer de son approbation ; il avait cru que le plaisir qu'il avait pris à réaliser ces travaux constituait une récompense suffisante. C'était une erreur.

Elle se mit doucement en marche.

— Tu as fait ça tout seul ?

— En grande partie, oui.

— Quelle perfection ! Le toit rouge me plaît beaucoup. C'est du métal, non ? Comme Jimiramira ?

— Que deviendrait l'Australie sans ses toits de métal, hein ?

— On dirait presque un temple chinois.

— Le style de Broome. Pour que la chaleur monte, et que l'eau s'évacue pendant les pluies. Evidemment, si un bon cyclone arrive de la baie, il risque de s'envoler comme une grue chinoise.

— Non. Tu es bien abrité, ici. Autant qu'on puisse l'être sur cette côte… Tu as agrandi la véranda, n'est-ce pas ? Et toutes ces plantations, mon Dieu ! Des acacias, des kapokiers… Et cette tonnelle… ce sont des bougainvilliers, non ?

Tant de compliments ! Et Liana n'était pas du genre à se répandre. Il en demeura muet, ce qui ne lui ressemblait pas.

Soudain, une grande jeune femme aux courtes boucles blondes apparut sous la véranda, et le charme se brisa.

— Viens, dit-il. Allons voir si Sarah a des nouvelles.

Liana se figea, comme tétanisée. Toute joie avait disparu de ses yeux. Comprenant son angoisse, Cullen lui enlaça la taille, et l'encouragea à avancer.

Ensemble, ils gravirent le perron et rejoignirent l'assistante de Cullen qui tendit la main à Liana.

— Nous ne savons toujours rien de Matthew, dit-elle aussitôt. Ni de M. Llewellyn. Mais j'ai alerté tous les membres du personnel pour qu'ils gardent les yeux ouverts et qu'ils nous préviennent de leur arrivée. Que dois-je faire, à présent ? Voulez-vous que j'appelle les commissariats de Broome et de Derby ?

— Tu as regardé mon e-mail ?

— Il n'y a pas de message. Désolée.

— Ça me semble une bonne idée de contacter la police, dit Liana.

— Je m'en charge, Lee. Ma description sera plus précise. Sarah n'a jamais rencontré Matthew.

— C'est vrai ? demanda Liana sur un ton légèrement agressif.

— Je n'ai pas eu ce plaisir. Quand Cullen part pour les Etats-Unis, il faut que je reste afin de veiller à la bonne marche de...

— Sarah, interrompit Cullen, quels sont les hommes qui travaillent ici, aujourd'hui ?

La jeune femme lui donna une longue liste de noms et, à chacun d'entre eux, Cullen hochait la tête.

— Tant de monde que cela ? dit Liana quand elle eut terminé.

— Ce n'est plus l'élevage artisanal que tu as connu, Lee. Le personnel permanent compte plus de cinquante hommes, et nous engageons des intérimaires à certaines époques de l'année.

— Ici ? Je n'en reviens pas.

— L'entreprise s'est développée depuis ton départ. Une équipe vit à bord du *Southern Cross*, un navire en fibre de verre qui reste en mer presque toute l'année. Nous avons aussi des bateaux plus petits dont certains sont basés sur notre second élevage de Yampi Sound. Ces équipages-là reviennent passer une semaine à terre après trois semaines au large. Ceux du *Cross* sont périodiquement ramenés à terre par hydravion. De sorte que le nombre d'employés présents à Pikuwa Creek varie d'un jour à l'autre. En dehors des plongeurs qui nettoient les nacres dans la baie, ce sont des gens du cru qui habitent sur place ou à proximité. De même que les ouvriers de l'usine.

Liana regardait Cullen d'un air interrogateur.

— Nous produisons nos propres noyaux, à présent.

Du doigt, il désigna un grand bâtiment blanchi à la chaux, en bordure de l'eau.

— Il y a là-bas un réfectoire, un terrain de cricket et des résidences aménagées avec tout le confort. Nous avons même une antenne satellite et une vidéothèque. Comme tu peux le constater, ce n'est pas le bagne.

— Non, dit Sarah : c'est même très agréable. Et les employés de Cullen ne s'y trompent pas.

Jamais Cullen n'avait vu son assistante sur la défensive. Une grande première, songea-t-il. Mais il fallait s'attendre à quelque rivalité féminine.

— Sarah, cela t'ennuierait de faire visiter les lieux à Liana pendant que je règle mes affaires avec notre pilote, que j'appelle les flics et quelques autres personnes. Lee, quand tu auras vu ce que tu voulais voir, reviens à la maison pour t'installer.

— Prête pour faire le tour du propriétaire ? demanda Sarah.

Cullen espérait qu'elle accepterait. Il avait besoin d'être seul pour pouvoir exprimer librement ses pires craintes à la police.

— Allons-y, dit Liana. Mais, si tu as du nouveau, Cullen, s'il se passe quelque chose…

— Je viens te chercher sur-le-champ.

Elle lui sourit, d'un sourire étrangement assuré, provocant.

— Tu as intérêt, vieux. N'oublie pas que nous sommes dans cette galère ensemble.

Lorsque Cullen eut disparu dans la maison, Sarah se tourna vers Liana.

— Je suis vraiment désolée pour Matthew.

C'était une grande belle femme au corps parfait, très bronzée malgré ses cheveux de lin et ses yeux bleu clair. Sous son air extrêmement naturel, elle était consciente de sa séduction, et elle savait se mettre en valeur. Elle portait un T-shirt d'un blanc immaculé qui soulignait son hâle cuivré et le galbe de ses seins, un short qui découvrait de longues jambes idéalement fuselées.

Elle se mit en marche, et Liana la suivit sans grand enthousiasme.

— Nous espérons que ce n'est rien de plus grave qu'une fugue d'adolescent.

— Je n'ai pas d'enfant. Je ne peux donc pas savoir ce qui leur passe par la tête. Mais j'imagine sans peine votre inquiétude. Et je connais Cullen. Il adore son fils.

— Matthew est convaincu que son père a inventé la lune et les étoiles.

— Bizarre qu'il ait choisi de partir alors qu'ils devaient passer un mois ensemble, vous ne trouvez pas ?

— Tout est bizarre dans cette affaire.

— Dites-moi si je peux vous être utile en quoi que ce soit, Liana. Surtout, n'hésitez pas.

Elle marqua une pause, puis ajouta :

— Ça ne vous gêne pas que je vous appelle par votre prénom ?

Liana esquissa un sourire crispé.

— Pas du tout, je vous en prie.

Elles marchèrent un moment en silence.

— Cette visite n'est qu'un prétexte, reprit finalement Liana. Cullen m'a éloignée pour pouvoir parler seul à la police.

Sarah s'interrompit dans sa marche.

— Si vous préférez, trouvons un coin pour nous asseoir en attendant qu'il ait fini.

— Non. Parlez-moi plutôt de l'élevage.

— C'est donc si différent de ce que vous avez connu ? Remarquez, cela ne m'étonne pas. Les choses ont bien changé, depuis que je travaille ici. Je ne peux même pas imaginer comment c'était il y a dix ans !

Liana se sentit soudain vieille. Sarah n'avait que vingt-six ans.

— Il y a longtemps que vous travaillez ici ? lui demanda-t-elle.

— Cinq ans. J'ai suivi des études de biologie à l'université, mais j'ai grandi à Broome, et je mourais d'envie de revenir au pays. Pour moi, rien ne vaut ces paysages.

Sarah marchait d'un bon pas et prenait de l'avance, mais Liana se doutait bien qu'elle ralentirait l'allure dès que la distance se creuserait entre elles.

— Broome a dû changer aussi, je suppose.

Comme prévu, Sarah ralentit, et elle répondit avec un vague sourire d'excuse :

— Vous ne reconnaîtriez pas la ville. Elle est devenue très cosmopolite. Le tourisme s'est développé : nous avons pratiquement un festival par mois. Mais ça reste les tropiques. Rien ne commence à l'heure.

Elles s'arrêtèrent en bordure d'une plage de sable blanc qui descendait jusqu'à la mer — une plage que Liana connaissait bien.

— Je rêvais de venir me baigner ici avec Matthew. Mais la marée nous aurait emportés. Ou alors le crocodile du coin.

— Ces puissantes marées expliquent que nos perles se développent si bien. Trois centimètres par minute, et des tonnes d'eau gorgée de plancton que les huîtres filtrent pour se nourrir. C'est l'environnement idéal. Si Cullen décidait de mettre la clé sous la porte du jour au lendemain, les perliers se bousculeraient pour lui racheter l'élevage.

Il y avait de la fierté dans la voix de Sarah, et peut-être autre chose aussi. Si, comme l'affirmait Cullen, il n'y avait jamais rien eu entre eux, la décision venait de lui, pas d'elle.

Le regard de la jeune femme se perdait sur l'étendue de la baie.

— Que désirez-vous savoir ?

— Cullen m'a montré les radeaux, depuis l'avion. Vous rapportez les nacres ici pour pratiquer les greffes ?

— Non. C'est le *Cross* qui s'en charge. De cette manière, les huîtres souffrent moins. Cullen a été le premier à le comprendre. Elles sont remontées à bord, greffées, puis remises à plat sur le fond dans leurs paniers. Ensuite, pour que la perle se forme, il faut les retourner et les nettoyer régulièrement pendant quarante jours.

Liana se souvenait de tout le processus. On ouvrait la coquille, et on y insérait une cale afin de la maintenir ouverte. Ensuite, un technicien greffeur hautement qualifié incisait la gonade du mollusque pour y introduire le noyau — minuscule implant de nacre provenant de la coquille d'une huître du Mississippi — recouvert de son greffon, un morceau du manteau d'une huître sacrifiée. Un mois environ après l'opération, le coquillage sécrétait de la nacre pour « guérir » la blessure. La greffe revenait très cher. On faisait venir par avion des spécialistes japonais qui gagnaient des milliers de dollars pour quelques jours de travail. Mais peut-être que cela aussi avait changé.

— A-t-on formé des greffeurs australiens ? demanda Liana.

— Vous ne savez donc pas ? C'est Cullen qui s'en charge.

— Cullen ?

— Il a appris tout seul avant que j'arrive ici. C'est une vedette dans la région. Il greffe ses propres nacres à bord du *Cross*. Il réalise ainsi une belle économie. Ça lui donne l'avantage sur ses concurrents, et ça lui a permis de s'étendre rapidement.

— Eh bien, je lui tire mon chapeau.

Sarah jeta à Liana un regard interrogateur.

— Cela ne me regarde pas, mais vous semblez vous réjouir de ses succès.

— Absolument.

— Dans ce cas, vous serez contente d'apprendre qu'il réussit mieux que tous les autres. En général, les implants prennent dans trente pour cent des cas, et cinq pour cent seulement donnent des perles de qualité. Les autres sont baroques, irrégulières de taille comme de forme…

— Ou keshi, compléta Liana.

Autrefois, chaque nouvel arrivage de keshi éveillait son enthousiasme. Ces perles produites par l'huître indépendamment du noyau implanté avaient inspiré ses plus belles créations.

— J'ai, moi aussi, une préférence pour les keshi. Elles me fascinent par leur diversité.

— Oui. J'aimais beaucoup travailler avec ces perles rebelles. Je…

Elle s'interrompit, répugnant à s'étendre sur le passé. Pour la première fois, Sarah lui sourit avec une authentique chaleur.

— Les succès de Cullen sont largement au-dessus de la moyenne. Dix à quinze pour cent de ses perles sont de première qualité, et près de cinquante pour cent de ses greffes réussissent.

— Il sait pourquoi ?

— Pas précisément, non. Mais, d'après moi, c'est parce qu'il chante en pratiquant ses greffes.

— Vous plaisantez ?

— Pas du tout. Il aime ses nacres. On dit bien qu'il faut parler doucement à ses plantes pour qu'elles poussent mieux, non ? Alors, pourquoi les huîtres, qui sont des organismes plus évolués, seraient-elles moins sensibles ?

Liana imaginait Cullen en train de chanter pour ses huîtres de sa voix de baryton délicieusement fausse, comme il chantait autrefois pour bercer leur fils.

— … Et il a des mains merveilleuses, ajouta Sarah. Des mains de guérisseur. Je suis certaine qu'il a des pouvoirs…

Liana se demanda soudain si Cullen avait conscience du fait que son assistante était folle amoureuse de lui.

— … Quoi qu'il en soit, le cycle se répète : trois perles pour chaque huître et, lorsqu'elles sont trop vieilles, nous les greffons pour avoir des mabé — cinq par nacre quand la chance nous sourit. Une fois que l'huître est retirée du circuit, on vend la chair à Broome pour les spécialités, et les coquilles pour la peinture.

Les perles mabé se développaient à même la coquille, à partir de noyaux aux formes variées. Plates d'un côté, de bien moindre valeur, elles constituaient, en quelque sorte, le chant du cygne de l'huître, et Liana n'avait jamais aimé travailler avec.

— Vous faites marcher une véritable petite industrie, dit-elle, sincèrement admirative.

En effet, Cullen avait réussi un exploit, ressuscité une affaire en faillite pour la transformer en un élevage perlier profitable et géré de main de maître. Au passage, il avait inspiré l'admiration et l'amour à son assistante.

— Si vous le souhaitez, je peux vous montrer les locaux. L'exploitation est encore modeste, mais nous nous développons rapidement. Cullen a beaucoup de flair. Il sait d'instinct quand il faut prendre des risques et quand il vaut mieux rester sur ses acquis.

— Savoir les montrer, savoir les poser…

— Pardon ?

— C'est une chanson. Sur un joueur de poker. L'une des chansons préférées de Cullen, du temps où nous étions mariés.

— Sans doute est-ce un commerce idéal pour un joueur, mais Cullen ne prend pas ses décisions au hasard. Chaque membre du personnel a une voix consultative, et nous sommes tous intéressés aux bénéfices. Nous lui avons déjà demandé d'attendre pour tenter une nouvelle expérience qui lui tenait à cœur, et il nous a écoutés, répliqua Sarah, sur la défensive.

— Cullen et moi traînons un lourd passé qu'il n'est pas si facile d'effacer, vous savez.

— J'avoue que j'ai toujours voulu vous rencontrer. Je regrette seulement que ce soit dans ces circonstances.

— Pourquoi ce désir de me connaître ?

— Je travaille en étroite collaboration avec Cullen, alors, naturellement, je suis curieuse de tout ce qui le touche.

— Notre mariage remonte à si loin que tout cela ne doit plus avoir grande influence sur lui.

— Mais vous avez vécu ici, avec lui. J'ai vu ce que vous faisiez. Il a gardé certaines de vos créations. Vous avez un immense talent, et je ne dis pas cela pour vous flatter. Cullen refuse d'engager un joaillier à demeure. Il vend ses gemmes en gros, alors qu'il y aurait tout intérêt à en vendre certaines ici, à Broome, pour les faire monter en bijoux. Je pense que…

— Que ?

— Je crois qu'il a décidé que personne d'autre que vous ne devait travailler ses perles.

Liana préférait ne pas s'appesantir. Elle préférait oublier tout ce qui avait trait à l'art d'allier les perles aux métaux précieux pour créer un objet unique, un objet d'une très grande beauté. Elle préférait oublier cette part d'elle-même qui l'avait rendue si heureuse.

Soudain, l'air lui sembla lourd, immobile, irrespirable. Tout son corps était moite de sueur. Elle agita la tête. C'était une erreur, car sa vue se brouilla. Ses yeux étaient remplis de larmes.

— Je ne crée plus de bijoux, Sarah. J'en serais sans doute incapable, aujourd'hui, même si ma vie en dépendait.

— C'est bien dommage.

Liana sentait son cœur battre à une allure précipitée. Elle se sentait tétanisée.

— Les gens changent avec le temps. Leurs intérêts aussi.

— Eh bien, j'espère que les miens ne changeront pas. J'adore cet endroit et tout ce que nous y faisons.

Liana avait vécu ici pendant cinq ans, et elle avait aimé passionnément le propriétaire de ces lieux. Puis l'amour s'était mué en haine lorsqu'il avait tout risqué au jeu. En fin de compte, elle avait pris des risques, elle aussi, jeté les dés, empoché ses jetons et tourné le dos à Cullen comme à Pikuwa Creek.

Qu'avait-elle perdu dans l'aventure ? Malgré la crise de panique contre laquelle elle luttait, la réponse lui apparut clairement. Elle y avait perdu son cœur, son âme, la muse qui guidait sa main et l'inspirait. Elle avait quitté cet homme parce qu'il avait commis une faute grave, et elle avait poursuivi sa route pour s'enfoncer elle-même dans l'erreur.

Pacific International lui faisait horreur, de même que le poste qu'elle y occupait. Elle détestait la vie qu'elle s'était construite par besoin maladif de sécurité, de même que la femme qu'elle était devenue.

— Liana, vous êtes bien pâle, remarqua Sarah d'un air inquiet. Ça doit être le climat. Vous avez perdu l'habitude. Et les soucis que vous donne Matthew n'arrangent rien, je suppose. Je suis là, à bavarder, je marche beaucoup trop vite… Cullen ne me ratera pas si vous vous évanouissez.

— Je ne… m'évanouirai pas, murmura Liana.

Elle inspira profondément dans l'espoir de refouler une nouvelle vague de panique.

— Allons nous reposer à l'ombre, dit Sarah en lui prenant le bras.

Liana se dégagea d'une secousse.

— Le climat n'y est pour rien.

Elle ferma les yeux de toutes ses forces, et se retrouva catapultée à travers le temps, dans un lieu que Sarah n'avait jamais vu : un petit élevage perlier aux bâtiments en ruine, avec ses vieux lougres et ses ouvriers qui dépensaient toute leur paye au bistrot du coin.

En dépit de tout ce qu'elle avait enduré, ce lieu lui était cher, et les difficultés ne la rebutaient pas. Ce n'étaient pas les mouches, les moustiques, les serpents venimeux ni les crocodiles qui l'avaient poussée à fuir. Ni même, comme elle tentait de s'en persuader depuis dix ans, les fautes de Cullen. Non, elle était partie à cause de la faille laissée par son enfance, des contradictions qui la déchiraient. Si elle n'avait trouvé ici ni la paix ni le bonheur, c'est qu'elle les cherchait dehors, et non pas en elle-même…

— Lee ?

Elle rouvrit les yeux, et se retrouva en face de Cullen, tandis que Sarah s'éloignait. Avait-il senti sa détresse pour venir ainsi la rejoindre ? Combien de temps était-elle restée là, immobile, à revivre les années de leur mariage ? Pikuwa Creek et Southern Cross avaient bien changé, depuis ce temps-là. Et Cullen n'était plus l'homme qu'elle avait connu.

Encore que…

Il prit son visage entre ses mains.

— Tu es toute gelée.

Elle recouvrit ses mains des siennes.

— Pardonne-moi, Cullen.

— Mais pourquoi ?

— Pour avoir cru, pendant des années, que tout était ta faute. Pour avoir eu peur que Matthew te préfère à moi. Pour t'avoir quitté au moment où tu avais le plus besoin de moi.

Il secoua tristement la tête.

— Non, Lee, tu as bien fait de partir. Il le fallait.

— Il y avait d'autres solutions. J'aurais pu rester à proximité. Nous aurions pu chercher de l'aide auprès d'un conseiller conjugal. Et, même si toute réconciliation s'était révélée impossible, j'aurais pu partager Matthew avec toi. Au lieu de cela, j'ai fui à l'autre bout du monde, je t'ai exclu de ma vie, parce que je t'aimais encore. Tu comprends ?

— Je le comprenais déjà à l'époque.

— Et regarde le résultat. Regarde ce que je suis devenue. Je t'ai abandonné tout en sachant que tu portais en toi tout ce que je vois ici…

— Ne t'y trompe pas, Lee. Le devoir ne t'imposait pas de rester là pour me tenir la main. Tu as fait pour le mieux.

— Justement, c'est bien ce qui m'effraie. J'ai fui en renonçant à tout ce que j'étais pour Pacific International qui m'a détruite.

Il ne répondit pas. Bien sûr, il ne pouvait pas tout comprendre. Elle se détourna de lui et contempla la baie où les huîtres greffées flottaient, béatement inconscientes des trésors qu'elles recelaient.

— En dix ans, je n'ai rien accompli. Mes terreurs et mon insécurité ont augmenté, et je passe mon temps à me couper du monde.

— Cela ne t'a pas détruite, déclara-t-il.

Doucement, il la prit dans ses bras, et l'attira contre lui.

— Peut-être fallait-il que je revienne ici pour m'en rendre compte.

— Cela ne t'a pas détruite, répéta-t-il.

— Que reste-t-il de la femme que je voulais être ?

— Tu as réussi…

— Dans un emploi que je déteste ! Je vomis Pacific International, Cullen ! Je vomis ce que nous y faisons, la manière dont nous le faisons. Nous découpons le monde en parcelles de plus en plus petites pour les vendre avec des bénéfices toujours plus grands. J'essaie, quand c'est possible, de protéger des gens qui en ont besoin, mais je ne suis qu'une voix parmi les autres. J'ai un titre ronflant, et bien peu de pouvoir. Mon père y a veillé. C'est Matthew qu'il voulait. Aux yeux de Thomas, mon seul mérite est d'avoir eu un fils. Il me l'a dit quand je suis rentrée à San Francisco pour lui demander de l'aide. Je t'ai quitté, et il a fait de moi une régente. J'occupe la place de Matthew jusqu'à ce qu'il soit en âge de prendre ses fonctions. En récompense, j'hérite d'un emploi et de la perle par intérim. Dans le seul but de les transmettre à Matthew.

— Matthew est notre fils. Nous avons voix au chapitre en ce qui le concerne. Ce n'est pas à un mort de décider de sa vie.

— Tu ne comprends donc pas ? Thomas était bien plus rusé que tu ne l'imagines. Il savait que les enfants apprennent par l'exemple plus que par les discours. Quel exemple suis-je pour Matthew ? J'achète et je vends la planète, exactement comme le faisait Thomas. Ma vie se limite à mon travail, et mon univers aux murs qui m'entourent. Je suis mon père, Cullen. Je suis Thomas Robeson. Et, chaque jour, j'apprends à Matthew à devenir comme moi.

— Tu oublies certaines différences. Tu es une excellente mère ; tu adores Matthew, et il le sait. Tu lui as tout donné.

— Je l'ai tenu à l'écart de son père qu'il adore.

— Matthew est un gosse formidable, ce qui prouve que tu l'as bien élevé.

— Il a disparu, Cullen !

Elle se retourna vers lui, le repoussa des deux mains.

— Il est parti. Tu ne vois donc pas que c'est à cause de moi ? Il est venu jusqu'ici par ses propres moyens parce que je ne l'ai jamais laissé partir avec toi. Je me suis efforcée de le contrôler, comme mon père me contrôlait. Thomas savait que les choses se passeraient ainsi. Ce salaud est mort en le sachant !

Cullen reprit son visage à deux mains, et elle sentit les larmes lui monter aux yeux, puis couler sur ses joues. Il les laissa couler, sans faire un geste pour les essuyer.

— Calme-toi et écoute, Lee. Premièrement, nous allons retrouver notre fils. Ensuite, nous lui demanderons pourquoi il est parti. Et, tant que nous n'aurons pas entendu sa réponse, interdiction formelle de culpabiliser. Pour toi comme pour moi.

— Mais… Qu'aurais-tu à te reprocher ?

— Deuxièmement, reprit-il sans répondre à sa question, nous en avons fini avec le passé. Terminé. On tourne la page. J'ai fait des erreurs, toi aussi. Et alors ? On était jeunes. Il y avait peut-être d'autres solutions. On ne les a pas trouvées. Mais c'est fini, n'en parlons plus.

— Ce n'est pas fini, Cullen ! Notre fils a disparu !

— Si, c'est fini. On ne change rien au passé. Nous nous sommes pardonné du mieux que nous avons pu. A présent, c'est l'avenir qui compte, c'est devant que ça se passe.

Parfaitement immobile, elle réfléchissait à ce qu'il venait de dire.

— Oui, reprit-il. C'est aussi simple que cela. Il suffit de le vouloir.

— Je veux qu'on me rende ces années, murmura-t-elle enfin d'une voix à peine audible. Tu ne comprends donc pas ? C'est de cela que je souffre.

Il l'attira à lui, la serra dans ses bras.

— On ne revient pas en arrière, Lee. Nous n'avons que notre avenir. Et c'est à nous de décider comment nous le vivrons. Car, quel que soit le bagage que nous traînons derrière nous, au bout du compte, chacun de nous doit décider de ce qu'il en fait.

33.

Les pièces exiguës et encombrées de jadis avaient cédé la place à des espaces ouverts inondés de clarté. Malgré les modifications structurelles, des touches personnelles restaient, ici et là. Sur une table basse trônait une baleine sculptée dans un bois local ; des photos de Matthew couvraient tout un pan de mur derrière le canapé. Parcimonieusement meublé, le salon regorgeait de livres empilés. Dans un coin, l'équipement hi-fi et la télévision tendaient à prouver que Cullen passait du temps chez lui.

— J'ai modifié l'architecture intérieure, mais je suis trop pris pour redécorer sérieusement, expliqua-t-il à Liana, tout en déplaçant une liasse de papiers pour qu'elle puisse s'asseoir. Si tu veux, je peux brancher l'air conditionné.

Elle refusa d'un signe de tête. Une brise soufflait de la baie par les vitres ouvertes, et il faisait bon. Sitôt installée sur le canapé, elle se cala contre le dossier et ferma les yeux.

— Ne t'inquiète pas pour moi : je me sens beaucoup mieux.

— Je vais te chercher à boire.

Epuisée, vide d'émotions, elle tenta de se détendre en écoutant les vagues se briser sur la plage et les cris des hommes, au loin.

— Sarah a dû faire des courses. J'ai trouvé des jus de fruit.

Elle rouvrit les yeux pour prendre le verre qu'il lui tendait, et constata avec plaisir que sa main ne tremblait presque plus.

— J'ai rangé tes affaires dans la chambre de Matthew.

— La chambre de Matthew ?

— Oui. Pour moi, elle l'est restée. Le plan de la maison est un peu modifié, mais cette chambre occupe à peu près le même espace que celle de Matthew quand il était petit.

— Tu te rappelles quand il passait par-dessus les barreaux de son lit et qu'il grimpait dans le nôtre en pleine nuit ?

— Oh, oui, je me le rappelle.

Il souriait, et elle ne put s'empêcher de lui sourire en retour.

— Et son premier Noël, tu t'en souviens ?

Le sourire de Cullen s'effaça d'un coup.

— Pour m'en souvenir, je m'en souviens. J'avais perdu l'argent que nous avions économisé pour les cadeaux.

— Je ne parlais pas de cela. C'était un Noël merveilleux, Cullen. J'avais fabriqué des petits sujets en nacre pour décorer le sapin…

— Des cloches, des étoiles, des anges. Je les ai gardés.

— Vraiment ? demanda-t-elle, surprise et émue. Plus tard, ils reviendront à Matthew. C'est une partie de son histoire.

— Il faisait si chaud, ce soir-là, qu'on aurait pu faire griller un serpent à même le sol.

Elle grimaça.

— Je n'aime pas tellement le serpent grillé.

— J'avais fabriqué un petit camion qu'il pouvait tirer derrière lui.

— Et moi, je lui avais confectionné un ours en peluche.

— Un ours ? Tout un zoo, oui !

— Bon, d'accord, j'ai exagéré. Mais il les aimait, ces peluches. D'ailleurs, elles sont toujours dans sa chambre.

— Je sais, je les ai vues.

Ils se turent tous deux, et le silence s'étira. Enfin, Cullen posa son verre et reprit la parole.

— Les flics m'ont écouté, et ils gardent l'œil ouvert, Lee. Ils me connaissent. Whitey Pendergast m'a promis d'appeler un de ses copains de Hall's Creek pour lui demander s'il avait vu ou entendu parler de nos deux cocos.

— Depuis le temps qu'ils ont quitté Jimiramira, ils devraient être arrivés.

— Ils se sont peut-être arrêtés en route pour visiter. Ou ils ont eu un pépin mécanique. Ce n'est pas la Californie, ici, tu sais. Ils sont peut-être sur le bord de la piste à réparer le radiateur ou à changer un arbre de transmission. Au moins, Matthew verra l'Australie telle qu'elle est.

De nouveau, elle s'émut de ses efforts pour la protéger, la rassurer.

— Tu as sûrement du travail, lui dit-elle. Je te propose un marché : je vais me reposer un moment et, ensuite, je prépare à dîner. A ton retour, tout sera prêt.

— Il y a bien longtemps que tu n'as pas cuisiné pour moi. Est-ce que Sue te permet de t'approcher des fourneaux ?

— Si l'envie m'en prend, oui.

— Et cela te prend souvent ?

— Ne t'inquiète pas : je n'ai pas oublié les principes de base.

Il consulta sa montre.

— Bien. Je rentrerai vers 18 heures. Ma ligne privée sonne dans le bureau. Tu n'auras qu'à laisser Sarah décrocher.

— Cullen, à propos de Sarah…

Il semblait s'attendre à cette question.

— Je te répète, une fois de plus, qu'il n'y a rien entre nous. Depuis toi, je n'ai plus jamais mêlé le plaisir au travail. Je reconnais que Sarah me cherche, mais j'ai l'art de résister aux tentations dangereuses.

Liana haussa les sourcils.

— Ta vie privée ne me regarde pas, déclara-t-elle. Je voulais juste te demander si nous ne devrions pas l'inviter à dîner.

Il remit son chapeau, puis répondit :

— Comme tu veux. Mais j'ignore ce que tu vas trouver dans la cuisine. Enfin, je te fais confiance. Autrefois, tu accomplissais des prodiges avec rien.

Elle sourit tristement.

— Pas avec rien. De mon temps, il y avait toujours quelque chose dans le garde-manger.

*
* *

Liana dormit une heure sur le canapé. Après quoi elle inspecta la maison, se plongeant dans le passé pour mieux s'en protéger. Cullen avait abattu des cloisons, ajouté une aile sur l'arrière, avec une terrasse qui croulait sous les bougainvilliers. Qui donc recevait-il ici ? Sarah n'était peut-être pas sa maîtresse, mais il devait bien y avoir des femmes dans sa vie.

Malgré les modifications, il régnait dans cette maison une atmosphère familière embaumée par le lourd parfum des fleurs tropicales, rafraîchie par la brise marine, avec une note inévitable d'humidité et de moisi. Le contact de l'air chaud sur sa peau éveillait en elle comme une nostalgie. Les pièces avaient changé, mais la vue conservait toute sa magie. Au sud-ouest, les mangroves regorgeant d'oiseaux et grouillant d'insectes ; au nord-ouest, Pikuwa Creek qui s'écoulait doucement vers la baie mais déferlerait en torrent teinté de terre rouge avec la mousson. Au loin, des voiles attestaient des richesses de l'océan.

La chambre de Cullen était pratiquement entourée de fenêtres, comme s'il ne supportait pas d'être enfermé, même dans son sommeil. Les stores de bambou et le grand lit indiquaient qu'il n'y dormait pas toujours seul. Le reste du mobilier se réduisait à un coffre récupéré sur un vieux lougre du temps de leur mariage. Dessus trônait un cadre qu'elle souleva pour examiner la photo. Diable, comment expliquait-il cela à ses maîtresses ? C'était Matthew enfant et, dans l'ombre, presque comme un fantôme, la frêle silhouette d'une jeune femme qui surveillait le garçon.

Cette femme, ce fantôme, c'était elle. A l'époque, Cullen lui répétait à quel point il était mauvais de vivre dans l'ombre des autres. Y repensait-il aujourd'hui lorsqu'il voyait cette photo ?

Elle s'étonnait d'avoir suffisamment de force pour affronter ces souvenirs d'un temps où ils formaient une famille. Elle trouva la chambre de Matthew transformée, beaucoup plus grande que l'ancienne chambre d'enfant, et elle s'assit sur le lit où leur fils aurait dû dormir chaque été et contempler la vue, depuis sa fenêtre.

Pourtant, elle n'eut pas le courage de se rendre dans son studio. Elle évita cette partie de la maison, comme si cela avait été le lieu d'un meurtre sous scellés ; comme si, en y entrant, elle risquait de voir sur le sol le tracé d'un corps à la craie. Cullen avait aménagé cet espace pour elle dès leur arrivée. Avant sa grossesse. Avant leur mariage. Avant que les choses ne se gâtent entre eux.

Il avait choisi pour elle la plus grande des pièces qui donnaient sur la baie ; il lui avait construit un établi, des étagères ; il avait refait l'électricité et la plomberie selon ses directives ; il avait installé un générateur Diesel pour son usage personnel, ainsi que l'air conditionné pour les jours les plus chauds alors qu'ils n'en avaient pas les moyens et qu'elle était la seule à jouir de ce luxe. Ce studio avait été son refuge. Elle y avait passé des jours entiers de bonheur à transformer les perles de Cullen en œuvres d'art.

Elle avait réussi, au-delà de leurs espérances. Ses bijoux se vendaient à Sydney, à Paris, à Tokyo pour des prix qu'elle n'osait pas imaginer. Elle avait envisagé d'engager du personnel, de créer sa propre collection, d'ouvrir une salle d'exposition à Broome ou à Darwin... Tout cela, c'était avant que Cullen ne détruise Southern Cross par sa manie du jeu. Avant que leur mariage ne sombre dans le silence pour succomber aux récriminations et aux mensonges. Avant qu'elle ne prenne Matthew sous son bras pour rentrer à San Francisco et se soumettre à la tyrannie de son père.

Au fil des années, elle s'était souvent demandé ce que Cullen avait fait de son ancien atelier. Mais là, si près du but, si près de le savoir, elle n'avait pas le courage de franchir le pas. Sa muse s'était envolée, et il y avait peu de chances qu'elle lui revienne. Mais, si le studio avait disparu, lui aussi, si Cullen l'avait transformé en chambre ou en bureau, alors, sa muse était morte à coup sûr ; elle avait trouvé sa tombe dans une pièce dont l'usage ne la concernait plus, et tout espoir de résurrection avait fui pour toujours.

Elle termina sa visite par la cuisine. Et, là, la nostalgie l'envahit. Cullen n'avait pas modifié grand-chose, ce qui n'avait rien de surprenant. Un mangeur de conserves n'avait que faire de table à découper, de comptoirs de granit et de placards vitrés. Le même revêtement de lino noir écaillé recouvrait les étroites surfaces de travail. Le sol était toujours carrelé de noir et blanc. Le réfrigérateur était neuf, certes, mais minuscule. La cuisinière avait dix ans de plus, c'était tout dire. Sur la table, la toile cirée couleur cerise égayait la pièce d'une touche de couleur. En somme, à part quelques casseroles neuves et des verres, rien n'avait changé depuis son départ.

Liana trouva le riz à sa place habituelle et le mit à cuire. Les couteaux à légumes étaient toujours rangés dans le même tiroir. Elle dénicha des blancs de poulet en boîte qu'elle laissa mariner dans de la sauce au soja avec de l'ail et une pincée de gingembre en poudre, le temps de faire revenir les légumes. Lorsqu'elle eut ajouté la viande, elle baissa le feu pour que le plat mijote, et elle sortit du placard la vaisselle et les couverts qu'elle avait achetés à Broome avant la naissance de Matthew.

Cullen arriva bien après 18 heures. Si le téléphone avait sonné, elle n'avait rien entendu. Lorsque, enfin, il apparut à la porte de la cuisine, il lui sourit et déclara :

— Je viens d'avoir une petite nouvelle.

— La police t'a appelé ?

Il accrocha son chapeau à une patère, près du réfrigérateur.

— Non. J'ai passé l'après-midi à téléphoner aux gérants des domaines que mon père a dû traverser. Sans résultat. Mais j'ai eu davantage de chance avec Winnie.

— Avec Winnie ?

— Elle a eu l'idée de téléphoner au père de cette fille avec laquelle Matthew est arrivé.

— Tricia ?

— Oui. Elle lui a demandé d'interroger sa fille au cas où Matthew lui aurait dit s'il comptait se rendre ailleurs après avoir rencontré son grand-père.

— Et alors ?

— Alors, d'après Tricia, il projetait de se rendre en Australie-Occidentale.

— C'est tout ?

— C'est déjà quelque chose.

— En fait, tu avais raison. Il va venir à Pikuwa Creek. Nous ne nous serons pas déplacés pour rien.

— Oui. Tout cela me semble plutôt rassurant.

— Tu crois que ton père serait du genre à prendre son temps ?

— Je l'ignore. Il y a si longtemps que nous ne nous sommes pas vus… Mais peut-être qu'avec l'âge, il a des regrets. Peut-être qu'il voit dans la visite de Matthew sa dernière chance de renouer avec sa famille.

Liana retourna surveiller son plat. Elle sentait son cœur battre plus vite, à cause de la nouvelle que Cullen apportait, mais aussi à cause des souvenirs. Combien de fois Cullen avait-il accroché son chapeau à cet endroit, en rentrant le soir ? Combien de fois était-il resté sur le seuil de cette même porte, à l'observer, tandis qu'elle mettait une dernière touche à leur repas ? Le passé et le présent se confondaient et, même si elle n'avait plus vingt-quatre ans, elle retrouvait ses émotions d'autrefois.

— Que penses-tu de la maison, Lee ?

— Elle me plaît beaucoup. Tu en as fait, des travaux !

— Tu as tout visité ?

Elle coupa le feu et se retourna vers lui, puis elle lui fit signe que non. Il n'en parut nullement surpris. Avait-il deviné ce qu'elle avait choisi d'éviter ?

— J'aime la nouvelle terrasse. Tu veux bien que nous y dînions ?

— Je vais vérifier que la table n'a pas besoin d'un coup d'éponge.

— Je m'en suis occupée. Je vais servir ici, et nous emporterons le repas dehors.

— Ça sent rudement bon. Tu cuisines toujours aussi bien.

— C'est comme la bicyclette. Ça ne s'oublie pas.

Il ne paraissait pas particulièrement pressé de se mettre à table.

— Ton mode de vie a bien changé. Domestiques à domicile, limousine, résidence de luxe, vêtements de grands couturiers…

— Oui, je vis différemment.

— Je n'aurais jamais pu t'offrir tout ça, dans le temps, même si je n'avais pas joué.

— Je n'en voulais pas, Cullen. Je n'en veux toujours pas. C'était inclus dans le lot.

— Quel lot ?

— La sécurité. Un poste à Pacific International. J'avais un fils à élever et, quand j'ai quitté l'Australie, j'avais perdu toute confiance en moi. Je tenais à m'assurer que Matthew ne manquerait de rien. Mais je ne suis pas rentrée à San Francisco pour rouler en limousine et porter des vêtements de grandes marques. Cela n'a jamais eu la moindre importance à mes yeux.

— Tu étais une artiste. Tu aurais pu vivre confortablement, grâce à ton talent. Cette place comptait donc tant pour toi ?

— Je la voulais vraiment. Après des années d'incertitudes et d'insécurité, je rêvais d'une situation stable. C'était la première fois que Thomas me proposait quelque chose dont j'avais besoin.

— Et il t'a présenté ça comme le serpent a présenté la pomme à Eve dans le jardin d'Eden. « Prends, et tu auras tout ce que tu désires. »

— Non. L'Eden, c'était ici, Cullen : à Pikuwa Creek. Et c'est toi qui m'avais offert tout ce que je désirais. Mais, quand j'ai tendu la main pour le prendre, c'était hors de portée.

— Que désirais-tu ?

— L'amour. Rien de plus.

— Tu l'avais, pourtant.

— A la fin, je ne m'en rendais plus compte.

— Mais tu l'avais. Et tu l'as toujours.

Il avait parlé si bas qu'elle n'était pas certaine d'avoir bien entendu.

— Tu ne peux pas dire cela sérieusement. Nous ne nous sommes pas vus pendant dix ans.

— Si, je suis sérieux. Je ne prétends pas que j'ai passé tout ce temps à me languir. J'avais autant de travail à faire sur mon cœur que sur Southern Cross. Quand les travaux ont été terminés, tu habitais toujours la maison. Je le sais depuis un bon moment, et je me suis efforcé de me réconcilier avec cette idée.

Elle se sentait incapable de détacher les yeux de son visage, et elle demeurait immobile, muette de stupeur. Il vint tout près d'elle, effleura sa joue et sourit tristement.

— Je ne te demande pas de seconde chance. Je n'attends rien de toi, même si je viens de t'avouer que je t'aime encore.

Elle ferma les paupières, seul moyen de briser cette troublante intimité.

— Mais tu voulais l'amour, reprit-il dans un murmure. Tu en avais besoin. Et il faut que tu saches que tu l'as toujours eu.

Elle sentait la caresse de ses doigts sur sa joue. Si elle ne reculait pas, elle était perdue. Ici, dans cette maison, en compagnie de cet homme, la tentation de l'amour la guettait, et elle risquait fort d'y succomber une seconde fois.

— Ouvre les yeux, dit-il.

Elle obéit, et constata que les siens étaient lourds de tristesse.

— Continuons comme ces derniers temps, Lee. Comme si rien n'avait changé. De fait, rien n'a changé, à cela près que tu connais maintenant la vérité.

Il laissa retomber sa main et ajouta :

— Il ne fait pas encore trop sombre pour dîner dehors. Je vais allumer les lanternes.

Elle reprit sa main, la posa sous son sein pour qu'il sente les battements précipités de son cœur.

— Non. La vérité vraie, la voilà : c'est qu'avec quelques paroles bien choisies, tu éveilles toujours mon désir, et que mon cœur se met à battre plus vite dès que tu me touches.

— Je n'ai pas choisi mes mots, Lee. Ce n'est que la vérité. Elle n'est pas toujours très jolie, et elle n'apporte pas nécessairement le bonheur. Crois-tu que j'aie envie de t'aimer ? Que je n'aie pas maudit mille fois ces sentiments ? Que je ne prie pas le ciel chaque soir pour tomber amoureux d'une autre et refaire ma vie ?

— Tu as raison, Cullen. C'est ce que tu as de mieux à faire. Après cela, je ne ressentirai plus rien pour toi.

Il allait lui répondre, mais elle l'interrompit en agitant frénétiquement la tête.

— Non. Mon Dieu, non, je mens ! Ça ne changerait rien. Ce serait même bien pire ! Je te désirerai toujours, quoi qu'il arrive, même si tu te remaries. Même si tu me détestes.

Ils se dévisagèrent en retenant leur souffle. Soudain, sans trop savoir lequel avait fait le premier pas, elle se retrouva dans ses bras. Il la serrait de toutes ses forces, et elle lui rendait son étreinte, se pressait contre lui de tout son corps, cherchait avidement sa peau sous sa chemise. Leurs lèvres se joignirent en un baiser ardent, passionné et éperdu. Elle n'était plus que désir ; elle brûlait d'atteindre avec lui des sommets, comme aux premiers temps de leur mariage, de s'envoler, libre, sans assurances, sans contrats. Dans sa fièvre, elle songea brièvement à Matthew, mais, ce soir, elle ne pouvait rien pour lui, à part aimer son père. Au plus profond de leur enfer commun, il leur était possible de s'apporter le réconfort.

— Dis non, dis-le vite, murmura Cullen contre sa gorge. Sinon, il sera trop tard.

— Oui.

Il la souleva de terre comme un fétu. Même lorsqu'ils étaient jeunes, quand le feu du désir les dévorait tous deux, jamais il ne l'avait portée au lit, mais il le faisait maintenant, comme si le bref trajet avait été semé d'embûches. Bien malin qui aurait pu dire si, en quelques secondes, elle n'allait pas changer d'avis. Elle devinait ses craintes à la force avec laquelle il l'agrippait.

Ils se dévêtirent mutuellement — du moins, elle le crut. En un clin d'œil, ils se retrouvèrent nus. Une boucle de ceinture cogna sur le sol. Leurs pieds foulaient des tissus froissés, roulés en boule. La courtepointe était fraîche et lisse sous le dos de Liana — ni l'un ni l'autre n'avait pris la peine de la retourner. Le corps chaud et ferme de Cullen la recouvrit. Leurs mains avides palpaient, pétrissaient, comme pour se repaître. Leurs membres se mêlaient, et leurs cœurs battaient au même rythme désespéré.

Si, parfois, dans le sommeil profond, Liana avait retrouvé le souvenir de leurs étreintes, si, parfois avant l'aube, elle avait cherché cet homme auprès d'elle, la réalité transcendait les pâles fantasmes de ses rêves. Et, sans un mot, il lui disait ce qu'il ressentait. Chaque caresse, chaque baiser lui était comme une pluie sur un sol desséché.

Le plus grand plaisir qu'elle ait jamais connu lui vint d'une victoire bien peu subtile. Si, pendant dix ans, elle avait honteusement désiré

Cullen en secret, elle savait, à présent, qu'il l'avait désirée avec la même intensité.

Lorsque, enfin, il plongea au plus profond d'elle dans un spasme, l'attente avait été si longue, si douloureuse, le désir si fort, tellement exacerbé qu'ils ne connurent qu'un orgasme bref, une jouissance presque douloureuse, et leur cri ressembla à un cri de surprise.

Ils dînèrent au lit, elle drapée dans la chemise ouverte de Cullen, et lui nu, le drap entortillé autour des jambes. Ils ne se parlaient pas mais se touchaient fréquemment. Effleurement des doigts sur une cuisse, lèvres cherchant la courbe d'une gorge, d'une épaule. Lorsqu'ils eurent terminé leur repas, ils se pelotonnèrent face à face sous les couvertures.

Cullen s'était convaincu depuis si longtemps qu'il ne ferait plus jamais l'amour avec Liana qu'il croyait à peine à ce qui lui arrivait.

— Nous avons pris un risque, Cullen, murmura-t-elle en lui caressant doucement la joue. A moins que tu n'aies eu une vasectomie.

Pas une seconde, ils ne s'étaient souciés de contraception.

— Tu ne prends pas la pilule ?

— A mon âge, ce n'est pas très recommandé.

Il se taisait, cherchait à formuler une excuse acceptable tandis que son corps rebelle au raisonnement continuait d'exulter.

Elle soupira.

— Si ça peut te consoler, je n'y ai pas pensé non plus.

— La dernière fois que nous avons oublié, nous avons conçu Matthew.

— Si toutes nos erreurs avaient aussi bien tourné que notre fils, nous serions encore ensemble, pas vrai ?

— Nous sommes ensemble, Lee.

Elle rompit le contact en posant sa main entre eux.

— Nous sommes au lit ensemble. Ce n'est pas la même chose.

— Ta subtilité m'échappe. Nous venons de faire l'amour après dix ans de séparation complète, et c'est comme si nous ne nous étions jamais quittés. Nous sommes là, dans le même lit, et il y a une petite chance que nous ayons conçu un second enfant. Si ce n'est pas être ensemble, je suis le pape.

Elle s'écarta de lui, tira le drap sur sa poitrine et le cala sous ses bras pour qu'il ne retombe pas. Au même moment, un souffle glacé passa sur le cœur de Cullen.

— Le sexe a toujours bien marché entre nous. Le problème n'était pas là.

— Si nous avions seulement réfléchi à quel point il nous était facile de nous donner du plaisir au lit, peut-être aurions-nous fait l'effort nécessaire pour qu'il en soit de même dans la vie.

— Le couple, ça ne se réduit pas à ça.

— C'est exactement ce que je viens de dire.

— Je ne sais pas. Je ne comprends rien.

Il se redressa, se cala contre le montant du lit.

— Alors, écoute. Je propose que nous avancions pas à pas. Ce soir, nous avons fait un pas de géant. Si tu ne veux pas aller plus loin pour le moment, restons-en là.

— Pour le moment…

— J'en veux encore, Lee. Je souhaite que tu reviennes quelles que soient tes conditions. Je peux attendre des mois, des années. Nous pouvons dormir ensemble ou séparément, le temps que tu t'habitues, que tu te décides. Je t'associerai à Southern Cross, ou j'achèterai une propriété à Broome si tu ne veux pas vivre dans un trou perdu. Si tu veux passer la moitié de l'année en Californie, je m'arrangerai pour que ça me soit possible. Mais, ce que je ne veux pas, c'est renoncer à toi une seconde fois. Il n'en est même pas question.

— Pas question, hein ?

Il se répéta qu'il devait avancer prudemment, ne pas forcer son avantage. S'il avait appris une leçon en tant que joueur, c'est qu'un visage serein, une parole gentille pouvaient transformer une mauvaise donne en une main gagnante.

— Je ne ferai rien sans ton consentement, Lee.

Il s'interrompit pour porter sa main à ses lèvres, puis ajouta :

— Tu n'es pas la seule à souhaiter que les dix dernières années n'aient jamais existé et, si je te presse, c'est que je ne tiens pas à passer les dix prochaines sans toi.

— Tu ne sais pas ce que je risque. Tu ne connais rien des enjeux, murmura-t-elle.

Sur son visage, une crispation anxieuse avait remplacé l'expression d'engourdissement béat, et le cœur de Cullen se serra douloureusement. Sans relâcher sa main, il s'efforça de parler d'une voix calme.

— Dis-moi. Que risques-tu à essayer de recommencer sur de meilleures bases ?

— J'ai ma vie.

Il hésita. Il sentait qu'elle lui cachait un détail essentiel.

— Je sais. Mais cette vie n'est pas celle que tu veux. Tu le reconnais toi-même.

— Sans doute, mais je ne peux pas l'abandonner, Cullen. Il y a dix ans, j'aurais peut-être dû rester et tenter d'arranger les choses. Mais, si j'étais restée, peut-être que cela nous aurait détruits tous les deux. Je ne sais pas. Je ne sais plus. Peut-être que je me suis fourvoyée depuis le début ; peut-être n'ai-je fait que de mauvais choix parce que c'étaient les seuls dont j'étais capable.

Il la sentait s'éloigner de lui, et il regrettait d'avoir insisté.

— Ecoute, nous rediscuterons de tout ça plus tard. Retrouvons d'abord Matthew et, ensuite, nous verrons. Nous avons le reste de nos vies pour mettre les choses à plat. Pour le moment, il suffit que nous nous soyons retrouvés. C'est un bon point de départ.

Elle éloigna sa main, et poursuivit comme si elle ne l'avait pas entendu :

— Si je quitte la Californie, tout ce pour quoi j'ai travaillé s'évanouira en fumée. Peut-être que je n'aurais pas dû rentrer. Peut-être que j'ai eu tort de prendre ma place à Pacific International. Mais c'est fait. Et voilà que tu me demandes de tout abandonner. Pour la deuxième fois de ma vie.

— Ce n'est pas ce que je te demande.

— Si je reviens vivre ici avec toi, je perds mon appartement, mon emploi…

— Tu as toujours eu un emploi à Pikuwa Creek. Celui que tu aimais. Tu pourrais recommencer à créer des bijoux. Même si tu ne souhaites pas travailler pour moi, tu n'auras que l'embarras du choix : je suis certain que Broome Pearls et Paspaley se battraient pour t'engager.

— Mais je n'ai rien créé depuis notre séparation !

Il s'en doutait déjà, mais il n'en avait rien dit.

— Pourquoi ?

— Ma vie n'est plus la même. Je n'ai pas le temps pour ce genre de hobby.

— Hobby ? Tu te déprécies. Tu es une artiste.

— Plus maintenant.

Il savait qu'il gaffait, qu'il s'enfonçait dans l'erreur, mais il ne trouvait pas les mots capables de la rassurer.

— Peu importe. Ne t'inquiète pas. J'ai de quoi pourvoir à nos besoins à tous les trois. Inutile que tu travailles. Ton foyer, ta place sont ici.

— Tu ne comprends pas.

Non, il ne comprenait pas — ou, du moins, pas tout. Un détail lui échappait encore, mais il perdait patience ; il n'était plus en état de réfléchir sainement.

— Merde ! On recommence à tout gâcher. Arrêtons-nous avant de dire des choses que nous regretterions ensuite.

Elle hésita. Elle semblait prête à parler. Puis elle se ravisa et acquiesça de la tête. Il parvint à sourire, mais le cœur n'y était pas.

— Tu veux bien dormir avec moi, ce soir ? Pas de promesses, pas d'engagement. Rien que pour dormir.

Le silence s'étira. Il craignait qu'elle refuse. Enfin, elle se décida et hocha de nouveau la tête. Alors, il ajusta son oreiller, se glissa sous les couvertures de manière à lui faire face. A son tour, elle s'étendit — et lui tourna le dos.

Conscient de prendre un gros risque, il se rapprocha d'elle, lui enlaça la taille et, doucement, l'attira plus près.

— Ça ira mieux demain, souffla-t-il dans ses cheveux. Quel que soit le problème, nous le résoudrons.

Elle ne tenta pas de se dégager, demeura immobile, blottie contre lui. Mais, tandis qu'il sombrait lentement dans l'inconscience, il la sentait crispée entre ses bras.

Liana ne dormait pas profondément quand la main de Cullen se posa sur son sein. Nourri par les brumes des rêves, le désir l'enflamma de nouveau. Sans même s'en rendre compte, elle se tourna vers lui, et ils s'abandonnèrent à l'étreinte nonchalante des amants de longue date. Au temps de leur mariage, ils avaient souvent fait l'amour ainsi. Comme si seul le sommeil pouvait anéantir ce qui les séparait et permettre à leurs sentiments profonds de s'exprimer enfin.

— Je t'aime, murmura-t-il à son oreille.

Puis il se rendormit. Liana était assouvie mais pas vraiment détendue. Trop d'émotions l'agitaient pour qu'elle s'abandonne comme lui à la torpeur qui engourdissait son corps. Dans la pâle lueur de l'aube, elle prit le temps de l'observer. Ses cheveux lui tombaient sur le front, et son visage semblait incroyablement paisible. Il avait vieilli, bien sûr, mais il était toujours aussi désirable. Plus mûr. Il était sorti de l'épreuve grandi, confiant dans ses talents et sûr de son pouvoir.

Mais qu'en était-il d'elle ? Ses peurs la rongeaient, l'empêchaient d'atteindre ce qu'elle désirait. Sa place à Pacific International lui offrait un mode de vie dont elle n'avait pas lieu de se plaindre. Elle y avait gagné la sécurité, ainsi qu'un avenir enviable pour son fils.

Qu'avait-elle perdu en échange ? Que perdrait-elle si elle n'écoutait pas son cœur ?

Elle se leva sans bruit, enfila la chemise de Cullen et la boutonna tout en quittant la chambre à pas de loup. La pièce qu'elle avait évitée l'appelait, comme si, derrière ses murs, se cachaient les réponses à toutes ses questions.

La maison tout entière baignait dans le silence. Dehors, les oiseaux saluaient le lever du soleil dans un concert pas toujours mélodieux.

Lorsqu'elle vivait ici, c'était à l'aube qu'elle réalisait ses plus belles créations, quand tout était tranquille, quand l'air était encore frais et que les oiseaux chantaient leurs cantates au jour nouveau. Elle se souvenait encore du premier bijou qu'elle avait créé dans ce studio — la broche qu'elle avait donnée au sans-abri de California Street. A présent, elle regrettait presque de s'en être débarrassée. Mais peut-être que ce brin de muguet qui avait autrefois lancé sa carrière permettrait au malheureux homme de repartir du bon pied.

Le couloir qui menait à la partie sud-ouest de la maison lui parut plus large que dans ses souvenirs. Rien d'étonnant à cela. Pourquoi Cullen aurait-il laissé cette aile intacte alors qu'il avait rénové tout le reste de la demeure ? Elle s'arma de courage. Sans doute l'atelier avait-il disparu. Au fond, il y avait toujours les deux mêmes portes. Elle ouvrit celle de gauche qui donnait sur un cagibi, comme dix ans plus tôt. Elle hésita, posa la main sur la poignée de l'autre porte, et resta là, pétrifiée, incapable de faire le moindre geste.

— Vas-y.

La voix grave de Cullen la fit sursauter. Elle se tourna vers lui, et le trouva en short, torse nu.

— Vas-y, ouvre, répéta-t-il.

Impossible de refuser. Pas après s'être levée furtivement pour venir jusqu'ici comme une voleuse. Prise à son propre piège, elle tourna la poignée et poussa le battant. Il résistait, sans doute gonflé par l'humidité. Les gonds grincèrent. Cette porte ne devait pas servir souvent.

— L'interrupteur se trouve sur la gauche, en entrant, lui rappela-t-il.

Précaution inutile. Elle n'avait pas oublié. Mais elle regrettait d'avoir quitté le lit ; elle regrettait de ne pas pouvoir affronter seule son fantôme.

Elle pressa le commutateur, et la pièce s'éclaira. Cullen avait installé toutes sortes de lampes dans le studio — au-dessus de l'établi, des éviers, à l'intérieur des vitrines, près du fauteuil où elle lisait ou se reposait en crayonnant des esquisses. C'était cette lampe-là que l'on commandait, depuis l'entrée, et qui illuminait maintenant le musée consacré à son passé.

Cullen s'avança jusqu'au seuil de la pièce tandis qu'elle pénétrait prudemment à l'intérieur.

— Je n'ai pas pu me résoudre à le démolir. Pourtant, ce n'est pas l'envie qui m'en manquait. Je voulais récupérer l'espace pour faire un bureau où j'aurais pu travailler le soir. A plusieurs reprises, je m'y suis préparé, mais j'ai toujours reculé au dernier moment.

La pièce était exactement comme elle l'avait laissée. Les petits outils étaient suspendus à leurs crochets, les gros alignés sur l'établi. Dans l'espace consacré au polissage, l'extracteur était branché, prêt à fonctionner. Dans l'espace de soudure, le fer à souder reposait sur son socle, près de la plaque d'amiante et du masque filtrant qui permettait de déceler les moindres changements de couleur des métaux à la chauffe. Lentement, Liana explora la pièce, passant une main nostalgique sur les surfaces de travail à peine poussiéreuses. D'un coup d'œil, elle vit que son tabouret était toujours réglé à sa taille.

Elle se retourna vers Cullen.

— Il n'y avait donc personne à qui tout cela aurait pu servir ? Personne pour reprendre le flambeau derrière moi ?

— Oh, sûr que j'aurais trouvé si j'avais cherché.

— Tu ne t'imaginais pas que je reviendrais, tout de même ?

— Au début, si. C'est ce qui m'a permis de surmonter le pire.

— Et après ?

— J'ai avancé au jour le jour, un pas à la fois. Je me disais qu'il serait toujours temps de changer ça plus tard.

— Sarah m'a raconté que tu vendais tes perles en gros alors que tu aurais intérêt à en vendre une partie montée.

— C'est l'opinion de Sarah.

— Et quelle est la tienne ?

— Regarde autour de toi, Lee. Ça ne te paraît pas clair ?

Elle ne savait plus que penser. Son studio était là, parfaitement intact. Dix ans avaient passé, dix ans de progrès technique qui rendaient une partie de ce matériel obsolète. Mais il restait les bases, l'ossature. Dans cet atelier, elle avait créé de fabuleux bijoux, et elle aurait encore pu le faire.

Si l'inspiration ne l'avait pas quittée.

Elle se sentait habitée par un grand vide que le chagrin vint aussitôt combler.

— Quand j'ai quitté cette pièce pour la dernière fois, j'ai refermé la porte sur mon talent, Cullen. Tous mes outils m'ont attendue, mais pas lui.

Cullen paraissait sceptique.

— Tu en es sûre ? Tu sais pourquoi ?

Pourquoi ? Parce que son talent l'effrayait, parce qu'elle avait peur de l'enivrante liberté qui la possédait quand elle s'abandonnait à son inspiration, qu'elle écoutait sa muse. Parce qu'elle avait peur de prendre des risques, à présent, et que l'art n'était que cela. Risquer, oser, aller toujours plus loin.

Elle avait peur de cette pièce, plus peur encore de ce qu'elle y avait trouvé, et une peur panique de renoncer au filet de sécurité qui, dix ans plus tôt, l'avait sauvée en arrêtant sa chute.

— Je ne veux plus de mon talent, Cullen. C'est aussi simple que cela. Je ne veux pas redevenir cette femme. Je suis trop vieille, trop pleine de terreurs.

— Il est peut-être trop tôt pour trancher. Qu'en penses-tu ? Nous ne pourrions pas...

— Non, coupa-t-elle. Tu as été franc avec moi ; je te dois la vérité. Il faut que je garde ma place à Pacific International, sinon, je perdrais trop.

— Que perdrais-tu exactement ?

Elle se détourna de lui.

— Mon père a laissé un testament d'une rare complication, avec des clauses dans tous les sens, des si, des mais... En bref, il y est dit que, si je reste à Pacific, je suis prise en charge tout au long de ma vie, et Matthew hérite à ma mort. En revanche, si je m'en vais, je suis déshéritée, et Matthew devra partager le contrôle de l'entreprise avec Graham et les enfants de Graham s'il en a.

— Du chantage, quoi.

— C'est ça, oui.

— Et tu l'acceptes ? Tu es plus attachée à Pacific International qu'à ton propre bonheur ?

— Je suis attachée à notre fils. C'est son avenir qui en dépend.

— Attends. Tu viens de me dire que, quoi qu'il arrive, il héritera d'une jolie part de l'entreprise. Et puis, même sans parler de cela, Matthew veut venir travailler avec moi à Pikuwa Creek. Il veut créer des perles.

— Matthew ne sait pas ce qu'il veut. Il n'a que quatorze ans.

— Ah non ? Il ne le sait pas ? Réfléchis bien, Lee. Il voulait venir en Australie, et il l'a fait. Sans rien demander à personne.

Il se rapprocha d'elle et poursuivit :

— Tu me caches quelque chose, n'est-ce pas ? Tu es grassement payée. En dix ans, tu as certainement mis de côté suffisamment d'argent pour être à l'abri du besoin si les choses ne marchent pas entre nous. Mais ton père te tient. Il y a une clause dont tu ne parles pas.

Comme elle demeurait muette, il insista :

— Ce ne serait pas, par hasard, lié à la Perle de Grand Prix ?

A ces mots, elle revit la perle d'une rondeur sans défaut. La perle dont le lustre incomparable semblait réchauffer l'air qui l'entourait. Une gemme digne d'un roi pour laquelle on tuerait.

Cullen s'approcha encore.

— Le salopard. Il t'a ficelée avec cette perle. Il te l'a mise au cou pour mieux te perdre !

— Pourquoi mes décisions reposeraient-elles sur cette perle ? répliqua-t-elle. De toute façon, elle a disparu.

— Pourquoi ? Mais parce que tu sais, au fond de ton cœur, que Matthew l'a prise. Et tu penses la récupérer dès que nous l'aurons retrouvé. Qu'y avait-il dans le testament à propos de la perle, Lee ? Par quelle clause ton père t'a-t-il ligotée ? Dis-le-moi, je t'en prie !

Elle avait la gorge nouée, la bouche sèche.

— Je n'ai pas de comptes à te rendre. Rappelle-toi que nous sommes divorcés.

— Justement ! Je n'ai plus de pouvoir sur toi, alors tu peux tout me dire.

Plus de pouvoir sur elle ? Il en avait davantage que quiconque — à l'exception de son père, même s'il était mort.

— Tu me dois la vérité, Lee. Réponds-moi.

Où aurait-elle trouvé les mots pour lui expliquer ce qu'elle avait fait et pourquoi elle l'avait fait ? Comment lui avouer qu'en cherchant à protéger Matthew, elle l'avait privé de son père ?

Comme s'il devinait ses pensées, Cullen haussa les sourcils.

— Cette clause a un rapport avec moi, n'est-ce pas ?

Elle soupira. Il n'en fallait pas davantage.

— C'est donc ça ! Puisque tu refuses de me le dire, voyons un peu si je suis capable de raisonner comme ton père. Il voulait une victoire définitive sur toi. Il tenait à diriger ta vie alors que tu l'en empêchais. Tu as fui pour épouser un homme dont la famille avait des droits sur son précieux trésor. Est-ce que je me trompe, Lee ?

— Arrête, Cullen. Cela ne mène à rien.

— « Arrête, Cullen » ! Parce que je brûle, hein ? Laisse-moi réfléchir. Voyons voir… A ton retour en Californie, ton père a saisi sa chance de te soumettre une fois pour toutes. En plus, tu avais un fils — son héritier naturel. Raison de plus pour veiller à ce que tu en passes par où il voulait.

— Arrête…

Ignorant sa supplique, il poursuivit :

— Jamais il n'avait réussi à te manipuler. Il savait que, s'il te laissait le temps de te reprendre, tu te rebellerais de nouveau. Il a donc employé la seule arme dont il disposait. Notre fils. Est-ce que je me trompe, Liana ?

Elle ferma les yeux un instant.

— Thomas était malade quand je suis rentrée à San Francisco. Quelques mois plus tard, il m'a convoquée à son chevet. Il était à l'article de la mort. Nous avions entamé les négociations pour la garde. Il m'a confié ses craintes : il m'a dit que si Matthew était autorisé à venir te voir ici, il fallait craindre qu'il ne revienne pas. Il m'a dit que, de l'avis de ses avocats, si cela se produisait, je ne reverrais sans doute jamais mon fils. J'ai eu beau protester, lui affirmer qu'il s'inquiétait pour rien, que jamais tu ne ferais une chose pareille, Thomas n'a rien voulu entendre. Il m'a dit qu'il me léguerait la Perle de Grand Prix par testament, à condition que Matthew ne mette pas le pied en Australie avant ses dix-huit ans. Il prétendait que, si Matthew te rendait visite, tu le garderais en otage pour l'échanger contre la perle, car tu étais un Llewellyn.

Cullen ne disait rien. Elle poursuivit d'une voix monocorde :

— Il avait dans sa manche une escouade d'avocats haut placés. Le testament est sans faille. Si je te reviens avant que Matthew ait dix-huit ans, ou s'il vient te voir ici, la Perle de Grand Prix sera vendue. Personnellement, ça m'est égal. Je ne tiens pas à cette perle. Mais, si elle est vendue, le joyau pour lequel mon grand-père est mort n'appartiendra jamais à son arrière-petit-fils.

— Si tu me reviens ? C'est dans le testament ?

— Oui, murmura-t-elle dans un souffle.

— Foutue saloperie de perle ! s'exclama Cullen en balayant l'établi de la main.

Et les objets qui n'avaient pas bougé depuis dix ans volèrent à travers la pièce.

— Alors, tu as tenu Matthew à l'écart de Pikuwa Creek à cause de cette chiennerie de perle ?

— J'ai veillé à ce que tu passes un mois avec lui chaque année, Cullen. Thomas comptait s'arranger pour que tu ne le voies jamais. Je m'y suis opposée. J'ai réussi à…

— Matthew est au courant ?

— Je n'en sais rien. Peut-être bien.

— En tout cas, il est en Australie, maintenant. Tu as donc perdu la perle.

Il la dévisagea, et elle vit son regard changer brusquement.

— Oh, mais non ! Comme je suis bête ! Les pontes de Pacific ignorent que Matthew est ici. Ils le croient quelque part en Arizona. C'est pour cela que tu as voulu garder le secret sur notre voyage. Tu t'inquiétais moins de la sécurité de notre fils que de ton héritage.

— Pas le mien, Cullen. Le sien ! Matthew mérite cette perle. Elle lui appartient de droit par sa naissance.

— Quand nous l'aurons retrouvé, tu comptes le ramener discrètement au bercail, remettre la perle dans ton coffre, et continuer à vivre comme tu l'as fait ces dix dernières années, n'est-ce pas ?

— Bien sûr. Je le dois à mon fils. Je lui dois le monde, Cullen : je suis sa mère !

— Tu lui dois ton amour ! Tu lui dois un bon départ dans la vie, et les ailes dont il aura besoin pour prendre son envol quand le moment sera venu. Tu lui devais aussi un père, si je ne m'abuse. Et une mère qui fasse la différence entre la vraie richesse et l'extorsion. Un point, c'est tout. Pas de perle. Pas d'entreprise.

— Tu ne comprends pas ! La perle est la seule sécurité de Matthew. Avec elle, il est à l'abri de tous les besoins. Libre d'agir à sa guise, de devenir qui il veut…

— Lee, cela n'a rien à voir avec Matthew. C'est de toi que tu me parles. Cette maudite perle est le symbole de ta vie. Jamais tu n'as su trouver l'équilibre entre la liberté et la sécurité. Ta mère t'a offert la liberté dans l'instabilité, et ton père, la sécurité en te ficelant comme un saucisson.

— Ne mêle pas mon enfance à cette histoire. Ça n'a aucun rapport !

— Oh, que si ! Pour toi, cette perle représente liberté et sécurité enveloppées dans une sphère idéale au lustre parfait. Mais tu te trompes, Lee. Ce n'est qu'une aberration de la nature, la tentative d'une huître pour guérir d'une blessure. Et tu oublies un détail : cette perle a causé la mort de l'huître. Elle ne te guérira pas, Lee, mais elle pourrait bien tuer ce qu'il y a de meilleur en toi.

Il marqua une pause, puis ajouta :

— Peut-être est-ce déjà fait.

Et il quitta la pièce.

Elle avait envie de le rappeler, de lui dire que, dix ans plus tôt, elle avait toutes les raisons du monde de se méfier de lui, de lui expliquer que, si elle avait pu deviner à quel point il changerait, jamais elle ne se serait pliée aux conditions de Thomas. Elle avait envie de lui hurler que c'était sa faute, qu'il l'avait poussée à agir comme elle l'avait fait, qu'elle s'était retrouvée seule, terrifiée, convaincue qu'elle ne serait jamais capable de faire assez pour leur fils.

Mais elle préféra s'abstenir. Car, si tout cela était vrai, Cullen avait vu juste, lui aussi. Par ses actes, par sa soumission, elle avait acquis la Perle de Grand Prix pour Matthew. Mais cela ne suffisait pas. Matthew avait besoin de la tendresse et de la compagnie de son père, ainsi que d'une mère intègre.

Dans le fond de la maison, il lui sembla entendre la sonnerie d'un téléphone. Le soleil se levait à l'horizon. La journée du perlier commençait avec l'aube. Cullen allait sans doute s'habiller pour sortir, mais elle, que ferait-elle ? Resterait-elle assise sur la terrasse à attendre le retour de Matthew ? A se demander si, au cours des dix dernières années, elle avait pris une seule bonne décision ?

Lasse, découragée, rongée par le doute, elle cacha son visage dans ses mains. L'attente lui pesait. Elle se sentait incapable de faire face. Elle venait de chasser Cullen dont le seul crime était d'avoir dit la vérité. N'avait-elle pas aussi chassé Matthew par sa conduite ?

— Lee ?

Elle releva les yeux, le cœur noué par l'angoisse.

— Un policier vient de téléphoner.

En une fraction de seconde, tout était oublié.

— Ils les ont vus ? Ils ont du nouveau ?

Cullen répondit d'un air impassible :

— On a assassiné un certain Pete Carpenter, un genre de vieil ermite, à ce qu'il paraît. Mais un témoin a déclaré qu'hier, un homme accompagné d'un adolescent se renseignait pour savoir où il habitait. Le signalement du garçon correspond à celui de Matthew, et l'homme s'est présenté en donnant son prénom.

— Roman…

Cullen acquiesça d'un bref hochement de tête.

— Habille-toi. Nous allons à Derby.

34.

Whitey Pendergast, officier de police de Derby, avait un peu plus de la cinquantaine et arborait fièrement une bedaine de buveur de bière qui semblait incongrue sur un homme aussi maigre. Il attendait Cullen et Liana lorsqu'ils arrivèrent sur les ruines de l'ancien chantier de construction navale en bordure de mer où Pete Carpenter, Vieux Pete pour les intimes, s'était installé après sa retraite. Ce chantier, qui avait appartenu à son père, était à présent réduit en cendres fumantes et en gravats. Tandis qu'ils descendaient jusqu'à l'eau, Whitey leur fit un bref historique pour les mettre au courant.

— Kirkby Carpenter, le père de Vieux Pete, était un bon constructeur de bateaux, en son temps, mais le chantier partait en breloque quand Vieux Pete est revenu pour y finir ses jours.

Au bord de l'eau, Whitey remua du bout de sa botte un tas de braises qui avait été une remise.

— Pete a vaguement retapé la maison, juste assez pour la rendre vivable. C'était le reste qui l'intéressait. Avec une paire de copains, il a reconstruit la jetée, puis il a ramené une petite flottille d'embarcations diverses récupérées ici et là. Il les réparait, les restaurait. Pour les revendre, j'imagine. Et voilà ce qu'il en reste.

Cullen regarda en direction de la mer. Le feu avait ravagé la maison, le chantier, la jetée et les navires qui y étaient amarrés. Sur la vasière découverte par la marée, le squelette d'une barque à voile reposait sur le flanc, telle une baleine échouée. Au large, cinq autres épaves fumaient encore.

Whitey leur expliqua qu'avant de mettre le feu aux bâtiments et dépendances, le coupable avait détaché les bateaux, puis les avait arrosés d'essence pour les brûler. On avait retrouvé le corps de Pete dans la cale d'un chalutier sur lequel il travaillait, apparemment. Le pyromane assassin avait compté sans la vitesse du flot montant qui avait soulevé l'embarcation et coupé court à l'incendie, de sorte que Pete n'avait pas disparu sur son bûcher flottant. Les premiers agents arrivés sur les lieux avaient retiré le corps avant que le chalutier ne coule. Bien que méconnaissable et atrocement brûlé, il portait à la tempe une blessure caractéristique indiquant qu'il avait été tué par balle.

— Et ils n'ont vu personne ? demanda Cullen.

— Le coupable avait filé depuis belle lurette. Vous savez ce que c'est qu'un incendie dans la région. S'il n'y avait pas eu des guetteurs dans les parages pour donner l'alerte, le site serait encore en flammes, à l'heure qu'il est.

L'air lourd de fumée avait une odeur âcre qui prenait à la gorge. Liana toussa pour s'éclaircir la voix.

— Il pourrait y avoir d'autres cadavres ?

Cullen s'étonna de l'entendre énoncer sa pensée de manière aussi directe. Tandis que Whitey leur faisait son rapport, il cherchait ses mots pour poser la question un peu moins brutalement.

— Pour vous parler franchement, répondit Whitey en regardant fixement le sol, c'est toujours possible. Mais je n'y crois pas trop. Nous avons fouillé ce qui reste des bâtiments et des abris, les bateaux, et jusqu'au coffre de sa voiture.

— Certains bateaux sont sous l'eau, à présent.

— Deux des guetteurs sont allés jeter un coup d'œil à la nage. Nous remonterons les épaves dès que la marée le permettra, mais je ne pense pas que nous y découvrirons de nouveaux corps.

Cullen gardait les yeux baissés, lui aussi. Depuis qu'il avait informé Liana du meurtre, il n'osait plus la regarder.

— Je vais vous envoyer deux de mes plongeurs pour vous aider. Maintenant, soyez gentil et redites-moi ce que vous savez de Matthew et de mon père.

Whitey ôta sa casquette pour s'en éventer.

— Rien ne prouve qu'il s'agissait de votre fils. Un monsieur âgé et un adolescent se sont arrêtés, hier après-midi, dans un restaurant en bordure de la ville pour se renseigner sur le Vieux Pete. Le restau s'appelle le Diver's Inn, et son propriétaire, Dick Jones… Vous connaissez Dick Jones ?

Cullen acquiesça de la tête, et le policier poursuivit :

— Dick leur a indiqué le chemin, et puis, quand il a eu vent de l'incendie, il est venu me trouver pour me raconter ça. D'après lui, le môme aurait dans les dix-huit ans, grand, cheveux châtains, bronzé, et le vieux serait sec comme un coup de trique, la soixantaine ou plus. Il ne se souvenait pas de grand-chose, mais le nom de Roman l'avait marqué.

— Matthew pourrait avoir l'air d'avoir dix-huit ans, déclara Liana.

— Nous sommes obligés de te croire sur parole. Il y a un an que je n'ai pas revu mon fils, répliqua Cullen d'un ton glacial.

Ignorant cette note de rancœur, Whitey reprit :

— Votre père connaissait le Vieux Pete ? Il vous a déjà parlé de lui ?

— Il vit dans le Territoire, entre Darwin et Alice, à quelques miles de Buchanan Highway. Je ne vois pas comment ils se seraient rencontrés.

— Un domaine bétailler, c'est ça ?

— Oui. Jimiramira.

— Pete a travaillé pendant des années pour une entreprise qui convoyait le bétail par bateau depuis Wyndham. Cela expliquerait peut-être qu'ils se connaissent.

— Peut-être.

— Et vous dites que votre fils a disparu ?

— Exact. Il est venu en Australie rendre visite à mon père, et ils ont pris la route ensemble. Nous pensions qu'ils iraient à Pikuwa Creek. Matthew n'y est pas retourné depuis qu'il était petit.

— Nous lancerons des recherches. Ils sont peut-être les derniers à avoir vu le Vieux Pete vivant. En dehors de l'assassin.

— Cela m'étonnerait qu'ils aient un quelconque rapport avec le meurtre.

— Sans vouloir vous vexer, je ne me prononcerai pas. C'est tout de même bizarre que le Vieux Pete ait été tué juste après leur passage.

Liana s'avança, de sorte que les deux hommes ne pouvaient plus l'ignorer.

— Whitey, il est possible que quelqu'un soit à la poursuite de Matthew.

Cullen acquiesça d'un hochement de tête. Liana avait raison. Le temps était venu de parler de leurs soupçons.

— A sa poursuite, hein ? répéta Whitey en remettant sa casquette.

En quelques mots, Cullen lui résuma les événements qui étaient survenus depuis la disparition de Matthew.

— Mais qui donc poursuivrait ce garçon, et pourquoi ?

— Explique-lui, dit Cullen en se tournant vers Liana.

Elle leva sur lui un regard triste et, pour la première fois depuis leur conversation dans le studio, elle aperçut une lueur de compassion dans ses yeux.

Bravement, elle se redressa, et reporta son attention sur l'officier de police.

— Avez-vous entendu parler de la Perle de Grand Prix ?

Le trajet jusqu'à Derby s'effectua dans un silence gêné. Cullen et Liana se rendirent directement au Diver's Inn et montrèrent la photo de Matthew au patron. Sans être formel, Dick Jones trouva une ressemblance avec le garçon de la veille. Ils interrogèrent ensuite diverses personnes qui auraient pu apercevoir Roman et Matthew, ou même leur véhicule, mais l'enquête ne donna aucun résultat. Lorsqu'ils regagnèrent le chantier naval, la police n'avait rien découvert de nouveau parmi les cendres.

— J'ai tout de même une piste, leur annonça Whitey qui était couvert de suie.

— Quoi donc ? demanda Liana.

— Un gars d'une station-service de Broome a appelé le commissariat. Je n'ai pas encore eu le temps de vérifier, mais ce type affirmait qu'hier, Pete lui avait amené une voiture à réparer. Pete aurait dit à ce Nakamura qu'elle appartenait à un autre et qu'il l'aurait bien réparée lui-même s'il ne lui avait pas manqué une pièce. Il aurait laissé la voiture et serait rentré avec l'un des guetteurs.

— Quel genre de voiture ?

— Je n'en sais rien. On vient de me transmettre le message.

Whitey fouilla dans ses poches et tendit à Cullen un morceau de papier.

— Tenez. Si vous apprenez quelque chose, appelez-moi.

— Entendu, dit Cullen.

Liana reprit place dans la camionnette et se prépara pour les cahots du trajet qui menait à la grand-route. Ils avaient déjà parcouru cinq cents mètres lorsqu'elle se décida à parler :

— Tu crois que c'est le Jackeroo ?

— Possible.

Elle se replongea dans le silence pendant un moment, puis demanda :

— Tu ne me pardonnes pas, hein ?

— J'ai d'autres soucis en tête pour le moment.

— Il y a dix ans, j'étais loin d'imaginer à quel point tu l'aimais. Tu avais perdu son héritage au jeu.

— Je sais.

— Je ne pouvais pas deviner que tu changerais pour devenir…

— Pour devenir quoi ?

— L'homme qui était en toi.

— Ce n'est pas grâce à toi. Tu tenais mon fils et mon cœur en otage pour une perle.

— Dans un peu plus de trois ans, Matthew sera majeur, et tout lui appartiendra.

— Tu veux dire que, dans trois ans, mon fils me reviendra ? C'est ça, Lee ? Tu me demandes de patienter encore quelques années pour vivre avec lui ? Et peut-être aussi avec toi ?

Silence.

Cullen crispa les doigts sur le volant.

— Tu nous as vendus pour un leurre haut de gamme, pour un vulgaire morceau de carbonate de calcium.

Que répondre à cela ? Depuis la disparition de Matthew, sa vie était sens dessus dessous. Elle ne savait plus que penser. Elle avait perdu ses repères. L'existence qu'elle s'était laborieusement construite pendant dix ans se trouvait soudain menacée. Attaquée à la base. Par Cullen, et par Matthew, son fils adoré. Et son cœur était déchiré.

Ils arrivèrent à Broome en un temps record. Cullen n'était pas d'humeur à se préoccuper des limitations de vitesse. Ils traversèrent la ville à une allure d'enfer pour se rendre au garage. En voyant défiler les villas qui croulaient sous les bougainvilliers, les places coquettes ornées de beaux arbres, de buissons exotiques aux fleurs colorées, Liana n'en croyait pas ses yeux. Si l'ancienne ville frontière s'était métamorphosée, son architecture gardait quelque chose d'asiatique, comme le témoignage d'un héritage culturel mixte, et les diverses races qui formaient dans les rues une foule bigarrée attestaient que cet héritage demeurait bien vivant.

— Tu peux rester dans la voiture, dit Cullen en garant la camionnette sous un palmier caressé par la brise.

— Je préfère t'accompagner.

— Comme tu voudras.

Ils allèrent trouver le propriétaire, un homme de type malais à la peau sombre et au nom japonais. Cullen lui exposa le but de leur visite. L'homme, qui était occupé avec un client, leur désigna une rangée de véhicules dans un terrain vague à l'arrière du garage.

— La troisième à gauche.

Il tira des clés de sa poche et les tendit à Cullen.

Sur le parking improvisé, le troisième véhicule était un quatre roues motrices et portait le logo de Holden Jackeroo.

— Voyons si c'est bien le nôtre, dit Cullen.

Liana le suivit. Elle était à peu près sûre de la réponse. Il ouvrit la portière, s'installa sur le siège du conducteur, chercha les papiers sous le tableau de bord et les examina.

— Oui, il appartient au domaine, déclara-t-il en relevant les yeux.

Liana revit les ruines du chantier naval en cendres.

— Mon Dieu, murmura-t-elle d'une voix sans timbre. Ils étaient chez Pete.

Cullen sortit du véhicule. Il hésita, soupira, puis passa un bras autour des épaules de sa compagne.

— Allons, ça ira mieux demain, Lee. Ce n'est pas la pire des nouvelles. Nous savons, à présent, qu'ils sont passés chez Pete. Mais c'est Pete qui a amené le Jackeroo ici. J'en déduis que nos lascars étaient déjà repartis, sinon papa l'aurait conduit lui-même jusqu'au garage.

— Mais où sont-ils ? En supposant qu'ils aient emprunté une voiture à Pete, ils auraient dû arriver depuis longtemps à Pikuwa Creek.

— Si c'est là qu'ils allaient.

— Comment ça ? Où auraient-ils pu aller, sinon à Pikuwa Creek ?

— S'ils avaient emprunté une voiture, ils y seraient déjà. Seulement, d'après moi, ils ne sont pas en voiture.

— Je ne comprends pas.

— Nous ne savons pas exactement combien de bateaux avait le vieux Pete. Nous savons seulement qu'il les collectionnait et qu'il les restaurait pour son plaisir.

— Tu crois que Matthew et ton père sont partis en bateau avec l'une des antiquités de ce Pete ?

— Elémentaire, mon cher Watson. Matthew n'avait pas l'intention de venir à Pikuwa Creek. Il comptait rendre la perle à l'océan. Et, pour cela, il avait besoin de l'aide de mon père.

— Mais pourquoi ? Ça n'a pas de sens ! C'est son héritage ! Les ancêtres de Matthew sont morts pour cette perle !

Cullen posa sur Liana un regard attristé.

— Avec son cœur de gosse, Matthew a pénétré un mystère qui t'échappe, Lee. Cette perle a déjà causé bien des malheurs, détruit plusieurs vies, et elle était en passe de détruire la personne que Matthew aime le plus au monde. C'est pour te sauver qu'il va remettre la perle où on l'a prise.

Sur le pont de l'*Argonaut*, le voilier équipé d'un moteur qu'ils avaient emprunté à Pete Carpenter, Matthew observait son grand-père qui étarquait la grand-voile.

— Je croyais qu'il y aurait davantage de vent, dit-il.

— Tu es pressé, garçon ?

— Je ne suis pas très à l'aise.

— Si tu as le mal de mer, penche-toi par-dessus bord. Il n'y a pas de honte à ça.

Matthew ne se sentait pas précisément malade, mais il avait de la peine à trouver l'équilibre à cause du mouvement perpétuel des vagues.

— C'est gentil de la part de Pete de nous avoir prêté ce bateau.

— Sûr. C'est un brave type.

— Dommage que ce ne soit pas un vrai lougre perlier.

Roman émit une sorte de grognement.

Ils prenaient de la vitesse, à présent que la voile était correctement tendue, mais Roman avait informé Matthew que, même avec un bon vent, ils n'atteindraient pas leur destination avant le lendemain au plus tôt.

— Tu en demandes beaucoup, fiston. Et l'équipage pour ton lougre, tu l'aurais trouvé où ?

Matthew n'insista pas. Il ne tenait pas à irriter son grand-père. Il s'étonnait encore de l'avoir mené aussi loin. Peu importait que l'*Argonaut* n'ait jamais été un navire perlier. Ce qui comptait, c'était qu'ils voguaient vers le Cimetière, grâce à Pete qui leur avait indiqué la route à suivre.

— On ne pourrait pas mettre le moteur, en attendant que le vent monte ?

— Pas si nous voulons qu'il nous reste du fuel pour le retour.

Matthew n'avait pas réfléchi à cela. Certes, ils avaient fait le plein, mais le bateau consommait sans doute beaucoup. En préparant son voyage, il avait négligé bon nombre de détails. Heureusement que la chance l'avait accompagné. Pour une fois, la perle semblait porter bonheur.

Tandis que le voilier commençait à gîter avec la vitesse, il se cala contre le bastingage. Roman n'avait peut-être pas navigué depuis des années, mais il n'avait pas perdu la main.

— Cela ne te fait pas un drôle d'effet de retourner sur les lieux où Archer a tué Tom ?

Roman redressa la barre.

— Qu'est-ce que tu en penses, fiston, toi qui es à la fois Robeson et Llewellyn ?

— Ben, je crois que Tom me comprendrait. Mais Archer me prendrait pour le roi des imbéciles.

Contrairement à ses habitudes, Roman était d'humeur à bavarder.

— Je n'ai jamais connu mon grand-père. Il était déjà mort depuis longtemps quand je suis né. Mais, juste avant de mourir, mon père m'a raconté l'histoire de la perle.

— Et il t'a dit comment Archer avait tué Tom ?

— Oui. Des années après la mort d'Archer, un vieux routard qui avait vécu à Broome est arrivé à Jimiramira, et il a déballé tout ce qu'il savait. Mon père n'a pas été surpris de son récit. Il se doutait depuis longtemps qu'il s'était passé quelque chose de terrible à Broome, quelque chose qui pesait sur la conscience de son père. Parce que, quand Archer buvait, il voyait des fantômes…

Matthew frissonna malgré lui.

— … Mon père m'a dit qu'après l'incendie dans lequel mes grands-parents ont péri, les ouvriers n'ont pas voulu reconstruire sur le terrain de l'ancienne maison. Ils croyaient que la perle était toujours à Jimiramira et qu'ils la retrouveraient en fouillant les décombres. Alors, ils ont construit au flanc de la colline et, pendant des années, on les voyait, le soir, chercher parmi les ruines. Quand il les regardait retourner les cailloux, mon père prétendait qu'il entendait sa mère gémir.

Matthew réprima un nouveau frisson.

— Qu'est-ce qu'il y a sur ce site, aujourd'hui ?

— Quand mon tour est venu de construire pour ma Joan, j'ai choisi l'emplacement de l'ancienne demeure. J'ai déblayé ce qui restait des ruines. Pas grand-chose, en vérité. Les pierres que les ouvriers n'avaient pas emportées ont été laminées par les pluies et les fourmis blanches. Quand j'ai eu fait place nette, j'ai dit deux, trois prières. Luke, qui est chef de tribu, est arrivé, une nuit, avec d'autres gars, et ils ont organisé une sorte de cérémonie, un truc à eux, je ne sais pas très bien quoi. Peut-être que c'était seulement pour nous rassurer. Fin psychologue, ce Luke. Les travaux n'ont posé aucun problème. Pas de malheur, pas de mauvais œil. Maintenant, ce n'est plus qu'une maison comme les autres. Une maison qui a longtemps apporté le bonheur.

— Tu crois qu'elle le peut encore, grand-père ?

Roman lui sourit.

— Quoi ? Apporter le bonheur ? Je n'ai pas besoin d'une maison pour me rendre heureux, Matthew. J'ai un petit-fils. Et ça, ça vaut mieux que tous les châteaux.

35.

De retour à Pikuwa Creek, Cullen coupa le moteur de la camionnette, mais il n'en sortit pas immédiatement.

— Tante Mei risque de dormir, non ? Il est 21 heures passées à San Francisco.

Avec un pincement de remords, Liana constata qu'il n'avait aucune peine à calculer la différence horaire.

— Si elle dort, je demanderai à Betty de la réveiller. Elle est sans doute la seule à avoir une idée de l'endroit où Matthew et ton père ont pu aller.

— Le musée nous donnera peut-être une réponse d'ici peu.

Hélas, « d'ici peu » risquait d'être trop tard. Situé dans l'ancien bâtiment des douanes, le musée historique de Broome manquait de crédits comme de personnel. La conservatrice avait cherché parmi des documents qu'elle avait sous la main pour voir si le lieu où l'on avait péché la Perle de Grand Prix y était mentionné. Mais, lorsque Cullen et Liana avaient repris le chemin de Pikuwa Creek, elle n'avait toujours rien trouvé.

Liana ouvrit sa portière.

— Bon. Je vais appeler ma tante. Toi, passe un message radio au capitaine du *Southern Cross* pour que son équipage garde l'œil ouvert au cas où ils croiseraient Matthew.

— D'accord. Et il transmettra le message à tous les bateaux qui passeront dans son champ d'émission en leur demandant de faire suivre. Mais c'est grand, l'océan. Et nous ne savons même pas quel genre d'embarcation ils ont empruntée.

— Nous les retrouverons, déclara-t-elle.

Elle n'ajouta pas « avant l'assassin de Pete Carpenter », mais elle le pensait fortement.

Chacun partit de son côté. Liana songeait que, le premier moment de colère passé, Cullen s'était montré courtois envers elle, et même attentionné au cours de cette matinée pénible. Elle se demandait, toutefois, s'il avait envisagé l'ironie de cette situation nouvelle. Si Matthew avait réellement volé la perle pour la rendre à la mer, elle n'avait plus guère de prétexte pour garder son fils en Californie. Ni même pour y rester elle-même.

La perle risquait de disparaître comme ses chances de refaire sa vie avec Cullen avaient disparu, ce matin, à l'aube.

Quand elle fut à l'intérieur, elle prit le temps de se familiariser avec le dispositif téléphonique de Cullen situé dans un renfoncement de la cuisine. Elle attendit ensuite que l'opératrice la connecte à l'appartement de Mei, tout en priant le ciel pour que sa tante soit éveillée, en forme et lucide.

Le téléphone n'en finissait plus de sonner. Enfin, on décrocha, et elle reconnut la voix de Betty.

— Ecoutez, lui dit-elle, j'appelle d'Australie. Il faut absolument que je parle à ma tante à propos de Matthew.

— Elle est au lit, mais elle ne dort pas encore.

— Je vous en prie, allez la chercher, et passez-la-moi. C'est urgent.

Betty acquiesça et posa le combiné. Liana crispait les doigts autour de l'appareil. La ligne était bonne, sans friture. Le son clair. Avec un léger écho à cause de la distance. Sa tante n'entendait plus très bien, mais le téléphone de sa chambre était amplifié. Elles allaient certainement pouvoir communiquer. Pour tromper son attente, Liana feuilleta un agenda de bureau posé sur une tablette. Cullen y avait griffonné des notes dans tous les sens, et Liana sentit son cœur se serrer en les lisant. Avril : « Raconter à Matthew l'aventure de J. avec le serpent aquatique. » Mai : « Lire à Matthew l'article du journal local sur l'escalier qui monte à la lune. » Début juin : « Donner à M. des nouvelles de Shinju Matsuri et du défilé de cette année. »

Matthew n'était pas autorisé à venir en Australie, mais Cullen s'arrangeait pour qu'il ait l'impression de participer à la vie de Broome et de Pikuwa Creek. Liana sentit les larmes lui brouiller la vue, et elle ferma les yeux, incapable de lire plus avant.

— Liana ? C'est bien toi, Liana ?

— Oui, tante Mei. Je suis en Australie. Avec Cullen. Nous pensons que Matthew se trouve quelque part ici.

Silence. La vieille dame avait-elle compris ? Attendait-elle la suite ?

— Ma tante, Cullen et moi pensons que Matthew est peut-être parti en mer avec son grand-père.

— Son grand-père ? Le fils de Bryce ?

— Oui. Roman Llewellyn. Nous savons que Matthew est venu lui rendre visite. Après quoi, ils sont partis ensemble sans dire où ils allaient. Nous pensons, Cullen et moi, qu'ils sont allés voir où la Perle de Grand Prix avait été pêchée.

Nouveau silence.

— Ma tante ? Tu m'entends ? Tu essaies de te souvenir ?

— Est-ce qu'il a pris la perle ? demanda enfin Mei.

Liana ne pouvait plus nier.

— Je crois que oui. D'après Cullen, il compte la rendre à l'océan… Tu le savais depuis le début, n'est-ce pas ?

— Je vous l'avais dit.

Liana serrait le combiné à s'en faire mal.

— Non, tu ne nous as rien dit ! Tu nous as parlé de Bryce, de Jimiramira, mais c'est tout.

— Liana, je vous ai raconté la même histoire qu'à ton fils.

— Où est Matthew, tante Mei ? Il faut que je le sache !

— Un danger le menace ? demanda Mei d'une voix inquiète.

— Bien sûr que non, ma tante. Mais il est temps que cette farce se termine. Cullen et moi ne dormirons pas tranquilles avant de savoir où il est. Il faut que nous le retrouvions.

— Tu veux… la perle ?

— Non ! Je veux mon fils. Je t'en supplie, tante Mei, dis-moi où il est. Je veux le retrouver sain et sauf, c'est tout. Tu dois bien te rappeler à quel endroit on a trouvé cette perle puisque c'est toi qui l'as dit à Matthew.

— Je ne me rappelle pas ce que j'ai mangé pour le dîner, mais je peux te dire où on a pêché la perle.

— Alors, dis-le-moi, je t'en prie !

— Dans un lieu appelé Le Cimetière. Comment aurais-je pu oublier ce nom ?

Liana frissonna.

— Je te remercie, ma tante. C'est tout ce que je voulais savoir.

— Le garçon a hérité le meilleur des deux lignées. Il est né pour faire ça. C'est son destin. Il n'a rien à craindre.

Liana aurait préféré que sa tante n'abreuve pas son fils de ridicules superstitions, mais elle aimait trop la vieille dame pour le lui reprocher.

— J'espère que tu as raison. Je te rappellerai dès que nous l'aurons retrouvé.

Elle s'interrompit, puis ajouta :

— Ma tante, ne dis à personne que je t'ai appelée. Ne révèle pas non plus l'endroit où je me trouve. Ni que Matthew est en Australie.

Sur ces mots, elle raccrocha, puis partit à la recherche de Cullen.

Les bureaux, qui étaient situés près du réfectoire, occupaient un bâtiment carré au toit de métal pentu comme celui de la maison. Les fenêtres étaient protégées par des volets verticaux qui pivotaient sur des charnières et faisaient office d'auvents lorsqu'ils étaient ouverts. Là, plus près du rivage, elle apercevait une flottille de barques de travail et des hommes occupés à en réparer une. Des voix et de la musique montaient du réfectoire où le personnel achevait de déjeuner.

A l'intérieur, Liana trouva Sarah qui la dirigea vers une porte close.

— Il est à la radio avec Nigel Finch, le capitaine du *Cross*. Et il vient de parler à Whitey Pendergast.

— Que lui a dit Whitey ? Vous êtes au courant ?

— Nos plongeurs sont bien arrivés au chantier de Pete Carpenter. Ils sont dans l'eau. Rien de nouveau pour le moment.

Liana comprit que ce « nouveau » ne pouvait désigner que de nouveaux cadavres.

— Sarah, avez-vous entendu parler d'un lieu de pêche nommé Le Cimetière ?

— Le Cimetière ?

— On l'appelait ainsi au début du siècle.

Sarah se leva pour aller consulter une carte marine accrochée au mur.

— Non. Ça ne me dit rien. Vous pensez que Matthew y serait allé ?

— C'est possible.

— En tout cas, le nom ne figure pas sur cette carte. Mais il a peut-être changé. Ou alors, c'est un surnom utilisé par les marins. Demandons à Cullen, il saura peut-être… Non. J'ai une meilleure idée. Je vais demander à mon père.

Elle regagna son bureau et décrocha le téléphone.

— Je l'appelle immédiatement.

— Votre père ?

— Oui. Il est issu de trois générations de perliers. Il a tiré le diable par la queue, à une époque où les coquilles ne servaient guère que pour le ballast. Il connaît la côte comme sa poche.

Cullen passa au moment où Sarah raccrochait.

— Le Cimetière, lui dit Liana. Tante Mei s'en est souvenue.

— L'une des baies de King Sound, précisa Sarah. Mon père dit que trop de plongeurs y sont morts. C'est ce qui lui a valu ce surnom morbide.

Cullen eut un geste d'impatience.

— Bien sûr ! Cygnet Bay.

— Tu connais ? lui demanda Liana d'un air surpris.

— Si je connais ? J'ai failli y perdre un plongeur, l'an dernier.

— Comment ça ?

— Il a rencontré un requin plus gros que lui.

*
* *

Cullen se doutait bien que Liana ne le laisserait pas partir seul à la recherche de Matthew.

— Je vais prendre des vêtements de rechange. Tu veux que je te rapporte quelque chose ? lui demanda-t-elle tandis qu'il allait jusqu'à la carte pour leur montrer l'emplacement de la baie connue sous le nom de Cimetière.

— Non, merci. J'ai un sac, ici, avec tout le nécessaire en cas d'urgence.

Liana s'était éclipsée quand Sarah reprit la parole.

— Tu veux que je vienne aussi ? Tu auras peut-être besoin d'aide.

— Non. Je préfère que tu restes ici. Nous volerons jusqu'à Yampi Sound pour embarquer sur la *Robinette.* Elle est légère, rapide. Nous gagnerons du temps. Appelle Ken pour qu'il la prépare. Ensuite, préviens Whitey. Dis-lui où nous allons et pourquoi. Il pourra peut-être nous donner un coup de main dans nos recherches, dès que nous aurons un équipage pour le *Windrun.*

Ce lougre, qui appartenait à la flotte de Pikuwa Creek, serait en mesure d'appareiller pour King Sound dès le lendemain matin.

— Cullen, dis-moi s'il y a un rapport entre la mort de Pete Carpenter et ton fils…

Cullen grimaça.

— J'ai bien peur que oui.

— Est-ce sérieux de partir là-bas tout seul ?

— Je serai armé.

— Et le *Cross* ? Tu comptes demander à Nigel de te rejoindre ?

— Il est trop loin au large pour nous être utile.

— J'aimerais pouvoir faire davantage.

Oui, elle aurait aimé lui offrir le réconfort de sa tendresse, mais il était lié à une femme qui ne serait plus jamais sienne.

— Tu veux bien dormir au bureau ce soir ? Je resterai en contact le plus longtemps possible. De ton côté, fais-moi signe si Nigel ou quelqu'un d'autre appelle.

— J'ai déjà dormi ici.

— Tu devrais prendre le temps de vivre, Sarah.

Elle tenta de sourire.
— Ce n'est pas l'envie qui m'en manque.
Il comprit parfaitement ce qu'elle voulait dire.

Lorsque Liana le rejoignit, il parlait avec l'un de ses employés.
— Voici Ellis qui va nous conduire en hydravion sur l'île de Yampi Sound où se trouve notre second élevage, dit-il. Ça nous rapprochera du Cimetière. De là, nous embarquerons sur un bateau de travail.
— Ellis embarque avec nous ? demanda Liana qui criait presque pour se faire entendre.
— Non. Nous devons rester légers.
— Nous pourrions avoir besoin de lui.
Certes, il avait songé un moment à demander à Ellis ou à un employé de Yampi Sound de les accompagner. Mais il n'avait aucune idée de ce qui les attendait au large. Si les choses tournaient mal, il ne tenait pas à avoir la responsabilité d'un tiers.
Et il ne voulait pas non plus de témoin.
— Nous irons plus vite si nous ne sommes que deux.
Elle semblait inquiète, mais elle ne fit pas d'objection. Lorsqu'ils atterrirent à Yampi Sound, la *Robinette* était fin prête à appareiller. Cullen tendit à Liana leurs deux sacs.
— Mets nos affaires dans la cabine.
Tandis qu'elle disparaissait à l'intérieur, il donna ses consignes à Ellis et à Ken, le gérant de Yampi, puis ils se séparèrent.
Il vérifiait le matériel lorsque Liana réapparut.
— Tu es armé, n'est-ce pas ?
— Evidemment ! Si ça te pose un problème, ta place n'est pas ici.
— Tu n'aurais pas un autre revolver, par hasard ?
— Quand as-tu appris à tirer ?
— A mon retour en Californie. Mais je n'ai jamais acheté d'arme. Trop dangereux avec un enfant.
— Je n'ai que ce calibre 38 semi-automatique. Et une carabine dans la cabine. Quand nous serons en mer, tu pourras t'entraîner.
— D'accord.

— Ce n'est pas un jeu, Lee. Je peux encore demander à Ellis de te ramener.

— Je sais que ce n'est pas un jeu.

Autrefois, il aurait peut-être dit : « Ça, c'est ma petite femme ! » Mais plus maintenant. Au lieu de cela, il lança le moteur, et l'écouta un moment tourner.

— Bien. On lève l'ancre. Sarah a fait mettre des vivres à bord. Le temps qu'on sorte de ce goulet, trouve-nous quelque chose à manger, veux-tu ?

Ils déjeunèrent de haricots en boîte sur des crackers et de fruits au sirop, et dînèrent de sandwichs au fromage avec des pommes. Tandis que la nuit gagnait, Liana prépara du thé et en apporta une tasse à Cullen sur le pont. Il coupa le moteur, et ils se laissèrent flotter en silence sur l'eau calme.

L'archipel du Boucanier était d'une beauté surprenante. Cullen lui avait expliqué que, sur la côte nord-ouest, les marées étaient parmi les plus fortes du monde — des vagues jusqu'à douze mètres à King Sound où la *Robinette* dérivait à présent. Les basses mers découvraient des vasières, des collines, des récifs qu'on aurait pu prendre pour des îles. Les plages de sable fin alternaient avec les mangroves, et d'étroits goulets bordés de falaises serpentaient jusqu'à des baies intérieures protégées.

Ils avaient passé des îlots de toutes sortes, certains couverts par des colonies d'oiseaux, d'autres arides et pelés, d'autres encore à la maigre végétation tourmentée, aux côtes déchiquetées faites de rochers rouges. Ils avaient dû retarder leur entrée dans la passe pour éviter le flot tumultueux de la marée qui, au fil des siècles, avait emporté nombre de lougres perliers.

Ils avançaient moins vite que prévu. Il leur faudrait encore des heures de navigation avant d'atteindre le Cimetière.

— Il n'y aura pas assez de lune, dit Cullen avec une note de regret dans la voix. J'espérais continuer au moins jusqu'à minuit. Mais il fait trop noir. On ne voit rien.

En effet, la lune n'était qu'un mince filet, et les nuages qui s'amoncelaient leur cachaient les étoiles.

— Tu crois qu'il va y avoir de l'orage ? demanda Liana.

— L'eau est calme dans la passe.

— Mais le ciel se couvre.

— C'est au Cimetière que les premiers perliers cherchaient refuge, à la saison des cyclones. Toutefois, nous risquons d'avoir quelques ennuis avant demain matin, admit-il.

Les épaules de Liana s'affaissèrent. Des ennuis. Encore des ennuis ! Ça devenait une habitude.

— Ce bateau me paraît bien frêle pour essuyer un coup de torchon.

— Ne t'y trompe pas, Lee. Il est peut-être plus fiable que celui de Matthew et de papa.

— Tu espérais les retrouver aujourd'hui, n'est-ce pas ?

— Il y a tellement d'inconnues que je ne sais plus trop quoi espérer. J'ignore quel genre d'embarcation le Vieux Pete leur a prêtée, l'heure à laquelle ils sont partis et le chemin qu'ils ont parcouru. J'ignore où ils vont et par quelle route ils passent. Mon père n'est pas marin, et ces eaux sont dangereuses. En supposant même qu'ils se rendent au Cimetière, rien ne prouve qu'il le trouvera.

— Et tu ne sais pas non plus s'ils n'ont pas été rejoints par quelqu'un d'autre.

— Ne pense pas à ça.

— C'est facile à dire.

— Ecoute, il est temps de se coucher. Nous serons debout avant l'aube.

— Quelle heure est-il à San Francisco ?

Il consulta sa montre.

— Environ 4 heures du matin.

— Inutile que je me couche. Je ne dormirai pas. En général, c'est l'heure où mes insomnies sont les plus tenaces.

— Quand nous étions mariés, tu dormais comme une bûche. Tu n'étais même pas vraiment réveillée quand tu prenais ta douche.

Elle préféra ne pas s'attarder sur ce genre de souvenir.

— Tu vas descendre aussi ?

— Non. Je dormirai dehors.

— Tu veux monter la garde, hein ?

Il ne nia pas.

— Alors, je reste avec toi.

— Tu serais mieux au lit, même si tu ne dors pas. Ce serait plus confortable.

Elle songea aux deux couchettes étroites séparées par un passage plus étroit encore. Pas très confortable non plus.

— Deux guetteurs valent mieux qu'un, Cullen.

Elle prit sa tasse vide et se dirigea vers l'échelle.

— Tu veux que je te monte un duvet ?

— Non. Débarbouille-toi ; prends ce qu'il te faut. Quand tu seras équipée, je descendrai à mon tour.

Un peu plus tard, ils étendirent leurs sacs de couchage sur le peu d'espace disponible. Les vagues, qui étaient de plus en plus fortes, berçaient la *Robinette*. Depuis la disparition de Matthew, Liana avait dormi dans toutes sortes d'endroits inconnus, effrayants, et cependant, pour la première fois depuis des années, elle se sentait presque libérée de sa panique. Là, sur un minuscule bateau, en haute mer, entourée par les ruines de sa vie, elle se sentait étrangement calme.

— L'œil du cyclone, murmura-t-elle pour elle-même.

— Pardon ?

— L'œil du cyclone. Le calme dans la tempête, mais le pire est à venir. C'est là que nous en sommes, Cullen. Nous avons vécu un enfer et, demain, ça recommence. J'ai terriblement peur pour Matthew, mais je n'ai peur de rien d'autre. Il y a bien longtemps que ça ne m'était pas arrivé. Je me demande pourquoi.

— Tu ne le sais donc pas ?

— Non. Tu le sais, toi ?

— Oui. C'est à cause de la perle, Lee. Elle n'est plus entre tes mains. Pour la première fois depuis que tu as quitté l'Australie, tu es libérée de la perle et de tout ce qui va avec.

Matthew coupa le feu sous la casserole, puis versa le ragoût en boîte dans deux bols. La cuisine de Sue lui manquait, mais il aimait ce mode de vie : manger des choses simples quand il avait faim, sans se poser de questions. Il monta le repas sur le pont où Roman venait de jeter l'ancre pour la nuit.

Son grand-père fermait les yeux, et le garçon éprouva un pincement de remords devant cet homme qui n'était plus tout jeune et que ce voyage épuisait.

— Grand-père ?

Roman rouvrit les yeux.

— Eh bien, fiston, tu en as mis du temps !

Matthew lui sourit. Il venait de passer l'une des meilleures journées de sa vie. Après s'être habitué au mouvement du bateau, il avait joué au mousse, obéissant aux ordres de son grand-père pour virer de bord, empanner. Il emmagasinait des souvenirs : la joie de prendre le vent, de gîter, de filer entre les îles et les récifs, d'observer les dauphins qui suivaient le bateau...

Quand Roman eut pris son bol, il se laissa tomber sur le banc près de lui. Ils mangèrent en silence. Une fois rassasié, Matthew déclara :

— Tu sais, grand-père, j'ai pensé à un truc. Peut-être qu'on est allés assez loin et que ça suffit. Pourquoi chercher l'endroit exact où la perle a été pêchée ? On pourrait la jeter par-dessus bord ce soir, et tout serait terminé.

— Fiston, moi aussi, j'ai bien réfléchi. Cette perle n'est jamais qu'une perle. Elle n'a rien de magique. Le problème, c'est l'effet qu'elle a sur les gens, pas vrai ?

— Je suppose, oui.

— Avant d'arriver à Jimiramira, tu l'as gardée un bon bout de temps, non ?

— Hum... oui ?

— Est-ce que tu te sentais différent ?

Il songea à Tricia, au trouble qu'elle éveillait en lui. Mais ce n'était pas de cela que son grand-père voulait parler.

— Ben... je suis pas certain qu'on s'en rende compte si ça arrive.

— As-tu agi différemment ? As-tu fait des choses que tu n'aurais pas faites en temps normal ?

— Sûr. J'ai dévalisé le coffre de ma mère ; j'ai utilisé en douce sa carte de crédit pour payer mon billet, et j'ai menti à tout le monde...

Il s'interrompit, décida de passer sous silence sa rencontre avec Charlie, et reprit son énumération :

— J'ai posé un lapin à mon père qui m'attendait à l'aéroport, j'ai...

— Ça va, je vois le tableau.

— Je sais qu'elle vaut beaucoup d'argent.

— Tout est là.

— D'une certaine manière, je vole mes propres enfants en m'en débarrassant. Mais, d'un autre côté, je les protège.

— La roue a peut-être tourné, fiston. Rien ne prouve que ton geste aura une influence quelconque sur tes enfants.

— Sur ma mère, oui. Et sur moi aussi. Je ne veux plus avoir à y penser. Je veux décider tout seul de ce que je suis, de mon avenir, sans me préoccuper de la perle. Je veux qu'elle disparaisse.

— Tu pourrais la donner à un musée. Quand elle t'appartiendra.

— Si j'attends jusque-là, je n'en serai peut-être plus capable. Et si je devenais comme les autres, hein ? Si je commettais des horreurs pour la garder ?

Roman demeura un moment silencieux.

— Dans ce cas, mon garçon, faisons les choses correctement. Allons la remettre à l'endroit où on l'a prise.

Matthew avait la pénible impression que son grand-père temporisait dans l'espoir de le voir changer d'avis. Le chapitre était clos pour ce soir. Et la perle se trouvait toujours dans la poche de Roman. En apprenant qu'il l'avait volée, le vieux renard avait refusé de l'aider s'il ne la lui confiait pas.

— Tu me laisseras vraiment décider seul quand ce sera le moment ? Parce que, tu sais, je ne changerai pas d'avis.

— Le moment venu, la décision t'appartiendra, fiston. Je t'en donne ma parole.

36.

Tandis que Liana observait un couple de tortues qui glissaient sur les vagues, Cullen recalculait le cap.

— Nous allons bientôt entrer dans la zone du Cimetière. Je pensais que le vent nous avait éloignés davantage de notre route, mais je me trompais.

Toute la matinée, Liana avait espéré voir un autre bateau, mais les eaux agitées de King Sound demeuraient désespérément vides d'embarcations. Bien que cela fût rare en juin, un orage se préparait. Le vent avait forci, la mer grossissait. Le temps gris et couvert rendait les recherches plus difficiles ; les îles se confondaient avec des bancs de nuages et l'océan semblait rejoindre le ciel.

— Il n'y a pas un chat, ici, dit-elle d'un air désolé. Sarah m'avait pourtant dit que l'endroit était encore très fréquenté.

— Ce n'est pas la bonne saison pour la pêche aux huîtres. Mais nous apercevrons peut-être un navire pirate ou deux. Les eaux sont riches, par ici. Nous avons, chaque année, de nombreux incidents avec des bateaux étrangers qui viennent pêcher le troche chez nous. Ils gagnent tellement d'argent pour une cargaison de ces coquillages qu'ils prennent le risque de finir dans nos geôles.

— Si Matthew et ton père croisaient un de leurs bateaux…

— Ils n'auraient rien à craindre. Cela vaudrait sans doute mieux pour eux que d'être seuls sur ces eaux.

Ou presque seul. L'assassin de Pete Carpenter constituait, de loin, le principal danger.

Liana mit sa main en visière au-dessus de ses yeux, et scruta l'océan, une fois de plus.

— Si nous ne les trouvons pas, Cullen, tu comptes rentrer ?

— Nous passerons la journée à patrouiller dans le secteur et à explorer les criques des environs. Ensuite, nous aviserons.

Ils n'avaient pas d'alternative. Plus de sujets de conversation non plus. Elle s'assit et posa les jumelles sur ses genoux, tandis que Cullen contournait les récifs et négociait les courants. Le tonnerre grondait au loin quand Cullen guida la *Robinette* dans la zone du Cimetière. Dès qu'ils furent sortis de la passe, Liana vit qu'il y avait là des îles, et des falaises qui se dressaient sur l'horizon, telles les murailles d'un ancien fort.

Elle avait espéré que la baie serait suffisamment contenue et ouverte pour qu'il y soit facile de repérer une autre embarcation. Mais un dédale de petites criques enfouies sous la mangrove et d'îlots recouverts de forêt tropicale s'étendait à perte de vue.

— Qu'est-ce que c'est que ça ? dit soudain Cullen en pointant le doigt vers l'est.

A l'œil nu, Liana ne distinguait rien mais, avec les jumelles, elle aperçut comme une ombre qui se détachait contre la côte d'une île.

— Tu tiens peut-être quelque chose. Qu'est-ce qu'on fait ? On y va ?

Il mit aussitôt le cap sur le sud-est.

Liana n'avait plus guère navigué au cours des dernières années. Au début de leur mariage, elle partait parfois avec Cullen et ses plongeurs afin de rester près de lui. Mais elle avait oublié qu'au large, il était malaisé d'évaluer les distances. Les vagues qui les secouaient semblaient démesurées, et ils n'approchaient toujours pas de l'objet mystérieux. Enfin, l'ombre se précisa, et une forme se dessina.

— Un bateau, déclara Cullen. Sans doute un voilier de plaisance. C'est trop petit pour un chalutier.

— Le genre de voilier qu'on pilote à deux ?

— Ça ressemble à ça.

Ils effectuèrent le reste du trajet en silence. Lorsque le voilier fut clairement visible, ils n'éprouvèrent aucune joie, aucun sentiment de triomphe. Rien ne prouvait que Matthew et Roman soient à bord — s'ils étaient même en mer. Mais quand Liana reconnut son fils, à l'aide des jumelles, elle eut l'impression qu'un grand vide se comblait en elle.

— Cullen ! Regarde : c'est Matthew !

— Doucement, Lee. Ne t'emballe pas.

Elle se retourna vers lui, et vit qu'il tenait à la main le semi-automatique avec lequel elle s'était entraînée au tir, la veille.

— Qu'est-ce que tu fais avec ça ?

Il cala le pistolet dans la ceinture de son short.

— Dieu seul sait qui est avec lui.

Liana reprit les jumelles pour scruter le bateau.

— Apparemment, un homme… il n'a pas l'air tout jeune. Je présume que c'est ton père.

— Viens ici… prends la barre.

Elle obéit et lui tendit les jumelles qu'il ajusta à sa vue.

— Tu as raison. C'est mon père.

— S'il y a quelqu'un d'autre, il est dans la cabine.

— Nous en aurons bientôt le cœur net.

Cullen poussa le moteur, et Liana s'accrocha au bastingage tandis qu'ils filaient vers le voilier qui bondissait sur les vagues. Le tonnerre grondait plus fort, mais elle n'en avait cure. Plusieurs minutes passèrent. Matthew devenait plus grand. Il se penchait par-dessus bord pour mieux les observer. Bientôt, Liana put le voir sans les jumelles… Cullen coupa le moteur, dirigea le bateau pour un accostage en douceur, puis il saisit un bout et le lança en l'air sous le regard médusé de Matthew.

— Attrape, fiston, et attache-nous.

Matthew s'exécuta. Roman vint le rejoindre. Lorsque les deux bateaux furent solidement amarrés l'un à l'autre, Cullen se tourna vers son père.

— Alors, papa. Chez toi ou chez moi ?

— Je ne suis pas allé vous chercher, que je sache, grommela Roman d'un ton bourru.

— C'est bien ce qu'il me semblait.

Cullen aida Liana à descendre sur le pont du voilier, puis il sauta à bord.

Elle se dirigea droit vers son fils, le serra dans ses bras, sentit qu'il s'accrochait convulsivement à elle, le maintint un moment contre sa poitrine, puis le repoussa brusquement.

— As-tu idée des soucis que tu nous as causés ?

— Mais… Qu'est-ce que tu fais là ? demanda Matthew qui ne se remettait pas de sa surprise.

— Qu'est-ce que je fais là ?

De nouveau, elle le repoussa des deux mains, plus violemment cette fois.

— Tu as menti ! Tu as ouvert mon coffre et tu as pris la perle. Après quoi, tu as fugué. Et tu as le toupet de me demander ce que je fais là ?

Cullen la retint par l'épaule.

— Attends ! Laisse-lui une chance de s'expliquer.

Mais elle ne parvenait plus à se maîtriser.

— Dieu, que nous avons eu peur ! On craignait que tu sois mort !

— Ça va, maman. Je n'ai rien. Je sais me débrouiller. Seulement, j'avais des trucs à faire.

Il avait encore grandi. Elle en aurait juré. Il était parti avec les cheveux longs. A présent, ils étaient courts, décolorés par le soleil. Il était bronzé… et vivant. Elle l'enveloppa de ses bras. Dieu du ciel, il était vivant !

Cullen se tourna vers son père.

— Matthew a quatorze ans. Un garçon de cet âge manque sérieusement de jugement. Où est passé le tien ? Tu ne sais donc pas ce que c'est que s'inquiéter pour son fils ?

— Avec toi, j'avais de l'entraînement.

— De quel droit as-tu gardé le secret sur la présence de Matthew ici ? Où avais-tu la tête ?

— J'ai agi selon ma conscience.

Liana jeta enfin un regard sur Roman, et elle s'étonna de sa ressemblance avec Cullen, et même avec Matthew.

— Et moi ? Je ne compte pour rien ? Est-ce qu'on s'est soucié de moi ? demanda-t-elle soudain.

— Arrêtez, vous deux ! s'écria Matthew. C'est moi qui ai entraîné grand-père dans cette histoire. C'est moi le responsable. Alors, laissez-le tranquille, d'accord ?

Liana reprit un ton plus bas :

— Comment as-tu osé nous faire une chose pareille ? Nous étions malades d'inquiétude, ton père et moi.

— Lee, tu sais très bien pourquoi il l'a fait, dit Cullen.

Puis il se tourna vers son fils et poursuivit :

— Nous le savons, Matthew. Tu as volé la perle pour l'apporter ici. Tu croyais rendre service à tout le monde en t'en débarrassant. Je présume qu'elle a déjà disparu.

Matthew échangea un regard avec son grand-père.

— Elle a disparu. Nous…

Un violent coup de tonnerre lui coupa la parole.

— Non, dit Roman lorsque le calme fut revenu. Elle n'a pas encore disparu. Je l'ai sur moi. Mon petit Matthew, l'heure de vérité a sonné.

Le garçon pâlit brusquement.

— Mais… Tu m'avais promis que la décision m'appartiendrait. Tu m'avais donné ta parole…

Roman glissa la main dans la poche de son pantalon blanc élimé, et en tira un minuscule coffret de bijoutier.

— Cullen, ta mère mettait ses bagues dans ce coffret quand elle faisait du rangement.

Il souleva le couvercle, et lui montra la Perle de Grand Prix dans son écrin de velours clair. Elle brillait de tout son lustre, comme en plein soleil. Elle était parfaite en tout point.

Roman ne souriait pas.

— Le gosse est superstitieux, mais peut-être que moi aussi. Joan était une femme pleine de bonté. Je me suis dit que sa bénédiction ne serait pas de trop.

Liana écarquillait les yeux et respirait à peine. Roman prit la gemme entre le pouce et l'index, mais, contrairement à ce qu'elle croyait, il ne la lui rendit pas. Il se tourna vers Matthew.

— Donne ta main, fiston.

Le garçon regardait fixement la perle, d'un air stupéfait.

— Papa, non ! Il n'a que quatorze ans. Il n'est pas apte à prendre une telle décision !

— Allez, fiston, donne ta main, répéta Roman, imperturbable.

Matthew regarda son père, puis son grand-père. Enfin, il se décida, desserra le poing et offrit sa paume tendue.

Au loin, des éclairs zébraient le ciel noir. Le bateau tanguait furieusement, et la main de Matthew tremblait.

— La perle t'appartient, mon garçon. C'est toi qui l'as prise dans son coffre, alors, à toi de décider. La voleras-tu à ta mère une seconde fois ? Seras-tu assez sage pour prendre, au nom de tous, une décision juste ? La balle est dans ton camp, fiston.

Roman plaça la perle sur la paume de Matthew et referma ses doigts autour avant d'ajouter :

— Dieu te vienne en aide si tu te trompes.

Liana retenait son souffle. Elle n'osait même plus bouger car elle était convaincue qu'au moindre geste de sa part, son fils jetterait la perle dans la baie. Et les fonds du Cimetière étaient si dangereux, même par temps calme, que tout espoir de la retrouver disparaîtrait avec elle.

— Elle fait ressortir le pire chez ceux qui la possèdent, déclara Matthew. Maman, tu allais de plus en plus mal. C'est à peine si tu pouvais sortir de la maison. Tu étais si malheureuse…

Liana sentit des larmes couler sur ses joues.

— Pas à cause de la perle, Matty.

— Mais elle t'a influencée. C'est à cause d'elle que tu restes à Pacific International, alors que tu détestes cet endroit et la vie que tu y mènes.

Savait-il aussi que c'était à cause de la perle qu'elle le tenait à l'écart de son père ?

Les premières gouttes de pluie s'écrasèrent sur le pont. Matthew serrait le poing si fort que ses jointures blanchissaient.

— J'ai vu certains de tes bijoux, maman. Papa m'a raconté que tu prenais plaisir à les créer.

— En rejetant cette perle à la mer, tu n'accompliras rien. Tu ne feras que prouver ton manque de confiance en ta mère. Cela revient à lui dire qu'elle n'est pas assez forte, pas assez fine pour se défendre. Mais je t'assure qu'elle est tout cela et bien davantage. Ta mère sait veiller sur ses intérêts, quelles qu'en soient les conséquences.

Paroles à double sens qui ressemblaient à s'y méprendre à un éloge. Mais Liana n'en comprenait que trop bien la signification.

— Maman, je crois en toi. Mais tu ne contrôles pas le pouvoir maléfique de la perle.

— Es-tu sûr de reconnaître le bien du mal, Matthew ? De pouvoir trancher au nom des autres ? Est-ce le fait d'avoir volé la perle qui te donne une telle arrogance ? N'est-ce pas là ta faille ? demanda Cullen.

Matthew semblait abasourdi. L'*Argonaut* tanguait violemment. Tout en se cramponnant à un filin, Liana tendit lentement son autre main vers son fils. Malgré le tonnerre, elle parla doucement, comme pour réconforter un jeune enfant.

— Ce n'est pas à toi d'en décider, Matthew. Je suis bouleversée que tu veuilles ainsi me protéger. Mais tu ne le peux pas. En fin de compte, nous sommes responsables de nous-mêmes.

— Je la déteste ! s'exclama Matthew d'une voix étranglée par les larmes.

— Ce n'est qu'une perle, petit gars. Rien qu'une perle. Ni bonne ni mauvaise, déclara Roman. Une perle qui pousse les gens à se conduire comme des imbéciles ou comme des criminels, mais c'est tout. Tu peux peut-être changer ça maintenant, mais pas nécessairement en la jetant à l'eau.

Matthew avait l'air complètement perdu. Liana mourait d'envie de le prendre dans ses bras, de le serrer contre elle. Mais il atteignait l'âge d'homme, et il devait prendre une décision d'homme.

Enfin, il s'avança vers elle en tendant son poing serré. Elle fit un pas vers lui, la paume ouverte. Mais elle ressentait une étrange confusion. Elle avait l'impression de se trouver au milieu d'une foule de gens : l'incarnation de plusieurs générations qui, toutes, avaient tendu la paume vers leur plus cher désir, comme elle en ce moment. Elle était Archer, avec ses rêves de terres et de bétail, Tom avec sa confiance aveugle en l'amitié, Viola et Saule, Bryce et Mei, et même Thomas — Thomas qui avait cru qu'une perle parfaite le sauverait de la honte, l'arracherait à jamais au cauchemar de son enfance et d'une ville qui s'effondrait autour de lui.

Pourtant, cette perle, qui recelait une promesse pour eux tous, ne leur avait rien donné.

Matthew la laissa tomber au creux de sa paume. Elle était resplendissante contre sa peau, éclaboussée de pluie, illuminée par les éclairs. La voix de l'adolescent tremblait lorsqu'il prit la parole.

— Quand elle m'appartiendra, je reviendrai ici pour la rendre à la mer, déclara-t-il.

— Ce jour-là, je t'accompagnerai, dit Cullen.

Liana serra la perle dans sa main. Pour cette gemme, son grand-père avait donné sa vie, l'arrière-grand-père de Cullen avait tué, et elle avait vendu son âme. Mais elle n'éprouvait maintenant ni joie ni soulagement. La Perle de Grand Prix lui brûlait les doigts.

C'est alors qu'une nouvelle voix se fit entendre.

— Je ne pense pas qu'elle t'appartienne un jour, Matthew.

Liana releva les yeux et se figea de surprise. Les hommes se retournèrent. Frank Fong se tenait sur une puissante vedette, derrière le bateau. Dans un mouvement fluide, Cullen dégaina et visa, mais trop tard. Frank tira le premier. Le revolver tomba à terre et glissa par la fente d'une trappe. Cullen s'écroula sur un genou.

— Papa ! hurla Matthew en se précipitant pour le soutenir.

Roman s'avança vers Frank qui pointa son arme sur lui.

— A ton tour, le vieux.

Roman chancela.

— Qu'est-ce qui te prend, Frank ? C'est mon père ! Tu lui as tiré dessus ! cria Matthew.

Liana, qui s'était agenouillée près de Cullen, vit une tache de sang qui s'étendait sur sa chemise, juste sous la clavicule. Malgré ses tremblements, elle parla d'une voix ferme :

— Range ce pistolet, Frank. Il ne se passait rien de spécial ici. Tu te seras trompé sur la situation.

Frank, qui était monté à bord de l'*Argonaut*, haussa les épaules et répondit :

— Ah bon ? Faut-il que je sois bête !

Liana empocha la perle pour ouvrir la chemise de Cullen. Sa blessure n'était pas nette et saignait abondamment. Elle ôta sa veste, la replia, la pressa contre la plaie pour ralentir l'hémorragie.

— Qu'est-ce que vous voulez ? demanda Cullen.

Frank sourit et leva les yeux vers le ciel bouché.

— Le soleil, pardi ! Je passe dans l'hémisphère Sud pour une petite bronzette, et voilà que vous avez un orage hors saison.

Cullen eut un hoquet tandis que Liana nouait les manches de sa veste autour de sa poitrine pour maintenir la pression.

Puis il pâlit soudain, et sa tête tomba vers l'avant. Elle l'observait avec inquiétude ; elle souffrait pour lui, mais, comme elle ne pouvait pas faire mieux pour le moment, elle se releva.

— Frank, tu es mon cousin, mon ami.

Le sourire de Frank s'effaça et, l'espace d'un instant, il parut sincèrement désolé.

— Oui, j'étais ton ami. Mais ton père a dérobé la perle à ma grand-mère.

Le bateau tanguait et roulait, secoué par les vagues. Il pleuvait à verse dans une obscurité de fin du monde. Les grondements répétés du tonnerre les avaient empêchés d'entendre la vedette de Frank approcher. Dieu seul sait dans quelle crique, dans quel goulet de l'île il était resté en embuscade, à les guetter. En tout cas, ils ne l'avaient pas repéré tandis qu'ils scrutaient l'océan. Tout à leur émotion de retrouver Matthew, ils avaient oublié qu'un tueur était à sa recherche. Quelques minutes d'inattention avaient suffi à déclencher le drame.

— Alors, c'est donc la perle, dit Liana.

— Naturellement ! Elle m'appartient de droit.

Il pointa son arme sur Liana.

— Réfléchis à ce que ma grand-mère a enduré pour la récupérer.

— Tu veux que je te la donne ? C'est tout ?

— C'est grâce à elle que tu es la patronne et moi ton grouillot, non ?

« Il faut gagner du temps », songea Liana.

— En dehors de la perle, tu veux que je te dise une ou deux petites choses que j'ai comprises ?

— Cela ne concernerait pas le vieux Carpenter, par hasard ?

Liana secoua la tête. Elle se sentait écœurée. Elle se doutait déjà que Frank avait assassiné Pete, mais son absence totale de remords lui soulevait le cœur.

— Tante Mei est à l'origine de tout ça. Tu le savais, Frank ?

Il éclata d'un rire de conspirateur.

— Je t'en prie, Liana. Laisse grand-mère tranquille. Elle ne m'a pas envoyé en mission. Elle t'aime comme sa fille.

— J'en suis la première convaincue. Mais c'est elle qui a poussé Matthew à voler la perle. Elle lui a raconté toute l'histoire dans le secret espoir qu'un jour, il volerait la perle et qu'il débarrasserait nos deux familles de ses maléfices. Tu veux savoir pourquoi ?

— Je suis tout ouïe.

— C'est parce qu'elle avait deviné ton obsession. Elle t'adore, et elle craignait que la perle te détruise comme elle avait détruit tous les autres, si tu continuais à en rêver. Cette perle ne t'appartenait pas que, déjà, elle éveillait tes pires instincts.

— Ce n'est qu'une perle, Liana, pas un objet magique. Même si elle vaut quelques millions pour un collectionneur.

— Tante Mei pensait pouvoir te sauver ; elle croyait que Matthew était assez fort pour mener cette tâche à bien, malgré les risques.

— Eh bien, elle se trompait. Je suis irrécupérable, cousine. Un monstre d'égoïsme.

— Ce n'est pas vrai.

Elle glissa la main dans sa poche, puis tendit le bras par-dessus bord.

— Matthew avait raison. Tante Mei avait raison. Et moi, j'étais aveugle. J'ai laissé cette perle gouverner ma vie. Mais c'est terminé.

Avant qu'il ait le temps de la menacer, de tourner son arme sur Cullen ou Matthew pour faire pression sur elle, elle ouvrit la main, et regarda la Perle de Grand Prix retomber dans les eaux qui l'avaient nourrie.

Aussitôt, elle se sentit plus légère, libérée d'un fardeau. Son cœur, qu'elle croyait mort, se dilatait dans sa poitrine. Et lorsque Cullen écarta Matthew pour se relever et venir, chancelant, à son côté, elle entrevit l'aube d'une ère nouvelle.

Contrairement à toute attente, Frank ne se précipita pas vers le bastingage, mais il resta immobile, parfaitement calme, tout en braquant d'une main ferme son revolver sur eux.

— Ta générosité me touche profondément.

Elle serra les doigts tremblants et glacés de Cullen.

— Je t'en prie, Frank. C'est fini. La perle a disparu. Tu ne gagneras rien à nous tuer.

Matthew se leva à son tour. Frank le visa de son arme, le temps de s'assurer que le garçon ne tenterait rien. L'orage était au-dessus d'eux. Les éclairs lacéraient le ciel. Frank dut élever la voix pour se faire entendre.

— Tu n'imagines pas comme c'était facile d'installer une caméra vidéo dans ton bureau, Liana. Personne ne s'étonnait que j'y aille en ton absence.

Elle le dévisageait, éberluée. Elle crut qu'il perdait l'esprit.

— Qu'est-ce que tu racontes ?

— Comment j'ai découvert la combinaison de ton coffre. Il y a des mois de cela. Tu ne voulais pas de dispositifs de surveillance, pas d'espions derrière ton dos, de sorte que je suis entré sans peine le jour où j'ai décidé de jouer les cinéastes amateurs. Et je savais quand tu sortais la perle, parce que tu me demandais toujours d'organiser la sécurité. Un soir, j'ai posé ma petite caméra. Une technologie de pointe. Le lendemain, je t'ai filmée. Et, en avril, j'ai ouvert le coffre et j'ai pris la perle. Zap. Simple comme bonjour.

— Voyons, Frank, dit Liana comme si elle s'adressait à un enfant. C'est Matthew qui a pris la perle. Et, désormais, elle a disparu pour toujours.

La pluie ruisselait sur le visage de Frank, plaquait ses cheveux sur son crâne, mais il semblait détendu, presque de bonne humeur.

— Non, cousine… Matthew a volé le faux que j'avais mis à sa place. De la belle ouvrage. On s'y serait trompé. Fabrication française. Des écailles de poissons et de la poudre de nacre sur de la résine. Aussi lourde qu'une vraie, contrairement à beaucoup d'imitations. Cullen confirmera. N'est-ce pas, Cullen ? dit-il en pointant son arme sur l'intéressé.

— Quand on connaît les perles… on ne confond pas… une vraie… avec une fausse.

Il lui en coûtait de parler, de se tenir debout. Liana serra plus fort sa main trop froide dans la sienne.

— Alors, c'est toi, Frank, qui as pris la perle ?

— Tu commences à comprendre, cousine.

Il se tourna vers Roman qui, sans piper mot, se rapprochait discrètement d'eux.

— Toi, le vieux, un centimètre de plus et tu es mort, comme ton petit camarade de Derby.

— Pete ?

Frank sourit.

— Un connard. Il est mort sans me dire où vous alliez. Mais j'ai grandi bercé par les récits de grand-mère. Quand j'ai su que le petit était en Australie, j'ai deviné tout de suite ce qu'il comptait faire. A propos, Matthew, merci pour le coup de fil que tu as passé au bureau. L'une des secrétaires, qui ne te connaissait pas, m'en a parlé. C'est toi qui m'as mis sur la voie.

— Si tu as volé la vraie perle et que j'en avais une fausse, je ne vois pas pourquoi tu nous as suivis jusqu'ici. Ça ne tient pas debout.

— Malin, ton fils, Liana. Il fait honneur à la famille, ce petit.

Il sourit à Matthew, comme autrefois, et poursuivit :

— Je détenais la vraie perle, mais je me doutais qu'un jour, quelqu'un s'apercevrait de la supercherie. Une fois le vol découvert, impossible de la vendre avant un bon bout de temps. Du coup, quand tu as empoché la fausse, j'ai tenu à m'assurer que tu la remettrais à l'eau. Comme ça, le moment venu, je pourrai vendre la Perle de Grand Prix comme une gemme anonyme.

Liana tenta une manœuvre pour le distraire.

— Alors, dit-elle, c'est toi qui as saccagé mon appartement, et qui as utilisé le compte Internet de Matthew pour lire ses e-mails. Et quand Cullen et moi avons découvert qu'il avait fugué…

Frank haussa les épaules.

— J'ai compris que j'étais dans le pétrin. Alors, j'ai improvisé un plan de secours. Je vous ai suivis discrètement. Jusqu'au bout, j'espérais que les choses s'arrangeraient d'elles-mêmes, que vous ne rattraperiez pas Matthew. Je n'avais pas l'intention de tuer qui que ce soit. Seulement, pendant que vous l'attendiez à Pikuwa Creek, j'ai fait ma petite enquête, et j'ai retrouvé sa trace jusqu'au chantier naval. Malheureusement, quand je suis arrivé, ils avaient mis les voiles. Le vieux Pete m'a surpris à voler un bateau. Alors, je l'ai tué.

— Et tu les as suivis jusqu'ici.

— Non. J'ai pris la route la plus courte. Ensuite, j'ai patienté gentiment. Voyez le tableau : une baie déserte, un orage terrible, des eaux dangereuses et infestées de sales bêtes dévoreuses. Brrrr… Si on retrouve quelque chose de vous, ça tiendra du miracle. Naturellement, ils en déduiront que la perle a disparu avec Matthew. Plus de perle, plus de Llewellyn.

Il se tourna vers Cullen, et braqua le revolver sur lui.

— Désolé, vieux, je n'ai rien contre vous. Peu m'importe que votre arrière-grand-père ait tué le mien. Tout ça, c'est du passé. Mais je vais vous abattre en premier parce que, même blessé, vous êtes le plus dangereux.

— Non, Frank ! s'écria Liana en s'interposant.

Cullen l'écarta avec ce qui lui restait de forces.

— Si vous me tuez… moi ou n'importe lequel d'entre nous, vous n'aurez jamais la vraie perle.

Frank éclata de rire.

— Mais je l'ai déjà !

— Sur vous, je suppose ?

— Il y a des chances, oui.

— Erreur, mon jeune ami.

— Comment ça, erreur ? Je vous donne dix secondes pour vous expliquer.

— L'authentique Perle de Grand Prix… se trouve dans mon coffre… à Pikuwa Creek.

— Tiens donc ! Ça m'étonnerait fort.

Cullen articulait lentement, et devait s'arrêter après chaque phrase.

— Moi aussi, j'étais… en Amérique, au mois d'avril… Vous le saviez ?

— Et alors ?

Cullen hésita une fraction de seconde, et Frank redressa son arme. Au même moment, Matthew se rapprocha de son père.

— Tu as trouvé la combinaison du coffre, hein, papa ? Exactement comme moi.

— Matthew, ne te mêle pas de ça, je te prie.

Ignorant l'ordre de Frank, le garçon continua sur sa lancée :

— J'étais sûr que tu trouverais. Sauf qu'apparemment, tu as trouvé avant moi.

— Tais-toi ! hurla Frank en pointant le revolver sur Matthew.

— Tiens-toi tranquille, Matthew, dit Liana qui était atterrée.

— Maman, tu ne comprends donc pas ? Je n'ai pas eu besoin de caméra, moi. J'ai trouvé la combinaison tout seul, avec ma tête. Et je peux te dire que ce n'étaient pas des chiffres pris au hasard comme tout le monde le croyait. C'est papa qui m'a mis sur la voie en me conseillant de ne pas prendre ma date de naissance ou un truc personnel comme mot de passe pour l'ordinateur.

— Tu aurais dû en tenir compte, petit. Il ne m'a pas fallu dix minutes pour le trouver, ce mot de passe.

— Ouais, bien sûr, mais quand j'ai choisi l'adresse de tante Mei, je pouvais pas savoir que j'aurais un voleur et un assassin aux fesses !

— Matthew ! s'écria Liana en s'avançant pour le protéger.

Frank la fit reculer d'un signe de son pistolet. Mais il ne tira pas. Il aimait bien Matthew, et il ne lui serait pas facile de le tuer.

— Bon, maintenant, Crocodile Dundee, à vous de parler, dit-il en s'adressant à Cullen. C'est votre dernière chance.

Cullen haletait. Liana osait à peine respirer.

— C'est… très simple… La date… du tremblement de terre… de San Francisco. Le pire moment… dans la vie de Thomas… Pas le genre d'homme à choisir… un événement heureux.

Frank partit d'un grand éclat de rire.

— Vous et le gosse, vous avez bien failli m'avoir. Seulement, je connais l'histoire de la Californie. Le tremblement de terre, c'était le 18 avril 1906. Manque de chance, je me souviens de la combinaison. Elle ne commence pas par 18-4. Pan. Vous êtes mort.

— Mais non ! hurla Matthew. C'est la date avec l'heure, mais à l'envers ! 5-12-6-19-4-18. C'est les histoires qu'on m'a racontées sur Thomas qui m'y ont fait penser. Je venais de faire un devoir sur le tremblement de terre, pour l'école. Un jour que j'attendais dans le bureau que maman sorte de réunion, j'ai essayé la date et, comme ça ne marchait pas, j'ai essayé à l'envers. Quand le coffre s'est ouvert, je savais que je devais prendre la perle.

Frank ne riait plus.

Cullen ne semblait ni surpris ni soulagé. Pour une fois, son expression était parfaitement neutre — digne d'un joueur de poker.

— Alors, vous me croyez quand je dis… que j'ai piraté le coffre ?

Frank visa son cœur.

— Pas une seconde. Vous répétez l'histoire que vous a vendue Matthew.

Cullen acquiesça de la tête.

— Bien joué… vieux. Je bluffais.

— Papa !

— Tais-toi, fiston. Matthew… a bien trouvé… la combinaison. Mais je n'ai jamais mis le pied… dans le bureau de Lee. Il n'empêche… que je possède la perle… la vraie. Ça vous intéresse de savoir comment je l'ai eue ?

— Vous me faites perdre mon temps !

— Votre grand-mère… Elle s'est aperçue que vous l'aviez volée… Et elle l'a retrouvée, Frank… pendant l'une de ses fréquentes visites chez vous… Car vous la gardiez chez vous, n'est-ce pas ?

— Où ?

Comme Matthew tout à l'heure, Cullen cherchait à gagner du temps. Le bateau tanguait affreusement, la pluie ruisselait sur le pont. Roman rampait vers Frank, fasciné. Cullen respirait laborieusement, et luttait de toutes ses forces pour ne pas s'évanouir.

— Elle n'a jamais… voulu me le dire. Mais elle a vu l'effet que la perle… avait sur vous… Et son seul espoir de vous sauver… c'était que je la rapporte en Australie… Elle croyait que cette perle… devait m'appartenir. A cause de Bryce… Alors, elle m'a écrit… et je suis venu à San Francisco. Ce week-end-là, il y avait une grande réunion de famille… Un anniversaire, si je me souviens bien. Elle s'est… excusée, prétextant la fatigue. Et puis elle a demandé… à Betty… de la conduire chez vous pendant que toute la famille… était rassemblée. A la place de la Perle de Grand Prix, elle en a mis… une autre que j'avais apportée. La plus grosse jamais produite… à Pikuwa Creek où la vraie vous attend… dans mon coffre. Elle est à vous, Frank. Mais pas si nous sommes morts. Nos vies contre la perle.

— Vous me racontez des salades !

— Ah oui ? Vous l'avez bien regardée, votre perle ? Sûr, c'est un gros caillou… mais loin d'être parfait… très, très loin. Elle n'est même pas ronde… N'importe quel connaisseur… vous le dirait au premier coup d'œil… Une radio, et vous verriez le noyau.

Liana sentit Cullen s'affaisser contre elle. Elle devait prendre le relais, finir ce qu'il avait commencé. Elle lui entoura la taille de son bras, s'efforçant de le soutenir. Matthew fit de même de son côté.

— Mais tu n'as montré ta perle à personne, n'est-ce pas, Frank ? Tu ne pouvais pas le faire tant que l'autre n'avait pas disparu.

Un éclair révéla l'expression de confusion qui habitait le visage de Frank. Il hésitait. Liana devinait qu'il était tenté de sortir sa perle pour l'examiner, pour se prouver que Cullen mentait.

— Mei… elle savait… ce que vous étiez devenu… Elle comprend ces choses-là, n'est-ce pas ? Elle s'inquiète… pour tout le monde…

Cette fois, il s'effondra. Même avec l'aide de Matthew, Liana ne put l'empêcher de glisser sur le pont.

— Tu as tué mon père ! hurla Matthew.

— La ferme ! répliqua Frank.

Il se lissa nerveusement les cheveux de sa main libre, mais son arme ne tremblait pas.

— Retournons chercher la Perle de Grand Prix à Pikuwa Creek. S'il te plaît, Frank. Cela ne te coûte pas grand-chose de nous épargner en échange de la perle, supplia Liana.

Il braqua le revolver sur elle.

— La ferme ! Bouclez-la, une bonne fois, vous tous !

La mer avait encore grossi. Le bateau était secoué en tous sens. Frank tenait bon. A l'évidence, il avait le pied marin. Cependant, il hésitait toujours. Jusqu'à ce que la tentation soit trop grande. Il mit la main dans sa poche gauche, baissa les yeux une fraction de seconde. Roman en profita pour se rapprocher de lui. Mais il s'arrêta net dès que Frank releva la tête.

Avec une précaution infinie, Frank extirpa un coffret de bijoutier de la poche de son jean.

— Que personne ne bouge, ou je tire.

De sa main gauche, il tenta de soulever le couvercle. Sans résultat. Il avait besoin de ses deux mains pour l'ouvrir.

Liana priait le ciel pour que Roman ne manque pas sa chance. L'occasion ne se reproduirait pas. En admettant qu'elle se produise, car

Frank hésitait toujours. Mais le besoin de savoir et la cupidité finirent par l'emporter sur le bon sens. Le pistolet s'abaissa le temps qu'il ouvre le coffret et en sorte la perle.

Roman bondit.

Le coup de feu résonna par-dessus le tonnerre. Roman se raidit, puis s'effondra contre Frank, le poussant contre le filin du bastingage. L'arme tomba sur le pont. Au même moment, une vague de travers souleva le bateau, et les deux hommes passèrent par-dessus bord.

— Grand-père ! Non ! s'écria Matthew.

Il allait s'élancer, mais Liana le retint.

— Tiens-toi tranquille ! Tu nous ferais chavirer !

Elle se mit à quatre pattes et chercha à tâtons le pistolet de Frank sans cesser de fixer les hommes qui étaient tombés à l'eau. Enfin, elle trouva l'arme. Alors, elle alla s'appuyer contre le rebord du bateau et visa. Mais il faisait sombre. A quelques mètres de la poupe, Roman et Frank luttaient contre les vagues.

— Roman ! Eloignez-vous de lui. J'ai le revolver ! hurla-t-elle.

Matthew rampa jusqu'à elle.

— Faut que je t'aide, maman.

— Trouve-nous un aviron, et vite !

Il repartit en rampant vers le canot situé sur l'avant du bateau, tandis qu'elle scrutait les flots, prête à plonger au secours de Roman. Elle aperçut un poing au-dessus de l'eau, des épaules, et une seule tête. Mais laquelle ? Il faisait trop sombre pour le savoir. Matthew revint muni d'une godille qu'il tendit par-dessus bord.

— Roman ! L'aviron ! Attrapez l'aviron !

Déjà, elle avait ôté ses chaussures et passait l'arme à son fils.

— Tiens, prends, et tire si besoin.

— Tu ne peux pas plonger, maman !

Des mains saisirent la godille, puis une tête apparut. Une tête aux cheveux blancs. Le pistolet tomba de nouveau sur le pont.

— Tenez bon ! Accrochez-vous ! Tire, Matthew, tire de toutes tes forces, vas-y !

Elle se pencha et agrippa la chemise de Roman qui battait faiblement des jambes pour tenter de se maintenir à flot. Enfin, elle put passer un bras sous son aisselle.

— Aide-moi à le remonter, Matthew. Mais fais doucement. Nous risquons de chavirer.

Enfin, ils parvinrent à le hisser à bord. Roman crachait, haletait.

— Le salopard… Il ne l'aurait pas lâchée… même pour sauver sa vie… Foutue perle. Je lui tenais la tête sous l'eau… mais il résistait. Et il gardait un poing en l'air… l'aurait pas lâchée… le salopard.

Liana reprit le pistolet, le braqua sur les flots agités.

— Frank ! On te sortira de là, mais je te tiens en joue, hurla-t-elle dans la tempête.

Tandis qu'ils s'efforçaient de secourir Roman, les bateaux amarrés ensemble avaient dérivé et tournaient en cercle à proximité de l'île, pris dans une sorte de lent tourbillon. Désorientée, Liana ne savait plus où chercher Frank. L'orage était passé, la lumière revenait, mais les vagues étaient trop hautes pour que l'on puisse repérer un homme.

— Frank !

En réponse, elle entendit un cri épouvantable. A une vingtaine de mètres de l'île, plus loin d'eux qu'elle ne l'imaginait, elle aperçut des remous — des remous sauvages, terribles. Elle repensa au plongeur de Cullen et au requin, et elle aperçut une queue de reptile. L'ange de la mort d'Australie, le saurien venu du fond des âges. Attiré par le sang de l'homme qui était maintenant en sûreté sur le bateau, un grand crocodile marin s'était saisi de Frank. Elle agrippa Matthew qui se débattait, et lui couvrit les yeux pour l'empêcher de voir. Le cri ne dura pas. Pour Mei, elle espéra que Frank n'avait pas eu le temps de trop souffrir. Matthew fondit en larmes et se laissa tomber à genoux.

— Grand-père, il t'a blessé !

— Ça va, fiston, pas de cinéma, je t'en prie, grommela Roman.

Liana s'accroupit près de lui, déchira sa chemise tachée. La balle avait sévèrement entamé la peau, mais l'eau de mer avait cautérisé la plaie, et le sang coagulait déjà.

— Occupe-toi de lui, Matthew ; je vais voir ton père.

Elle rampa jusqu'à Cullen, lui souleva le bras et vérifia le pansement improvisé. Il avait ralenti l'hémorragie, mais pas suffisamment. Cullen saignait toujours. Elle roula en boule une chemise abandonnée là par Roman ou son fils, et la glissa sous sa veste serrée par les manches nouées afin d'augmenter la compression. Après quoi, elle s'assit en tailleur, et prit la tête de Cullen sur ses genoux.

— Lee..., murmura-t-il.

— Frank est mort, Cullen.

Elle prit une profonde inspiration, et poursuivit :

— Nous allons te sortir de là. Nous prendrons la *Robinette*, et nous détournerons le premier bateau qui passera.

— La perle, Lee...

— Oublie-la. Au diable cette saleté de perle !

Il ébaucha un pâle sourire.

— Je ne...

— Je suis sûre que celle de Frank était la vraie, Cullen. En fin de compte, cela t'aura servi d'être joueur. Tu savais que si Mei avait trouvé la perle, elle aurait fait exactement ce que tu as dit. Tu as semé le doute dans son esprit.

— C'était mon dernier bluff... le bluff de la dernière chance.

— Oui, je comprends.

— Tu comprends ?

— Jamais tu n'aurais parié là-dessus. Mais tu as tenté le coup. Malgré ta colère contre moi. C'était risqué. Toi, tu n'y aurais jamais cru.

Sans pouvoir se retenir, elle fondit en larmes.

— Cullen, ne meurs pas, je t'en supplie ! Reste avec moi... Je t'aime ! Promets-moi de ne pas mourir.

— Et la perle ?

— Partie... Disparue à jamais au fond de l'océan.

— Alors, j'ai une chance... de m'en tirer... vivant.

Elle sanglotait, hoquetait, mais elle n'en avait cure.

— Je resterai avec toi, je te soignerai, je veillerai sur toi... si tu veux bien de moi.

— Tu l'as jetée, Lee... comme ça... comme si ça ne valait rien.

— J'ai jeté un faux. Mais c'est l'intention qui compte, non ?

— Oui… l'intention… C'est l'intention qui compte depuis le début… et pas la perle.

— Je m'en fiche de la perle. Vraie ou fausse, je m'en fiche ! C'est toi que je veux. Toi et Matthew. Je veux que nous retrouvions notre vie d'autrefois.

— Ça veut dire que tu restes ?

— Si tu me pardonnes. Si tu veux bien de moi.

— Ramène-moi chez nous, Lee. On rentre !

— J'y compte bien. Et je défie quiconque de m'en empêcher !

Il lui prit la main, la porta à ses lèvres.

— Ça, c'est ma petite femme.

37.

Matthew grimpa sur la barrière de l'arène où Luke venait de faire travailler une pouliche d'un blanc immaculé. Le cheval était seul à présent, mais, dès que Matthew lui parlait, il s'approchait. C'était un pur-sang, né à Jimiramira : une fille de champion, avec une bonne dose de sang arabe. Et, ce matin, à la veille de son anniversaire, Roman lui avait dit que la bête était à lui.

Un cadeau qu'il avait appelé Pearl.

— Alors, fiston, qu'est-ce que tu en penses ?

Matthew se tourna vers son grand-père qu'il n'avait pas entendu arriver.

— Tu ne devais pas faire la sieste ?

— Ce n'est pas un petit malin comme toi qui va me dicter ma conduite. Le coup du bateau, on n'est pas près de me le refaire.

— Je te dicte rien du tout. C'est le Dr Keller qui a dit que tu devais te reposer pendant les heures les plus chaudes.

— Ton Dr Keller ne guérirait pas un crapaud de sa diarrhée chronique.

Matthew ne put s'empêcher de rire.

— Elle est super. C'est le plus beau cadeau qu'on m'ait jamais fait.

— Il faudra que tu viennes la voir, fiston. Je ne vais pas la gâcher pour un môme qui ne la monte jamais.

— Pikuwa Creek n'est pas si loin. Papa dit que tu as promis de me prendre pour les vacances.

— C'est de la jument que je te parle, petit, pas de moi.

Par-dessus l'épaule de son grand-père, Matthew observait le couple qui se dirigeait lentement vers eux. Ils marchaient côte à côte, absorbés l'un par l'autre. Cullen était encore pâle, mais les forces lui revenaient. Sans doute qu'il ne grefferait pas ses huîtres cette saison, mais, à l'automne, il serait de nouveau le patron. Liana avait passé son bras sous le sien, mais c'était lui qui avait besoin de soutien. Quand Whitey Pendergast et l'équipage du *Southern Cross* les avaient rejoints au sortir de la baie du Cimetière, Cullen était dans le coma. Il avait un poumon perforé, et il avait besoin d'une transfusion. Sans l'intervention immédiate du médecin de bord, il n'aurait sans doute pas survécu.

Liana n'avait pas quitté son chevet et, souvent, Matthew et Roman leur avaient tenu compagnie.

Matthew n'en revenait toujours pas de voir ses parents ensemble, même s'il avait eu tout un mois pour s'y habituer. Enfant, il n'imaginait même pas une réconciliation. Pourtant, ils étaient là, ensemble, et sa vie s'en trouvait transformée.

— Elle me plaît bien, dit Roman d'un ton bourru. Pour ta gouverne, c'est une femme solide.

— Et lui ?

— Mêle-toi de ce qui te regarde, fiston.

— C'est une bonne question, non ?

— Je l'ai toujours aimé. C'est moi que je n'aimais pas.

Roman marqua une longue pause, puis ajouta :

— San Francisco ne te manquera pas trop ?

— On y retournera de temps en temps.

Matthew revit les dessins que sa mère lui avait montrés, la veille au soir : des projets de bijoux qu'elle réaliserait avec les perles de son père. Elle lui avait parlé d'ouvrir une boutique à San Francisco pour les vendre. Et une autre à Broome. Elle lui avait promis qu'ils retourneraient en Californie le plus souvent possible, pour voir leurs amis, et aussi tante Mei, qui avait besoin de leur amour plus que jamais. Son oncle Graham projetait de venir en Australie pour les vacances, afin que personne n'oublie qu'il était de la famille. Et Liana se proposait d'aider son fils à s'intégrer à Pikuwa Creek, comme s'il s'agissait d'une épreuve.

— Tu sais, grand-père, dit-il, je crois qu'elle a encore peur.

— Peur de quoi ?

— Ben... je sais pas trop comment t'expliquer. Elle voudrait m'aider à m'adapter, mais c'est surtout pour elle que c'est dur de vivre en Australie.

— Ne t'inquiète pas pour elle, va. Ça ira de mieux en mieux. Elle a tout ce qu'il faut pour réussir Et ton père pour l'aider à faire la transition.

— Tu crois ?

— Ça m'en a tout l'air, fiston.

Matthew regarda ses parents qui s'étaient arrêtés. Cullen riait. Liana se hissa sur la pointe des pieds pour l'embrasser, et il l'attira contre lui.

Roman posa une main sur l'épaule de Matthew.

— Entre nous, petit gars, il est temps que chacun pense à soi et cesse de s'inquiéter pour les autres. Autant que je puisse le voir, tes parents me semblent tout à fait capables de veiller l'un sur l'autre. Occupe-toi donc de devenir un homme.

Matthew visualisa une perle parfaite, enfouie à jamais au fond de l'océan, quelque part dans Cygnet Bay. Quelque chose s'ouvrit en lui, comme une main. Ou une fleur qui s'épanouit. Et il eut l'impression qu'un fardeau tombait de ses épaules.

Il acquiesça d'un hochement de tête.

— Je crois que tu as raison, grand-père.

Derrière lui, la pouliche nommée Pearl hennit, comme pour lancer un défi. Il se retourna, lui tendit le bras à travers la barrière en claquant doucement de la langue. Et il ne s'étonna pas de la voir venir à lui pour frotter son museau de velours contre sa main.

DANS LA MÊME COLLECTION

Par ordre alphabétique d'auteur

BARBARA BRETTON	*Le lien brisé*
WINSLOW ELLIOT	*L'innocence du mal*
TESS GERRITSEN	*Présumée coupable*
HEATHER GRAHAM	*L'invitation*
HEATHER GRAHAM	*L'ennemi sans visage*
GINNA GRAY	*Le voile du secret*
KATHRYN HARVEY	*La clé du passé*
CHRISTIANE HEGGAN	*Miami Confidential*
GWEN HUNTER	*Faux diagnostic*
PENNY JORDAN	*De mémoire de femme*
PENNY JORDAN	*La femme bafouée*
R.J. KAISER	*Qui a tué Jane Doe ?*
ALEX KAVA	*Sang Froid*
ALEX KAVA	*Le Collectionneur*
ALEX KAVA	*Les âmes piégées*
RACHEL LEE	*Neige de sang*
MEG O'BRIEN	*Le piège*
MEG O'BRIEN	*En lettres de sang*
EMILIE RICHARDS	*Le refuge irlandais*
EMILIE RICHARDS	*Mémoires de Louisiane*
EMILIE RICHARDS	*Le testament des Gerritsen*
EMILIE RICHARDS	*L'héritage des Robeson*

…/…

Cet ouvrage a été composé et mis en pages
par les *éditions*Harlequin

imprimé sur CAMERON par

BUSSIÈRE
GROUPE CPI

à Saint-Amand-Montrond (Cher) en février 2005

Imprimé en France
Dépôt légal : mars 2005
N° d'édition : 11140 — N° d'impression : 045335/1